Da Chashang

大茶商

童敏敏 —— 著

时代出版传媒股份有限公司
安徽文艺出版社

童敏敏，中国作家协会会员。2005年起从事文学创作，累计出版简、繁体小说40余册，影视改编八部，总阅读点击量过百亿。出版有《一朝为后》《天王女助理》《月球之子》《进击吧，盛樱明星学院》《冬有暖阳夏有糖》《荣耀乒乓》等。部分作品被翻译成英语、法语、意大利语、西班牙语、葡萄牙语、阿拉伯语等输出到海外。创作的现实题材网络文学作品多次获奖，小说《大茶商》入选国家新闻出版署2020年优秀现实题材和历史题材网络文学出版工程；《洞庭茶师》入选国家新闻出版署2022—2023年优秀现实题材网络文学出版工程，并荣登2022年度中国网络文学影响力榜。

Da
Chashang

大茶商

童敏敏——著

时代出版传媒股份有限公司
安徽文艺出版社

图书在版编目（CIP）数据

大茶商 ／ 童敏敏著. -- 合肥：安徽文艺出版社，2025.4
ISBN 978-7-5396-7698-2

Ⅰ．①大… Ⅱ．①童… Ⅲ．①长篇小说－中国－当代
Ⅳ．①I247.5

中国国家版本馆 CIP 数据核字(2023)第 014122 号

出 版 人：姚　巍
策　　划：宋晓津　　　　　　统　　筹：宋晓津
责任编辑：宋晓津　张妍妍　　装帧设计：张诚鑫

出版发行：安徽文艺出版社　www.awpub.com
地　　址：合肥市翡翠路 1118 号　邮政编码：230071
营 销 部：(0551)63533889
印　　制：安徽新华印刷股份有限公司　(0551)65859551

开本：700×1000　1/16　印张：28　字数：400 千字
版次：2025 年 4 月第 1 版
印次：2025 年 4 月第 1 次印刷
定价：70.00 元

（如发现印装质量问题，影响阅读，请与出版社联系调换）

版权所有，侵权必究

目　　录

第一章　人间四月天 / 001

第二章　半城贡茶 / 028

第三章　冤家易结不易解 / 053

第四章　华枝春满 / 083

第五章　天心月圆 / 112

第六章　藏心 / 140

第七章　偏偏喜欢她 / 168

第八章　煮茶论道 / 195

第九章　心之所向 / 225

第十章　此撩非彼撩 / 253

第十一章　此情可待 / 282

第十二章　问世间情为何物 / 312

第十三章　无法企及的美好 / 342

第十四章　你敢结婚吗？ / 372

第十五章　内心的火种 / 401

第十六章　嘉木迎春 / 430

第一章　人间四月天

四月初的山顶,空气中充斥着草木萌发时特有的香气。寂静的竹林里点缀着不知名的野花,偶有人语和布谷鸟的叫声,唤着春的名字,弥散了一丝湿漉漉的绿意。

但很快,翡翠一样的蓝天被阴云笼罩。

"四"月天,孩儿脸,说变就变。

茶农们见天变了,纷纷提着茶篮下山。大雨落下之前,整座山都空了,只剩下鸟鸣和一个不疾不徐披着雨衣站在山顶的瘦削的年轻女子。

说来奇怪,山雨一阵一阵,东边瓢泼大雨,西边淅淅沥沥,唯独山顶那一块没有一点雨星,仿佛雨神特意避开了山顶这片茶园。

女子戴着耳机,穿着绿色的雨衣,面容模糊在雨披后。她静默地采茶,和山林似乎融为一体了,而她头顶的那块天空,依然透着天光。

山脚的雨越来越大,大山空旷得可怕,连鸟鸣声都消失了。乌云使山林光线变得更加阴暗,叶嘉有种要被这些山吞噬的错觉。

他正和佟宁宁寻找通往山脚的路,突然抬头看到站在山顶上飞快采茶的女子,层层雨帘让她分明流畅的五官云山雾绕地蒙上了一层仙气,就像突然出现的精灵。

叶嘉擦了擦脸上的雨水,确定没看花眼,扬声喊道:"喂!"

白茗雪听着歌,手指上伤口附近的皮肤被早晨的露水泡得发皱也不以为意,她低头掐着嫩芽,盘算着采完这棵茶树再回去。

清明前的茶太珍贵了,这一场春雨下来,茶叶很快生长,味道就不再是明前的味道了。

"喂,小兄弟,你是这里的人吗?"

白茗雪的耳机突然被人一把扯下,这才听到有人和她说话,她惊诧地抬起头,看到一张英俊又疲惫的脸。

叶嘉喘着气,爬到山顶的茶园,发现这里竟没有下雨,从这儿看下去,风景奇异,一层层云,一层层雾,一层层雨,千变万化,气象万千。

他没有心情欣赏山顶的美景,气喘吁吁地攥着耳机线,看清了精灵的脸:一个半大的"小伙子",有一张略显中性英气的脸,轮廓分明,眉眼和下巴线条锋利干脆,微微上挑的眼里浸满山林鲜活的灵气和干净的朝气,让人猛然想起这美好的四月天。"他"身上的所有线条都清秀俊逸,钟灵毓秀,像远离尘世与世隔绝的采茶人,又像躲在岩石下探出头的神秘尖耳小狐狸,让人过目难忘。

叶嘉忍不住抬头看天,天光穿越云雾,落在"他"的头顶,让"他"看起来更像是被山神眷顾的精灵。至少,在暴雨中迷路的叶嘉看到"他",脑海中蹦出一个诡异的想法——不会是狐狸成精了吧?

"外地人?迷路了?"白茗雪一只手扯回耳机线,另一只手没停,继续动作麻利地采着茶叶。

她打量了几眼叶嘉,他的头发湿漉漉地贴着额头,落汤鸡一样狼狈,但一双眼睛像星辰大海,又深又美,直直地盯着她。就是眼神不太好,把她当兄弟,不过从小到大,她也习惯了当人兄弟。

听这人的普通话,再看他白衬衫、长西裤和皮鞋的装扮,本地人不会这样爬山。还有站在山路上扶着歪脖子树淋成落汤鸡一脸生无可恋的女生,她头发凌乱,戴着黑框眼镜,衣着考究,一身书卷气,怎么看都像是大城市里的书呆子。

"请问,下山怎么走?"叶嘉虽然很疲惫,但还是挂上一丝迷人的笑容,问道。

他实在不想承认自己迷路,但现在又累又饿,他恨不得打个电话让人开直升机来接自己。可惜,大山里没信号,他们尝试了很久,根本无法和外界取得联系,所以越走越远……

白茗雪手指在茶树间飞快地穿梭,而后将一把新鲜茶叶扔进茶篮里,抬起下巴指了指东边的路,嗓子因为最近熬夜有点沙哑:"你是要去将军镇吗?顺着这条路走两公里,左拐过一条小溪,再走三四百米,右拐,走中间的岔路,顺着一条竹林小路往下走,走三公里左右,你就到了另一座山的山脚,然后……"

"帮我们带路!"叶嘉一听这么多公里,脸上的笑容凝固了,他已经被大山彻底征服,感觉没当地人带路根本走不出去,所以语气带上几分命令色彩,"带路费多少都行。"

白茗雪皱了皱眉头,觉得这个落汤鸡虽然带着笑容,但眼神放肆轻慢,语气神态带着理所当然,好像只要有钱,别人就会答应他的任何要求一样。

不过瞥了看下面靠着树冻得发抖的书呆子,白茗雪搓了搓因采茶而发黑的指尖,提起竹篮,盖上防雨布,也不多废话:"行吧,跟我走。"

叶嘉见她干脆爽快没废话,像是在大海里抓住一根稻草,微微松了口气,伸手搭上她的肩膀:"小兄弟,晚上能到将军镇吗?"

"这雨一时半会停不了,要是走得快,天黑之前能下山。"白茗雪眼疾手快地一斜身,避开了他的手,哑着嗓子回答。她并不觉得这两个城里人有战斗力下山。

"那附近有酒店吗?"叶嘉咬咬牙还能继续走,他担心佟宁宁同学要"挂"了。

"没有。"白茗雪说完,提起茶篮,身手敏捷地从茶山上滑下去。

叶嘉的手还悬在空中,就见她像一道光,倏地一下从陡峭的山上滑下去,他卡在山上半天,还是小心地挪了下去。

"脚还能走吗?"

佟宁宁嘴唇发紫,脚后跟磨破了皮,痛得一步也不想走,只想抱着老树瘫着。听到微微喑哑的声音,她抬头看到披着雨衣的白茗雪。

她的五官就像吸收了大山的精华灵气,眉眼口鼻的线条利落帅气,眼神纯粹坦荡,佟宁宁一时间看呆了,直接伸手捏了捏白茗雪的脸,看看是不是幻觉。

"咳。"叶嘉小心地走下来,对失礼的佟宁宁咳了一声。

佟宁宁这家伙,做事随心所欲,性情古怪,但她对帅哥绝不感兴趣,比如对叶嘉这么优质帅气的贵公子都可以心无旁骛,甚至懒得多看一眼,现在居然对山上这个干净好看的"小哥哥"感兴趣。看来是遇到喜欢的款了。

"你……你……"佟宁宁捏了一下,那细皮嫩肉的触感让她发现自己弄错了,这不是小哥哥,尽管五官很英气,可人家只是个帅气的妹子。

"我背你。"白茗雪看见她小腿上的泥泞和荆棘划出的伤痕,虽然穿着乐福鞋,但脚后跟磨破了,血混着雨水往下流,哪里还能走?

"你能背动我?"佟宁宁见她细胳膊细腿,很怀疑地问道。

"当然能。"白茗雪笑了,她可从不做勉强的事。

白茗雪将手里的茶篮不客气地塞给叶嘉,撸起袖子,露出半截嫩生生的胳膊,示意佟宁宁趴自己背上。

佟宁宁被她的笑容晃了一下心神,只见她清俊英气的脸上锐气顿失,笑眼弯弯,有一丝可爱的幼态,那一瞬仿佛云收雨霁,阳光明媚,像极了这美好的人间四月天。

"快上来,雨要变大了。"白茗雪见她看着自己发愣,以为她不好意思,不由分说地一把拉住她的腿,往她腿窝一拍,直接背起来就走。

叶嘉在她撸袖子的时候,只觉得这个"小兄弟"的胳膊又细又白,感觉根本没力气,但他来不及说话,就见这瘦弱的"小兄弟"背着佟宁宁在崎岖的山路上健步如飞。佟宁宁虽然很瘦,但也近百斤啊,城里的大少爷只能感叹做惯粗活的山民力气太大了。

叶嘉提着篮子深一脚浅一脚地跟在白茗雪后面。天色越来越黑,山路两边都是景色一样的竹林和茶山,连绵不尽,不知什么时候才能走出去。他觉得体力要被榨干了,一路下坡让他膝盖发抖,脚底磨出的泡好像也破了,总之,哪里都在疼,浑身叫嚣着要休息。

"小兄弟,还没到吗?"叶嘉实在走不动了,喘着气,拖着沉重的双腿,勉强赶上白茗雪,伸手扶住她的肩,他真没力气了,跑马拉松也没这样耗力气。而负重九十多斤的茶农还没显出疲态,这看似羸弱却坚实的肩膀,让他想依靠一下。

"到了。"白茗雪背着人,没躲开叶嘉潮湿滚烫的手,无奈地抬起下巴,往远处点了点,补充一句,"到我家了。"

白茗雪的家,后面是一座竹山,前面也是竹林,竹林深处有一条清亮的溪流,四周散落着几处民居,周围是大片的农田,散布着金黄色的油菜花和紫红色的紫云英,烟雨朦胧中,红黄绿间杂,如同一幅油画。炊烟升起,村落在雨中更显静谧,不见一个人影,仿佛到了世外桃源。在哗啦啦的大雨声中,一只被拴着的大黄狗从狗屋里探出头,对着院门口出现的主人和两个陌生人摇着尾巴象征性地叫了两声。

走进那间两层小楼,叶嘉瘫坐在椅子上,才真切感受到刚才不是做噩梦。窗外的竹林在风雨声中摇曳,让这个遮风挡雨的民居显得特别温暖。

村里的房子结构和城市小区完全不一样,因为山里地方大,所以屋前屋后的院子就大得任性,沿着篱笆墙种了不少花和果树。小楼两边各盖了一间房子,进了楼就见一张大桌子——吃饭用的,两边放着椅子和沙发,算是客厅了。

叶嘉猜想农家人是将吃饭放在第一位的,所以餐桌摆在最显眼的地方。

客厅和书房连接在一起,原木色的书柜上放了不少书和学习资料,被收拾得井井有条。普通的白瓷砖地板和没有任何装饰的白墙让这个民居看起来一尘不染。这里草木成荫,空气洁净又舒适。

"快点换鞋子,去洗个热水澡。白茗雪,你先别管茶叶了,去烧点开水,给他们泡点热茶。"李碧霞下雨前就先回来炒茶,听到狗叫出来一看,女儿带着两个迷路的外乡人回来了。

见他们淋成落汤鸡的狼狈样子,李碧霞赶紧上前招呼,普通话里夹着家乡话,切换自如:"白茗雪,你听到了没?找两件衣服出来给人换上!白茗雪?!"

第一章　人间四月天　|　005

白茗雪雨衣都没来得及脱，让客人坐下后就去侧屋把篮子里的茶叶倒在地上晾着。听到老妈不停地喊，她飞快地摊好那些新鲜嫩绿的茶叶，起身往外走。

"听到啦，我这就去烧水。"白茗雪边说边脱雨衣。老妈这种急性子，每次恨不得让她分身成几个人同时做事。

"算了算了，慢死了，我去烧。你先帮这个妹妹拿衣服，放热水洗个澡，别感冒了。"李碧霞嫌女儿动作慢，走去厨房时还帮她一把拽掉雨衣，卷在手里拿出去。

"兄弟，湿衣服……"叶嘉刚放下湿漉漉的外套，一转头，看到脱了雨衣的白茗雪，顿时愣住。

"少爷，你眼神真好。"一边的佟宁宁早就等着这一刻，看着叶嘉尴尬又惊讶的反应，忍着笑，第一次看到大少爷这么失态。

白茗雪上身宽松长袖T恤，扎进工装裤里，身形飒爽，可她的脑后扎着一个丸子头。因为刚才李碧霞暴力扯雨衣，她的丸子头松散下来，变成了马尾，就像毛茸茸的狐狸耳朵露出来了，透着俊俏机灵。

"你……是女生？"叶嘉见她利索地盘着头发，马尾又变成了丸子被塞回了发圈里，那动作行云流水又干练，有力量感和少年感。叶嘉完全没想到一个女生能背着人还跑得飞快，此刻他无法形容自己的心情，又震惊又觉得不科学，她真的是狐狸成精了，不是人类吧？

"是啊，兄弟。"白茗雪觉得有点好笑，弯了弯唇角，故意说道。她小时候剪短发，总被人当成男孩。到了大学，妈妈发现她没人追，身边尽是女性朋友和"兄弟"们，才死活让她留起长发，结果……和头发长短并没有什么关系，她留起长发，依然没男生追她。

"雨大，没看清……"叶嘉被她的笑容晃到了，只觉得外面阴沉的天空似乎都亮堂了几分。

她不笑的时候有些冷冽，尤其直勾勾地看着你时，目光就像小兽，简单直接干脆，不像那些女生的眼神，会留个尾巴或者藏着感情，勾来勾去。当她笑的时候，弯起来的眼睛和嘴角的弧度很甜美纯真，也不掺和多余的情绪,似乎就只是单纯的开心,让人也忍不住想跟着一起笑。

叶嘉从小身边就有形形色色的女生,风情的、可爱的、清纯的……可他迷失在她乍现的笑容里,一时间找不到语言。所以,他卡顿了一下,鬼使神差地伸手捏了捏白茗雪的胳膊:"女生……力气比男生还大。"

白茗雪走过来,想帮他把湿外套拿去洗了,突然被他攥着胳膊捏,没生气,反而撸起袖子,露出纤细但线条紧实的肌肉,笑着问道:"服气吗?"

叶嘉看到她漂亮的手臂线条,心里还真有点酸,不知是羡慕,还是惊讶,又或者是其他感觉,嘴巴一向厉害的他再次卡顿了一下。也许淋雨加上疲惫,让他的语言反应速度变慢,可他动作不慢。叶嘉鬼使神差地用指尖顺着她胳膊上好看不夸张的肌肉线条划了一下,那种柔滑、有弹性又藏着力量的手感,比上等的乳胶枕还要舒服。

"摸好了吗?"白茗雪本来只是给他看一看,被他的指尖碰到,再看他略带享受的表情,就好像在摸老古董宝贝一样,她心里觉得黏糊,立刻放下了袖子。

而叶嘉也惊觉自己失态,收回手正要说话,李碧霞又风风火火地冲进来。

"女孩子秀什么肌肉!你老这样怎么找到男朋友?"李碧霞气急败坏地用家乡话责骂,"快点去放水,衣服给我!"

这边的方言和普通话相近,说得慢叶嘉能听懂一些。他在心里总结了重点——小狐狸没男朋友。

看她举手投足间依旧带着少年的英气,想到下山时她背着秘书跑得飞快,叶嘉一直没有真实感,但刚才摸到她的手臂,肌肤的温度和弹性让他确定,这是人类!还是个没结婚的人!

"你们要一起洗吗?"白茗雪不敢惹快到更年期的妇女,往浴室走时顺口问道。

叶嘉还没说话,佟宁宁就被自己的口水呛得咳嗽起来,没想到还能被人误会自己和钻石王老五的关系:"咳……一起?"

"她是我朋友……同事,她先去。"叶嘉见佟宁宁戏谑地盯着自己,好像在一边看了很久的戏,不由得瞪了她一眼。不过这只小狐狸也没有看上去那么机灵,对这么明显的男女关系都看不出来。纯粹的朋友关系和暧昧关系,他这样的"直男"都能一眼看透。

"哦,不好意思,我弄错了。"白茗雪有点尴尬,还以为这是一对情侣来游山玩水的。山上的水库很有名,有些城里人在放假的时候会来这里放松,所以她经常遇到外地人迷路来问路。

叶嘉见她带走佟宁宁,才拿出湿漉漉的手机。这里终于有微弱的信号了,天气上显示着暴雨警报,他这会儿心里却不急了,可能是外面风大雨骤,更衬托这个整洁的农家温暖踏实。

"喝点热水。楼上还有个洗手间,有热水,你也快点洗个澡,换掉湿衣服,别感冒了。"李碧霞提着开水壶进来,见叶嘉刚打完电话,絮絮叨叨地说道,"今天没车能上来,桥头被淹了。你们回头吃点东西,在这里休息休息,要是雨停了,走两小时就到镇上了。"

叶嘉听到这句话,酸痛不已的腿顿时有种被打断了的感觉,走两小时?他自认体力不错,跑个全马也不在话下,但今天爬了一上午的山磨破了脚,这会儿根本不想动。

"走怕了吗?"李碧霞见他表情有点僵硬,继续说道,"没事,雨停了让白茗雪骑摩托送你们到桥头。要是雨没停,今晚别走了,我家楼上有几个房间空着,睡一晚再走。"

李碧霞在村里,出了名地漂亮泼辣,也是出了名地热情善良,哪怕是门口路过的讨饭人,也会喊到家里吃顿饭,送点衣服才罢休。

"那就太感谢了,房租我按照市里酒店的给您。"叶嘉立刻答应。

"要什么钱?我家又不是开宾馆的,楼上房间空着也是空着,随便住,别客气。"李碧霞扑哧笑了,很爽利。

叶嘉一脸感激,这才发现眼前的阿姨风韵犹存,有一张瓜子脸,柳眉大眼,和女儿相反,很有女人味,虽然在村里生活,可皮肤白嫩,眼神清澈,四十多岁看着像三十出头,可见年轻时一定是个大美女。

白茗雪不像母亲那么柔美,完全继承了老爸的英气和锐气,站的姿势都像军人,脊背挺拔,动作干脆,不拖泥带水。

"妈,佟宁宁有点发烧,家里的药箱被你放哪儿去了?"白茗雪突然出现在门口,拿着几件自己的干净衣服,问道。

她妈什么都好,就三个缺点——太过热情,太容易发火,以及太丢三落四。刀子嘴豆腐心,情绪化加上忘性大,就跟到了更年期一样。李碧霞性子急,经常做了这个忘了那个。比如药箱和遥控器,每次都会找不到。

"发烧了?等着,我去找找!"李碧霞匆忙往外走,还不忘叮嘱女儿,"水烧好了,给客人泡茶。喝完热茶带他上楼去洗澡,别也发烧了……"

白茗雪看着老妈一阵风地离开,无奈地摇摇头,走到桌边,拿起白瓷杯,加了点茶叶进去。井水甘甜,滚烫地冲在深绿色的茶叶上,立刻激出一缕茶香。

"不用……我喝白开水就行。"叶嘉并不是客气,他是真的不喝茶。

但随后,他闻到了香醇的清茶味道——瓜片特有的纯正清香,让屋子里湿漉漉的空气都变得清明起来。

"这是今年的新茶?明前瓜片?"叶嘉立刻站起身,拖着酸疼的腿,凑过去看白茗雪泡茶。

白瓷杯里的茶汤颜色碧绿晶莹,香味袅袅升起,泡茶的女生和这茶味一样纯粹清朗,加上他饥饿交加,只闻着这香味,就觉得这将是他人生中见到的最好的茶。

"是的,手工炒的,有点碎,瓜片形状不够完美,不过味道纯正,尝尝就知道了。"白茗雪泡茶的姿势利索帅气,一收茶壶,将茶杯递给叶嘉。

平时明前茶妈妈总舍不得喝,最多泡点碎屑尝尝味,但来客人就会拿最好的东西招待。

"瓜片。"叶嘉从不喝绿茶,可看着瓜片的汤色,又看看端着茶杯的那只伤痕累累的手,接过来闻了闻,那香味让他心脏跳得快了,话锋一转,语气里带了几丝关心,"佟宁宁发烧严重吗?"

"低烧,估计是感冒引起的。"白茗雪多看了他一眼,没想到他还记得朋友。

也可能是在山上太累了,他一路都没有表现出太多对同伴的关心,让人觉得他是个没什么感情的纨绔子弟。现在缓过来了,他开始关心周围的事物,看着热茶和她的眼神都染上几分热烈。

"那要多休息。"叶嘉在这里终于找到了想要的东西,也不枉他千山万水走过来。

"嗯,先在这里休息。"白茗雪多看了叶嘉几眼。

她觉得有点奇怪——叶嘉说了不喝茶,也确实没有喝,但他看上去对茶很感兴趣,一直在专注地看着茶杯里茶叶浮沉,还不时闻闻香味,之前略带疲惫的眼眸变得很亮很兴奋。

"白茗雪,你还愣着干吗?去楼上给客人收拾一下房间。"李碧霞抱着药箱走进来,急急火火地说道,"算了,我去收拾,你去看看小佟,记得头发要吹干……"

白茗雪的目光从叶嘉脸上收回来,点点头,拿着衣服往洗手间走。

"瓜片。"叶嘉看着那杯绿茶,直到舒展开来如同碧玉瓜子片似的茶叶都沉到了杯底,才放下来,再次喃喃说道。

白茗雪上上下下跑个没停,被老妈使唤着伺候两个新来的客人,直到李碧霞让她出去买点菜回来招呼客人吃晚餐,她才皱了皱眉头,不满地说道:"买什么菜?家里不是有吗?家常便饭随便吃点行了,这么大的雨,你倒是心疼点我。"

妈妈总是对别人比对自己好,又不是重要的长辈亲友,只是临时落脚的陌生人,主人吃什么他们吃什么,有什么好介意的?再说了,茶春时节,时间就是金钱,这会儿忙别人的工夫,都炒两锅茶出来了。

一个月不到的黄金采茶期,村里的小百货店几乎都关门了,也没人会在吃饭上浪费时间,大多带点干粮在山上垫垫肚子,再热情的东道主也不会买菜做一桌招待陌生人。

"嗨,你这丫头……"李碧霞见她一甩头就走,满脸愠色,恨不得立刻把她嫁出去,就不会和自己顶嘴了。

叶嘉身上的衣服鞋袜全湿了,在楼上冲了个热水澡,换上主人家拿来的旧衣服。以他的洁癖,原本不可能穿别人的衣服,但在大山里还能提什么条件?

白茗雪给他的旧衣服很整洁,似乎还浸染着淡淡的清爽醒脑的茶香,让他没那么抵触,也别无选择地换上了衣服。

李碧霞已经把发烧的佟宁宁安顿在客房照顾了,白茗雪不见人影。叶嘉下楼后,发现房间空旷安静,让他想到小时候外婆给他说的神怪故事,书生误入狐狸精的老巢,眼前砖木结构的房子其实都是幻觉,尤其院子里那被风雨打落了一地的杏花,更增添了虚幻的美感。

那只小狐狸去哪里了?

叶嘉不觉走出门,外面云层又薄了点,雨还在下,但光线没那么暗了。他顺着走廊往院子东边走去,那边有一间奇怪的屋子,约莫五十平方米大,有两排用土泥砖头做的矮矮的锅灶,锅灶后堆着码得齐齐整整的木柴。那些锅口径约七十厘米,呈三十度倾斜,两锅相邻,灶口相对,分成两排。

"你是来干吗的?"门口突然传来略带暗哑的声音,打破了雨中的宁静。

叶嘉正俯身盯着那十几口锃亮的铁锅看,听到声音猛然直起身,转身看到白茗雪靠在门边,逆着光,只能看到瘦削的身影。

"小狐狸!"叶嘉被惊了一下,脱口而出。

"什么小狐狸?"白茗雪扶着门框仔细地打量着他。

里面的光和阴影勾勒出年轻男人一张贵气立体的五官,他虽然时常勾起嘴角笑,但神态里总有一丝倨傲和漫不经心,仿佛这个世界对他是忍让、包容的。所以就算穿着她爸的旧衣服,也浑身散发养尊处优没吃过苦头的贵少爷气质。不过,他有一双漂亮极了的眼睛,很黑,很亮,很清澈,只要一点点光打进去,里面就像有璀璨的星空,流淌着繁星,中和了几分纨绔子弟的轻浮。

"你长得像狐狸。"叶嘉适应了光线,看到她的脸,笑了,眼底多出了两分轻佻,他走到白茗雪面前,指了指她的细长上挑灵气十足的眼睛,"狐狸成精了。"

"我有名字,我叫白茗雪。你到底是谁?来这里干吗的?"白茗雪一挥手,将他的手隔开,走进来,伸手打开电源开关,土屋里顿时亮堂起来。

她经常被人当成假小子,还是第一次被人当成狐狸。玻璃上映着她英姿飒爽的脸,一点狐狸的狡黠都没有,正气十足,充满生机,哪里像?

"我不是介绍过了吗?"叶嘉喝了热水,洗了热水澡,换了干爽的衣服,虽然腿还是很酸疼,但神清气爽,恢复了元气,笑容都轻松了很多,"茶叶的叶,嘉许的嘉,我是叶嘉,来这里买茶叶的。"

"你是茶商?"白茗雪用疑惑的眼神打量着他,怎么看这年轻人都不像茶商。

叶嘉也笑吟吟地看着她。她不笑时,面容冷冽俊秀,让人想到《红楼梦》里的探春,削肩细腰,俊眼修眉,顾盼神飞,见之忘俗,如果不是那双带着裂口、老茧的手,也不像采茶女,机警聪慧的样子更像茶山上的一只小狐狸。

或者说,像山灵,从山里生出来的月光,从山里长出的动植物,像芳菲四月天,属于整座大山,罕见而特别。

"没错,我是茶商,听说这里的瓜片品质很好,过来看一看。"叶嘉收回了过于放肆的眼神,指着那几口锅,一脸敏而好学的模样,"这是炒茶锅?"

"茶商连这个都不知道?"白茗雪觉得有点好笑,感觉他是个什么都不懂,家里有钱随便拿来做生意的大少爷。

不过白茗雪随后还是耐心地给他说明:"这是炒茶锅,生锅和熟锅。"

"什么叫生锅、熟锅?"叶嘉装作不懂,继续问道。

他也就是回国前才开始看一些名茶资料,但都是资料,这是第一次实地考察,第一次离瓜片这么近。

"生锅温度一百摄氏度左右,熟锅稍低。将茶叶丢进去,嫩片就少放点,老叶多放点。鲜叶下锅后用竹丝帚翻炒一两分钟杀青。"白茗雪指了指放在茶锅边用竹丝扎成短扫帚模样的东西,说道,"炒到叶片变软,就将生锅叶扫入熟锅,整理条形,边炒边拍,让叶子逐渐成为片状。等炒到叶子基本定型,大概有百分之三十的含水率,就可以出锅,即时上炕。"

"好复杂。"叶嘉摸着下巴想了想,又问道,"人工炒制,怎么能精准地控制含水率? 叶片新老不一样,含水率也不同,怎么都很难控制到刚刚好吧?"

"有经验的老师傅会用力,用力大小视鲜叶嫩度不同而异。嫩叶提炒轻翻,帚把放松,以保色保形;炒老叶帚把要带紧轻拍。人工经验有时候比机器还精准。"白茗雪拿起竹帚掂了掂,自信地说道。

"不可能,人工绝对无法和机器相比。"叶嘉并不是打击她,只是他查看过很多机器,那些流水线生产出来的东西,绝对比人力要省时精准,"所以,只要有最好的机器和最好的茶叶就行……"

叶嘉想到这里的瓜片,就觉得信心十足。他不是普通的茶商,他想做的,是将会引领潮流变革的健康茶饮。当然,这个大山里土生土长的"怪力"小狐狸是不会懂的,所以也没必要和她解释太详细。

"机器?"白茗雪打断他对未来的展望,皱起英气的眉头,原本还想给他继续科普一下,可听到"机器"两个字,她脸上露出一丝明显的嫌恶,"你要用机器炒茶?"

传统的手工茶现在越来越少,原因很多:一来手工茶费时费力,出货量非常少;二来现在很多年轻人出去工作,没法回来传承长辈们的手工艺。于是涌现出了部分机器制茶和半机器半人工茶,产量大,形状好,但电烘出来的口味也大打折扣,根本没有瓜片的灵魂香味。

"不然要怎么做?"叶嘉被她抵触的眼神看得莫名其妙,他做茶饮,不用机器难道用手工?

"瓜片就是被你们这些不懂茶的傻子给毁了。"白茗雪懒得和这种不懂茶的少爷多说,丢下了一句家乡话,转身啪地关了灯,抬脚往外走去。

叶嘉没听懂,也不知道哪里得罪了小狐狸,刚才不是还聊得好好的吗? 科普得也挺有趣,怎么说变脸就变脸了?

他跟出来,不知死活地问道:"你家的茶叶能卖给我吗? 不是,你家茶山能卖给我吗?"

听到后面这句话,白茗雪猛然收住脚步。

叶嘉差点撞到她的后背,也跟着停下。白茗雪转身,眼神中带着愤怒,原本清俊的面容看上去杀气腾腾很不好惹。

可叶嘉并没把小狐狸的怒气放在心里,继续追问:"多少钱可以?"

"多少钱都不卖。"要不是大雨还在下,白茗雪都想撵人了,她家从不做机器茶,更不会卖茶山。

叶嘉见她说完就气呼呼地走了,满头雾水地站在屋檐下,还没谈价格呢,不明白她生什么气。

白茗雪没去买菜,就在后院拔了几棵嫩菠菜,厨房里还有昨天上山采茶时顺手挖的竹笋和在山路边摘的香椿头,她一肚子不爽地在厨房里忙活。

"白茗雪,家里还有腊鸡吗?蒸了给他们吃。"李碧霞走进来看了眼灶台里的火,搭了两根木柴进去,唠叨,"小佟是发烧了,实在不行晚上去把你张叔喊过来看看,开点药。哎,让你买点肉,你不去,就这点菜,我去抓只鸡……"

"够了够了,阿姨,我老远就闻到香味了,这真是正宗的农家菜!"佟宁宁烧得不是很严重,洗完澡躺了一会儿恢复了几分体力,循着香味来到厨房。她手里抱着一杯瓜片,已经加了三次水,里面的颜色依旧带着绿,香味没减几分。她看上去很爱喝茶,来到厨房后,不停问瓜片怎么炒出来的,怎么这么香。

这是正宗的柴火菜,即使厨房在另一侧,香味也在雨中传过来,香得连叶嘉都坐不住了。他盯着手机,按着胃,想着白茗雪抵触的反应,努力控制住自己想去厨房的欲望,坐在客厅等开饭。

山里的天色黑得快,才五点,外面一片漆黑,只能听到风声、雨声,夹杂着几声狗叫。

李碧霞端了几个菜上来,叶嘉的肠胃立刻蠕动起来,发出激动的咕咕声。

"没什么菜,别见怪。要不要喝点酒?"李碧霞笑着问道。

这里乡民很热情,延续了老一辈的好客传统,上桌必喝酒,客人来了不喝醉,那就是礼节不到。

佟宁宁看了眼叶嘉,笑着摇头:"谢谢阿姨,准备了这么多菜。我们都不喝酒,不会喝,喝茶就行。"

叶嘉不知在等什么,对一桌色香味俱全的菜没动,突然问道:"您女儿不来吃饭吗?"

"她还有事,忙着呢,别管她,你们先吃着。"李碧霞已经拿了一瓶白酒过来,"真不喝?"

换成平时,李碧霞肯定会劝酒,但春茶季节她也很忙,晚饭一过,云华她们家就要过来炒茶了,喝多了误事。

"那……那我们先吃吧,多谢阿姨招待。"佟宁宁知道大少爷饿了,她自己也饿得前胸贴后背,赶紧说道。

叶嘉默默拿起筷子,想了想白茗雪那张俊秀的脸,不觉有些怜悯——可惜不是男孩子,农村的姑娘真可怜,只能在后厨吃饭,连桌子都不给上。

"阿姨,那个……您女儿不过来一起吃?"叶嘉在下筷子之前,没忍住,又多问了一句。

"别管她,你们吃着。"

"要不……等等她?"叶嘉饥肠辘辘还能在这时候放下筷子,也真不容易。

佟宁宁看叶嘉的眼神又变得兴趣盎然——大少爷今天很反常啊,对人家小姑娘这么关心,一看就没安好心。不过白茗雪确实很特别,从长相到性格,让佟宁宁觉得和这山村一样清新质朴又美丽自然,大少爷没有接触过这种类型的妹子,感兴趣很正常。

"不用等了,她自己在厨房吃了。"李碧霞以为客人只是客气,用公筷夹了一块腊肉放到叶嘉碗里,"尝尝,自家晒的腊肉,可香了。"

叶嘉还想说什么,但觉得再说下去很不符合他的性格,又看到佟宁宁这个女人不怀好意的眼神,便拿起了筷子。饭菜这么香,干吗要多分心关怀那个女孩子呢?

白茗雪确实在厨房里吃了,然后就去茶房忙起来。

大雨声中,茶房里不知什么时候多了两个人,一个脸庞黝黑、和白茗雪差不多大的女人,坐在锅灶后的矮凳子上,正在往里面添柴火。

还有个满头白发、老态龙钟的驼背奶奶,坐在白茗雪身边,抓了一把新鲜茶叶丢进另一口锅里,用竹帚熟练地翻炒碧绿的新鲜茶叶。

"火都小点,今天的茶叶嫩,别煳了。"姥姥对李云华说道。

李云华的脸上跳跃着火光,眼里也一闪一闪地发着光:"今年茶叶价格涨了点,等雨停了,村部没什么事,我去找找有没有便宜点的茶侉子。"

"茶侉子也涨价了啊。"姥姥叹了口气,茶叶的成本越来越高了。

他们家乡话里的"茶侉子"没有贬义色彩,指的是雇过来采茶的外地人。现在村里的青壮年劳动力大多在外地工作,家里人手不够,只能雇人来采茶。

李碧霞家是老茶铺了,每年都会请固定的采茶人过来帮忙,倒不用担心这个问题。

白茗雪用竹帚挑翻着生锅里的茶叶,看着叶片渐渐变软,将茶叶扫入熟锅,边炒边拍,让叶子逐渐成为片状,最后利落地将一锅茶叶扫到旁边的竹簸箕里。她的动作一气呵成,行云流水,不输老师傅。

白茗雪正要继续炒茶,突然感觉到有目光盯在自己身上。她警觉地转头一看,土屋的小窗子边,一张脸隐在夜色里,只看到一双眼睛闪着颇有兴味的光,在专注地看她们炒茶。

叶嘉见里面满脸尘灰的小狐狸定定地看着自己,咳了一声,从门口大大方方走进来,闻着一屋子的茶香,一脸好学宝宝的虚心样:"这半成品含水率百分之三十?"

白茗雪没回答,撒下鲜叶,在生锅里继续翻炒。

叶嘉努力找话题:"你们一锅能炒一两茶吗?"

"一锅一般不超过三两。"李云华热情地回答。她刚才听说白茗雪家里来了两个客人,没想到是长得这么好看的客人。虽然穿的衣服有点不合身——白茗雪爸爸一米八,但叶嘉比他还高上五六厘米,裤子短了一点点,但并不影响年轻男人风流倜傥的气质。

"我看刚才这一锅出来,大概一两多?"叶嘉走到簸箕前,长腿一曲,露出比她们女孩子还白嫩的脚踝,蹲下身看着半成品。

"明前茶,叶片小又嫩,不能炒太多,否则会受热不均焦掉。"李云华更像李碧霞的亲生闺女,是个话痨,一见帅哥,更是停不下来地热情科普,"你看这火都不能太大……"

白茗雪继续炒茶,像是没看到叶嘉。

叶嘉看看茶叶,看看火,但注意力一直放在沉默不语的白茗雪身上。他刚才吃饭的时候思考了一下她为什么不高兴,当时以为茶山是这些茶农的命根子,他们忌讳说卖茶山,但现在看到手工制茶的辛苦,领悟过来,她是误会了自己说的机器制茶。

"你们这种炒茶方式,效率太慢了,人工费又贵,一天能出两斤茶叶吗?"叶嘉故意问道。

果然,白茗雪的脸色冷下来,瞪了他一眼,想反驳两句,又一脸嫌弃,懒得和他争论,低头继续炒。

叶嘉反而开心起来,优雅地站起身。他的体态特别好,肩平腰直,挺拔向上,即使懒洋洋地瘫在那里,姿势也是舒展优美的,一看就让人觉得,他一定衣食无忧,出身高贵。

"哎,小狐……小白,你们家茶山那么大,一个人也采不完那么多的茶,不如我雇人来帮你采茶,你们处理不掉的茶叶扣除人工费卖给我,怎么样?"叶嘉确定她是因为机器茶而生气,就再次提出租茶山的建议。他只租不买总可以吧,这是一举两得的事,利益最大化,谁都会答应。

"不错啊,我们正好要找人帮忙采茶,你那边有茶侉子吗?"李云华嘴快,高兴地接口问道。

"不怎么样,我家茶叶没多的。"白茗雪见他还在打自家茶山的主意,收了一锅茶,一脸不悦地直接拒绝。

"我家山上茶多,可以……"李云华很兴奋,觉得这个主意太好了,但看到表妹的表情,讪讪住口,"可以……可以考虑一下。"

"你们聊着,我去看看我妈在干吗。"白茗雪只是不想卖自己家的茶叶,她家一向是自产自销,每年请人帮忙采茶、炒茶,但云华姐家里情况不一样,所以她也不多说,起身往外走。

她刚走到主屋外的走廊,就听到老妈爽朗的笑声。佟宁宁不知道和李碧霞说了些什么,逗得李碧霞直乐,白茗雪从窗户外默默地看着老妈灿烂的笑容,不想走进去。因为老妈最近对自己笑得越来越少,对她一万个不满意,每天不骂她就算温柔了。

"你妈很开心呀。"突然,磁性的声音从她脑后上方传来。

"别在晚上在人身后突然说话,魂会掉的!"白茗雪一回头,叶嘉不知什么时候悄无声息地站在她身后,离她不到一尺,他身上从茶屋里带出来的茶香味清晰可闻。

"魂怎么掉?"叶嘉见她受惊的样子,忍不住笑着问道。

"吓掉的。"白茗雪嫌弃又警惕地离他远一点,说道。

"你不像那么容易被吓到的人。"叶嘉见她扭头不想理自己,慢吞吞地追问一句,"知道令堂为什么这么开心吗?"

白茗雪不想和他讨论这个问题,抿紧了嘴唇准备回屋。

叶嘉慢吞吞地跟在她身后,像是自言自语:"因为,我买了你家所有的明前茶。"

白茗雪感受到他语气里的几分得意,她有些不悦地回头,看到他嘴角和眼神里藏着几分耀武扬威的挑衅,像成功抢走别人玩具的孩子,但又恰到好处地让她憋着火没法发。

人家是客户,和老妈做了交易,她们茶铺的待客宗旨是以诚相待,品质第一。这个品质不只是茶叶品质,还有服务品质。

白茗雪只能压着火,对他露出洁白的牙齿:"那我谢谢你啊!"

"不用谢,希望能成为你的老主顾,互相多多照顾。"叶嘉也对她露出含义不明的笑容。光线暗淡的走廊里,两个人的眼神碰撞,似乎要擦出火花。

"有钱了不起吗?!"

"有钱就是了不起。"

灰蒙蒙的山林里传来两个女孩的对话声。

李云华四点多就起床和白茗雪上山采茶了,她要赶在八点多去村部上班。这段时间扶贫工作很重,她只能起早贪黑采茶。

"小雪,你说我要是有钱该多好啊。"李云华感慨地叹了口气,"我就请三个保姆来家里,一个照顾我哥,一个照顾我爸妈,一个给我做饭……"

"扶贫为什么不把自己家报上去?"白茗雪突然打断她问道。

李云华愣了愣,随后苦笑:"我家还有我,我爸妈虽然年纪大了,但还能忙点活,我又是村干部,怎么能徇私?"

"这叫徇私?"白茗雪转头看了眼李云华,一针见血地问道,"你们扶贫对象的条件是什么,你自己不清楚?不是都要按政策来?有什么不好意思的?"

"现在名额有限,其他贫困户优先,我家也没到揭不开锅的地步。"李云华显然不想继续这个话题,"你家那个贵客是个大主顾啊,昨天聊了两句,说真的,租茶山这个事挺好,你看再下一场雨,谷雨前的茶根本采不完……"

"嗯,可以租。"白茗雪知道她说得没错,这边留守的茶农少,茶山大多荒废了,除了几个大茶厂雇人采茶,大多数家庭都是一家人上山采茶补贴家用,并没有当成重要的事业来做。

"你不喜欢那个帅哥吗?"李云华忍了一晚上,终于问道。

平时白茗雪虽没李碧霞那么热情,但也挺礼貌懂事,对家里的客人更不会冷脸相对,昨天她注意到表妹看帅哥的眼神不太对。

李云华了解白茗雪的性格,她俩是表姐妹,从幼儿园就开始一起上学,一直到高中毕业,比亲姐妹还亲,比闺密还近。

"……没有,刚见面的人,谈不上喜不喜欢。"白茗雪顿了顿,想到那个人就有点心堵,"反正,租给他之前签好合同先收钱,别被骗了就行。"

"看他长得好,气质又好,要是骗子,那现在的骗子门槛也太高了。"

李云华扑哧一笑,说道。

正是因为小伙子长得好,看着贵气,所以才更没法忍受他准备做机器茶的行为。

"知人知面不知心。"白茗雪还没说完,听到一行人说说笑笑的声音从密林深处传来。

凌晨三点雨停了,一大早就有不少人上山采茶,其中包括李碧霞请来的外地采茶人。

走在这群茶佬子后面的,是个气宇非凡的年轻男人,眉眼深邃又精致,穿着一件宽大的老旧风衣也自带一股风流倜傥的气质,和大山的淳朴厚重格格不入。

早上五点,水洗过的天空还是深蓝色,东方的蓝色变得很浅,透着鱼肚白,有一丝丝金红色的光在天边晕染开来。

叶嘉走到山顶一块凸出的岩石上,往东边眺望。

这里是典型的山地森林,一座接着一座的山头连绵不绝,一望无际,竹林和松林密布,时有火一般艳丽的映山红和野桃花点缀其中,半山腰还有翡翠般的大水库和星星点点的碧绿湖泊——哦,大别山!

一道灿亮的光挣脱天际,太阳从山的东边探出头,瞬间点燃了半边天空。

"今天又要下雨。"李云华抬头看了眼美丽的霞光,拿起遮阳帽戴上,像是喃喃自语,"朝霞不出门,记得中午回去带雨衣。"

白茗雪的目光落在不远处岩石上长身玉立的男人身上。叶嘉穿着她爸爸浅米色的工装风衣,有些宽大的风衣下摆被山风吹得飘飘荡荡,一瞬间,白茗雪仿佛看到了自己老爸的身影。

小时候,爸爸采完茶,总喜欢抱着她坐在那块平整的大岩石上,给她说山神鬼怪的故事,什么野兔报恩、土地公替天行道、狐狸精助学穷书生……说完后,又会拍着她的头说,以上故事全是瞎编的,要相信科学!

科学啊……白茗雪看着看着,不觉眼里有些湿,嘴角却露出一丝笑来。

叶嘉一回头,看到白茗雪正盯着自己,那双眼睛在朝阳下像花朵上滚动的露珠,亮晶晶地反射着光芒,唇角似乎还带着一丝笑,让她清俊的脸上多了一丝柔和的光。

不过那光芒转瞬即逝,她很快就低下头,避开了他的目光,遮阳帽挡住了那张中性帅气脸蛋,她只顾低头采茶。她做任何事的动作都利落干脆,不仅没有任何拖泥带水的停滞,还有着行云流水的力量感。

叶嘉很喜欢那种飒爽,对他这个有点强迫症的人来说,看她做事都觉得是一种视觉和心理上的享受——严谨、准确、迅速、均匀、有美感。所以,他还挺喜欢看她,赏心悦目。

"你家茶山位置真好,等我以后老了,可以包下山顶盖一座农庄,每天坐家里看日出日落,倒也是一种人生。"叶嘉跳下岩石,走到白茗雪身边,一边观察她采茶的手法,一边故意说道。

"别打我家茶山的主意啊,没地方给你盖房子。"白茗雪果然面露一丝警觉,提醒他。

"就是随口说说,别紧张。"叶嘉吃饱睡足气色很好,没半点昨天落汤鸡的凄惨样子,神采飞扬,更像个来游山玩水的富家子弟,眉梢眼角带着几分迷人的自得。

他学白茗雪采了片茶叶,拈在手里看着嫩芽上的脉络,不知想到了什么,眼睛都变亮了,嘴角也扬了起来。

鲜嫩的茶叶在阳光下发亮,像一片新生的希望捏在叶嘉的指尖。叶嘉站在这片茶园里,能感受到脚下坚实的土地传来的力量,真是一种神奇又新鲜的感觉。

"你是准备帮我采茶吗?小心点,别掐断了头。"白茗雪看他面露诡异的表情,一片片掐着茶叶,忍不住说道。

"瓜片好像是唯一无梗无芽的绿茶,也是现在制作工艺最复杂的绿茶?"叶嘉学她的样子,拽掉每一枝上发出的第二片嫩芽。

"把'好像'两个字去掉。"白茗雪手速飞快,眨眼就采了一把扔在了竹篮里。

叶嘉扭头看着她,觉得她说话很有趣,和身边其他女孩不一样,她从语气到表情,都有点酷。

是那种带着甜味的酷,像夏日深山中蜿蜒而下激扬的溪水,清冽甜美。

"听说你们以前不这么采,都是等谷雨前后把整根茶叶都摘走,回去后'掰片'?"叶嘉不觉开始找话题。

其实路上他已经问了很多和茶山有关的事,昨天晚上他也学到了很多有趣的知识。比如位置、朝向不同的茶树,或者同一棵茶树不同的茶叶,生长的速度都有不同;同一个枝节,不同的叶片的生长也有先后。一般先把长得刚好的叶子采走,嫩一些的叶子且先留着,过个两三天,小叶子长得饱满就可以采摘了。一般瓜片能采上五六茬——这也是瓜片的重要特征,只用叶片制作,不带有芽尖和茎梗。

而茶山的大户也有大户的烦恼。有时候叶片在几天内疯长,得赶紧采摘,否则就会老掉,味道会差很多,这时候的人手必须非常充足,碰到了雨天也得冒雨采茶,再送回家晾干。

白茗雪家就是大户,几座最好的山头上全是她家的茶叶,所以她家年年雇人来采茶。那天下大雨她也没舍得走,才被迷路的叶嘉遇到。

"那是老方法啦,我们这边叫'搬片'。"李云华忍不住接口,用家乡话纠正发音,"很烦琐,又费时,而且效率低,出货量太少了,现在淘汰了。"

以前枝梗分开,嫩芽炒"银针",茶梗炒"针把",叶片则分老嫩片,最好的拿来炒瓜片。

"看到没?"白茗雪见他好学的样子,也没露出太多抵触的情绪,反倒是挑了一根比较壮实的新茶,约莫两寸长,整根掐掉,举到叶嘉面前,将上面还没冒出两毫米的嫩头掐掉,示意叶嘉手伸过来,放在他掌心里。

叶嘉看着她将半寸多长的第二片叶子也掐掉,继续放他手上,鲜嫩的茶叶带着喝饱水的分量,压在他的掌心,有些痒。

白茗雪又将第三片叶子掐掉放他手里,最后拿着光秃秃的茶梗说道:"这就是老方法,小时候我们就坐在家里,把这些整根采回来的茶叶按照大小分门别类整理好,最好的卖掉,最差的茶梗留下来自己喝。"

"掐掉头的茶叶不能再次生长,不像我们现在这种采法,你看,过两天上面的茶叶长大,又能继续采摘。"李云华热情地凑过来说道。

白茗雪将茶梗放到他手里:"所以,你要是帮忙采茶,别把头掐了,取中间两片大小、嫩度相仿的就行。"

本来没指望这公子哥儿能帮自己采茶,别在这碍手碍脚就不错了,可没想到叶嘉似乎对茶叶非常感兴趣,拈着茶梗在指尖转了转,低头转到一棵茶树后慢悠悠地摘起嫩芽。

"你们都必须手工采摘吗?一上午能摘多少鲜叶?"叶嘉摘了一会儿,注意力又回到白茗雪身上,忍不住找着话问。

"要看什么茶。明前茶和谷雨茶的叶片重量不一样,还有采茶人的速度和质量也不一样,一整天下来,有采十来斤的,也有的只能采四五斤。"只有李云华搭腔回答。

戴着耳机听歌的白茗雪像是和外界隔离了,丝毫不关注外面的声音。

"采茶还有质量?"叶嘉觉得很有趣。爸爸常说,"纸上得来终觉浅,绝知此事要躬行",果然不假。

"当然有。有的人虽然手快,但性子急,采茶的时候几乎是一把把撸下来的,叶片不完整,或者大小不均匀,这种茶,我小姑家就不会要。"李云华学着不同人采茶,又指了指叶嘉手上的茶叶,"你采茶虽然慢,但你摘的叶片完整,大小也均匀,我小姑家的茶叶都是这种,从鲜叶质量上就比别人家的好。"

"这样啊。"叶嘉说着,看了眼低头专注采茶的白茗雪。

她身边不远处正好有一簇轰轰烈烈绽放的映山红,与她清冷的气质交相辉映,大自然的气息与她合为一体。这种草木蓬勃的气质,在她身上并不是土气,而是呈现出一种和他的生活圈完全不一样的独特姿态。

这种独特,不只是装扮和面孔上的,还有姿态上的利落。不会刻意扭曲地呈现或者掩盖身体曲线,也没有娇软扭捏故意收着的身体语言。她整个人都是流畅的、有力量的,没有过多的脂粉气,也不倚仗女生的便利。

第一章 人间四月天 | 023

她像是一棵不断往上生长的松树或者竹子,风来,她便随风摇动枝叶,雨落,她就自然地接住雨滴,既不刻意迎合,也不故意疏远。

对,她的姿态像脚下的这块大地,有着给予者的包容、可靠和力量;又像这明媚的人间四月天,或许有阴霾和风雨,但藏着无限的生命力,不停地往上生长,是舒展的、有力的、蓬勃的。

白茗雪感觉到有一道目光比阳光还火辣,她突然抬头,看向叶嘉,拽掉一只耳机,问道:"怎么了?"

"你们要的茶叶,是这样的吗?"叶嘉撞到她的目光,避开了,捏着手里的茶叶问道。

强迫症让他采茶的时候每片茶叶都叠在一起,大小、长短相仿,攥在手里跟拿着一沓人民币似的。

"嗯,就是这样。"白茗雪欲言又止,觉得他这样采茶效率太低,但转念一想,他也不是自家雇的采茶人,不过是图个新鲜玩玩的少爷,有什么好指点的?

叶嘉还想找点话和她说,可见她又塞上耳机,沉浸在自己的世界里,仿佛和这茶山融为一体,让人不愿轻易打搅。

他只能忍住了,低头默默采了半小时,就觉得脖子疼,手指也疼,指尖黑黑的,染上了新茶的颜色,而篮子里一沓沓整齐的茶叶还不到半斤。

炒茶人说,五斤左右的鲜叶才能炒一斤成品茶叶出来,叶嘉亲手尝试后,觉得这人工费太贵了——他的采茶时间成本太高,按照这样的速度和精力,炒好的茶叶该天价了。而且太阳越来越大,虽然春天山里的天气很凉爽,可是如果站在这里一动不动地采茶,还是被阳光晒得脸疼。

叶嘉突然有点心疼——这些细皮嫩肉如花似玉的女孩子,如果在大城市长大,肯定都被捧在手里,连锅都不让刷,整天刷手机,打扮得美美的,过着滋润的生活,不用在这里风吹日晒地干活。他越想越觉得大山里的孩子太可怜了。

"我脸上有什么东西吗?"白茗雪又拽掉了耳机,转头看着无心采茶不停看她的叶嘉,一口气问道,"还是你想回去了? 找不到路?"

她的声音略带清甜又有些冷冽，如同山泉水从岩石上飞流而下，扑面而来，清爽提神。

"我不回去，只是……太热了。"叶嘉收回目光，往旁边竹林的阴影下走去，站在竹林下的茶树边揪着茶叶。这手里的绿意让他想到那杯汤色碧绿澄净的瓜片，好像未来也是绿油油的，充满了生机和希望。

"你还真帮咱们采茶啊？"李云华扑哧一笑，从屁股下面抽出小马扎和她的茶篮，给那大少爷送过去，"我一会儿就要下山了，这个给你坐坐。"

叶嘉刚才看到一群上山的茶农有的提着小马扎和凳子，原来是要坐着采茶——他们有人会在山上待一整天，自己带了干粮和茶水，直到天快黑了才回家。

还好白茗雪没带干粮，也没带马扎，就带了一大壶两三升的茶水，看来中午是要回家吃饭的，不然跟着她在山上饿一天，叶嘉受不了。他莫名地期待着中午的农家菜，想起昨晚那顿香喷喷的柴火饭，他就饿了。可李云华一走，白茗雪好像完全把他忘记了。

现在阳光晴好，和昨天大雨时山里一个人也看不到的景色相反，从高处看去，茶山上星星点点都是采茶人。他们有的三五成群聚在一起边聊天边采茶；有的和白茗雪一样，戴着遮阳帽，低头一个人默默采茶。

叶嘉从小就讨厌枯燥无味毫无技术性和挑战性的工作，采茶就属于这种活，还没人和他聊天，说点技术性的话题。所以等他耐着性子将一棵茶树上的绿芽摘完，忍不住拿出手机。

山顶依然没信号，叶嘉打开备忘录，在上面记着东西，整整写了一个多小时，脖子酸了，才站起身活动了一下肩颈。他看到白茗雪已经挪到后面一排茶树，面对着他，依旧保持之前的挺拔姿势，飞快地采茶。

真有毅力……不用动脑的劳动力普遍优点就是——耐力好，能吃苦。叶嘉腹诽。

"你干吗？不许拍照！"白茗雪敏锐地察觉到镜头，猛然抬头，锐利的眼神射向叶嘉。

"你不累吗?"叶嘉见她终于看自己了,镇定自若地收起手机,反问,"不饿吗？不热吗？不觉得很无聊单调痛苦吗？"

"你是《十万个为什么》吗？"白茗雪拽掉耳机,学着他的语气反问。

对茶农来说,每年这一个月虽然辛苦,但也是最幸福的时刻吧。当然,城里的大少爷是不会懂耕耘后收获的喜悦,也不会感恩和珍惜大自然的馈赠,只觉得用钱就能理所当然地得到一切——这逻辑也没错。人和人的身体距离很容易接近,但思想的距离很难逾越。

"我就不能关心你一下？毕竟昨天你救了我,说起来是我的救命恩人,回报一下应该的。"叶嘉越是见她不喜欢自己,就越故意凑过去逗她,一脸好心地拿着一根折断的竹枝,毫无用处地替她挡着刺眼的太阳,"你看你一个小姑娘,每天站山顶上风吹日晒的,细皮嫩肉都被晒伤了,多辛苦啊！不如把山租给我,我雇人来采茶,你就在家炒炒茶,喝喝茶,舒舒服服地躺着。"

小狐狸确实细皮嫩肉,脑后一截修长的脖子雪白细腻,可惜那双手晒得很黑,也可能是染的茶汁,细细的手指上布满了劳动的影子,上面还缠着创可贴。

"你要很多茶吗？我姐家的茶山还不够你采的？"白茗雪觉得他说话的语气让人不舒服,但她没生气,抬眼看看他,又低头继续采茶。

李云华家茶山就在屋后,连绵好几亩,只是每年茶春她都会先来帮妹妹家采茶,因为这块山头的茶是最好的。

"我想要这里所有的茶。"叶嘉从山顶放眼望去,山林树木之中不时有茶山梯田出现,大多茶山都是空的,星星点点的采茶人在茶山里看着是那么渺小而稀少。

"所有的？"白茗雪终于停下了手,认真打量着叶嘉。

太阳下有些热,他已经脱了风衣,里面穿着她爸爸半旧的工装蓝色衬衫,依然不像是干活的人,那张精致的脸上带着一丝纡尊降贵的神态,好像他站在这里是对大山的恩惠。

"嗯,谷雨一过,到立夏之前,茶叶生长的速度越来越快,叶片越来越大,也越来越不值钱,立夏之后茶叶就老了。可这段时间的茶叶,你们靠自己和雇人还是采不完,很多茶都只能看着变老,多可惜。"叶嘉今天跟着当地茶农上山,从他们口中又得到不少知识,越发觉得自己来到这里是正确的,"但如果和我签下合同,我会雇人上山将你们采不完的茶叶全部承包下来,既不浪费资源,又能互惠互利,你觉得呢?"

"收回去全部机器制茶?"白茗雪心里很生气,气得反而笑了,"醒醒吧,不可能的,大家不会把茶山交到一个根本不懂茶的人手里。"

至少她不会。

但是不可否认,叶嘉的想法会受到大部分茶农的欢迎——只要钱给得够,这个方法确实互惠互利。所以白茗雪才更火大,有一种心爱的东西即将被人夺走毁掉的气愤和无能为力的恐慌。

白茗雪越想越心里堵得慌,提起茶壶,转头走到那块岩石上坐下。太阳有些晒,但岩石上依旧冰凉,她坐在上面,心烦地取下遮阳帽,拧开壶盖,抱起来,仰头往肚子里灌茶水。

"我不懂茶,但我懂市场需求。顺应需求,才能高效、精准地做出绝大多数人想要的产品,不如我俩合作……"叶嘉站在岩石边,看她喝茶的帅气姿势,忍不住又感叹一次,小狐狸真飒,要是剪个平头,真像个帅小伙。

现在她把头发高高地绑在脑后,阳光从她头顶洒落,把她那张脸照得雪白,眼睛照得清亮,利落的姿态再一次让他想到这美好的人间四月天。有些冷,有些暖,有些阴晴不定,可万物发芽,蓬勃努力地向阳而生,带着春天独有的生命力和绿意。不是千篇一律的美丽,而是那种生命绽放的独特魅力。

"我俩能有什么合作?我家的茶山,不会有多余的茶叶给你。"白茗雪放下茶壶,转过脸避开叶嘉的目光,看着远方渐渐升腾起来的云,不想再说话。

她家的茶山是老妈的命根子,也牵连着她的命运,不会让给任何人。

这个四月,她只想将一年的好茶用最传统的方法保存下来,让更多的人喝到正宗的瓜片。

第二章　半城贡茶

李碧霞的老字号茶庄历史悠久,能追溯到康熙时期。据说乾隆下江南时还在茶铺里喝过一口醇香回甘的瓜片,惊为"天茶"。此后有一段高光时刻,年年进贡入宫,成为贡茶。

可这数百年的历史也抵不过岁月变迁。到了李碧霞这一代,经历了无数动乱的茶庄不复之前的荣光,成了一个勉强维持的小茶铺,在市里茶叶批发市场只剩下一个小门面,上面挂着斑驳烫金的三个大字——"李半城"。

谁也不知道这块匾额什么时候留下的,经历过沧桑岁月,到今天,只留下了这彰显当年荣耀的三个字。据说当年六安城的茶叶,最好的都在李家茶庄,而李家靠瓜片生意也富有半城,留下了这个名号。

"小芸,再给我添点热水。"一个不修边幅、满脸白胡茬的老头子拿着茶杯喊道,然后继续对进店的客人说道,"当年的贡茶,你知道筛选起来多严格吗?"

"五选八弃:选日子、选时辰、选茶山、选茶叶、选茶枝。"那个进店听他吹了半天牛的年轻人微微一笑,说道,"弃无芽、弃叶大、弃叶小、弃芽瘦、弃芽曲、弃色淡、弃食虫、弃色紫。对吗?"

张老头拿着茶杯的手顿了顿,仔仔细细打量着眼前的顾客。

这个男人三十上下,眉目舒展温柔,穿得舒适却考究,中式的上衣衬得他特别儒雅有气韵,像从国画里走出来的读书人。

"对,一看你就是懂茶的。来,再尝尝这当年的贡茶瓜片。这明前茶啊,当年咱们老百姓很难喝到,只有达官贵人才能一尝茶味。"张老头就跟在自己家茶铺一样,见小芸在忙着打电话,自己走过去拿起水壶,抓了把瓜片放进店里专为客人尝茶准备的玻璃杯里,给男人泡了一杯。

透明的玻璃杯能更好地观察到茶叶的色泽和形状。叶片上下翻滚,绿意在杯中浸染,香味顺着热气蒸腾而上,许清友觉得毛孔都在这高朗香醇的茶味中舒展开来——是的,这就是当年贡茶瓜片的味道。

几百年了,能茶香不变,可见制茶人在认真严谨地延续那一道道烦琐的工艺,不敢有任何放松。

"我家老板还有一会儿就到,麻烦您再等一等啊。我给您泡杯……"小芸挂掉了电话,眼睛又盯着电脑上正在热播的剧,余光瞄见张老头给客人泡好了茶,无奈地噘着嘴,"张爷爷,你喝好茶可以回去了吧?看看都几点了,该去接孙子了。"

这个张老头每天都要来蹭茶,也就是老板厚道,脾气好,换隔壁店的阿姨,早就拿扫帚撵人了。

"啊呀,聊忘了,我要走了。小伙子,你眼光不错,这家的茶绝对是上品。"临走前张老头还喝"茶"不忘"给茶"人,指着外面的金字招牌,"李半城,当年茶王啊!"

"张爷爷真是……"小芸收拾着张老头的水杯,满脸不悦地咕哝,"把这里当免费茶水店了,天天下午要来喝一壶,明前茶多贵啊……"

"一杯茶最多几十块钱的成本,只当雇个人在这里宣传你家的茶,不亏。"许清友看着小姑娘笑了,说道。

小芸像是才发现眼前的男人——她一向迷迷糊糊,读不进去书,只喜欢看剧。刚才这个人进来时她正在刷剧,被剧里的男主角迷得死去活来。客人进来说找白茗雪,她的眼睛也没怎么离开电脑里的热剧。现在近距离一看,小芸顿时脸红了,这个男人笑起来和剧里的男主角真像啊,五官俊朗,温文尔雅,还有迷人的小酒窝。

"刚才……刚才您说是……"小芸结结巴巴,拿起水壶给他添水,偷偷瞄他。

"许清友,白茗雪的故友。"许清友耐心、温和地重复一遍。

"哦哦哦，对的，许先生，你要不要到里面坐？外面风大，茶冷得快。"小芸还从没见过长得这么好看的男人，感觉自己穿越进刚才的热播剧里，和男主角面对面，心跳得厉害。

"也好。"许清友端着那杯热茶站起身，跟着小芸到后面的小茶室。

茶室只有七八平方米大，方方正正，放着一张茶桌和两张椅子，墙上挂了一幅松竹图，除此之外什么装饰都没有。

许清友一眼就认出茶桌上的那套白瓷茶具是他送的。但冲泡这样的名贵绿茶，还是玻璃茶具最好，就像他手中这看似普通的玻璃杯，将瓜片的姿态和色泽展现得通透完美。

一盏茶的工夫，茶室的门就被风风火火地推开了。

许清友放下茶杯，起身回头，看见门口站着气喘吁吁的帅气少女。

她绑着高马尾，额头光洁饱满，长形脸线条利落流畅，五官也同样爽利英气，穿着略显宽松的卫衣和飒爽的工装裤，裤腿上还有泥点，满脸惊喜地看着他。

"终于见面了！"白茗雪笑着冲上去，就想给他一个大大的拥抱。

但她发现许清友只淡淡笑着，顿觉自己的举动有些热情，冲到他面前，讪讪地改成了握手。但她看了眼自己因为采茶变得粗糙发黑的指尖，又收回来，握拳轻轻敲了敲许清友的肩膀，掩饰不住脸上的喜悦。

"终于见面了。"许清友向她伸出手，微笑着说道。

白茗雪犹豫了一下，伸手过去攥住他的手，眼里全是笑意，一点也不见外地说道："要去山上看看吗？还是先落脚休息？这几天忙死了，我送完茶，一会儿还得回去。"

"当然是去茶山看看，这几天辛苦你了。"许清友摸到她指尖裂开的伤口，松开了手。

她比视频里更灵动可爱，笑起来眼睛弯弯的，特别阳光纯净，让人的心情都跟着好起来。

"没事，家里一堆人……也不多你一个。"白茗雪想到前几天住在家里的那个带着女秘书的公子哥儿。幸好他们已经走了，不然还真的挺麻烦,只能住云华姐家。

"你不喝口水?"许清友见她说完就转身要走,问道。

"早点回去拉老火,我得盯着点,不然二叔肯定要偷偷抽烟。"白茗雪示意他跟着自己,"你的行李呢?放哪里了?"

许清友指着门边一个二十寸的箱子。

"就这一个箱子?"白茗雪还以为这讲究人要带一堆行李来,没想到就简简单单一个黑色箱子。

"我自己来提,哪有让女孩子提行李……"许清友没想到白茗雪动作那么快,直接提起行李就往外冲,赶紧跟上去想拽回来。

"和我客气什么?不过我的车有点简陋,将就着坐。"白茗雪一把拉开自己的小面包车车门,将他的箱子放进去,笑着回头说道。

这女孩……力气真大。他的箱子很沉,除了衣服,还装着电脑和茶具,可她一只手就稳稳放进去了,力气和她纤瘦的体形、清俊的外表完全不符。

"是不是没坐过这么破的车?"白茗雪的面包车后排拆了,只留下副驾驶座,这样放茶桶方便。

面包车里都是刚烘烤出来的新茶的香味,带着木质的炭香味,和外面微冷的新鲜空气混合着,让人心旷神怡。

"也是一种难忘的人生体验。"许清友没有否认,看着外面倒退的风景,想了想,又说道,"我在四川找茶的时候还坐过驴车,所以这不算是最破的车。"

白茗雪忍不住笑了起来,面容灿烂,打开音乐:"没错,至少车上还有音乐呢。"

> 想把我唱给你听
> 趁现在年少如花
> 花儿尽情地开吧
> 装点你的岁月我的枝丫……

音乐冲出来,和她飒爽的外表完全不同,耳朵里全是细腻又浪漫舒缓的民谣,还带着一丝学生时代的青春气息。

出了城之后,只见外面风景渐变,到处都是金黄的油菜花和深绿色的茶地,中间还夹杂着满田绽放的紫云英,连空气里都充满了花蜜的甜味,倒是和纯真的歌曲很搭配。

听了一路,直到停车,脑子里全是这音乐的旋律。

谁能够代替你呢
趁年轻尽情地爱吧
最最亲爱的人啊
路途遥远我们在一起吧……

从市里到山上,正好一个小时的路——白茗雪开车又快又稳,山道上的路她也熟悉了,弯来拐去,很快就过了桥,到了家。

她家门口有个很大的院子,一堆人正在那里忙活——是炒茶拉火的老师傅们。

白茗雪将车停在院子边的竹林下,又准备帮许清友提行李。

"我自己来。"这次许清友做好了准备,先一步攥住行李提手,微笑着说道。

他的语气温和,却不容反驳。白茗雪也没勉强和他抢这种小事,一挥手,关好车门,带着他往院子里走:"今天最后一拨明前茶拉老火,任务繁重,估计要忙到夜里,晚上就随便吃点。你有什么忌口和喜欢的吗?"

"没有,不用管我,有什么需要我帮忙的说一声。"许清友作为她的大客户,第一次来现场就看到壮阔的拉老火场面,心里很期待和激动。

在绿茶中六安瓜片的工艺最为复杂,生熟锅杀青炒制定型之后,还要过三遍火。

第一遍是拉毛火,用烘笼炭火,每笼投叶三斤左右,烘顶温度一百摄氏度,烘到八九成干后,拣去黄片、漂叶、红筋、老叶,将嫩叶、老片混匀。

毛火后一天要拉小火,每笼投叶六斤左右,火温不宜太高,烘至接近足干即可。

拉老火是最后一次烘焙,要求火温高、火势猛,对瓜片特殊的色、香、味、形影响极大。

上品瓜片,从采摘到三道火结束,每一道工序都会严格把关,现场就能闻到浓浓的茶香味,令人头脑振奋,神清气爽。

"没什么要你帮忙的,你就先歇着,明天一早带你去看茶山。"白茗雪丢下这句话,便开始招呼院子里的人们。

李碧霞屋前屋后地忙,看到女儿带回来的客人,眼睛一亮,立刻放下手里的茶壶,走上去亲切地喊道:"小许?!"

许清友微笑着点头:"伯母好,我是小许。"

"你照顾我家生意这么久,现在才见着面。快快快,进来喝杯茶。"李碧霞赶紧招呼他进门,见女儿已经在院子里忙起来,不再喊她。

许清友和白茗雪认识颇有缘分——他俩是网友。准确地说,许清友在网店寻找好茶时,和白茗雪认识了。他在白茗雪的网店买了近两年的茶,是白茗雪网店的最大客户。

去年茶春时,他本想抽空来看看,但正在其他茶叶基地忙着推广新茶,没空过来,今年终于在清明节后一天来到六安。这次来,不只是来茶山看一看,他还想和白茗雪合作,开个瓜片分店。

"二叔,不能抽烟,忍一忍啊。"

"咋就不能抽了?就你要求多。"二叔愤愤地收起烟盒,啐道,"我就不爱给你家拉火,人家都不管我抽烟,就你这丫头要管。"

"还是把烟给我。烟味和烟灰落茶叶里,我这一筐就全毁了。"白茗雪眼疾手快地将烟盒从他的上衣口袋里抽出来,"等拉完火,我给你买包好烟去。"

"这丫头片子……也就她能管住老二抽烟了。"其他几个叔伯都笑了起来。

许清友站在二楼窗台，看着院子里烧旺烧匀的木炭。这是黄栗树炭，栗炭有很多优点，炭灰少，火又旺，燃烧的时间长。

瓜片的最后一道火很重要，对它的香气、色泽影响重大，所以烘火的师傅也很重要。

两个师傅抬着十来斤重的烘笼在炭火上烘焙两三秒钟，立刻抬下翻茶，紧接着后面两个老师傅抬着烘笼轮流上烘，大家抬上抬下，边烘边翻，热火朝天。

看着师傅们汗流浃背地拉老火，许清友不由得想到了当年贡茶的制作。贡茶的揉茶师要沐浴斋戒才能进行加工制作，手工制作贡茶时工艺非常严格，有专人为揉茶师擦汗，不允许有汗滴、灰尘进入茶之中。而白茗雪对茶叶的要求，就像当年对贡茶的要求，态度严谨认真。几盆炭火放在院子里，师傅们脖子上挂着毛巾，抬着烘笼一遍遍从炭火上抬过去，留下了一地深色茶粉。白茗雪在院子里一刻不停地忙，盯着茶叶"上霜"情况。

"大伯你歇一下，我来。"白茗雪见最年长的大伯气喘吁吁，脱下长袖外套，里面穿着件和他们很像的工字背心，戴上手套，替代大伯抓着簸箕的边缘。

从许清友的角度可以清楚地看到她优美的手臂肌肉线条和漂亮锋利的肩膀线条，以及紧实鼓起的……胸肌？

许清友收回目光，拿出手机打了个电话。

相比最贵的明前茶，又壮又嫩且耐泡，价格也相对实惠的雨前茶上市了。许清友已经做好了计划，今年他会来茶叶基地收购茶叶，将当年的贡茶瓜片重新推到世人面前。

这里的少女可爱又纯洁，空气清润又新鲜，夹杂着后山野生兰花的幽香和茶味，让人心旷神怡。

就是床有点硬……在硬板床上睡了一夜，第二天早上，许清友翻了个身，觉得腰疼。

外面天刚蒙蒙亮，后院的公鸡开始打鸣，把许清友吵醒，紧接着他听到隔壁开门的声音。

"早啊。"许清友拉开门,正好看到瘦削俊俏的少女从门前经过,笑着说道。

"这么早?不多睡一会儿?"白茗雪昨天直到深夜还在拉老火,带着轻微的黑眼圈,打着哈欠问道。

"你们一早就要上山采茶了吗?"许清友想去看看茶山。

"嗯,不过今天我不去了,我在家炒茶。"白茗雪揉着酸痛的胳膊,"还有最后一点明前茶没拉小火,得快点炒出来,要不然……你应该懂的,雨前茶下来得又快又多,根本来不及炒。"

"我正好想和你商量一件事。"许清友昨天看她忙得都没空招呼自己,也没提,自己吃完晚饭在村里转了一圈,了解了一下茶农情况。

"我也想和你说一件事。"白茗雪突然想起来什么,竹筒倒豆子一样又脆又快地说道,"今年明前茶的数量少多,被其他人买走了大半,我还是帮你加抢收了点放家里,但你说这次要得多,也没说多多少,太多的话,得从其他人那里买了。"

都是那个叶嘉,从她妈妈手里买走了所有的茶,明前茶本来就少,现在更是供不应求。

"我今年想要很多。"许清友神秘一笑,"我昨天出去看了一下,和你说的一样,很多人采了新鲜的茶叶直接卖给茶商,我想全收了。"

"全……收?"白茗雪愣了愣。

村里大多数人家都是直接卖新鲜茶叶,不会拿去第二道加工,因为每天采的几斤茶根本不值得开锅炒出来。很多人会直接卖给收叶片的茶商,或者送到白茗雪这样的大茶铺里一起炒制加工。

"是的,今天我的人会过来收茶叶,你帮我盯一下新鲜叶片质量,每斤鲜叶我多出五块钱,你让人都送到这里,可以吗?"许清友说道。

"这……当然可以,但那么多鲜叶,你怎么处理?我家也就这十口炒锅,消化不掉。"白茗雪皱眉问道。

"你不用管了,我的人会拉回去,我来之前就在市里找好了大茶厂加工。"许清友笑道。

"大茶厂？哪家的？"白茗雪对这些茶厂都很熟悉，她家虽然中落，但毕竟是曾叱咤风云的百年老牌，很多新兴的大茶厂曾想收购，都被李碧霞拒绝了。

"别问了，反正我还是你的客户，不会背叛你的。"许清友依旧带着笑容，承诺一样的语气，"还有网店的事，我已经在弄了，合同也带过来了，推广安排都做好了，就等你签字。"

"我刚才那意思，不是怕你跟别人买茶，我是怕你被骗……"白茗雪以为他误会了，赶紧想解释。

"我知道，所以我要你帮我盯着茶叶质量，山顶茶和山脚茶，你应该能分得出来。"许清友觉得她担忧的样子很真诚可爱，忍不住拍拍她的肩膀，语气中满是亲昵和信任，"这个重任就交给你啦。"

"你确定要收这么多茶叶？"白茗雪知道瓜片有个致命缺点，就是时效性短，难以保存，一旦压在手里卖不掉，第二年新茶上市之后，陈茶更卖不出去，全亏在手里。

许清友确定地点点头："是的，全收了。"

"全……收。"白茗雪倒吸了口冷气，在她的印象里，这个神交已久的品茶人是一个冷静淡然的人，绝不会做这么鲁莽的决定。

"嗯，辛苦你了。"许清友看了眼她因为采茶而裂开的手指，转身回房，"等我一下。"

他拿出几张创可贴，走回白茗雪面前，握住她的手，眉眼含笑地温柔说道："多漂亮的手啊，对它们好点，别用得这么狠。"

白茗雪被他说得鸡皮疙瘩都起来了，立刻抽回手，将创可贴也拿过来，脸色微红："谢了。你确定全收的话，我得让我妈去帮你吆喝。"

李碧霞在这十里八村无人不知。她年轻时漂亮泼辣，又嫁给一个英雄男人。再往上数，她家的茶庄也显赫一时，老一辈和同龄人都会不自觉给她几分情面。

所以她比村委会的大喇叭还管用。她打了几个电话，买菜时在店头坐两分钟说几句,她家来了个土豪,加钱收瓜片的消息,在黄昏来临之前传遍了八乡五坳。从蝙蝠洞到齐云山,大家不远十多公里,骑车或让邻里捎带过来送茶叶。

别小看这一斤多五块十块,对茶农来说,一天多挣几十一百块,那是额外的幸运。

白茗雪看着许清友的人开了辆小卡车,一卡车一卡车地拉走鲜叶,心里隐隐有些担忧。

许清友的意思是,他不但要收雨前茶,还要一直收到立夏,也就是说,除了部分自己茶厂收回去的茶叶,这里的一大半的瓜片都被他收走了。

这么多的茶叶,要怎么处理?但是没等白茗雪担忧太久,许清友前脚刚走,后脚茶山形势又变了。许多衣着统一的茶侉子一车车进山,训练有素地采茶。这导致许清友收的茶叶在谷雨那天锐减。

谷雨这天,又淅淅沥沥地下着小雨,布谷鸟的声音在山里一声声回荡。白茗雪家茶房热火朝天,几口锅里茶叶翻滚,带着独特的香味,从门和窗户弥漫出去。屋顶的烟囱飘散出青烟,让这块坐落于群山之中的世外桃源染上了一丝尘世的气息。

那位不速之客又来到了白茗雪家茶房门口。他熟门熟路,仿佛回自己老家一样,推开栅栏院门进来,径直往边侧的茶房走去。

白茗雪的脸被锅炉里的火映照得红扑扑的,反射着晶莹的汗水。她觉察到光线微弱的变化,一转头,看到站在门口身材修长笑意盈盈的公子哥儿。

"你?!"白茗雪看到他,猛然站起身。

"看你的表情很惊喜,是不是几天没见想我了?"那人脸皮很厚,带着戏谑的笑容,凑过来问道。

屋里炒茶拉火忙碌的人都愣住了,互相交换了个颇有兴味的眼神,偷看这个进来的长腿帅哥。

"你们先炒着。张姨,你盯着点火,我出去一下。"白茗雪的感官一向很敏锐,她察觉到空气微妙的停滞,吩咐完,往外走去。

经过他身边时,她发现这家伙还站着不动,似乎并不想出去。

白茗雪反应很快,擦肩而过时,顺势抓住他的胳膊,硬生生把他扯出去。

她力气比一般女生大多了,叶嘉只觉得胳膊被她攥住的地方就像被铁钳夹住一样,完全没有温香软玉的温柔,一下就被扯出了门。

"你又来干吗?"白茗雪把他拽到走廊才松开手,完全没有故人相逢的喜悦,警惕地问道。

"上次走得匆忙,这次特意过来感谢一下。"

叶嘉笑得很好看,但那笑容在白茗雪看来有点恶劣,像个准备干坏事的调皮小孩。

"举手之劳,不用感谢。"白茗雪还没说完,就看到有两个人提着大包小包的礼盒从院门进来。

大黄这几天见惯了陌生人,只是趴在狗屋前象征性地叫了两声——它不喜欢茶春,因为这一个月它都会被拴着,主人怕它弄脏茶叶,又怕它乱跑吓到别人,索性拴起来。

姥姥今早高血压发作,在茶房晕倒,白茗雪把她送去医院后,李碧霞就一直在那儿照料,到现在还没回来,所以现在家里忙成一团。叶嘉的突然出现让她更觉得烦躁不安。白茗雪总觉得叶嘉是个金玉其外的刺儿头,最好不要跟他有什么来往。

"在这儿住了三天,受你和阿姨照顾,必须要感谢。"叶嘉笑吟吟地说完,不由分说地让那些人将各种礼包拿进来放在客厅。

"东西真不要了,你拿走。我今天很忙,一会儿还要出去,就不请你在家坐坐喝茶了……"白茗雪的话还没说完,好像听到了院子外面有妈妈的声音。

"其实我昨天就到了,一直在镇上,忙得没空过来道谢。今天听说你外婆生病了,特意先去探望了一下,帮你把人接回来了。不用担心,没什么事,多休息,按时吃降压片就好。"是叶嘉把李碧霞她俩接回来的。

无事不登三宝殿,白茗雪越发警惕,语气里也有浓浓的戒备:"你到底想干吗?"

叶嘉一周没见她,再次看到,觉得她依旧是只六感敏锐的小狐狸,一有点风吹草动就非常警觉地竖起了耳朵,好像贸然伸手,她就会逃进山林里。

"你觉得……"叶嘉故意凑近她,脸上挂着玩世不恭的笑容,"我想干吗?"

白茗雪嫌弃地往后退了一步,对他那张好看的脸完全没兴趣,一脸理性地分析:"今天山上来了好多人,是你的人?别打我家茶山的主意,你再献殷勤,我家的山都不会租给你的。"

叶嘉笑了起来,她很直率,坦诚得可爱。他的身边有各色各样的美女,但她们会戴着各种各样的面具。只有她的脸,像月光一样,皎洁澄净,穿透迷雾,笼罩在森林之上,没有任何虚伪,像是能照见这世界最真实的样子。

白茗雪见他直勾勾地盯着自己笑,心里有点发毛:"东西拿走,我……"

叶嘉突然伸手,像是趁着狐狸打盹的瞬间,捏上了她的脸。

她的脸看着瘦,但捏上去满满的胶原蛋白,跟剥了壳的煮鸡蛋一样,白嫩热乎——所以上面那点锅灰看着特别碍眼,仿佛月亮被一丝乌云挡住了。

他忍了好一会儿,这会儿没忍住,用指腹擦了擦她脸上的灰,觉得自己的洁癖会在这里被治愈。

"我帮你算了一下茶叶利润,除去人工费和成本,还有门面租金……"叶嘉见她惊愕傻掉的样子,边擦她脸上的草木灰,边开口说道。

"不需要你帮我算,我家是开茶庄的,没有茶叶开什么店?"白茗雪终于回过神,打断他的话,愤愤后退一步,白净的脸涨红了。她终于知道自己为什么看他这么一张漂亮的脸都没赏心悦目的感觉——因为他的好皮囊都被铜臭味遮盖住了。好像这个人脑子里只有利益,根本不会多想想其他事情。而且还随便占人便宜,行为和他那张绅士的脸反差太大了。

"白茗雪,怎么不请客人去家里坐坐?在走廊上说什么话呢?"李碧霞和一个乡邻大姐撑着伞走进院子,问道。

李碧霞喜欢懂事、有礼貌、嘴甜的孩子,但叶嘉给她的感觉很矛盾。叶嘉不算懂事、有礼貌,有点少爷做派,举手投足间透着高高在上的味道,让其他人在他面前有点抬不起头。可是他有时候又很体贴,出手阔绰,教养因为大方又拔高了很多。

比如她完全没想到他竟会回来"报恩",还这么有心,打听到李家老太太生病,派人去探望,带着一堆礼物,又等老人检查完让人开车接回来。让死要面子的李碧霞怎么都不好意思像女儿那样说出那么不客气的话。哪怕知道他可能是带着目的来的,看在那些礼品的分儿上,李碧霞都得给人家泡杯茶。泡好茶,李碧霞借口去炒茶,把这个有钱少爷丢给女儿应付。

李碧霞虽然大大咧咧,但她也知道自己的性格缺陷,只要被人甜言蜜语哄几句,再大方表示一下,就很难说出什么拒绝的话来,说不准人家提出什么要求她就答应了。在医院里,她就听出了那少爷助理的意思,想把她家茶山租了,出价很高,她差点就被金钱打动了。

倒是女儿,看着年纪小,可主意多,性格坚韧,无论什么糖衣炮弹都打不进她的城堡。用家乡话说,就是犟。从小就犟,坚持自己的想法,九头牛都拉不回来的那种犟。

李碧霞说是在茶房炒茶,可不时地走到窗边,看着客厅亮着的光,不知道女儿和他怎么聊的。在茶庄这事上,李碧霞心底很坚定,在家里最困难的时候,她都坚持要将茶庄做下去,但茶山出租这事,还真让她有点动摇。

"这个年轻人是谁呀?长得真排场。"

茶房里大家都在好奇地议论。家乡话"排场"是好看、漂亮的意思,带着惊叹。

"不会是小雪男朋友吧?还拎了这么多东西来,看家?"

"不是,上次家里不是住了外乡人嘛,太客气了,提东西过来的。"李碧霞赶紧解释。

"上次你家里来的那个小伙子,好像不是长这样啊。"

"那小伙子挺不错的,斯斯文文,和小雪般配,什么时候结婚啊?"

大家显然把前天刚走的许清友当成了叶嘉,纷纷夸他。

李碧霞笑容变僵,说到女儿的终身大事,她就火大。白茗雪就跟吃了雄性激素长大的孩子一样,完全没有意识到自己是个女孩,也没男人缘,更不懂怎么和男生相处,愁死她了。

"霞姐,听说了吗?咱们这里要建个什么茶饮基地,好多茶山都被人包下来了。绿村那边都签了合同,租金不少呢。"终于有人换了话题。

"是啊,我听小马说这边也准备签,有什么帮扶政策,还有补贴。"

大家开始兴奋地议论钱的事,一向话痨的李碧霞还是反常地沉默着,没怎么接茬。

小马名叫马峻,是大学生村干部,不是本村人,六安市里长大的孩子。说来也巧,他和白茗雪同一年毕业,而且还是同一所大学的,考了村干部,去年到这里担任村党组织书记助理。

今年他顺利地考核称职,担任村委员,帮助村民发展致富项目,带领农民办专业合作社,很踏实勤奋的小伙子,村里人说到他都带着几分佩服。

村里的致富项目其实很多,但真正要落实下来,太难了。

马峻每天都在做计划书,想着怎么带领这里的人脱贫致富。养猪场、养鸡场、竹编厂、茶厂……老祖宗说,靠山吃山,靠水吃水。这句话放这里没错。可马峻愁的是,这里山大水美,物产丰富,就是没法推销出去。一是村民保守、淳朴,不肯尝试任何有风险的事情;二是没有资金和资源对接……

可今年不太一样,本地的好茶叶终于吸引了不少外地人的注意,村里接到上面的批文,批下了一块地给人盖厂房,要在这里建立茶饮基地。按理说,马峻应该松一口气,但他因为茶饮基地,几天没睡好。

"这事你应该去找我表妹,那个搞茶饮的天天在缠着她呢。"李云华推着自行车,准备去柳树冲的扶贫对象家里,听到小马对茶饮料很好奇,说道。

"她今天在山上还是家里?"马峻问道。

"给她打个电话不就知道了吗?"李云华扑哧一笑,"没信号就表示在山上。"

这几天扶贫工作繁忙,李云华每天就在自家老屋后面采点谷雨茶,没去表妹家帮忙。

不过她最近心情挺好,因为茶山的承包对大部分茶农来说,解决了很大的经济问题。她家的茶山在山脚,位置并不是特别好,但茶叶多,往年只能靠父母奶奶去采点茶叶贴补家里,大部分茶山都荒在那里浪费了。

现在叶嘉的到来,对普通茶农来说,简直是财神爷下凡。她奶奶激动地爬到茶山上,絮叨这里曾是风水宝地,龙脉经过,所以茶神才落脚,送来瓜片,这瓜片早晚会造福这里的人……

"打电话啊……"马峻有点不好意思地挠挠头,"会打搅到她吧?"

"行了,我帮你打。"李云华风风火火,跨上自行车,拿出手机。

"不用不用,还是我自己来吧。"

"真是磨叽,想找她就直接过去,有什么好害羞的?"李云华见小马脸都被自己说红了,也不逗他了,蹬着车往外骑,"走了啊。"

马峻看着李云华绝尘而去,摸出口袋里的手机。联系人按字母排序,第一个就是白茗雪,他看着那个名字,半天都没按下去。

按下去也找不到白茗雪,因为她今天在茶山上。她家里的几座茶山位置都很好,有着得天独厚的地理位置。她家手工制茶工艺严谨,好茶加上好工艺,让她家的瓜片内质丰富耐泡,茶汤滋味厚重,香气高远,回甘生津,口腔留香持久,不愧当年贡茶的名声。

白茗雪起得早,四点多就上山了,到九点多,她身边的篮子里早就装满了鲜绿的茶叶。

"我先走了。"白茗雪今天要送茶叶去市里,抬头看了眼太阳的位置,眯起眼睛对一边几个低头采茶的茶伢子说道。

"哎,好嘞。"

大家回答得也都简短。

只有一个最东边的采茶大姐对白茗雪招招手,笑容有些意味深长:"有人来找你了,快回去吧。"

那大姐站的位置正好能看到山路,白茗雪提着茶篮一路从山顶溜下去,正好撞到叶嘉面前。

叶嘉只觉得一阵风从山上迎面扑来,他恍惚回到了第一次看到她的场景,在雨中、在山路上灵活迅捷得像只小狐狸。他不觉伸出手,想接住她,可白茗雪控制自如地"刹车",离他还有一尺多的距离,俏生生地站着,看着他。

"别白费力气了,你也看到了,我家茶山没茶给你。"白茗雪就知道又是他,这几天下来,她对这少爷改观了。

原来以为他是个不学无术只会坑老爹钱胡乱投资的少爷,现在看来不是,他是个执着、有耐心、行动迅速、不学无术坑老爹钱乱投资的少爷。

"我看到的,这满山都是茶。"叶嘉伸出的手顿了顿,这只手没扶到她似乎有点不甘心,就往她手里的茶篮抓去,想帮她提茶篮,"我知道你每年有一些茶叶订单要完成,这样吧,今年你不肯租就算了,明年给我吧,我可以先付定金……"

"你已经租走了一大半茶山,干吗一定要盯着我家的茶?"白茗雪打断他的话,提着茶篮从他身边走过去,问道。

"当然是因为你家的茶叶好。"叶嘉笑了,跟上去。他是个很挑剔的人,一向非最好的不要,要不然也不至于为了几座茶山死缠烂打,看她冷脸。

"所以才更不能租给你。"白茗雪叹了口气,摘掉遮阳帽,扇了扇,继续说道,"知道原因吗?"

"做生意嘛,想法都是一样的,想将最好的产品推给别人,得到认可,有了口碑,就有了立足根本。"

"你倒不是无良奸商。"白茗雪转头看了他一眼,"但我跟你不一样,你立足是为了赚钱,我是为了瓜片。"

最好的茶叶,用来制作最好的瓜片,让爱茶的人尝到当年名扬天下的贡茶的味道,让瓜片走进更多人的视野,这是她的梦想。

她的爸爸曾对她说,每个人,都想在故乡留下足迹和荣光。爸爸留下了荣光,她也想留下足迹,在密林丛生、荆棘遍布的大山走出一条属于自己的路。

"我做茶饮,也是在推广你们的瓜片。用最好的茶,做最好的健康饮料,多好的创意啊,你怎么就想不明白呢?"叶嘉觉得她太倔了,这明明是双赢的事,可她就是不肯松口。

"嗯,最好的茶都被你拿走做饮料,那我们茶商做什么?"白茗雪平静地反问。

"我也不会赶尽杀绝,全都收走,你家茶店……"

"'赶尽杀绝'这个词用得好。"白茗雪打断他的话,"咱们的传统工艺,确实要被赶尽杀绝了,你这种完全不喝茶,对茶也不了解的人,放过我家茶山吧。"

"你不是很了解吗?我可以聘你当顾问……"

"叶先生,我要真做你的什么顾问,我会建议你放弃茶饮。"白茗雪实在不想和他多说,根本不觉得他的那个什么茶饮能成功。将茶叶作为一种快消品推出去,她觉得真正爱喝茶的人不会去买,而不爱喝茶的人也很难接受这样的饮料。

"为什么放弃?给我一个合理、科学的理由!"叶嘉被她一再打断,心里很不爽,要不是看在她长得挺可爱的分儿上,早就发火了。

"我没有做过专业的市场调研,没法给科学的理由。但茶叶就是茶叶,千百年来都是这样一脉传承下来的,你做的这个……反正我不能接受。"白茗雪无法去阻止别人雄心勃勃地创业,但是她相信经验,就像老师傅们掌握茶叶火候那样精准的经验,是机器和数据无法给予的。

"完全说服不了我的理由。你也是接受过国家义务教育的年轻人,怎么思想这样保守、老土?"叶嘉在还可能合作的情况下,不想攻击性太强,但白茗雪的态度让他克制不住地开启了嘲讽模式。

"在你这种接受国外教育的人眼中,可能大部分人都是保守、老土的。"白茗雪并没有生气,只觉得有点好笑,"与其说保守,不如说是传承。不过你这样的高知海归,可能还不太熟悉这个词。"

"白茗雪,我是真心想跟你合作,你能放下成见,好好想想我们这个项目的未来吗?"叶嘉被她最后一句话气笑了,这姑娘真有意思啊,要不是她长得可爱,都想**撑死她**。

"我们?"白茗雪也笑了,"我鼠目寸光,不敢和高瞻远瞩的您共事,饶了我吧,别把您的未来强加在我身上。"

叶嘉见她说完就加快脚步想甩开自己,立刻跟上:"什么叫我的未来?茶山的未来不也是你的未来吗?要不然,你干吗还留在这里忍受你家人唠叨?"

白茗雪之前一直没有生气,但听到这句话,突然转过身。

山路崎岖陡峭,又是下坡,叶嘉这次没收住脚步,脚下踩的又是松软的沙土,径直往她面门撞去。白茗雪没想到他这么"脚滑",只觉得一股带着不属于大山味道的风当头罩下,根本躲避不及,眼前一黑。

白茗雪恢复意识,是因为有人在用力抽她的脸,喊她的名字,没等她睁眼回应,就被捏住鼻子,一股男性的温热呼吸喷到她的面部。

"呃……"白茗雪刚刚张开嘴想说话,就被两片触感非常奇异的肌肤堵住。

然后她一口气还没上来,就被强制灌了带着别人气息的空气,差点让她的肺气炸。

当叶嘉跪在她上面,准备吹第二口气时,他看到白茗雪不知什么时候睁开了眼睛,正表情复杂地看着他。

离得那么近,叶嘉能从她清澈的瞳仁里,看到自己那张带着焦虑的漂亮脸蛋。

"你在干吗?"白茗雪被他捏着鼻子,声音有些沉闷,像是刚睡醒,还有点蒙。

第二章　半城贡茶　｜　045

"我在……"叶嘉近距离地看着她的眼睛,如实回答,"给你做人工呼吸。"

"流氓!"白茗雪对着那张好看的脸一拳打过去。

叶嘉从没遇到过速度这么快、力气这么大的女孩,尽管反应很快地想躲开,可还是被她的拳头打到下巴,差点被撂翻在地。

他摸着下巴惊愕地看着她,眼神也渐渐暗下来。他平时总带着看似优雅其实痞气的微笑,让人想到古代斗鸡走狗富贵清闲的纨绔子弟,这会儿沉下脸,就像变了个人,有种财主家的傻儿子突然穿着黄袍登基的感觉,瞬间换了个人,气场沉沉地压下来,让白茗雪喘不过气来。

"没人打过我。"叶嘉眼神像要吃人一样,盯着白茗雪,挤出几个字来。

"没人亲过我。"白茗雪输人不输阵,尽管被他看得头皮发麻,还是坚持回瞪过去。

"你是没被驯化的野兽吗?你有人类的常识吗?你知道亲和人工呼吸的区别吗?"叶嘉憋了几天的火气终于被她这一拳打开,不等她回答,一把捏住她的下巴,"你不知道吧?我来教你!"

叶嘉刚才看她被撞晕过去,怎么喊都喊不醒,急得把老师教的急救知识都用上了,谁知道还挨了打。看她的力气,根本就没受伤,刚才可能只是被撞蒙了半分钟而已!

倒是他,从小就被身边所有人围着转,爸妈都舍不得碰一根手指,这女人不但打他,还冤枉他。叶嘉越想越气,阴沉着俊脸,往她脸上压去,恨不得咬她一口。

白茗雪顿觉不妙,下意识地伸手阻止。她出手一向稳准快,在他的嘴唇快碰到自己的时候,一把扼住了命运的咽喉。

叶嘉觉得自己遇到了毫不讲理也不按章法出牌的土匪,哪有女生反抗时掐人喉咙?就像没有被驯化的野兽!

山路上没有其他人,只有风声和不知名的虫子发出的声音。

两人大眼瞪小眼,僵持不下。叶嘉现在觉得她不是什么可爱的小狐狸,而是一只长得像猫咪的老虎,他仿佛按住了一只下山虎,现在骑虎难下。快要喘不过来气的人,变成了他。

"放手。"叶嘉绷不住,先开口。

"你先放。"白茗雪被他无礼地捏着下巴,也很恼怒。

"女士优先。"叶嘉从喉咙里挤出字来。

"男女平等,一起放。"

这个姿势要是被别人看到,实在太不雅了,不知道乡里乡亲会传出什么谣言来,所以两人暂时达成一致,同时松手。

叶嘉站起身,揉着脖子,看她也坐起身揉着被捏疼的下巴,心里还是无法平静。

白茗雪想站起来,才发现屁股和腿很疼——被他撞倒时擦伤了。她费劲地爬起来,又看到茶篮滚出去好远,一路上撒的都是瓜片,顿时崩溃了:"我的茶叶!"

"帮你捡起来就是。"叶嘉见她刚才还像只老虎,现在眼圈都快红了,有点无法理解,茶叶撒了而已,至于要哭吗?

"都弄脏了!你别碰我的茶!"白茗雪忍着腿疼,提过篮子,自己捡。

这条山路上沙石很多,茶叶还带着露水,很容易沾上沙子灰尘……都是叶嘉这个麻烦精,让这篮好茶浪费了!

叶嘉站在一边看着她蹲着小心地捡最上面一层茶叶,实在看不下去了,上前把她的篮子抢走,提着就走:"别捡了,这篮茶我赔给你。"

"谁要你赔?"白茗雪想抢回自己的篮子,但腿疼,没能追上他,只能在后面愤怒地喊道,"叶嘉,你别以为有钱就能解决所有的事情,我的茶叶不卖给你,也不要你赔,把篮子还给我!"

叶嘉不理她,快步下山。

他现在习惯了这条崎岖的山路,加上腿长,很快就把一瘸一拐的白茗雪甩在身后。

看白茗雪和他拌嘴的精神头,叶嘉一点也不担心她受伤,只是秉承骑士精神,帮她拎着茶篮先下山。

但走了几分钟,叶嘉觉得不太对,小狐狸一向动作迅捷,早就该赶上来了,可这会儿身后什么动静都没有。

他转过头,发现白茗雪离自己一百多米远,正扶着一株竹子,拉着裤腿检查什么。

"怎么了?"叶嘉将篮子放在小路边,空手走回去,看到她裤腿后面洇红了一小片。

"没事,别管我。"白茗雪好像还在生气,语气不太温和,带着不耐烦。

"这还叫没事?让我看看。"叶嘉有些紧张地蹲下身,不管她的抗议,一把拉住她的小腿,摸到了黏糊糊的血。

之前没发现她受伤,他是整个人撞到她,两人一起摔到山路边的草沟里的。叶嘉有个"肉垫"缓冲,有惊无险,但白茗雪晕了半分钟,怎么都没喊醒,他才把什么人工呼吸、心肺复苏都用上了。他根本没发现山沟里有很多碎石头,她的牛仔裤被锋利的山石划破,腿上有一条长长的血痕。

"没事,回去处理一下就行。"白茗雪想抽回腿,但是屁股疼,腰受伤了使不上劲,只能扶着竹子,见叶嘉摸到血就收回手,心里嘀咕这人真够假惺惺的,怕脏就别过来管。

叶嘉看着自己手指上的血,大脑停顿几秒,在白茗雪看来,就像晕血了一样。

"别动,你……你等我一下。"叶嘉手都有点抖,他立刻站起来,往山沟沟里冲去。

冲去洗手。

山泉水从山顶蜿蜒而下,清澈冰凉,冲干净他手上的血,也让他冷静了不少。他的生活一向舒适、洁净又安全,从没被人搞一手血,那种黏糊糊的触感让他的洁癖当场发作,如同被毒蛇缠上了手臂……

等他洗干净手,平复下心情,从山沟沟边跑回来,见白茗雪已经坐在竹林边,脱了外套里面的小背心,拿它捆腿。

"等等,你就这么处理?消毒了吗?止血了吗?衣服上有很多细菌,要是伤口感染怎么办?赶紧去医院。"叶嘉从小到大生病都由私家医生和医院解决，哪里见过这么野蛮粗暴的方式？赶紧阻止，按住她的手说道。

白茗雪用看傻子的眼神看着他："就这点伤去医院？别耽误我时间，让开。"

"这叫耽误时间？你的命都不值钱吗？"叶嘉见她还要捆伤口，恼火地拽紧她的手，"先去医院，医药费和误工费我来付。"

"跟钱没关系！跟你也没关系！"白茗雪扯着绳子，她将里面的 T 恤脱下来缠在腿上，用随身携带的绳子简单包扎一下。

"怎么跟我没关系？我撞的，我负责。"叶嘉抢她的绳子，但她手上力气大，紧拽着不放，加上绳子还缠在腿上，他怕太用力把她的腿勒失血了，两人僵持不下，他更生气了，"你哪来的绳子？"

"山里人有句谚语：'出门三根绳，万事不求人。'"白茗雪也烦了，觉得他比女人还磨叽，皱眉说道，"你别拽了，本来没事，被你拽得疼。"

"那你包好跟我去医院。"叶嘉听她叫疼，也不敢抢了，松手看她动作麻利地捆好伤口，"还能走吗？"

"能。"白茗雪扶着竹子想站起来，但牵动到坐骨神经，面部抽了抽。

"怎么了？还有哪儿伤到了？"叶嘉第一次看到她表情失控的样子，心里一咯噔，急忙伸手扶住她。

这次白茗雪没有推开他，吸了口气试了试，有点尴尬地说道："……好像不能走。"腿伤对她来说没什么问题，但刚才起猛了，本来受伤的腰扭到了，没法走。这全是叶嘉的锅，要是他不上山，就不会让"人茶两失"。

叶嘉也知道是他的错，所以一反娇贵的少爷做派，背她下山。

真沉！

小狐狸看着精瘦精瘦的，可背上身，重重一压，叶嘉忍不住问道："你多少斤？"

白茗雪觉得他就是自己的灾星，懒得回答他："背不动就放下，去喊我家人过来。"

"不是……你一百几十斤？"叶嘉不是背不动，他只是作风矜贵，绝不做粗野的活，但力气还是有的。

"没礼貌。"白茗雪被他追问体重,气得腿缠紧他的腰,想敲他的头。

"我只是夸你的肉长得结实。"叶嘉被她细长但结实的腿一缠,紧致感顺着腰传到心脏,连呼吸都微微一滞,突然觉得自己手托扶的地方像烧红的铁柱一样,不知手该怎么放,瞬间手心就出汗了。

"呵,谢谢夸奖,幸好结实,不然被你撞散架了。"白茗雪听到他越走越喘,而且手似乎也没力气托住她,自己不停地往下滑,"你真背不动就放下吧,一会儿走到下面有信号了,给我姐打个电话,让她来接我。"

"不用,歇一下就好。"叶嘉要调整一下突如其来的诡异感觉,现在觉得她就像没穿衣服一样贴着自己后背,女性特征猛然袭来,他立刻就松手,将她放到山路边平整点的地方。

"我真的这么重吗?"白茗雪见叶嘉调整呼吸,还解开衬衫上的扣子,好像刚才要被自己压死了一样,她摸了摸自己体脂率很低的胳膊肌肉线条,开始怀疑是不是这段时间吃胖了,"我才一百斤啊!"

她属于那种怎么吃都不长胖的人,从小亲友都说她太瘦,所以她从没体会过被人说胖的感受,今天第一次遇到男生嫌她重。

"你那天背的佟宁宁,才八十斤。"叶嘉不想让她看出异常,他可能是不习惯和人亲密接触,所以心跳得这么快。

"你先回去,我缓过来自己走,不用你背。"白茗雪试着扶着旁边的树站起来,想自己走。这男人自己娇气,还要怪她长得胖!

"你别乱动,腰椎要是受伤了会死人的。"叶嘉觉得她毫无医学常识,对自己的身体也丝毫不在乎,立刻把她按回去坐着。

白茗雪正要反驳他,突然看到山路尽头有个人影,立刻惊喜地挥手喊道:"小马!"

"茗雪,你怎么了?"马峻打不通她的电话,来山上找她,没想到这么巧,看到白茗雪受了伤,坐在草地边一动也不能动。

"他是谁?"叶嘉见远处那个年轻小伙子紧张地往这边跑,两人称呼又很亲昵,最重要的是,这个眉清目秀、和她年纪相仿的小伙子说的是普通话,两人肯定不是乡邻关系。

"我们村的干部。"白茗雪像是看到了救星,不再看叶嘉,"你可以回去了,他会把我带回去的。"

"茗雪,你怎么……摔着了吗?"两人正说着,马峻已经跑过来,喘着气,一眼看到她卷起的裤腿,露出一截雪白细嫩的小腿,上面缠着一件白色衣服。

"扶我一把。"白茗雪对马峻伸出手。

马峻伸手还没捞着她,一只养尊处优的手率先抓住了白茗雪。

"我撞伤你的,我负责。"叶嘉弯腰将她扶起来,重新背上,一脸要负责的表情。

"你不是背不动我吗?"白茗雪被他拽得屁股一疼,抽了口气,嘀咕道。

"那是没调整好姿势。你都能背着佟宁宁到家,我会比你差?"叶嘉抓紧了她的腿,冷哼一声。

"怎么撞伤的?要不要紧?"马峻有些着急地问道。

叶嘉注意到他虽然说普通话,但也夹杂着这边的口音。

"没大事,就是一点擦伤和扭到腰了。"白茗雪勉强对小马笑了笑,"你上山有事吗?"

"我……有点事想找你聊一下。"马峻见不远处还放着茶篮,里面只有半篮茶,"是你的吗?"

"嗯,帮我拿一下。找我什么事?"白茗雪点点头,她像是没什么男女之间的差异感,趴在叶嘉的背上,也不觉得两人这么近距离接触有什么难为情,很自然地和小马聊起天。

"呃……上次说的有一批茶叶,政府采购的,那个……我来看一下。"马峻看到叶嘉脸色似乎不太好,没有直接说茶厂和茶饮的事。

他还是想了解一下叶嘉之后,再来聊聊茶饮基地。

"我家的所有茶,都是我和我妈亲自做的,不会有质量问题。"白茗雪扑哧一笑,"我做事你还不放心啊?"

她笑的时候,叶嘉能清楚地感觉到她清新温暖的气息喷到耳边,还有她胸腔发出的愉快震动,让他浑身的血液也跟着奔走沸腾。

那股奇异的感觉又出现了,但和刚才略有不同,这一次奇异中夹杂着不舒服——小马打破了刚才的静谧,让他无法专注安心地分析自己的心理和生理反应。

而且,叶嘉还感觉到,跟在后面的小马一只手拿着茶篮,另一只手还扶着白茗雪的腰,担心她摔下来一样。

叶嘉突然停下脚步,转过头,看见小马的右手果然轻轻搭在她的腰背处。

"背不动就让我下来,别勉强。"白茗雪以为他又走不动了,说道。

"我怕走错路,你上前。"叶嘉没松手,对马峻说道。

"就这一条路,待会儿前面左转就行,我给你指着,不会错。"马峻说道。

"你还是上前吧,我不喜欢后面有人跟着。"叶嘉表面还是客客气气,但语气不容拒绝。

"那好,你要是累了,我来背。"马峻没有多想,以为只是有钱少爷的习惯——觉得不熟悉的人跟在后面不安全。

而且这里还是荒无人烟的大山……

看着马峻上前了,叶嘉才慢吞吞地跟在后面,紧了紧手臂,对白茗雪说道:"好像也没那么沉了,有一百斤吗?"

"能别再提体重了吗?"白茗雪无语地转过头。

下山路上有连绵不绝的竹林,里面夹着几树粉艳艳的野桃花和红杜鹃,渐暖的春风里还有空谷幽兰的香味。两边的风景格外迷人,可白茗雪无心观赏,觉得自己遇到叶嘉,真是太倒霉了。

就像明媚的四月天突然遭遇暴风雨,一树残花狼藉。

第三章　冤家易结不易解

白茗雪被叶嘉送去市立医院。

尽管她觉得自己根本就没什么事，但叶嘉直接把她背到厂房，塞进车里带去医院。

"你要耽误我一整天的时间！"白茗雪一路上气得不想和叶嘉说话，给妈妈打了电话让她盯着点下午拉老火。

"不去医院，你得躺上两个星期，更耽误时间。"叶嘉和她一起坐在后排，喝着罐装咖啡，优哉游哉地说道。

见白茗雪愤愤转过头看着窗外，一只手还按在腰上，他看着看着，又鬼使神差地一把捏上她精瘦的腰："坐着疼吗？"

白茗雪怕痒，被他突然袭击，立刻反手挡回去，脸色有点不悦："别乱摸！"

"我怕你腰坏掉了，以后得照顾一辈子。要不要躺着？"叶嘉一本正经地问道。

"不用。"白茗雪费劲地往车门方向挪了挪，想和他拉开距离，表情躁郁，"不用躺，也不用你照顾，别来烦我。"

她很担心下午拉老火，那几个叔伯抽烟，老妈总是忙来忙去，丢三落四的，肯定盯不紧。

"脾气真差，难怪嫁不出去。"叶嘉见她气呼呼的样子挺可爱，忍不住嘴欠。他是用李碧霞的口吻，语气学得惟妙惟肖。

"你说谁？"白茗雪瞪了他一眼，随后泄气地看着外面大片的油菜花地，自我反省似的低低说道，"我嫁不出去才不是因为脾气差，我要是脾气不好,早就揍你了。"

"那你为什么嫁不出去?"叶嘉追问。

"我……我是不想嫁!"白茗雪挺起胸,一脸鄙夷地看着他,"我才二十三岁!再说了,跟你有什么关系?"

只不过农村的女孩子普遍嫁得早,她大学毕业还没谈男朋友,就成了她妈妈的心病,妈妈每天唠叨,唠叨得整个村都跟着觉得她嫁不出去。用表姐的话来说,就是她妈给她立下这么个"嫁不出去的假小子"人设,让她无辜"躺枪",每天都能遇到热心的三姑六婆给她介绍对象。

"我这不是关心你的腰伤吗?还没结婚生子,就落下腰伤,我会内疚的。"叶嘉放下咖啡,轻飘飘地让话题回到最初。

白茗雪总觉得他话里有话,但不想和他绕来绕去斗嘴,觉得很没意思,只想静静养神,于是侧过头,靠着窗闭上眼睛不再说话。

茶春和新年是村里最忙碌的时候,也是最缺觉的时候,起早贪黑地采茶,还要熬夜炒茶,白茗雪很快就在车里睡着了。

因为腰疼,她睡姿一点也不优雅,怎么舒服怎么来,半瘫在后排,仰着头,微微张着嘴,轻微的鼾声随着车身的摇晃一波波传到叶嘉耳朵里。

她睡着的样子毫无防备,除了姿势有点扭曲之外,那张白净英气的脸,就像一朵洁白的茶树花,静静绽放着。

叶嘉出于关心,将后座中间的扶手抬起,坐过去,将靠腰调整好,想让她躺得舒服点。

他的手伸到她的腰后,还没调整好,车在山路上一个急转弯,白茗雪的身体因为惯性,直接被甩到他的怀里。

叶嘉闻到一股清香,她身上肌肉弹性特别好,像上等的橡胶,又软又弹,撞到他身上也不疼,倒是他有种会被弹走的错觉,下意识地一把搂紧了她。

白茗雪眼皮动了动,咕哝了一句家乡话,他没听懂,就见她自己寻找到舒服的姿势,把头搭在他肩膀上,轻微的鼾声继续响起。

叶嘉听到她的鼾声,扶在她腰上的手也不敢抽回来,怕惊醒她。随着车身的颠簸,她的发丝不时扫到他的脸上,痒痒的,香香的。

记得茶圣陆羽在《茶经》中用"花如白蔷薇"来形容茶树花。据说茶树的花可以直接食用和冲泡,既有茶的清香,又有花蜜的芬芳,气味浓郁,入口有回甘。

叶嘉在颠簸的山路上,像抱着一朵生于天地之间、集茶树精华的花儿,小心翼翼,生怕弄掉了花瓣。但这朵"白茶花"对他特别的呵护似乎毫无察觉,甚至毫不领情。

车到了医院,叶嘉竖起了食指在嘴唇前,示意司机先去挂号,别说话吵醒怀里的人。

偏偏白茗雪像是身体里安了闹钟,车一熄火,鼾声立刻停止,她睁开眼睛,猛然坐直:"到了……啊哟……"

失误!动作太快,忘了腰伤!

"慢点……"叶嘉的话还没说完,扶在她腰上的手就被她嫌弃地甩掉。

"不用你扶,我好多了。"白茗雪说着推开车门,腿一甩,就跨出去了。

然后她一手攥着车门,一手扶着腰,脸色煞白:"你还是扶我一把吧。"

坐着不觉得疼,站起来一动又差点跪倒了。

叶嘉无语地看着她,伸手搀扶:"坐着别动,我让司机推个轮椅过来。"

这急急火火的冒失性格,跟她妈也没什么区别。

他已经开始怀念刚才像小狐狸一样靠在他怀里酣睡的女孩。

他还清清楚楚地记得阳光在她的睫毛上跳着舞,才发现她的睫毛又黑又长,衬得周围肌肤特别白。

她脸上的色彩对比度很高,就像山村的春天,颜色鲜明亮眼,黑的特别黑,白的特别白,红的特别红。眼睛也是如此,黑白分明,灿亮逼人,看着格外精神。

"……我刚到医院呢……没事……别担心,是肇事者不放心,非要送我来医院……真没事……不在外面吃……"

白茗雪刚坐上轮椅,就接到妈妈打来的电话,她说到肇事者时,带着一丝不满看向叶嘉。

以她多年受伤的经验来看,不过是腰扭到了,静躺半天就没事了,可这人非要大费周章地把她送来医院。

现在还要挂号,还要排队,他们从早上折腾到下山,再开车到市里,正好十一点多了,医生该下班了,也许要等到下午医生上班,她要浪费大把时间和他面对面大眼瞪小眼。真是糟糕透顶的一天!

但没想到轮椅直接将她推到了私立医院的专家门诊。医生确实快下班了,不过叶嘉在路上就和医生沟通好了,请他加会儿班。

"找个中医按一下就好了,至于拍片子吗?"白茗雪被迫做X光检查,还被安排到VIP病房。看医生们的阵势,就像她的腰伤严重到马上要瘫痪了一样。

"中医哪有西医的机器检查精准科学?"叶嘉在国外上学,很少接触到"中医"这个词。

"你是不是觉得咱们老祖宗的东西都是伪科学啊?"白茗雪听到他又用那种嘲讽教育的口吻说话,忍不住反问,"什么都是机器好,要人干吗?"

"不管你想不想接受,未来就是机器代替人力的时代。人类的进步速度是其他所有物种都无法企及的。享受和剥削一定会伴随着发展进程产生,而机器不会抱怨,不会疲倦,永远精准地完成人们所需要的东西,人力终究会被替代。"

"你这资本家的嘴脸真令人讨厌。"白茗雪真不想和他说话,想到他要做的茶饮就觉得他是在破坏他们传统茶业的平衡。

"骨头没事,就是扭到了。去那边躺着吧,我让护士和按摩科的人过来。"医生看完片子,用家乡话对白茗雪说道,"一会儿把衣服脱了,你这伤口处理得太随便,得重新消毒。"

白茗雪看了眼叶嘉:"你不让他出去?"

"不是你男朋友吗？有什么不好意思的？"医生半开玩笑地说道。

虽然不知道叶嘉是谁，但主任医师见多识广，见这个公子哥儿长相不凡，一身贵气，又是院长打电话亲自叮嘱他加个班，治疗一个特殊病人，一看就是不能得罪的人，哪敢怠慢？

"不是！不是男朋友，我俩没关系。"白茗雪急忙解释，"他是撞伤我的人。"

这边的家乡话和普通话相比，咬字的语调轻重有变化，其他没有太大区别，如果说得慢一点，叶嘉可以全部听懂，如果说得太快，听起来就费劲点。

尽管白茗雪这句话说得很快，但因为语句结构简单，加上她急于澄清的语气，叶嘉听得明明白白。

啊，她就这么怕被人误会！

"啊……这样啊……那待会儿护士来了，你让他回避一下。"医生愣了愣，有些怀疑自己阅人无数的眼光。

这根本不像素不相识的肇事者啊，那位风流倜傥的少爷这么紧张，一直关心地盯着他们拍片看片。

"我要处理一下伤口，没什么事了，你先回去，不用陪着。"白茗雪见医生说完就走出去喊人，只好自己对叶嘉说道。

"我不会把你一个人丢在这里。"叶嘉看了眼手表，慢条斯理地说道，"我等你结束了吃午饭。"

"不用，你付了医药费就可以走了。"白茗雪感觉到他态度有微妙的变化，似乎不太高兴，可能是他也觉得耽误太长时间。

她也很不高兴，不想和他多待一会会儿。

"说了等你就等你，啰唆什么？"叶嘉果然是不耐烦了，语气越来越不高兴。

"我说不用就不用，你吼什么？"白茗雪是个爱较劲的人，皱眉说道，"我也不要跟你吃饭，我一会儿结束了去茶铺，不用你管。"

"那个……病人呢？"小护士不知道什么时候站在门口，抱着病号服，看着里面气势十足掐腰互瞪的两个人，一时间不知道哪个是病人。

"我要换衣服，你还不走？"白茗雪一秒也不想多看他那张脸，一边说着，一边就解外套。

叶嘉咬牙切齿地看了她几秒，见她示威一样地解开外套扣子，露出漂亮的锁骨和一片洁白的肌肤，还要继续往下解。

他想到她里面的小背心已经脱了扎腿上，再看下去就太不礼貌了，只能扭头认输，闷声说道："我在外面等你。"

"别等我，我一个人能回去。"白茗雪还是坚持自己的想法。

"你……"叶嘉想回头和她理论两句，可见她唰地一下就把外套扔椅子上了，只瞥见半个瘦削雪白的肩膀和优美的竖脊肌，他立刻移开视线，深吸了口气，"我等你。"

"你听不懂我说的话吗？"白茗雪的话没说完，就听到他重重带上门。

"你男朋友真好。"小护士等门关了才敢说话。

"哪里好了？"白茗雪一脸见鬼的表情，这么固执的人，她这辈子就见过两个，一个是她自己，另外一个就是叶嘉。

固执，自以为是，少爷做派，以为自己也会把他当少爷，用命令的口吻和她说话，无法忍受。

小护士是临时被喊去拿病号服的，不知道这两人不是情侣，满眼羡慕："长得好，身材好，对你也好……他有一米九吗？腿好长……"

"等等，他不是我男朋友。"白茗雪及时打断小护士，再次澄清两人的关系，"他是肇事者，肇事者！"

不同的是，别人是被车撞的，她是被人撞伤的。

叶嘉比大卡车的破坏力还大，现在白茗雪见到他就想保持安全距离，免得再被撞翻。

在推拿康复的过程中，白茗雪还在想叶嘉所说的机器更加精确科学的话，就像吵架没发挥好，特别想找他再吵一架。

机器再智能，也无法取代人类，就像医生按压的温度和感受也是机器无法替代的。白茗雪想着想着，就被按得迷迷糊糊睡着了。

她梦到和爸爸捉麻雀,在冬天泛白的土地上,用竹条编个扁扁的圆圆的簸箕做陷阱,撒一把米在里面,等麻雀们一跳一跳走进去时,拉下绳子……

那是印象很深的小时候冬天的小游戏,爸爸总能抓住贪吃的麻雀,然后用泥巴包起来,在午饭的时候塞进灶膛里烤得香喷喷的,那香味一直留在她的童年记忆里,没有消散。

她在梦里都清晰地闻到了香味,香得她肚子咕咕地叫,口水直流,在高大的父亲面前,跳着喊道:"爸爸,爸爸!我好饿……爸爸爸爸……"

喊的声音过于大,她一下惊醒,闻到了饭香味。

然后她看到那个五官没有任何瑕疵,是她见过的最好看也最烦人的俊美男人,正坐在她身边,漆黑的眼眸一眨不眨地看着她,像看一个有趣的动物。他身边的桌子上放着四菜一汤,正冒着热气,香味弥漫到整个特护病房,香得她想跳过去先吃为敬。

"你最好别动,养养腰。"

见她睁开眼睛只看了自己一眼,随后盯着桌子上的饭菜两眼冒光,叶嘉有点挫败,难道他没那几个菜好看?

"我好多了!"白茗雪还趴在床上,小心地试着动了动,感觉腰后面还贴上了膏药,移动起来没太多痛感,比山上那会儿好太多。

"医生说,你要是不想每天来医院做康复按摩就别乱动,多躺躺。"叶嘉话音未落,就见她小心尝试了之后,一个翻身下床了,动作快得根本来不及阻止,他气得差点咬到舌头,"你听到我说话了吗?"

"还是中医按摩来得快。"白茗雪扭了扭腰,感觉不怎么影响走路,对叶嘉露出洁白的牙齿,"行了,你这么有诚意地照顾我,我不怪你了,吃完这顿,咱俩一笔勾销。"

她睡饱了,腰没那么疼了,心情也好很多。叶嘉虽然讨厌,可还挺细心体贴的,看来是从外面饭店订的饭菜送入病房,还都是她最爱吃的菜。虽然之前说着不要和他一起吃饭,但那仅限于一起出去吃。现在白茗雪坐床边吃得可香了。

叶嘉看她大口大口吃饭，食欲也被勾起来，跟着吃了一点。徽菜浓油赤酱，他吃得清淡营养，不是很习惯这重口味，但第一天在白茗雪家吃的农家菜让他一直念念不忘，直接从大山里取的食材，加上快炒，鲜香逼人，特别下饭。

"我吃饱了，谢谢。"白茗雪吃饭很快，不像叶嘉细嚼慢咽，她放下筷子，站起身，找到自己的衣服，抱着想去洗手间，"那我就先走了，以后别来找我。"

叶嘉差点被饭粒呛住，他来不及说话，伸手拽住她，吞下最后一口饭，才开口："你去哪儿？我送你。"

"不用送，我家店就在医院对面茶叶市场，过个马路就到。"白茗雪甩开他的手，"我先去换衣服。"

"我也去。"叶嘉见她迫不及待地想甩开自己，心情很不好。

他这忙前忙后累了半天，让司机跑了全城订她爱吃的菜回来，她擦完嘴就翻脸不认人，太过分。

"你去干吗？"白茗雪不觉得他是担心自己的身体才跟着，而是成心缠着她，恶心她——就因为没有把茶山租给他！

"我去买茶叶，顺便可以看看你们的茶叶市场。"叶嘉深吸了口气，对她露出一个人畜无害的漂亮笑容，"去换衣服吧，我帮你把药开好拿着，一起去。"

白茗雪差点吐血。这人绝对是成心来气她的。

她在洗手间换好衣服，想着怎么甩掉他，刚打开门，就见叶嘉站在窗口接电话，表情和刚才不太一样，似乎有点凝重。他见白茗雪出来，低低说了两句就挂断了。

叶嘉拿起她放在桌上的手机，输入一串数字进去："司机的电话，一会儿你要回去，让他接你。"

白茗雪愣了愣，刚准备好的拒绝的话还没来得及说。

"我有事先走了，你的腰……"叶嘉指了指她的腰，故意说道，"小心点养，别落下后遗症，后面出了问题，我可不负责。"

"也不要你负责。"白茗雪松了口气,拿回自己的手机,"快走。"

"药我会让人送你家里,你这两天别上山了……"

"你比我妈还啰唆。"白茗雪打断他的话,受不了地说道,"我先走。"

叶嘉也惊觉自己今天特别话痨,根本不像他平时的性格。他甚至都忘了自己一度不敢跟女性交流,看见女性群体能躲多远就躲多远。是因为把她撞成这样太内疚吗?还是只是因为喜欢和她说话?

叶嘉没有再想下去,闭了嘴,看着她走出去,才又拿起手机,拨出一个电话。

盛娇居然回国了,直接上他家里找人,和他爹又组成双煞组合,今天就从上海赶过来。

叶嘉在山里这些天,"恐女症"都快好了,可一想到盛娇,顿时头疼,想藏起来。但他知道有些事,有些人,不能躲开,不管怎样,他都要面对盛娇。

山村的春天姹紫嫣红,放眼望去,处处桃红柳绿,都是生生不息的蓬勃之力。

可白茗雪最近没上山,她被老妈啰唆得只能在家里养腰,顺便处理一些网上订单、盯着炒茶。

"腰好了吗?我来我来。"李云华拎着竹箩走进院子,看见白茗雪正弯腰扫地上的碎茶末,忙放下箩子。

"早就好了。"白茗雪揉了揉腰,她身体好,恢复很快,睡一觉就好了大半。

"那也多躺着,不然我姑看到了又得说你。"李云华抢过扫帚,笑道。

"我妈更年期,每天不说我几句就不舒坦。"白茗雪这几天在家里不但要忍受老妈的唠叨,还要被她催婚,生活艰辛。

"你别说,那天还在问三叔程村老张头的孙子回来了没,想把你嫁出去呢。"李云华扑哧一笑,"茶春结束后你赶紧出去工作吧,好好的名牌大学学生,回来卖茶叶,不怪姑生气。"

"她整天都在说女人二十五岁是道坎,非得在我二十五岁之前把我嫁出去,就跟我二十五岁就要绝经了一样。"白茗雪难得和发小吐槽几句,拢了拢被风吹散的头发。

"你知足吧,至少你妈还想你嫁出去,走出去,我妈呢?"李云华的笑容有点苦涩,"我妈就想让我留在家里照顾家人一辈子,就算找对象也不能离开这村子,得给他们当一辈子仆人,我才叫可怜。"

白茗雪听到这里,沉默下来,半天才叹了口气:"努力努力,都会好起来的。"

"嗯,赶紧找男朋友吧。"李云华说道。

"女人非得嫁人生孩子才能证明自己的价值吗?"白茗雪看了眼她提过来的春笋,换了话题,"晚上在这里吃吗?"

"晚上得回去伺候他们,今天挖的笋多,给你带点过来。"李云华扫好碎茶末,看了眼白茗雪,她不是特意送竹笋过来的,还有件事要和她说。

"你是不是有话要说?"白茗雪感知很敏锐,李云华又是和她一起长大的姐妹,见李云华表情有点犹豫,似乎有心事,她直接问道。

"呃……那个,我家老屋不是不住了嘛,这两天有人想租,我想着空着也是空着,租出去还有不少房租……"

"那不是好事吗?谁租啊?"白茗雪见她吞吞吐吐的,想了想,本村人都有住处,没人会租她的房子,外地人的话……

"咳,叶老板。"李云华有点不好意思地说道,"给的租金很高,我就答应了。"

"他……他租你家老房子?"白茗雪忍不住转头看了眼院子后不足十米远的土屋。那屋子几年没住人了,土墙裂缝,屋瓦不全,外面的院子也是断壁残垣,一直当成仓库放点农具。叶嘉那种有钱人居然要租这里?

"是的,我觉得,可能是为你家的茶山,跟你住得近,好搭关系。"李云华实话实说,她知道这两人不对路,可她家里情况不好,哥哥的病需要钱,只能答应。

"给你多少钱?"白茗雪问道。

"干吗……你想先租啊？不行,我妈都和他签了合同,不能反悔。"李云华摸摸脖子,不太好意思地说道,"我今天下班回来才知道……"

"不是,我哪敢和他比阔？我就是问问,你别被人骗了。"白茗雪总觉得叶嘉才是狐狸,她担心质朴的农村少女被精明的资本家少爷骗得血本无归。

李云华伸出五根手指。

"五千?"白茗雪看了眼那破旧房子,这里房子不值钱,一年能有五百块租金都不错了。

李云华摇摇头,压着声音说道:"五万。"

"五……"白茗雪扬起声音,被李云华一把捂住了嘴,生怕被别人听到。

"是的,都能把这块地买了,所以我妈立刻就答应了,说城里的少爷人傻钱多,错过就没了。"李云华学她妈的口气说道。

这年头山里的地不值钱。前几年,他们把村头二叔家的菜园地买下来盖了新房子,那块地,前屋后院加一起有五百多平方米,才两千块啊!

"租得值。"白茗雪只能说钱多,她现在不觉得那家伙是傻子,他完全继承了西方资产阶级的思想,是个利益至上的人,不然也不会租这个破房子,为了当她邻居。

她家在村里属于很清幽安静的位置,过了前面的小河是一条主路,那边的店铺多,房子也多,属于"店头",很热闹。周围零散的几户人家都搬到了主路边,只剩下她家还留在这里坚守。现在这边安静的环境被挖掘机和各种装修车破坏,还有不少人忙里忙外地铺地板换家具。

叶嘉一周后才出现在"出租屋"里——院子已经被平整好浇上了水泥,还修了一条路能开车进院子,屋子里也清扫干净,屋顶和墙都修葺好了,白茗雪猜想应该能住人了。

茶春的黄金期也过了。现在的茶叶更加不值钱了,等过了立夏,茶叶老了,大多数人都不采了,只有很少的人会上山采点留着自家喝。

田里金黄的油菜花也慢慢凋谢,倒是旁边农田里的紫云英开得艳丽,不少孩子放学后在那绿毯子般的田里打滚嬉戏。

叶嘉在这么美丽的乡村之春里,无暇顾及风景,忙着茶饮研发。

当年想和他一起做这个项目的朋友们大多各奔前程,只有当初哈佛商学院的怪才佟宁宁留了下来,并且比他还努力,四处调研,寻找专家团队。厂房在大家的努力下陆陆续续进驻机器和人员,在老板亲自监工的情况下,效率相当高。

立夏那天,白茗雪也要"收工"了。她们家过了立夏就不再上山,虽然在外人眼里,茶山上绿油油的一大片好茶叶,可那茶叶所含的水分和养分不一样了,炒出来的茶口感也会越来越涩苦。

请来的采茶人已经走了——茶春收尾时,正是秧苗下田时期,他们要去农田里翻地插秧,忙得一刻也不得闲。

白茗雪家里灯火通明,人声鼎沸,炭火冲天,炒茶师傅和烘火师傅等着最后一批茶叶出锅。热闹的场景一直持续到深夜两点,最后一遍老火拉完,茶叶装桶,欢声笑语才慢慢消失,老师傅们打着手电筒在星光下结伴离去。

白茗雪等老师傅们都走远了,才关了院子里的灯。

今年的立夏正好是农历四月初一,头顶的星空特别美,银河灿烂,每一颗星星都在遥远的光年外努力地发着光。在坚实的大地上仰望星空,能真切地感受到这世界的伟大和美丽。

白茗雪家"封山"了,但是不代表别人的茶春结束。

她难得睡了个好觉,快到中午才被李碧霞喊醒。

"白茗雪,来客人了,快起床!"李碧霞总是连名带姓地喊她,像学校里的老师。

"唔……谁来了?"白茗雪睁开眼睛,发现太阳已经快到天空正上方了。

"小许。"李碧霞风风火火地走进她卧室后,打开衣柜想给她找点漂亮的女孩衣服,结果发现她连一条裙子都没有,李碧霞嫌弃地翻看着,"你就不能买点有女人味的衣服吗?这都是什么裤子?宽宽大大的,一点型都没有,回头上街去买几套新衣服。"

"别,别给我买。"白茗雪立刻拒绝,她实在没法接受老妈大红大绿又曲线暴露的审美风格,"你也别找了,小许又不是外人,干吗穿那么隆重?"

她说着,就已经套好了牛仔裤,拿着外套,穿着拖鞋就往外走。

"你给我站住。"李碧霞只能找一件稍微女性化的茱萸粉衬衫,把白茗雪拦住,"换了换了。不管是不是外人,你要知道他是个男的,在异性面前注意点形象,不然怎么嫁出去?"

知道老妈三句不离"嫁人",白茗雪不想惹怒更年期妇女,明智地脱掉 T 恤,换上李碧霞找的衣服。

许清友坐在客厅里喝茶。

听到楼上传来小鹿一样轻快的脚步声,他脸上不觉浮现出笑容。

前段时间对茶农来说,时间特别宝贵,他也忙着收茶、制茶、售茶,没再来叨扰,但两人网上依然有联系,偶尔也会打电话说说瓜片情况。

"你怎么来了?"白茗雪跑下楼的同时已经将头发绑好,带着一丝惊喜问道。

"知道你忙完有空了,过来看看。"

许清友见她穿着一件淡粉色的衬衫,衣服下摆扎在洗得泛白的牛仔裤里。虽然没洗脸没化妆,可还是显得干净精神,像迎着春风绽放的映山红,让人觉得春光烂漫无限美好。

"先去洗脸刷牙,没刷牙和人说什么话?"李碧霞没来得及跟上她的速度,这会儿才下楼,拼命瞪女儿,提醒她注意形象。

"喝口茶,等我一下。"白茗雪对许清友做了个俏皮的鬼脸,秉持绝对不招惹更年期妇女,尤其在外人面前一定表现成妈妈的乖宝宝的理念,迅速溜去楼下洗手间洗漱。

"别看我家茗雪大大咧咧的,其实她人挺好的,内心细腻体贴得很。又顾家,又独立,又聪明,当年还是我们市里高考状元呢!"李碧霞等女儿一走,就给许清友添水,笑着说道,"以后谁娶了她,肯定能生个聪明小子,你说对吧?"

"对,性格好,长得也好,伯母您生得好。"许清友儒雅而不失礼貌地笑道。

李碧霞顿时乐了,眼里全是得意:"有眼光,当年追我的人能从村里排到市里,上上下下随我挑。不是我吹牛,我家当年也是大户人家,我奶奶那会儿还有丫鬟、用人伺候⋯⋯"

"妈,你是不是什么烧煳了?"白茗雪咬着牙刷从洗手间探出头,及时打断妈妈的回忆。

"哎呀,忘了关火。"李碧霞赶紧起身往厨房跑。

白茗雪快速漱了口,擦了把脸就出来了,不好意思地说道:"我妈爱啰唆,见谅啊。"

"伯母很有趣,我很喜欢听她说些往年的事。"许清友前段时间来住了两天,听得可不少。

"她都跟你说三遍了,老太太的丫鬟,奶奶的茶壶,当年的茶王⋯⋯"白茗雪坐到他旁边的椅子上,耸了耸肩,"还有我的高考状元。"

"她很为你骄傲。"许清友又笑了,说道。

白茗雪可没这么觉得,自从爸爸救火牺牲之后,妈妈就越来越爱回忆,总是不断重复一些往事,邻里背后都笑她是话痨。

"不说她了,你过来是要说茶叶博览会的事吗?"白茗雪直奔主题,问道。

"博览会不是在电话里说过了吗?不用担心,下个月底去上海参展,我会全程陪同。"许清友指了指杯子里汤色碧绿的瓜片,"你只要准备好这个就行。"

"想想还有点紧张。"白茗雪在清明时就准备好了最好的瓜片,和妈妈亲手一点点炒烘出来,保证最佳的形状、色泽和香味。

"别紧张,这么好的茶,一定能征服评委老师的心。"

许清友说着,端起泡了第二遍水的瓜片,叶片绿得仿佛夏天刚被雨水冲刷过的荷叶,上面还蒙着一层有质感的细茸毛,吸足了水,饱满地膨胀起来,像一颗颗绿色的瓜子。

"我总是提前胡思乱想,真到了那天,也不会紧张。"白茗雪每次考试也这样,经常睡不着,想着会不会漏掉什么要点,要不要再复习一下之前的功课,最后到了考场,轻松拿满分。

"有机会把我的老师介绍给你,她是这次的评委之一……"

"不不不,不用,不用介绍。"白茗雪急忙打断他的话,以为许清友在给自己开后门,立刻拒绝,"那你今天来是有其他的事吗?"

"没事就不能来看看你?"许清友浅浅呷了口茶,反问。

李碧霞刚走到客厅外,听到小许温柔又好听的声音,立刻退了回去,心想,是不是应该再去买点肉和酒?

这边的农村老屋格局,大多是品字形或 L 形,将厨房或者杂物间、卫生间放在主屋两侧,或是放在屋后院子边,由长长的外部或内部走廊连接,将烟火和住处分开,杜绝了脏兮兮的油烟味和柴火灰蹿进来。

"能,你想来就来,当自己家,但别带礼物过来。"白茗雪看到茶几边放着的一个精致礼箱,说道。

"哦,这个是我前两天去黄山那边找的毛峰和猴魁,你和伯母都爱喝绿茶,就带点过来给你们尝尝。"许清友将那个木质的箱子打开,里面放了八罐茶。

"我妈只喝瓜片,她不喜欢其他绿茶,总觉得没自家的瓜片香,她连自己炒的黄芽都不喝。"白茗雪说着,拿过其中一个青花瓷茶罐,打开来,闻了闻里面的茶叶味,"毛峰确实香味淡很多,比不上瓜片厚重。"

"论香味,芽尖自然不能和片茶比厚重,但毛峰胜在外形优美,滋味淡雅,香气如兰,说起来,是和你们的黄芽很像。"许清友说的黄芽,指的是霍山黄芽。

霍山黄芽和六安瓜片紧邻,这边做瓜片生意的茶商几乎都会做霍山黄芽,工艺和瓜片差不多,也是鲜叶采摘后分生锅杀青,熟锅做形,毛火初烘到六成干,摊放一两天,等叶片发黄,拣除红梗、老叶等杂物,然后上烘到八九成干,再回软一两天,最后再进行一次烘焙。

喝惯了瓜片醇香的人,会觉得黄芽太淡口。

"我家也有黄芽,你要不要尝尝?一级的。"白茗雪说道。

"安徽名山盛产茶叶,这次来安徽,我把最好的徽茶都找来喝了,黄芽尝过了,和毛峰确实有点像。"许清友笑着说道,"不过你可以泡一下,看看黄山的名茶和你们山上茶的区别。"

白茗雪见他都带了这么多的茶叶,也就拿了杯子过来,冲泡了一杯毛峰。

许清友见她直接上手取茶叶,又粗野地扔进杯子里直接倒水冲泡,想阻止又忍住了——他发现这些能做出贡茶级别的茶农,对茶道之类的却丝毫不讲究,太质朴了,有种返璞归真的天然朴素。

"外形确实很像黄芽,但严格说来,毛峰是绿茶,黄芽有一道焖黄工序,属于黄茶。"许清友看着鱼叶金黄的毛峰在滚烫的山泉水里翻滚了两圈,嫩黄的汤色渐渐变得浅绿,继续慢条斯理地说道,"我带的这家毛峰,下个月也要参加茶业博览会,是上上届的金奖得主。"

听到最后一句话,白茗雪的表情终于有了一丝变化,眼神也认真专注起来,看着那杯芽挺叶嫩的毛峰。

芽叶慢慢竖直悬浮于水中,徐徐下沉,那叶底嫩黄肥壮,厚实饱满,细嫩成朵——单看外形,毛峰确实比瓜片优美,如同古典美人,纤细优雅。不过那馥郁高长的茶香,比不上瓜片的浓郁。

白茗雪等茶叶泡开了,端起来抿了一口,茶香鲜浓不苦,回味甘爽,确实是好茶。如果一定要找缺点,那就是不耐泡,没有瓜片香远。

"这猴魁当年也获得过'茶王'封号,还有祁门红茶、屯溪绿茶……"许清友打开其他几罐茶叶,这次他帮着用茶筷和茶匙取茶,免得她又上手直接抓茶叶。

"你这段时间跑了多少地方?"白茗雪见他取茶泡茶特别讲究,就跟进了禅寺看老和尚泡茶一样,顿时觉得自己太粗鲁了。

"安徽的名茶,我都去看了。"许清友微笑着说道,"带来的这八种茶叶,是你的竞争对手。你可能不习惯喝别家的茶,但了解一下人家茶叶的优点也未尝不可,知己知彼方能百战百胜。"

白茗雪佩服地看着他,她家做了几百年的茶叶,其实很少和外界的茶互通有无,互相学习。这边的人更注重内在自我的成长,似乎很少走出去看一看,瓜片在较封闭的环境里,不争不抢低调地存活着。

而今年的茶春,这个躲藏在大山怀抱里的瓜片,迎来了命运的转折点。

"我来这里,还有一件事想和你商量。"许清友等泡完茶,终于步入主题。

今年的立春还挺冷,山上的瓜片绿油油的,看着喜人,再放个十来天,软软的嫩绿的叶子会慢慢变成深绿,里面的水分越来越少,叶片也越来越坚硬,就变成老茶叶了,再也不能采摘了。

许清友觉得她家山上的茶叶还能采一轮,想找人上来采最后几天。

"我有个朋友做茶叶枕,瓜片气味清香醇和,立夏后的瓜片不值钱了,正好可以让他来收一点……"

"要什么钱!反正放着也是放着,小许你要是需要就去采,没事的。"李碧霞在门外偷听了一会儿,发现没有儿女情长的对话,立刻推门进来,笑着说道。

"不,生意归生意,人情归人情,伯母您的人情我记在心里。"许清友站起身,微笑着从包里拿出一个厚厚的信封,双手捧到李碧霞面前,"只采一周,这是对方给的报酬。"

李碧霞看着那个信封,挣扎了一下,随后推了回去:"不要不要。六月份不是茶博会嘛,你自己拿着,多带带我家茗雪吃饭好了。"

她真是高瞻远瞩啊,为女儿的终身幸福考虑,把这钱当成恋爱基金返还。

"这个不用伯母您嘱咐,我也会好好照顾她的。"许清友坚持将钱递给李碧霞,说道。

白茗雪在一边听着听着觉得有点不对味,见两人还在拉拉扯扯,她果断地站起身,把信封拿过来:"行了,对方给的,就收着吧。饭做好了吗?

我去收拾桌子。"

她最怕无聊的寒暄，一直都是有事说事，没事去做别的事，不东拉西扯浪费彼此时间。所以白茗雪选择去厨房收拾碗筷，准备开饭。她刚洗好碗筷，就听到大黄在叫，好像来陌生人了。

白茗雪从厨房走出来一看，一个帅气高大的男人正站在泥巴院墙边笑吟吟地看着她。

"嗨，邻居，今天没生火，能来你家蹭顿午饭吗？"叶嘉笑着问道。

村里大部分男性劳动力都在外地承包工地做活，有一部分务工的人会在茶春时节回来帮忙采茶，立夏之后又都离开村里。所以立夏后，村里只剩下老人、孩子和媳妇们，大多是女性，照顾田地山林。

每天早晚，河对面的店头就坐满了形形色色的小媳妇聊八卦，最近她们的聊天中心都是茶饮基地，因为茶饮基地招工了。而且茶饮基地的老板，还是个长得那么年轻帅气的小伙子，小媳妇老姑娘们远远看到就直了眼。用张家太奶奶的话来说，就是她活了九十多岁，没见过这么漂亮的男孩子，百年才出一个啊！

白茗雪觉得张家太奶奶应该去市里转转，多开开眼界，就不会逢人就八卦在她屋后头住的年轻人就跟神仙下凡似的……

叶嘉确实好看，比电视上的男明星还好看，可白茗雪以前就读的大学对面就是一流的电影艺术学院，那里进进出出的也都是帅哥美女。

好看的皮囊多了去了，有趣的灵魂才珍贵。

李碧霞很高兴，她喜欢热闹，本来今天有客人就多做了两个菜，正想喊两个亲友来陪陪客人，结果叶嘉来了。她并不讨厌叶嘉，年轻人有钱又好看，嘴好像也越来越甜了，很满足李碧霞的虚荣心。

"阿姨，您做菜真好吃，真想天天吃您做的菜。"叶嘉一边说着，一边看着和许清友聊茶的白茗雪。

她一直都在和这个大叔聊天，说什么古法炒茶说得津津有味，看都没看他一眼。

"那你就天天来……"李碧霞话没说完，就被对面的女儿踢了一脚。

四方四正的桌子上,李碧霞坐在主人位,两边坐着贵客,白茗雪坐对面,正给她使眼色。

老妈嘴特别快,总是想都不想就答应别人,她可不希望每天和叶嘉在一起吃饭,太败胃口了,看着就腰疼。

"妈,你这两天不是要去市里吗?"白茗雪插了一句。

"是哦,下午有老主顾过来拿茶叶,我去店里看看。"

"正好我也回去,坐我的车吧。"许清友租了辆车过来,就停在院子外,笑着说道。

叶嘉自始至终也没主动和许清友说话,虽然主人家介绍过,但他并不想和这个装斯文的大叔聊天。

倒是许清友很礼貌地想和他交谈几句,试着找话题:"听说叶总的茶饮基地已经建好了,开始招工了是吗?"

叶嘉的茶饮基地这边没人不知道,许清友今年少收了大半茶叶,也是跟他有关。

叶嘉只是像个矜持的贵公子一样淡淡点头,并不想搭理他。

"我吃好了,先去帮你收拾一下包。"白茗雪觉得饭桌上的气氛令人压抑和尴尬,快速吃完饭,放下筷子,礼节性地对两个客人说道,"你们慢用。"

说着她就飞快离开。

她没老妈那种能坐着和陌生人聊三天三夜的本事,而且看见叶嘉就心烦,索性去后院忙活,眼不见心不烦。

小时候后院种了很多菜,蛇虫多,泥巴又脏。后来她爸爸从河边淘来鹅卵石,铺上小路,弄成了花园,种了薄荷和花,放了三张躺椅,夏天虫子也少了很多,可以纳凉赏月。她爸爸骨子里很浪漫,是个浪漫的英雄主义者。

"你的腰好了吗?"叶嘉也放下了筷子,跟到后院,看到她正蹲在花坛边看什么,问道。

"托你的福,好了。"白茗雪头也不回地说道。

叶嘉走到她身边,才看到她在修剪一株兰花。

那株兰花已经开了两三朵,香气袭人,她正把旁边干枯的叶子剪下来,叶嘉注意到她的手指上依旧缠着创可贴。

"你还会打理花园?"叶嘉见她已经攥着一大把枯叶枯枝,装作惊奇地问道。

"茶春太忙,没空管院子,你看这些野草都长起来了。"白茗雪淡淡说道。

"……野草也挺好看的。"叶嘉本以为她会不理自己,他想调侃她几句,没想到她这么一本正经心平气和地回答,打乱了他的思绪。

"会占用土地营养。"白茗雪拔草的速度很快,一会儿就清理好花园一角,站起身来。

叶嘉注意到她起身时扶了一下自己的后腰,便伸手拉了她一把:"你的腰还没好。"

"蹲太久了,腿麻。"白茗雪起身后,离他远一点,看了眼花园隔壁修整好的房子,问道,"你搬过来了?"

"成邻居了,以后还请多多照应。"叶嘉看到两家的院墙很低,能直接跳进来,根本不防贼啊。

"照应谈不上,别天天来蹭饭就行。"白茗雪很认真地点点头,回答。

"那你要来我家坐坐吗?我做个茶房,可以来喝茶。"叶嘉失笑,觉得她找不到男朋友不是偶然,是必然。

"谢谢,不用了,我家有茶。"白茗雪拒绝。

她是话题终结者。不感兴趣的话题,她绝对不会多说一句,没有暧昧的态度,不想给人期待,也没有性别意识,一脸"你男人能做的事,我妹子也能做到,而且还比你做得好"的样子。所以别妄想她会拧不开饮料瓶娇羞地请男生帮忙,她不把别人女朋友的瓶子全拧开就算不错了。

叶嘉原本看到许清友和她相谈甚欢有些不舒服,现在放心了,白茗雪只是把他当兄弟。

当许清友下午开车带李碧霞走了之后,叶嘉从茶饮基地忙完回来,已经黄昏时分,夕阳将金色的光芒洒在竹林上,拉出长长的影子。他路过卤肉店和小卖部,让司机买了点熟肉和水果,提着东西大摇大摆走进邻居家的院子。

大黄正趴在花架下懒洋洋地打盹,看到叶嘉,闻到他手中酱牛肉的味道,立刻起身兴奋地摇尾巴。叶嘉倒也大方,直接丢了一大块酱牛肉在它饭盆里,走进屋里。这里家家户户都敞着门,颇有点夜不闭户、路不拾遗的古风。

白茗雪不在楼下,叶嘉将酱牛肉放在餐桌上,喊了两声,没人理,他从书架上随便抽了本书,坐在沙发上等。

白茗雪在楼上书房里处理订单。用李碧霞的话说,她在"玩电脑""聊天"。其实她真的在好好工作,想让产品进入"聚划算",走一波量,把瓜片推广出去。但李碧霞是一个传统茶商,依靠线下积攒的资源卖茶给新老客户,完全不了解现在的电商市场。她只要看到女儿对着电脑"上货""发货"之类的,就嫌烦,想让她出去工作。

白茗雪准备好库存,编辑好新茶界面,才伸了个懒腰,感觉到后腰被牵拉了一下还有些隐隐作痛,不由得想到叶嘉。她身体好,恢复得快,但偶尔几个动作还会刺激到后腰深层肌肉,感觉不适。

叶嘉看了十多页书,就听到楼上的脚步声。

这里都是自家建造的房子,用料结实牢固,唯一的问题就是楼梯隔音很差,走路的声音传得清清楚楚。

他看到白茗雪小鹿一样轻快地下楼,穿过客厅往外走,突然停住脚步,扭头看着他。

叶嘉真真切切地看到她脸上表情的变化,跟见了鬼似的,僵了几秒才反应过来。

"你……你怎么在我家?"白茗雪从惊讶变成了不悦,她不像妈妈,对谁都欢迎。

"我家厨房还没装好,所以买了点菜,和你拼个桌。"叶嘉笑着合上书,说道。

白茗雪见他看的书,立刻冲过去抢过来,皱眉说道:"你真没礼貌,不请自来,还乱翻东西。"

"这书不能看吗?"叶嘉一脸无辜地问道。

"不管你做什么,至少要经过主人的同意吧?"白茗雪把书放回原位,满心不悦。

"因为里面写了情诗吗?"叶嘉继续问道。

他看的是她大学时候的专业课资料,里面写满了密密麻麻的诗歌,所以准确地来说,他在看那些诗歌。

"那不是情诗。"白茗雪像是被人戳到了痛点,脸有些涨红。那都是她上课无聊时,随手写下的碎片化的文字,是在她爸爸离开后的那段时间,写的一些伤春悲秋的文字。

"是暗恋哪个男同学吗?"但在叶嘉看来,那些饱含思念和失去亲人之痛的文字,确实和单相思很像。

"说了不是!"白茗雪突然发火,脸上杀气腾腾,看着很不好惹,"麻烦你出去,我家不欢迎你!"

叶嘉没想到她反应这么大,更觉得"情诗"对象是一个让她不可言说痛彻心扉的男人,见她一脸气愤和防备的样子,心里不是滋味起来。

"被我说中了吗?"叶嘉从来没见她这么生气过,他某些时候,性格很恶劣,就喜欢做些火上浇油的事,所以继续说道,"你这种性格,被人拒绝很正常,应该多听听你妈妈的建议……"

"你是哪位?有什么资格指导我的人生?请你出去!"白茗雪严厉地打断他的话,眼神狠戾。

叶嘉感觉她像只被惹怒的小狼崽,眼圈都气得有点发红,随时会扑过来撕咬自己。但他竟然特别喜欢她那毫不掩饰的眼神,看着就让人觉得斗志昂扬热血沸腾,想撸起袖子按住"狼崽"的后脖,把她提起来。

"我不出去,我要和你吃晚饭。"叶嘉的话没说完,就见她冲到自己面前,直接动手。

白茗雪完全不想和他说话,攥住这个无赖的手臂,把他往外拽,想丢出门外。她力气比寻常女生大多了,但忽略了男性本身力量上的优势,加上叶嘉没看上去那么秀气优雅,并且做好了"迎敌"准备,白茗雪猛地一下居然没把他拽动。

白茗雪更加用力地拽他。这一次叶嘉可能良心发现,觉得应该配合点,别气坏了人家小姑娘,于是站起身。

这一把白茗雪没防备他突然站起来,力道没收住,手一滑,往后跌去。

嘭!

一声巨响,放在两个沙发中间的茶几被白茗雪屁股撞上,上面的花盆被撞倒。而白茗雪虽然被叶嘉及时拉住,还是捂着屁股和腰半天没缓过劲。

叶嘉绝对是灾星!白茗雪自从遇到他,就受伤不断。腰刚好一点又被撞到,还有臀部的坐骨神经疼得她趴在沙发上咬牙切齿。偏偏始作俑者这会儿特别绅士,就差给她揉屁股了。

"别生气别生气,下次我来之前先给你打电话问问能不能进门行吗?"叶嘉没想到她"后坐力"这么大,把那么重的大花盆都撞翻了,估计受伤不轻,一边给司机打电话让他来收拾一下,一边哄发怒的"狼崽","一会儿收拾好我就走,我买了点酱牛肉,你也别做饭了,我帮你简单弄点晚饭……"

白茗雪想说话,身体一动,腰和屁股就疼,她"嘶"了一声,表情僵硬。

"我不在你家吃,我就等你吃完,收拾一下我就走。"叶嘉经过这几次故意挑衅的交锋,摸清了几分她的性格,这个"狼崽"吃软不吃硬,惹怒了她之后,说说软话,态度放好点,她很快就能平息。

简单一句话概括——这人单纯,特别好哄。

果然,听他说得这么"真诚",白茗雪憋了半天的气,才闷声回答:"不用了,我自己能做饭,你现在就走。"

"那不行,你又不肯跟我去医院,你妈妈也没回来,这么趴在家里太不安全了。"叶嘉说着,起身找药箱,"上次医生开的膏药还在吗? 先帮你贴上。"

"你赶紧走,别在我面前晃悠。"白茗雪捂着腰勉强爬起来,继续撵人,现在看着他就心烦。

"你别动,我让人清理花盆。"叶嘉见她要起来,按住她,指了指沙发边散落的花盆碎片,"回头再伤了脚,你又得怪我。"

"又得怪我……"白茗雪觉得好气又好笑,这少爷语气里似乎受了委屈,加上他现在特别温和绅士的表情,那张漂亮的脸让人不忍责怪。

白茗雪不想多说,更不想被他表面的温柔骗了,转头指着门口:"你赶紧走,赶紧出去,我自己收拾。"

"啊,看到药箱了。"叶嘉第一天来的时候,见李碧霞拿了退烧药后随手将药箱放在书架上,现在依旧放在那附近。

"你听不懂我说的话吗?"白茗雪很无语,见他搬来药箱找到膏药贴,一脸拒绝地说道,"这是跌打扭伤膏,我只是撞疼了,没那么严重!"

她前几天贴这个膏药贴得有心理阴影了,味道很重,撕下来的时候也特别酸爽。

"跌打膏,你刚才就是跌倒了。"叶嘉看着外包装上的说明,"要不你跟我去医院,总要处理一下才安心。"

白茗雪被他的絮絮叨叨打败了,她只想速战速决,于是果断地拉起衣服下摆:"行,来,贴上。"贴完赶紧走人,再看到他在面前晃来晃去,白茗雪心脏会爆炸。

叶嘉拿着膏药,见她直接拉起衣服露出一截紧致洁白的后腰,眼眸闪了闪,忽然有点口干舌燥。他默默贴上去,指尖碰到那肌理细腻柔滑的肌肤,像碰到火花似的。

白茗雪耐着性子等他贴好,迅速拉下衣服,做了个"请"的手势:"再见。"

不,希望再也不见!

她这会儿的忍耐力已经到了顶峰,要是叶嘉再不走,她会关门放大黄的!

叶嘉见她旧伤未愈又添新伤,心里真有几分愧疚,让司机收拾好地上的碎花盆和植物,就走了。第二天,他不知从哪儿买了个特别精致婉约的大花盆送到白茗雪家门口,还送了几株打了花苞的蕙兰,前院全是香味。

要是叶嘉不在面前晃悠,就算对做茶的理念不同,白茗雪也不是那么讨厌他。可要是叶嘉故意来招惹她,她的火气就压不住,很容易被他点爆。

这天,白茗雪准备开车送货去茶铺,正在吭哧吭哧地搬茶桶,忽然感觉到什么,一抬头,看到"邻居"正坐在院子里,端着一杯咖啡,悠闲地盯着她。

"早啊!"叶嘉笑着和她打招呼。

说实话,叶嘉长得这么好看,如果嘴巴甜点,再礼貌绅士点,白茗雪甚至觉得,这人虽然观念有点问题,但也没那么烦人。

"早。"所以,她点了点头,应了一声,将一桶近百斤的茶桶推上面包车。

"你的腰好了吗?要我帮忙吗?"叶嘉端着咖啡,站起身,慢悠悠地走到两家院子中间的矮墙边,看见她撸起的袖管下肌肉结实的细胳膊,有种特别蓬勃健康的美。

"好了,我自己能做。"白茗雪不冷不淡地回了一句。

"那你是要去市里送货?"叶嘉也就是随口问问,他不喜欢做苦力活,只有人家小姑娘开口求他帮忙,他才会考虑一下。

"是。"白茗雪将第二桶茶叶抱上车。

"捎上我吧,我正好要去市政府办事。"叶嘉喝了口咖啡,有些不确定地看着她,担心会被拒绝。

白茗雪看了他一眼,甩了甩头:"行,上车。"

这种不记仇的性格……叶嘉真是太喜欢了。跟她做事,一定很幸福,有事说事,做事也是对事不对人,事情过去了就过去了,每天就像是崭新的一样。叶嘉真想把她和她家的茶山挖去茶饮基地啊!

"你要送这么多茶叶?"叶嘉上车后,见后面放了四个茶桶,少说也有四五百斤的茶叶,不知哪个大客户要。

"嗯,在电商那边做了个促销活动,先做好准备。"白茗雪系好安全带,看了眼副驾驶上的叶嘉,突然想到什么。

"你的司机呢?"他有舒服的小轿车,干吗要蹭自己的面包车?难道……有什么阴谋?

"哦,请了两天假回去相亲,我开不了山路,这两天你当我的司机吧?"叶嘉又露出那种不差钱的贵气笑容,转头看着白茗雪,说道。

"呵,那你请其他人吧,我可当不了你这样大老板的司机。"白茗雪本来挺平静,但听到他语气里的优越感就有点烦躁,后悔带他上车,后悔和他多说话。说完,白茗雪挂挡踩油门,面包车在山路上一个颠簸就冲出去了。

"你不懂开玩笑吗?"叶嘉看着她鼻梁挺直带着英气的侧脸,无奈苦笑。

刚才还聊得好好的,他心里还夸她性格好,谁知下一秒她就不高兴。那句玩笑话不是表示亲近吗?她看上去一点也不想和自己关系再亲密些,在任何事上都与他泾渭分明。

"别和我开玩笑。一点也不好笑。"白茗雪看着前方,态度更冷淡了。

"所以和你说话,只能说正经事吗?"叶嘉继续问道。

"你废话真多。"白茗雪不喜欢无效社交,她宁可去山上看看茶树,也不想闲聊。

"老板可喜欢你这样的员工了,和机器一样,只干活。"叶嘉也是恶趣味,见她对自己冷淡,又忍不住去逗她。

"看来机器才是你的真爱,以后和机器过一辈子挺好。"白茗雪见他又提机器,脸色更冷淡。

"未来机器人肯定比伴侣更好,想要什么样子的都可以定做,设定好程序,不会突然生气闹情绪,每天都是完美情人。"叶嘉附和地点点头。

"你应该也找个机器人司机帮你开车,机器不用相亲不会请假,多好。"白茗雪毫不掩饰地嘲讽。

"你干吗这么抵触机器?我做的是茶饮,必须用机器……"

"别打搅我开车。"白茗雪打断他的话,在拐弯处按了按喇叭。

她应该是除了爸爸,第一个用这么强硬的语气打断自己说话的人。可叶嘉居然没有想象中的生气,反而觉得她特别有趣,看着她冷峻清秀的侧脸,就不由得弯起了唇角。

"你家茶叶卖给的那个人,不也做机器茶吗?为什么你对他就格外宽容?"叶嘉很会挑动对方的情绪,轻描淡写的一句话,让白茗雪一个急刹车,他差点撞到头。

"你说什么?"白茗雪的表情异常凝重,眼里跳动着火焰。

"你不肯将茶山租给我,宁可将茶叶卖给做机器制茶的茶商,是因为讨厌我,还是因为喜欢许先生?"

"你胡说,许清友不会做机器茶。"白茗雪停下车,对叶嘉的诋毁很愤怒。

"你觉得他收那么多的茶叶,用你们的手工制茶方法能及时处理完吗?六七锅才炒一斤茶,恐怕他雇下你们村的茶农也忙不完吧……"

叶嘉那天看到许清友,就让人去摸了一下底细,没想到还探出不少东西来。

许清友不是一般的茶商。他手里做出来的茶叶,都身价数十倍地翻上去,前几年他做得最成功的金骏眉,让他成为茶商中的典范。

但要成为最大供应商,靠精贵手工茶叶是无法满足市场需求的。所以,许清友大量收瓜片,除了做少数高、精、稀的手工茶叶之外,他一定会用成本更低、速度更快的便捷方式来处理其他瓜片。

然而叶嘉还没说完,就被白茗雪赶下了车。

"叶先生,别用你的心去揣测别人。咱俩道不同,你走你的阳关道,别来挤我们的独木桥了。"白茗雪丢下这句话,一踩油门,面包车绝尘而去。

叶嘉就这样被丢在山道上。就像被负心男抛弃的小媳妇,叶嘉满脸尘灰不敢置信地看着面包车消失,才咬牙说道:"臭丫头,你敢这样对我!"

说起来,他也应该反思一下,为什么没事要去撩拨一个没被驯化的小兽？和她表面虚伪客套一下，说说笑笑地拉近关系不好吗？

叶嘉打电话叫了公司的车，坐在路边一株松树下，郁闷地等着。

这几天天气好，刮起风或有车经过的时候，山路上尘土飞扬，他觉得头发上、脸上、衣服上全是灰，顿时洁癖发作，想往松林深处走走，找地方洗洗手。

他早晚把这条泥巴路铺平！

其实叶嘉今天就是去市政府谈这事的，他想抽出一部分资金支持修路。"要想富，先修路"这句话是没错的，没有一条宽阔平整的柏油路，再好的资源都很难输出。

叶嘉考虑到等新型茶饮研制出来后，货车在这条崎岖不平又窄小的山路上不方便进出，宁愿先抽出资金为大家修路。

如果他爸爸支持，不用几个月，绝对能轻松修好一条省级公路。可惜，他家里因为茶饮的事和他翻脸，资金渠道全靠自己去找，太难了……他从小到大，锦衣玉食，要什么有什么，哪里这么悲惨过？还被一个村姑扔在路边吃灰。叶嘉越想越气，沿着公路走了十来米，站在路边看着陡峭的山崖，那下面有泉水潺潺流过。

就在他探头往下找路的时候，一辆面包车又疾驰而来，唰地一下准确地停在了他的身边，那股劲风夹着铺天盖地的灰尘，差点把他刮下山崖。

白茗雪停车，解安全带，开车门，跳下来，一把拉住被灰尘眯了眼的男人，动作一气呵成，迅捷爽利。

"喂，你也太脆弱了，行行行，别哭了，我给你道歉行吧？"白茗雪拉住叶嘉，见他揉着眼睛半天没睁开，只有眼泪下来了，她慌了，还没见过哪个大男人受点挫折就哭着寻短见的，赶紧道歉。

叶嘉想说话，但鼻子也痒，被灰尘、花粉弄得要过敏了，连打几个喷嚏，才勉强睁开眼睛，见白茗雪一脸紧张无措地看着自己。他眼泪哗哗地流——眼里进了沙子，越揉越疼，泪腺拼命地分泌泪水想冲出眼里的异物，让场面一度变得很尴尬。

"天啊，我真是服你了……"白茗雪见他红着眼想扭头避开她，觉得自己正常的世界都被他的眼泪给摧毁了,"对不起,我不该发火把你一个人丢在这里,我再次诚挚地道歉,你能别哭了吗？被人看到还以为我怎么欺负你了……"她不想在路边和一个男人拉拉扯扯被路过的亲朋好友看笑话,只想息事宁人,把他往车里拽。

"我没哭……是眼里进沙子了。"叶嘉终于说道。

"行行行,你说进沙子就进沙子吧,先上车,别在路边哭。"白茗雪以为他在找借口,拉着他往副驾驶方向走。

"真的进沙子了。"叶嘉现在真想跳崖,在一个女生面前梨花带雨,想想就觉得要做噩梦。

"真的?"白茗雪停下脚步,仔细看了看他,半信半疑地说道,"我看看。"

叶嘉个子高,她踮起脚也不太方便观察,索性把他按在副驾驶坐着。

叶嘉感觉自己被一个妹子欺负了,因为全程都在被对方控制,刚被拉坐下去,他还没调整好姿势,白茗雪就强制性地捏住他的下巴,把他的脸抬起来。

然后,眼皮被粗暴地撑开,他就被迫看着白茗雪的嘴凑过来——狠狠地吹了吹他的眼睛。好像还揉了揉他的头发,像哄小孩子一样拍了拍。

如果不是眼睛进沙子了,这姿势挺不错……他在泪眼蒙眬中看到那张不施粉黛的脸,唇红齿白,噘起的嘴唇像山桃花一样鲜艳,顿时想到那天把她撞晕了,给她做人工呼吸,贴上去时触感仿佛花瓣一样清润细密。

"没有了吧?"白茗雪继续翻他的眼皮检查。

身后又有车经过,好像还有人喊了她一声,但白茗雪忙着呢,头也没回。

叶嘉被她捏来揉去的,突然觉得很羞愤,一把推开她的手,抹了把眼泪想下车。

"我送你去市里,别气了,再给你道个歉。"白茗雪以为他还在生气自己丢下他,赶紧安抚,但心里也有些不耐烦,看了眼手表,觉得在这男人身上耽误了太多时间。

叶嘉见她看表,根本没有认真关心自己,顿时更生气,推开她就走。

"好任性,我都道歉了,还要怎样?"白茗雪咕哝了一句,看着他的背影,一点也不想管他,可又怕他迷路出事,这里前不着村后不着店,万一大少爷走丢了,她赔不起。她暗下决心,下次绝对不碰他这样的麻烦精!

叶嘉屈辱地快步往前走,没走几步,一辆看上去很高级的轿车从山上飞驰而下,停在了他旁边。

"咦,你不是说司机相亲……"正要追他的白茗雪看见司机,还没说完,他就上了车,用力关上车门。

她看着黑色的轿车从身边离开,倒是松了口气——有人接他就行,别耽误她送货。

不过想想一个大男人哭得梨花带雨我见犹怜……白茗雪打了个冷战,再次告诫自己,以后离这个娇生惯养的少爷远一点。

第四章　华枝春满

之后几天,叶嘉都没在白茗雪面前出现。

又到了播种的时间,有田地的农户都在忙着借耕牛来翻耕农田,准备插秧。这个时节的农田依然美丽,虽然油菜花凋谢了大半,可大片大片的紫云英绽放在田地里,仿佛厚重柔软的绿毯子上绣出的花。

而白茗雪在忙着上"聚划算",一直在市里的茶铺处理茶叶订单,根本没时间回家。

过了立夏,天气渐渐热起来,茶叶很快老得没法采,瓜片的采摘期彻底结束,茶山上都是修剪茶树的茶农们。

许清友这天又回了六安,来到茶叶市场的半城茶庄。

茶庄里依旧坐着张老头,正慢吞吞地品着瓜片,小芸在忙着包装茶叶,柜台后还坐着一个扎着高马尾、脸型略显瘦削的英气少女,正在对着电脑打字。

"哟,许先生,又来了?"忙着的两个女孩都没注意到门口的人,还是张老头先看到。他就像在自己家店里一样,起身迎接许清友,"快进来坐。要喝点什么?"

小芸忍住吐槽张爷爷的欲望,翻了个白眼,随后挂上笑,迎上去:"许先生你来啦,里面坐。"

"里面坐着喝点茶,等我一会儿啊……"白茗雪还在处理售后,头也不抬地说道。

"被投诉了?"许清友没到后面的茶室,绕到柜台后,看她噼里啪啦地打字。

"嗯,收到的茶叶太碎了……我处理一下,马上就好。"白茗雪终于仰起脸看着侧后方的许清友,对他微微一笑。

她笑起来特别甜,微微弯起的眼像荡漾在波心的冷月,带点冷冽的甜美,让人也忍不住跟着扬起唇角。

"前几天'聚划算'发了多少货?"许清友看着她的笑容,不由自主跟着笑了。

"都抢光啦,三千件!"小芸举起酸麻的手,"我打包都打吐了,每天只睡三小时就爬起来发货。"

"辛苦了。现在大部分都收到货了吧?好评率多少?"许清友知道这种大量发货下,肯定也会有退货或者其他问题,而且价格压得太低,加上运费、人工成本费,不亏钱就算不错了,所以他之前就建议白茗雪不要参加"聚划算"。

"我们家茶,当然百分之百!"小芸又说道。

"目前反馈还行,只有少数茶叶在运输中被粗暴对待,碎得太厉害,我让他们申请退货。"白茗雪处理完,站起身说道。

"你要不要用我的方法再试一次?"许清友笑着问道。

"高、精、贵?"白茗雪摇摇头,"我想要的是更多的普通人接触到瓜片,如果太高端,价格定得太高,很多人会望而却步。"

"这原本就是贡茶的意义啊。贡茶意味着稀有,一般人无法企及。而且你要知道,普通人的时间是不值钱的,越是精英层次的人,越没时间和你在网上扯皮,那点金钱在他们的眼中,远不如其他事情有价值……"许清友试图给白茗雪说道理。

"聚划算"这种促销活动根本不适合高端的贡茶,大多数不懂茶的人,能喝出什么文化来?

"你回来有什么事?"白茗雪打断他的话。

她听过好几次许清友的"茶论"了,就跟对妈妈的催婚一样,完全听不进去。

"茶山收工了,我来看看,顺便也想买点茶。"许清友见她还是不肯做包装后的高端茶叶,叹了口气,"还有分店的事。"

她不做,只能他来做。

"你收了那么多茶,干吗还来买我家的茶?"白茗雪好奇地问道。

"因为你家的是贡茶,不一样的。"许清友微笑着回答,"你要懂得品牌价值。即使我和你采一样的茶,用一样的茶锅、同样的炭火,也炒不出相同的味道,那种区别,是贡茶后人和外地商人的区别。你相信吗?如果我将同样的茶叶,贴上不一样的名字,价格我可以翻一百倍。"

"一百倍!"小芸先尖叫起来,掰着手指头,"那一斤茶叶……不,一两茶就能卖上万块钱了?上次那个什么新闻,明前的西湖龙井,六千块一两,老和尚在禅院泡的,一杯茶好贵的,还有人排队竞价!"

"那是我做的茶。"许清友依旧带着清雅的笑容,淡淡说道。

"好厉害!"小芸都忘了打包茶叶,满眼星星地看着许清友,像是看着活菩萨……不,活财神下凡。

"你做的?"白茗雪愣了愣,随后很诚恳地请教,"是特别珍稀的茶叶吗?口感如何?在哪棵茶树上采的?怎么炒出来的?加了金子吗?"

一连串的问题,让许清友又笑了起来:"你想知道?我也可以让你家的茶叶卖到这个价。"

其实就是上次他带过来让她品尝的茶叶,确实是顶级的,但也确实价格略有点高,但这世上没有任何东西的价值是固定不变的。

"不会是不正当的手段吧?"白茗雪怀疑地打量他那张飘然出世的脸,有点不可置信,"你不像奸商啊。"

"当然不是,我都是秉持公平买卖,愿买愿卖。"

许清友不但不像奸商,反而儒雅稳重,像得道高人,他要是泡茶,仿佛茶都清贵了几分。

白茗雪没问出西湖龙井为什么能被他卖得那么贵,她要开车回去拿茶叶。

许清友要的是明前茶,店里没有。今年的明前茶当时就被他和叶嘉买光了,白茗雪只留了一点点放在家里后山地窖里阴凉封存。那里还放着准备去茶业博览会评奖的明前瓜片。

这么原始的保存茶叶方法,许清友第一次亲眼看到。

哦,这个不叫地窖,准确地说,应该叫山洞。

这里是大别山革命老区。在山路上,许清友就发现山上有很多被石头或者土堆封住的窄门,那是当年打仗时挖的山洞。一些深山里没被利用的山洞口还是敞开的,里面四通八达,但又黑又冷,没人敢往深处走。

白茗雪家靠山,后院花园直接抵到后山。后山大多是坚硬的岩石,像石板一样,可就在这石板中间,被挖出了一个约莫一米宽、一米五高的洞。

许清友看了一眼就感觉幽闭恐惧症要发作,不敢跟着钻进去看看,尽管白茗雪对他说山洞里面很宽敞。因为外面的岩石难挖,但里面是松软很多的泥土,只要猫着腰走两步就豁然开朗。

李家当年是大户人家,但并不是住在这里。他们住的地方,是当年被称为"金麻埠"的麻埠街。那里盛产麻料和美女,在民国时期被称为"小南京",街上美女、布料、茶叶都是上乘的,引来无数风流人物。

在20世纪50年代,作为新中国治理淮河水患的枢纽工程之一,这里要建造防洪灌溉的大型水库,麻埠街上的人们不得不搬走——因为麻埠街将沉入水库里,成为历史。

李家也因此搬到了他们家的茶山下。这个山洞,还是李碧霞的爷爷奶奶挖出来的,当年用于储存粮食和茶叶,里面的空间很大。后来又被身为警察的白林修整了好几次,里面堪称防空洞。

"今晚住这儿别走了。"李碧霞很热情地说道,"顺便把隔壁的叶嘉喊过来一起吃饭,人多热闹点。"

白茗雪刚好拎着茶叶从洞口钻出来,一听就不乐意了。她这一周都不在家,热情的老妈肯定天天喊邻居来吃饭。妈妈一直喜欢热闹,怕孤单寂寞,隔壁搬来这么个有话题的老板,她肯定没事就喊过来一起吃饭。

而且白茗雪回来之后,看到家里多的那些水果和红酒、鲜花,绝对是叶嘉送来的礼物。

村里人没天天吃水果的习惯。妈妈虽然经常以"落魄大户千金"自居,挺注意美容养生,但她只吃苹果,很少去特意买什么香蕉、梨子、火龙果,更不喝红酒。这些东西也不是本地人的送礼风格,一看就是叶嘉。

"老妈,你今天晚上不是要去参加婚礼吗?晚上别管了,我来招待。"白茗雪还记得今天是一个远亲结婚,她妈妈前段时间接到消息还唠叨她也赶紧结婚,把份子钱赚回来。

李碧霞一听,立刻跺脚转身:"哎呀,我怎么把这事给忘了?那你好好招待一下,反正菜都买好了,晚上你们自己安排。"

"记得把叶嘉也喊过来一起吃,他一个人在家里面挺可怜的,也没个人照应,还不会用那个燃气灶跟这个锅灶……"李碧霞走到门口,又转身叮嘱。

"行了行了,妈妈你赶紧收拾一下过去吧,都不早了,我好像都听到了放鞭炮的声音。"白茗雪才不会去找叶嘉呢。直到现在,只要想到叶嘉哭得梨花带雨的样子,白茗雪依旧头皮发麻。她在内心默默对自己说,一定要远离这样的爱哭鬼,她哄不好,也懒得哄。

山村的黄昏很美。一些结伴去河边洗衣洗菜的妇女在夕阳下满脸笑容地讨论着村里的新鲜事。放学的小朋友们正在路上叽叽喳喳地你追我赶。在地里做农活的人,也都扛着农具往家走。

叶嘉的茶工厂已经开始运作,有些闲在家里的媳妇婆婆去了茶饮基地上班,大家三五成群地回来,在路上有说有笑。

路边的野花和小草,在晚春的风中微微晃动着,河边的杨柳也从浅绿变成了翠绿,好像热烈的夏姑娘马上就要来了。

叶嘉回去得稍微晚了点,他这次没有坐车,而是步行往出租房的方向走去。

太阳已经在山的那边,漫天的红霞笼罩在乡村上,一轮新月在天空中若隐若现。那些烟囱都冒出了缕缕炊烟,饭菜的香气飘散出来,勾起了叶嘉的食欲。

一些老人吃得早,带着孩子们从家里出来,坐在桥头谈古论今,给孩子们说些神神怪怪的故事;还有些人坐在店头买东西聊天。但这些声音,依然让山村带着一种宁静的喧嚣。因为山水辽阔,远方矗立的群山,静默地将这点热闹吞噬,留下的依然是空旷寂寥。

叶嘉的茶饮基地离白茗雪家也就一两公里,这种舒适的暮春天气,早晚散散步正好锻炼身体。这些宁静浩大的山山水水,好像能洗去人们内心的浮躁,让人们看到最纯净的自己。

叶嘉看到大桥头坐满了正在闲聊的老老少少,他从另一座很古老的窄小拱桥上走过河,看到竹林掩映中的李家烟囱升起炊烟。那一瞬间,他竟然有种回家的错觉。他加快脚步,还没走到白茗雪家院门,又停下了。

他看到白茗雪家隔壁的院子里停着一辆保姆车,而院子里的花架下,坐着一个衣着时尚、长鬈发、精致得像洋娃娃的女人。她坐在藤椅上表情不耐烦。因为太过时尚靓丽,就像从未来穿越过来的人,和山村的自然朴素的气质格格不入。

"娇娇?"叶嘉看到她,头开始疼。

不知道盛娇怎么找到这里的,而且没去茶饮基地,直接跑到他住的地方……叶嘉可以想象,过段时间,他妈妈、姐姐、爸爸……一群人都会找过来。

哦,他爸是不会来的。他俩父子关系现在很危险,老头绝情断义,因为反对他做茶饮,不但断绝他的资金,还发过话,不许那些叔叔伯伯和其他能拉到资金关系的合作方投资他的茶饮。总之,这父子关系,比断绝关系还要不如。

"你还真能在这种地方住下来。"盛娇不知多久没见叶嘉了,看到他走进院里,像看陌生人一样打量着他。

不知是不是因为半年没见,叶嘉比在国外那会儿更成熟了,虽然看着还是一个倜傥公子哥儿,但眼里多了几分沉稳。也许是创业艰难,盛娇觉得他瘦了,眉心都快有皱纹了,不由得有些心疼,又觉得活该。谁让他放着家里的饮料业不做,偏要出来搞创新?

叶家的公司,不说是世界五百强,只说国内的碳酸饮料和果汁,一半都是他家的产品。叶老爷子是想做点创新出来,但也仅限于保守又安全的果汁新品种,比如最近开发的百香果混合饮料就特别受年轻人欢迎。

"你爸让我给你带句话,家里还是随时欢迎你回去。"盛娇跟着他走进屋,见里面装修得特别简朴,一点也不符合他奢侈少爷的习惯,忍不住更心疼——肯定是没钱才装得这么简单。

这原本是四面漏风的土房子,外墙没有改动,但屋里全用木头和竹条封住,走进去就是一个原木色的小木屋。大山里最不缺的就是竹子和木头,所以里面的吊顶、地板、家具,也全是用木头或竹子做成的。在村里这种程度的装修已经是豪奢了,但对住惯了豪华别墅和五星级酒店的盛娇来说,这房间是简陋局促的。尽管土屋也有土屋的优点,比如冬暖夏凉,幽静温馨,但她还是很不适应地坐在沙发上——这是屋子里最软最舒适的地方,也是她坐过的最便宜的沙发。

"你在这里也能住下来,真够苦其心志!"盛娇打量着这个小屋子,见叶嘉去烧水,大惊小怪地站起身,"大少爷,你还要自己烧水啊!别烧了,车上有一箱饮料,我去给你拿。"

"我煮咖啡,要喝点吗?"叶嘉挺喜欢这个屋子,原木手工打造,一点污染也没有。三间屋子,靠白茗雪家的东头屋子做了卧室,一早就能听到她家屋后大公鸡打鸣,西边是厨房、餐厅和洗手间,中间是客厅——满足了正常人的全部需求。

厨房因为没有天然气,他没生过火,全拆了,里面装得很现代化,全是电器,电水壶、咖啡机、料理机、电炒锅……

"行吧,给我多加点糖。"盛娇见他的咖啡机是大品牌的,勉强说道。

"没糖。"叶嘉喝咖啡从不加糖,最多加点奶。

"那我不要了,太苦。"盛娇走到厨房,看他倒咖啡豆,问道,"不是做茶吗?怎么不喝茶?"

"你也帮我带句话给我爸,我在这里挺好,山清水秀,很适合修身养性。"叶嘉看了眼盛娇,突然带点坏笑地问道,"除了给我爸带话,就没有其他事找我了?"

盛娇被他笑得俏脸一红,有些娇蛮地横了他一眼:"你说呢?"

"给我送钱来了?"叶嘉煮上咖啡,问道。

"还送钱?你爸和我爸都说了,不能支持你继续胡作非为,谁敢投资啊,老爷子知道了会断绝合作的。"盛娇叹了口气,跟着叶嘉又坐到沙发上,哀怨地看了他两眼,慢吞吞地开口,"除非……"

"别说了,听你这语气,就没什么好条件。"叶嘉见她边说边凑过来,立刻打断她的话。

"你真讨厌!让我说完。"盛娇平时盛气凌人,傲娇大小姐模样,但在他面前特别会撒娇。

"别别别,肯定没好事。你还是回去告诉我爸,这里一切都好,不劳他老人家费心。"

叶嘉说完站起身,靠过来的盛娇扑了个空,倒在沙发上,愤愤地看着他。

"什么地方好?看看你住的地方,连我家狗窝都不如,还有你的茶饮基地,马上就没钱了。别以为我不知道,你拉的资金快烧光了,产品还没研发出来,你还能撑多久?"盛娇理了理头发,噼里啪啦地说道,"就算研发出来,你觉得真的能像市场调研报告里说的那样,填补饮料市场的空缺,开启一个新潮流?别傻了,你家和我家做了多少年饮料,你不知道市场这一块多难开拓吗?"

咖啡机在宁静的房间里转动起来。

叶嘉当然知道,任何一款成功的产品都不是短时间内诞生的。

决策者想把一个品类的市场做大太难了。他家用了三十年的时间专注做饮料,有了前面不断的积累和铺垫,也经历过无数的失败和挫折,才有今天的"源锦"企业。

而他也是如此,在五年前,和朋友们去日本游玩时,看到他们做的茶饮,内心受到了极大的触动。那时候他就在想,一定要将自己国家的茶饮推广出去,推向世界。后来他就去了波士顿,在那里,他研发茶饮的想法和哈佛商学院的几位同学一拍即合,之后就开始了探索新饮料的路。

五年过去了,还愿意和他一起创业的同学只剩下了一位。其他人毕业后有的回家接手父母安排好的生意,过着不用努力也很舒服的生活;有的步入了政界,想在那里一试身手;还有的去了华尔街厮杀……

只有怪才佟宁宁比他还热衷地投身茶饮事业,帮他到各地考察,特意去日本和东南亚学习茶道,给他做市场策划,甚至把自己亲哥忽悠进来投资。

叶嘉也不是孤立无援。只是……他脸上还是带着无所谓的笑容,站在窗边,看着外面渐渐黑下来的景色,眼神也渐渐笼上几丝阴霾。只是,身边有这样的朋友,他更不能失败。

"你爸说了,要胡闹也行,至少把婚结了,成家后不管你,我管你。"盛娇走到他身边,犹豫了一下,轻轻靠近他。半晌,她才试探着贴过去,想从后面抱住他:"虽然我也觉得你在胡闹,可我俩结婚了,就算你胡闹,我也会支持你……"

叶嘉突然往门外走去:"等一下。"

他似乎看到了熟悉的身影在院子里晃了一下,快步走出去,看到白茗雪的背影。

"哟,回来了?找我有事?"叶嘉对那背影喊道。

"不是找你……我家狗跑过来了,我喊它回去。"白茗雪头也不回地说完,就跑回自己院子里。真是见鬼了,她干吗要送饭过来?这个人又不是亲戚,也不是好友,而且看到门口停着的新车,就应该想到他家来了朋友,不该再进去。

"你这邻居小妹长得不错嘛。"盛娇跟了出来,靠在门框上,酸溜溜地说道。

天色黑,盛娇没看清楚脸,但看着背影纤瘦,声音也脆中带甜,让人下意识就觉得是个漂亮的女孩子。

"你说她真的是来找狗吗?"叶嘉答非所问。

"不找狗,来找你?你俩什么关系?"盛娇顿时泼辣起来,气势汹汹很不好惹的样子。

"我俩什么关系?"叶嘉笑了,转身看着她,不知这"我俩"是指他和白茗雪,还是指他和盛娇。

"你别笑了,我是来和你谈正事的,没谈好我就不走了。"盛娇有些不高兴地说道,"我就住这里。"

"好啊,住这里感受一下山村夜晚。"叶嘉倒像是心情好了一些,回房去看咖啡,好心提醒,"就是虫子野兽多,看到蜘蛛、老鼠、黄鼠狼之类的别害怕。"

"你吓唬我,我才不怕。"盛娇说这话时,声音明显没什么底气。

"你抬头看看。"

盛娇抬头,一只小蜘蛛正吐着丝挂在屋檐下,慢悠悠地往下滑。

一声凄厉的尖叫,从隔壁传进了白茗雪的家中。

她放下饭盒,将里面的饭菜倒在大黄的狗盆里,随后关上门,往楼上走去。

许清友很忙,吃完饭后,拿着一斤明前茶就开车走了。

白茗雪突然想到那天叶嘉说的话,许清友会做机器茶?她不相信。

许清友是个比她还懂茶的人,放在以前,该叫"名士"。任何茶到了他的手里,都会得到最大价值的绽放。他能从一种茶的发源历史,说到一棵茶树的生长史,无论是红茶、绿茶、白茶、黑茶、黄茶、青茶,还是西南、华南、江南、江北茶区,所有的茶叶在他面前,就像自己的亲生孩子一样,他能历数它们各自的特点。

而且,许清友不像叶嘉认为"国外月亮圆"。他不会讨论国外的茶,说到最近流行的英国茶,他就会淡淡一笑,反问英国这个国家有多少年历史。

许清友是个对中国茶非常专注和热爱的人,他从不崇洋媚外,也没有一丝商业气息。他更适合青衫长袍,隐居在深山里,松花酿酒,春水煎茶,不染尘埃,飘然物外。所以白茗雪不相信叶嘉的话,也不愿多想许清友卖茶的事。

她前段时间忙坏了,现在只想美美地睡个够。可邻居家今天特别热闹,偶尔有女高音传进房间里,白茗雪在睡梦中迷迷糊糊地想,这两人晚上有饭吃吗？哦,她被老妈的多管闲事传染了,吃不吃饭和她有什么关系？只是没想到叶嘉有未婚妻了,还这么漂亮……

叶嘉硬件条件这么好,找个门当户对的"白富美"很正常,但他平时没有表现出自己有女朋友的迹象。三姑六婆都很八卦,据说有人问了他婚姻状况,都以为他是钻石王老五,突然冒出了未婚妻,让人有些意外。而且,这两人应该是小别胜新婚才对,可隔壁居然吵吵闹闹了一整夜,直到公鸡打鸣,车辆的引擎声又惊醒了白茗雪。她也睡不着了,索性起床,才发现自己的后窗没关——难怪那么吵。

外面天色蒙蒙亮,但村里已经有人早早就起来上山干活。因为采茶一结束,就到了插秧的季节。如果是早稻,三月底四月初播种,很多人还没采完茶就下地忙秧苗了,到了四月中,农户们忙着租借耕牛,赶耕牛下地,准备插秧。虽是山区,但村落的周围有不少梯田平地,都被开垦出来种地。

白茗雪在小时候也跟着外公下过稻田,但外公走了之后,田地就渐渐荒芜,被她爸爸种上了果树。只是这果树也没人打理,他们家是茶商,最主要的工作就是侍弄那几座茶山,没时间去插秧收稻。除非像几十年前,饥荒年代,连饭都吃不上,更别说喝茶,只能种点水稻养活自己。

白茗雪家地势比较高,站在二楼,越过门前的一片竹林,能看到已有人拉着牛下田了,也能看到邻居家还灯火通明。叶嘉就站在院子里,似乎听到了声音,抬头看着她。

清晨的山林有一层梦幻般的薄雾,在迷蒙的光线里,白茗雪也看不清他的脸,只是感觉他在看自己,立刻转身下楼。

她来到厨房,开灯。妈妈昨晚回来得晚,应该又喝多了——她总喜欢在喜宴上多喝几杯,说是沾沾喜气,其实只是寂寞,想多找人说说话而已。

白茗雪生火烧水,撒米下锅,刚熬开米,就看见拼命摇着尾巴示好的大黄领着叶嘉走进来。

"出去。"白茗雪不知道是对大黄说,还是对叶嘉说。

她一看大黄对叶嘉的亲热劲,就知道没少吃他给的肉。

身为中华田园犬,大黄很通人性,立刻先转身出去,不能把出去的机会留给叶嘉。

"昨晚找我有事吗?"叶嘉看着她挽着袖子,熟练地添柴加水,有种烟火人间的真实温暖。

"我找大黄……"

"我知道你是去找我。"叶嘉一夜没睡,还有精神调笑,"别害羞嘛,是不是几天没回来,想我了?"

"想你?"白茗雪将锅盖打开一点,放出沸腾的水汽,转身走到他面前,有些好笑地抬起下巴看着他的脸,"我可不敢想,怕你哭。"

叶嘉差点忘了这件屈辱的事,时隔多天再回想,还是如芒在背,让他挂不住面子地沉下脸:"小狐狸,你……"

"我有名字,别乱起绰号。"白茗雪打断他的话,示意他往旁边站站不要挡道,"在这里碍手碍脚的,你可以回去吗?"

"我知道,你昨晚是想请我吃饭,对不对?"叶嘉闻到锅里传来的米饭香味,肚子咕咕叫了起来,饥饿感战胜了其他感觉,现在只想坐下来喝一碗热乎乎香喷喷的粥,"昨晚家里有客人,让你错过了机会,现在再给你一个机会吧。"

叶嘉是真的饿了,喝了一夜的咖啡,连他这种重度咖啡依赖症的人都快喝吐了。

"脸真大!我不要这样的机会。"白茗雪从没见过这么厚颜无耻的人,但听到他肚子的叫声,没忍心踹他出门。

听妈妈说她去少爷家参观了,这城市里的公子爷根本不会生火做饭,连锅灶都被铲平了,只能喝白开水,太可怜了……

"你往里面放什么?"叶嘉见她没有强硬地撑自己,脸皮更厚地凑到锅台前,见她正往里面抖着比面粉要粗糙一点的粉末。

"玉米粉。"白茗雪边放边搅拌,很快白粥和玉米粉融合在一起,变成了一锅金黄色的浓稠的粥。

"闻起来很香。"叶嘉见她还在不停地搅拌,肚子更加抗议地叫着,想立刻尝尝。

"吃起来很粗。"白茗雪特意没放打得更粗的玉米颗粒——妈妈爱吃粗玉米糊糊的口感,但吃惯了精细食材的少爷肯定咽不下去。

"我从来没吃过这样的玉米粥。"叶嘉看着锅里咕嘟咕嘟冒着泡,玉米粉变得越来越稠,最后表面就像一层有质感的磨砂黄金一样凝固住,包裹着白色的米粒,看得他更饿了。

"这叫玉米糊糊。"白茗雪知道他真饿了,一直听他的肚子在叫,等差不多就先盛起一碗,放在灶台上。

"我帮你端上桌。"叶嘉很主动地伸手。

"烫,放着等我……"白茗雪没说完,就见他端着往餐厅走——这姿势肯定不是只端过一次。一定是她不在家的时候,老妈这样使唤过他。

餐桌上放着腊肉和自己腌制的咸菜,没有特意为他准备什么,就像他第一次来她家里时一样,吃的全是主人平时吃的饭菜。当叶嘉连吃三碗,还想盛第四碗时,看到锅里只剩一点玉米糊糊,他勉强忍住,放下了筷子。

"就剩这么点了……"白茗雪看着锅里的玉米糊糊,拿起锅铲,直接铲进叶嘉的碗里,"不够我妈吃,我重新煮点。"

叶嘉心头一暖,觉得她有时候也挺可爱友好的。尤其在饿了一夜之后的清晨,吃着暖乎乎香喷喷的玉米粥,胃里充实的感觉让他觉得又能精神饱满地面对崭新的一天。

吃完早饭,叶嘉见白茗雪屋前屋后地忙着,腰上缠上了镰刀,似乎准备上山。他很识趣地帮她收好餐桌,问道:"你要去山里?"

"我去河边采点辽叶。"白茗雪提着篮子,用家乡话称呼粽叶。

见叶嘉好像没听懂,白茗雪又解释了一句:"我们这边说的辽叶,就是箬竹的叶子,包粽子用的。"

"哦,快到端午节了。"叶嘉待在国外的时间长,对圣诞节、情人节之类的感受很深。至于国内的节日,还是到了村里之后,第一次感受到中国传统节日之美。

芒种过后,就是端午。

"走了。"白茗雪不想和他多说,挎着篮子准备离开。

"路上小心点。"叶嘉还想说点什么,可看她大步往外走,也只好往外走。

白茗雪走到竹林深处,一转头,见叶嘉没回去,而是往茶饮基地方向走去,顿时觉得这个年轻人也不容易——一夜没睡,六点不到就去公司,颠覆了她对他好吃懒做只会烧钱的纨绔子弟的看法。她一直欣赏认真努力不停奋斗的人。这样的人,身上有一种光芒,有一身"少年强则国强"的热血,看着他,就觉得明天是有希望的,未来是光明的。

晚上,白茗雪家院门口又挂着卤肉和一袋水果,引得大黄扒着院门流口水。

叶嘉特别喜欢村头老李家的卤牛肉,用的就是附近几个村自己养的牛,肉质鲜嫩,不比炒到天价的日本和牛差。

白茗雪觉得叶嘉以一己之力,养活了老李家快倒闭的卤肉店。因为在村里,不是请客吃饭或者特殊情况,家家户户自己做饭。村里人最多买点卤菜下酒,很少有人会特意去买价格昂贵的卤牛肉,导致老李都不敢卤太多的牛肉,怕卖不掉。

自从叶嘉来了,不但自己买,还给公司的人订卤牛肉。老李这一个月脸上皱纹都少了几条,日子过得滋润起来,见人就夸大主顾叶嘉在给村里搞建设。

大家背后都喊他"大少爷",那是羡慕向往的口气。只是,在村民眼中有钱的少爷,在盛娇看来过得太苦了!

村里什么娱乐都没有,一到晚上六点,家家户户关门睡觉。那条最热闹的路上也就一个百货店、老李卤肉店、一个蔬菜水果店,里面的蔬菜水果还经常不新鲜了,低价处理。学校旁边有几家文具杂货店和早餐店,还有一家修鞋铺和理发店,除此之外,什么都没有……

盛娇再次从村里经过时,眼泪都要流下来——太穷了!

这里和灯红酒绿、纸醉金迷的大城市相比,至少和她养尊处优的生活相比,是无法想象的落后。很多土路又窄又颠簸,连车都开不进去,到处都是泥坑和满脸尘灰的农民。她那上万块的高跟鞋,根本没走过这样的泥巴路。要不是因为喜欢的人在这里,她才不要来这种地方。

天气稍微回暖一点,各种各样的小虫子就开始活动,天空中甚至还盘旋着老鹰,看着就觉得这里像原始森林,人会被野兽虫蛇吃了。

盛娇远远看着叶嘉住的地方,周围的竹林和几株快要凋谢的桃花把屋子挡住大半,露出一角青砖,像破旧古庙。盛娇觉得自己要是再不把叶嘉拖回去感受一下繁华都市的诱惑,叶嘉真的要出家了!

叶嘉倒是觉得这里除了条件艰苦点,其他都很不错,村民热情淳朴,空气好,水土好,安静养心,所有的浮躁都能沉淀下来。尤其是此刻,从厂里忙完回来,放一浴缸的热水,舒舒服服地躺在里面,感觉灵魂都被这泉水浸润着,无比满足。唯一遗憾的是路不太好走,得尽快把路修好。

不过这短暂的平静和满足,被外面的动静打破了。

外面有人喊他的名字,声音冷甜冷甜的,像夏日的冰激凌。

"叶嘉?"白茗雪被她妈逼着过来喊他吃饭。她第一次来到他的住处,平时都是隔着院子看,今天大门没关,就走进来了。

天天听村里的小媳妇们叽叽喳喳讨论叶嘉把老房子装修得跟皇宫一样,进来一看,也没那么夸张,就像个全木包起来的木屋。家具和电器看着挺贵,别说村里没见过这些品牌,就连当初在名牌大学上学,同宿舍有两个"白富美"闺密的白茗雪,也都只是听说过这些奢侈品牌的名字。

厨房的造价也不菲。这边没有自来水,大家都是自己打井或者挑水回来喝,好点的人家用电机从山上或者井里抽水,叶嘉厨房的净水系统做得很好。

白茗雪其实并不讨厌机器,她从小就像男孩子一样,对电器类的东西感兴趣,喜欢高科技。她不喜欢的,是叶嘉说起机器时蔑视人力的语气。

"叶老板?"白茗雪站在厨房里又喊了一声。

突然,身后洗手间的门被拉开,叶嘉裹着浴巾看着她的后脑勺,明知故问:"喊我干吗?"

白茗雪一回头,看到他的头发还在滴水,赤着上身。

出乎叶嘉的意料,她居然没尖叫没脸红,也没捂着眼睛回避,而是有点嫌弃地挑了挑眉毛,眼神直接地端详了几秒他的身体。

"你看什么?不害臊吗?"这让叶嘉反而不自在起来,他一把关上门,对着镜子看了眼自己的八块腹肌。

他的身材管理得挺好,以前经常往健身房和户外跑,现在山上山下地忙,一点也没长肉,可白茗雪居然是嫌弃的眼神……叶嘉磨磨牙,老老实实在里面穿好浴袍,又对着镜子整理了着装,再次拉开门。

白茗雪还站在厨房里,双手插兜,正在打量他的咖啡机。她依然绑着高马尾,穿着黑色圆领T恤,露出的肩颈线条利落飒爽,但……没什么女人味。就像刚才她审视他的眼神,是一种没有性别之分的未被驯养的动物的眼神,就像外面的野猫看他的表情……

"我妈喊你过来吃饭。"白茗雪听到开门声,转身对他说完,就准备离开。

叶嘉正要说话,听到门口停车声,从土屋窄小的窗户往外看去,一个比红地毯上的大明星还要亮眼的女人从车上优雅地下来。

白茗雪走出门,和她打了个照面,两个人都看清了对方。

白茗雪立刻想到早上叶嘉轻描淡写地说她是"朋友",当时觉得可能叶嘉和自己不熟,懒得多说私事。但她知道这两人不是朋友,昨天晚上过来,无意中听到女方问什么时候结婚,之后闹了一夜,女孩生气走了。

白茗雪猜想叶嘉可能是个渣男,不想这么快结婚,对女孩子负责,连在外人面前承认自己有未婚妻的勇气都没有。顿时她对这么漂亮的女生有了几分同情,看了她一眼,礼貌性地笑了笑,迅速撤离。

盛娇扭头看她快步离开,皱了皱眉头,满口醋味:"你的邻居来找你干吗,还在你洗澡的时候?"

"年纪轻轻的,别学我妈,管这么宽。"叶嘉见白茗雪走了,有点失落,本来看她对咖啡机很感兴趣,还想请她喝杯咖啡的。

"我不能管你吗?"盛娇本来就被这土路颠得心情不好,见叶嘉的态度,更生气了,"那我不管你,资金链断了,我看你下面那堆烂摊子怎么收拾!"

叶嘉笑了,往卧室走去:"你舍得不管我吗?"

"你就吃定我喜欢你……"

"娇娇,你真舍得我这个项目吗?"叶嘉走到卧室门前,打断她的话,"要是你真觉得没前途,那现在就撤资吧。"

盛娇愣了愣,他的笑容里还是带着几分玩世不恭,眼神却十分认真。

"因为喜欢一个人,去投资一个完全不看好的项目,这不是你们盛家的风格。你和我结婚为的是以后事业能更好地结合,按照你想要的方向发展,不是为了支持你看不上的烂摊子,不是吗?"叶嘉说完,关上了房门,进去换衣服。他可不喜欢被"包养"的感觉。

"叶嘉!你……你别后悔!"盛娇被他气得一脚踢在门上,随后疼得她抱着脚揉了半天,眼泪都要出来了,"要不是你,我才不会来这种地方!你自己考虑好,给你一天时间,如果你好好向我道个歉……"

"我又没做错事,为什么要向你道歉?"叶嘉的笑声从房里传来,这木屋隔音效果不如邻居家,"大小姐,不带这样逼婚的。"

"你……你……我真不管你了!"盛娇愤怒,转身就走。

盛家一向精打细算,不做亏本生意。盛娇现在是喜欢他的皮囊,可她的脑子里只有一个词——"赚钱",她不可能持续长久地投资一个自己不看好的亏本项目。

叶嘉的父母喜欢盛娇,是因为他们都是同样的商人。

叶嘉也许继承了父亲的经商头脑,但他不算商人。他从小就被家人保护得很好,给最好的教育和最舒适的生活环境。他不缺钱,不用在利益上斤斤计较,身边都是对他恭敬友好的人,他可以毫无负担地出去看世界,做绝大多数自己想做的事。

和这个村里的穷苦勤劳的人们相比,叶嘉是幸运儿,他家人却后悔将他保护得太好,没有让他感受过赚钱的艰辛,凭一腔热血就去追逐梦想。

盛娇和他截然相反,她从小就热衷名利场。她虽然也是被人捧着长大的,但她清楚这一切的优越感都来自她身份地位的高人一等。盛娇痴迷这种优越感,她的眼里只有数据——财富和地位是由各种数据组成的。只要她攀爬到最顶层,成为富豪榜上的NO.1,所有人都会仰望她。所以盛娇不能容忍失败的风险,每一笔钱在她的眼里,都是通往最高峰的台阶。

叶嘉换好衣服出来,发现盛娇真的走了——大小姐脾气很差,容不得别人给她使脸色,要不是喜欢他所以忍着他,估计早把这房子给拆了。

外面彩霞漫天,映着远处田里一片紫色的花海,像一幅油画。

邻居家像世外桃源,一树的樱桃快红了,大黄趴在樱桃树下,看着女主人坐在院子里包粽子。

白茗雪挽着衣袖坐在小马扎上,面前放个木桶,里面泡着白白的糯米。只见她左手拿着粽叶,手腕快速一翻,粽叶就变成了倒三角,紧接着右手就舀了一勺米倒进去,然后拿着粽叶上下左右一缠,十秒不到就包好了一只结实匀称的三角形粽子。

叶嘉看得入神,他见过那么多女孩子,唯独没见过做起事来这么利落又有美感的农家女。看她做任何事,都能治愈强迫症。

有时候,叶嘉会怀疑她是不是有个人工智能的运动芯片,可以那么精准地控制手中的动作,无论是采茶、切肉、劈柴,还是包粽子,不会出现大小不均的情况。再加上无论做什么,她的眼神总是很专注,态度总是很严谨,叶嘉会不由自主地被吸引。

今天,叶嘉突然醒悟——那不是人工智能,那是工匠精神。

端午节到了,叶嘉在这个山村里感受到城市里所没有的传统节日的味道。

家家户户门口挂着从路边采来的艾草,传出粽叶的香味,就连公司里的午餐也加了粽子。这些都在提醒叶嘉,这是端午,应该给家人打个电话。

端午又叫女儿节,这边的风俗也是回娘家吃饭。

叶嘉晚上回去,看到白茗雪家里没人,连大黄也不在家,也许是去外婆家聚餐了。他心里有些失落,走回自己门口时,微微一愣。他的门边左右各放着一束用草绳捆着的艾草,门把手上挂着一个篮子,里面放着粽子和香气扑鼻的腊肉蒿子粑粑。不用想也知道是谁送来的,叶嘉心里蓦然一暖,突然觉得一个人在大山中也并不孤独。

今年的端午过后一周,便到了骤雨骤晴、知了流萤的夏至。古老的二十四节气在这大山里有着大自然的魔力,让人不由自主地按照大自然的规律来调整步伐。

如果在城市,困于高楼大厦之中,叶嘉一定感受不到这些日子的不同。可在这里,他从大山和邻居女儿的身上,体会到老皇历的智慧。

夏至,北半球白昼最长的一天,之后太阳将踏上回头路,一路向南。

这天,叶嘉回来得有些晚,提了点水果,恰好走到白茗雪家院门口,看到她的腰上系着一条老式的腰带,上面别着手电筒,背后还背着一把大剪刀,正要出门。

大黄看到他,兴奋地冲过来,绕着他转几圈打招呼。

"你要上山?"叶嘉认得这剪刀——茶春过后,茶农们就用这种大剪刀修剪茶树枝叶。

"嗯。"白茗雪脚步没停,像是怕和他多说话,三步并作两步,小跑着上山。

"你去哪儿?这么晚……一个女孩上山多危险。"叶嘉没来得及说完,就看着她的身影隐没在竹林里,不由得担心起来。山里的黄昏,晚霞一收天就全黑了,村里也没路灯,她居然上山,不要命了啊!

想到那天在山上迷路时被大山支配的恐惧,叶嘉还心有余悸。任他胆子再大,晚上也不敢出门爬山。

"有什么危险?她上小学就能一个人翻山越岭去看奶奶。"李碧霞正好走出大门,对他笑着招手,"吃了没?没吃快进来。"

李碧霞只要在家里,就会招呼尊贵又孤单的邻居来家里吃饭,反正也不多他一口饭,以后说不准人家还能帮忙……给女儿介绍点优质对象。

李碧霞招呼叶嘉坐下吃饭,见他似乎还在担忧,笑着安慰:"大山里的孩子,从小就知道怎么和大山相处,野狼看见他们都得绕着走。"

"野狼……对,还有野狼,太不安全了!"叶嘉更没心思吃饭了,想到有天晚上回来得晚,还听到了狼嗥。后来听村里人说这山上野兽很多,他也偶尔能看到有人抓住在玉米地偷吃的野猪。他不时看看外面,晚霞的红晕越来越淡,天色也暗淡下来。

"她就在后山剪剪茶枝,后山没狼。"李碧霞咯咯笑了起来,"你多吃点,还有啊,下次别买东西来了,家里都有。"

叶嘉好像没听到李碧霞说话,只关注着外面的天色,见红彤彤的晚霞渐渐被深蓝色覆盖,果断站起身:"那也挺危险的,我去看看。"

"你吃好了吗?"李碧霞见他抬腿就往外走,没拦住,无奈地摇摇头。

大少爷其实人挺不错的。一开始觉得他有点公子哥儿的不良习气,相处久了,觉得他除了一些小洁癖之外,挺平易近人。当然,也有可能只是对她态度友好。毕竟所有人都在背后议论,大少爷和她家这么套近乎是为了那几座茶山。只不过今年的茶春结束了,所以他才不提茶山的事。

现在叶嘉的茶饮也刚刚起步,如果今年推出的茶饮能打响第一枪,那明年茶春更为重要。

越来越多的人说叶嘉天天买肉上门,都是为了她家茶山,导致李碧霞心里有点疙瘩。李碧霞还和女儿吐槽过这事,谁知白茗雪把责任全推到她头上,说是根本怪不得叶嘉,是她太过热情,又喜欢热闹,没事就喊他过来,搞得跟干儿子一样。

可之前有些挑剔高冷的少爷,在李碧霞面前似乎过于懂事乖巧了……除了茶山,难道……七大姑八大姨背后说的八卦是真的?他想追她女儿?!

前几天买菜时王大妈还神神秘秘一脸羡慕地恭喜她,说不用担心女儿嫁不出去。当时她还以为是女儿和小许的事,后来听李云华说,村里背着她都议论遍了,说是有人看到这两人在路上堂而皇之地亲热,比热恋还热恋。亲热啊!贴着脸的那种。

李碧霞知道女儿的性格,说跟小许她还相信,和叶嘉不可能的,就一直憋着没问白茗雪。但现在觉得乡亲们的那些流言也不是没道理,叶嘉是有目的才接近她们的吧？

李碧霞想着想着也没心情吃饭了，连餐桌都没收拾，直接出门，去李云华家里。这么重要的事，首先不是去直接问清真相，而是八卦。在村里，茶余饭后的谈资很珍贵，可不能随便浪费！

而且，李碧霞是真纠结——她对叶嘉的好，是单纯的热情热心和爱热闹，并不想因此把女儿或者茶山搭进去。叶嘉这样的大少爷，一般女孩子哪吃得住啊！何况，这两天又听说他有个未婚妻，天天在茶饮基地和他家门口晃悠……

怎么想，都是小许好，没时间交女朋友，坦坦荡荡，上来问什么回答什么，祖上十八代都和她聊了。他老祖宗厉害得很，是明朝东阁大学士许阁，茶商世家，徽商后代，和做清朝贡茶的她家太般配了！

下个月这两人要去茶博会，李碧霞还准备让这两人多处处培养感情，然后她来和小许提这事。现在插进来一个叶公子，打乱了她的节奏。

叶嘉也打乱了白茗雪修剪茶枝的节奏。

后山岗上，明月高悬，快到十五了，月亮越来越圆，也越来越亮，挂在竹林上，投下一片皎洁的光芒。

叶嘉在城市长大，他去过很多很多地方，至今印象最深刻的，是沙漠的星空和绚烂的北极光，现在还要加上此刻——夏至过后，山岗上的月光。

山里的空气纯净，月亮格外明澈，在没有灯光污染的夜里，将幽静的小路和树林照得清清楚楚。

只是那些颜色，在白天桃红柳绿的鲜明颜色，在月光下变得柔和，就连白茗雪锐利的五官也蒙上淡淡的温柔和神秘，像古书里面所说的遗世独立的绝妙女子。

"谁？"白茗雪正闷头剪茶枝，突然感觉到有人靠近，扭头问道。

这山的背后是乱坟堆。当年很多穷人、夭折的婴孩，都埋在后山的山洼，夏天纳凉的桥头或冬天取暖的火堆边，老人家经常说起山里的怪谈，吓得孩子们从小就对后山怀有恐惧。

只有白茗雪,刚上小学就被她爸爸带去后山露营,爸爸带她兴致勃勃地找传说中的"鬼火""怨哭",然后给她做科普,所以她一点也不怕那些鬼怪传说。

一个修长的身影站在小路尽头,背着一片月光,鬼魅一样地看着她。

"你来干吗?"白茗雪认出那身影,比见鬼了还心烦,微微皱了皱眉。

她妈太过热情,每次都要喊叶嘉过来吃饭,弄得她经常晚饭时间找点事出门,不想和他有太多交流。

"你一个人在山里,不害怕吗?"叶嘉微微喘着气,反问。

后山的茶园离她家最近,但爬上来也要十几分钟。叶嘉一个笃信无神论的大男人,都觉得在这里剪茶枝有点可怕。虽然月光很美,拿着大剪刀的少女也很美,但越美就越衬托这地方的诡异气氛,月光像千年前的月光,少女像是精怪变成的……

"有什么可害怕的?白天和晚上不就是光线的变化吗?"在白茗雪眼中,晚上的山和白天的山几乎没有任何区别,只不过黑了点。

"你不怕遇到危险吗?"叶嘉站在最外面一排茶树边,小心地往她身边走。

"什么危险?被狼吃了?被蛇咬了?"白茗雪好笑地反问,和她妈妈的想法一样。

"不只是动物。"叶嘉觉得整个村里的人,都没有安全意识。

和城市里的孩子们相比,村里的孩子们上学放学没人接送。放学放假时,那些还没安全常识的孩子就漫山遍野地跑,下塘捞鱼,上山挖笋,爬树掏鸟蛋,到瀑布下的山洞钻来钻去,家长们居然一点也不担心!

"还有什么?"白茗雪的剪刀在月光下寒光一闪,指着叶嘉,突然扬起唇,带着一丝饶有兴味的笑容,"坏人?"

"不要拿那么危险的东西指着别人。"叶嘉看到她坏坏的笑容,莫名心跳加速,明明离她还有两米远,却感觉整个人被那笑容撞倒在地,他立刻停下脚步,定了定心神,说道。

"害怕什么?你是坏人吗?"白茗雪看了他一眼,继续剪茶枝。

她也听李云华说过,叶嘉还是想着她家这些茶树呢,不然干吗要费劲住在她家隔壁?

他租下当厂房的部队老房子,有几栋装修成员工宿舍。部队的房子结实牢固,宽敞明亮,比土屋舒服多了,上下班还不用走两里路,可他偏要住这里,肯定有目的。

"你看社会新闻吗?"叶嘉还沉浸在她刚才的笑容里,像春风闯入了心房,回味之后,却想更亲近一些。

"什么社会新闻?"白茗雪只看《新闻联播》——村里人的习惯,《新闻联播》和春节联欢晚会是最不会错过的节目。

"像这种没监控的大山区,很适合杀人抛尸。"叶嘉见她一脸淡定,不动声色地吓唬她。

"很难吧?"白茗雪一边剪茶枝,一边理智分析,"先不说会不会被反杀,如果对方是成年人,要想不被发现,首先要体力够好,能把人打晕,扛到没人的荒山野岭深处挖坑埋尸,还要保证过程中不被别人看到,并且,自己不会迷路。"她说到迷路时,唇角翘了翘,似乎又想到什么好笑的事,似笑非笑地看了眼叶嘉。

叶嘉本想着接下来的场景应该像那些看恐怖电影的小情侣一样,女孩子惊叫一声扑在男生怀里,没想到白茗雪不但不害怕,还有心情嘲笑自己,顿时又挫败又心痒,想好好教育没有安全意识的她。

"那你听说过西北有个老头,几十年时间,将同村的十多个人陆陆续续杀了,埋在自家后院菜地里,一直没有被发现,直到他去世,菜地被邻居种红薯时才发现白骨的新闻吗?"叶嘉磨牙,凑近她一点,又问道。

"那是二十年前,人口失踪不被重视。换成现在,连续失踪两个人,就是重案要案,再偏僻的地方,警方也能找到作案痕迹和线索。"白茗雪依旧很淡定冷静。

她爸爸可是刑警大队的大队长,她小时候,爸爸没事就带她上山辨别鸟兽脚印痕迹,带她玩各种冒险游戏,还会用最专业的办法,教她怎么防备和应对坏人。叶嘉属于地主家的儿子,动手伤人的事会让手下的爪牙去做,他一个人没什么好怕的。

"那你不觉得单独和一个男人在深山老林很危险吗?"叶嘉放弃了,她和自己以前遇到的女生都不一样,甚至比他遇到的大多数男生还要阳刚,想用恐怖故事吓唬她,一定会失败。

"终于露出狐狸尾巴。"白茗雪拿着剪刀指着他,"忍不住了?"

叶嘉伸手小心地把剪刀往旁边拨了拨,眼睛亮晶晶地看着她:"什么忍不住了?"

刚才看她笑的样子,他忍不住想靠近一点,甚至想亲亲她眼里的月光……

"你自己心里清楚。"白茗雪又笑了,不过这次笑容冷冽,"别装好人了,天天送肉送水果的,不就是想要我家茶山吗?现在终于忍不住,跟上来威胁我?"

叶嘉失语地看着她认真的表情,没想到在她心里,自己居然是这样的小人!他又气又想笑,第一次遇到这么不解风情的女生,这让他有种无力感,浑身力气不知该往哪处用,就觉得有一团火在心里烧,想找个出口发泄出来。

"干吗不说话?被我说中了心虚?"白茗雪见他神色复杂地看着自己,握紧了手里的剪刀,她倒不怕他真的恼羞成怒动手——在这熟悉的山上,不用她努力反抗,这些枝丫、山石都会帮她。更何况,叶嘉不是真的坏人,他只是嘴上坏了点,做事其实还挺温柔绅士。

但此刻叶嘉的眼神变得很陌生,像烘茶的炭火一样,让白茗雪不觉手心出了汗——她激怒了这家伙?

"除了你的宝贝茶山,你眼里还有其他东西吗?"叶嘉深吸了几口气,让自己平静下来,不要和这假小子一般见识。

她绝对嫁不出去!没关系,嫁不出去挺好……要是她善解人意,懂得男人心,只看这肤浅的外表,早就被别人抢去当媳妇了。

叶嘉猛然发现自己越想越多,越想越不是滋味,以致他刚才那句话的语气都似乎有了些醋味。

"你!"白茗雪懒得和他拌嘴。

叶嘉听到这个字,表情都微微变了,眼神中的炭火像是被撒了一把盐,吱啦一下冒出火花。

白茗雪晃了晃剪刀,不等叶嘉开心,不耐烦地说道:"你,旁边去去,挡着我了。"

她面前的茶树已经被修剪好了,变得圆圆矮矮的,带着深绿色茶叶的枝节落了一地,就像是叶嘉的心情。但白茗雪才不去管他的心情,她只想快点剪完回家看看淘宝小店。她脑子里不只有茶山,还有淘宝店呢!

叶嘉没来之前,她一边剪茶枝,一边想着再上一次优惠活动,冲皇冠。这样,她就是淘宝第一家凭真真实实的成绩上皇冠的瓜片专营店。

"所以,这样剪掉新长出的枝叶,是为了让茶树在第二年的茶春,保持新长出的茶叶的营养吗?"

"嗯。"

"你们手工剪枝太累也太慢了,可以学绿化带管理的工人,用机器修剪枝条。"

"山脚平地有人用修剪机,山上不方便。"白茗雪也不喜欢那种机器,山脚的茶树形状都是方方正正的,一看就是修剪机扫平的。

山上这些古老的茶树,几乎都被修剪成圆圆的形状,像是一棵棵绿色的巨大的蒲公英。它们在时间里慢慢沉淀,在光合作用下缓缓生长,静静等待一年,再吐出又翠又嫩又肥壮的瓜片。

"那你为什么不让雇来的采茶女把茶树修剪完再走?"

叶嘉早就发现,只有和她聊茶叶时,她才会变得温柔、有耐心,像是在介绍让自己很骄傲的家人一样。只是他对她的手工茶没什么兴趣,他也从不喝茶,这样的话题持续不了多久。

"往年都会让她们在立夏后多忙一两天,修剪茶树,今年情况特殊。"白茗雪修剪起来很快,手起刀落,充满了力与美。

叶嘉突然就想到了《仲夏夜之梦》。

"怎么特殊?"叶嘉看她很快就剪了好几棵茶树,像个技术高超的理发师,将这些疯长的绿色枝条剃成圆球。

他看着都有点手痒,想找把剪刀来试试。

"朋友事先打过招呼,让我给他留一星期的茶叶。"白茗雪停顿了一下,像是感觉累了,调整了一下姿势。这种修剪树木的大剪刀很沉,没点臂力腕力根本剪不动。

"哦,朋友——"叶嘉之前没能租下她家的茶山,他做茶饮的,也不收立夏后的茶,但知道她把茶山租给许清友,还是一肚子不高兴。

听到叶嘉有些意味深长的拖音,白茗雪看了他一眼。

他长得可真好看,站在茶山里,让这片她见惯了的普通风景变得不寻常起来。

月光下,那张贵气的脸,用村里小媳妇们的话说,就是又洋气又古典,五官、身材都恰到好处,除了有点娇贵,似乎没缺点了。白茗雪看了一眼后,又认真地看了一眼。

人说月下看美人,越看越美,果然不假。朦朦胧胧中,叶嘉全身像打了柔光,掩盖了白天身上那股纨绔子弟的气质,让白茗雪想到了八个字——天心月明,华枝春满。如此刻天上的明月,如此时春山的华枝。

"我脸上有灰?"很少被白茗雪这么直勾勾地盯着看,叶嘉没来由地心跳加速,随后血液也涌上了脸,他掩饰性地伸手擦了擦脸,"干吗这么看我?"

"你长得还真不错。"白茗雪不吝赞美,"就是性格有点别扭。"

"哪里别扭?"叶嘉这会儿不觉得开心了,一是因为她的口气,就像是夸这棵茶树长势喜人一样,客观理智,二是因为她现在才发现自己长得帅!

这认真研究自己脸的眼神,让他蹿起一股无名火,从下腹往上烧,烧得他手心发痒,想做点什么发泄一下。

"和人相处不真诚,看别人的眼神像看傻子,爱摆架子,阴晴不定的,总觉得自己了不起,还娇气爱哭,要别人哄着你……"白茗雪还没历数完他的缺点,手就被一把攥住。她心里一惊,原本渐渐轻松的表情猛然沉下来，语气也沉下来："你要干吗？"果然娇气，一点也经不起批评，随便说两句就要动手？

"我……"叶嘉见她清亮纯净的眼神，咬了咬牙，手挪到她手中的剪刀柄上，"我也想试试剪茶枝。"

"明天找你屋后面那片茶地练手，别把我家茶树剪坏了。"白茗雪这才松了口气，拽回剪刀，略带嫌弃地开口。

这大少爷一点粗活也做不了，她可不想把人家娇嫩的手给磨出泡，回头又哭了，深更半夜的，别人还以为她做了什么欺负他的事。

"我试试。"叶嘉觉得心里有一股邪火，不找个事转移发泄一下，还得和她纠缠，所以又过来抢剪刀。

白茗雪这次给他了，怕剪刀危险，拽来拽去伤着人。

"那你就剪得和我上一棵一样大小就行。"正好她也手酸了，往旁边走了两步，找个草坡一坐，像周扒皮看长工劳动一样盯着叶嘉。

明天就是十五了，月亮高悬在山梁上，又圆又亮，周围没有一丝云朵，那清寒光洁的光芒，洒落在这山岗和叶嘉身上。

"你说我怎么不真诚？"叶嘉尽量将注意力转移到茶树上，不去看一边草坡上坐着的少女。

"你长得就不真诚，外表太有欺骗性。"白茗雪拔了一株野草，放到嘴里，说道，"而且说话做事流于外表，摸不透你的真心。"

长得过于漂亮的人，让人看着就不踏实。就像叶嘉即使礼貌性地和人打招呼，也只是让人觉得，他是表面上的礼貌……

"我说的就是我想要的，很真诚啊。"叶嘉觉得是她想太多，"你看我说了想要你家茶山，我内心就是想要。"

"果然果然！"白茗雪咬断野草的根，甜甜的，是小时候吃的甜根草，"你承认了，你住我家旁边，天天来蹭饭送礼，就是想收买我妈！"

"那倒也不完全是想收买，主要阿姨对我好，我内心感激，才这么做的。"叶嘉见她不但不生气，她的语气、神态甚至更放松了，他也跟着放松下来，半开玩笑地说道。

"你看,又没个真诚。"白茗雪倒是宁愿听他说利益至上的话,这种大少爷说起感情特别虚伪。他坦坦荡荡地承认自己心里想要的东西,白茗雪倒觉得还有几分可爱,要是虚头巴脑花言巧语,她就觉得没意思,聊天都费劲。

"我在你心里就非得做坏人才真诚吗?"叶嘉听出她的意思了,哭笑不得地反问。

"你是城市里的大少爷,和这里的一切都格格不入。——你剪得太多了。"白茗雪一直在注意他的动作,提醒完之后继续说道,"一个不属于这里的人,努力想融进来,是一件很难的事,你得抛弃很多东西,但又不能抛弃真正的自己,这就会让你显得很矛盾。——哎,你还能不能剪?还是我来吧。"

"你继续说。"叶嘉继续小心地修剪,强迫症让他尽量复刻白茗雪剪好的茶树形状。

"就是……你内心还是不能接受自己要扎根在这里,你像个临时工,让人觉得很不踏实。你身边都是权贵,那些非富即贵的人可能才有资格成为你的朋友,得到你一点真诚的回应,而这里的茶农们是没有资格和你推心置腹地聊天的,这就是你最不真诚的地方。"白茗雪很认真地帮他分析。

"你自己想想,你和我妈,和我表姐她们,是不是都只是表面的客套礼貌?你会认真关注她们的内心世界吗?会和她们讨论生活中最琐碎的事情吗?不会的,她们也不会理解你的梦想和野心,而你也不懂那些不值一提浪费时间的琐碎就是她们最真实的生活。"

"原来,在你们眼里,我是这样的人。"叶嘉过了很久才说道。

他是不适合做粗活,只剪了两棵茶树,手掌就磨红了。

"是在我的眼中,你是这样的人。"白茗雪纠正。在老妈的眼中,他是个大方又礼貌的"好孩子"呢。

"确实,你们每天讨论的琐碎事情,播种、施肥、哪家的老屋漏水、谁家的池塘要放水……我都不感兴趣。"叶嘉看着茶树,淡淡说道,"我确实不适合这里,没有能聊得来的朋友,每天和泥土打交道,任何娱乐活动都没有,太不符合我的人生了。"

白茗雪不停地点头,这样抱怨的贵公子,才有点真实感嘛。

"但是,我就是要在这个格格不入的地方,重启我的人生。"叶嘉在这样的夜晚,也想倾诉这段时间来的辛苦和压力,可白茗雪说得对,他的理想和抱负,在这里,那些每天被琐碎生活缠身的人不会理解。他无人可说,无处可说。

"不懂你对自己的人生有什么不满意,需要重启。"白茗雪一直很好奇,含着金钥匙长大的有钱少爷为什么要来到这里吃苦,她觉得这是大少爷过腻了富贵日子,玩儿票性质地过来换换口味。

"每个人都有自己的烦恼。如果给你一次机会,你难道不想重新选择自己想要的生活?"

"不想,我很满意现在的生活。"白茗雪很知足,每天努力地往理想方向多走一步,就是幸福。

叶嘉无语地看看她,她就像一个从草地里长出来的精灵,满脸满眼都是皎洁的月光,但看上去又那么真诚。

他突然知道自己和她的区别了。

她是一个能坦然面对自己内心,能面对他人直言不讳地说出喜恶,对人生充满感恩,但也会在生活压迫她的时候,反手给生活一耳光的人。

她的眼神始终那么清澈、直接、坚定,就像一条河流,澄清沿路的风尘,风从水面来,月到无心处,他从她的脸上,看到一种信仰——信仰人的力量。

那一瞬间,他突然觉得,白茗雪,就是他想成为的人。

第五章　天心月圆

那一瞬间,叶嘉也发现,自己心动得厉害。

他终于找到了一个让他欣赏的女性——虽然她看上去一点也不像女性。

叶嘉更想邀请她成为自己团队的一员。

他的团队就两个人,一个负责研究技术的佟宁宁,一个负责资金和市场的自己。

但要说真正的瓜片技术人才,非白茗雪莫属啊!她虽然年轻,可年轻有年轻的好处。年轻人爱动脑思考,爱创新,会接触最时兴的科学知识,提升技术。

仲夏之夜,最适合谈论梦想。夏至的到来让一切生命都在蓬勃往上生长,就算最冷漠的人,内心也会感受到滚烫的阳光,感受到生命不断的力量。

所以第二天晚上,叶嘉借了把剪刀,又陪她去剪茶枝。

"丑话说前头,你这么献殷勤也没用,我不会把茶山租给你的。"白茗雪看到他跟着自己,立刻说道。

她一着急,就会飙出当地人爱说的俗话,在叶嘉听来,特别有趣可爱。

"就算我想租茶山,那也得等到明年开春。"

"那你想干吗?"白茗雪见叶嘉比她还熟门熟路,走到后山茶地,帮她修剪剩下的几百株茶树。自己能做的事,白茗雪不喜欢让别人帮忙,总觉得人情难还。

"我来学习一下技术。"叶嘉笑着说道,"你不是说我不懂茶吗?所以白老师你带带我,给我讲讲瓜片知识。"

"还要我讲?你上百度搜一下不就知道了?"白茗雪听着"白老师"三个字,警惕地看了他一眼,总觉得叶嘉在图谋什么。

"那不一样,亲自体验和上网查来的差别太大了。"叶嘉一脸真诚地说道,"白老师教教我呗。"

"你看你看,你又摆出那副虚伪的礼貌。"白茗雪一脸被恶心到的样子,扭过头,受不了叶嘉这假惺惺的模样。

"你要是不想教我也没事……"叶嘉剪着茶树,慢条斯理地说出内心真实需求,"去我那里当技术指导老师,这座茶山的茶树,我帮你全剪了。"

"你的意思是,让我去你那儿上班?"白茗雪惊讶地反问。

"当合伙人也行呀,你家有最好的茶山,可以入股。"叶嘉笑了。

今天的月亮更圆更亮,明晃晃地照在他天使般的笑脸上,却让白茗雪打了个冷战。

"你的算盘打得真好!现在不只想要我的茶山,还想要我……"白茗雪不知道该怎么表达,顿了顿,"要我当你的员工,被资本家压榨?"

"我以为直截了当地说出心里话,你会先夸我真诚。"叶嘉见她嫌弃地跑得离自己好几米远,样子可爱极了。

完了,他觉得这么一个不解风情的假小子越来越可爱,是不是因为在这里水土不服,审美出了问题?

"呵呵……是很真诚,资本家的本质露出来了。"白茗雪知道最近他请了不少炒茶烘茶的老师傅去基地里,好像就是在研究绿茶口味。

"你妈不是也嫌你在家没事做吗?跟我做吧,要什么待遇你开口。"

"跟你做什么?"白茗雪皱眉,越发嫌弃,"不要,我有自己的工作,忙得很,没空和你扯。"

两人说话间,没人注意到远处松林后有黑影闪过。

叶嘉被白茗雪拒绝得都习惯了,也不恼了,继续剪着茶枝,问道:"你那个电子商城,不是有客服吗?和平时工作又不冲突。我听你妈妈说,等这两座山的茶树修剪完,你们就空下来了,一点也不忙。"

李碧霞说得没错。对茶农来说,采完茶剪完茶树,在剩下的十多个月里,最多再施两次肥,松松土,平时完全不用照料,茶树会自己吸取天地精华,经历风霜雨雪,吐露嫩芽。

最高的山顶那几块被许清友租去一周的茶地,在许清友的采茶人员撤离时早就修剪好了,剩下的就这屋后山岗上的两块茶地没修剪。以白茗雪的速度,三晚上就能剪完了。

"我妈是不忙,忙的都是我。"白茗雪咕哝了一句。

妈妈本来就带着没落家族大小姐的性格,加上被爸爸宠了十几年,没做过什么重活。她年轻时皮肤细嫩,要是去插秧割稻,准会过敏,一身红疙瘩,唯独对茶不过敏。外公外婆都宠着她,不让她下田,只让她做茶。所以茶春结束后,李碧霞最多去市里茶铺坐坐,喝喝茶打打牌,和老客户们联络联络,稍微钉一下生意。

而白茗雪毕业回来后就开始"巡山"。她将外公分下来的山全都巡查了一下,发现除了茶山,很多山都变成了荒山,上面的林木也没人打理,野茶和竹林丛生,太浪费资源。这两年她想将山林重新规划一下,除了茶叶,还有几个大学时的朋友想在她这边做点新项目。

"你除了卖茶,还要忙什么?忙相亲吗?"叶嘉说完自己都忍不住笑了,觉得太毒舌。

听说农忙之后,就是村里广大"单身狗"的相亲时间了,三姑六婆都是媒婆,各家串门说亲,热闹得很。

而白茗雪显然是重点照顾对象,一个大学毕业生,有才有貌,家里有几座茶山,条件这么好,上门说亲的也格外多。

"我有我的事。"白茗雪没理他的讽刺,咔嚓咔嚓地剪着茶树。

夏至过后,白天的天气越来越热,她特意选晚上来剪茶树。月色很亮,照得茶树枝叶纤毫毕现,也照得她露出的一截纤细手臂洁白如雪,莹莹地反射着月光。

叶嘉看着看着,就想将那肌肤上散落的月光捡起来……

"你说你对市场需求很了解,我请教你一件事。"白茗雪突然开口,末了还补充一句,"替我朋友请教。"

"什么朋友?"叶嘉下意识地反问。

"同学,他想……"

"男同学还是女同学?"叶嘉又问道。

"男的女的对这个问题有什么影响?"白茗雪觉得他事真多,都不想问了。

"要是女同学,我就回答得详细一点,女士有优先权嘛。"叶嘉思考了一下,回答。他思考的是自己刚才内心的那股冲动,再看看白茗雪有些雌雄莫辨的脸,他很担心——担心自己的审美取向都有问题。他怎么会对一个假小子有奇怪的感觉?

"呵,这句话本身就带着男权意识,男女平等,才不会说什么女士优先。"白茗雪劳动了一会儿,开始热了,放下剪刀,将外套脱了,扔在旁边的茶树上,里面穿着短袖,露出纤长的脖子和胳膊线条。

"是女同学吗?"叶嘉不和她争论这个话题。

"不是,男同学,有什么问题?"白茗雪已经有点不耐烦了,觉得叶嘉很磨叽。

"和你关系很好的男同学,还是第一次听你提到。"叶嘉知道她没男朋友,但有没有恋爱后备军就不清楚了。

"我们聊得很多吗?为什么要和你提?"白茗雪觉得自己和叶嘉说的话,都没在网上和客户说的话多,他却一脸和自己很熟的表情,有点好笑。

"你这一点也不像请教人的态度。"叶嘉被她顶撞了几句,顿时心烦意乱起来,看月亮都没之前美丽了。

"我是在虚心请教啊,可你就像我妈一样,提到个男的就要刨根问底,对方和你又没关系。"而且那种语气,就跟相亲时男方不停地问你多大、一年赚多少、家里几套房、谈过几个男朋友、有几个老人要养一样。

叶嘉深吸了口气,默默咀嚼了一下她说的那句"和你又没关系"。是没关系,他和她都扯不上什么关系。

第五章 天心月圆 | 115

"我想请教一下,我朋友想承包一片竹林养鸡,说是现在农村土鸡很有市场,他想做高端定制的那种,你觉得可行吗?"白茗雪只对感情以外的事情嗅觉敏锐,没有感觉到叶嘉沉默里的特殊意味,等了一会儿,剪完一棵茶树,才继续问道。

"计划书发给我看看。"叶嘉半晌才闷声回答。

"没有计划书。就是有这个想法,觉得可以做,想试试。"白茗雪说道。

"你们也太随意了,还什么针对高端客户,请问你们的高端客户在哪里?"叶嘉对这些农村大老粗很无语,做什么事都是说一声,然后直接上手。

看看自己做茶,前后计划考察和学习了五六年,加上他家本身就是饮料公司巨头,有着先天便利条件,才敢在这里开工。

而白茗雪他们简直像草莽,起床前想到一个可能赚钱的项目,想也不想就爬起来干……

"我问问他。"白茗雪说着,就放下剪刀拿出手机。后山有一点信号,能发短信。

叶嘉见她说问就问,更无语了……她说的,他不属于这里,和这里的人没法沟通。

"信号不好,没发出去。"白茗雪走到高处,晃了晃手机,"小马说明年山里会建几个信号塔,到时候就有信号了。"

"都没有客户就敢做生意,我第一次见到。他是你很好的朋友?"叶嘉突然觉得她身边的朋友都不靠谱,不由得担心她会误交损友。

"啊,发出去了。"白茗雪看着手机,从高处山坡上跳下来,指着刚才他们经过的那片竹林,"很好的朋友,虽然经常异想天开,干什么都失败,但……人挺好的。这次就是想借我家的竹林,下面那片,你看,放着也是放着,我准备让他拿去试验看看。"

"哦,好人。好人做事,是不是有庇护卡,就算失败了,也不被责怪?"叶嘉没发现自己的语气过于严厉苛刻,"也许你会觉得我冷血,但我确实讨厌总是失败的人,至少,我会远离这样的人。"

叶嘉不喜欢这样的"好人",好像随口说一句话,身边的朋友们就会努力帮助他,帮他承担失败的责任。他更不喜欢白茗雪语气中那种亲密和纵容——"我准备让他拿去试验看看"。她家茶山可以租借给许清友,她家竹林可以送朋友做试验,偏偏他想要点什么,她都是冷脸拒绝。叶嘉越想越生气,不觉手上更用力,咔咔咔地快把一棵茶树剃秃了。

白茗雪看了看他的表情。他俩隔着两行茶树,月光下,他没嬉皮笑脸,脸色严肃。他的侧脸像是最巧手的剪纸姑娘剪出来的,立体又深邃,少了往日的虚浮,多了几分内敛和成熟,倒是更迷人了。

叶嘉见她盯着自己不说话,那认真探究的眼神让他冷静下来,她是吃软不吃硬的人,刚才语气有点差,她会不会在生气?

叶嘉很少揣摩女人的心思,在他眼里,女人是一种特别简单的生物。她们外表无论怎么装饰,内心的小算盘他都能一眼看穿,无非就是想要爱,想要钱,想要虚荣。至少他身边绝大多数的女性都是这样,也许表达方式不同,可内心的渴望大同小异。

他忍不住去猜测白茗雪的喜乐,并在不自觉地想讨好她,想回到之前那甚至算愉快的对话中。她好不容易这么谦虚地请教自己问题,为什么会被他搞砸了?

就在叶嘉懊恼地想给一点温和的意见时,白茗雪开口了:"你批评得有道理。"

"失败一次没什么可怕的,但总是失败,就一定要从自身找问题。"白茗雪又说道。

这个同学总是心血来潮做事,听说什么赚钱,想也不想就跟着投资,大学时在校园门口开过奶茶店、麻辣烫店、两元饰品店,都失败了。但他是家里唯一的男孩,上面有两个姐姐帮扶,万千宠爱在一身,所以做事很少考虑后果,确实应该接受叶嘉的批评。

"嗯,没有什么事能保证一定会成功,但事前多考察一下,计划更周详一点,准备更充分,会更大限度减少失败的可能性。就算不幸失败,至少付出百分百的努力，没什么可怨叹的。"叶嘉还以为她会生气，没想到她态度这样真诚，害得他刚想好的话说不出来，只能像和员工们聊天一样，干巴巴地说些尽人皆知的废话。

"你说得对。"但白茗雪眼睛发亮，看他的眼神都多了几分亲近，像是听到他终于说了点"人话"。

"咳，他想的这个项目，不是不能做，但也无法复刻。"叶嘉被她赞赏的语气弄得不好意思了，不由得也认真起来，继续说道。

"什么意思？"白茗雪问道。

"你知道国内养鸡场为什么规模一直做不大吗？因为鸡这种家禽，一旦防病做不好，死亡率直线上升，除非学习国外……"叶嘉顿了顿，看她的表情，似乎没有对他"崇洋媚外"的话立刻表示反感，才继续说道，"国外会首先防病防控，但是这就要求鸡场统一管理，不能散养放养。你朋友应该是想在山林散养纯天然的野味鸡，他很难投喂一些抗生素。

"而且竹山散养，最多几百上千只，规模太小，利润也根本做不上去，还要面对鸡瘟或者其他野生动物的骚扰，管理成本并没有他想象中的那么低，而投资回报也没有他想象中的那样高。即使要做高端精品，也要先找到高端市场，而且养殖规模难以扩大……"

白茗雪这次没有打断他，很认真地听着，甚至拿着手机在打字记录，不停点头。

叶嘉虽然是做茶饮的，但他有各种朋友做各种生意，见识广，分析起来头头是道。而且这一次他很注意，将国外的成功经验尽量弱化，也将利润这块表达得更委婉，免得白茗雪一言不合就吐槽他是个忘本、唯利是图的资本家。

满月当空，清辉遍地，叶嘉突然就忘了创业的艰辛和疲惫，脚下的泥土似乎也不是肮脏的，而是散发着大地母亲的醇厚香味……

两人不知不觉聊到夜深，要不是手被剪刀磨得生疼，叶嘉会觉得这是一场浪漫的月下约会。

等剪完最后一株茶树，叶嘉丢掉剪刀，不知是累了，还是不想回家，走到草坡边,想坐下来歇歇,可又嫌草地上有露水、灰尘。就在他犹豫的时候,白茗雪的外套飞了过来,落在他面前的草地上。

"草地有湿气,衣服垫一下。"白茗雪也剪完了,走到他面前,很自然地又帮他铺了一下衣服,说道。

她对人好的时候,就像照顾弟弟妹妹一样,亲切又体贴,用表姐的话来说,很有"男友力"。

所以嫁不出去……

"你坐吧,歇歇。"叶嘉见她这么体贴,反而不好意思,心里有点甜,又觉得她一个女孩子应该被男士照顾才对。

"我不累,习惯了。"白茗雪脱下手套,看了他一眼,见他居然露出了一丝腼腆,很惊讶。

平时叶嘉就喜欢逗她,嘴上还爱欺负人,一副斯文败类的地痞样,这会儿跟个姑娘家似的,让她忍不住笑了。

"干吗不好意思?快坐下吧。"白茗雪对着他的腿弯轻轻踹了一脚,笑道,"今天也谢谢你。我要跟你道个歉,以前我对你有偏见,有时候说话也过火,别介意。"

叶嘉没提防,被她踢了一脚,也就顺势坐下去了。他越来越清楚地知道自己欣赏这个假小子什么了。她爱憎分明,坦荡直白,虽然有一些固执的缺点,可她那么真实,比他见过的其他所有女孩都要真实。

"以前你总是居高临下,和这里的一切都格格不入。可刚才我换位思考了一下,你一个人在这里能坚持下来,也很不容易。"

他今晚给了很多中肯的意见,而且站在创业者的角度,让白茗雪很受触动。

"哈,我可不是一个人。"叶嘉也笑了,看她的眼里满是月光,"我们有一个特别好的团队,所以,要不要加入?"

"不要,我对你的事业一点兴趣都没有。"白茗雪的笑容顿了顿,他又来了,什么时候都不忘"贼心",还没聊多久,就转回最初的话题。

"别拒绝得这么快嘛,都是做茶,这也是让瓜片被更多人认识和接受的方式之一,你不觉得应该尝试一下吗?"

白茗雪没回答,视线在他手套上停留几秒,突然问道:"手流血了吗?"月光下看不太清楚是被泥土弄脏了,还是血迹。

叶嘉正在脱手套,听到她的话,才低头看了眼一直发疼的手,白手套上一片湿乎乎的黑红痕迹。

"少爷,你可娇嫩,这手还是留着数钱,以后别来帮我干活了,我可付不起医药费。"白茗雪蹲在他面前,拿着他的手,迎着月光看了眼,虎口和食指中间被剪刀磨破了皮,她真服气了。

这少爷不会做粗活,连拿这种剪刀怎么借力都不懂。她之前看他越剪越慢,以为只是体力跟不上,半天才修了十来棵茶树,谁知道是手磨伤了,血渗得手套上都是。

"不要你付医药费,来基地帮我看看茶。"叶嘉见她攥着自己的手左看右看的担忧模样,又是一股奇异的暖流顺着她的手指传到心脏里,让心跳都开始加速。

采茶结束后,她晒黑的手已经变得和脸上肌肤一样细嫩,在月光下奶白奶白的。手指上的伤口也长好了,只有掌心还残留着一点粗糙的老茧,划到他的手背上,痒痒的,暖暖的。

"那我还是付医药费吧。"白茗雪在检查伤口,没看他的脸,她从口袋里摸出几张创可贴,给他贴上去,动作神速,一气呵成,"先凑合一下,回去再处理。"

前段时间采茶,手指容易受伤。许清友那次看到了,买了几盒创可贴放她家里,嘱咐她随身带着。她就习惯性带创可贴在口袋里,今天派上了用场。

"好疼……你轻点。"叶嘉被她攥着手摸来摸去,有些发痒,但故意喊疼,收紧手,握住了她的手。

"娇气。"白茗雪说着,掰开他的手,"别乱动,我看看虎口是不是裂开了。还有那只手呢?"

叶嘉的左手好点,只磨出了两个血泡。

白茗雪看着这么漂亮的手被弄得伤痕累累,终于怜香惜玉了一点,给他吹了吹:"别弄破了泡,过两天就好了,晚上也不要碰水……"

"那我怎么洗澡?"叶嘉打断她的话,说道,"出了一身臭汗。"

"哪里出汗了?干净得很。你就随便擦擦,早点睡。"白茗雪松开他的手,打量了他一下,除了头发被风吹得有点乱,他还是清清爽爽衣着考究的公子哥儿。

"手这样了怎么擦?你给我擦?"叶嘉见她还认真地凑过来,像是要闻闻他身上的味,吓得立刻往后仰了仰。

"好吧,回去我给你擦。"白茗雪见他似乎有点害羞地避开自己,觉得很有趣——他今晚真反常啊,和平时的自大虚伪相比,受伤后的脆弱样子甚至有点叫爱。这激发了她的"男友力",差点就把他搂怀里公主抱了。

叶嘉被自己口水呛到:"咳,你……你说真的?"

"走了,先回去。"白茗雪语气很淡定,也很笃定,一副金口玉言十分诚信的模样。

这让叶嘉一路上都在胡思乱想,简直没法好好和她交流和走路。他一想到白茗雪给自己擦身体,就可耻地脸红了,心跳一直在加速,整个人呼吸不畅,浑身难受。可他又不想拒绝,甚至在期待……这导致他走路注意力不集中,脚滑了好几次,差点扭伤。

"以后你千万别跟着我上山了,真弄伤哪里,我可赔不起。"白茗雪怕他摔伤了,小心翼翼地跟在他后面,还给他打了手电筒,想让他看得更清楚点。

"没事,我不会敲诈你。"叶嘉努力让自己轻松点,开玩笑说道,"最多抵押你家的茶山给我。"

"就知道你心里想着我家的茶山。"白茗雪这次语气柔和很多。她觉得叶嘉在自己面前也变得真实起来,虽然有时候反应和看她的眼神有点奇怪,但比起刚来村里时那副假洋鬼子样好多了。虽然娇气,可至少没见血就哭,手也是帮她干活才受伤的……总之,这个人是有可取之处的。尤其是说到朋友创业时,他分析了很多很多,其中一定也有自己创业的艰辛体会。

这么一想,白茗雪觉得他也挺孤独的,一个人到这里创业,也没见他家人来看一眼,女朋友来了两次都吵架离开,看上去不支持他的事业。

孤军还愿意奋战的人,是可敬的。

"对啊,现在不只想着你家茶山,还想着你。"叶嘉接口说道。他说完才发现自己走神,竟然说这样的……大实话出来。

"……想着你来公司帮忙。"叶嘉自知失言,顿时紧张起来,不知道白茗雪这个脾气会不会踹他下山。

"我自己家的茶铺都忙不过来,你就别想了。"

好在白茗雪根本没往奇怪的方向想,她认真地给出建议:"我家三爷爷,现在腿坏了,没法动,但他以前是村里最厉害的烘茶师傅,你要真想做出好的茶饮,可以去问问他。我的技术,不能和老人家相比。瓜片的每一道工序都非常重要,但最后拉老火是重中之重,对香味和色泽有最直接的影响,所以你要想知道最好的口味,应该去问最好的烘茶师傅。"

"我想要的是年轻人能接受的口味,老人家的经验虽然很重要,但我并不是做传统绿茶,茶饮和你们的手工瓜片还是有一些不同,我觉得年轻人在一起,才能碰出更好的火花。你真的不想让更多不喝茶的人,也能尝到瓜片吗?"

"……"

"反正你也不忙了,淘宝店我帮你雇两个客服看着,你就来帮我做研发,一天工作六小时,绝不加班。"叶嘉见她没说话,趁热打铁。

"不行,我还有很多自己的事,没空去上班。"白茗雪还是拒绝了。能让瓜片传播得更广泛,其实很让她动心,但她并不想以绿茶饮料这样快消品的方式让大众来认识瓜片。

"一天四个小时!就帮我做一个月,调试出最佳口味,就不用再来基地。"

"真的不做。"白茗雪语气变冷,不想再继续这个话题,"你找其他年轻人帮忙,这个村里全是瓜片专家,随便找谁都不比我差。"

叶嘉听出她的不耐烦,他担心再说下去,会破坏这个过于美好和谐的夜晚。月色这么美,不该一直谈工作。

但是不谈工作,叶嘉想到她说的那句"我给你擦",就浑身燥热,又出汗了。

"咳,你真的要帮我……"眼看走下了山,院门就在眼前,而白茗雪还跟在他身后,叶嘉艰难地开口。他嘴巴有时候很坏,但只是嘴炮,面对白茗雪这样毫无感情的"实干家"(搓澡工),他会害羞。除了婴儿时期让异性洗过澡,自记事起,他自理能力就不错,记忆中没和人这么亲密接触过……

"先回去看看手,家里有药箱吗?"白茗雪帮他推开院门,问道。

"有。"叶嘉的生活习惯很好,他认为身体最重要,只有身体好,才能努力去花那些花不完的钱,尽情享受生活。

他的药箱比白茗雪家里的药箱大多了,还都是进口药,上面是纯外语标签,白茗雪看得很费劲。

"先消毒。"白茗雪拿起最显眼的酒精棉片,把叶嘉按在沙发上说道。

灯光下他手上的血泡看起来更清楚,他的掌心比女生的还柔嫩,连薄茧都没有,白豆腐一样,一看就是养尊处优的富家少爷。

"你轻点……啊,轻点!"叶嘉就知道她下手重,挣扎着说道,"我自己来,你快放手……"

"别动,伤口里面有个东西。"白茗雪一侧身,用背压着他,攥着他的手仔细看。

"别……别碰那里!"叶嘉压抑着,还是惨叫出来,因为白茗雪在"惨无人道"地挤他的伤口。

这是什么"怪力"女生,下手一点也不温柔,太粗暴了,他真想把她给推开,可又感觉到她热乎乎的精瘦身体贴得那么近,好像是他们认识以来,她主动贴得最近的一次,都要陷进他怀里。

叶嘉强忍着被她用这么不雅的姿势压着,困难地喘息着,不知是因为她力气太大,还是她身上那股混杂着茶香、青草味的气息,让他呼吸越来越困难。

"忍一忍,别这么娇气。你看,出来了。"白茗雪不知道他的异常,专心致志地将他虎口里的异物弄出来了,放在棉片上给他看。

是根小小的木刺,扎入肉里,不仔细看根本发现不了。

"别碰我了……我自己来!"叶嘉突然推开她,拽过一边的靠枕挡在自己小腹前,俊秀的脸上不知是疼的还是挣扎的,染上一丝红晕,"你让我出了一身汗。"

"自己下不了狠手,钝刀子割肉才叫折磨。"白茗雪站起身,拍了拍手,见他脸红得像个女孩子,和平时那副被宠坏的地主少爷样相比判若两人。

他此刻身上的反差感,会让人想做坏事——欺负平时无法染指的权贵,想想就觉得刺激。白茗雪猛然发现自己快成不良少女了,赶紧收回心,翻着药箱找绷带。

"不要不要,你离我远点,也不用你帮我做什么了,快回去吧。"叶嘉平复着刚才被她压来推去产生的生理冲动,非常尴尬。

好在她根本没发现自己异常,在药箱里翻着,都没多看他一眼。

"你的手行吗?还是等你先睡了我再走。"白茗雪看了眼时间,十一点多,她是该回去睡觉了。

"你还真准备帮我……唔……"叶嘉没说完话,就被她一把拽过手臂,扯着纱布一圈圈地缠虎口。

她动作一向迅捷,姿态流畅优美,仿佛天生是工艺之手,做事的样子,能治好一切强迫症。叶嘉很快被她包扎稳妥,两只手都被包上了纱布,伤口藏在里面,特别有安全感。

"睡一觉,明天要是还疼,自己去医院处理。"白茗雪关上药箱,站起身往厨房走去,"医药费我出,但你别找我要什么误工费,都是你自己要跟我上山的,别讹我。"

叶嘉看着她的背影,嘴角抽了抽,不由得上扬,觉得她有一说一的样子实在太可爱了。

"放好水了，你过来。"

但随后叶嘉就笑不出来了，心里像打翻了五味瓶，不知是期待还是害怕。她还真的要帮自己洗澡？这个女人一点男女之间的防备和界限都没有！

"怎么扭扭捏捏的，和女孩子似的？你平时的流氓劲呢？"白茗雪在洗手间喊了两声，没听到动静，不耐烦地走出来，见叶嘉还坐在沙发上抱着靠枕，跟刚嫁人的大姑娘似的，看得人很想故意欺负一下。但白茗雪忍住了，她是好孩子，她得赶紧做完事回家睡觉，不然老妈该不放心地满村喊她了。

"深更半夜在单身男人家……还帮他洗澡，你不怕出事吗？"叶嘉见她来拉自己，心情复杂地问道。

白茗雪撸起袖子，露出漂亮的肌肉线条，笑着问道："出什么事？"

"……被人说闲话，嫁不出去。"叶嘉觉得一般色狼没她的体力好。

"我妈巴不得有人说我的闲话。"白茗雪笑了，一把将他扯起来，把他推进洗手间，说道，"那就意味着我也有绯闻对象了，她该开心死了。"

叶嘉竟无法反驳她的话，被她按在洗手台，跟上断头台一样举着手："和我传绯闻，你也开心？"

"我可从不担心没有发生的事情。"白茗雪从洗手池里捞出热毛巾，跟给小孩子洗脸一样，往他脸上一甩，盖住那张过分精致的脸，"别人的嘴管不住，但我可以管住我自己不受影响。"她才不在乎别人的目光，从小爸爸就对她说，人是要活给自己看的，不是活在别人的嘴里。

"你轻点……"叶嘉被她擦得面皮发热，表皮都快被蹭掉了，"能温柔点吗？"

"轻点擦不干净，我不喜欢再来一遍。"白茗雪做事都是一步到位，擦完脸顺着脖子往下继续擦。

"行了，我自己来，你简直像是在剥皮。"

浴室里的水蒸气让叶嘉再次觉得呼吸困难，她贴得那么近，好像把周围的氧气全抢走了。那张眉眼锋利分明的脸，像一柄出鞘的宝剑，明晃晃的,让人想探手去摸。他探出手,惊觉受了蛊惑,指尖离她面颊还有两厘米,赶紧落下,抓住毛巾。

"别弄湿了纱布。"白茗雪扯过毛巾,把他往后一翻,一把掀起他的T恤,"马上就好。"

叶嘉举着手,看到镜子里表情隐忍的自己,和衣服下露出的一截腹肌,而身后的假小子就像个无情的擦背机器,猛擦几下就完事了,丝毫没有被他完美的身材打动!

"好了,有什么事就喊我,我回去了。"白茗雪干脆利落,擦完背,放下衣服,帮他整理了一下,挂好毛巾就转身离开。

留下叶嘉站在镜子前,长长地呼了口气。假小子……真是可怕!最可怕的是,他是不是有毛病,会对男人……不,假小子有反应?

一定是在村里待得太久,脱离了千金小姐和各色美女的围绕,他的取向出了问题。不行,明天得回上海转一圈,感受一下都市女郎们的气息,重新找到真实的自己。

叶嘉这么想着,第二天一早就真的回上海了。但不是去找都市摩登女郎,而是去找资金。

资金=他爹。

女人绝情起来相当可怕,盛娇没有逼婚成功,不但自己撤资,还将另外两个投资方也带走了,要让他陷入绝境。没了钱,后续的一切无法进行,连工人的工资都发不起,这么下去他辛苦拉起来的基地框架就要倒了。叶嘉绝不能让这种情况发生,哪怕……回去见老爸,被他骂几顿,也要将这个难关渡过。

盛娇真狠心,能把他逼回家,想必爸妈一定对这个心目中的儿媳妇更为赞赏。叶嘉只要想到盛娇和那群女人,就呼吸不畅——真的"恐女症"发作,想离得远点,免得头疼。

叶嘉他爹也刚从国外飞回来,中午要去参加市里的重要会议,正在衣帽间挑领带,就听到用人连声和儿子打招呼的声音。

他的手在藏青色的领带上停了停,拿出来这条领带。

"你不适合这颜色,太老气。"叶嘉出现在衣帽间,好像和他爹没发生过任何矛盾,父慈子孝的模样,替父亲选了一条深红色的领带,比画了一下,帮他戴上,笑道,"看,是不是还很年轻?"

看着穿衣镜里的自己,他今年就五十了,但看上去最多四十出头,面容威仪,身体健壮,年富力强。

在企业家里,他也确实是年富力强的时候,可面对越来越多崛起的新事物和那些精力更旺盛、头脑更灵活的年轻人,面对日新月异高速发展的时代,叶中和时常有种力不从心的疲惫和危机感。

从 2G 时代到 4G 时代,再到即将到来的 5G 时代,每一天都在发生着巨变,他根本不敢休息,不能休息,生怕哪天醒来,发现自己被这个世界淘汰。

而镜子里他的儿子,就是未知的新生力量,比老一辈的人,走到更远的地方,接受到更多的新知识,比他们更博学、更聪慧、更有希望,也更冲动,和不怕失败。

可偏偏这臭小子一意孤行,回国后就钻进大山里去搞什么新型饮料,半年来只回过两次家,两次都是拿一大堆数据和文件回来,把家庭聚会变成家里开会,想极力说服公司开辟新的茶饮。

"我赶时间,现在没空和你聊。"叶中和看了几秒镜子里的父子,低头看了眼手表,"你要是不忙,可以跟我一起出去,中午吃个饭。"

"我给你当司机。"叶嘉手腕一翻,家里商务车的车钥匙在他手里,一看就是有备而来。

他上楼之前就看到司机在院子里等着,问了一下行程,便拿走了车钥匙,让司机去歇着。

叶中和沉沉地看了他一眼,先转身往外走:"中午和你的几个叔叔吃个饭,华东那边地区的部门总管……"

"爸,我回来,是想问你借点钱。"叶嘉笑着打断叶中和的话,他不是因为做不下去才回来接手家里的生意,更不会去当什么华东地区负责人。

叶中和停下脚步,顿了几秒,又快步往外走:"我以为你想明白了。"

"就是想得太明白。"叶嘉跟上爸爸,很绅士地帮爸爸开门,他在外面一副矜贵少爷样子,在家里和爹妈开口要钱的样子,和普通败家子没什么区别,甚至语气更无赖,"太明白这事对我有多重要,怎么都不可能放弃。所以,爸,你要不要在车上再看看我们的项目书?投点钱或者投点咱家技术部门人才过来,给你算股份。"

"你这司机我不敢要,喊小唐开车,你别在我面前晃悠,想明白再来找我。"叶中和就知道这小子没那么容易屈服,这股执拗劲倒也值得敬佩。

从小到大没吃过苦的少爷,能在山里坚持这么久本身就不容易,再看看他缠满绷带的手和有些消瘦的脸,叶中和很心疼,只是不习惯表达出来。

"嘉嘉!嘉嘉你回来了?我的天啊,怎么瘦成这样?手……手怎么了?"在花园陪其他夫人喝茶的容敏听说儿子回来了,赶紧先过来看看,刚走到客厅,就见从楼上走下来的父子俩。她一点也不掩饰心疼,快步迎上去握住叶嘉的手,一连串地数落:"你怎么照顾自己的?没个司机、秘书在身边吗?不准再去那山窝里……"

"没事,不小心擦伤的。我先去给爸开车,回头再说。"叶嘉给满脸紧张的妈妈使眼色,示意她不要在爸爸面前提"山窝"。

容敏看上去是个慈母,小事上对儿子百依百顺,但在儿子创业和成家这两件大事上非常硬气,在选媳妇和事业上,显示出和老公一起白手起家的女强人的铁血手腕,把控得死死的,不希望孩子脱离自己的掌控。

"什么回头再说?你这手还开车?给我去医院看看。"容敏拦着儿子,皱眉说道,"那什么鬼地方能把自己弄成这样?我要问问小徐你们是在开山还是在辟地,怎么做事的!"

小徐是叶嘉的司机,容敏不放心叶嘉一个人,直接说要安排个自己人在他身边,配的车也是她安排的,让叶嘉没法拒绝。

白茗雪不会想到,身娇肉贵的叶嘉这次回家,还把她推到风口浪尖。

她依旧正常地生活,照看淘宝生意,帮同学找鸡苗,准备茶博会,日子充实饱满。邻居这两天不在家,对她来说没有任何影响,甚至还很轻松——没人来蹭饭,妈妈经常在市里茶铺不回来,她一个人太自由了。

如果没有那些三姑六婆来串门说媒,就更轻松自在。

这天晚上,炊烟刚刚升起,李云华骑着自行车来到白茗雪家门口。

趴在杏树下的大黄伸了个懒腰,对李云华摇了摇尾巴,很通人性地爬起来带着她往屋后走。

白茗雪正蹲在后院摆弄她爸留下的花草。

兰花的花期过了,可满架蔷薇交缠着柔嫩的金银花,开出了小小花苞。金银花的香味传遍了整个院子,香得李云华忍不住深深吸气,喊道:"太香了,明年我一定要挖一棵回家种起来。"

"同样的话你都说三年了。"白茗雪听到表姐的声音,站起身,脱掉沾满泥巴的手套,拿起一边的花铲,感慨道,"'明日复明日,明日何其多。'今天你就挖走,别等明年。"

说着,她走到金银花藤下,三下五除二挖出一棵小拇指粗细的花藤,带着新鲜的泥土,丢到李云华脚边:"现在就回去种上,明年就能开花了。"

"还是你行动力强。"李云华笑着说道,"你帮我种好得了,免得我提回家忙东忙西忘了。"

"你像我妈亲生的,忘性大。"白茗雪无奈地看着她,"行吧,还要点什么花?我一起给你带过去种好。"

"还有那棵月季、兰花,送过去,正好在我家吃饭。"李云华也喜欢花花草草,可没时间打理,每次来白茗雪家院子里都要念叨着那些花儿。

"那盆兰花连盆端走。"白茗雪看她指的那盆墨兰,是叶嘉送过来的。她不喜欢家里默默出现那么多别人送的东西,索性都抱给李云华。

李云华一家搬到了山脚人气最旺也最热闹的店头边,走过去也就五六分钟路程,过了河就到了。

黄昏的时间越来越长,水田里的秧苗绿油油的,反射着夕阳的光芒。等农忙结束,天气变得炎热之后,这个时间点最为热闹,村里老少都会出来纳凉聊天,或者将桌椅搬到院子里,喝喝小酒、打打小牌,一派惬意的山村生活。

"这两天小姑不在家,你一个人做饭多没劲,来我家吃。"李云华和她抄田埂小路往家里走,说道。

白茗雪说叶嘉与这里格格不入,其实在很多村民眼里,她也和大家格格不入。她很少去邻居家串门,更不和三姑六婆们八卦,听到她们闲聊宁可躲远点听歌。在大家眼里,她和白林很像——只做事,不啰唆,像个自律的军人。就算出门,她也尽量避开人多的地方,相比人类,她似乎更爱大自然。

和山水相处,就算一直不说话,也不会尴尬。

"你实话告诉我,你和叶老板是不是有什么关系?"李云华看田埂前后没人,神秘兮兮地压低声音问道。

"除了邻居关系,还有什么关系?"白茗雪满脸茫然地反问。

"你说一个单身男人和单身女生之间,还能有什么关系?"李云华见她眼神疑惑,忍不住叹气,"你真是'母胎单身'!"

"等一下,他不是单身。"白茗雪醒悟过来,立刻辟谣。

村里人真是闲得慌,没事就喜欢说东家聊西家,有点风吹草动,能津津有味地探讨好几天。

"你这'脑回路'……"李云华无语望天,"反正大家都说他是单身……"

"你们没看见有个美女过来找他几次吗?那人是他未婚妻。"白茗雪想到那天早上叶嘉说盛娇是"朋友",当时她只是觉得人家保护隐私,不想在外人面前多介绍自己的事,所以没放心上。

现在居然有人说她和叶嘉之间有绯闻,白茗雪诧异之余,觉得应该解释清楚:"而且,他天天来找我,大家不都知道原因吗?就是想要我家的茶山。"

"想要茶山还是想要你,我们可不知道。"

李云华这句话让白茗雪肉麻得鸡皮疙瘩掉了一地,脸色也陡变,认真严肃地警告:"你怎么也人云亦云?不要再说这种话,太恶心了。"

"哪里恶心？我是替你高兴,终于有绯闻了,还是这么个高质量对象,本村之光啊。"李云华可不怕她翻脸,笑着说道。

"我要生气了。"白茗雪一点也不觉得高兴,板起脸。

"真不喜欢他啊?"李云华看着她的脸色,别有深意地笑了,"那你想堵住别人的嘴,就赶紧找一个喜欢的。"

"我只喜欢瓜片。"

"那你和瓜片结婚,生个瓜子。"李云华弹了弹她的脑壳,觉得这真是木头人。

白茗雪也想过未来的老公,当过兵的单身男生可以优先考虑。可惜,至今也没有碰到一个像爸爸一样做事果断话又少的单身男人。

白茗雪抱着兰花来到李云华家里,看到里面坐着喝茶的小马,愣了愣,打了个招呼:"小马,你也在?"

"嗯,你好。"小马有点局促地站起身,看到白茗雪就脸红了,放下茶杯说道,"我来帮你拿……"

"不用不用,你坐着。"白茗雪觉得他弱不禁风,还不如自己强壮,直接往后院走去。

小马尴尬地站在原地,见李云华冲自己使眼色,赶紧跟到后院帮忙。

白茗雪还真送佛送到西,和小马一起在后院种好了花,才一起吃了晚饭。但这顿饭吃得有点怪怪的,表姐家一桌人都热情得有点过头,还要劝她喝酒。表姐和她那么熟,知道她很少喝酒,除了逢年过节给长辈敬酒意思一下,平时一起吃饭,哪怕有客人在,也不会劝酒。今天特别反常,热情过头,不像把她当家人,像是当贵客。

"天黑了,那个小马,你送茗雪回家吧。"一顿饭吃完,李云华也喝高了,扶着门对小马说道,舌头有点大。

"这么近,我自己能回去,不用送,你早点歇着吧,走了。"白茗雪说着,人已经走到了院门前。

小马呆立在门口还在迟疑,被李云华推了一下,硬着头皮跟了上去:"天太黑,一个女孩不安全,反正这么近,我送一下没事。"

"村里有什么不安全的?"白茗雪乐了,笑起来,"你怎么说话和那位城里少爷一样?"

"不……不是,是怕你喝多了……"小马和她独处时格外紧张,说话都没了逻辑,"那个……那个明年路就能修好了,路灯会装起来,一直装到你家门口。以后……以后村里不会这么黑了。"

"我没喝酒,还有,这路再黑,我也能闭着眼睛摸回家。"白茗雪见他有点结结巴巴,走路还不稳,差点被路边的小石子绊倒,伸手扶住他,笑了,"你喝多了吧?别送我了,还是我送你回家。"

这个村没有不会喝酒的,只有像白茗雪这种不爱喝酒的。小马是市里的人,哪能喝得过本地人?走了两步,夜风一吹,确实有点上头。

"我……我没事。"小马只是脚步有点不听使唤,有点虚浮,但心里清楚得很,"先送你回家,一会儿我自己回去……"

"看着点路。"白茗雪扶着他的胳膊,将他往反方向扯。

月亮虽然缺了一个小口,但还是又大又亮地挂在空中,将草木的影子照得清清楚楚。

"那个……修路的事,也多亏了叶老板帮助,他人挺好的。"小马分不清方向,只深一脚浅一脚地跟着白茗雪走,过了好一会儿才挤出一句话来。

他也听到了叶嘉和白茗雪的一些传闻,心里很纠结。虽然李云华信誓旦旦地说,"表妹不可能和叶嘉有什么关系",但还是忍不住说道,语气有点酸溜溜的,好像是在说"恭喜你找到这么好的对象"。

"他好不好,跟我又没关系。"白茗雪笑了起来,"干吗突然扯到他?你该不是也听说了什么乱七八糟的传言?"

"你俩真没关系吗?"小马听她亲口说出这句话,心里彻底松了口气,露出一丝腼腆的笑容。

"他那种千金大少爷……"白茗雪话还没说完,前面一辆车打着远光灯冲了过来。她急忙拉住走在路中间的小马,把他拽到旁边。

小马本来脚步就不稳,被她一拽,失去平衡,差点跌倒在旁边的草坑里。

"小心点。"白茗雪也被远光灯照得眼花，晃了晃，扶住小马，看到车卷着一阵灰尘，突然停在身后。

后排的车窗玻璃滑下，露出一张白皙俊秀贵气十足的脸。

白茗雪听到停车声，转过头，和叶嘉四目相对。不知是不是错觉，她觉得他眼神非常不友善，甚至可以说很黑暗，像要吃人一样盯着她。她还没说话，只见车窗玻璃又关上了，那辆黑色轿车在夜色中只留下尾灯，消失在乡道上。

小马被这么一晃，胃里搅动起来，干呕了一声，吓得白茗雪回过神，赶紧给他拍背："马上就到家了，别吐啊。"他就住在村委会旁边，也是以前部队留下的旧房子，离叶嘉的工厂就百米远。

白茗雪半拖半拽，把小马送回去，才松了口气，立刻回家。她从部队里的小路往家走。小时候，爸爸经常扛着她来部队看电影——这是村里唯一的电影院。她还记得当年放《地道战》，整村的人都会赶来观看，特别热闹。现在家家户户都有电视机，部队也撤离了，电影院成了仓库和小孩子躲猫猫的好地方，当地人也还习惯性地管这个地方叫部队。

她不知不觉走到电影院门口，发现广场外的大铁门居然关上了，里面灯火通明，窗口密封，但能看到里面人影走动，电影院的青石砖上贴着六个大字——"瓜片茶饮基地"。原来茶饮基地就在这里啊。

"你是谁？找人吗？"大门口的保安室里探出一张脸，用普通话问道。

"不是，这就走。"白茗雪有些怅然地转身，电影院附近的原部队宿舍都被圈起来了，以前的篮球场也被铁丝网拦住，进不去了，只能远远看一眼。

她听妈妈说过茶饮基地的事，但没来亲眼看过。现在除了外面那圈电网和铁丝网，电影院和周边的宿舍楼外表和以前一样，只是广场上停了不少大车小车，颇有点物是人非的感觉。

部队外面的路是当年修的水泥路，旁边种着两排梧桐，又高又大，将月光完全挡住，漆黑一片。

白茗雪不怕黑,沿着梧桐树往前走,听着风从嫩绿的树叶中间掠过的声音。那一瞬间,她终于感受到,这个大山深处的村落,在被现代化一点点改变。她比这里的任何人都渴盼现代文明的到来,可也比任何人都害怕传统东西的丢失。

白茗雪正在想着心事,突然前面黑影一闪,她来不及收住脚步,一头撞了上去。

那人也不躲开,反而就像等着她撞过来一样,伸手揽住了她的肩,另一只手将她的后脑勺死死按住,让她没法后退也没法抬头,脸被卡在他的胸前。

什么鬼?白茗雪蒙了两秒后,狠狠一脚踩在对方脚上,没等他吃痛弯腰,抬起膝盖就往他腿中间撞去——她爸可是当过刑警的人,从小就带她玩制服暴徒的游戏,寓"乐"于"教",她的女子防身术是跟着老爸摔出来的。

显然对方毫无防备,闷声痛呼就松手了,捂着要害,声音颤抖:"你……你……想让我变成残疾吗?"

"是叶老板啊。"白茗雪听到声音,收回想继续踹他的脚,一脸抱歉,"你怎么在这里?不是,你怎么大半夜的对异性动手动脚?这不能怪我……真疼啊?"

她见叶嘉扶着树直不起腰来,树叶缝隙里筛下零星的月光,照在他痛苦的表情上,白茗雪有些不好意思地上前,说道:"我看看……"

"你看什么?你怎么看?"叶嘉抽着冷气,她下手太狠,直接踹人要害,早知道刚才就下车把她拽走。

白茗雪好像没想到这个问题,愣了愣才说道:"那你自己揉揉,我刚才没怎么用力……应该没事吧?"

她刚才是下意识的反应,但是提膝的瞬间,他身上那股特殊的香皂味让她辨认出是叶嘉。只有叶嘉身上的味道很特别,不是香水味,是他用的洗护用品和洗衣液香味很高级,凑近就能闻出来——不属于山里的味道。所以她撤去了力道,不是很重地顶了一下他的命根子。要真把千金大少爷给踢爆了,她卖了茶山也赔不起。

"很疼,估计断了……送我去医院。"叶嘉痛苦的语气里有一丝命令色彩,"不,我还有事要处理,你去把'佟医生'接过来。"

"断……断了?"白茗雪有点慌了,伸手往他手按的地方摸去,"不会吧?"

"你干吗?快去把'佟医生'请过来!"叶嘉没想到她这么没羞没臊,躲开她的手,愤愤说道。

"什么……什么'佟医生'?"白茗雪看他的样子,觉得事情严重,自己也紧张得心率失调。

她如果知道叶嘉和佟宁宁在上学期间经常去戏剧学院表演,一定会吐血。

佟宁宁刚下飞机,就接到叶嘉的电话。

她这段时间是成了"空中飞人",从日本飞到马来西亚,又飞去英国,还顺路见了两个老同学拉投资。今天刚降落在合肥的机场,带着资料要回基地和叶嘉会合,没想到接机的人是白茗雪。

佟宁宁一眼就看到接机口站着的高挑少女,她依然绑着马尾,让她优越的骨相完全显现出来,剑眉修目,鼻若悬胆,要是她穿上男装汉服,完全是古代深山里的少侠。

不过此刻白茗雪的脸色有些不好,在接机的人群外走来走去,好像在紧张什么。

她开着叶嘉公司的车来的,从村里到机场,要两个半小时,等接到人再回去,正好夜里十二点。

白茗雪开了一晚上的车,又困又累,可还不敢回家睡觉,她要等"佟医生"的诊断报告。叶嘉办公室的门紧闭,佟宁宁进去之后一直没有出来。白茗雪坐在外面,想打瞌睡,又满心担忧,不时站起身加点水喝茶。

叶嘉说佟宁宁是他老同学,也是他的"私人医生",所以那天一起上山,白茗雪并没有怀疑。而佟宁宁接到医生身份之后,非常兴奋,心里临时写了无数剧本,脸上还是一副漠然冷淡古板的书呆子表情——心中千军万马,眼前大悲大喜,她依然可以保持面瘫,也是一种演技了。

办公室里,叶嘉坐在老板椅上,看着佟宁宁带回来的资料,听着她的分析报告,完全看不出受伤的样子。

"你知道我调查完口味之后,发现了什么现象吗?"佟宁宁先汇报工作上的事,推了推黑框眼镜,眼神里面终于有了一丝狂热的光芒,"无糖和低糖饮料占有的市场份额,近年来在越发达的国家,增长趋势越高。"

"而且茶饮本身和其他饮料不同,过分追求甜味,只会掩盖本身的特色。"叶嘉翻着资料,上面有国外数百种茶饮配方和口感。

"没错!"佟宁宁端起桌上的瓜片,喝了一大口,微微露出享受的表情,"而且我们一开始不就是想做出一款健康饮品吗?从原料到成品,每一道环节都是健康无污染,包括含糖量……"

糖分,对饮料来说,就像灵魂一样,叶嘉观察了这么久的饮料市场,深知不甜的饮料想存活下来有多难。糖分会令人快乐。像盛娇家的奶品,纯牛奶和脱脂牛奶,销量相比酸奶和果味奶要差很多。没有甜味的饮料所应对的人群小众高端,如苏打水、汤力水,受众并不广泛。而现在,随着社会的进步和5G时代的来临,人们的接受水平和学习能力也在提高,需求会慢慢转变,追求健康是未来的趋势。

"好了,工作会议到此结束。现在,我是'佟医生',快给我说说你到底怎么回事。"佟宁宁抬头一看时间,不知不觉已经凌晨两点,她喝了茶毫无睡意,反而越来越精神,现在迫不及待想开始表演。

"别急,让我猜猜,你这不是身体病了啊,是心里病了。"佟宁宁见叶嘉放下资料,往关闭的门看了一眼,立刻说道,"果然果然,第一天在小白家里时,我就感觉你不对劲!"

"我什么不对?"叶嘉见她福尔摩斯一样打量自己,翻了个白眼,"是你内心戏多。"

"你那天晚上又饿又累,但在吃饭时连问了几次小白怎么不一起吃。"佟宁宁记忆力惊人,"要是没记错,你放下了两次筷子,为了等心上人……"

"什么心上人?"叶嘉有些恼火地站起身,"她就是个蛮子。"

蛮子也是这边村民爱说的话,形容别人野蛮粗鲁不开化,叶嘉一个海归学起这边方言,毫无违和感。

"你骗得了别人,骗不了我这双眼睛。"佟宁宁推了推黑框眼镜,一脸智者的表情,"我俩认识十年了,你不是那种为了女人放下筷子的人。快坦白,你在村里这段时间,和她发展到什么程度了?"

叶嘉将手伸到她面前,让她看看上面刚刚愈合好的伤口:"伤痕累累的程度。"

佟宁宁走到他身边,屈指弹了弹他的肩膀,突然大笑起来:"有趣有趣,太好玩了!"

"你还是不要做表情的好。"叶嘉一脸嫌弃地看着她,友好建议。面瘫君做起表情太可怕。

"还有,我没把你当女人。准确地说,我没把你当人类。"叶嘉厌恶那些对他抱有目的,并且想要有肢体接触的女人。

佟宁宁不一样,她是读书机器,不是人类。

"我是不是人类不重要,重要的是你喜欢人类了。"佟宁宁收起大笑,又变成了没有感情的机器,理智分析,"而且,还是个类型这么奇特的人类。我当初就觉得你不喜欢女人,可能会喜欢男人,一直担心你变成男闺密……"

"什么?"叶嘉打断她的话,"你觉得我喜欢男人?"

"幸好,她虽然长得有点像男人,但身体构造还是女人,所以,不幸中的万幸!"

"我也没有喜欢她。"叶嘉出于礼貌,没将一壶瓜片浇到她头上,让她清醒点。

"你尽管不承认,但你的心无法否认她来到你内心深处的事实。"佟宁宁用夸张的莎士比亚话剧腔,拉着他受伤的手,指着外面天空中的一轮明月,说道,"明月尽处,你将看到我的伤疤,知道我曾经受伤,也曾经痊愈。"

"你茶喝多了,茶醉了是吗?"见她"戏精"上身,叶嘉抽回手,敲了敲她的脑门,"我还想早点睡,你回来了,明天早上九点的会议,你把市场分析和现在最迫切要解决的问题全都搞定,别让我打瞌睡。"

"别转移话题,叶嘉同志,你要知道,坠入爱河是幸事,真爱从来都来之不易!"佟宁宁不是喝茶喝兴奋了,她是真心为叶嘉开心,忍不住又来了一遍伦敦腔的英语,"The course of true love never did run smooth(真爱之路从来都不会平坦)!"

"佟宁宁!"

"我不是一个浪漫主义者,但就连我也承认,心脏不仅仅是用来输送血液的。"佟宁宁见叶嘉脸色沉下来,见好就收,"人一生中能碰到的机遇很珍贵,好好珍惜……"

"这台词听着有点耳熟。你是格兰瑟姆伯爵夫人?"叶嘉打断她的话,问道。

"亲爱的,爱比反感更危险,但人生就是会遇到各种麻烦,我们得尽力解决。身为朋友,交给我,我来帮你解决。"佟宁宁一点也不担心明天的会议,她更感兴趣的是,叶嘉空白了二十多年的感情史,终于有了珍贵的一笔。

佟宁宁神秘一笑,镜框后诡异兴奋的眼神让叶嘉有点犯怵,觉得她会放大招,只希望别闹得太过分,把白茗雪吓到。但……他也很想看看白茗雪受到惊吓时的样子。

他刚才想了很久,觉得佟宁宁没有说错,他是心里生病了,病得很严重。

比如,他回到了熟悉的大城市,却总觉得心里空荡荡的。甚至面对灯红酒绿的生活,他会想逃离,想回到清静安宁的乡村,回到邻居的身边,一推开窗,就能看到那树红透的樱桃。

比如,他在回来的路上,看着沿路远离都市喧嚣的风景,竟然有回家的错觉,好像租来的土房子是他心灵栖息的港湾。

再比如,原本美好宁静的心情,在路上遇到白茗雪和小马之后,骤然碎裂,沉入谷底。

他看到白茗雪这么晚还在和小马散步,两人拉拉扯扯有说有笑,她眉眼弯弯的样子让叶嘉顿时起了无名火,酸味从胃里直涌到嘴里,强烈的厌恶感让他像晕车了一样不舒服。

他现在明白,那种胃酸上涌、浑身难受的感觉是什么了。

是妒火。

他在嫉妒她对别人笑。

就像喜欢这天心明月,他喜欢她。

第六章　藏心

部队老房子内部都被重新装修过,尤其是以前的老破门窗,全换成了密封性和隔音效果一流的门窗。

所以办公室的房门一关,白茗雪根本听不到里面的任何动静。她等得心烦意乱,又犯困,趴在员工桌上正在强撑着喝茶提神,突然看到办公室的门被打开,佟宁宁一脸严肃地走出来。

她立刻站起身,紧张地问道:"怎么样?没事吧?"进去这么久才出来,白茗雪心里很忐忑。

"有事。"佟宁宁关上办公室的门,一脸"不能让病人知道实情"的模样。

"很严重?要去医院看看吗?"白茗雪心里有点慌,从小到大没闯过这么大的祸,她倒不怕承担责任,就怕叶嘉一个好端端的有为青年,被她踹废了。

"嗯,睾丸严重破裂,估计会影响生育,你做好心理准备……"

"破裂?"白茗雪觉得这不是自己做好心理准备的问题,是大少爷要做好心理准备,她脸色煞白,"快点,这就去医院。"

"不行,不能去医院。"佟宁宁脸色严肃,很专业的样子,"叶家独子这种隐私要是被曝光,你就完了。"

"这时候还管我干吗?先管他的睾丸!"白茗雪无法理解她的"脑回路",医生怎么可以讳疾忌医!

她说完就要去办公室门口推门,想将叶嘉扛去医院。

"别急,别急,经过我两小时的专业急救,睾丸可以保住,就是这个生育问题,你得负责。"佟宁宁拦住她,一本正经地说道。

"我当然会负责。"白茗雪觉得自己必须要负责啊。但显然,她说的负责,和佟宁宁说的负责区别太大了。

"嗯,至于后续治疗和观察,我会随时告诉你,但这件事,你得保密。你知道,男人的自尊,还有,叶家要是知道……"

"你要隐瞒他和他的家人?"白茗雪很担忧,一向冷静的脑子里疲惫又紧张,以至于并没有怀疑佟宁宁的专业性。

"他爸妈都有心脏病,听到这消息,肯定挺不住。"佟宁宁依旧一副严肃的表情,"你不想出人命的话,就听我的。"

"但……但我没法隐瞒他,这事这么严重的话,必须……"

"必须负责。"佟宁宁推了推眼镜,素净的脸上表情很凝重,一字一顿地说道,"现在你配合我治疗就行了。"

叶嘉站在窗户边看着外面的月色。

农历十九,可外面的月亮还是那么圆,光芒晕染开,看不到一点点缺口,如记忆中十五的月亮,明晃晃地照在外面那条溪流上,就像无数碎钻在河里流淌。

佟宁宁这个校友们公认的鬼才,让他什么都不用做,只要站在这里等着女孩子投怀送抱……他很怀疑,但内心居然充满期待,像期待茶饮基地的未来一样,期待着这份无处安放的心情。

笃笃笃,外面敲了三下门,然后房门就被推开。

佟宁宁已经走了,从玻璃的反光可以看到白茗雪站在门口,身形似乎没往日那么笔挺,可能真的累了,像一株蔫了的小白杨。

叶嘉在她开门那一瞬,想到佟宁宁说的"投怀送抱",还紧张得心脏用力收缩了一下,跳得飞快。可过了半分钟,他的心跳都恢复了正常,白茗雪还在门口没动。叶嘉忍不住了,转过身,看着她:"你……"

"你现在感觉还好吗?"白茗雪飞快地转过头,搓了搓脸,强打精神地问道。

"你刚才……"叶嘉怀疑自己眼花,因为好像看到这个钢铁妹子哭

第六章 藏心 | 141

了,刚才在擦泪。

"我要先诚挚地向你道歉,这事我负全责,有什么问题就来找我。"白茗雪看着叶嘉,内心很难过,觉得他一个好端端的"高富帅",一夜之间变成伤残之人,太惨了。虽然佟宁宁安慰她说,好好养养,或许能恢复,但想想人家父母要是知道这种事,肯定会心痛得不行。妈妈常说,做人要有父母心。白茗雪不能用父母心去想这件事,一想就觉得自己无法弥补这样的过错,都想去自首……

"你之前说……茶饮口味问题,我虽然没老师傅们有经验,但你要是觉得我能帮上忙,我明天过来看看。"白茗雪吸了口气,忍住心酸的感觉,"还有什么需要我的地方,你只管说。这几天别太累了,'佟医生'说你要好好休息,不要多走动,回去躺着吧。"

"你明天过来?"叶嘉见她看自己的眼神不太对,充满了母爱,不知道佟宁宁编了什么绝症。

"是的,我觉得你说得对,既然要做瓜片茶饮,就应该把口味做到最好,不能让消费者失望,好品质才有好未来。"白茗雪在用自己的方式想方设法地弥补。她艰难地说完,发现叶嘉脸上并没有喜悦的神情,甚至还有一丝失落,好像一点也不在意前几天请求的事。看来受伤的事情,已经比工作上的事还要让他烦恼。

白茗雪越发地愧疚,完全不知道叶嘉那丝失落是因为她的弥补方式和佟宁宁说的相去甚远。说好的投怀送抱变成了态度良好的工作伙伴?这不是叶嘉想要的两人关系。

"你要回去休息吗?我送你回去。"白茗雪不擅长猜异性心思,见他盯着自己不说话,硬着头皮继续示好。对"母胎单身"的人来说,主动搭讪真辛苦。

"你挺喜欢送男生回家啊。"叶嘉终于说话了,脸色却比刚才还要阴沉,语气一冷,"我不用你送,你请回吧。"

白茗雪知道自己得罪了他,但她依然弄不清楚叶嘉生气的真正原因,只当他还在生气自己鲁莽弄伤他的事,一脸歉意地退出办公室:"那我先走了,有什么事打我电话。"

叶嘉见她说走就走,一口气卡在胸口,真想把她喊回来好好谈谈。但以她的性格,叶嘉觉得没法谈,一谈就会崩,她也不会再有这么好的态度……而且,想到她送小马回家,叶嘉就觉得自己没法保持冷静状态,好像醋瓶子里加了汽油在燃烧,滋味难受。

白茗雪走到楼下,在月色中回头看了眼曾经熟悉的部队老房子——她爸爸曾在这里当过兵,现在里面已经被改动得面目全非,但在夜色中,轮廓和以前一样,静默地矗立在群山怀抱中。

而二楼的玻璃窗前,站着一个修长的身影,也在静默地看着她。

白茗雪一整夜没睡好,不停做噩梦。

梦到叶嘉躺在她家的沙发上,不知是死了还是睡着了,全村的人都来了,在家里家外地忙着,像操办红白喜事那样,人声鼎沸。

叶嘉的父母也来了,看不清脸,就看到他们坐在沙发两头,似乎在哭。他们看到白茗雪,立刻扑过来,把她按到叶嘉面前,叽里咕噜地说着什么。

然后她就被盖上了红盖头,好像是要冥婚殉葬。白茗雪吓得挣扎起来,觉得整个村子的人都不对了,都在阴森森地冲她笑着说"恭喜"。

她好不容易摆脱叶嘉父母的控制,正要逃走,躺在沙发上的叶嘉突然睁开眼睛,一把攥住了她的腿,把她拉了回来压在沙发上,冰凉的嘴唇凑了过来……

白茗雪猛然坐起身。

喵呜,一声猫叫在床上响起。

她昨晚回来太迟,忘了关窗户,这只叫欢欢的小猫钻进来了,压在她被子上,还带着轻微的鼾声看着她。

"你舍得回来了?怎么又上床?回窝里去。"白茗雪从噩梦中挣扎出来,看到外面天色大亮,她也不想睡了,起身将欢欢抱出去。

"肚子里有宝宝了?"白茗雪觉得欢欢重了很多,再一看,它的肚子明显大了起来。

欢欢是爸爸收留的小野猫,现在已经五六岁了。每年快到茶春时它

第六章 藏心 | 143

都会消失一阵,不怎么回家——那段时间也是猫猫狗狗开始"叫春"的时间,欢欢会被其他公猫勾搭走,一走数月才回来。

白茗雪一直建议给欢欢做绝育手术,但妈妈反对,认为太残忍,剥夺小生命的生育权利。小猫生出来后就东家送一只,邻村送两只,反正村里现在条件都越来越好,不差小猫小狗这一口饭,还有不少人因为家里老鼠多,特意来预定小猫,带回去捉老鼠。但从去年开始,小猫差不多饱和了,送不动了,家里还留了一只小奶猫喜喜,今年开春也是和欢欢一起溜出门,但到现在还没回来。

"乖乖在家躺着,别跑来跑去了,等我这段时间忙完,好好照顾你。"白茗雪把欢欢带下楼,见它大着肚子,走路没往日轻盈,打定主意,等它生完崽,一定带去做手术。

大黄也跑进来,围着欢欢打转,闻它身上的气味,被白茗雪赶了出去。

"好好看家,我出去了,晚点回来。"白茗雪往大黄的狗盆里面放满清水,稍微收拾了一下院子,才关上院门离开。

她没想到,前段时间自己还抵制叶嘉做茶饮,今天就主动去基地帮忙。人生真无常啊!

当白茗雪被特别接待人员领着参观茶饮基地,听取关于瓜片茶饮理念的介绍时,她的思想再一次被撼动。

她原本以为叶嘉只是个玩儿票的富家子弟,没想到一上午参观下来,竟然有些感动——他也许完全不懂瓜片,但有一个远大的理想和信念,能将这个废弃的地方一点一滴变成现代化茶饮基地,也渗进了他的心血。

这不是随口说说就能做到的事情,也不是只要有钱就能为所欲为的事,从基地的很多细节能看出叶嘉是亲力亲为。基地管理人员太少了,感觉就是叔叔开的那种竹编厂,公司上下所有的事都要叶嘉亲自去盯着,和她想象中完全不一样。

白茗雪尊重实干家,参观完基地,她对叶嘉的茶饮事业改观了一些。

白茗雪参观完,正好是午饭时间,接待人员带着她直奔食堂,笑道:"你们这边的阿姨做饭好吃,我来两个月胖了十斤。"

食堂里都是熟悉的脸，全是本地人，从这个角度来说，茶饮基地倒是提高了本地的就业率。

白茗雪既然开始体验基地生活，也就听从接待人员安排，跟着她打了一份饭，坐在了食堂里。

她刚坐下，正在感慨这里有点像大学食堂，勾起了校园回忆，突然听到门口传来一阵喧哗声，然后周围的声音都安静下来，连打饭阿姨的勺子都放得温柔了点。

一群人从门口走进来，大多西装笔挺，气宇轩昂。为首的男人身材修长，举止优雅，在员工里更是显得鹤立鸡群、风流倜傥。他手里拿着一份文件，正和身边的"佟医生"低声聊着什么，穿正装的样子，比平时耍无赖时的样子要正经好看一百倍。

白茗雪不知是不是出于内疚，第一次觉得叶嘉身上的优点在眼前放大了，他好看的皮囊似乎都变得有深度了。

叶嘉感觉到有人直勾勾地盯着自己看，一转头就看到坐在窗户边的女孩。

她特别喜欢梳道姑头，长发高高盘起，露出整张英气的脸和利落帅气的五官线条，像是自带反光板和聚光灯。额头光洁，修眉俊目，鼻正唇红，让人一眼就能在人群中看到她。而且，她的视线总是那么直接，像未被驯化的兽类的眼神，盯着人时，会直接锁定，没有欲拒还迎，不会迂回勾搭。

叶嘉就觉得心脏被一只小狐狸冲过来撞了一下，被她吸住的感觉更加强烈。

佟宁宁也一眼看到坐在窗户边的白茗雪，立刻换上略带担心的表情，一把扶住有些出神的叶嘉："老板，你慢点，赶紧坐下。"

白茗雪看到叶嘉坐下后，立刻端着托盘站起身，主动走到他那桌，友好中藏着忐忑不安，问道："你今天感觉好点了吗？"

"还行，这里人多，你们去那边坐吧，我去打点菜，一起吃。"佟宁宁抢先回答，用眼神示意白茗雪别在公共场合说漏嘴。

"我去吧，叶老板想吃点什么？"白茗雪很主动地帮忙，神情虽然有一

第六章 藏心 | 145

丝担忧，但举止很自然，习惯了顺手帮别人做事，"今天有咸菜竹笋烧肉、酱鸭、砂锅鱼头、青菜豆腐、炖鸡蛋……"

"还是我去吧，竹笋和鸡蛋这种'发物'，他不能吃。"佟宁宁推了推黑框眼镜，用老中医的语气说道。

"呃……不是应该多吃点鸡蛋……"白茗雪没说完，被佟宁宁踩了一脚，闭嘴了，尴尬地坐下来。和叶嘉面对面干瞪眼地坐着，她觉得呼吸不畅。

"你还好吧？"半分钟后，白茗雪再次问道。

"不好。"叶嘉盯着她，表情和往日有些不同。

白茗雪被他带着火焰的炽热眼神看得很愧疚，觉得灵魂都被烤煳了，艰难开口："那个……我今天上午过来参观了一圈，了解……"

"你没休息好？"叶嘉突然打断她的话，问道。

"哦，我没关系……"

白茗雪话没说完，就见他翘起唇笑了起来，像是大仇得报一样开心："活该。"

这一瞬间，他脸上的成熟贵气被孩子气代替，倒挺可爱。

白茗雪见他没心没肺地笑，只能老老实实挨骂。是她活该，但老实说，叶嘉也是自找的啊。大半夜突然跳出来抱住别人，她也算正当防卫……过头吧。

"我去帮忙端菜。"白茗雪觉得自己和异性没法正常聊天，要不然也不至于单身到现在，她被叶嘉笑得心慌，站起身就去找佟宁宁。

除了工作上的交流，她真的一点也不想和异性沟通。完全没话聊！她有时候都觉得自己太过"实干"，导致有语言沟通障碍。

"比我还'母胎单身'……我算是见到了。"佟宁宁过一会儿就端着米饭先回来了，看了眼在排队打菜的白茗雪，镜片后的眼睛发着光，有些花痴地说道，"我现在怀疑她其实是个男儿身，太有'男友力'了，不让我做事。要不，我先帮你检查一下她到底是不是女孩子……"

啪！

叶嘉手里的文件敲在佟宁宁的头上："你去老海那一桌，别在这儿碍事。"

"过河拆桥啊你！"

"闭嘴，文件也拿过去，吃完饭直接去试验间等着。"叶嘉虽然在和佟宁宁说话，但目光一直跟在白茗雪背影上，她端着托盘在窗口拿菜。

"见'色'忘义。"佟宁宁叹了口气，端着自己那碗米饭，起身挪走，"果然不该对男人存有什么美好的幻想。"

等白茗雪端着菜走回来，见餐桌上只有叶嘉一个人，不但如此，他周围三张桌子都没人坐，空出一个圈来，大家都自动躲开他。白茗雪能理解那些员工的心情，谁愿意坐在老板旁边吃饭呢？而且还是个穿着正装，举手投足间全是高贵优雅范儿的老板，正常人在他面前都不知道该怎么张口，怕吃饭的样子不够优雅，玷污了老板眼睛，影响彼此食欲。

好在她经常看到叶嘉穿着个家居服来自己家吃饭，和她妈东家长西家短地闲聊。

"这些菜，都是'佟医生'推荐的。"白茗雪放下菜后就准备埋头吃饭，但被叶嘉盯得难受，勉强指了指他面前的菜，说道，"你吃吧。"

"你早上参观了基地，有什么想法？"叶嘉终于放过她了，拿起筷子，问道。

他知道再不找点话题，白茗雪"尬聊"不下去，就会去找其他事情做，把他撂这里。长时间地观察"对手"，让他很快就能知己知彼，百战百胜。

"挺好的。"白茗雪有了新的话题，松了口气，想了想，怕他觉得自己太敷衍，认真地补充道，"比我想象的要科学严谨，看得出大家都在努力想做好这个事，你也在认真对待，总之……挺好的。"

"你真不会夸人。下次只要夸我厉害就行了。"

"呃，是很厉害。"白茗雪丝毫没有发现他的眼神和语气开始在撩拨她，她根本就没抬头看叶嘉，低头沉思几秒，客观理智地说道，"但是团队也很重要，大家都在努力，才有现在的样子。"

"你没男朋友确实天经地义。"叶嘉见她说完就默默扒饭，真想在桌

第六章 藏心 | 147

子下踹她一脚。

这几天妈妈在市里看茶铺生意,没回来,白茗雪好不容易耳根清净两天,又被人提起单身的事,她皱了皱眉,尽量好脾气地问道:"我有没有男朋友,影响到你了吗?"

要不是她态度诚恳,这句话真像在挑衅地反问。

"有影响。"叶嘉昨晚一直在思考这个问题。他想象了一下许清友或者小马是她男朋友的情况,就觉得很可怕。稍微回忆昨晚她送小马回家时的样子,他就会反胃得想去呕吐——像洁癖严重发作一样,无法忍受。

"什么影响?"白茗雪问道。

"我会……"叶嘉觉得心底的一些话快要冲出来,可快到喉咙又诡异地打了个圈藏回去,怎么也吐不出来,"会……更讨厌你。你去茶叶冷藏室看了吗?"

"看了,很大。"

"那天看到你们用山洞封藏茶叶,是古老的方法吗?"叶嘉见她对自己细微的变化根本没有察觉出来,有些失落——她都不关注也不关心他的想法。

"这是我们家独特的方法。"白茗雪很高兴他能主动找点温和的闲话和自己聊,虽然都是些废话,但总比刚才僵硬的气氛好。

"我听姥姥说,以前大户人家粮食多,放仓库怕潮湿,就会挖山洞存放。还得找那种泥土、黄沙混合比例正好,湿度也正好的向阳面,里面又干燥又阴凉。最重要的是,大山肚子里就像母亲子宫,有天然调节湿度、温度的能力。"白茗雪顿了顿,"当然无法和现在的人工智能相比,自然和科技……"

"你终于承认人工智能的优越性了。"叶嘉说道。

"人类不断在进步,这也是遵循自然发展规律的事情。"白茗雪又不是"反智",她只是觉得社会越是高速发展,越要保留住有价值、有文化底蕴的东西,这样的千年传承才珍贵。

"你外婆和李云华的奶奶不是同一个人吗?"叶嘉见她似乎又不想和

自己聊天了,又转移话题。

家长里短的事,李碧霞和他说过很多,叶嘉把白茗雪家祖上十八代都记在心里了。从她家宗族谱上第一代茶商李儒英老先生开始,七代茶商历经明清两朝,风光无限。从第八代开始渐渐没落,到李碧霞爷爷那一辈,就是普通乡绅,1949 年前后茶山荒废,大家都在地里忙碌,没人还记得喝茶这事。

李碧霞爷爷先后娶了两个老婆。后面的小奶奶也是家道中落的官宦家女儿,从小读书多,见识广,又爱喝茶,嫁过来之后,不下田,只上山侍弄那些茶树,顶着村里人的嘲笑,想将那些茶树重新打理好。之后小奶奶生了李碧霞的父亲,在饥荒的年代,清茶加白粥,撑了过来,将半城茶庄留下来。

李云华家里奶奶,是爷爷的大老婆,早年生下两个儿子后就分居了。大儿子送出了国,再也没回来,白茗雪对这个舅舅也毫无印象。小儿子李昌完全相反,在家里种种田,对茶山也不上心,得过且过。早年他像个地主少爷,染了不少恶习。现在没钱,儿子又出了车祸,他们家一向重男轻女,就在家里剥削女儿。

"我的亲外婆在我上小学时就去世了。"白茗雪的名字就是外婆起的,她对外婆的印象留在外婆温温柔柔地教自己读书写字。

大家都喊她外婆小奶奶。

小奶奶是这一带出名的大家闺秀,有学识有胆量。当年改革前后,许多人都会来她家,大事小事都让小奶奶出出主意。尤其一到冬天,她家总是最热闹,乡亲邻里都过来围着炭火取暖,喝茶聊天。她家一直都很热闹——她妈妈喜欢热闹也可能是受到当年家庭环境的影响。

白茗雪性格和妈妈相反,不喜欢热闹,也不喜欢成为人群中的焦点。她小时候只爱和爸爸上山,躺在大自然的怀抱中,听听大地母亲的声音。

"你们怎么和外婆家一起生活?这边不都是和奶奶家一起生活吗?"叶嘉继续问道。

他当然知道原因,只是为了找话题装作不知。

第六章 藏心 | 149

白茗雪家里比较特殊,她爸爸是孤儿,爷爷奶奶都牺牲在抗美援朝战场。白林是被父母的战友抚养长大的,后来在这里当兵,和李碧霞相爱,就留下了。

"因为我妈和外婆,还有茶山都需要照顾,我爸爸就留在这里。"白茗雪不太喜欢说自己的家事,尤其是爸爸的事情,回答得越来越简单。

叶嘉见她开始闷头吃饭,心里盘算着一些事,也不再说话。

一行人吃完饭,就马不停蹄地去了试饮区。

白茗雪早上只在外面隔着玻璃看了看试饮区,挺震撼的。里面一排排柜子,上面放着颜色深浅不一的半成品。据接待人员介绍,这里的试饮还寄到各种地方,找许多专业人士来测评口味,里面还有国外的一些茶饮品种进行口味对比。

接待人员说,这里的口味已经调试了两万多次,每一次看似细微甚至好像没有变化的改变,都是在寻找能保留瓜片最优口感的独特味觉享受。

所以白茗雪觉得叶嘉在认真做这件事。

筹备五年多,在找到合适的茶园之前,就已经做足了前期准备。但付诸行动之后还是充分展现了中国速度,定厂房、收茶叶、无污染装修、拉设备、进人员,多头并进,经费燃烧的同时,人也没有喘息的机会。

三个月时间,就将五年前的设计预想在这里还原。一个多月时间,两万多次的尝试,每天将近几百次尝试,他那段时间早出晚归,大部分时间都在实验室里和技术人员研究口味。

这样的努力程度,让白茗雪对他刮目相看,所以她现在很敬重叶嘉。

茶房里有一丝隐约的消毒气味,藏在淡淡的茶香中,白茗雪一进来就闻到了。

整个基地都有那种紫外线消毒后的味道。白茗雪的鼻子很敏感,她能闭着眼睛分辨出自然界里各种花草树木的气味,小时候只要闻到山谷里的兰花香味,准能循着味道找到。但她最爱的还是茶香,能从手工茶里分辨出拉了几道火,甚至用的什么木炭。

"你怎么也进来了?"白茗雪见佟宁宁跟在她身后,担忧地问道。叶嘉已经严重到需要私人医生寸步不离地照顾吗?

"我这两天要随时关注他的情况,帮他从心理上疏通烦恼。你不用管我,我们都在观察室等你。"佟宁宁一脸正直的表情,"你快去尝尝我们……老板公司最后挑选出来的二十种口味。"

佟宁宁和叶嘉坐在旁边玻璃隔出来的观察间里,以免打搅里面的"试喝员",让她分心。

"里面的茶叶浓度和糖分都不同,口感也不一样,按照甜度和苦味放在桌上。你不用着急,一天尝几种口味比对一下,每天轮流打乱顺序,最终选出你最喜欢的味道。"试饮区负责人领着白茗雪走进去,她也是外地过来的,干练大气,长相很端庄。

自从这里进驻了茶饮基地之后,村里的风景似乎都变得时尚靓丽起来,时常能看到一群群衣着光鲜的人在基地附近进出。村里这几个月茶余饭后的热点也都是茶饮基地的八卦。

叶嘉坐在观察室里,看着白茗雪端起编号为b117的第一杯瓜片茶饮细细地看着,心跳也随着她的动作莫名加速。

她看饮料的眼神那么专注,黑琉璃一样的眼睛定定地看着玻璃瓶里的茶饮,像是在看情人的脸,反射着琥珀的柔光。

她只有对茶才有这种柔情,好像茶是个比叶嘉要帅气好看一百倍的年轻男人。叶嘉惊觉他居然还吃茶的醋,好像最近心里闯进了一个可怕的魔鬼,无时无刻不在洒着嫉妒和疯狂的药水。

"其实你心里已经确定了哪种口味,对吧?"佟宁宁坐到叶嘉身边,低声问道。

叶嘉没说话,看着白茗雪喝了第一口,关注着她的表情,见她微微皱了皱眉头,心里有几分底了。

"最后几款确实很难抉择,但我觉得,你的口味太刁了,咱们要做平民大众饮料,还是多听听市场部的意见。"佟宁宁很了解叶嘉,所以担心他内心已经力排众议默默定下了口味。

佟宁宁对叶嘉的品位毫不怀疑,但叶嘉被钱熏陶出来的高品位在这里有个致命缺陷——不接地气。佟宁宁不是用有色眼镜区分看待人群，她只是客观理智地分析市场需求，尽量找到最大的客户群体。

"什么市场部，就是你的个人意见吧？"叶嘉终于说道。

"你得相信我的意见，因为对市场最了解的人是我。"佟宁宁也不掩饰自己的想法，微微提高声音，"是我跑遍全世界，亲自去喝每一种茶；是我陪你每一座山每一道沟地去找茶，而你根本就不喜欢喝茶。你亲口尝过瓜片的味道吗？只看数据是不行的……"

"我什么时候不相信你？"叶嘉打断佟宁宁的话，"但你也要相信大数据。"

他俩如果不是互相信任，彼此欣赏，也不会五年后一起坐在这座大山里。可再好的小伙伴，再齐心协力，也会在共事的过程中出现一些矛盾波折。现在两人最大的矛盾就是关于绿茶的口味问题。

说来嘲讽，叶嘉并没有尝过瓜片茶饮的味道，他只观察数据和试喝者的反馈。但就像佟宁宁说的那样，他的口味和大众口味一定会有区别的，所以他也不准备自己去尝，挑选他喜欢的味道。

"我只是在问题出现之前提前和你解决问题，别打断我的话。"佟宁宁性子确实古怪，也只有她，敢在开会的时候和叶嘉吵架，甚至拍桌子发脾气，"说到数据，还记得昨晚我给你的数据不？健康茶饮，不加糖，不加蜂蜜，不加任何甜味素，敢试试吗？"

"会议上不是讨论过了吗？刚开始保守点，我们需要先回笼资金。"叶嘉也想一开始就多推出几款不同口味的茶饮，可现在资金都被撤了，每走一步都要考虑成本，"先投放口味最大众的试饮，市场打来之后，无糖也好，低糖也好，瓜片浓度不同的也都可以跟着上。"

"这一点也不像你。"佟宁宁一直在外面跑市场，虽然和叶嘉每天都有电话会议联系，但并不知道被撤资的事。和书呆子面瘫外表不符，她其实是个有事业心想当女强人的人！

"你太激进。"叶嘉不想多做解释，继续看着白茗雪喝第二杯饮料。

试喝的人每次喝完，都会用矿泉水漱口，让身边的记录员记下当时的口感。

"我激进？五年多时间，谁陪着你一点点把这事给定下来？现在新饮品就在眼前，你好好看看，全中国都没有一款比得上我们做的饮料，你怕什么？"佟宁宁有些暴躁地起身在观察室里走来走去，脸色阴沉，"明明是你太小心谨慎，临门一脚，迟迟不肯踢出去，一点冒险精神都没有，你是怕失败吗？"

不，叶嘉不会怕失败，别说这点投资在他家族企业那边分分钟就赚回来了，就算真的可能倾家荡产，叶嘉也不会退缩。

佟宁宁太了解叶嘉的性格了，他不是优柔寡断临阵脱逃的人，所以……

"难道你有什么事隐瞒了我？"佟宁宁突然盯着他，敏锐地问道，"是不是资金出了问题？"

试饮区里，白茗雪正在喝第三杯编号 c58 的茶饮，一转头，看到观察室里佟宁宁正在对叶嘉发火。隔着玻璃她听不到两人的对话，但见佟宁宁急火攻心的样子，白茗雪有种不好的感觉——难道是叶嘉情况恶化了？

昨晚她睡不着，看大学同学群里有人在求助大家有没有认识的靠谱律师。同学的亲戚遭遇了车祸，住院检查后以为没什么事，都是擦伤。去交警大队做完笔录回去后，才发现裆部疼，之后疼痛加重，去医院检查后，发现不是普通擦伤，而是一侧睾丸坏死。现在笔录都做完了，肇事司机不认账，同学的亲戚想找律师再打官司……

她平时也不看同学群，昨晚心烦意乱，偏偏打开同学群看到这样的消息，就像老天故意设置这种巧合让她心神不安。

"这个甜度怎么样？瓜片的香味浓度……"记录员正在询问白茗雪口感如何，见她突然放下杯子往观察室走，立刻跟上去，"白女士，先做完调查卷吧。"

"不行，都不行。太甜，不够香，难喝。"白茗雪从小喝的就是最好的瓜片，这里的人又都不爱甜食，哪喝得惯糖水一样的茶？

记录员默默在口味栏里写上她的话，心里很绝望，觉得这个茶饮要推不出去了。

"为什么要向我隐瞒这种事？还把我当成你的朋友吗？"佟宁宁心痛地晃着叶嘉连连追问。

她主要负责市场对接，初期几乎都在外面，加上她知道叶家实力有多雄厚，所以就像叶嘉当初说的，资金不用她操心，她就根本没有管这事，不然早就感觉到公司被撤资了。

"告诉你有用吗？只会多一个人烦恼。"叶嘉很淡定，推开她说道，"不过现在也没什么，最重要的事情都定下来了，最多先缩小规模，只要产品好，根本不愁后续的事情。"那些奸猾的投资者，闻到利润的味道，就会蜂拥而至。

"怎么没用？我也可以帮你想办法啊！"佟宁宁气得眼睛都红了，还想说话，外面传来敲门声。

白茗雪担忧地看着里面的两个人，在她的揣测里，佟宁宁就像发现叶嘉偷偷把药给扔了，不肯好好配合医生治疗，病情恶化也不就医……

佟宁宁打开观察室的门，脸上依旧没什么表情，可黑框眼镜后的丹凤眼里隐约有泪花，看上去被气坏了。她愤怒地走了几步之后，想到什么，对站在门口有些无措的白茗雪说道："这几天拜托你给我好好照顾他！"

丢下这句话后，佟宁宁就让司机把她送出了这个宁静的山村，只留下内心翻滚着惊涛骇浪但无法在叶嘉面前表现出来的白茗雪。

"你怎么惹'佟医生'生气了？"白茗雪见他脸色也不太好看，有点后悔跑过来。

"你在担心什么？"叶嘉不答反问。

他看到白茗雪掩盖不住的忧虑心焦，突然来了精神。虽然知道她的担心很大原因是佟宁宁昨晚说了什么话，让她觉得自己要为之前的鲁莽行为负责，可被她这么关心地看着，那清亮直白的眼神顿时洗去了他的烦恼。

"当然是担心你的身体啊！"白茗雪说完，就见他突然笑了，一扫刚才的阴霾，像乌云密布的天空忽然放晴，阳光灿烂地洒下来，那么耀眼，刺得她视线都晃了晃。

"'医生'都走了,你还笑? 她为什么走啊?"白茗雪觉得他有时候就像个顽皮任性的孩子,做事我行我素,特别欠揍。

"因为有你照顾,我不需要她了。"叶嘉笑着对她伸出手,"扶我起来。"

白茗雪见他一点也不客气,原地干瞪眼几秒钟后还是老老实实上前,攥住他的胳膊,把他拽起来。

"你觉得那些茶饮都不好喝?"叶嘉感受到她手上的力量,年轻结实,像个强壮的小伙子。这让他想到佟宁宁的话,他有些怀疑自己的审美倾向,再次看看白茗雪,然后放心了——她是个越看越内秀好看的妹子,虽然有时候动作有点粗野。

"我没办法接受有糖味的瓜片,太……太不符合我的口味。"白茗雪本来想说太难喝,但怕打击到叶嘉,稍微委婉一点,"但你不用以我的口味作为标准,我们这边的人,都不太爱吃甜食。"

"这样啊。"叶嘉语气很平静,没有失落,像是意料之中的事,"那你可以再尝尝编号 m 开头的饮料。"

"我还是觉得茶里面加了其他东西会很奇怪,像那种八宝茶,还有发酵茶,完全喝不下去。"白茗雪很专一,只爱喝瓜片。

不过她还是很配合地喝了几款编号 m 开头的茶。这是甜味越来越淡的瓜片,编号越往后,越没有甜味,最后变成了纯瓜片茶汁,只是茶的浓度不同,有的淡一点,口感清爽悠长,有的浓一点,比较浓郁芬芳。不管浓淡,只要没加糖,白茗雪就挺认可的。

"香味和口感当然不能和我们传统手工冲泡出来的热茶相比,但这种对我来说,还可以接受,就像是……存放过久质量一般的瓜片冲泡出来的味道。"白茗雪努力想找点能安慰他的话,但又觉得必须实话实说,这口感和自己家炒出来的茶相差太远。

"冷茶的味道本来就不如热茶,想留住热茶的香气,现在的技术做不到。"这边的负责人见白茗雪说话这么直接,之前还说大家辛辛苦苦调配出来的茶饮"难喝",有些不高兴地说道。

"你这里有我家的茶吗?"白茗雪转头问叶嘉。上次他买走了那么多明前茶,应该会在公司里放一点吧。

果然,叶嘉点点头:"办公室的冰箱里有两包。"

"跟我来。"白茗雪说完,就往他的办公室走去。

试饮区的负责人见叶嘉对这个口无遮拦的女孩似乎有些纵容,只好忍着心中不爽,跟着他们一起来到叶嘉的办公室。

叶嘉虽然不喝茶,但办公室里放了一张茶桌。

桌子是用一个老树根随意雕琢而成的,倒是省钱。

白茗雪虽然从断奶之后就开始喝茶,喝了二十年,但她不像许清友精通茶道,从取茶到洗茶、泡茶,一套下来,跟西湖禅寺里的龙井大师一样精致。

她大开大合,姿态随意利索,烧水,放玻璃杯,拿茶叶直接倒两克在杯子里。

瓜片不需要洗茶,因为制作过程很干净,茶叶上也没有农药污染。水开了,举起水壶直接往杯里一冲——茶香像是能肉眼看到似的,随着热气腾腾的水雾溅射出来,渐渐充盈在办公室里。

昨天佟宁宁也在这张茶桌上泡过茶,但好像瓜片在白茗雪的手里会格外地香。

不知是水温的控制,还是茶叶克数的精准,抑或她那双多年侍弄瓜片的手带着魔力,瓜片看到她修长有力的手,就认主了。一片片碧绿的茶叶在沸水里欢腾地舒展开身体,将香味和绿意尽量奉献出来,透过那碧绿的茶水,仿佛能看到春天整座茶山的颜色。

"喝杯茶,别着急,再等一等。"白茗雪泡了三杯茶,将其中一杯递给试饮区的负责人,另外两杯放在桌上静候。

叶嘉始终没说话,静静地看着她泡茶等茶。

那些浮起的茶叶渐渐沉下去,像飘在空中的尘土,回到了大地的怀抱。

她的眼神像茶水一样,澄净通透,是春天草地的颜色,是燕子飞过柳梢的颜色,是耕田织梦的芒种夜晚,天心那轮明月的颜色,是初次见到她时,人间的四月天。

几分钟后,白茗雪端起其中一杯,倒在了另外两个杯子里,然后又将茶杯加满水,继续等。

办公室里的十只玻璃杯都被白茗雪用了,她分批次注入热水浸泡茶叶,汤色由翡翠般的绿色,变成了宝石般通透的绿色,再变成豆绿,最后那绿色越来越浅,掺杂了一丝草木黄,最后一杯就成了淡黄色。

"能开窗通通风吗?"白茗雪突然问道。

一屋子都是炭火刚烤出来那般茶香味,叶嘉虽然不喜欢喝茶,但闻着神清气爽。

"现在太香了,我怕嗅觉失灵。"白茗雪见叶嘉点头,就去开了窗,等着茶水冷却。

"现在可以拿去试饮区,混在 m 编号的茶饮里,让别人尝尝。"白茗雪又等了一会儿,摸到茶杯变成常温,说道。

她做这个实验是想告诉叶嘉,真正的好瓜片原味是怎样的。她总觉得叶嘉的那些茶饮缺了灵魂。白茗雪泡自己家茶叶时,知道他缺的是什么。茶饮的茶叶没有经过最后几道手工拉火,只是在杀青揉捻和干燥后,用茶粉直接浸泡,当然无法留住香味。

她泡出的茶,即使冷却下来,喝到嘴里依旧能尝到高远幽香,回甘悠长。吞下去后,有一股清爽之气从喉咙冲到胃里,茶多酚蔓延到四肢百骸,整个人的气息都变得纯净高朗起来。

但收购这种手工茶再做成饮料是不可能的。不只是成本问题,最重要的是,人力无法像机器这样大量稳定产出。

白茗雪泡的这几杯浓度不同的茶味道确实比机器做出来的香,可这种手工茶,最多做成年产量几万瓶的限量版高价茶饮,无法大量出货。

叶嘉的目标是至少追上爸爸研发上市的最新果汁饮料。

要知道叶家在国内的果饮现在年销售额近五百亿元,无论是盒装、瓶装还是易拉罐,总之一年几亿瓶果汁饮料销量。他的瓜片茶饮如果起步,步入正轨,开始上阵厮杀,意味着每天至少有数十万瓶饮料从这里运输出去,送给全国各地的销售商。而手工茶叶远远无法满足需求,更不能做到每个师傅炒出来的品质相同,不能像机器精准分配茶多酚那样,统一口味。

白茗雪也知道这个道理,所以她觉得叶嘉找自己来试茶饮,简直是找虐。从小在茶山长大的孩子,茶早就融入血液,在喝茶上的挑剔程度,比他一个不喝茶的少爷要严重多了。恐怕这边的十里八乡,没人会喜欢绿茶饮料这样怪怪的口味。

但白茗雪错了。第三天再来的时候,她看到一群中学生人手两瓶瓜片饮料,从茶饮基地有说有笑地往外走——年轻人更能接受这样的口味。

试饮包装上没有任何标识,像矿泉水瓶子一样装着颜色发黄的绿茶水,几个十三四岁的孩子喝得很开心。

她这才知道,几款不同口味的茶饮被送去全市各大学校附近,免费取用,结果被抢一空。

但人多少都爱占小便宜,免费的东西再难喝,他们也会喝得津津有味,一旦花了钱,就会挑三拣四,花一块钱,想要十块钱甚至一百块钱的品质。

白茗雪每天翻来覆去地试喝那些甜度不一样的茶饮。一开始排斥到一喝就想吐,一周后,不知是神经被麻痹了,还是味蕾适应了,她发现自己慢慢能接受编号 m25 的口味。那是加入一点点蜂蜜的瓜片,甜味不是很明显,但喝到最后,会有一丝花的香甜味混在茶香里,喝多了就觉得别有一番风味。

当然,和纯正的瓜片相比,白茗雪还是不喜欢 m25。她实在不想再当什么试喝员,而且已经六月初了,她要准备茶博会的事,和许清友在上海机场会合,一起飞厦门。

这一周,她态度特别好,相当细心耐心地照顾邻居,早上做好早饭,等他过来吃完,开车送他去茶饮基地。下午如果他要开会加班,白茗雪就在他办公室里上淘宝,一边照看生意,一边等他结束,然后再开车送他回去。

除了她不喜欢主动聊天之外,叶嘉对她友好的态度很满意,甚至忘了她之前伤害自己感情的一些行为。也是因为天天陪伴,他内心那股冲动渐渐平静下来,像这个小山村一样静谧满足。

这天黄昏,外面的彩霞特别美。叶嘉开完会回到办公室,一推开门,就看到夕阳的光温柔地笼罩在靠在窗边凝视远方的女孩身上。

她端着一杯绿茶,有些出神地看着远处群山之上的绯红晚霞,锋利的五官在落日里披上了金色的柔光,乌黑的发丝上都跳跃着点点光芒,像是整个人在发光。

"你结束了?"听到声音,白茗雪没有回头,依旧出神地看着对面山顶,似乎有心事。

叶嘉习惯了她每次看到自己就立刻收拾,动作神速地出门。今天难得见她放慢速度,凝视远方的样子带着一股宁静古典的东方神韵,让他想到了那幅被誉为"东方维纳斯"的名画上面抱陶罐的少女。

她左手端着茶往唇边送去,刚加了热水,里面袅袅升起的雾气消散在余晖里,那碧绿的汤色折射出一丝金黄色,和她洁白的肌肤、玫瑰色的嘴唇形成了鲜明的对比。

天气越来越热,村里能看到不少女人穿上了裙子,而白茗雪的衣柜里始终就那几件纯色T恤和牛仔裤。今天她穿的是黑色小圆领长袖T恤,露出一小截锁骨和修长的脖子,喝茶时喉咙滑动的样子,充满了禁欲的美感。

叶嘉觉得身体里的血液升腾起来,像那杯热茶,烫得他呼吸发热,打破了这几天祥和的心态。

"喝完这杯茶再走吧。"白茗雪的视线挪到楼下三五成群下班的人上,又说道。

她不喜欢在人多的时候和话题人物一起出现。所以从家到这里这么近的距离,白茗雪宁愿开车,不只是因为照顾叶嘉身体,更重要的是,她不想这一路走过去和乡里乡亲打招呼,被他们拉着闲聊。

第六章 藏心 | 159

"不着急。我正好有点事要处理。"叶嘉说着坐到办公桌前,打开了笔记本。

"哦,那你慢慢处理。"白茗雪依旧靠在窗边,看着外面的风景,一口口喝着茶。

临近茶博会,白茗雪的心情就像高考时的心情,紧张得睡不着。只有喝着自己家的瓜片,感受这股清和纯正的茶味,她才能稍稍安心。

叶嘉挪了一下笔记本,将摄像头打开,正好对着窗口。如茶饮的广告大片一样,镜头里品茶的女生,冷峻沉思的表情染着暖色的光。这让他想到了那天送她去医院时,她靠着自己睡着的样子,像一朵在寒冬绽放的无瑕白茶花。

一盏茶的工夫,楼下的人陆陆续续走光了。

这里的核心技术人员都是从外地调过来的,住在茶饮基地宿舍里,那些三五成群离开的,是本地过来工作的人。本地人大多是留守女性,在食堂做饭,负责一些基地卫生工作,都没有上过流水线——试饮阶段,全是技术人员在一线厂房里调配,白茗雪是第一个参观了全厂的外来人员。

"你是在想……"叶嘉见白茗雪从窗口走回去,将茶杯放到桌上,他合上电脑,慢吞吞地问道,"茶博会?"

"没有。"白茗雪否认得干脆,拿起车钥匙,"可以回去了吗?"

"外面天气这么好,别开车了。"叶嘉觉得在乡间小路上慢悠悠地欣赏风景,挺解压的。不过只要和她在一起,就没有任何烦恼。

"啊?"白茗雪罕见地迟疑片刻,随后说道,"'佟医生'不是说你最好不要多走动吗?她什么时候回来?你要不要去医院复诊看看?"

佟宁宁那个"庸医"还说她会投怀送抱呢!可人家只是认真把他当成病患对待。叶嘉都想把佟宁宁给喊回来,问问自己到底得了什么绝症,需要走路都被搀扶着。

"今天就想走走。"叶嘉说着,自己先出了门。

相处熟悉了,他有时候带着千金大少爷的骄傲,就算正常说话,白茗雪也觉得他像小孩使性子一样,必须让全世界都迁就他。

"还是上车吧,车总得开回去。"

"明天早上也走过来好了,又不远。"叶嘉觉得坐车太快,不到两分钟就开到了家里,一路上他刚起了个话题开头,没说完就结束了。

"'佟医生'说你最好休息十天半个月。她到底什么时候回来?她不用照顾你了吗?"白茗雪僵硬地转移话题,她没有佟宁宁的联系方式,想问问情况都难。

"你不想照顾我了?"叶嘉停下脚步,转头看着她。

"不……不是,我是想带你去医院再做一下检查,那个……你难道不担心吗?"白茗雪憋了好几天,每次想到"佟医生"的叮嘱,都觉得特别难受。

她是个正直的孩子,从小到大爸爸教她要诚实面对人生,所以对佟宁宁的叮嘱,内心十分煎熬。万一这样隐瞒下去耽误最佳的治疗时间怎么办?

虽然"佟医生"信誓旦旦地说,好好照顾,关照一下男性心理健康,应该不会有什么大毛病,但白茗雪每次看到叶嘉都觉得他太凄惨了,仿佛看着一个刚入宫的小太监。

"担心什么?"叶嘉也很想知道佟宁宁那个损友到底说了什么,见白茗雪眼神反常地躲闪,顿时更好奇了。

佟宁宁很适合去做谈判专家。别看她长得像个书呆子,但架不住人家知识渊博,忽悠起人来一套套的,还经常飘一堆专业术语,配上她可靠的书呆子外表,总能唬住人。

"'佟医生'到底说我怎么了?如果是绝症,你早点告诉我,我还能找到更专业的医疗团队来做方案。"叶嘉见她纠结着不肯开口,精准地找到撬锁角度,一下就撬开了她的嘴。

"不是……她说不是绝症,你别乱想。"白茗雪赶紧说道,"但是……去检查一下也可以,'佟医生'走了一周,情况变得怎么样,谁也不知道。"

"所以她怎么和你说的?"

"这个……"白茗雪看了眼周围,办公室楼下的走廊上没有人,只有风吹过梧桐叶沙沙的声音。

"上车再说。"白茗雪还是很谨慎,担心被人听到叶大老板的难言之隐,到时候整个村的人就都知道了。

"就在这儿说。"叶嘉说了今天散步回去,初夏的风这么温柔,他只想和她慢慢散步。

"咳,她说你……"白茗雪想了想,贴近叶嘉,微微踮起脚尖,在他耳边低语了几句。

叶嘉脸色变了又变。他知道佟宁宁会说出千奇百怪的话,所以早就有心理准备。

变了脸色是因为白茗雪靠得太近,软乎乎的气息吹拂到他的耳根,让他痒得想躲开,又不愿躲开,煎熬地感觉着她的呼吸一点点侵扰着自己。是不是爱喝茶的人,呼出的气息都是洁净的茶香?

叶嘉在想和"佟医生"无关的事,但他那忍耐的表情,在白茗雪看来,是被这个消息打击得魂都飞了。

"'佟医生'说好好养养,应该没事的……你别太担心,也别难过,我陪你去医院再检查一下。"白茗雪安慰地拍拍他的肩膀,其实自己心里也很难过和惶恐,恨不得立刻就去医院,不管结局好坏,总比忐忑不安地等着未知强。

"虽然我知道说这句话对你来说可能没什么用,但我还是要说,这事我会负责到底的。"白茗雪见他脸色异常,沉默不语,心里更难受了。偏偏自己又不会甜言蜜语安慰别人,她懊恼得都想揍自己两拳头。

"明天一早我们去……"白茗雪的话还没说完,就被叶嘉打断了。

"你说你会负责到底,那就对我好好负责。"叶嘉目视前方,一字一顿地认真说完,才转头看着白茗雪,比花瓣还漂亮优美的嘴唇吐出比刀子还锋利的四个字,"跟我结婚。"

白茗雪像是猝不及防地被捅了一刀,表情震惊,脸色都变白了:"你……你说什么?"

虽然她的反应是意料之中的,但看到她惊慌失措的眼神,叶嘉心里还是好失落，一阵阵的不舒服涌上来，语气依旧如刀："瞧把你吓的，还说什么负责到底，女人的嘴，骗人的鬼！"

"不是……不……"白茗雪还没找到自己的理智，就见他一脸遇到"渣女"的表情，大步往外走。

那一瞬间，她想到了这个脆弱的千金少爷站在悬崖边流着泪的场景，突然打了一个激灵，赶紧跑过去跟上："那个……我们先去检查，到时候真有什么情况，我……我负责。"

"不用了，你能负责什么？我什么问题都没有，有问题也不用你操心。"叶嘉听到她紧张干涩的声音，能想象到她内心崩溃的样子，不由得更心塞。他哪里配不上她？一句试探性的表白，就这样被无情地扼杀了，他越想越不是滋味。

"你别生气啊！"白茗雪见他越走越快，她要小跑才能追上。

叶嘉考虑过她的态度，所以才想将那份令他有些煎熬的感情藏一藏，藏得深一点，再深一点，让他自己也有时间感受这到底是临时起意的吸引，还是长久的爱慕。这种无法控制的感觉让他开始觉得痛苦，他的人生，鲜有这种反复无常不能把控的事情。前几天的满足幸福，一秒就能被打碎，变成玻璃碴儿，扎在心里……

叶嘉腿长，走路带风，没去白茗雪车边，快步走出大门，自己往回走。

"你等等，咱们好好谈谈。我没那个意思，你要真不行，我帮你想办法……"白茗雪小跑追上他，一把拉住他的胳膊，就跟哄任性女朋友一样，"你看我像那种不负责的人吗？对你负责！你实在没对象，我陪你还不行吗？"

她刚说完，就见大门口外面有一群员工在蹲着抽烟闲聊。这会子这些人都装作没听到她说的话，只是手上的烟都掐了，看天的看天，玩蚂蚁的玩蚂蚁，静悄悄的，连呼吸声都没有。

"谁让你们抽烟的？张部长没说过这里禁烟吗？"叶嘉也看到了，转身严厉地盯着他们，问道。

完了，大少爷平时对员工们挺绅士的，今天看来是和女朋友吵架，心情不好,找人泻火来了。一群员工毕恭毕敬地靠着墙根立正站着,低着头挨训。

白茗雪见他训人,也不敢多说,毕竟她不是公司里的人。何况作为茶饮公司,保持洁净本来就是应该的,即使里面的茶饮机器经过重重消毒,也不能保证从冷藏仓库出货到成品,一点都沾染不到烟味或者烟灰。

她自己做手工茶,都会盯着炒茶制茶和烘茶的师傅事前洗手,衣服清洁,头发绑好,不要抽烟,不要喝酒……

但白茗雪觉得他今天火气太大了,就像在发泄什么。她很尴尬地站在一边的梧桐树下,听他训了十多分钟才结束。

"你刚才说什么?"叶嘉训完人,让他们都回去,走到白茗雪身边,像是解了点气,问道。

"什么?"白茗雪正在苦闷地想着叶嘉要是去医院检查不乐观该怎么办,没反应过来,抬头看着她。

叶嘉一看到她清澈明净还带着担忧的眼睛,心里就软了。刚才还觉得痛苦煎熬,这会儿又变成了软糖,化在心底。

"我没事,'佟医生'喜欢夸张。所以,你也别担心,我不会让你负责。"叶嘉觉得靠无耻来捆住一个正直的人没什么可夸耀的,他虽然有时候会任性耍无赖,但内心还是个纯净的孩子。

"……真的没事吗?"白茗雪见他态度柔和了很多,猜想是因为他对着员工发完火,内心平静了点。

"要真的有事,你能嫁我?"叶嘉说完,见她的神情又变得紧张,刚柔软的心里又酸溜溜地不爽起来,语气也冷了,"怕什么?都说了不用你管,以后也少假惺惺地关心我,不需要。"

说完他快步往前走去,留下一脸蒙圈的白茗雪呆站了几秒。她还没适应这大少爷说翻脸就翻脸的脾气,上一句还挺温柔和蔼,突然变得冷酷肃杀。饶是她身体好,也受不了从初夏到严冬的气温变化。

"我是认真关心你的,没有假惺惺。"白茗雪调整一下思路,快速跑上前,追上叶嘉后,试图和他好好交谈,"可能我有时候不太会和你交流,说话也有点直接,可我的心里是关心你的。因为担心你的身体情况,我都好几天没睡好了。"

白茗雪见他不理自己,快走几步到他面前。

叶嘉被她拦住路,想再往前走,可她一动不动地堵着,不肯让开。

眼看都要贴到她身上,她还是丝毫不退让,叶嘉反而呼吸有点不畅,离得近了,他就心跳得厉害,大脑会缺氧一样发晕,生怕判断不准确而做出失格冒犯的事。

白茗雪指着自己微微发青的眼底,抬起下巴仰起头:"你看看,比我采茶时还要累,整夜做噩梦,黑眼圈都跑出来了。"

两个人离得那么近,近得叶嘉能清晰地看到她每根睫毛上折射的夕阳光芒。那些细碎的金光掉进她的眼睛里,像宇宙星河一样璀璨,又像山里那千尺寒潭,倒映着他的脸。

叶嘉没有看到黑眼圈,他像是沉入这潭水里,惊觉时发现自己像磁铁一样被她吸了过去,离得越来越近。他甚至能感受到她嘴唇上花朵茸毛一样的触感,想到了那天她被撞晕时,紧紧贴上去的特别感觉。

"我说黑眼圈。"白茗雪见他目光忽然下滑,盯着自己的嘴,她伸手又指了指发青的眼底,"我想着你就睡不着,怕你有什么三长两短。我不是怕承担责任,我是怕你承担不好的后果。"

叶嘉猛然回过神,往后退了一步,像看怪物一样地看着她,语气也怪怪的:"你想我想得睡不着啊?恰好我也是,想你……"

他话没说完,白茗雪就掏出振动不停的手机,歉意地做了个失陪一会儿的表情,接了电话。

"这几天有点忙,没看消息,怎么了?"白茗雪走到路边,是许清友的电话,白天一直没找到她,"……我知道,你别担心了……不用来接我,我自己去上海,直接机场见……"

叶嘉知道是谁打来的电话,心里更不是滋味起来。不知是不是偏见下的错觉,他觉得白茗雪和许清友说话时语气、态度都温柔起来,甚至像个正常女孩子一样带着娇气。

他心里又开始憋着一股恶气,拔腿就走。

她睡不好,肯定不是因为自己,是因为想着茶博会和许清友才没睡好吧?叶嘉越想越气,阴沉着脸,连路上有人和他打招呼他也不理,径直往没人的山路上走去。

"你俩吵架了?"李云华下班回来,骑车迎面看着叶嘉,和他打招呼他也不理,再骑一会儿,看到白茗雪在后面接电话,立刻问道。

白茗雪这几天一反常态地帮叶嘉试茶,平时下班了李云华想找她来自己家吃饭都被拒绝,说是要在家照顾邻居吃晚饭。这让李云华也搞不清他俩现在是什么情况。

反正不是谈恋爱。以李云华对白茗雪的了解,她说的照顾邻居,就是照顾老人、孩子那种纯洁的照顾,没有任何男女之情。

"别提了,男人的心,海底的针。他说生气就生气,我哄都哄不好。"白茗雪刚挂了电话,一脸郁闷,"不过都是我的错,都怪我,是我不好。"

"你欺负人家了?"李云华停下车,好奇地问道。

"我敢欺负那位少爷吗?"白茗雪心情沉重,正好表姐在,吐槽了两句,可又不能说太多,"我最多……如实批评一下他的那些茶饮,太难喝了……"

"我哥还挺喜欢喝的。不过你说话温柔点,人家要面子的。"李云华家里被送了一箱试饮,她也尝了一下,没那么难以接受。

"知道了,我回去做饭去。"白茗雪叹了口气,天大的事压下来,饭还是得吃啊。

"今晚还得伺候大少爷晚饭?我看他在气头上,不会理你的,别管他了,来我家吃吧。"李云华一直想着再让她和小马来家里吃几顿,增进一下感情,可白茗雪比村干部还忙,天天没空。

"不行,他那脾气,不哄好会炸锅的。"白茗雪对叶嘉有了点了解,这人私下和小孩子一样,喜怒无常的,但也好哄,哄好了就没事,哄不好会闹得动静更大。

她那天把他丢下车,他就哭得梨花带雨寻死觅活,晚上再不管他,说不准就吊死在她家院子里的桂花树上……这么金贵的少爷,怎么就惯出一身臭毛病呢!

"天哪,你这是捡了个儿子养吗?你是不是对他干了什么缺德事?"李云华望天,有生之年还能看到白茗雪哄男人,也是奇迹。她觉得表妹肯定做了什么对不起叶嘉的事,不然不会态度这么柔软。

"看你说的……我能干……干什么……缺德事?"白茗雪对她飙出来的特别土味的家乡话很心虚,不太自然地挥挥手,"你快回去吧,我要回去看看。"

"白茗雪,你果然干了什么缺德事!你把人给睡了吗?"李云华听她说话结结巴巴,还心虚地逃走,在后面咯咯笑,扬起声音,"别跑啊,你到底对他做了什么见不得人的事,跟我说说啊!"

"胡说八道!"白茗雪一声怒斥,快速消失在竹林尽头。真睡了也就认亏娶回家,可她连人家手指都没碰……哦,就是屈膝顶了一下……

所以憋屈啊!

当初刚见到叶嘉时,她就不断告诉自己,离这个麻烦精远一点,再远一点。可现在,不但没有好转,还变得更惨……

她想到妈妈催婚时经常念叨的那句话,是你的劫,想躲都躲不过。

叶嘉,就是她活了二十多年来,遇到的最大的劫。

第七章　偏偏喜欢她

黄昏像是只属于乡村的。

城市里车水马龙,喧嚣烦躁,根本无法体会夕阳在山林之间缓缓沉没时,天地之间的那片旖旎温柔。

白茗雪没找到叶嘉。

邻居家锁着门,从窗户看进去,里面也没人。她给叶嘉打电话发短信他也没有回。等她煮好晚饭,再打去电话时,提示音是不在服务区。

叶嘉上山了?

白茗雪喊了一声大黄,拿着手电筒,带着狗往山上走。这么大的山,想找一个人太难了。白茗雪运气好,刚出门就碰到砍柴回来的小舅公,他指着山顶和她说,看到叶嘉上去了。

白茗雪爬山速度和大黄相差无几,平时要走四十分钟的上山路,她就像一阵风,二十分钟不到就上到了山顶,远远看到自家茶山顶上那块大石头上坐着一个西装革履的贵公子。

他和大山格格不入,反差太大。这个名流公子的背景应该是灯红酒绿、纸醉金迷的大都市,而不是这片绿意融融、毫无污染的山林。

可现在,这魔幻的一幕就在眼前,他坐在竹林松涛中,看着夕阳缓缓沉没。

山顶空旷,只能听到风吹拂万物发出的声音,远处瀑布冲流下的激荡声音,还有各种不知名的鸟儿呼朋唤友结伴归巢的声音……

大黄先跳上石头,亲热地摇着尾巴绕着叶嘉打转。

"你要吓死我!"白茗雪用了她这几年最快的速度呼哧呼哧地爬上

山,额头冒出了汗。她看到叶嘉才松了口气,爬到石头上瘫坐下来,平复着呼吸:"能别在山里乱走吗?万一天黑了你迷了路,山里没信号,就算全村人出来找,都未必能找到你。"

"干吗找我?"叶嘉凝视着远处的夕阳,淡淡反问,"我和这里又没关系,跟你也没关系……"

"你还在生气。"白茗雪觉得他真像个爱生气的小孩子,尤其看上去这么成熟英俊的脸上露出傲娇的表情,让人看了又好气又想笑。她无奈地叹了口气:"我知道你想我想得睡不着,是在生气——我伤害了你,又不肯把茶山拿出来,但是你不能因为我无法满足你的要求,就忽略我的用心付出啊。"

"你这是什么思维逻辑?白茗雪,你脑子有问题吧?"叶嘉真想把她扔到水里让她清醒一下,她不但毫无女人味,连少女的心思都没有,对着他这么优质帅气的单身青年,不但毫无旖旎的想法,还觉得他在觊觎茶山!好吧,他是想要这座茶山,可他心里更想要她啊!

"有事说事,你别动不动就人身攻击。我已经很包容你了,要是不关心你,我跑上来找你干吗?"白茗雪觉得他潜藏的恶劣大少态度又要冒出来了。

"难怪你找不到男朋友。"叶嘉烦躁地站起身,那么美的落日也无心欣赏了,只想检讨自己怎么会对这种不解风情的女生动心。

"这又不是什么罪不可恕的事。我妈唠叨我就算了,你一个海归,读过那么多书的人,怎么也和老人一样思想封建?"白茗雪忍着不高兴,尽量和他说道理,"你觉得女人的价值就应该体现在找男朋友、组建家庭上面吗?"

"我还没说什么,是你在攻击我思想封建,至于你的价值,我一点兴趣都没有。"叶嘉说完,就要跳下石头离开。

"那就别和我吵这些。你看,落日好美。"白茗雪也觉得刚才火气有点大,这种交流方式不太好,主动拉住他,转移话题。

叶嘉明明生着气,可被她一拽,身体先背叛了大脑,扑通,坐回了她身边。

大山之顶,看不到一丝城市的气息。只看到落日下,那些翡翠般的水库和流水变成了金色,远处连绵不断的青山一半明媚,一半随着渐渐隐没在群山之后的光芒隐没。

那一瞬间,安静得厉害,鸟儿们仿佛都在等着这一刻噤声,只听到身边女孩有些激烈的心跳。但她加速的心跳不是因为自己,而是因为一路跑上来,心率还没恢复。叶嘉想到这个,就觉得眼前绝美的风景有了缺憾,他的人生也有了无法弥补的缺憾。

"我很久没好好看看落日了。"白茗雪看到又大又圆的太阳消失在西山,才说道,"挺壮观。"

叶嘉没接话。

"你觉得呢?"白茗雪等了一会儿,见他不理自己,还在生闷气呢,于是强行"尬聊"。

"城市的黄昏都被下班高峰期的人群挤着,空气里都是钢铁水泥和钱的味道,很难感受到这么纯净的空气和广阔的视野。"白茗雪见他还是不理自己,越来越尴尬,感觉和他主动说的每个字,都越来越艰难。

"走吧,回家吃饭。"白茗雪没法聊下去了,站起身。话音刚落,大黄听到"回家"两个字,已经冲下茶山,站在小路拐弯处等着他们。

山顶上,太阳一落下,就觉得凉飕飕的,天空也从明亮的黄变成了靛蓝,光线暗淡下来。

叶嘉一言不发,站起身,跳下石头,往前走去。

"小叶同志,算我求你,能说说话吗?"白茗雪跟在他后面,走了一会儿,受不了地开口,"我都向你道歉了,不管你原不原谅,好歹说句话。"

"不原谅。"叶嘉一直没说话,其实是因为挺受用白茗雪这么主动地和他聊天,她平时一天和他说的话,都没这一晚上多。

"那我要怎么做你才原谅?"白茗雪诚恳地问道。反正只要不让她嫁这个千金少爷,怎么都行。

"不用做什么。"叶嘉没好气地说道,"不用管我,不用讨好我。"

白茗雪看着他挺拔的后背,郁闷地闭嘴。她可算理解那些夫妻吵架时男人的感觉了,更能理解爸爸当年的辛苦。因为她亲妈年轻时候就是这么"作",在家里就像被宠坏的小公主,动不动就任性发脾气,什么都得让爸爸哄着。偏偏她性格像爸爸,不会甜言蜜语说违心的话,是个沉默寡言的行动者。所以,她心里特别后悔和这个人过多接触,要是时光能倒流,她一定在那天暴雨降临之前回家,那样就不会碰到他了。最多回家之前,在他们必经的路边的树上挂幅地图……

"你就没其他话说了吗?"叶嘉眼看都到家了,身后还没声音,也很郁闷,这个女生比"直男"还"直男",活该"母胎单身"。

"哦,晚饭已经好了,趁热吃吧。"白茗雪打开院门,对他说道。

叶嘉觉得有口血卡在喉咙口,特别想吐在她那张一本正经的白净脸上。

要不是他真的饿了,绝对不会跟她坐在同一张饭桌上。叶嘉只是对美食示弱——他特别喜欢吃六安农家菜,虽然稍微咸辣了点,可特别下饭。在外面他很少吃主食,严格控制碳水摄入量,可到了这里之后,每顿至少吃两碗米饭,经常担心自己会像猪一样被她喂胖。

"那个……虽然你让我别管你,但我还是要说,那是不可能的。"白茗雪默默吃完饭,才说道,"明天能安排一下时间,先去医院吗?"

"都说了没事,不信明天你给'佟医生'打个电话问问。"叶嘉真想把佟宁宁提过来,让她给人家解释。

白茗雪听到他这么说,彻底松了口气:"她的电话是多少?"

一直想问他要佟宁宁的电话,但又怕他多心,现在终于能名正言顺地要了。

"所以我没事的话,你根本不会管我,对吧?"叶嘉见她放松的样子,不想再去吃第二碗饭,站起身,"不打搅了,多谢款待。"

"等一下。"白茗雪见他转身就走,赶紧喊道。

叶嘉没有对她的情商抱什么希望,他知道这女人挽留自己不会说什么动人的话,但也没想到她能说出下面这句让他气到心梗的话。

"你还没把'佟医生'的电话给我。"白茗雪拿起手机说道。

"白茗雪,我真的很好奇,你是怎么活到这么大的?"叶嘉压着火气,看她一脸认真的表情,觉压不住那股火了,心里的怒火蹿到全身,热得他扯开领口,解开袖扣。

白茗雪的人生经历很简单,他不用多做调查,李碧霞和村民们也能给他说得清清楚楚。她是个从小就被当成男孩子养的女孩,思维逻辑也都很"理科",读书用功,当年考上了重点大学,一度是村里之光。然而,她选的是化学系,毕业后没有去研究院继续深造,又回来成为"无业游民",每天在茶山和竹林间往返,沉迷于茶叶不可自拔。所以,是他错了,不该幻想白茗雪能对他说什么温柔的话。

"好好吃饭就能长大。"白茗雪打开手机通讯录还在等他给电话号码,一抬头,见他满脸阴郁地扯着领口,好像很热。

这两天白天开始变得炎热,有些夏天的样子了,但山里的晚上还很凉爽。

白茗雪等了几秒,见他还在深呼吸,像是吐出的气息都是炎热的。

"电话号码……"她的话还没说完,猝不及防地被叶嘉狠狠一推,后背撞到了墙上。她的反应速度很快,立刻稳住身形,正要抬头和他说话,眼前那张精致俊秀得过分的脸蓦然压了过来。

眼看他高挺的鼻尖都碰到自己脸颊了,热乎乎的气息喷到她脸上,白茗雪呼吸一窒,下意识地提膝想把他踹开。但她立刻想到一周前那个夜晚,因为过度防卫,害得她失眠一周多,被迫照顾他的痛苦折磨,立刻忍住,一动不动地贴着墙,怒瞪他。小不忍则乱大谋,别对身娇肉贵的少爷动粗,不然她真的卖了茶山都赔不起。

叶嘉闻到她肌肤上干净清新的味道,像在茶饮里面泡出来的味道,茶香中带着一丝蜜的甜。他几乎要抑制不住内心的冲动,想吻上那杜鹃花一样嫣红的嘴唇,可看到她怒气隐忍的眼神,叶嘉的理智回来了一点。他咬牙切齿地贴在她耳边一字一顿地报出手机号:"1、3、7、2、5……"

每说一个数字,叶嘉都想从头到脚把她吃掉。这个要气死他的笨蛋,活该"注孤生"！他也气自己，不明白为什么偏要自讨苦吃，身边那么多漂亮可爱的女生不要，偏喜欢笨蛋。说完佟宁宁的电话号码，也不管她有没有记住，叶嘉抬脚就走。

白茗雪还紧紧靠着墙，手脚僵硬，见他走了，才缓缓吐了口气，喃喃自语："说电话号码，也不用离得这么近，差点就正当防卫了……啊，电话号码是多少来着？刚才有点发晕，137什么？"

外面的天已经黑了，村庄安静极了，只能看到远处的水田，有风从上面走过，层层叠叠泛起波光。

白茗雪站在门口，看着邻居家的房门关闭，灯光从小小的窗户透出来，背靠着大山，显得有几分孤寂。

她努力思考叶嘉为什么会生气，可怎么都找不到正确答案。

也许，是因为工作压力太大？一个没吃过苦的大少爷，住在深山老林中的土房子里闷头创业，确实很寂寞很压抑，加上不被众人看好的未来，还没事要被她这种农家女生批评……确实很难受。

白茗雪有同理心，也会在深夜睡不着坐在窗边看星星时，见到邻居的屋子还灯火通明，看到他也没睡觉，会想去安慰几句陪伴一会儿。

可她实在不擅长安慰，每次都会直言直语，所以和他在一起，不吵架就算不错了。尽管如此，白茗雪还是觉得，自己对他的关心掺杂着真心——就算她没弄伤他，如果他真的生病，她也不会坐视不理的。

可那又怎样呢？人家大少爷根本不领情，每次开玩笑和说话都很过火，丝毫不尊重她这样的"平民"，也没有把她当成普通朋友对待。白茗雪认为这是身份差距，"贵族"和农民很难成为真正朋友，也很难平等对话。所以，识趣地离远点，再远点，最好不要有任何交集，各自活在自己的圈子里，就会平安无事。

第二天，白茗雪故意起得很晚，希望邻居已经上班去了，不用再打照面。果然，邻居家的门紧紧关闭着，一点动静都没有。

白茗雪松了口气，煮好粥，和妈妈通了个电话。过几天就要去参加茶博会，她放心不下家里的猫狗鸡鸭，让妈妈回来照顾几天。

李碧霞的茶铺有小芸帮忙照看,并不忙。她每天上午在茶铺里喝喝茶,有时候中午和老主顾们吃吃饭,下午就是和周围几个商铺的老板打打牌,日子过得热闹又惬意。

　　所以李碧霞不想回来,让白茗雪喊表姐早晚来给家禽猫狗喂食,又数落了一顿女儿还不找对象,不出去工作,就气呼呼地挂了电话。

　　白茗雪一大早被老妈骂了一顿,就有种今天会很倒霉的预感。

　　果然,在她准备吃早饭的时候,一个陌生的电话打了过来。是她天天见到的茶饮基地试饮区的负责人小张,火急火燎地打电话过来,问叶嘉有没有和她在一起,电话也打不通,人也没来公司……

　　公司出事了?不,应该先关心叶嘉是不是出事了。妈妈说,是劫躲不过。果然如此。

　　白茗雪接到电话后,立刻来到叶嘉房间,她一敲门,房门就被敲开了——根本没上锁。

　　一屋子的酒味扑面而来,一向整洁的房间被折腾得乱七八糟,到处都是碎瓷片和酒瓶,风吹进来,从枕头里面飘出来的鸭绒滚得满地都是,不知该从哪里下脚。

　　"叶老板?叶嘉?"白茗雪看到头朝下挂在沙发上的长腿男人,立刻跳过重重障碍,一个箭步奔到他面前。第一眼看到地板上一小摊褐色的血迹时,白茗雪心跳骤然加速,但是观察现场后发现,这点血迹不足以要人命,可能是什么地方蹭破了。

　　"叶嘉,你醒醒!"白茗雪费劲地将他翻过身,果然只是额头被一块花瓶碎片划破了,手上和腿上都有伤口。

　　喝醉的人比平时要沉很多,叶嘉虽然瘦,但肌肉含量高,加上身高在这里,少说也有一百五十斤。白茗雪有点吃力地把他扛进卧室,将他扔到床上时,自己也跟着砸到他怀里。

　　他穿的滑溜溜的真丝睡袍,在白茗雪拖拽过程中散开,露出令人艳羡的胸腹肌肉线条。

　　白茗雪的脸砸在他胸肌上,费力地想抽出被他的后腰压着的手。

叶嘉被扔来甩去，也醒了。他在迷迷糊糊中听到白茗雪的声音，还以为是在做梦，睁开眼睛一看，一颗毛茸茸的脑袋正贴着他的胸蹭啊蹭，他伸手就抱住了，呓语般地喊着她的名字。

那么真实的感觉，又很虚幻的感觉。像每次梦到她时一样，那种真实感转瞬即逝，从梦里醒来之后，只觉得心里空荡荡的。

"你到底喝了多少酒？……松手！"白茗雪挣扎着从他胸口抬起头，看到他正一眨不眨地看着自己，眼睛亮灿灿的，像此时外面的太阳，明锐逼人，不可直视。

"醒了？！你先松手。"白茗雪费劲地抽出手，"换衣服去，公司找你有事。"

叶嘉像听不见她说话一样，依旧紧紧抓着她的肩膀，雄鹰盯着猎物似的盯着她，声音沙哑地吐出两个字："别走。"

"你必须得走了。"白茗雪这一会儿都热出汗了，终于挣脱他的手，动作神速利落地收拾着一地狼藉，拉开窗帘，打开窗户透气，"你的衣服呢？手机呢？"

"别走……"叶嘉昏昏沉沉地想抓她，但手脚不听使唤，瘫在床上又闭上了眼睛。

是梦吧，清新的茶香味驱散浓烈的酒气，夹杂着夏天骄阳下栀子花的香味，充盈着他的房间。

"你怎么又睡了？醒醒！"白茗雪收拾完卧室，一转头见他又在酣睡，无奈地想去冰箱里找点能解酒的东西。

冰箱里只有他做的这一款饮料，满满一冰箱都是茶饮，从最初调试的口味到最终确定的几款味道，写着编号和时间，排得整整齐齐。白茗雪对着一冰箱的茶饮愣了愣，拿了两瓶出来放桌上，等着变成常温再给他喝。

随后她又开始迅速地收拾客厅和厨房，找到十几个易拉罐啤酒瓶，在马桶里找到了被摔坏的手机，半瓶红酒也打碎在地板上，清理的时候还被扎到了手指。不过这种小伤小痛对白茗雪来说，根本不值得眨眼，她眉头都不皱地抽出一张面巾纸缠在手指上，继续将碎玻璃和鸭毛清扫干净。

最后她才拿出药箱,从里面找出创可贴和棉球。

"叶嘉,别睡了,公司有事找你,快醒醒。"白茗雪站在床边,伸手拍了拍叶嘉的脸。

咦,手感还挺好,皮肤光滑又有弹性,像刚剥的鸡蛋一样,一点瑕疵都没有,比女孩子的还娇嫩,更显得额头上的伤口刺目……

她又拍了拍。

醉死过去一样的帅哥毫无反应。精致的五官加上紧致的肌肤,让白茗雪忍不住伸手捏了捏他的脸。她近距离地欣赏了两秒睡美人,然后拿出酒精棉球给他擦了擦伤口,贴上创可贴。

白茗雪觉得很热,刚刚劳动完,本来就出汗了,现在给他处理伤口,更觉得燥热,她索性脱下衬衫,穿着无袖背心给他处理腿上的伤口。

从敞开的窗户往里面看去,她站在床边脱衣服的动作爽快得很,随后屈膝跪在床边,对着叶嘉的腿摸来摸去,然后还伸手"解开"他的睡袍……

外面一群人看得眼睛发疼,为首带路的小王赶紧转过头,故意大声说道:"叶总,到了。"

白茗雪正在给叶嘉拉好敞开的睡袍,突然听到外面的声音,转头一看,院子里乌压压地站着十来个人,中间一个梳着大背头的相貌威严、气度不凡的中年人,正从窗口盯着她。那眼神也像鹰隼盯着地上的家禽,压迫又锋利。而他身边站着的两个美女,一个雍容华贵,虽然上了年纪,但精致的五官眉眼和叶嘉如出一辙,另一个年轻时尚貌美如花,她见过,就是来找过叶嘉几次的未婚妻。

盛娇被这一幕气到心肝打战,但在未来的公婆面前只能保持风度,强行抑制着怒气,率先从院子里走进房间。

白茗雪现在知道公司发生了什么大事——从未露面的叶嘉父母,居然来公司了。

"我……只是来照顾一下邻居,他喝多了。"白茗雪被叶嘉的父母和未婚妻堵在卧室,简直是她人生中最惨的时刻。

不，人生没有最惨，只有更惨。正当她以为这一瞬间已经到达了惨烈的巅峰时，下一刻，更悲惨的事情发生了。

白茗雪解释完，拿起床上自己的衬衫就想走，可熟睡中的叶嘉突然伸手抓住了她的肩膀，梦呓般地喃喃说道："别走……再陪我一会儿……"

饶是白茗雪心理素质过硬，在几双眼睛的注视下，脸也红了，尴尬地伸手攥住叶嘉的手腕，想扯开他，低低说道："叶嘉，你爸妈来了，清醒点。"

"别离开我……"叶嘉继续扯她，看上去想把她拽到怀里。

"你！你……醒了自己和他们说。"白茗雪姿势尴尬。最尴尬的是，她手上一用力扯开叶嘉的手时，人家把她的背心给扒下来一半。

更可怕的是，叶嘉此刻睁开了眼睛，正好看到一团刺目的白。这大概是白茗雪人生中除了在幼儿园尿床之外，记忆中最不堪回首的一幕。她根本不愿在叶嘉家人面前多解释，也不愿多停留一秒，抱着衬衫恨不得从窗户跳出去逃走。

众目睽睽之下，白茗雪家都没回，她跑到厂里，找到自己的小面包车，打火启动，直奔村部。她不管叶嘉有没有酒醒，也不想知道他该怎么和他的家人解释，直到她对表姐吐槽完，才从尴尬中缓解过来。此时她心情稍微好点，身正不怕影子斜，她没做亏心事，不怕人家父母找上门。

"他要是被未婚妻退婚，你可得负责。"李云华听完，笑得直捶桌子，难得看到白茗雪这么满脸通红的心虚样子，得抓住机会好好嘲笑。

"我真的什么都没做。你看，我只是帮他打扫了一下家里，"白茗雪举起手指，上面还贴着创可贴，"手都被划破了。"

"手怎么受伤了？"小马刚从镇上开完会回来，路过办公室，听到里面李云华的大笑声，探头一看，见白茗雪居然在里面，又惊又喜又担心地问道。

"那是帮帅哥……"

"不小心划破的，没事。"白茗雪立刻踹了李云华一脚，示意她不要大嘴巴。

"没事就好。要喝点茶吗?"小马热心地问道。

"好的,谢谢。"白茗雪是得喝杯热茶缓解一下情绪。

"我下午要去镇上交材料,你要是不想回家,就送我去镇上,顺便到老河边走走,散散心。"李云华想想表妹早上被"捉奸在床"的场景,又笑得直不起腰,"哎,你要不要回去看看人家父母有没有在你家坐着讨说法?"

"行了,放过我吧。我完全不想看到那个麻烦精。"白茗雪有点烦躁地抓着头发,"我真的不想回去,等这件事结束再说吧。下午我送你去镇上,然后我去市里忙几天。晚上你回去了,帮我把家里门关一下就行,把大黄带到你家里待几天……"

"不至于吧?居然有让你不敢面对,想要逃避的事。"李云华打断她的话,"你该不是真的做了什么亏心事,怕人找上门?"

"没有,我是嫌麻烦。而且,真的要去市里看一看铺子。"白茗雪正说着,见小马端着茶进来,立刻起身接过,顺势换个话题,"谢啦,你们最近还很忙吗?"

"忙,开始修路了,很多事情要处理。"小马进来时只听到最后一句,问道,"你要去市里吗?下午的话,搭个顺风车。"

"你又要去市政府?"李云华问道。

"是的,上午开会时,说是这边来了大人物,拨款修路的事可能会提前放下来,让我先过去一趟。"小马说到这里有些兴奋,都有些神采飞扬。

这大山深处,如果修好了路,这么好的竹林茶园就可以更顺畅地对外输出。想致富,先修路,这句话永远没错。

"大人物……"白茗雪立刻想到了那个眼神锐利、气质卓然的大叔,他的脸上仿佛就写着"大人物"三个字。

加上这几天在茶饮基地活动得多,她也听到了不少关于叶嘉家庭的八卦。

听说电视里天天在黄金时段投放广告的那家果汁公司就是他家的,他爸爸是饮料行业的领军人物,身家是他们这里的村民想象不到的。他们家就一个独生儿子,却被"流放"到深山老林做什么茶饮,这种电视剧一样的豪门剧情,给乡村平静的生活带来了很多新鲜的谈资。

"嗯,今天好像政府部门的人来了很多,视察茶饮基地,你下来的时候没看到吗?"小马又问道。

"呃……没太在意。"白茗雪端起茶杯,掩饰性地喝茶。

"今天真是开心的一天啊!"李云华见白茗雪的窘样,想到她被一群领导围观,咯咯大笑起来,"你坐在这里歇歇,一起吃完饭出去。"

小马默默地看了几眼白茗雪,还想说什么,电话响了起来。

见小马出去接电话,李云华才忍着笑说道:"被'视察'的感觉是不是终生难忘?"

"我出去走走。"白茗雪抱着茶杯,站起身,后悔和她说了这事,以后会被她嘲笑一辈子。

其实也没什么,就是帮喝醉了的邻居收拾一下屋子,顺便帮他清理一下伤口,整理着装,她一点也不担心被误会什么。

对,她还听老妈说过,叶嘉家里很高科技,屋前屋后还有什么防盗摄像头,当时她心里嘲笑这个城里少爷瞎讲究,不相信这里夜不闭户、路不拾遗的淳朴民风,现在想来也是证明自己清白的有力证据。

下午的阳光没早上那么明媚了,乌云从西边压过来,一点点吞噬太阳。

小马坐在副驾驶上,不时偷瞄一言不发开车的白茗雪。除了车厢里回荡的音乐,什么语言都没有。白茗雪似乎心情有些不好,脸色也和外面的天空一样,渐渐阴沉下来。

"你晚上还回来吗?"小马咳嗽一声,干巴巴地问道。

"住店里,不回来。"白茗雪简洁地回答。

"哦……"

"你是要我送你回来吗?"

白茗雪听到这声拖着尾音有些干涩的"哦",突然想到了叶嘉经常说她根本不用心关怀别人,体会别人的心情,很自我,也很自私。她虽然不认同叶嘉说的大部分话,但还是不自觉地在反思和改正。

于是,她提起精神继续说道:"如果店里没事,你需要的话,我可以去市政府接你,送你回去。"

"啊……不……不用这么麻烦。"小马心里一喜,没想到她这么体贴,但他没有叶嘉那么厚的脸皮,尽管心里特别想让她送,但嘴上实在不好意思。

"也不是很麻烦。晚上……我可能也要回去,到时候给我打个电话,我去接你。"白茗雪刚才想通了,没什么可害怕、逃避的,他们那些人,能有自己更年期的老妈可怕吗?想到会被老妈唠叨一晚上,她冷静多了,权衡一下利弊,觉得还是回村里睡觉比较安静。

"那……那我等事情结束了,先给你打电话。"小马内心激动不已,声音都微微有些发抖。

"好。"白茗雪说完,又专心开车。

"不知道你还记不记得……"小马看到面包车路过高中母校,忍不住说道,"文理分科时,新班级之间的几场友谊赛,你打得特别好,有一场你们班五十八分,你拿了四十二分。"

他俩曾经是同一所高中同一年级的同学,小马是文科生,而白茗雪是理科生,小马每次去上课时,都会路过她的窗口。

那时候的白茗雪还是短发,特别短,像小男孩一样的短发。她喜欢打篮球,投篮精准,姿势好看得让人窒息,又飒又酷,不太爱说话,身边总是围着一群可爱的女孩子,她就带着笑看着她们聊天。

马峻至今还记得篮球联赛时,她短发甩出的优美弧度和脸上闪闪发光的汗水,还有纤长有力的手臂。她每一次投篮,他的心脏也像被篮球重重地砸中。

然后他也报考了她心仪的大学,他在中文系默默读书,她则是在化学系继续叱咤风云。

篮球场上依旧能看到她的身影,只是两个人从没说过一句话。直到马峻报考村干部,作为大学生支援农村建设来到了这里,才告诉她,他俩算是同学。

而白茗雪对他并没有印象,只是因为读过同一所高中和大学的关系,偶尔碰面也会打个招呼,聊聊母校。

"啊……是吗?七八年了,时间过得真快,我都忘了。"白茗雪记不清了。

因为她一直都是篮球队的主力,上了大学之后,不知道打了多少场比赛。

如果不是小时候吃得不够营养,高中时天天咸菜泡饭,导致爸爸的身高没遗传给她,只长到一米六五,以她的运动细胞,可以轻松进省队。

"我没忘记。"小马说完,腼腆地扭头看着外面倒退的学校操场。学校除了建了一座新教学楼,操场和当年没有太大区别,上面承载着他们的青春。

"你记性真好,"白茗雪礼貌性地夸了一句,"难怪能当村干部,大大小小的事都得记着,辛苦了。"

叶嘉知道白茗雪是理工生时,就没担心过她会脱单。她那个脑子里根本没有"恋爱"这个词。不,她的脑子像被茶腐蚀了,要是打开看看,会发现里面全是苦涩的茶锈,就没有甜甜蜜蜜的东西。

叶嘉酒醒后的第一件事,就是给白茗雪打电话,但是对方一直没有接听。白茗雪家里也没人,直到很晚他从公司回来,正好看到李云华在院子门口唤大黄。

"嗨,叶老板这么晚才下班?"李云华也远远地看到叶嘉。夜幕低垂,即使看不清他的脸,也能从修长挺拔的身材中辨认出来。

"嗯,你带大黄去哪儿?"叶嘉见大黄跑出来,从李云华面前跑过,直接奔他来,亲昵地冲他摇着尾巴。

"小雪这几天出门,我帮她照顾一下这些猫猫狗狗的。"李云华笑着说道,"大黄和你真亲。"

"她去哪儿了?茶博会不是还有两天吗?"叶嘉问道。

"出去玩玩,我也不太清楚去哪里了。"白茗雪临走前叮嘱过李云华,不要和叶嘉多说自己的事,于是李云华含含糊糊地说道,"可能茶博会让她有点紧张。"

"钥匙给我吧。"叶嘉见她锁院门,走过去说道,"你上来不方便,我帮她照料一下家里。"

李云华愣了愣,没想到这个少爷这么热心,还会主动照顾邻居,看来对表妹很上心。

"那行,交给你了,要是你有事不在,给我打个电话就行。"李云华爽快地把钥匙递给叶嘉,突然又想到什么,说道,"她家的猫快过小猫了,我刚才没找到猫在哪儿,回头你看到了给点吃的。"

"过?"叶嘉很快理解了这边方言的意思,"过"指的是动物生育,"你说那只大肚子的花猫要生了?"

"对,要生了,不过不用管,它自己生完会出来找东西吃,在外面狗盆里放点吃的就行。"李云华对农村里这些动物生宝宝司空见惯,她不知道叶嘉妈妈养的波斯猫都有专门的兽医来接产。后院养的鸡也是一样,晚上自己会回鸡笼,也会自己找食物,早上撒点谷子就不用再管了。李云华叮嘱完,将大黄交给叶嘉,就回去了。

大黄很愿意跟着叶嘉,毕竟吃了人家几个月的牛肉,看到叶嘉就觉得他带着牛肉香味。大黄也很通人性,知道叶嘉有洁癖,不喜欢被蹭到扑到,平时只绕着他打转,尾巴都不会扫到他的裤子,更别说进他的家门了。它在叶嘉屋子外就趴下了,不再进房。叶嘉关门时,看它那么守规矩又正直的表情,突然就想到了白茗雪。

白茗雪养的狗,很像军犬,稳重老成,只有在看到肉的时候才会两眼放光地欢腾。

"进来。"叶嘉和它对视几秒,心底某个地方突然一软,说道。

大黄露出了不确定的疑惑眼神,仿佛第一次对自己的听力表示怀疑。这屋子自从翻新之后,是它心里的"圣地",没想到有朝一日,它还能走进来,甚至能趴在柔软舒适的沙发上,简直是狗生巅峰。

但对白茗雪来说,她似乎走到了人生低谷。

原本想晚上回家的,没想到店里来了一位不速之客——盛娇。

这么漂亮高傲的女孩子来半城茶庄,惹得几条街都在议论。

李碧霞和朋友搓完麻将回茶庄,远远地看到一个衣着时尚的女人走出店门,她还以为来了新顾客。她回去一问小芸,小姑娘神神秘秘地指着里面的茶室,说是来找白茗雪的。

"白茗雪,刚才那是你朋友吗?怎么不留人家吃饭?"李碧霞每天都在五点回来,正好是晚饭时间。

"不是我朋友。"白茗雪坐在茶室里,正在倒茶。

她有一张素净果决的脸,配上消瘦锋利挺拔的身形,很适合去演身怀绝世武功的女侠。

"那怎么跟你一起喝茶?新客人?"李碧霞看到桌上还有一个茶杯,白瓷杯上印着鲜艳的口红。

"也不是。"白茗雪自己喝了口茶,闭上眼睛感受茶香充盈在口腔里,顺着食道滑下去,温暖了整个胃。

"那是谁?你今天怎么过来了?家里不管了?别喝了,你下次能带个男的来店里吗?你知道那群老板娘都在笑你吗?"李碧霞见她只顾喝茶,又火大了——这么精神好看的女孩子,到现在都没人追,没对象,想起来就觉得是自己教育无方,是自己的人生败笔!

"妈!"白茗雪无奈地放下茶杯,站起身,"我还有事,先走了。这两天不回去,家里有表姐照看。"

"你去哪儿?"

"我去给你找个男的回来。"白茗雪叹了口气,压住烦躁的心情,说道。

"你说的啊!"李碧霞见她出门,不太确定地在后面喊道,"白茗雪,你要是带不回来,你也别回来。"

"知道了。"白茗雪走到门口,甩了甩手里的车钥匙,又叹了口气。外面路上那么多男的,可没一个让她感兴趣的。

因为盛娇突然赶来,小马自己坐班车回去了,白茗雪被下班高峰期的车流夹在中间,远远看着十字街头的红绿灯,突然有点茫然。

她一向有目标有行动力,却在这华灯初上的城市失去了方向。前后左右都是不耐烦的喇叭声,嘈杂地充斥着耳膜。在山里清静惯了,还真的不适应城市的喧嚣。

白茗雪看到街道边很多和她差不多年纪的年轻人行色匆匆。她开始重新思考妈妈说的那些话,是不是应该出去工作,去更大的城市,寻找不一样的人生。

丁零零……她的手机铃声很单调朴素,在车里响起。

白茗雪以为又是叶嘉,看也没看就摁掉了。她可不想听到叶嘉的声音,听到他提起早上的事情。

手机铃声过了一会儿又响起来,混杂在一片喇叭声中,坚持不懈地响着。

白茗雪皱起眉,心烦意乱地拿起手机,放到耳边:"能别给我打电话了吗?"

"你被人骚扰了吗?"那边的声音温和,带着笑意。

"啊……是你啊。"白茗雪看了眼手机号码,是许清友没错。

"你以为是谁?"许清友给她留言,半天也没见回,才打电话过来。

"有事吗?"白茗雪没回答,直接问道。

"没事就不能找你?"许清友又笑了,她真是一个……特别省心省事省时间的人,每次和他通电话,都是直接说事,一点寒暄都没有。

"能,但是找我不都是有事吗?"白茗雪看到前面的车队终于有缓慢移动的迹象了,把手机开了外音,放到一边,"我在市里,正在开车,一会儿给你打过去。"

"正巧,我也来这边了,约了广告公司的负责人一起过来,你来锦源饭店,见个面。"许清友下午就给她留言,想做一个瓜片的宣传广告,结果她一直没看消息。

"好的,前面路口就到了,见面说。"白茗雪挂了电话,随着车流缓慢往前移动。

锦源饭店是这座小城市的标志性建筑,从二十世纪七十年代屹立至今,七层楼在现在看来很矮,但上面高高耸立的钟楼成为城市的中心标志。

小时候爸爸带她来过几次,那时候她站在楼下仰望这座老饭店,觉得高大辉煌,里面出入的,是整个城市最体面的人。

现在周围的高楼平地而起,可这里依旧散发着当年的魅力,里面复古华丽的装潢至今也不过时,反而沉淀着时代的厚重感。

白茗雪停好车,刚走到饭店门口,就看到服务员迎上来,笑着说道:"白小姐吧?许先生在楼上包间,请跟我来。"

许清友就下榻在这里。住在这里,有种住在香榭丽舍大道那家历史最悠久的圣瑞吉斯酒店的感觉。许清友喜欢古老的东西。古老的茶,古老的酒,古老的文化……因为古老意味着值钱。

白茗雪以为就只有许清友和什么广告策划两个人,结果服务员一敲开门,里面十来个人,一个个坐在位子上看手机。

许清友正在和身边一头金色短发的女孩聊天,一看白茗雪站在门外,立刻站起身,迎上来,笑着对大家说道:"我的贵客到了,向大家介绍一下,这就是瓜片贡茶第十五代传承人白茗雪女士。"

白茗雪见大家齐刷刷地抬头看着自己,礼貌性地笑了笑,心里却在掰算这"第十五代"是怎么算出来的。

他们家的族谱历经战乱,已经残缺不齐,但在民国之前,七代茶商的辉煌,连地方志都有记载。第八代之后没落,掰着手指算算,到新中国成立前奶奶这一辈,差不多十代出头。许清友这么斩钉截铁地说十五代,白茗雪感觉他比自己亲妈还了解家族历史。

许清友将白茗雪带到自己身边的位置坐下,给她介绍完一桌人,笑着对她说道:"我想带他们去你家茶山取两个景,方便吗?"

"可以。"白茗雪觉得这种要求没什么,她倒是希望政府和各地企业能多关注家乡的茶叶,多做点宣传。

"明后两天,明天有雨,后天天气好,正好都赶上了。"许清友总是打搅她,也很不好意思,"要麻烦你照顾一下大家了。"

"没事。"白茗雪想了想,问道,"你的徽茶楼,我到现在也没去看看,生意还好吗?"

现在许清友依然是她最重要的客户,今年他虽然自己收了很多茶,但隔段时间就会从半城茶庄买她家的茶,甚至比往年的需求量更大。

"还好,这周去厦门时,我带你去看看。"许清友在上海和厦门等一些大城市开了几家分店,动作也很神速。

他只给白茗雪发过一些门面装修后的照片,百度上也能搜索到,非常徽派,走进去如同走进了一幅水墨画,色彩清雅,浑朴柔润。就像白茗雪看他泡茶时的感觉——什么东西到了他的手里,都会变得精致而富有内涵,带着时间沉淀下的质感,好像价值都提高了。

"后天拍摄完,不就应该准备去机场了吗?"白茗雪提醒许清友。

"没错,所以才说这几天要麻烦你。"许清友笑着说道,"一路靠你照顾了。"

白茗雪没想到真的会带着男性友人回家。

而且,李碧霞知道她要带许清友和一个广告团队去山里拍摄,立刻去买了一堆菜,放在小面包车后面,要跟女儿一起回去。她不放心女儿照顾这么多人,总觉得需要自己这个老将出马,给大家做好后勤工作。还有个重要原因,李碧霞对许清友青眼有加,只要他进村,她一定要全程照顾,以示重视。

"这是小许带的礼物,看看人家多贴心啊!给你送的是什么?护手霜?"李碧霞在副驾驶上拆开礼物盒子,看到里面放了好几样东西。

"送我这个干吗?"白茗雪开着小面包车在前面带路,后面跟着几辆广告公司的车,许清友也在后面的车里。

"太细心了,他是怕你手变粗,让你好好保养手。"李碧霞看了眼女儿放在方向盘上的手。采茶那段时间,白茗雪指尖都是黑的,还裂开破皮,得天天缠着创可贴。现在采茶期过去了,她的手又恢复了白嫩,只是和城市里的女孩子相比,掌心依旧有些粗糙,那是经常做农活磨出的薄茧,一时半会很难消除。

"他活得比女人还讲究、精致。"白茗雪笑了,"我不用,你拿去用。"

李碧霞还带着旧式大家族千金的娇气,早中晚都要洗脸擦面油,描眉涂唇,手也保养得娇嫩,只有摸麻将的痕迹。

"我昨天就想对你说,你再不好好捯饬自己,会比我还老气。今天就给我把面霜手霜身体霜都用起来。从明天起给我穿裙子、烫头发!"李碧霞一边叨叨她,一边继续拆着里面的小礼物盒,突然惊叫一声,"呀!"

"干吗?别一惊一乍的。"白茗雪正在专心开车,被老妈的一声尖叫吓得差点摁喇叭。

"天啊!看看人家小许,看看!他居然送了一个玉镯,你看看,这玉镯的水头这么好,至少也要五位数起步。"李碧霞从礼物盒里面拿出一个圆镯,即使在阴沉的光线下,镯子上的光泽依旧透亮,她爱不释手地抚摸着,"还是最费料的美人镯,你看看这油脂,这颜色……市场价恐怕得几十万。要不我还是还给他吧,太贵重了,都够你的聘礼了。"

"你再听听这声音!"李碧霞敲了敲玉镯,听着清脆的声响,笑得合不拢嘴,"我真舍不得还给人家。要不你给我想想家里有什么值钱的东西,我回送一个。"

"我们家除了茶,没值钱的东西。"白茗雪还真的很认真想了想,"你要觉得贵重就还给人家,每次都收人家的礼物,我也觉得不好。"

"你再想想我们家有没有值钱的东西。"李碧霞笑吟吟地看着女儿的侧脸,拼命提示。

"哦,你不是说姥姥以前给你留了一箱珠宝嫁妆?可能有比较值钱的宝贝。"白茗雪目视前方,根本没发现妈妈脸上的笑容渐渐消失。

"我的嫁妆怎么可能送外人?除非是我女婿。"李碧霞故意把最后两个字咬得很重。

"那你就把东西还给人家,这么贵重,你带着打麻将、做家务也容易磕坏。"

"不,我喜欢,我就要留着。"见女儿这么不上路,李碧霞沉下脸,哼了一声,已经把镯子套在了手腕上——果然是送她的,尺寸刚好,"你去找个

第七章　偏偏喜欢她　| 187

贵重的东西回赠人家。"

"要不然，就当收了他的聘礼，把你赔给他。"李碧霞顿了顿，补充道。

"开什么玩笑？"白茗雪差点挂错挡，"你在我面前乱说没事，别在人家面前这么说话，多尴尬。"

许清友是个特别照顾别人面子的绅士，就算遇到令他不悦的事，表面上也依旧一团温柔。

"有什么尴尬的？人家不是对你也挺好？而且，我问过小许，他没女朋友，每天飞来飞去搞茶叶，也没时间谈恋爱。你俩不是正好可以凑一对？"李碧霞将镯子戴到手腕上，一边欣赏一边说道。

李碧霞知道女儿直奔主题的性格，根本想象不到她会一脸娇羞地和人谈恋爱，她也一点不缠人，不需要男人来充实自己的生活，和小许这种大忙人很配对。平时各忙各的，有事电话联系，一周见上一次，然后生个孩子她来带就行。

可惜，白茗雪把许清友当作好友、最亲密的合作伙伴，根本没往其他方面想。而且，人家也把她当好友，言谈举止从不出格。也可能……她在感情这事上比较"直男"思维，不够敏感，感觉不到别人的心意。上帝是公平的，给了她和兽类一样警觉敏锐的外在感官，让她对人类的内在细腻感情反应比较迟钝。

她只对一个人比较敏感——叶嘉。

准确地说，是对这个人过敏！如果单独和叶嘉在一起待的时间过长，就像有人对花粉过敏一样，她也会觉得浑身不对劲，皮肤似乎都出现瘙痒潮红，呼吸很不通畅，连语言组织能力都失去了，只想一个人跑到山顶上透透气。比如，现在到家了，她第一反应是看了眼邻居紧闭的房门。

现在是上午十点多，叶嘉应该在公司，他基本很晚才回来，所以白茗雪没看到他，没来由地就松了口气。昨天早上发生的事，她极力想从脑海中删掉，可越是努力，就记得越清晰。

白茗雪带着摄影团队去茶山取景，李碧霞留在家里做午饭，招呼客人们。

外面下起了蒙蒙细雨,越到山顶,雨就越大。大家都做好了雨中拍摄的准备,披着雨衣拿着雨具,扛着防水箱,跟在白茗雪身后气喘吁吁地爬山。

"很重吗?我来帮你拿。"白茗雪在山路上走得轻快,觉得身后一行人脚步越来越沉,她返身回来,想帮前面的壮汉扛摄像机。

"轮不到你一个女孩子做这么重的活。"许清友跟在她身后,伸手拉住她,"他们会轮流扛的。"

"是啊是啊,白小姐您不用担心,我们跟得上。"后面的人赶紧说道。

"不用和我客气,我……"

"没人跟你客气,走吧。"许清友强行将她往前拽,笑道,"他们是专业的,没见胳膊上的肌肉吗?都是练过的。"

"我没关系的,我也……"白茗雪话还没说完,就被许清友扶住了肩膀。

她本能地想避开,排斥太过亲密的肢体接触。

"你要有力气,就扶我一把。"许清友半开玩笑地说道。他这几天忙东忙西没休息好,体能下降得厉害,看到前面的陡坡,真不想往上走了。

"你走不动啦?"白茗雪见他表情是挺疲惫的,还真的扶着他,说道,"一会儿我给你做根手杖。"

"做手杖?"

许清友以为她就是弄根竹子给自己当拐杖,和爬泰山、峨眉山时一样。没想到到了山顶,大家开始拍摄时,她爬到一边的竹林里,闷头忙活。

许清友盯着拍摄前期工作,和一边的广告总监说完自己的要求之后,见白茗雪还没从竹林里出来,于是走进去找她。

竹林里阴沉沉的,萦绕着一丝雾气,白茗雪就在竹林深处席地而坐。走近一看,她手里拿着小镰刀,正在摆弄一根木头。

"你这是……给我做拐杖?"许清友见她手上熟稔的动作,像看外星人一样看着她。

她对大山中的一草一木都太熟悉太了解了,瞧那根木头在她手里多么听话,很快粗糙的皮就被镰刀刮得光滑干净,上面分叉的地方也被打磨得像砂纸抛光一样光洁。

"找到一根特别适合做拐杖的木头。"白茗雪继续专心打磨木头,她觉得许清友这么风雅的人,得找个造型好看的拐杖才配得上他。

而她有个从小就被爸爸培养起来的好习惯——只要上山,就一定会在腰上系着绳子带着镰刀。小时候这山里经常听到狼嗥,现在很少遇到狼了,可野猪、黄羊之类的野生动物还是不少,山民们几乎都会带着刀具上山。

"你这手工活做得也太厉害了。"许清友见她手上转刀的速度,惊为天人。

"这不过是最简单的手工活,毫无技术含量,这里人人都会。"白茗雪还在拐杖扶手的地方简单地做了线雕,在城里人看来就像个工艺品,但在他们村里,不足为奇。

以前物资匮乏,靠山吃山的人民群众都是用自己的智慧和勤劳的双手来过日子,从盖房子到各种各样的家具,几乎都能自己动手完成。至今白茗雪还能在竹林里砍竹子,然后劈成篾条,再花十来分钟做一个结实的竹篮,或者编个藤椅……

"老人家会,我是相信的,但你这样的年轻人,居然也会……别伤到手了。"许清友见她一转手里的镰刀,姿势利落帅气地收到腰间木套里,紧张地说道。

"我小时候调皮好动,像个男孩子。我爸就经常带我爬山,教我一些很实用的东西,说是万一地球末日到来,有点生存本领,或许还能活到最后。"白茗雪站起身,将拐杖递给许清友,笑着说道,"一九九九年,我还在上小学,世界末日的传闻在学校传开。我可是一点也不慌,因为我有个堪比兰博的英雄老爸。"

"居安思危,你父亲很有远见。"许清友了解一点她的家庭情况,白茗雪的父亲是个警察,内心却又很浪漫,不然屋后的那片花园不会被打理得那么美丽。

"他小时候穷过饿过,被欺凌过。所以,他希望我在任何时候,都有保护自己的能力和不饿肚子的本事。"白茗雪看着他拄着拐杖,笑了笑,"这造型还挺适合你的。"

"嗯,你不会饿死的,即使没了茶山,你也可以在网上卖手工拐杖,保证供不应求。或者,当个野外生存的博主,也一定能火遍全球吧?"许清友也笑了,说道。

"你真有生意头脑。"白茗雪很感慨地看着他那张清净无欲的脸,从这张出尘的脸上,完全看不出他是个和利益挂钩的生意人。

"不如考虑一下昨晚我的计划,露面拍一段广告?"许清友昨天和她商量过广告创意的事,他很想让她这个贡茶正宗后代当主角,这样更有信服力,但被白茗雪拒绝了。

"不不不,我有镜头恐惧症,不喜欢从其他地方看到自己的样子,你还是找个专业模特来做这事。"白茗雪虽然长了一张上镜的脸,但她的性格更适合做幕后,而且很讨厌对着镜头被人摆布。

尤其是许清友说的"代言瓜片"这事,对她来说,有一种厚重到无法呼吸的感觉。她是大山的孩子,对大山赠予的一切充满着敬畏和感恩,她觉得自己没有资格为这些大山代言。太过商业化的东西,不适合她,也不适合这些敦厚沉默的大山。

大家上午拍摄了一会儿,中午回去吃完饭,下午又上山采景。这次李碧霞为大家带路去水库附近的茶山,许清友没有跟上去。

白茗雪也留在家里陪客,给他泡了杯茶,两个人坐在楼上书房里,看着外面被风雨洗刷着的竹林,一时无言。

"这里真好。"喝完一杯茶,许清友才淡淡说道,"很清静,很清心。"

仿佛茶的味道都变得更清香,时间也变得慢下来。

"嗯。"白茗雪倒是挺喜欢和许清友在一起喝茶,因为闲聊起来能学到很多有趣的知识,相对无言也不会尴尬,可以尽情发呆,或者做自己的事。

"我想在这里开个竹厂。"许清友又说道。

"竹厂？我舅舅家做竹厂的，但是生意不太好，幸好有政府的政策扶持，才不至于亏钱。"白茗雪看着外面的竹林，有点不解地问道，"你不是做茶叶吗？为什么要开竹厂？"

不过自从有了电商之后，李云华和她也会帮着舅舅在网上开店，招揽点生意。只是这里最大的问题是山路太远，不像大城市，快递物流都很发达。

小马说这里要开始修路了，这就意味着产品要走出大山，会被更多人关注。

"是为了茶叶开的竹厂，准确地说，是木材厂。"许清友今天看了她做拐杖的手艺，更坚定了自己的想法。

这些没怎么被开发过、近乎原始的山林，除了茶叶，其他物产也很丰饶。许清友的茶叶包装一般都会选择很昂贵的红木盒子，现在他想试试另一种风格。由自己的设计师设计的木质或者竹制包装盒，每一个都是手工打造，造型也都是独一无二，私人定制……价格至少再翻几倍。而这里的原材料和人工成本都那么低，很适合做定制手工茶叶盒。

白茗雪很佩服许清友的商业头脑，唯一感觉遗憾的是，他的商业气息太强了，和他身上的气质格格不入。

"清友，我知道你接触的都是一些有钱人，他们可能更在乎茶叶的包装设计品牌之类的，但我觉得……茶叶本身的价值，还是在茶上，依托外界的东西，或许是能抬高身价，但对大多数人来说，包装费占比太高本身就不合理……"白茗雪听完许清友的想法之后，还是很耿直地提出了不同意见。

"你知道为什么人们要买奢侈品？他们在乎的是它本身材料的价值吗？"许清友打断她的话，微微一笑，"我看过很多奢侈品公司的财务报表，你不能从成本和利润的角度去看一样商品。"

"抱歉，我是理性思维，我希望我买的所有的东西，都物有所值。"白茗雪不是不懂，只是她无法成为这样的商人，服务于少数人。奢侈品有最优秀的设计师，有悠久的历史沉淀，卖的是品牌附加值，大家乐意为它的昂贵买单,可那终究是少数人的狂欢。

"因为你没有把你所买到的商品当作艺术品。"许清友并不生气她的不同意见,端起面前的茶杯,看着里面翡翠般的茶汤,"这是艺术品,茗雪,你要把茶叶当作艺术品看待,不要当作生活必需品,那样的话,你就能理解那些购买奢侈品顾客的心理了。"

"难怪。"白茗雪盯着他几秒,像是在看一幅抽象画。

"难怪什么?"许清友抿了口茶,问道。

白茗雪从他清雅的脸上收回视线,有些自嘲地端起杯子,晃了晃里面的茶叶:"难怪你看上去像个艺术家,而不是商人。"

"人类的一切都像在做艺术创造,你不觉得吗?"许清友又笑了,"从手指碰到茶叶那一刻起,就是在做一件很艺术很伟大的事情。用竹帚挑起茶叶,调整火候,看它翻滚、缩小,成为一条,再到烘干,挑去焦掉黄掉的残茶,最后装进容器,取出冲泡……每一道工序都是艺术。谁又能断言,采茶姑娘比贝多芬、毕加索渺小呢?"

白茗雪知道自己说不过他,无言以对地冲着他抱拳,一脸"你赢了"的表情。

见她这么可爱的举动,许清友忍不住又笑了,一脸宠溺地看着她:"所以,你在我心里,是茶界毕加索。"

"别夸!我听着鸡皮疙瘩都起来了。"白茗雪见他笑容温文尔雅,那双含蓄成熟的眼里柔情款款,赶紧起身去添水,"真要那么好,茶博会我也不会紧张。"

"别紧张,不会差的,至少能进前三。"许清友很久没这么放松了,看到她可可爱爱的样子,就不由自主扬起嘴角,在这里真的有种宾至如归的感觉。

"我是冲着金奖去的。"白茗雪听到这句话,严肃地纠正。

参加茶博会的茶,她可是一片一片挑出来的——从上百万片成品茶里一一挑出品相最好的、叶子完整没有残缺的封存起来。就像许清友刚才说的,这些茶,确实像艺术品。每一片茶叶都是大自然和人工的完美结合。

"有志气。"许清友放下茶杯,见她又是很粗莽地直接从开水瓶里倒水泡茶,忍不住笑着说道,"我教你怎么品瓜片吧。"

"这还需要教?"白茗雪知道他是茶道高手,但对她来说,喝茶就像吃饭一样,不需要太过讲究,只要茶好,汤色味道就好。

"要不要打个赌?用一样的水和一样的茶、一样的器具,我会让茶的味道更加好。"许清友见她有点感兴趣的样子,接着说道,"输了的话,你得答应我一件事。"

"我怎么可能输?"

他们村没有什么先进的育儿知识,小朋友们几乎都是从小就跟着家人喝茶水长大。白茗雪从记事起就在喝茶,二十多年的经验,闭着眼睛也能冲出浓淡口感不同,但茶味最好的茶来。再加上她可是化学系的女生,会比村里其他人更注意各种化学反应,水和茶叶的比例之类的细节。所以,她觉得以自己的经验和科学知识,是不会败给只注重技巧的许清友的。

然而没有想到,技巧居然赢了她二十来年的经验!

第八章　煮茶论道

雨渐渐大了起来,夜幕低垂,村庄像被大山吞噬了一样安静。路上没一个行人,只有星星点点的灯光从民居的窗口透出来,显得格外温暖。

大黄跟在一个身形挺拔的俊秀男人身后,亦步亦趋,临近家门时,突然竖起耳朵,欢喜地往前冲去。它听到家里热闹的声音——主人回来了。

果然,穿过竹林,看到白茗雪家外面的空地上停着好几辆车,那辆银灰色破旧的面包车也静静停在院门边。大门敞开着,灯光和笑语声从里面传出来。

她家来客人了?

叶嘉撑着雨伞,路过院门时往里面看了眼。大门正对着餐桌,可以看到李碧霞正和身边儒雅俊朗的男人聊得很开心,而白茗雪突然从饭桌上起身,走到门口。

白茗雪看到大黄跑回来了,担心客人里有人怕狗,细心地在门口截住大黄,唤着它往旁边的狗屋走。

"乖乖的,别叫,一会儿给你骨头吃。"白茗雪摸了摸大黄的头,突然觉得有点不对——它今天好像特别干净。

农村的土狗平时没人管,她家因为李碧霞爱干净,偶尔会给猫猫狗狗洗个澡,但李云华绝不会给大黄洗澡。

白茗雪鼻子敏锐,凑近大黄毛茸茸的耳朵闻了闻,皱起眉:"你这是去谁家了?你是不是闯祸了?"

大黄像听懂她的话一样,冲着院墙那边低低叫了两声。

白茗雪一抬头,看到站在隔壁院子里幽灵似的男人。

他穿着一身黑衣,在暗淡的光线下,那张脸和握着伞柄的手显得特别白,眼神黑漆漆的,带着怨怒,仿佛老人家说的野怪故事里的索人魂魄的山鬼。

完了,她要被他盯得过敏了,后背和头皮开始发痒。

好在叶嘉很快转过身,打开房门,收伞,回了家。

"白茗雪,魂回来,魂回来,魂回来……"白茗雪松了口气,刚才被他吓了一跳,赶紧拽拽自己的耳朵,用村里的方法给自己叫个魂。

"你怎么在外面?狗狗回来了?"许清友见她还没回来,不放心地走出门,看到她正蹲在大黄面前,对着大黄又闻又摸的。

"你吃好了吗?"白茗雪扭头看了他一眼,微微压低声音,"是不是我妈太啰唆了?"

今天人多热闹,李碧霞又开始绘声绘色地说起当年半城茶庄的风光。

"不是,伯母很可爱。"许清友走到她身边,伸手帮她挡了挡屋檐下被风吹进来的雨丝,"我只是看你没吃多少,怕你饿着了。"

"我在自己家还能饿着?"白茗雪笑了起来,将大黄拴好,又抱着它揉了揉,然后不敢相信地站起身,视线越过矮墙,看了眼邻居的屋子。

大黄身上干净得不可思议,除了脚上走路沾上了泥点雨水,身上的毛蓬松干净。那股香味她闻过——叶嘉身上和他家的卫生间,都有这样奢侈洗浴品的高级香味。她不敢相信,叶嘉这个有点洁癖的大少爷,会给她的狗洗澡?

"我是觉得你不太喜欢和不熟的人在一起吃饭聊天。"许清友收回手,手背上的丝丝凉意顺着毛孔渗进去,特别清凉。

"我只是不太会聊天,尤其我妈在旁边。"白茗雪冲他眨了眨眼睛,低低说道,"她会嫌弃我说话太不委婉,唠叨我好几天,所以少说少错。"

"挺好的。"许清友拿出手帕,擦了擦手背上的雨珠,说道。

"好什么呀,我宁愿做事情,也不想被一直唠叨。"

"我说你挺好的。"许清友笑了,拿着手帕往她头发上擦去,"不用强迫自己融入人群,即使不会聊天,也不妨碍你是个优秀的人。"

白茗雪愣了愣,随后往后退了一步,避开他的手,甩了甩发丝上的雨水:"进去吧。"

偶尔许清友也会说让她没法接的话,但他身上没有任何攻击力和危险,哪怕沉默相对也不会不自在。

白茗雪刚走进屋里,家里的座机就响了起来,见老妈和客人们聊得火热,她自觉地走进客厅接电话。家里的老式电话没有来电显示,接起来之后,那边没有先说话。

"哪位?"白茗雪用家乡话问了一句,没听到对方的回应,又用普通话问道,"您好,哪位?"

对方依然没说话,诡异的沉默从电话那边传来。白茗雪突然看到自己胳膊上鸡皮疙瘩起来了,熟悉的过敏症状令她喘不过气来。

"叶嘉?"白茗雪敏锐地问道。

那边依旧不说话。白茗雪拿出自己的手机,迅速拨出叶嘉的电话,果然那边正在通话中。

"你说话。"白茗雪又说道。

那边依旧没有声音。

静默的压抑让白茗雪挂断了电话。

"谁呀?"李碧霞扭头问道。

"有点事,马上回来。"白茗雪原地沉默了片刻,突然就往外走。

"嗨,什么事?"李碧霞见她脚步加快地出门,在后面问道。

"你先吃着,一会儿就回来了。"

白茗雪没有解释,连伞都没拿,穿过院子,直接来到邻居家门口,抬手正要敲门,门突然打开,她的指节就敲到了叶嘉的胸口。

白茗雪顿时过敏地收回手,盯着他:"你干吗给我家打电话?"

叶嘉反常地没说话,转身走回屋在沙发上坐下。

"叶嘉,你给我添了很多麻烦你知道不?"白茗雪有些胸闷地跟进去,站在他面前,继续盯着他。

"这就是你不接我电话的理由?"叶嘉终于说话了,嗓音有些沙哑。

他穿着黑色丝质衬衫,领口微微敞开,光泽的缎面特别衬托贵公子气质,也衬得他和往日有些不同,没有纨绔子弟的孟浪,多了几分深沉和……性感?可能是屋子里只开了一盏昏黄的灯,所以让他的眼神变得深邃而带有压迫性,像屋外漆黑的夜空。

白茗雪内心受到了极大的冲击,这是她第一次直观地感受到男性之美,带着侵略性,猛然将她撞到了一个位置——回归自己本身性别的位置。

怎么说呢?就像山里那些飞禽走兽,从小或许并没有性别之分,但到了某个春天,突然——嘭地一下,体内的激素发生了改变,被异性荷尔蒙震慑到。用老妈的话来说,这野猫儿发情了。

"我……我忙得很,没空接你的电话。再说,你不是身体没事吗?茶饮我也帮你提过建议,我俩两清了。"白茗雪赶紧收回视线,转身就往外走。

她不是动物,她刚才只是瞬间的迷惑,被男色迷惑,现在清醒了,后悔过来。

在电话里没听到对方说话,白茗雪以为叶嘉又是身体不舒服求救。联想到刚才在院子里看到他的脸色特别苍白,好像生病的样子,所以她思索了几秒,人命重要,就冲过来看看情况。

结果现在倒好,他舒舒服服地坐在沙发里质问她为什么不接电话……

白茗雪无法理解他的"脑回路",也觉得自己挺不可理喻的,居然主动过来找他。

"白茗雪,谁和你两清了?"

叶嘉突然起身,拽住她的手腕,用力往下一扯。他这次太过用力,硬生生把白茗雪拉得跌坐在沙发上。

"叶嘉,你干吗?"白茗雪挣扎了一下,竟然没挣脱他的手。

"别乱动!我又不会吃了你!"叶嘉索性压过去,两只手一起反扣她的手,狠狠说道。

最讨厌她的挣扎,因为她力气很大,她的每次反击,都让叶嘉觉得自己是在拳击场上,要时时防范着对手的攻击。

"那你倒是先放手啊!"白茗雪被他强行压住,又惊又怒,"听到没?放手!"

尽管他还算绅士,只是压着她的手,没有身体贴上来,可对白茗雪来说,这距离已经严重超过她的警戒线,脑中警铃大作,让她抓狂得想摆脱他,踹飞他。

"那你坐好,听我说完才许走。"叶嘉也不想离她这么近,感觉她就像个火炉,烫得自己不知该怎么办。

"好。"白茗雪快速果断地回答。

叶嘉盯了她几秒,见她眼神正直,无语地松开了手,靠在沙发靠背上,调整着呼吸,将领口的纽扣解开一颗透透气。刚才那一会儿的运动,让他热得后背出汗,浑身难受。

"你昨天在我这里做了什么?"叶嘉怎么能允许她说"两清"的话?

在窗户边看到她和许清友那么亲密的关系,就让叶嘉想到她扶着喝醉的小马回去的场景,有种新仇加旧恨的酸痛。

"我?我帮你收拾了房间。"白茗雪真不想回忆昨天早上的尴尬场面。

"然后呢?"叶嘉又问道。

"你是警察吗?这是什么语气?我又没拿你家东西,也没弄坏……"

"你拿了。"叶嘉打断她气急败坏的话,眼里闪过一丝隐忍。

他真想说,你拿走了我的心。可是,这个笨蛋能理解吗?理解他这样骄傲的人,低声下气的爱吗?

"我拿什么了?"白茗雪一愣,看着他那张精致的脸,突然伸出一根手指,"创可贴?"

她回忆了一下,昨天上午手指划破了,就拿走了他一个创可贴。

叶嘉还没说话,就见她站起身。

"叶嘉你真可以啊,我给你收拾了一上午,就拿了个创可贴,你也要找我要?"真是越有钱的人越小气,白茗雪服了,"我明天买一盒赔你,我可以走了吧?"

"白茗雪……你才真可以啊!"叶嘉也服了,对她勾勾手指,满心无奈,"不要你还,我还有事要问你。"

"快说。"白茗雪一向单刀直入、开门见山,不喜欢兜兜转转浪费口舌。

"有人找过你吗?"叶嘉只好用她的风格,直接问道。

白茗雪反常地沉默了几秒,才说道:"每天都有人找我,你想问什么人?"

叶嘉见她这会儿变聪明了,也不干干脆脆地回答他,能大概猜到以盛娇的性格,会和她说些什么。

所以,他直接问道:"盛娇,她不是去市里找你了吗?你们聊了什么?"

"你应该去问问她。"白茗雪不想卷进他俩的事情里,想到昨天一整天发生的事,都令人不悦。

"你这个木头。"叶嘉忍了忍,终于说道,"你看不出来吗?我不关心她,我关心的是你的心情。"

白茗雪皱了皱眉,没反应过来。什么意思?这男人有点良心,发现给她造成麻烦了,所以要道歉吗?

"我已经和她说过,以后别再打搅你,包括我的家人,都不会给你带来困扰,所以……所以……"叶嘉见她神色越来越柔和放松,真想把实话说出来——所以就算交往也不用有负担!

"那就好,你有时候还挺靠谱的,我原谅你了。"白茗雪见他眼神有一瞬间的游离,还以为他这样的傲娇少爷不擅长向人道歉,她心一软,主动说道。

"原谅?"叶嘉和这种理工女交流,真想吐血。

"晚上吃过了吗?没吃的话,我家还剩了点饭菜……"

"你可以走了。"叶嘉内伤严重。这个人不但完全不理解他的心情,还要请他去吃剩菜残羹？他很担心她再不走,会被自己生吞活剥当晚饭吃掉。

"好的,再见。"白茗雪也想到大少爷可能会嫌弃大家吃剩的饭菜,所以不多管闲事,反正这么大的人也不会饿死。

叶嘉听到毫不留恋的关门声,狠狠握了握拳,深深吸了口气,努力让自己冷静一点。再困难的时刻他都能挺过来,怎么可能被一个山姑娘打败？

可越是冷静,叶嘉越是抑郁。他从小到大接触过那么多女性,自以为很了解女性的心。可是没想到跟白茗雪交流比和父亲交流还要艰难,好像两个人不属于同一个世界,永远不在同一频道上。

叶嘉其实知道原因——白茗雪和那些女生不同,她对自己并无兴趣。她不爱他,这是他们之间最无法逾越的距离。

爱情是什么？

"恋爱就是一种病,一种生理和心理的 intoxication（中毒）,是你没有体会过的强烈冲动,渴望与伴侣从灵魂到身体的结合,然后自己的世界都被改变了,形成了一个新的中心——"佟宁宁推了推黑框眼镜,绕着叶嘉转着圈,继续说道,"那个新的中心,就是喜欢的人！"

"这就是你的汇报？"叶嘉端着咖啡,坐到沙发上,另一只胳膊支在沙发扶手上,撑着太阳穴,看上去没睡好,精神恹恹。

"现在老板你的状态影响全场发挥啊,我当然要先帮你治疗……"

"真把自己当医生。"叶嘉懒懒地抬眸看了她一眼,已经很不耐烦了。

"没有,我只是把自己当成你的朋友。"佟宁宁席地而坐,坐在他面前,抬头看着叶嘉,"当你发现痴迷对方时,会不由自主寻求与她的互动。只要对方做出了微小的积极回应,陷入爱河的人就会一连几天在白日梦里反复回放这些珍贵的瞬间——这称为 intensification（强化）。他们没完没了地想着喜欢的人,那些共处时的微小瞬间全都有了重量,令人情难自已地久久回味,就是所谓的 intrusive thinking（侵入性思维）。"

"赶紧说你的正事,别给我背书。"叶嘉不想听下去,他可没有被白茗雪侵入。

"我这是在帮你纾解心情。你看你现在心思根本不在我要汇报的事上,连公司都不去了,净想着邻居,我说了也是白说。"佟宁宁旁观者清,说得有条有理。

"我今天不舒服,才没去那边。"叶嘉烦了,站起身,走到窗户边,看着外面放晴的天空,脸色更阴沉。

"我看你是病得不轻。"佟宁宁叹了口气,"叔叔阿姨他们来过了?尝了我们的产品吗?说什么了吗?有……资助吗?"

重点是资助!佟宁宁就是听到昨天叶嘉父母来了,赶紧买了最早的机票飞回来。她这段时间一直在外面寻找资金,实在没辙,把她哥辛苦十年攒下的家产给借来了。但也只能解燃眉之急,不管茶饮市场能不能打开,前半年都是最难熬的时候,要将真金白银不断砸进去。

"没有。"叶嘉握紧了咖啡杯,看着邻居家院子里的那棵樱桃树。樱桃刚红,就有鸟儿来吃,他看到白茗雪爬到树上采了好几次,但……没有一次给他送来。这种时候,他居然还能分心想樱桃的事……

"没有?那算了,还是我们自己想办法。第一笔宣传资金不用担心,我弄到了。"佟宁宁很失望,但也是意料中的事,没有经过市场检验的产品,在叶老爷子眼中都是失败的产品。

"你把你哥卖了?"叶嘉知道佟宁宁那点家底和能耐。

他们这个项目如果不是叶家反对和干涉,不至于拉不到资金,就算卖个人情,也有不少人愿意投资。可叶嘉的父亲放过话,不看好这个项目,也不希望有人砸钱进来助长儿子"不务正业"。大家都是聪明人,一听老爷子这么说,就都婉言拒绝了。

而叶嘉骨子里又是高傲的,不可能向人低声下气地乞求,就连盛娇,他都不会低头,别说其他人了。这就导致盛娇一撤资,原本步入正轨的茶厂再次举步维艰。

"一家人,怎么能叫卖?"佟宁宁一脸平静地说道,"叫支持。我哥自愿支持我的。"

"被你胁迫的吧?"叶嘉转身看了眼佟宁宁,"不过这份人情我记着了。"

"这不叫人情,叫恩情。"脸上没什么表情的佟宁宁突然露出一副兴致勃勃的样子,竖着耳朵听着外面,"你邻居回来了?还带着男人?"

叶嘉一直觉得佟宁宁是个两耳不闻窗外事的书呆子,对外界的情感很不屑,没想到她居然这么八卦。

"你这什么眼神?我关心你的情感生活,是为了让你能早点定下终身大事。古话说得好,成家立业,先成家,再立业,这心就不会乱了。"佟宁宁说着,凑到窗户前,往邻居家看去。

"你只是想满足自己的窥私欲。"叶嘉冷冷说道。

"那也是因为你是我最好的朋友嘛,我想看你幸福,有错吗?"佟宁宁压抑着狂热的八卦心情,看到白茗雪和许清友刚从山上回来,正站在院子里指着樱桃树说什么,故意说道,"这男的挺帅嘛,是我喜欢的类型,成熟稳重,一看就是好老公,是小白的男朋友?眼光不错。"她可从没见过叶嘉脸色这么难看过,恨不得再添点油,让他醋火烧得更大点。

"她?呵,她能有什么男朋友?"叶嘉握紧了咖啡杯,声音更冷了,"我不舒服,要躺会儿,你去公司替我开个会。"

"哎呀,小白这是干吗呢?"佟宁宁推了推镜框,眯着眼睛看着说道,"摘樱桃给男朋友吃呀,太甜蜜了。我也想吃樱桃了,我去要点。"

"佟宁宁,别看了,回去做正事。"叶嘉刚才还想着自己没吃过她家的樱桃,这会儿被佟宁宁提起,顿时觉得胃里全是没成熟的酸樱桃,酸得他想吐。

"知道啦,我去要点樱桃吃就去公司。"佟宁宁偷瞄了一眼叶嘉,见他脸色已经不是普通的难看了,而是一点血色都没有,额头还有细密的汗水。

她还没来得及关心,叶嘉就抿紧了嘴,快步走到卫生间,里面传来呕吐声。

"你没事吧?"佟宁宁紧张地跟进来问道。

叶嘉示意她赶紧出去,然后关上洗手间的门,吐得天昏地暗,满嘴都是刚喝下去的咖啡的味。他喜欢干净,受不了污渍。生理上的洁癖其实并不严重,从小养尊处优长大的孩子,都比较喜欢干净整洁的环境,对事物有要求很正常。但他心理洁癖很重,要是看到很喜欢的东西被弄脏或者放到了他受不了的环境里,他会因为心里接受不了想吐。

佟宁宁见叶嘉吐过一次,是在大学的联谊晚会上。有个看上去特别乖巧纯洁的学妹一直喜欢他,可那天,叶嘉在朋友的手机里看到她和别人亲热的视频,和她的外表完全相反。叶嘉只看一眼,就受不了去吐了。

佟宁宁把这种行为理解为,本以为美好的东西,其实特别肮脏或者被玷污,令人反胃的生理感觉。

"那个,我找人过来帮忙。"佟宁宁想了想,跑出房门,对隔壁院子里的两人招手。

"小白,快过来,叶嘉不行了。"佟宁宁语不惊人死不休,加上她那一脸天然诚挚的表情,好像叶嘉已经断气了一样。

吓得白茗雪伸手撑在半人高的矮墙上,直接翻到隔壁院子里,冲进房间:"怎么不行了?"

"吐得不行了。"佟宁宁没想到她速度这么快,只觉得劲风袭面,白茗雪已经站在自己面前。

"吐?"白茗雪听到卫生间传来冲水声,皱了皱眉,"吃了不干净的东西?"

"应该只喝了咖啡。"佟宁宁指了指放在桌上的半杯咖啡,"脸色也不太好,今天没去公司,估计生病了。"

"你不是医生吗?"白茗雪像是突然反应过来,有些疑惑地看着佟宁宁问道。

"呃……那我也得知道他这两天都吃了什么,他不是经常在你家吃饭嘛,所以了解一下情况。"佟宁宁差点忘了这事,有些不好意思地推了推眼镜。

"他这两天没在我家吃饭。"白茗雪微微松了口气,她还以为出了人命,才让"佟医生"这么紧张。

"哦,那可能是空腹喝咖啡引起的不适。"佟宁宁一本正经地说道。

"没事就好。他有个药箱放在书柜上面,你找找有没有需要的药,要是……"白茗雪的话还没说完,就见卫生间的门打开了,叶嘉拿着白毛巾按着嘴角站在门口,幽幽地看了她一眼。

不知是不是自己太过敏感,白茗雪怎么觉得叶嘉的眼神像个被她辜负的怨妇?她什么都没做啊!再一看屋里的摆设和干干净净的厨房,白茗雪恍然大悟——是因为昨晚没吃饭吗?

叶嘉不吃零食,家里只有茶饮、酒和咖啡,昨晚喊他过去吃饭,然而被拒绝了。

白茗雪是个实诚的人,一向认为成年人的决定大多出自内心,深思熟虑过的,说不要,那就是不要。加上叶嘉偶尔也会在公司食堂吃晚饭,所以她就没有再邀请他,直接回家。现在回想,昨晚他的脸色就不太好……

"小雪,什么情况?"许清友的声音从院门口传来。他没法像白茗雪那样直接翻墙,便从院门绕了过来。

"没什么大事。"白茗雪转头对许清友说道。

"呕……"叶嘉又关上门,抱着马桶狂吐。

"呃……好像有点严重。要不要送医院?"白茗雪听到里面惊天动地的响声,不由得担心起来,问佟宁宁。

"可是我不会开车。"佟宁宁是坐车到公司后,没找到叶嘉,走到这边来的。

"我送吧。"白茗雪看了眼停在院门外的自己的小面包车,沉吟了几秒,"你们公司要是有车,我送去公司。"

卫生间的门又打开了,叶嘉头发都汗湿了,贴在额头上,脸色苍白,更显得眼睛黑亮,他定定地看着白茗雪,也不说话。

白茗雪突然就觉得身上发痒,像是花粉过敏一样,被他看得心慌。

"很严重?"许清友走了过来,关心地说道,"我们也有车,我送他们去医院好了。"

"那就麻烦你了,我刚好店里有点事,先回去处理。"白茗雪不客气地说道。

她被盛娇堵门约谈了一次之后,再看到叶嘉,总觉得哪里不对劲。就像昨晚,他的黑色衬衫和那张略显苍白的脸,让她做了一夜的乱梦。那一刻感受到男性的魅力,像是内心的某个封印突然打开了,一瞬间,她荒漠般的情感世界里,草长莺飞,一派春光。

白茗雪猛然觉得,自己应该避嫌了。

青春期时,爸爸曾笑着说,女大避父,女儿大了,要懂得和异性保持距离。可白茗雪一直没有和异性的距离感。她像个没开化的石猴,从小到大,觉得男女一样,都是兄弟姐妹,对人的皮相也不关注,可此刻不一样了。

再次细细体味了一下他的眼神,白茗雪觉得——此地不宜久留。她转身就走,溜得比过来的时候还快,噌地一下,跳过院墙就回家了,留下没来得及说话的佟宁宁和许清友尴尬对视。

没多久,许清友也回来了,上楼对正在电脑前发呆的白茗雪无奈地说道:"他不要我帮忙。"

"哦,那就算了。"白茗雪收回心思,打开淘宝后台,"有'佟医生'在,也没什么可担心的。"

"我去给你倒杯茶。"许清友很自然地说道。

"谢谢,浓一点。"白茗雪每天都会查看库存和客人反馈,已经成了习惯。

"叶公子真是个有趣的人。"许清友给她泡好茶,端了过来,笑着说道。

"哪里有趣?"

"一个少爷,能坚持梦想,留在大山里吃苦,不是很有趣吗?"许清友坐到她身后的摇椅上,闻着茶香,淡淡说道。

"条件这么好,哪算吃苦?"白茗雪身为农民的女儿,最见不得万恶的资本家稍微吃点粗茶淡饭就觉得是吃苦。当年她父母外婆那一辈的人,吃完树皮吃观音土,那才叫吃苦!

"不能以自己的眼光看待别人。如果你从小就是千亿身家,不管去哪儿都有保姆、保安和一堆人伺候,习惯了锦衣玉食灯红酒绿的生活,来到这里,和去撒哈拉沙漠有什么区别?"

"区别很大。"白茗雪知道许清友也是世家子弟,所以他理解叶嘉,完全是因为他俩都是有钱人!有钱人的将心比心,令穷苦群众落泪。

"总之,这份勇气还是值得钦佩的。"许清友浅浅啜了口茶,嗓音一贯地温柔,"经历过声色犬马,还能耐得住寂寞的人,很少。"

"好吧,确实创业挺辛苦的,但是,年轻不就应该努力去尝试各种可能吗?为了自己的理想,辛苦和寂寞不算什么,有些人还会为理想付出生命……"白茗雪最后一句话说得比较轻,带着一丝淡淡的感慨——就像她爸爸,这种才是真正的勇士,值得永远钦佩和铭记。

许清友听李碧霞说过白林的一些事迹,但他知道白茗雪不需要安慰,她比很多人都勇敢,也能够面对任何事情。

"你还是少喝点浓茶,晚上好好睡一觉,明天我们就出发了。"许清友突然起身,将她手里的茶杯又拿走了。

"我又不会因为喝茶睡不着。"白茗雪看着他的背影,无奈地说道。

前几天临近茶博会她没睡好,这两晚是因为叶嘉,总是做奇怪的梦,睡眠质量太差。现在一想到茶博会,她又要紧张得睡不着了。

而隔壁那位邻居也是几天没睡好。如佟宁宁所言,他因为内心无法被满足,不能和喜欢的人在一起,而 separation anxiety(分离焦虑)。这种奇异的感觉,越是抑制,就越焦躁失控……

第二天叶嘉脸色依旧不太好,早早起床,准备去公司。

他刚打开门,大黄就在隔壁院子里冲着他低低叫了两声,兴奋地摇着尾巴打招呼。

而邻居家的院门口,李云华不知道什么时候来的,拉着白茗雪低语,似乎商量什么事。叶嘉勉强听懂两句山里话,似乎是有人身体不好,想去看看医生。

叶嘉看到院门口那道挺拔的身影,不由得放慢了脚步。他注意到走廊上放着的一个简单的背包——今天是她出发去厦门参加茶博会的日子,他想对她说点鼓励的话,可白茗雪压根就不看他。

她肯定能听到这边的动静,连大黄都叫了,她也不看自己一眼。想到这里,叶嘉心情就很差,故意加重了脚步。

倒是李云华转过头,脸上的愁云散了几分,笑着和他打招呼:"叶老板,好早。"

"嗯。"叶嘉嘴上答应了一声,可眼睛盯在白茗雪那张雪白干净的脸上。这丫头依旧目不斜视,和李云华低声用家乡话继续交谈。

"吃早饭了吗?"李云华又热情地问道。

"没有。"叶嘉依旧看着白茗雪。

"去公司吃吗?"李云华终于觉得气氛有点不对,笑容也有些尴尬起来,拼命给白茗雪使眼色,示意她别杵着不动让自己一个人干说。

"不吃了。"叶嘉走到她们面前,停下脚步,看着白茗雪,终于问道,"你要去厦门了?"

"嗯。"白茗雪反应冷淡地点点头。

"有朋友照料吗?"叶嘉见她这副冷淡的样子,心里气得捶墙,忍着不悦,又问道。

"嗯。"白茗雪显然不想多说,表情依然冷淡。

"她和朋友一起去厦门。"李云华觉得两人之间的对话太冷了,忍不住插嘴说道,"不用担心她出门,她在外地上学时,特别会照顾自己……"

"朋友?"叶嘉打断她的话,故意一脸好奇。

"男……性朋友。"李云华看到白茗雪投过来的警告眼神,心里坏笑,试探地说道,"别看我们茗雪不像女孩子,她异性缘可好了,虽然不如我姑当年那么厉害,能让十里八乡的男孩子挤破头上门求亲,但身边也不缺帅哥。是不是啊白茗雪?"

"你……"白茗雪见李云华又乱说话,正想阻止她,就听到叶嘉冷笑。

"我还真没看出来。"叶嘉微微挑眉,看着假小子,"不过,一个姑娘家没事就收留男性友人在家过夜,是你们这边的待嫁风俗?"

白茗雪听到他的语气突然尖酸刻薄起来,不由得看了他一眼:"是不是都跟你没关系。"

他忘了当初在山里迷路淋成落汤鸡,是谁把他捡回家的?白茗雪腹诽。

农村和城市的房屋格局本来就不一样。如果换成城里人,一家人挤在一百平方米不到的三居室甚至两居室里,招待客人住家是有些不方便。可这里楼上楼下、屋前院后,场地大着呢,如果是稍远点的亲朋好友来做客,基本都会热情留宿几天,还保持着传统美德。

"快二十五岁,在村里连个男朋友都没有,恨嫁的心情我了解。"叶嘉被她冷淡的语气气得心里直冒火,脸上却浮起花儿一样的美好笑容,"吃了你家这么多顿饭,有个忠告必须对你说。你这性格不改改,就算带男人回来,也嫁不出去的。"

"我嫁不嫁人,跟你也没有关系,不劳操心。"白茗雪皱眉看着他,一大早就令人心情不爽,让她预感这次出门会很不顺利。

那个什么二十五岁是道坎的话,肯定是她妈经常和叶嘉唠叨的。她才刚毕业,二十三岁……虚岁二十四,但也正在青春年华,有那么多梦想可以去追逐,有那么广阔的天地去遨游,干吗要急着嫁人?

"叶公子气色比昨天好多了,身体好了吗?"许清友的声音蓦然从走廊一侧传来。

"你的男性友人。"叶嘉眼神里像藏着一根刺,带着一丝讥诮对白茗雪说道。

"你是对我有意见,还是病糊涂了?我个人感情跟你有什么关系?你又不是我妈,管这么宽!"白茗雪十分怀疑他病没好,把脑子也烧坏了,所以今天和往日都不同,像是故意来挑衅一样,从语气到眼神都令人火大。

"怎么了?"许清友在茶屋里就听到外面的动静,觉得气氛有点不对才出来看看,可没想到一出来,更加剑拔弩张。

而一向话痨的李云华眼里透着看好戏的期待,大眼睛滴溜溜地在两人脸上来回打转。

"没事,你回去歇着。"白茗雪压着火,尽量平静地回答。

"我只是关心一下邻居,没想到踩到痛点了。是我的错,跟你道个歉,你和谁来往确实和我没关系,没有男朋友也不是因为我……"在叶嘉看来,她对许清友一说话,好像语气都变得温柔起来,只觉得胸口堵着一口气出不来,胀得心脏疼。

"停!"白茗雪越听越不是味道,做个停止的手势打断他,忍不住反击,"你还是别道歉了,这不是我的痛点。我一点都不在乎有没有人喜欢,有没有人陪伴,嫁不嫁得出去,就算孤独终老,我也不觉得这是什么悲哀的事情。每个人都有自己的喜好和选择,千篇一律的人生模板有什么好?"

"是呀,千篇一律的人生模板有什么好?"许清友微微一笑,拍了拍白茗雪的肩膀,儒雅清俊的脸上满是宠溺,"不过小雪这么好,很多人喜欢,怎么可能会孤独终老?嫁不出去我收回家供着。"

白茗雪本来心里火气大,这会儿肩膀一抖,显然被许清友的安慰吓到了——她可能内心真的是个男人吧,实在接受不了朋友这么宠爱的态度,虽然很感激他的救场。

"嗨,许大哥你们今天什么时候走啊?"李云华眼角抽了抽,觉得再看好戏下去,表妹要崩溃了,而且叶嘉脸黑得可怕,她赶紧岔开话题。

"等小雪安排好。中午走是吗?"许清友微笑地看着白茗雪,征求她的意见。

按白茗雪的安排,吃完早饭就要走了,可是李碧霞在忙着给他们准备路上的干粮,让他们再等等。白茗雪拗不过老妈,只能等。

出门一趟,要自己在家准备"干粮",还真有种几十年前跋山涉水坐绿皮车的感觉。这种还活在老时代的感觉,倒是带着浓浓的亲情味道。

"我去看看我妈弄好了没。"白茗雪缓过神,转头就走。

她经常和叶嘉斗嘴,习惯了被他气得火大的感觉。可许清友一加入聊天,白茗雪就觉得自己掉进了修罗场,气氛诡异得让她喘不过气来。还有叶嘉那可怕的眼神,就跟她夺了他家继承权一样,让人没来由地心虚,不敢对视。管他们几个聊什么,她先撤了,免得一言不合就吵架。

"呃……我也看看有什么要帮忙的。"李云华赶紧跟上去,追上白茗雪。

"我是不是真的不会聊天?怎么跟他们一说话,我就浑身难受?"白茗雪等进了屋子,才对表姐愤怒地吐槽,"尤其叶嘉,那是什么语气和眼神,我哪里对不起他吗?不就是没把茶山租给他?我也照顾他不少……"

"淡定,淡定一点!"李云华一把将她拉上楼,"我发现了秘密!赶紧先回屋子。"

"我已经很淡定了,换我小时候的脾气,肯定和他打起来!"白茗雪小时候比男生还要强。

小孩子大多不懂事,男孩子喜欢欺负女生,只要被她看到,她一定会撸起袖子反击。久而久之,小学还没毕业,她就成了这一块有名的大姐头,方圆百里的顽皮小子闻风丧胆,谁也不敢和她约架。因为她太敢拼了,而且不怕疼不叫痛,哪怕鼻青脸肿、头破血流也不会趴下服输。对孩子们来说,这种敢拼命的人太可怕了,简直像个怪物,男生们都主动绕道而行走。现在想来,从小时候就没有异性缘,怪她自己比男生还威猛。

"武松打虎吗?"李云华"脑补"了一下,咻咻笑了起来,"我还挺想看看的。"

"看热闹不嫌事大。"白茗雪瞪了她一眼,"你发现了什么秘密?"

"我坐实了一个传言!"李云华把她推到房间里,关上门,才神秘兮兮地说道。

"什么传言?那就是事实!"白茗雪没好气地说道。

"你……你已经知道了?他告诉你了?"李云华不可置信地看着表妹,她情商那么低,怎么可能感觉到男生的喜欢?除非是对方明确地告白。

"这还用说?我又不是傻子。"

"不不不,你在这上面就是个傻子,你确定你知道了?"李云华太了解

第八章 煮茶论道 | 211

从小一起长大的姐妹。以前在学校,很多男生不敢和表妹告白,都是偷偷塞情书让她带给白茗雪。

李云华还记得初三毕业那年,邻村的小黑皮约白茗雪在屋前这条小河见面,结果被白茗雪揍得找不到北,没告白就哭着回去了……怪只怪小黑皮从小就调皮,没少干扯女生头发、掐人胳膊这种缺德事,白茗雪见他不怀好意约自己到河边去,还动手来拽她头发,当然要回击。可是天地良心啊,小黑皮那时候只是想学当时的港剧,来个"摸头杀"而已。

"全村谁不知道叶嘉对我家茶山虎视眈眈?每天没事就来撩我,真烦!"白茗雪当然知道叶嘉的用心,不然他怎么可能对老妈献殷勤?

六安话的"撩"指的是挑衅、故意招惹逗弄,贬义词。

"把'家茶山'三个字去掉,你再说一遍。"李云华就知道她是个傻子!

"全村谁不知道叶嘉对我……"白茗雪坐到窗边的椅子上,皱起眉,"你什么意思?"

"就是这个意思。"李云华一脸奸笑,"刚才你没感觉他吃醋了吗?"

"没有。"白茗雪盯着李云华,突然跳起来,"开什么玩笑?人家大少爷为什么要纡尊降贵吃我老妈做的那么简陋的晚餐?没事撩我,那是因为他想着明年把我家茶山拿下!"

"对,他的撩,不是惹你,是在撩拨你呢。反正,刚才我看得很清楚,他那眼神不对劲。"李云华模仿能力很强,学着叶嘉当时的神态,冷冷地看着白茗雪,"这样,想把你扒了皮烤了吃。那分明就是爱之深恨之切啊!"

"什么爱啊恨的?谁撩你了?"李碧霞从窗外听到里面的声音,拉开窗户问道。

"没……没什么。谁敢撩她啊?不怕挨打吗?我是给表妹打气,茶博会一定能让所有人爱上我们的瓜片!"李云华冲着白茗雪眨了眨眼睛。

"叶嘉和小许聊了什么?我刚出来就看叶嘉走了,喊他都没回头,真是奇怪。"李碧霞探头进来,压低声音问道。

"那个……叶少爷呀……"

"妈,你收拾好了吗?我们要走了,别赶不上车。"白茗雪打断表姐的话,示意她不要乱说,话锋一转,"对了,哥哥这段时间一直不太舒服,先请医生过来看看。等我回来,再带他去市里检查一下。"

"小勋怎么了?"

白茗雪一直觉得李云华才是老妈的亲闺女,两人性格太像了——热情好客,热心助人,但爱唠叨,特别八卦!

白茗雪和许清友前脚刚走,李云华就给李碧霞添油加醋地说了上午发生的事,叶嘉如何吃醋,小许怎么相护,说得李碧霞脸上一阵欢喜一阵忧。

"小叶真的喜欢那丫头?他眼光怎么这么……"李碧霞听完之后想吐槽几句,可想到那是自己女儿,语气硬生生转了个弯,"这么好呢!我女儿啊,那肯定是非常优秀的。你知道咱们家祖上都是王公贵族顶礼相待的贵客,出身不比他们这种暴发户差。"

"那是那是,看我姑还这么美貌能干,搁在古代都能当皇后,表妹那就是公主。"李云华笑着捧场。

"但是……"李碧霞还是要回归现实,"你也得承认,叶嘉是娇生惯养的少爷,和那些没吃过苦的千金大小姐聊得来,和我家茗雪说不到一起的。他这样的条件,找总统女儿才不亏。"

"你是怕表妹吃亏吧?不过也别太担心,叶少爷看上去不像是拈花惹草的人,都不正眼看其他女人。而且他家有钱,出了事也不会太吃亏。"李云华知道姑的心思,她也觉得这事不靠谱,但嘴上实事求是地安慰。

叶嘉和白茗雪一个天上,一个地下,性格也完全不同,除了茶,两个人之间没什么共同的圈子。而且叶少爷长得漂亮,用老人家的话来说,丑妻是福,丑夫也是福,但凡长得漂亮点的,不管男人还是女人,都靠不住!

"不会太吃亏?以她的性子,吃了亏会和我们说?吃了亏会跟人家哭哭啼啼要损失费?想都别想,白茗雪敢去吃这个亏,我打断她的腿。"李碧霞说着就拿出手机,急着想给女儿打电话,训斥警告一番。

"姑,姑,你先别打电话,你这不是卖我嘛!"李云华赶紧抢过她的手机,"她一接电话就知道我给你打小报告,影响姐妹感情。等她参加茶博

第八章 煮茶论道 | 213

会回来再说,说不准人家回来,许大哥就成我妹婿了,姑你说呢?"

"要是这样,我就能安度晚年,再也没什么忧虑了。"李碧霞不是不喜欢叶嘉,相反,她越是觉得叶嘉好,就越是担心。

婚姻和处朋友不同,叶嘉要是作为朋友,李碧霞是一万个欣赏,会为女儿有这么优秀的朋友开心。可要是结婚,日夜相处,面临无数矛盾,无论是生活习惯的不同,还是家境的悬殊,都让她不看好。

高攀意味着女儿需要迁就,需要迎合,需要放弃自我去维系婚姻。李碧霞希望女儿能早点嫁出去,但并不想看到她受任何的委屈。

一个山里的小姑娘,要嫁给世界百强企业老总的独子,相比灰姑娘的童话故事,李碧霞觉得更有可能发生的事情是——叶嘉始乱终弃……不,应该说两人还没到谈婚论嫁的时候就崩了。叶嘉最多明年就会离开这里,只会留下一个伤了心的姑娘。

本身就对男人没什么兴趣的女儿,要是被第一段感情伤透了心,以后岂不是要成为老姑娘,一辈子也不肯嫁人了?想到这里,李碧霞坐不住了,收拾了一下东西,往叶嘉厂里跑去。

大山里的姑娘,来到繁华都市,应该格格不入才对,可在白茗雪身上看不到太多的违和。大学四年让她对城市的各个角落都很熟悉,和那些在城市长大的普通孩子没什么区别。

她穿着运动鞋,只带了一个背包,里面装着两套换洗衣服和一盒精心炒制的瓜片,跟着许清友坐火车先到上海,再飞厦门。

她一路都很小心地保护着背包,怕里面的茶叶长途跋涉被颠簸碎了,就连在车上打盹,也是将背包小心翼翼地护在胸口。

许清友看着她靠着座椅小憩的样子,没了平时的虎虎生机,终于有了点女孩子的娇柔,安静的眉眼看上去很乖,两片蔷薇色的红唇微微张开,像深山里盛开的花朵。

这样干净纯净的脸,让许清友想到学生时代大家暗恋的女生。他也突然想到,自己已经很久没有谈恋爱了。好像除了赚钱,他对其他一切都失去了兴趣。

只有在白茗雪家里,被大山围绕着,好像时光都慢了下来,他也就开始了漫长的反思。相比山村里日出而作、日落而归的山民,他已经是大富豪了,什么都不缺,唯独缺少一个美好幸福的家庭,一个能让他的心静下来的人。

赚了钱,总要有个花钱的对象!他一个单身贵族,再怎么奢靡,再怎么挥金如土,也都只是物欲上的满足。

许清友伸手帮白茗雪把散落在脸颊边的碎发拂到耳后,想到了李碧霞说的话。

他是个聪明人,第一次来李家,就知道伯母很喜欢他,不停打听他有没有女朋友,又不断暗示单身的女儿和他很般配。但一开始他只是把白茗雪当成合作对象,并没有其他想法。多见了几次面之后,面对面地感受到山里姑娘的真挚情谊,许清友真的挺喜欢白茗雪,只是依然没有往男女之情上想。因为她的言谈举止和自己那帮兄弟没什么区别,让人忘了她是个女孩子。

今天早上见她被叶嘉刺得恼羞成怒的样子,许清友有点心疼,那一刻真心觉得这么优秀的女生,不该在感情问题上被指责。

结婚生子,相夫教子,然后老去,村里大多数人都在重复这样的人生路。多少人在老去的时候,会感叹自己应该勇敢一点,应该坚定一点,做出更贴近内心梦想的选择?

"到了?"白茗雪感官很敏锐,感觉被人碰了一下,猛然睁开眼睛问道。

"还有半小时。"许清友收回手,给她拧开一瓶矿泉水递过去,"喝点水。你今天吃得少,水也没怎么喝,会让精神更紧张的。"

"谢谢。"白茗雪接过水,仰起头喝了一口,然后吐了口气,她的注意力早就被早上恼人的叶嘉转移走了,"不紧张,我有个临界值,过了临界点之后,就慢慢平静了。"

考试之前她会紧张得不停复习要点,可到考试前一夜,或者要上考场那一刻,她会特别镇静,有种死猪不怕开水烫的淡定。用老妈的话来说,就是鱼儿上了砧板,怎么跳都没用了,乖乖接受现实,努力让自己死得舒服一点才是智慧的选择。

所以这一路舟车劳顿之后,白茗雪住进会展中心酒店就躺下休息。根本没有她妈妈想象中两个年轻人单独旅游时的浪漫场景,没有烛光晚餐,没有泛舟海上,也没有大街小巷、商场银座各种逛。

许清友本想拉她出去和茶博会的老师见见面吃个晚饭,可是见她累了,也就没多打搅,让酒店送了饭菜去她房间,自己去见老友们。

福建也是茶叶大省,许清友刚回国就先去了武夷山,以红茶为主,捧出了金骏眉。现在他的重心渐渐转移到绿茶上,但这里依然是他的基地,许多老友都在这里。这次借着茶博会的机会,又能聚到一起,今晚的聚会人多庞杂,他也不想让白茗雪参加。

明晚和几个关系更亲近的老师、朋友聚餐,许清友要将白茗雪介绍给他们。

其中就有国内最有名的茶鉴评会主评童玉华,他的恩师,如同他母亲一样亲近的人。

自从父亲去世,他回国处理完后事,就没什么关系亲密的直系亲属了。许清友也处于无牵无挂,也没人牵挂他的状态。

童玉华是他父亲的挚友,两人因茶结缘。父亲临终前,托她多多照顾许清友。童玉华也确实尽心尽力地照料,知道他一心做茶,便带他去全国最好的茶源地,传授了许多古老的茶艺。

童玉华是个茶痴,待茶如夫,至今未婚,也没有孩子,便把许清友当成亲儿子对待,传道授艺,没有任何私心。

用老祖宗的话说,许清友六亲缘薄。他从小就在国外,之后母亲离婚再嫁,没有见过面。他一生都没享受到亲情,没想到最后对自己最好的人,是毫无血缘关系的人。所以,他也把童玉华当自己母亲,很想将白茗雪介绍给她认识。

展会位上的瓜片和介绍员都是许清友安排好的,他现在是国内最大的名茶代理商,这茶博会的一小半的展台都是他的茶。

福建茶是他最开始做的茶叶,所以种类最多,从乌龙茶、红茶到白茶、花茶,他几乎在每个茶类的细分种类都打造出了闻名遐迩的翘楚产品。对许清友来说,将默默无闻的茶叶推向神位,变成一价难求的珍宝,似乎是易如反掌的事。前提是,茶叶本身要有特质和优点。

"小雪,一会儿结束了,带你见个老师。"许清友在展览中心快闭馆的时候才出现,来到半城瓜片展位。

"是你经常提起的童老师吗?"白茗雪早就听闻大名,茶报上有她的专栏,也能看到她的专访,许清友和白茗雪聊天时,提到最多的名字就是童玉华了。

"我带点你家的茶过去。"许清友微笑着点头。

"等等,这次茶博会她是不是主评?评审之前私下吃饭不太好吧?"白茗雪突然想到这个问题,"要不然等评审结束后再见面?"

"你真是太谨慎了。只是作为朋友聚聚,没有其他意思。"许清友忍不住笑了,她这么正直的性格,怎么能做奸商?

"还是不妥,万一被人说闲话怎么办?也会影响老师的清誉。"还会影响她家瓜片的名誉,以为是走后门得来的金奖。

"你想多了,要是你的茶不好,就算送老师金山银山,她也不会给你高分。"许清友见她一脸严肃的表情,哂笑,"说起来,你这性格还挺像玉华老师,她避嫌起来,比你还冷漠无情。"

冷漠无情换个词可能更合适——顽强固执。白茗雪什么都好,唯独性格里有一份执拗,认定的事,十头牛都拉不回来。

凌晨四点,东方已发白,但从空中俯视,公路依旧漆黑,两边的路灯如蜿蜒的火龙一眼望不到头。

繁华的都市上方,飞机机翼上的灯像是一道流星,缓缓降落在厦门这个靠海的美丽城市。

机场出口处,六个身形高大、穿着黑西装的人站得整整齐齐,不知在等哪位大人物,气势唬人,周围的散客都自觉地绕道而行。

没多久,一个挺拔的身影出现在机场口。他戴着口罩,只露出精致的眉眼,腿长腰瘦,不少人偷偷看着他,以为是什么明星出行。但他身边又没有经纪人和助理,形单影只地快步往外走。

六个黑西装看到他走出来,齐齐整整地立正,鞠躬喊道:"叶先生!"

叶嘉眼都没抬,继续往外走。

"叶先生,盛总让我们接您过去。"为首的黑西装赶紧跟上去,说道,"请这边走。"

叶嘉终于看了他一眼,眉梢似乎有一丝笑容:"我认得你,娇梓分公司的安保经理,侯庆。"

"叶先生记性真好。"侯庆愣了愣,没想到叶大少爷居然记得自己的名字。

他俩见过一面,几年前叶嘉还在国外学习,有一年来福建,想去岩茶基地看看,他正巧是厦门分公司的安保,被盛娇带着一起去陪叶嘉爬了几天山。但他从没和叶嘉说过话,一路上也只是充当盛娇的司机,甚至盛娇都可能记不住他叫什么名字,每次喊他都是抬抬下巴,直接下指令。

"记性好也不是什么好事。"叶嘉蓦然收起笑容,变脸比翻书还快,眼色一沉,冷冰冰地看了眼侯庆,"要是有人得罪我,这辈子都不会忘记。"

比如那个气得他心肝疼的小狐狸。他原本想在她临走前,说几句"祝你成功"之类的温暖鼓励的话,结果不欢而散,还被人家家长找上门——他可什么都没做啊,就跟和初中生早恋被对方父母上门谈心一样,叶嘉第一次遇到这种情况,又气又好笑。

他能理解山村里的人比较闭塞,思想老旧,对儿女自由恋爱有着各种担心。尤其是家里是女儿的家长,生怕女孩子名声不好,风言风语影响以后嫁人。

但白茗雪是那种会听妈妈的话,老实相亲嫁人的人吗?她根本就不会在乎别人的言论,否则也不会毕业后回来,上山下地风里来雨里去地伺候茶叶竹山,不肯去大都市找一个对口的好工作,舒舒服服做个精致白领。

听说白茗雪当初成绩优异，本来准备考研。导师主动找到她，希望她能考虑一下留在研究院工作。还有几家公司给她抛过橄榄枝，其中有一家是国内奢侈化妆品代工厂。对从山村里走出来的女生来说，前途一片光明，可她还是毅然回家了。

现在叶嘉终于明白原因了，不只是因为牵挂家乡的茶叶，她还放不下妈妈。

李碧霞那时刚失去爱人不久，一个人独居在家里，寂寞孤独之余，处处睹物思人。白茗雪心疼她，不愿让她一个人在家里待着，哪怕让她去市里茶庄多和人说说话打打交道，也比守在家里好。

白林还在世时，李碧霞除了茶春后的一个月会去茶庄打点一下，其他时候都是雇个人看看店。她会在家里照顾每天早出晚归的白林，偶尔上山看看茶山竹海。等白林假期抽空种点五谷蔬菜，她就浇水施肥，过着普通平凡的家庭主妇日子。

现在，当初白林闲暇时的工作都落在了白茗雪身上。她主动照顾家里，鼓励妈妈多在市里和那些商铺的朋友们玩玩，少回家对着空荡荡的房间发呆。她虽然看着像个男孩子，但对家人心思很细腻，也知道妈妈大半生的心愿都寄托在茶庄上，更坚定回来的想法。

山里的人渴望走出去，拼命培养下一代，想让他们走得更远，去更繁华富丽的天地遨游。可对白茗雪来说，大山才是城市无法企及的广阔天地。她走出去了，随后逆向而行，又回到了大山深处。

村里人都觉得她是因为父亲牺牲大受打击，才会做出这么不理智的决定，但叶嘉在她的身上看到了另一种光芒。所以，叶嘉在被李碧华"谈话"之后，反而更加确定自己的心——要和她一起见证她为之骄傲的时刻。不，应该说，未来的日子，每一个重要的时刻，都应该一起经历。

心之所向，身之所往。他订了第二天最早的一班到厦门的机票，可没想到天气不好，延迟飞行，整整等了八个小时才起飞。

叶嘉想要和白茗雪一起见证她为之骄傲的时刻，但没想到，盛娇居然也来了。

叶嘉很了解盛娇,她不会平白无故出现在这里,这时间点的巧合,让他担心起来。可惜,他还是来晚了一步。

叶嘉站在会场紧闭的大门外,看着外面渐大的雷暴雨,想着如果自己听爸爸的话,他现在一切都很顺遂。他不会在机场一边处理工作,一边等延误的飞机,想去哪里,有私人飞机和专车接送。他也不会在会场酒店里,订不到房间。如果是父亲的秘书安排,想要将整个酒店包场都没问题,他不可能沦落到这步田地。

因为茶博会和全球读书会都在这边举行,所以厦门的酒店早就人满为患,尤其会场周围根本没有房间。这让临时起意的叶嘉只能露宿街头。其实不用爸爸帮忙,打个电话给那些"狐朋狗友",有的是总统套房,可叶嘉在乡下待久了,越来越觉得这点小事根本没必要劳烦别人。

没多久,会场的大门打开,里面的人陆陆续续走出来。

改革开放之后,茶叶市场也渐渐大了起来,从这规模越来越大的茶叶博览会上就能看出,喝茶的人多了,茶叶需求量也随着增加。所以这两年的天价茶新闻也经常能看到。

白茗雪没有和人群一起出来,她坐在能容纳三千人的大会场里,呆呆地看着最前方的评审台,眼眶发红,还没法接受刚才听到的评分。

这次的评奖标准很严苛,金奖只有一个,给了今年一直上热门的天价龙井。

而她家的瓜片无缘三甲,甚至连前十都没进去,只得了个优质奖。

"我刚才问了老师,不是我们茶叶的问题。"许清友为了避嫌,没直接去后台问情况,给童玉华打了电话,"老师说中午一起吃饭,具体原因她会和你说的。"

"不用吃饭,我只想知道原因,直接告诉我,是味道、颜色还是其他地方不够好?"白茗雪哪有心情吃饭?她不明白,这么好的茶叶,为什么有几个评委打那么低的分?

"我理解你的心情,别灰心,我会帮你弄清楚的。至于金奖,秋季还有京都茶博会,虽然比不上今天的规模,但我们可以再去试试。"许清友也很惊诧和心堵,虽然这次得金奖的也是他做的茶叶,可他对瓜片是很有信心的,总觉得有人动了手脚。而且,瓜片如果得奖,对他而言,利益最大。现在整个市场至少有一半的瓜片在他手里积压着,就等着趁势热卖一波。

"谢了。"白茗雪看着手里的优质奖证书,站起身,"我什么都不怕,哪怕拿倒数第一都不怕,有问题只要指出来,我还可以改进,可要是死得不明不白,就太憋屈了。"

"中午还是一起去吃饭,你亲自问。下午不去展台了,我带你去海边走走。"许清友见她眼睛发红,不觉有些心疼,拍拍她的肩膀。

白茗雪思考几秒,点头:"好,我亲自问。"

"别灰心,以我对茶的了解,半城瓜片很优秀。"许清友顿了顿,看了眼她拿着的证书,补充一句,"不止这么优秀。"

白茗雪苦笑,她不喜欢被安慰,因为只有失败者才会被安慰。

在大门口被人群阻隔的叶嘉,看到许清友拍着白茗雪的肩,眼神冒出火来。他正要冲进去,却见两人亲密地往另一侧门口肩并肩地走了出去,消失在热闹的会场里。

叶嘉掏出手机就给白茗雪打电话,可无人接听。

白茗雪在会场时手机设置了静音,此刻心情灰暗,根本没想到看手机。她只想知道评委机制,到底为什么给她的瓜片打这么低的分。

许清友直接带她上车,去了订好的饭店,等童玉华过来。

白茗雪一言不发地坐在包厢里,脸色冷峻,许清友试了好几次和她说话,都被她的沉默击退了。

"看看想吃点什么。"

"……"

"那我自己点了啊。"

"……"

"老师还有十分钟就到了,喝点茶?"许清友感觉自己在和空气说话,见她板着脸生闷气的样子,虽然他也很郁闷,但还是忍不住笑了,这姑娘真是喜怒哀乐全摆在脸上,"来,我给你泡一壶铁观音。"

"不用管我,我现在难受得很,让我静静待一会儿。"白茗雪被他盯得烦躁,站起身走到包厢的窗户边,看着外面灰蒙蒙的大海。

"一年全世界大大小小有点影响力的茶博会有几十上百场,这次失利了不要难过。我刚让助理帮你定了下一场京都茶博会的展位,下个月我们再出征。"

许清友了解白茗雪的性格,她毕业后就想着让瓜片走出去,最好拿个国内货真价实的大奖,没想到"出师未捷身先死",还"死"得不清不楚,能不憋屈失望难过吗?

"你真好。"白茗雪扭过头,对他勉强一笑,"多谢。"

"别客气,我也是在帮自己,我手里还有那么多瓜片,也想卖个好价钱。"许清友清雅斯文的脸上看不出一丝商人的铜臭味,语气坦坦荡荡的,没一点奸猾,"是我大意了,应该事先再稳妥打点一下。我以为凭你的茶叶,根本不用担心意外发生……"

"我们的茶,真的走不出去了吗?"白茗雪不知在想些什么,一向坚定清澈的眼神有几分灰暗和脆弱,喃喃自语,"真的有这么差吗?"

"你乱想什么?不相信我的眼光?"许清友很少见她这么难过,心底也跟着隐隐疼了起来,忍不住伸手摸了摸她的头,温柔说道,"总之,不准怀疑瓜片品质,更不准怀疑自己。有我在,我们的茶不但会走出去,还会走很远很远。"

白茗雪看了他一眼,信任地点了点头,有这样的朋友在身边,真令人踏实。只是被他摸着头,有种大黄附体的感觉,好像他是在摸狗头,她赶紧避开,说道:"我相信你,也相信评委们的公正性,所以才想知道到底哪里不好。昨天晚上玉华老师还说过我家的茶味道醇香高和,回味清朗,口齿留香,是茶中上品。怎么到了今天,就有三个老师只给了及格分?我只是更想知道那三位老师的具体评价。"

"不用把那三位老师的意见放在心里。"包厢的门被服务员推开,童玉华站在门口,淡淡说道,"我已经帮你问过了,他们是鸡蛋里挑骨头,毫无道理。在我心里,这次瓜片就是无冕之王,日子还长,等着,我的话一定会得到验证。"

白茗雪听到这句话,脸上神情复杂,不知是被安慰了,还是更觉委屈。

从童玉华的嘴里白茗雪得知,那三个评审是临时找来的红茶专家,在整个茶业领域没有那么大的权威性,尤其对江南、江北两大茶区的绿茶存有偏见。瓜片虽然一直是名茶,但太低调,往外输出得也少,他们闭目塞听,估计连瓜片的悠久历史都不清楚。

这让白茗雪更是心塞,要真的因为茶不好被刷下去就算了,结果被平白无故地给低分,她甚至开始怀疑是不是有黑幕。

白茗雪下午婉拒了许清友的陪伴,去了一个没什么人的海滩坐着,看着一望无际的大海,默默调整着心情,想着该怎么和妈妈说。要是对老妈说,这次瓜片还不如上次霍山黄芽的成绩,老妈估计会被气到更年期情绪爆炸。但不管怎样,也没法逃避这样的结果。白茗雪拿出手机,准备先给老妈打个电话汇报这悲惨的结果。

她刚拿出手机,就看到几十个未接来电和短信,有几个是老妈打过来的,其他全是叶嘉的号码。

白茗雪看到叶嘉的电话,眉心又锁了起来,这人怎么阴魂不散的?

她先给老妈回拨过去,深吸了几口气,决定直接说结果。

果不其然,李碧霞一听到只拿了个优质奖,立刻在那边咆哮起来。

白茗雪将手机拿得离耳朵远一点,免得耳膜炸了。

李碧霞噼里啪啦说了五分钟,没听到女儿吭声,她也发泄得差不多了,终于开始担心女儿的情绪,语气勉强放温柔了一点:"算了算了,他们没眼光,我们明年再弄点好茶……"

"妈,我先接个电话,回头再说。"

白茗雪说完就挂断了电话,留下李碧霞对着手机生气,这丫头看上去完全不需要她安慰!

不过有许清友在一边照顾,李碧霞也不是太担心,只是想到瓜片的成绩就气得胸口痛。

许清友知道白茗雪一个人冷静半天,会自己调节好情绪,就没强行陪她散心。他还有一堆事要忙,明天的茶艺会结束后,茶博会就彻底结束了,他的客户们还在排队等着请他吃饭喝茶,还有一堆新生意要处理。许清友便给了白茗雪晚饭的时间和地址,让她直接过来。

白茗雪接到的是展台小薰的电话,她说有个客户过来看茶叶,但指明要半城茶庄的老板过来。

小薰还神秘兮兮地压低声音说,这人看着不差钱,有品位,长得可好看了,像个超级大主顾,叮嘱她快点回来。

第九章　心之所向

白茗雪对着大海深深吸口气,将愤懑、郁结、不甘的心情压下去。她是个很现实的人,或者说,是个认清现实的人,评分的事已经发生也无法改变,现在最重要的还是继续经营茶庄生意。

每一个客户都是上帝,每一笔茶叶买卖都是往前走的动力和希望。

所以,她直奔离海滩最近的地铁站,坐地铁比打车快多了,直达会展中心站。

二十分钟后,白茗雪风姿飒爽地出现在展厅门口。

她的头发被海风吹得有些乱,虽然在地铁上整理了,还是有碎碎的发丝落在耳边和额前,比平时干练的样子多了几分柔软。也可能是上午备受打击,这柔软里藏的是女孩子家的脆弱——在叶嘉眼里是这样的。但他想到这两天白茗雪在和许清友厮混,也不接他的电话,那点怜香惜玉的心情又被气愤代替。

白茗雪目不斜视地穿过会展里的人群,走到自己的展位,看到半城瓜片的展台前还有不少人在咨询,而展桌边坐了个戴着口罩的年轻人。

白茗雪扫了一眼,顿时愣住,不太相信自己的眼睛,又仔细看了看。

叶嘉?!即使叶嘉戴着口罩,即使人来人往不停挡住视线,白茗雪还是确定自己没眼花。

"你怎么来了?"白茗雪走到他面前,诧异地问道。

"你说呢?"叶嘉一肚子的气,从昨晚折腾到现在,也没个休息的地方。但这怒气随着她离自己越来越近,竟变了味,好像多了几分委屈,听得他自己都觉得酸。

"来这边看茶?"白茗雪理所当然地认为,他做茶饮的,可能也抽空过来看看其他茶源,"你应该早一天过来,明天就结束了,这点时间根本逛不完。"

叶嘉对她的回答万分不满,又对这个没有恋爱脑的女人毫无办法,气得磨牙——指望她理解自己辛苦追过来的情意是不可能了。

"你没休息好吗?"白茗雪见他眼神忽闪地盯着自己不说话,疲惫的眉眼似乎病了一样没精神。她努力不去想两人之前发生的不愉快和尴尬,以在外省遇到的邻居熟人的身份,对他的黑眼圈稍微关心了一下。

"你说呢?"叶嘉的嗓音都是熬夜后的沙哑疲惫,从口罩里闷闷地传出来,添了一分深沉。

旁边招呼客户的小薰忍不住回头偷看眉目如画的帅哥。在她眼里,这客人不但长得好看,连声音都那么性感,那语气让妹子们从心底开始酥软,好想扑到他怀里撒娇……

"感冒了?"白茗雪想到他前几天就又是醉酒又是呕吐之类的,理智分析他可能是不适应山里日夜温差而着凉。

"白茗雪……"叶嘉再也忍不了,站起身,"你真不知道我为什么在这里吗?"

"你该不是特意来找我的吧?"白茗雪表情警惕起来,直觉他是来找她麻烦的。

"你终于像个人了。"叶嘉真想求她做个正常的女人,甚至正常的男人也行,他不挑剔,也不奢求了,只要白茗雪有正常的人类情感就行。

"我哪里不像人?你果然是来找我麻烦的。"白茗雪后退半步拉开距离,眼神锐利地盯着他,千里迢迢追杀到这里,一定没好事。

"把'麻烦'两个字去掉。"叶嘉学着她常用的口吻,见她防备的样子,叹了口气,声音放软了,"我是找你的。"

"找我有什么事?"白茗雪被他突然柔软的语气弄得后背发毛,不自在地问道。

"很重要的事。这里太吵了,能去个安静点的地方说吗?"叶嘉顿了顿,决定对她直接提出要求,"去你房间说。"

"为什么要去我房间?"白茗雪这才发现小薰和其他展位的工作人员都在好奇地看着这边,她也不习惯被人行注目礼,又听他说话的时候还在轻微咳嗽,思索了几秒,点了点头,"行,先出来。"

"因为我累啊,我想找个安静的地方休息一下。"叶嘉提着包,跟在她身后,语气里带着埋怨,"我没睡好,也找不到酒店落脚,从来没这么惨过。"

"所以你找我到底是什么天大的事情?"白茗雪很少见他示弱,感觉两天不见,今天特别娇气,可能真的太累了,于是伸手把他的包拿过来,语气依然防备,"我家茶山不会给你的。"

"白茗雪,你真是无药可救。谁要你帮我拿包了?我自己来。"叶嘉被她气得连声咳嗽,又饿又渴又累又绝望,就像第一次看到她时,在大山里迷了路的感觉。

"你先去医院看看吧。"白茗雪被他咳得心一紧,攥紧了他的手提包,生怕他有个三长两短又把责任推到自己头上。

"不会传染给你的!"叶嘉没好气地说道,上去抢包,"给我,就算病死了,也轮不到让你提包。"

叶嘉说完就后悔了,觉得自己表达不清楚,他只是不想让白茗雪受累,提包里面还放着电脑,挺重的,哪能让女孩子提着?

可白茗雪以为他嫌弃自己,就松开了手,还解释道:"我不是怕你传染,你前几天不是身体不太对劲吗?正好在大城市,找个好医院彻底做个检查……"

"你是在关心我?"叶嘉打断她的话,有些懊悔的语气里似乎有一点期待。

"你的家世这么好,要是在我们村生了病,你爸妈……得多担心啊。"白茗雪是担心她和李云华、叶嘉万一在租的房子里病倒,自己和表姐一家麻烦就大了。

白茗雪见过他父母,还有那个厉害的女朋友,每一个都不是好惹的角色。

"原来如此。"叶嘉咬了咬牙,沉默了片刻,不甘心地追问,"那你会担心我吗?"

"我只会烦心。"白茗雪如实回答,把他的玻璃心打碎了一地。

"我就不该对你抱有幻想。"叶嘉叹了口气,"虽然你对我烦心,但我在担心你。"

"担心我什么?"听到这句话,白茗雪愣了愣,很不习惯嘴欠的他突然这么温柔,感觉他说的每个字都变成了蚂蚁,在她身上爬。要是以前,她这么不给面子地撑几句,叶嘉该生气了,又要说难怪她嫁不出去的话来。

白茗雪住的酒店就在会场里,穿过展区和走廊,很快就到了客房的电梯口。

"你的瓜片这次成绩不好,我担心你想不开。"叶嘉沉默了几秒,直截了当地说道。

"有什么好担心的?又不是小孩子了,这点打击还是能承受住的。"白茗雪心里有点感动,但突然敏感地问道,"你怎么会预知我的瓜片成绩不好?你对我家瓜片没信心?"

叶嘉是昨晚飞过来的,那时候评审还没开始,他有内幕消息?

"回房再说吧。"叶嘉见电梯口站着几个人,咳了几声说道。

真的有内幕消息?难怪要求"密谈"。这里都是茶商和客户,要是有惊天大料爆出来,这次茶博会的公信度和交易的几个亿就完了。

白茗雪刷了房卡,等叶嘉进来之后,锁好门,才问道:"这次评审有问题?"

叶嘉苦笑,这丫头在其他事情上总是能精准尖锐地找到问题所在,但在感情上,一窍不通。

大概她的大脑都被其他东西占用了,没空地让给感情。

"烧点水,给我泡杯热茶。"叶嘉摘下口罩,看上去很疲惫,他从包里拿出两件衣服,又补充了一句,"你家的茶。"

"你要喝我家的茶?"

今天太阳从西边出来了？还是因为他病得不轻？白茗雪满脸震惊，但动作没停，拿着水壶想去接水。

"水壶消过毒吗？还有，不是该用矿泉水烧吗？自来水影响口感。"

叶嘉这时候还有精神挑剔，看来没病糊涂。

会场的酒店是五星级，在白茗雪眼里已经很完美了，但在叶嘉眼里，好像到处都是细菌，比在村里泥巴地上打滚还脏，处处嫌弃。

"你自己烧。"白茗雪要不是看他脸色确实不好，真想将水壶丢他面前，大少爷动不动就暴露娇气本质。

"我要先洗个澡，不然要死了。"叶嘉忍受不了自己一身汗味。这边天气比村里热多了，而且在会场门口还有一堆抽烟的人，熏得他浑身难受。

"你要在这儿洗澡？等一下……"白茗雪还没说完，卫生间的门就关上了。

也没什么，只是她想到挂在卫生间里的内衣没收起来。

不过现在白茗雪更想知道的是，叶嘉是怎么知道她家瓜片成绩不好。想到可能有黑幕，她就静不下心来，有些焦躁地在房间里踱着步，甚至想踹开卫生间的门，把叶嘉拽出来先问个清楚。

叶嘉才冲到一半，就听到白茗雪的敲门声和喊声："你还没洗好？"

真够心急的！叶嘉腹诽。

叶嘉拿过放在旁边的……香皂？白茗雪居然只带了一块香皂解决从头到脚的清洁，洗面奶、沐浴乳、洗头膏、护发素……全都没有！这人怎么能做到一块香皂洗脸还能皮肤那么滑嫩的？一定是山里空气太好，水土养人，才让她这么放肆粗暴地对待自己的皮肤！

但是相比酒店统一放置的沐浴用品，叶嘉还是选择了她用的香皂，身上的味道和她一样，有种很奇妙的感觉。而且这香皂似乎是手工的，散发着桂花的天然清香。在叶嘉鼻子里，单纯的化香味在香料中是最低级的，可热气蒸腾，细腻的泡沫带出山林秋日的清朗高爽，竟让他觉得这香味比奢侈香水还合心意。再一转头，看到淋浴房外面栏杆上挂着她的内衣内裤,叶嘉赶紧移开眼神,水温好像过热,整个人都燥热起来。

"叶嘉,你好了没?"白茗雪不耐烦地敲着门,看着时间。一个大男人洗澡也太慢了,她最多十分钟就可以清爽干净地出来了,这人都一刻钟了,还能听到里面的水声。

"叶嘉,二十分钟了,你洗晕了吗?"白茗雪靠在卫生间门边,一直盯着手表,问道。

里面的水声终于停下来,白茗雪这才松了口气,走到水壶边,倒了两瓶酒店赠送的矿泉水,开始烧水。

等叶嘉穿着真丝睡衣出来,水也烧开了。

白茗雪正坐在沙发边泡茶,抬头一看叶嘉,眼角抽了抽:"少爷,你出门可真精致。能穿好衣服吗?你是准备在我这里睡一觉?"

他不但带着睡衣,连拖鞋都备了,就差没带床单被套出来。

"不然我去哪儿睡?这里到处都订不到房间,我又累又困,你能忍心不管我吗?"

叶嘉语气越来越委屈,半湿的头发乖巧地贴在额头上,黑宝石一样的眼眸中满是无辜和无助。这形象和在茶饮基地西装革履气场强大又精明强势的样子反差太大,也和他平时傲娇无耻的大少爷模样相差甚远,像只乖巧可怜的狗狗。白茗雪泡茶的手抖了抖,差点开水溢出来烫到手。

她从没见过一个大男人有这么多面,好像他就是个川剧变脸达人,戴着无数面具。唯一没变的是他身上那股贵公子气质,不论穿什么,不论做什么,那股矜贵娇气还在。

"行……行了,房间我让给你,晚上我去朋友客房睡。"白茗雪吃软不吃硬,尤其是叶嘉美人出浴又带病撒娇的样子,看得她心颤,赶紧把热茶推过去,"你确定要喝茶?"

"你去哪个朋友的房间?"叶嘉皱起眉,明知不会是许清友,还是第一个想到他,想到上午白茗雪和他那么亲密地离开,特别不爽。

"你先管好自己,别管我。"白茗雪晚上可以和小薰或者其他女工作人员挤一挤,"快告诉我,评选是怎么回事?"

叶嘉看了眼沙发,将手里的毛巾扔过去垫着,才坐过去。

他不急着开口,而是端起白瓷杯,看着里面碧绿的茶叶,又问了句:"茶杯消毒了吗?"

"大少爷,我怎么没见你在村里这么挑剔?酒店的东西当然会每天消毒,我给你烫过了!"白茗雪要被他急死了,脸上强忍着不耐烦。

"村里和外面能一样?家里都是自己人,酒店每天睡的都是不同的人,你知道有多脏?"叶嘉的洁癖在城市里彻底暴露。他看着茶叶在杯子里渐渐松开,像沙漠干枯的花朵遇到了雨水,渐渐饱满丰腴起来,澄澈洁净的绿意也从水中溢出,醇和浓郁的茶香直扑面部。

"我在这房间睡了两天,嫌脏你就别睡。"白茗雪皱眉。

"我什么时候嫌弃过你?"叶嘉见她又误会自己的话,叹了口气,反问。

"你什么时候没嫌弃过?"白茗雪从第一次看到他,他就用那种高高在上的眼神看着自己,好像她就是个做苦力的劳工,村里人谁都配不上和他说话似的。即使成为邻居,互相照顾一下,他也一脸纡尊降贵,哪怕请求别人,都带着优越感。

"你要是不爱喝茶就别勉强,酒店还有免费咖啡,不过我猜想你肯定看不上。"白茗雪见他一脸憋气地盯着茶杯,又说道。

"在英国时被迫喝过一次茶,很不喜欢那股味道。"叶嘉吹了吹茶叶,"我其实是一个很固执的人,喜欢固定习惯,讨厌接受新的东西。"

"看出来了,所以别勉强。虽然我家的茶比英国的茶肯定要好喝得多,但你也别跟端着毒药一样不敢下口,喝你的白开水。"白茗雪知道他就像个挑食的小孩,不吃的东西绝不会去尝试。

但白茗雪不知道,一旦叶嘉愿意去接受新的东西,并且成为习惯,就像咖啡一样,戒不掉了。比如对她的依恋。

"你不觉得茶叶的颜色太绿,就跟加了色素有毒一样?"叶嘉倒是很喜欢闻瓜片的香味,比一般的绿茶浓郁悠长。

"咖啡的颜色更像有毒,你每天喝多少杯?"白茗雪给他倒了杯白开水,在他的东拉西扯下焦虑心情稍微放松了点,"喝点白开水。"

叶嘉深吸了口气,茶香扑鼻,他真像试毒一样,浅浅啜了一口。

惊奇的是,舌尖第一时间传来的不是苦涩,而且清甜——舌尖甜味的味蕾分布得比较多,所以茶水从舌尖走过时,带着清冽的甜,到了舌根才是微苦的味道。

白茗雪知道他不喝茶,所以放的茶叶只有十几片,苦味不足,清香有余。茶汤顺着舌喉到胃里之后,那一口热气返回,回甘馥郁,好像大脑都清醒振奋起来。

叶嘉停顿了几秒后,又喝了一口,热热的茶熨慰得喉咙很舒服,的确比他在英国喝的下午茶要好喝多了。

"是不是没那么难喝?"白茗雪目不转睛地看着他的表情,见他精致的脸上没有露出痛苦的表情,心里很欣慰。不管谁喜欢喝她家的茶,她都会开心。

"虽然我没喝过其他绿茶,无法像专家那样给你意见,但……我知道,挑选瓜片产地当茶饮基地是最正确的选择。"

叶嘉放下茶杯,脸色突然正经起来,刚才的乖巧又被凛然气势代替。他即使穿着柔软的睡衣,也像站在千军万马面前发号施令的大将军似的,让人不得不屏气凝神地听他发话。

"我只想告诉你,这杯茶,是我喝过的最香的茶。"叶嘉语气难得地真诚,连看着她的眼神都热切了几分,"并不是每一次的评审都是公正的,也并不是所有人的口味都是相同的,但好的品质,不会因为一次不公的待遇而殒毁。你们村里的人不是经常说,金子掉粪坑还是会发光,还是会被当作金子稀罕……"

"咳,掉泥坑,粪坑是我妈夸张的形容。"白茗雪没想到他以身试毒……不,以身试茶,是为了对她说这些话。

先不管有什么内幕,这娇气又任性的大少爷能带病赶来,然后用这种方式安慰她,白茗雪觉得心弦被重重地一拨,有几分感动。

她怕叶嘉再说几句,自己要被他感动哭了,赶紧打断,有些不自然地给他添水，僵着声音说道："你觉得好喝，就多喝点，我家窖里还有，想要就过来拿。"

"总之，希望你别难过，更不要就这样放弃！"叶嘉见她还那么单纯地让自己去她家拿茶，心情更是复杂，懊恼自己没早点过来。

"还有，我想对你说的是，这次落选，有一半我的责任，你知道我家人和……和朋友一直反对我做茶饮，他们一直在各种使绊子，打击我的积极性。这次评选也是，当地的几个评委没办法才给的低分。你别生自己的气，这和你的瓜片质量一点关系都没有，全是我的错，要怪就怪我。"

白茗雪愣住了，刚才那点感动烟消云散，被一股无力的愤怒代替。这就是内幕？因为叶嘉，她家的茶叶承受这样的无妄之灾……

她站起身，走到窗户边，看了几秒远处的蓝天，又转身走到叶嘉面前，瞪着他，像是看着一个调皮烦人偏又粉嫩可爱的无辜婴儿，打也舍不得打，骂也会白骂，只是浪费口舌。白茗雪又折身回到窗户边，抬头看着那几片云，深呼吸，继续深呼吸。

"我怎么补偿你都行，你尽管开口。"叶嘉见她眼睛都憋红了，想去顺顺毛，但觉得她脾气上来会撕了他。

叶嘉天不怕地不怕，当然也不会怕她。但不知道为什么，每次面对她时，他想要放肆的行为都会不由自主地收敛——可能对被自己视为珍宝的人，言行都会变得小心翼翼，不敢肆无忌惮地惹她生气。这种陌生的感觉，让叶嘉都嫌弃自己，被一个女生的情绪牵着走，好像失去了自我。

白茗雪还是没说话，脸色阴沉得很，一脸生人勿扰的表情。

叶嘉默默叹气，端起茶杯又喝了一口热茶，脑子更清明起来。

他没有和白茗雪说真正的内幕。他爹妈虽然是他前进路上的一大绊脚石，可也不会使这样的绊子，毁了人家小姑娘的希望。

真实原因是白茗雪得罪了难缠的人——盛娇，这大小姐千里追杀过来，要给她一点颜色看看。但这事说到底还是他不好，盛娇是因为他才迁怒于白茗雪，叶嘉必须揽这个责任。

"当初就不该带这臭小子回家！那一次寻死觅活时我就发誓不要和

这家伙走得太近,警告了多少遍,这个人就是麻烦精祸害鬼,千万要躲开,不然准倒霉,怎么就记不住教训!"白茗雪突然用家乡话低低骂着自己,然后转身收拾床头的东西,把电源线和衣物一股脑全塞进背包里。

"你生气了?我都说了负责,而且下次我保证不会有这样的事情发生了,好吗?"叶嘉没听清她叽里咕噜的家乡话,见她要走,赶紧起身想拦住她。

"你刚才说要补偿我,只要我提出要求你就能答应对吗?"白茗雪提着包,将茶叶收进去后,抬头看着他问道。

"对!"哪怕要求以身相许来赔罪,他也会义不容辞地点头答应啊!

"好的,我的要求只有一个——"白茗雪看着他热烈真诚的眼睛,边缘线条干脆利落的漂亮的嘴唇一开一合,一字一顿,"从现在起,能离我多远就离我多远,别和我来往。"说完,她提着包,动作迅猛地拉开门冲了出去。

"白茗雪!"叶嘉也跟着追出去。

几个电梯都停在别的楼层没下来,白茗雪见叶嘉穿着睡袍就追出来,背起包就想从安全通道下楼,不想和他多说话。

"你给我站住!"叶嘉仗着腿长,在电梯间堵住她,一把将她拽住,声音都变了,隐隐含着威迫,"白茗雪,不准走!"

"你还要干吗?还嫌我不够倒霉?房间我也让给你了,求你别缠着我了!"白茗雪越想越气,她就知道这个人千里迢迢赶过来肯定没什么好事。只是没想到和瓜片有关,特意飞过来道歉,"感动"得她想暴打他一顿。

"你还不明白我过来的真正原因吗?"叶嘉因为她的蛮力挣扎,不得不更用力地攥紧她的手腕。

"我是傻子吗?你说得这么清楚,我还不明白?"白茗雪掰着他的手,"你放开我,说话就好好说话,别动手动脚。"

"你就是个傻子,你能明白就见鬼了。"叶嘉松开手,但怕她跑了,伸手撑在墙壁上,把她圈在面前。

他手长腿长,可对白茗雪来说,这不足半米的距离严重威胁到她的心理健康,让她觉得自己身边的空气都被隔断了,处于一个十分危险的密闭空间。

"你不就是来告诉我,因为你,我家瓜片才落选的?"白茗雪想推开他的胳膊走出去,冷声说道,"我还没见过哪个人道歉像你这样强势,确实活见鬼。"

"因为我根本就不是来向你道歉的!"叶嘉真服了自己,能喜欢上这么个傻子,怕是得了自虐症。

"我也不想听你道……"白茗雪话还没说完,声音就被堵在了喉咙里。

她震惊地看着近在毫厘的脸,嘴唇被磕痛的感觉在努力拉回她的理智。

"你……"白茗雪张了张嘴,原本紧贴着她嘴唇不动的大少爷趁机侵入,带着新鲜的瓜片香味。

他的呼吸都像有一把火在燃烧,唇舌炽热,贴在白茗雪身上,像火焰贴在冰雪上,融化出春水来。

他俩此刻身上的气息仿佛同类,皮肤上的桂花皂香交织着茶香,好像水和鱼,水草和鹅卵石……而白茗雪晕眩的大脑里冒出一个可笑的想法——他这是想把感冒病毒传染给她?!

她的冷静和理智都被病毒攻陷,像被毒蛇咬了一口,全身僵硬,中枢神经罢工。几秒后,也可能是几分钟后,总之她已经失去了对时间的判断,听到走廊有人关门的声音,她才猛然回过神,一把推开叶嘉,又惊又恼。

"我是来告诉你,我喜欢你。"叶嘉胸口起伏,脸上也有着不正常的潮红,按紧她的肩膀,眼里像落了无数星子,星光灿亮。

突如其来的告白让白茗雪如遭雷劈,原本绯红的脸色又变白了,表情惊疑不定,精彩得很。是喜欢她,还是喜欢她家的茶山?为了茶山做到这种地步,敢亲她,也太能豁出去了!

但白茗雪没有问出来,因为叶嘉像是知道她心里在想什么,咬着牙恨恨开口:"不是因为你家的茶山,谁会在乎你家的茶山?和你比起来,什么山都不重要,我喜欢的是你。"

"你发烧了?"白茗雪伸手往他头上摸。

果然发烧了!叶嘉这几天脸色一直不好,这会儿烧糊涂了,尽说胡话。

"我也怀疑我烧坏了脑子,才会喜欢上你这种笨蛋。"叶嘉抓住她的手,放到嘴边,突然狠狠咬上一口。

"啊!你……你是狗吗?"白茗雪吃痛地挣脱手,正好听到电梯叮的一声,她立刻往电梯里面跑,边跑边说,"我今天不跟你计较,给你一次机会,再跟过来,别怪我不客气!"

叶嘉见她脸色青红交替,冲到电梯里拼命地按关闭键,冲着他奶凶奶凶的眼神和语气,明显气势不足,他反而不追了,站在电梯口,看着电梯门渐渐关闭,隔断他的视线。

让她缓口气吧,估计这辈子被当面表白的次数不多。回想到她微妙的反应,叶嘉脸上不由得浮起一丝笑意,伸手摸着自己的嘴唇,上面仿佛还残留着瓜片的清香。

白茗雪本来要去展厅找小薰要房卡,可这会子脑子蒙得很,心烦意乱,只想找个安静的地方待一会儿。

叶嘉真是个祸害人的妖精!仗着长得好看轻薄她,却让她有种是不是占了对方便宜的错觉……

在去星巴克灌了一大杯咖啡之后,白茗雪的脑子开始恢复运转,帮她如实回忆电梯间的表白。叶嘉白色的丝绸睡袍半敞,嘴唇软烫,比女孩子还细皮嫩肉的脸毫无瑕疵,声音也像海上男妖的歌声,充满诱惑……

等等,她脑子里想的重点不对!

一定是咖啡有毒,她实在喝不惯这种又甜又苦的东西,现在觉得心跳加速,浑身不对劲——她喝不惯咖啡,大脑被咖啡因刺激得太过兴奋,手都在微微发抖。

白茗雪按住自己的手,看到上面深深一排整齐清晰的牙印,咬得那么狠,隐隐看见血痕,一碰就疼,提醒她刚才不是做梦,是真的发生了一件可怕的事。

她颤抖着手给李云华拨通电话,想了想,又挂掉。李云华要是知道了,她妈肯定也会知道。被城里大少爷表白,让白茗雪很为难,一点也不想更多的人知道。

就在白茗雪烦躁头疼的时候,李云华回拨了电话过来。

"别难过,我听姑说了,拿了优质奖也挺好,我们要求别那么高,再接再厉。"李云华喘着气,正在帮贫苦户搭鸡棚,抽空站在阴凉的树下擦着汗说道。

"你在忙什么?"白茗雪也没解释,问道。

"帮陆云家搭鸡棚,今年乡政府补助他家养鸡,让我们扶贫专干落实到家。我已经说了一上午科学养鸡的知识,结果下午过来一看,人家根本不听我的,鸡棚都不肯改造一下,我只能自己上。"李云华郁闷地叹了口气,走到一边低声吐槽,"你知道在现在这么好的条件下,为什么还有贫困户吗?因为有些人的脑子真的转不过弯!不管我怎么说,就是不能理解,非要按照自己想法来,连政策福利都听不懂,太愚昧了!要我说,扶贫先扶智,得让人多学习,从思想上改变,才能扶得起来。"

"那你辛苦了,继续搭鸡棚吧,我明天回去再说。"白茗雪揉着额头,对李云华也爱莫能助。

这世界其实很不公平,穷困的人,每天只想着怎么吃饱都要花费大量精力,根本没有心思和精力去学习,更没有机会走出去,久而久之眼界就会越来越窄小。而条件好的人,一出生就能有最好的资源,无论是教育还是其他,哪怕资质再平庸,走的路多,学到的东西多,阶层差距就出来了。

就像叶嘉那个"资本家",白茗雪怎么都想不通他会向一个农家女表白。

"……白茗雪,你还好吧?我和你说了那么多,好歹吱个声啊!"电话那边的李云华又絮叨了一些家常,没听到白茗雪应声,突然拔高声音,吼道,"不就是个茶博会吗?我们家茶什么品质你自己心里不清楚啊?需要靠别人的认可证明吗？这点破事要把你打败了，我可看不起你。"

"别担心我，没事的。"白茗雪刚才走神了，苦笑着说道，"只是想早点回家了。"

"我刚才和你说的话，你一点也没听进去，服了！"李云华无奈地叹气，"我让你别急着回来，好不容易出去一趟，多玩几天。许大哥不是和你在一起吗？你俩趁机培养一下感情，回来我就有妹婿了，多好！我看姑可喜欢他了，长得斯文英俊，又是大客户，不差钱，就是可惜了小马……"

"和小马有什么关系？"白茗雪听到她突然不说话了，那边有嘈杂的声音传来，皱了皱眉，"还有，我和许清友是朋友，他人好，厚道，那天只是给我递下台阶的话。你别欺负老实人，和我妈碎嘴，到时候她当真了，弄得大家都尴尬。"

"等一下……我先挂了，鸡棚……风好大……"李云华话没说完就匆匆挂断电话。

白茗雪看着手机，眼神有些漂浮，不知在想着什么心事，突然叮的一声，短信进来了。

她没有和叶嘉加过其他联系方式，所以叶嘉每次找她，只能打电话或者发短信。看到发来的短信，白茗雪眼神闪了闪，又看到手上的齿痕，她揉了揉发慌的胸口，决定改机票，直接去机场，今天就飞回去。反正明天都是茶艺表演，大部分人今晚和明天上午走了，她把房间都让给叶嘉了，也不想麻烦别人，那就回家好了。

但是，白茗雪总有一种自己落荒而逃的穷寇感觉。她明明没做错什么，叶嘉告白的时候她却像逃兵一样溜走，甚至不敢多问一句，多看一眼。太不符合她的性格了！一定是"母胎单身"到现在，太久没被人当面表白过，才会惊慌失措。不只是表白，还有那个让她的脑子到现在还有点缺氧的吻，叶嘉那混蛋怎么可以没有经过允许吻她？那可是她的初吻啊！

白茗雪此刻痛失初吻的心情，和早上瓜片痛失茶博会金奖的心情一样——郁闷，沮丧，不知道到底哪里出问题了，叶嘉会看上她！

"丁零零"，手机又响了起来，不过这次是许清友的电话。

今天下午太"丰富多彩"了,已经不知不觉到了五点,许清友打电话过来问她的位置,接她去吃饭。

白茗雪本想拒绝,和他说晚上就飞回去,可晚上去上海的航班因为台风预警取消了,她正好又有一堆烦心事,想找个靠谱的人倾诉。许清友做事有分寸,又聪明,能帮她解惑,还没李云华那么八卦,是个完美的"树洞"。

许清友也确实聪明,他坐在后排,远远看到星巴克门口站着似乎有心事的女生,就觉得不对——她背着背包,是准备去哪儿?

平时白茗雪都是手机和钱包往裤兜里一塞,最多再带一条手帕或者一包餐巾纸。她总是穿比较宽松的工装裤,口袋很大,足够装这些小东西了,根本不会背包。更何况包里鼓鼓囊囊,和来的时候差不多体积,应该是把东西都背着呢。

不过她背着包,气质纯净,看上去青春无敌,像个刚踏入大学的学生,让人想到了遥远的学生时代。

"你是买特产回家吗?包里这么鼓。"她一上车,坐到自己身边,许清友就故意说道。

"哎呀,我怎么忘了!"

白茗雪一拍脑袋,她妈早就暗示过好几次,什么海鲜之类的山里很少吃到……

"我给你买好了,怕太重,拿着不方便,昨天就给寄到你家门店。"许清友看到她抬起的手,眼神微微一闪,伸手攥住她的手,拉过来看了眼,"这是怎么了?"

"啊……这个……"白茗雪看到他盯着叶嘉留下的牙印,不好意思地抽回手,有些尴尬地说道,"被人咬了。"

"被谁?"许清友见她的脸罕见地红了,顿时更觉得惊讶,她是遇到了什么可怕的事情,背着包逃出来?能让白茗雪落荒而逃的事可不多啊!许清友兴趣被勾起来,不动声色地观察着她的微小表情。

"这事你可不能跟任何人说,尤其是我妈。"白茗雪说完,垂下眼睛,

第九章 心之所向 | 239

看着手上的牙印,有些屈辱地开口,"叶嘉……叶嘉咬的。"

"他来找你?"许清友眯了眯眼,没想到叶嘉会来这里。

"你说叶嘉是不是有病?他一边嫌弃我,一边还说喜欢我,这人怎么能这么矛盾?你说他能喜欢我什么?我有什么值得他特意跑过来……咬一口?这到底是喜欢我,还是恨得牙痒?"白茗雪攥起了拳头,绷起的手背引得牙印周围肌肤发疼,感情可真令人心烦。

"你知道自己最大的缺点是什么吗?"许清友轻叹了口气,看着她的眼睛,像山林中的清泉,也像林间小鹿,不知人间情爱烦恼。

"我……太固执?不会说话,煞风景?不像个女人?"白茗雪想了想,把老妈经常骂她的词都说了一遍,"不够温柔体贴?做事太直接?……"

"都不是。"许清友打断她的话,"你最大的缺点,是太轻视自己。"

"我什么时候自轻自贱过?"白茗雪立刻反驳,她也是个自尊心很强的人,从来不觉得自己很差。

"你觉得叶嘉不可能喜欢上你,这就是在轻视自己的魅力。"许清友微微一笑,不急不缓地说道,"什么叫值得不值得?如果是爱,都是心甘情愿,没有值得不值得。"

白茗雪愣住,她心里想的都是叶嘉不可能喜欢上自己,他肯定另有所图,根本没往他表白的真实性上想。

他俩怎么可能?不说性格和作风相差太远,家庭也是一个天上一个地下,人家爸妈还不同意呢。白茗雪是个脚踏实地的人,从来不会对任何虚幻的东西抱有幻想,就算要开始一段感情,那也得是奔着结婚去的。没有结果地谈恋爱,就是耍流氓啊!

"不可能……不可能不可能!"白茗雪愣了好久,突然拼命摇头,"他有未婚妻了,那才是门当户对。大家都是成年人,都会做出最优选择,再说,我这样子……"

"又在妄自菲薄。"许清友打断她的话,叹气,"你觉得自己哪里配不上叶嘉?"

"不是妄自菲薄,差距太大了,他眼光那么高,找个仙女不行吗?找我这样的不合理。逻辑，从逻辑上说不通，你觉得呢？"白茗雪是个严谨的理工女，没事研究茶山土壤成分和营养配比的那种真理工女，不相信无缘无故的化学反应。

"如果爱情也需要逻辑的话，恐怕这世上都是和你一样单身的人了。"许清友看着她手背上的牙印碍眼，从口袋里拿出手帕给她盖上，淡淡道，"我们的小雪很优秀，被人喜欢很正常。我也很喜欢你啊，你觉得需要逻辑吗？"

白茗雪关于感情的脑容量本来就小得可怜，今天装了太多情感信号，已经转不动，听到这句话，立刻又反驳："你喜欢我那不是很正常的事？这是有逻辑的，我们有共同语言，我们有业务交流，我们互相信任、互相支持，我们还是朋友，我当你是兄长，你把我当……"

她的逻辑分析还没结束，突然就说不下去了，因为她觉得许清友似笑非笑的眼神和以前不太一样。她的话顿时卡了，感觉脑子里那块被封印的少女情感要开窍了。

"把你当什么？"许清友见她本来直爽的眼神突然呆滞了一下，随后用探索的眼神重新打量他，忍不住笑着问道。

"你说你把我当什么？"白茗雪想到李云华说的那些话，再看许清友脸上的温柔神色，顿时想下车冷静一下。

"看你今天这么烦，就别再增加烦恼了，先解决叶嘉的事吧。"许清友感觉小朋友终于开窍，就像无忧无虑的小兽在某个春天被求偶，打开了新世界大门，"你现在准备怎么做？"

"我已经给他发了消息，明确回绝。不可能的事，为什么要浪费时间和精力去做？"白茗雪打开车窗透气，觉得今天真是糟透了，"我想今晚去机场，早点回去。这边事情已经结束，没什么好逗留的，就在前面地铁站停吧。你和朋友们好好聚聚，我们以后时间多的是，就不一起吃饭……"

"这么急着走干吗？今晚就是准备带你到处走走，我已经推掉了其他应酬，先吃饭再说。"许清友难得强势，随即语气一转，"你要真的不喜欢叶嘉，就别逃避，面对面和他谈一次。我看他的性格，不会轻易放弃的。"

第九章　心之所向 | 241

叶嘉虽然看着一身少爷臭毛病,但他在某些事上很坚定,比如做茶饮,那股坚韧不拔越挫越勇的心劲,挺让人佩服。

"你根本就不了解他,面对面还不如在电话里面说清楚。"白茗雪不知道自己算不算逃避,她只是不想见到叶嘉,觉得见面会被缠住,脱不开身。

"那以你对他的了解,在电话里说,他死心了吗?"许清友见她小脸纠结的样子,完全没了平时那副洒脱样,心里不觉有些感叹,又带有一丝遗憾。其实他有个狠招让叶嘉死心——自己当挡箭牌,把白茗雪带走就行了。可看上去小姑娘虽然有点开窍,但对他只是"兄长之情",他也就不主动多提,免得她又如临大敌。

"我还是觉得不合理。叶嘉这种公子哥儿,身边美女如云,门当户对的千金小姐也有大把。上次有个人比花娇的大小姐来找过他,郎才女貌,一看就是绝配!这还只是找上门的……实话实说,我严重怀疑,他是为了我家茶山才这样!"白茗雪思来想去,都觉得自己和叶嘉完全不是一个物种,他不可能喜欢上自己,除非是为了她家的茶山。而且他表白的时候还特意补充一句"不是因为你家的茶山",这不是此地无银三百两吗?不是的话,干吗要特意心虚地补充强调?

"也不是没有这种可能。"许清友沉吟,还是提出自己的疑问,"但你觉得他是这种人吗?区区一个茶山,对他来说有的是方法,不至于用这种手段来夺取吧?"

白茗雪显然有点当局者迷,没想到这个问题,但她又觉得叶嘉有很多恶趣味和怪癖,看她不爽这么捉弄她也是有可能的。男人心,海底针啊!她也弄哭过人家少爷,说不准那时候就结仇了。

"你很怕他吗?"许清友见她不说话,又看了眼她的背包,"被他欺负得逃出来,不像你的风格。"

"我……我怎么可能被他欺负?"白茗雪语气不自然起来,想到他把自己摁墙上强吻时的场景,打了个冷噤,尴尬地挤出笑容,"我是嫌他跟我妈妈一样啰唆,讲不通道理,怕他烦我才走的。"

"还说没被欺负,看看你的手。"许清友语气里微微有一丝嗔怒,目光扫到她的手上,见她默默按住上面的手帕挡住伤口,倍觉无奈,"不过你也别怕他,虽然叶家财力雄厚,可这是法治社会,他要敢乱来……"

"没有没有,他好歹也是个知识分子,不至于乱来。"白茗雪感觉到许清友生气了,有种长兄如父的威严,赶紧打着哈哈过去,更不敢说自己的初吻被那臭小子抢走和瓜片落选的原因,怕他发火。

"衣冠禽兽的人往往比脸上写着'坏人'两个字的人更可怕。"许清友觉得她太单纯,住在桃花源里,没见过坏透了的世道人心。

原本他很喜欢白茗雪住的山村,保持着淳朴古老的风气,他单纯,可现在不得不操心,像个老父亲,担心纯良可爱的女儿被坏人拐走。

"那也不至于犯罪……"白茗雪心虚地擦汗,觉得车里闷热极了。

"总之,要是搞不定,给我打电话。"许清友语气清淡,神态却比平时认真许多,轻声说道,"我会保护你的。"

白茗雪又是一愣,随后心里暖流激荡,冲他甜甜一笑:"别担心我。"

许清友见她笑眼弯弯,如春风拂兰,明媚灿烂,他的心微微一动,随后也笑了:"东西带着也好,今晚不回去了,我带你去海岛吃海鲜。"

白茗雪想了想,把不停振动的手机关了机,点头:"好!"

常年居住在大山里的人,应该都会向往和喜欢大海。

和山区截然不同的景色。

一望无际的海面和天空接连,浪花一层层卷着白色"裙边"荡过。海风吹过,让人想到那句"海纳百川,有容乃大",在这么壮阔的天地面前,仿佛没有什么烦恼能留下。

这是许清友第一次看到白茗雪像个孩子一样,踩着细软的沙,在晚霞下开心地奔跑。

上午和下午发生的意外,白茗雪似乎已经忘记了,也可能是接受了现实,不愿被那些事情影响。所以,她跑到没有一丝力气,四仰八叉地倒在了海滩上,闭上眼睛,整个大脑都放空了。这大概是这段时间以来,她最放松的时刻。

茶博会结束了,结果很不满意,但也必须接受,她接下来继续照料茶山,还有其他茶会可以参加,依然要稳稳地往前走。如果叶嘉今天没有出现的话,这个海滩之夜,还是能让遗憾的厦门之行留下一点美丽印记的。

叶嘉啊叶嘉,才平静了几分钟,想到这个名字,心底又泛起波涛。

前几个月发生的一幕幕像电影一样在脑海里闪回,高傲的叶嘉,自恋的叶嘉,挑剔的叶嘉,犀利的叶嘉,像个小孩一样任性无礼难以捉摸的叶嘉……每天都在挖苦自己且脱离人民群众的叶嘉,怎么可能喜欢她?

白茗雪突然睁开眼睛,因为感觉到阴影的压迫。

海浪声中,许清友站在她头顶上方,温润的眼里带着一丝温柔的笑,静静看着她。

晚霞真美啊!漫天绚丽的粉色、金色的云朵,像是落在了她的头发和皮肤上,落进了她纯净的眼睛里,跳跃着世间最美的光芒,让许清友第一次感受到海上落日这么壮丽。

他突然想到父亲以前对他说的话:这世界有很多令人失望的事和人,有的人浅薄无知,有的人金玉其外,有的人还会无缘无故地伤害你。可是,无论经历多少糟糕的事情,总会遇到一个如朝霞如彩虹如月光般甚至如太阳般绮丽热烈的人,将你的人生点亮。

他想,他遇到了这个人。

第二天下午,许清友还有其他事情要安排,将白茗雪送到机场告别。

下个月京都茶展,还有很多事情要筹备,福建这边也算是他的基地,有许多生意要处理。来的时候就定下了行程,他不和白茗雪一起回去。

许清友挺了解白茗雪,现在要是推掉所有的事,一直陪着她,反而会让她不舒服,以为是放心不下她的那些事,会被拒绝,倒不如过两天再联系。

这几天海边的天气像是给面子一样,晴好无雨,临别时却下起了淅淅沥沥的雨。南方到了阴雨连绵的黄梅雨季,尤其是长江中下游地区,每天都是连绵不绝的小雨,闷着初夏的绿意,像是用温水泡着的茶,让人渴望炽热又明朗的烈火炎夏快点到来,结束这样的暧昧黏糊的雨季。

"雨伞放在这里,到了上海给我打个电话。"许清友像老母亲叮嘱未成年孩子出行一样,把她的背包递过去,"上了火车也告诉我一声,路上记得吃东西,别省钱,我给你报销……"

"知道了,我又不是小孩子。"白茗雪忍不住笑着打断他的话,"已经让你费心费力这么多,不能都让你报销。再说,你看我是苛刻自己的人吗?"

昨晚海岛上的海景房一定很贵,吃喝玩乐都是他全程安排,白茗雪虽然感激,但花人家太多钱,心里还是过意不去,总觉得不是至亲,依旧有人情压力。

而许清友知道她会这么想,很早就说过这次出来带她到处走走,不许提钱,他不差钱。前段时间经常去她家叨扰,还借茶山,托她收茶叶,都像一家人,不说两家话,他这次借着机会投桃报李,聊表心意。

"苛刻算不上,但……"许清友顿了顿,伸手揉了揉她的头发,看着她发旧的白T恤,宠溺地说道,"挺艰苦朴素的。"

许清友就没见过她穿新衣服,家里好像都是大学时穿的衣服,还有少数李碧霞给她买的花花绿绿的衣服,她从不穿。

白茗雪平时要上山,经常和泥巴地打交道,穿的大多是耐磨耐脏行动方便的衣服,全是基本款,虽然穿旧了,倒也得体。比起精致娇贵的面料剪裁,她更喜欢随性舒适的衣服。

"不说了,下次去六安再联系,再见。"白茗雪虽然把他当哥哥,但不习惯没事被这么摸头,赶紧背起包就撤。

许清友见她走得干脆利落,脚步飞快地往安检方向走去,无奈地摇摇头,看着她的身影消失在安检台后,才转身离开。

这丫头,说走就走,头也不回,以后要是讨来做老婆……他似乎想得太长远了,许清友突然失笑,想得太多,好像心里有了割不断的牵挂。

许清友刚走两步,突然停下脚步,看着不知何时站在他身后散发着阴寒气息的叶嘉。

此时上海上空电闪雷鸣,暴雨如注。

第九章 心之所向 | 245

叶家的花园里停了不少车,宾客们并不受这暴雨天气的影响,络绎不绝地前来聚会。

二楼的落地玻璃前站着两个贵妇人,看着花园里的车亲密地交谈。

"张韵又换了男朋友啊?混血儿?蛮帅的。"左边端着高脚杯的贵妇唇边含着一丝笑意,"还真羡慕她,不婚就是好。"

"老盛听到你这么说该伤心了。"右边波浪卷美妇人身上穿的一袭红色连衣裙是某大牌高定,衬得身材凹凸有致,肤白如雪,贵气四溢,身材和脸蛋保养得都不像快五十岁的人。

"我和老盛啊……你又不是不知道,离婚协议都签好了,就等公司的事结束再去办了。"左边的贵妇正是盛娇的母亲朱钰菲,"所以说,结婚有什么好?多个孩子多个烦心事。娇娇这边,我也头疼,和她爸一模一样,现在每天东'飞'西跑地搞事业。让她多陪陪嘉嘉,好不容易见次面,还闹得不愉快,我都快被他们气死了!"

"那是叶嘉的不对,别提了,一说到他,我满肚子火。"容敏脸上的笑容消失,眉心一片愁云,"看吧,今天他爷爷生日,到现在也没个电话,没个影子,我现在已经放弃管他了,就当没这个孩子。"

"这几天连天大雨,娇娇不是说他那个山里太穷了,没个信号塔,信号很差,不是故意不联系,可能……"

朱钰菲还没安慰完,就听楼梯口传来娇滴滴的声音:"妈、伯母,叶嘉早就出山了,人家在厦门追女仔呢。"

"嘉儿去厦门干吗?"容敏没听清,转过头,看到盛娇站在门口,妆容清淡,穿着一套白色西装裙,显得很精神,只是眼里写满了疲惫。

"追女孩子。"盛娇提前一天从厦门回来,给叶老爷子七十大寿祝寿。

"到底怎么回事?叶嘉需要追……不是,叶嘉追谁?"容敏一直把盛娇当成儿媳妇候选人,加上她和朱钰菲私交甚好,早就把对方当亲家了。

容敏现在诧异的是,儿子这种佼佼者,居然需要亲自追女仔?

不是她吹,她当年在国外还拿过选美冠军。儿子继承了她精致优雅的长相,再加上家世显赫,从小到大身边就围着一群又一群的女孩子。轮得到他亲自去追?

容敏在脑中迅速筛选着叶嘉身边的女孩子,一个个女生头像和资料掠过,她猛然想到那天去山里,趴在儿子身上的邻家女孩。

她在叶嘉酒醒之前就去看了屋里监控,女孩只是接到电话过来查看,然后帮忙清扫了一下家里,更像个手脚麻利的小保姆……

白茗雪,那个让叶嘉手受伤的女生,容敏当时问过小徐情况,他说叶嘉与她走得近,只是想把那座茶山盘下来,没想到盘着盘着,还把自己给搭进去了!

盛娇说的那个女生,就是山村小保姆!

容敏手里的高脚杯差点就优雅地砸了出去,气冲冲地提着裙摆回到卧室,给叶嘉打电话。

叶嘉的手机关机,他正在飞机上。

白茗雪坐在靠窗边的位置上,戴着耳机正在看茶博会新闻。

专家评委童玉华接受采访时,特意点到了六安瓜片,直言不讳地说这次参赛的是上品贡茶的质量,遗憾的是没能拿到好成绩,期待未来瓜片能在绿茶里绽放光彩。白茗雪不由得内心一阵感动,默默给老师点了个赞。

就在白茗雪专注地翻看新闻时,身边一直空着的位置有人落座。

窗外的雨还在淅淅沥沥,飞机上空姐循环播放着因虹桥机场大雨,飞机延误起飞,请大家耐心等待的消息。

白茗雪根本没在意身边的乘机人,直到她搜"六安瓜片"关键词时,手机网速慢,她就往窗外看了一眼,余光瞥见了一只搭在中间扶手上的手。那只手修长如玉,指甲修剪整齐,抛过光似的精致,肌肤光洁细腻,越是显得虎口那里有一块颜色稍深、还未完全恢复的瘢痕碍眼。白茗雪认得这只手,那疤痕是上个月帮她剪茶树留下的——叶嘉。

机舱似乎成了密闭的油锅,外面的小雨都是一粒粒火星子,慢慢炙烤着,让白茗雪瞬间汗湿了后背。

她又低下头,看到新闻已经加载完成,前几条新闻都是叶嘉的瓜片茶饮和一些热度挺高的叶家八卦……

几秒后,白茗雪摁掉手机,拽掉耳机,猛然转头,瞪着叶嘉:"你想做什么?"

"坐飞机。"叶嘉臭着一张俊脸,静静地坐在她身边看她很久了,就在等她开口。

"机票拿给我看看,你肯定不是这个位置的!飞机上怎么可以随意换座位?"白茗雪不信他就这么精准地定在自己位置边,她是到了机场随机选位的,哪有那么巧,被他碰上?

"你又不是机务组的人,有什么资格让我拿给你看?"叶嘉见她夸毛似往窗边靠了靠,冷哼一声,心情似乎不好。

"……"白茗雪无话可说。她不擅长主动和人聊天,见他眉心藏着戾气,也不想招惹他,愣了几秒后,塞上耳机继续看手机。

可是见他的胳膊故意放在座位中间的扶手上,白茗雪就想画"三八线"。小时候和她坐一起的男生每次故意把胳膊放过来,都会被她打开,没想到不上学了,还会遇到这种特别想把对方推开的事。

"你别缠着我,我不会喜欢你的。"白茗雪听不进去歌,看着那只手碍眼得很,再看看自己手上发青的齿痕,又扯掉耳机,硬邦邦地说道。

"我知道。"叶嘉脸色很臭,语气也很冷,和昨天可怜的样子判若两人。

"那就好。"白茗雪看了眼他的臭脸,想说什么又忍住了。

"你昨晚和许清友在一起?"叶嘉见她低头准备塞耳机,突然伸手过去,一把扯掉她的耳机,咬着牙问道。

"跟你有什么关系?"白茗雪扯着耳机线不放,皱眉问道。

"你喜欢他?"叶嘉攥着耳机线不放,语气越来越危险。他真的很讨厌白茗雪每次都说"和你没关系"这种话,因为一想到他俩现在还无法建立任何关系,确实没办法彼此约束,叶嘉就会生气。

"是又怎样?"白茗雪被他问得心烦,他又不是自己老妈,管得真宽。

啪,耳机线被扯断了,叶嘉亮晶晶的眼里像是烧着了火,他狠狠咬着唇,周身冰寒,让坐在过道边的大叔像掉冰窟里一样,默默拿着报纸往外挪了挪。

"难怪你在他面前笑得那么开心。"叶嘉松开耳机线,下唇都咬出血了,有些酸楚地丢下这句话,看着前方沉默下来。

白茗雪还以为他会发火,没料到他居然就这样安静下来,反而觉得更喘不过气。再看看他嘴唇上溢出的血丝,这是多傻……或者说,是多大的气啊?

拿着断掉的耳机线,白茗雪也不敢找他赔,只能自认倒霉地扭头看着窗外。

偏偏飞机还不起飞,时间过得分外难熬。

叶嘉依旧看着前面座椅上的小屏幕。北京奥运会之后,上海航空的飞机也升级了,尤其是头等舱……他却只能在经济舱受闷气。

就在白茗雪想站起来去洗手间喘口气时,空姐推着饮料车从后面走过来,微笑着轻声问道:"需要喝点什么吗?"

最外面的大叔要了杯可乐,而叶嘉一动不动维持之前的赌气姿势,像是没听到空姐说话,白茗雪看了他一眼,说道:"一杯咖啡,一杯白水。"

白茗雪接过咖啡,打开他的小桌板,放在上面,然后自己端着白水,继续看着窗外。

叶嘉眼神终于有了一丝松动,看向面前小桌板的那杯咖啡,这是……示好?还是她有顺手照顾别人的可恶习惯?

白茗雪看着外面阴沉的天空,不知道这令人窒息的旅途什么时候结束。他不会还买了和自己同一班回六安的火车吧?白茗雪想到这里,又打开手机,想着能不能换掉车次,或者找上海同学聚一聚。

一直想来山里养鸡的小王同学,在她出发去厦门之前就说了提前去上海见面,可她出发前事情多,没时间过去。现在倒是可以改车票,和老同学吃顿饭。想到这里,白茗雪打开手机,点开最近很流行的新款社交软件。原先那些QQ群老同学都转移阵地了,安利她装了新软件来联系。

叶嘉默默盯着那杯咖啡分析了很久,最终觉得她对自己还是有几分感情的,不然也不会这么顺手地照顾他,而且还特意为他要了咖啡。虽然飞机上的咖啡和酒店里的一样难喝,但她这个微小的举动,多少温暖了他碎裂的玻璃心。

叶嘉觉得自己太好哄了,一边鄙视自己,一边端起咖啡,喝了一口,果然很难喝。

他瞥了眼白茗雪,这一瞥不要紧,恰好看到一向跟不上潮流的白茗雪居然下载了时下最流行的软件,还点开了一个非主流的男生头像,网名特别土,叫王小帅。

叶嘉看到她打字,一口咖啡就喷了过去。

白茗雪刚输完一行字"今晚有空吗?",还没来得及发送,一身一手都是热咖啡沫。她有些恼怒地抬起头,看着始作俑者:"叶嘉,你什么意思?"就算不想喝,也不用故意喷她吧?

白茗雪觉得叶嘉真像个不懂事的小孩,任性起来特别让人想打他屁股,提着脚吊起来打的那种。

"没什么,只是没看出来你还是个滥情的人。"叶嘉没好气地说道。

"滥情?"白茗雪拿着手帕擦着手机和身上的咖啡,看到上面还没发出的消息,意识到他在偷看自己发消息,立刻关掉手机页面,"你偷看我发消息?"

"是又怎样?"叶嘉无语了,这不是重点吧?

"你……"白茗雪听着这语气特别熟,好像是在模仿刚才她说的话?

"我怎么了?"叶嘉依旧学着她不近人情的语气,继续反问。

"你弄脏了我的衣服。"白茗雪忍着气,压低声音,因为这边的动静,不少人都看过来,让她觉得尴尬。

"哟,真对不起,我帮你擦。"叶嘉见她洗得泛白的牛仔裤和白T恤上都是咖啡渍,找出一张面巾纸不由分说地替她擦起来。

白茗雪看着他整个人都靠过来,不由得紧贴着座位,呼吸都变浅了。

他长得真是英俊,骨相优异,眉眼深邃立体,虽然带着精致纤细的线条,可因为挺拔的鼻子和端方的贵气,并不会显得太柔美,倒是有着直白的吸引异性的男性荷尔蒙气息。

白茗雪看到他花瓣一样的下唇还有血印,不由得移开眼神:"不需要你擦……"

他越是好看,白茗雪就越是觉得两人距离远,她提醒自己不能糟蹋了叶嘉。

"那怎么行?我为自己不妥当的行为负责到底,这裤子擦不掉了,赔你一条。"叶嘉手上可没闲着,用力擦着她大腿上的那些咖啡渍。

"别……别擦了。"白茗雪想拿掉他乱擦的手,明明是自己吃了亏,可看他那张俊秀的脸,倒觉得占了他便宜。她突然就想到了许清友的那句话:"如果是爱,都是心甘情愿,没有值得不值得。"

白茗雪内心一震,再次端详这张近在咫尺的脸。他身上依然有熟悉的桂花香味,好像拉近了某些距离,尤其那张带伤的唇,让她脑子轰然一下,想到昨天湿漉漉的感觉。

叶嘉哪舍得松手?继续抽了一张纸往上擦:"唉,T恤上的也擦不掉了,要不你先穿我的衣服?"

"不用了,叶嘉!"白茗雪被他按着跟撸猫似的从下往上捋,她怕痒,被碰到腰的时候,忍不住按紧他的手,轻斥,"别擦了!"

叶嘉转头看着她,见她明亮的眼里有一丝羞恼,白皙的小脸也泛着粉色,一向凛冽的表情也有点别扭,终于像个正常的女孩子了。

"不用你赔,别碰我了。"白茗雪扯开他的手,努力板着脸,让自己别再胡思乱想。

"我看许清友碰你的时候,你倒是挺习惯。"叶嘉冷嘲热讽地说道。他也看出来了,和这种女人生闷气是没用的,只会把自己气坏,她还乐得清静。所以他不开心就要说出来,让她陪着自己不高兴。

"你干吗老提他?我和别人的事,碍着你了?"白茗雪很不喜欢他老提许清友,他俩又不熟,这么说话特别不绅士。

"碍着了。"叶嘉顿了顿,对上她凌厉的眼神,优美的嘴唇微微开启,"我吃醋。"

然后,他就如愿以偿地看到白茗雪仿佛被人塞了一口屎的表情。他心情更好了,果然快乐是建立在别人的痛苦之上,至少,发泄出来就不憋屈了。

"叶嘉,你脑子坏掉了。"白茗雪半天才憋出一句话,然后也不管耳机被扯坏了,就塞进耳朵里,像要隔绝病菌一样隔绝他。

"我是脑子坏掉了,不然怎么可能喜欢上每天折磨我的人?"叶嘉见她掩耳盗铃的举动,之前还气得想掐死她的心,又软成一团棉花糖,语气中都是藏不住的喜欢。

白茗雪又是被强行喂了一口狗屎的表情,僵着脸,装作听不到,扭头看着窗外。

"手还疼吗?"叶嘉看到她手背上的瘀青,忍不住碰了碰,却被她触电一般躲开,他又不高兴了,冷哼一声,"昨天为什么关机?你就这么讨厌我吗?"

白茗雪依然装作没听到,专注地看着外面的雨丝。

叶嘉见她这样子,又想到昨天她丢下自己和许清友出去玩的事,好转的心情再次跌入谷底,握紧了拳头,也赌气不再说话。

机舱里的空调开得很足,完全感受不到外面的湿热潮闷。可是白茗雪和叶嘉的头顶,像笼罩着一片巨大的乌云,时不时电闪雷鸣。

第十章　此撩非彼撩

白茗雪经历了她人生中最糟糕的一次旅途。

等飞机落地,她第一时间想离开,可叶嘉闭着眼睛,一动不动地坐在座位上挡着路。

眼看其他乘客都走了,叶嘉还是如老僧入定,闭目养神。

白茗雪急了,抬腿就想从他身上跨过去。

叶嘉感觉到风一动,睁开眼睛,也站了起来。

白茗雪就这样被他卡在了狭窄的座位间,姿势尴尬。

"你故意的吧?"白茗雪被一股男性气息撞得有点晕,咬牙从他胸前滑溜出去,愤愤地说道。

"嗯,就是故意的。"叶嘉现在一点也不隐瞒自己的想法,像个泼皮无赖,故意撩她。

在六安乡音里,"撩"就是挑衅、有意招惹。

以前李云华常和白茗雪开玩笑,说叶嘉爱撩她惹她。谁知现在的年轻人也喜欢说"撩",只是意义相反,不再是贬义。

叶嘉这张脸,简直就是个大写的"撩"字,就算做坏事,举止过火点,也会让女孩子脸红心跳地尖叫。

"无耻!"可惜白茗雪是"钢铁直女",七窍通了六窍,恋爱一窍不通,只觉得他在挑衅自己的忍耐力。她拿下背包,用力一甩,快步往外走。简直比上学时期堵门的男同学还讨厌!

叶嘉知道她下了飞机肯定会跑,他还病着呢,没法和一只山里的小野狐赛跑,根本没准备去追她,就静静地看着她的身影消失,眼神渐渐黯淡下来。不过,跑得了和尚跑不了庙,她早晚还是要回家的。

白茗雪一路走得飞快,还去女厕所蹲了一会儿,换了身衣服,给王小帅打电话——人家本名就叫王小帅,从名字上就能感受到父母的期望。

王小帅也确实不负家人期望,长得有点小帅,加上上海户口,小康家庭,身边总有美女相陪。这会子开着他的大众,非要过来接老同学。

白茗雪直到坐上车离开机场,才彻底松了口气,可算摆脱叶嘉了。

她还没怎么和老同学寒暄,就接到了许清友的电话。

飞机延误了一个多小时,许清友查了落地时间,体贴地询问她安全到达没有。

王小帅侧着耳朵听着白茗雪的电话,八卦兮兮地转头问道:"打电话的是谁?"

王小帅女朋友开车,他坐在副驾驶上优哉游哉的,一脸被宠爱的恋爱酸臭味,恨不得对全世界炫耀自己女友多体贴。这浪荡公子的嘚瑟模样,让白茗雪想到了叶嘉,大概衣食无忧的人都很容易"拉仇恨"。

"朋友。"

"男朋友?"王小帅贱兮兮地挤眉弄眼,哈哈笑了起来,"想不到小白居然能交男朋友,你知道当时我们男生怎么说你的吗?"

"不是好话就别说了。"白茗雪懒得和他解释,放下手机说道。

"大家都在猜,你要是交了男朋友,他会不会经常被你打哭。"王小帅像是回忆到了特别搞笑的青春岁月,笑得直不起腰来。

"别担心,我要是有了男朋友,第一时间发到群里让大家看看他会不会哭。"白茗雪无语抚额,这群无聊的家伙没事就会打趣她。她倒也习惯了身边的人都把自己当男生,所以突然冒出叶嘉这种把她当妹子喜欢的,反而觉得不合理。

雨又渐渐大了起来,霓虹灯下,上海依然车水马龙,出行的人并没有被这大雨阻隔了热情,商场和步行街依然游人如织。

叶嘉就在黄浦江边的一栋高楼上俯瞰这暴风雨夜。他的脸隐没在光影里,像带着繁花落尽的沉寂,神情深沉,只有那双眼睛在夜色里闪着摄人的光,像准备猎食的猎豹。

"叶总喝过了,但他好像还是不满意……不过,修路的事不用担心,叶总对这事没有阻拦,还拨了一笔款。听说工程队还是叶总的老同学承包的,我还帮你打听了,他们现在进口了一批最好的铺路机器,速度大大提升。如果不出意外,百十公里的路,两个月就能铺完,不会耽误茶饮的运输……"

身后的人尽量说着好消息,对资金和茶饮的事能不提就绕过去,听得叶嘉脸色越来越阴沉。

"嘉嘉,时间差不多了,刚才老沈发消息过来,说祝寿的都走了,回去吧。"

身后这中年人是叶中和的左右手,几十年一起拼搏的兄弟,一直在上海总公司做事。他对叶嘉的想法特别支持,几次向叶中和提过茶饮的事。可惜叶中和一朝被蛇咬,十年怕井绳,随着年纪增大,思想也趋于保守,更不想冒险尝试未知事物。

"我明天再回去。吴叔你先去休息吧,让你操心了。"叶嘉是回了爸爸的公司总部。今天他爷爷过生日,吴叔没过去,知道他回来,在公司等着他呢。

"你爸的想法一时半会很难改变,你也别泄气。"吴雷见他一直看着窗外,叹了口气。

"我没对他抱着期望,今天来这里,也就是再感受一下,他心中的伟业是什么样的。"叶嘉语气没有嘲讽,他是真心过来学习的。他想知道他那古板的爸到底有什么优点,能让这些老部下死心塌地地跟着。

这座五十层的基地大楼,地理位置和面积确实绝佳,已是深夜,依然有不少员工在加班,尤其售后部门,二十四小时都在忙碌,每个人看上去都专业而精干。

"最忙的还是售后部和研发部啊。"叶嘉走出销售部老总的办公室,只在这一层转了一圈,说道。

他也不是对老爸的公司完全排斥,当初在国外读书,他每年都会回来当两个月助手,学习经验,也帮爸爸出谋划策,找点新方向。在回国之前,他都觉得自己和父亲还是有点共同语言的。至少这些年在公司里,有很多想法也得到过支持,包括现在很受年轻人欢迎的混合果汁饮料,那些口味配方他也在研发部一起努力过。

只是没想到他的茶饮计划被父亲否决得那么彻底。不但否决,还切断他所有的后路,没有资金来源,也没人敢支持。这让叶嘉感受到白手起家、一切从零开始的艰辛,也让父子关系急剧恶化。

"叶总说过,无论做什么,都要把自己当成服务行业,为群众服务。所以源头——研发部和尾巴——售后部,是最重要的,要让大家喝上健康美味的饮料,也要让大家喝完之后放心……"

"我爸真的想做健康饮料的话,就不会这么抗拒茶饮。"叶嘉淡淡打断吴雷的话,想到第一次看到白茗雪,在那茶山里迷失,"从神农尝百草,日遇七十二毒,得茶而解之,到现在科学证明茶叶的营养成分,几千年的历史延续,这才是国饮,国人最健康的饮料。"

"叶总……"吴雷欲言又止,见叶嘉眼里藏不住的失望和不解,终于咬牙说道,"你爸不是没想过做你说的茶饮,只是……"

叶嘉眼神微微一变,看着一直跟在老爸身边的吴叔。

"只是失败了。"

吴雷带着叶嘉再次回到自己办公室,从抽屉里取出一份珍贵的资料。

自从叶嘉回国要做茶饮之后,吴雷就找出当初这些照片,试图说服叶中和支持小少爷的梦想,可惜没有成功。

"三十年前,你爸和你妈刚结婚,雄心壮志,精力充沛,想把事业做得更大一点。当初没有'多元化发展'这个词,但你爸觉得果汁饮料太单一了,在你妈的支持下,涉足了很多其他产业。从房地产到实体餐饮店,甚至港台影视的投资,还有什么外贸出口,什么有商机就做什么,那时候真的是趁着改革的春风,加上敏锐的商机嗅觉,赚了很多很多……"

叶嘉像没听到吴雷说的话,他定定地看着那些照片——年轻的叶中和站在一片片茶山里,似乎在考察什么,和茶农们交谈着,还有和茶农在一起炒茶的照片。

"但你爸最想做的,是这个——"吴雷拿出文件袋中的一份旧文件,上面是乌龙茶的计划书,还有几份调查报告和试行计划合同书,其中一份的负责人就是他,"茶饮,和你想的一样。"

"你爸行动起来不比你差,只不过三十年前,交通和设备都没有现在发达。他费了很多人力物力,找到了他觉得最佳的茶叶基地,和当地政府签了承包合同,还招募了不少精英和日本专家,定做机器,也是在大山里费劲修路,铺好销售路线,想推出最新饮料,可惜……"吴雷顿了顿,有些沧桑地摇摇头,"可惜根本卖不动,成本又高,第一年就损失了数百万。"

三十年前的几百万,相当于现在的上亿。

"好在当初你爸投资了很多有前景的项目,倒也没受到致命打击。他还是不死心,用其他的赚钱项目继续支持这个亏钱生意,硬生生撑了三年。中间改了无数次口味,宣发上花了很多钱,茶饮研发部和宣传部的人,比现在这里还忙,可是还是没能成功。"吴雷苦笑。

叶中和当年做什么火什么,唯独这茶饮怎么都不顺意,就像是老天看他太顺遂,故意安排的一个跳不过去的坑。这让心高气傲的叶中和咽不下这口气,所以陆陆续续又折腾了几年,最终成了他到现在也挖不掉的心病。

叶中和很失望,不只是对自己的项目失望,还对国内消费者失望——对华夏大地历史最悠久灿烂的茶饮丝毫不买单,反倒是对咖啡、汽水喜欢得很……

"知道你为什么叫叶嘉吗?"吴雷突然问他。

叶中和这段失败的历史,没人敢提,不过也没多少人知道,当初乌龙茶和红茶饮料推出时,都是用的新品牌名字,大家当初都没有看制造商的习惯,不知道和他们最常喝的果汁饮料是一家。况且,也没多少人买回去喝……

"家人希望我美好善良、幸福快乐。"叶嘉虽然留学了几年,但汉语意思没忘,嘉就是美好、幸福的意思。

"不，嘉木生嘉叶，叶嘉，就是嘉叶，茶叶的意思。"吴雷收起那些资料，留了一张叶中和站在茶山上眺望的照片，"你爸做茶饮的最后一年，有了你。他决定不再折腾了，像绝大多数的父亲那样，踏踏实实地赚钱养孩子，不想再冒任何风险，也不想经常去茶山一待就很多天，没法多陪夫人孩子，所以就放弃了。"

叶嘉听到这里，眼神闪了闪，记忆中的爸爸很忙碌，即使不做茶饮，也经常是"空中飞人"，因为投资了太多生意，精力分散。

直到妈妈和爸爸吵了一架，那时他还小，不知道具体原因，只记得一向温柔的妈妈将家里砸得稀烂，他就在楼上书房里看着两个人歇斯底里地吵架。后来爸爸就不怎么出去，专心做饮料，发展到现在，成了饮料行业三巨头之一。

他将桌上留的那张照片默默拿起来，三十年前的叶中和玉树临风、意气风发，一脸锐意进取的自信，倒是个挺有魅力的年轻人。

当年的人无论物质追求还是精神追求，和新时代的消费者都有着翻天覆地的差距。纵观白茗雪家茶庄的兴衰史就知道，那时候大部分人都吃不饱饭，谁会花钱去喝茶？可是现在不一样了，在山村踏踏实实待了几个月的叶嘉，看着老旧的照片，心中更确定——今非昔比。他一定能让爸爸看到没能实现的梦想被自己实现。

窗外暴雨如注，叶嘉看着照片里的茶山，又想到了那只没长心的狐狸。如果此刻她能和自己一起听父辈奋斗的故事，该多好啊！

叶嘉收回视线，看着外面越来越大的雨。小狐狸是坐车回去，还是在上海找那个网名土到爆的王小帅一起吃饭？她应该不会出去乱搞男女关系吧？

叶嘉明知自己多虑，可还是想快点再见到她，只有看到她在眼前，心里才能安定，即便她像个灭绝老尼，对他没半点感情。

六月底的黄梅天最是潮湿闷热，这时候，相比城市的鸽子笼和拥挤的钢筋水泥，农村湿漉漉、绿油油的天地反倒清爽很多。

虽然到处是泥，到处都是雨坑，可在山村里，家家户户屋前屋后都有三分良田,种菜种花,远眺是山,近看有河,视野广阔,让人感觉阴沉的天空都高远不少。

叶嘉从上海回来时路过六安,看到确实已经开始动工修路了,刚被平整过的路面在雨里泡着,更显泥泞。

他先去的厂里,茶饮的资金终于到位,市场部非常忙碌,准备投放第一批试水。

叶嘉从厂里回去时已经六点多了,路过白茗雪的家,发现她家大门紧闭,也没有灯光。连大黄都不在家,不知去哪儿了。

他站在院子里看了一会儿邻居家,见她家屋后的院子里牵牛花爬满了篱笆,金银花的香味还未散尽,芍药和凤仙花在雨中幽幽绽放。一时间,白的、粉的、紫的、黄的,各色花朵轰轰烈烈地绽放着,夹杂着青草味,沁人心脾。暗淡的光线中,他注意到她家院子很干净,后屋的屋檐下还晾着好几件衣服没收回去,看来她回来了,只是临时出门。

这下雨天,不能施肥不能上山的,她能去哪里?

叶嘉静静地看着屋檐下那件白T恤,拿出手机给李云华打电话——他的号码被白茗雪拉黑了,打不通。

村里人大多在河边洗衣洗菜,很少有家庭买洗衣机,更别说烘干机。梅雨季节到了,衣服几天都晾不干,堆在那儿发霉。

李云华好一会儿才接电话,声音有些嘶哑:"叶老板,什么事啊?"

"我看邻居家衣服全被雨打湿了,没人在家?"叶嘉已经打开后院的竹篱门,走到白茗雪家后院,收起衣服。

晚上的风大,吹得雨丝飘进屋檐,但也没弄湿衣服。只是叶嘉看到她居然还留着那件被自己弄上咖啡渍的旧T恤,就不请自入了。

"哦……你说茗雪啊,她和我姑都在市里,我家里有点事……"李云华说到这里,声音似乎有些哽咽,"她们帮忙照顾我哥,可能这几天不回来。"

"你哥怎么了?"叶嘉微微皱眉,问道。

他知道李云华家里的情况,她哥因为意外失去了双腿,一直在家里,奶奶身体也不太好，家里的担子都落在李云华身上。她原本可以在外面工作，可是没人照料家里，只能留在村里当扶贫专干，工资很低……所以他当时愿意充当"冤大头"，高价租下这个倒贴都没人住的破旧老屋，也是为了照顾一下她家。

"我哥这段时间肠胃一直不舒服，去检查后发现是直肠癌。"李云华抽了声鼻子，"奶奶知道后，一着急高血压犯了。这会儿大家都在市立医院帮我照看他们。"她下了班之后也搭上了最后一班车去市里，可是明天一早还要开会，根本抽不开身。

"你现在在车上？"叶嘉听到那边嘈杂的声音，问道。他想到那天早上李云华找白茗雪，说什么身体不舒服出血之类的，他还以为是女生之间的私密事，没放心上，没想到是李家哥哥生病了。

"是的，我现在去医院。"

"不用太担心，直肠癌的治愈率不低。可以送去上海，那边医院我熟，可以帮忙安排一下。"

"太谢谢你了，费用……能给我两天时间……"李云华没想到大少爷这么热心，她一直觉得叶嘉对村里人很高冷，除了对她表妹不太一样之外，对别人的悲喜很冷漠。

"费用不急，你表妹可以帮你垫着。你见到了她，给我打个电话。"叶嘉说完就挂了，给吴雷打电话。

表妹垫着？这语气就像该白茗雪出钱一样！

李云华这些年一直被表妹家照顾。那几年大家都很拮据，白林下葬时，孤儿寡母还有助学贷款和茶市的房子贷款要还，当时村里募捐了一些钱，可她们都没要。直到白茗雪在大二时开茶叶网店帮妈妈销售手工瓜片，渐渐地家里才有点起色。

网店销售模式也越来越被更多的人接受，这两年的销售量反而比实体店多好几倍，但因为价格太实惠，加上还雇了客服，虽然信用积累得很高，但也就刚还完各种贷款，加上店面很多茶款积压着，没多少存款。

用李碧霞的话说，这年头只要肯吃苦，就算没运气一夜暴富，也能勤劳致富奔小康。只是村里人一日三餐不缺肉,可是没什么积蓄,也没有保险意识,完全无法抵抗大病和意外。

李云华赶到医院,哥哥已经睡了,李碧霞在陪奶奶,白茗雪去拿开水了。一间病房里住着四个病人,陪床的家人们都在忙碌,拥挤的房间里充满了悲苦凄凉。

"医生说,发现得早,越早手术,恢复得越好。"白茗雪提着水壶进来,看到李云华站在床边,低低地说道。

李云华没说话,看了一会儿哥哥,突然崩溃地跑到走廊上。

"姐,能过去的。"白茗雪跟出来,见她趴在窗台上,肩膀微微地颤抖,她心里很难过,从后面抱了抱李云华。

"过不去的。"李云华想克制住自己的情绪,可是做不到,她的眼泪比外面的雨水落得还大,整张脸都湿了,"我哥和我,上辈子到底作了什么恶,这辈子要被这么惩罚?……你说怎么过去?我哥这辈子已经毁掉了,我呢?我也只能当这个家的保姆,没法再走出去,每天都在做着又累又苦的活,根本看不到光明,这样的人生还有什么意思?"

本来好好的人生,她考上师范学院,以后在城里做个老师或者留校,找个喜欢的人结婚生子……可是哥哥因为一场车祸失去了双腿,也失去了未来。

现在老天还嫌给他们家的痛苦不够多,又查出这个病。医生说得很明确,因为哥哥截肢的后遗症,加上病灶转移病变,治疗起来不是那么容易,需要转到更好的医院再次诊断,而且后续的护理费用也很高。

十多万的手术费,能掏空一个山村的家庭。

李云华家里因为搬到山下,这几年最大的一笔收入就是叶嘉的租金了,平时紧巴巴地过日子,根本没有多余的钱看病。

"你、哥哥,每个人都是这个家的光,不要说这么丧气的话。"白茗雪拿出手帕给她擦脸,眼里有深深的难过,语气还是很冷静,"别哭了,哥哥要是看到会更难受的。医生让联系转院,我联系了合肥那边的医院,尽早检查完安排手术,住院费和手术费我帮你先垫上,后面的一起想办法。"

"小雪……"李云华转身抱着她大哭起来,像是要发泄对命运的所有不满,哭得声嘶力竭。

白茗雪眼眶也有些湿,她不是没有感情的机器,相反,她很爱很爱自己的家人,包括哥哥李勋。小时候他们仨总在一起玩,不分彼此,就像亲兄妹。

哥哥比两个妹妹大五岁,总会男子汉气十足地保护她们,也总是说,以后赚钱了要给两个妹妹买最漂亮的裙子、最好吃的零食,让大家都嫉妒他漂亮的妹妹们多受宠爱……结果,哥哥刚出去工作的第一年,就遭遇车祸,失去了腿,从此很少看到那阳光的笑容。

白茗雪有段时间甚至很抗拒去看望哥哥,因为看到就会心里难受。想到以前他爬树掏鸟窝,下河捞鱼给她们,现在却颓丧地坐在轮椅上,不肯出门,那种巨大的反差,她也很难接受。

一个大好青年,渐渐地失去了所有的斗志,每天就对着电脑打游戏,不去想未来,结果又摊上这种不幸,肯定很痛苦。

"哥哥今天对我说,想放弃治疗,不想再拖累你,所以,哭好了就振作起来。我知道你的辛苦和付出,可是无论如何,这时候都要坚强。"白茗雪等了很久,听到李云华啜泣声小下来,才说道,"他也是我哥哥,我不会让他放弃。"

"我哥说了?"李云华眼睛都哭肿了,推开白茗雪问道。

"医生特意喊我出去叮嘱过,说病人有轻生倾向,拒绝吃药,还偷偷把安眠药攒起来藏在床单下,被护士发现……"

"我哥这是傻啊!好死不如赖活,我辛苦这些年,他想死就死?对得起谁啊!"李云华听到这里,气得又哭起来,边擦眼泪边说道,"再说,他不是喜欢玩游戏吗?不是游戏里也有好多女孩喜欢他吗?他就舍得去死?把我拖累成这样,都没人敢和我家提亲,怕娶了我要养一群娘家人,要死怎么不早点死啊!当初车祸就走了,也不至于家里牺牲这么多给他看病……"

"我能理解。"白茗雪依然很理智,知道李云华和老妈一样,刀子嘴豆腐心,李云华那么爱哥哥,就算哥哥成了植物人也不想让他死,"如果是我,家里条件不好,因为自己的病,捆住一家人照顾,还要搭上妹妹的幸福,我也想解脱。"

她爸爸走的时候,白茗雪才知道死神的真正样子。

有一段时间,她每天晚上都在想,只要爸爸能活着,哪怕比哥哥的情况还糟糕,她和妈妈都愿意用一切去交换。

死亡,意味着消逝,所有的情感所有的过去所有努力过的生活,都没了意义,都渐渐淡去,除了留给最亲最爱的人一道无法愈合的伤口,什么都不能留下。

"你……"

"但现在条件这么好,有无数种方法能摆脱命运的不公。"白茗雪继续说道,"反正我和他说,转院和手术费用我已经弄好了,他别想死。活下来给我做网店客服用工资抵债,打游戏赚钱也行,反正每个月赚钱还债。"

李云华正要说转院的事,手机响了起来,她拿出来一看,是小马。

"小马?明天开会我不会迟到……"李云华的话还没说完,就愣住了。

"听说你哥哥生病了,我们村委筹了点钱,明天你开完会先拿去医院救急……"

白茗雪从那播放器声音超大的手机里听到了小马的声音。只见李云华听着听着眼泪又掉下来,那条手帕都湿透了,被她捏在手里胡乱地按着泪水。

这世界确实不公,可大多数的人,更像漫天星子在努力发光,像寒冷冬夜里的一束束火光,温暖而明亮。

雨声淅淅沥沥的夜晚,两个年轻的女孩在医院外小摊贩搭的简易帐篷里沉默地吃着面。本是鲜花般的年纪,她们脸上却写满了沉重。

"姐,多吃点,待会去对面招待所睡一觉,你明天还要坐早班车回去,不要累着了。"白茗雪把自己碗里的鸡腿夹给她,说道。

两个人都没心情吃东西,李云华如同嚼蜡,木然地吃着,一会儿眼泪又掉了下来。

她今天像是要把这几年的委屈都哭出来,眼睛肿成了桃子。

白茗雪不会安慰人,抽了张面巾纸递过去。她一整天都在医院陪着检查,办各种手续,没吃两口热乎的饭,可肚子也不饿,只觉得疲惫。

夜已深,雨天小城市的夜晚很安静,只有医院门口还有人来来往往。小摊贩的油锅吱啦啦地响着,炸肉饼的香味,混杂着隔壁小摊煎蒿子粑粑的香味,格外诱人。

一辆黑色的轿车,轮胎飞溅着雨水,往医院门口驶去。

轿车突然在大门的地方停下,后车门打开,一条长腿迈了出来。

白茗雪的筷子已经放下了,还剩半碗面条冒着热气,而李云华硬生生吃了两个鸡腿,不知是哭得还是噎得,打着嗝。

"别去医院了,你直接去休息。"白茗雪给她拍着背,"哥哥要是醒了,看你这样子,会睡不着。"

李云华擦着眼泪,摇摇头,嗓子更哑了:"我哪睡得着?你回去吧,今晚我守着,明早转院……"

"不是让你到了医院给我打电话吗?"

一个充满磁性的低沉的声音从她们身边传来,带着雨夜的凉意。

白茗雪听到这个声音,寒毛都竖了起来:他怎么来了?

"对不起,我……我一着急给忘了。"李云华有些惊讶地看着站在雨幕里的俊美男人,没想到他居然开车来医院,感动得眼泪又快掉下来。

"我已经联系好了医院,明天一早就转过去,那边有护工帮忙照顾,家里跟过去一个人就行了。"

说这话的时候,叶嘉始终盯着白茗雪。想到自己未来的老婆日夜陪在表哥身边照顾,他宁可借人情让吴雷去安排医院和护工。对吴雷来说,这只是举手之劳,但对一个农村家庭来说,却是救命之恩。希望那只小狐狸知道,因为喜欢她,所以他才"多管闲事"。

"那我去吧,你还要工作,舅舅和舅妈年纪大了,还要照顾奶奶……"白茗雪也站起来,边付钱边说道。

"你是直系亲属吗？你可以在手术单上签字吗？"叶嘉打断白茗雪的话，眼神锋利，刀子一样狠狠剜在她脸上，"别给我添乱，今晚就跟我回去……"

"我为什么要跟你回去？"白茗雪忍不住咕哝了一句，对他虽然很感激，但他也不用拿出这副恩人的姿态，高高在上地和她们说话。瞧他眼神都变得那么凶，好像自己欠了他几个亿。好吧，人命是没法用金钱来衡量的，所以白茗雪语气软了很多，要不然她刚才的声音能提高八度。

"因为我找了专业护工照顾。再说你懂不懂人力资源最优分配？你们两家人都在这里浪费精力，一个个围着病人，也不管自己的身体，都住院了才开心？"叶嘉很少用这么严厉的语气和她说话，把一边的小摊贩和李云华吓得不敢吭声。

这么贵气漂亮的小公子发起火来，怪吓人的，像神话故事里说的玉面美修罗。

白茗雪也一时语塞。

其实白茗雪今天陪表哥检查完就对李云华说，不用晚上赶过来，她们先照顾着，等她明天开完会，请好假再说。可毕竟是至亲，李云华哪里待得住？

"那个……叶老板说得对，茗雪你先回去，今天累了一天，剩下的交给我。"李云华赶紧开口，"太感谢叶老板了，这个……一切费用，我会想办法尽快给你的。"

"好吧，那我回店里，明早做点吃的带过来换你。"白茗雪被叶嘉盯得想立刻离开，尽量礼貌地对他点点头，算是主动打招呼，"辛苦你，谢谢。"

"谁要你这样谢我？"叶嘉终于看了眼李云华，眼神里写满了"电灯泡快点离开"的信息。

"呃……我先回去看我哥，你俩聊几句。"李云华很识趣，心里也猜到叶嘉这么热心，可能还是因为喜欢表妹，就很没义气地把白茗雪丢在这里，走了。

"伞拿着！"白茗雪赶紧抄起桌上的雨伞递给李云华。

第十章 此撩非彼撩 | 265

她俩出来的时候就打一把雨伞，李云华见叶嘉拿着伞，就做了顺水人情，赶紧拿走伞。

"那个，再次感谢你，你联系的医院应该很好吧？"白茗雪很想走，但被叶嘉盯着，觉得不说几句，好像有点忘恩负义。

"为了找医院，我到现在都没吃晚饭。"叶嘉见李云华离开，也走进帐篷里，收起雨伞，坐在了她旁边的长凳子上，语气没那么凶了，带着几丝求表扬求安慰的撒娇味道。

但是白茗雪听不出这撒娇味道，她只觉得这人又阴阳怪气起来，捉摸不透他的心情。

"你连一碗面都舍不得请吗？"叶嘉等了几秒，见她有点别扭地冲着摊贩老板说了几句家乡话，唇角才露出一丝笑容来。

白茗雪很怕叶嘉嫌小摊贩的东西不干净，又怕他吃不惯这种地摊口味，在老板要动手煮面时，索性自己走上前，用家乡话低声说道："让我来吧，他这个人金贵，嘴刁，咸了不行，淡了摔碗，难伺候。"

"我也看他不像吃这面的人，不敢伺候。"摊贩小老板也低声说道，主动多配了点小青菜，"葱姜蒜要放吗？青菜吃不吃啊？这青菜我自家薪（种）的，没打过农药，洗得干净……"

"行，放点吧。"白茗雪熟练地打开煤气灶的火，煮着一锅水。

"活这么多年，我还没见过长得这么排场（好看）的年轻人，从哪儿找的男朋友？"年约五十的老板娘趁着拿小青菜，偷偷看了眼贵公子，忍不住啧啧惊叹。

"不……不是男朋友。"白茗雪心里郁闷，怎么一出门老是被人误会？上次就在这医院，小护士以为他是男朋友，他俩外表一点也不搭，像情侣吗？

老板娘还想八卦几句，但见叶嘉一直冷飕飕地盯着这边，不好再问，心想，这好看的年轻人对小姑娘这么上心，肯定不是一般的男女关系。

叶嘉坐在帐篷里，看着白茗雪在热腾腾的锅边忙碌，磕了两个鸡蛋进去，和老板娘窃窃私语着什么。雨雾中，她的眉眼温柔了很多，越看越觉得像个贤妻良母。面还没上,他心里就暖了。

没一会儿,白茗雪端着一碗素面上了桌。青菜鸡蛋面,没肉。

"连个鸡腿都舍不得加?"叶嘉没动筷子,先挑刺。

"鸡腿有点硬,你又不爱吃。"白茗雪怕老板娘听到不开心,尽量委婉地说道。

这路边摊的质量本来就难以保证,从早上摆到晚上,鸡肉就发硬了。她和李云华不会在乎那点口感,但叶嘉那么挑剔,肯定不吃。

"我这么辛苦,你就拿一碗素面打发?"叶嘉依然没动筷子,一脸委屈。

在白茗雪眼里,他这是在嫌弃。

她忍不住撕开一双一次性筷子,夹住面条里的鸡蛋,往他面前一送,让他看清楚:"这不是有蛋吗?我给你加了两个蛋。鸡蛋含有人体必需的八种氨基酸,除了优质蛋白,蛋黄还有丰富的卵磷脂、胆固醇以及钙、磷、铁、维生素,又比肉类好吸收,足够你今天补脑了!"

叶嘉张口就咬住了那块鸡蛋,慢条斯理地吃了下去,嗯,鸡蛋还算新鲜……

白茗雪目瞪口呆,看着他柔软的嘴唇含住筷子,恍惚间,竟想起了这双唇的温柔滚烫的触感,加上他那撩人的眼神,筷子一抖,立刻放下。

"我付了钱,你自己吃吧。"白茗雪见老板娘充满兴味的眼神扫过来,一脸"还说不是男朋友,都喂饭了"的表情,赶紧拉开距离,"那个,我也回去了……"

老板娘都不好意思看两个小年轻了,这会儿也没客人,就到了隔壁蒿子粑粑摊点闲聊去,不当"电灯泡"。

"你是不是应该把我从黑名单里拉出来?"叶嘉见她浑身不自在想逃走的样子,指了指旁边的凳子,示意她先坐下。

"……我把你拉黑了啊?"白茗雪摸摸鼻子,她很少心虚,很别扭地坐下来,拿出手机,假装翻着,"我都忘了……真拉黑了……"

"你记性这么差了?要不要吃点鸡蛋补补脑?"叶嘉开始吃面,欣赏她难得的表演。

"可能最近广告消息太多,我把你错拉进了黑名单。"白茗雪从黑名单里把叶嘉号码移除,又有点不甘心,总觉得一码归一码,他帮助哥哥,一家人都感激他,可是他不能借此来骚扰自己。但又觉得自己这么想太冷血无情了,像是利用完他,过河拆桥把他踢走,没道义。

正在心情矛盾地挣扎时,她又听到叶嘉嘲讽的语气:"原来在你心里,我和垃圾广告是同类啊。"

"我加回来了。"白茗雪实在不会违心说谎,憋得脸有点红,很想说"你比广告还烦人",却只能硬生生地忍住,说正事,"哥哥的事,很感谢,还有件事想麻烦你,费用能不能先不告诉我姐家里?我先垫上一部分,后面我和她说。"

"你这么麻烦别人,也就只请了一碗鸡蛋面。"叶嘉是真饿了,虽然是青菜鸡蛋面,但吃得很香,筷子没停。

"你想吃什么,我下次补上。"白茗雪现在看他坐在简陋的红顶帐篷下,头顶的一个电灯泡照得他那张轮廓分明的脸越发俊秀,心里竟有一丝"暴殄天物"的感觉。

虽说不管吃珍馐佳肴还是一碗素面,到了肚子里最终都会贡献给五谷轮回之所,但他长得这么精致,那只好看的玉雕般的手,恐怕从没捏过这种最便宜的一次性筷子,还是和金碗玉筷更般配点!

"那我要吃最好吃的东西。"叶嘉说着,眼神变得有些浓烈,目光在她嘴唇上逗留片刻,他俩想的美味可能不一样。

白茗雪被他看得心里一咯噔——果然要趁机宰她!不过欠了人情,能用钱还,那是最轻松的。

"既然费用的事要我先通知你,是不是应该加个好友?到时候医疗费明细和各种检查照片,我也好发给你,转账也方便。"叶嘉收回了目光,轻描淡写地说道。

"好的。"白茗雪觉得很有道理,点开了支付宝,"先加支付宝吧,这里转账方便。"

"支付宝是什么？我没有这种东西。"叶嘉无语，他是要加社交软件，没事可以聊天的那种，他不是要催账的。

"那……QQ？"白茗雪觉得叶嘉也没这种东西，大少爷根本不需要上淘宝去淘物美价廉的东西，她记得叶嘉办公室的电脑上，好像都是企业办公版的软件。

叶嘉拿出手机，直接打开最新最流行的社交软件，点开自己的头像："加吧。"她都和王小帅用这软件聊天，却不想加他，真令人生气。

"加好了，那就麻烦了。"白茗雪根本不知道叶嘉在吃八百年前的醋，她只是不怎么用社交软件，偶尔才看看消息。大多时候她都挂在淘宝上，盯着旺旺上的买家消息。

"你刚才说要去上海陪护，有朋友照应吗？"叶嘉看着她大大方方地打开社交软件加他，上面第一条信息又是那个叫王小帅的非主流，他终于忍不住问道。

"不是你在照应我们吗？"白茗雪愣了愣，不知道他什么意思。

"我以为你在上海有朋友，可以顺便探望。上次飞机落地，你不就是去见朋友了？"叶嘉见她一直没点开王小帅的留言，心里依然很不舒服，终于问了出来。

"啊……你怎么知道？"白茗雪还没意识到他当时看到自己的聊天，她对飞机上的记忆只有漫长的窒息般的氛围，和他喷了自己一身咖啡！

"我想知道的，都能知道。"叶嘉见她表情坦坦荡荡，确定她和那个非主流没什么太亲密的关系，可醋味依然蔓延，"一起吃的晚饭？送你去的火车站？"

"你为什么这么喜欢问别人的私事？"白茗雪忍不住反问。

"因为你总是记不住。"叶嘉吃完了，优雅地拿着纸巾擦了擦嘴角。

"记不住什么？"见他不急不缓地擦着嘴唇，白茗雪又问道。

"记不住我喜欢你啊。"叶嘉站起身，看着她，"我喜欢知道你的一切，我喜欢问你和别人的关系，我喜欢吃这种地摊面，也是因为你。"

白茗雪张了张嘴，像被一口夜风呛到一样，咳嗽起来。

她是自动选择了逃避和过滤这件事,叶嘉为什么这么晚来这里,她心底其实清楚得很,可还妄图请客吃饭来还人情……

"看把你吓得,每次都是这么夸张的反应,我很难过啊。"叶嘉凑过去给她拍着背,她惊弓之鸟似的站起来躲开了。

"别……我都说了,别喜欢我,我是不会接受和回应你的喜欢的。就算……就算这次特别感谢你,可……可我会给钱的,请你吃饭、送你红包都可以……"白茗雪受不了被他表白,每次他说喜欢的时候,她心里就像冰雪上泼上了一锅沸油,吱啦啦地化了一大摊黏糊糊的让她无法接受的东西。

"我又没逼你以身相许,干吗离我这么远?"叶嘉一脸受伤的表情,见她都躲到帐篷外面了,拿起伞撑开走到她身边,"你怕什么?我是那么无耻的人吗?"

"不……不是,时间不早,我要回去了,医院费用的事,你发消息给我就行。"白茗雪不知道该怎么直抒胸臆,在她心里,叶嘉挺无耻了,因为他告白那天还强吻了她……

想到那令人战栗的陌生感觉,白茗雪就打冷噤,收紧了手指,感觉到手背残存的痛感,她立刻坚定不移地贯彻自己的唯一原则——离麻烦精远一点。

至于医院的事,白茗雪莫名地信任叶嘉。虽然叶嘉娇气难伺候,但他出身好,资源好,从茶饮上她也看出来他做事和他表面纨绔子弟的性格相反,沉稳靠谱负责认真。这种人命关天的事情,他既然主动帮忙,一定会安排得很妥当,不用她担心。

现在最担心的就是她看到叶嘉就尴尬,感觉关系特别不清爽,黏糊糊的。白茗雪见到他似笑非笑的撩人眼神,就恨不得冲回家洗个澡,把那滑溜溜闷热的感觉冲掉。

她会给钱的,一分都不会少,只要别提感情就行。

村里也给李云华家里凑了些钱,白茗雪在李云华家里帮忙照顾老太太。

李云华住的地方比老屋那边热闹多了，旁边都是小百货店，人来人往，不时有人进门来看看，问问李勋的情况。他们看到白茗雪居然在屋里，更是八卦地问她要不要介绍对象。

白茗雪待了一天，就快被邻居们骚扰得想关门谢客了。要是她妈在，看她逃避和人聊天的冷淡样子，肯定要骂她没礼貌。

天都黑了，七大姑八大姨们还没走，围在老太太身边继续东家长西家短云华家里有多惨地聊着。

白茗雪已经尽量委婉地提醒过，老人家需要多休息，静养几天。可大家完全不理，倒是对她"大龄"单身很有兴趣，一个个以长辈的口吻劝她赶紧结婚。

"舅妈，明天让大姥姥去我家里待几天吧，上头安静。"白茗雪索性去了厨房帮忙，对正在生火的舅妈说道。

"你姥姥要是愿意的话，就去你家待几天。"舅妈眼睛也是肿的，儿子的不幸让整个家庭都蒙着拨不开的阴云愁雾。

这个外婆以前和她家没那么和睦，毕竟不是李碧霞的亲生母亲，当初有了大孙子之后，还在背后笑过李碧霞亲妈这辈子也没孙子了，都是独生女儿，再努力，也没个男丁继承茶业。但自从李勋出了车祸，白林也牺牲之后，老李家残破不缺，反倒感觉亲情珍贵，走动得频繁起来。

听妈妈说，以前姥爷和两个姥姥之间的故事比电视剧还精彩，什么改嫁再嫁之类的，恩怨情仇斩不断理还乱。但这倒不妨碍白茗雪和李家兄妹这一代人的感情，甚至连同父异母的李碧霞和李昌，感情都挺深厚。李昌陪儿子去上海的医院，李碧霞不放心一辈子都在田里山里没怎么出过远门的哥哥，也跟着一起过去照顾。

每一次灾难，都能让大家抱得更紧。

"做饭啦？我送点鸡蛋和葛根粉过来，后山挖的，听说很滋补。家里也没什么东西，受你女儿照顾了，就这点心意。"厨房门口突然出现一个穿着工字背心胡子拉碴的老头，没等她们说话，一口气说完，把一堆东西放门口就走。

"哎！老张,你把东西拿走!"

白茗雪见舅妈冲出去,没一会儿又回来了,叹了口气:"他家那么困难,给我提什么鸡蛋啊！小雪,一会儿你给人家送回去吧。"

"我不认识他……在哪儿住啊?"白茗雪不爱串门,也不爱聊天,除了自家山头走得勤,其他地方几乎不去,连远房亲戚都认不熟,哪里认识这些老头老太?

"他住在你家山后的柳树坳,就一个孤寡老人,还送这么多鸡蛋,真是……"舅妈说着眼睛又红了,这次不知道是想到了儿子的病,还是被这些陌生的温暖感动,哽咽着坐回锅灶后。

"这是谁送的这么多鸡蛋?"李云华终于回来了,走到门口看见一蛇皮袋的菜和鸡蛋。

"就是你在柳树坳的扶贫对象张老头,他听说我们家的事,送的东西。"舅妈在锅灶后擦了擦眼睛,"你回来得正好,骑车去撵,给人送回去。"

"哟,云华回来了啊,我从塘里捞了点鱼,放这里了啊。"院门口又过来一个面色黝黑的中年人,粗声粗气地说道,"回头你哥回来了,要吃鱼虾跟我说一声。"

白茗雪认识这位大叔,也是贫困户,门口有两口鱼塘,村里给他弄了点鱼苗扶贫,现在村里的小菜商贩的鱼,都是从他家塘里捞的。

"哎,李哥,拿走拿走,我家不用……"李云华赶紧冲出去,提着篮子追他。

白茗雪站在厨房门口看着远处一路拉扯的两人,突然鼻子一酸,扭头往后院走去。

后院连着那条贯穿村落的小河。下了好几天的雨,河水涨了很多,河边许多紫的粉的牵牛花静静地伏在河边草丛里,有几只调皮的小松鼠在树上跳跃,似乎并不怕人。

"不用担心,医院那边说了,检查之后可以手术。"

一把伞遮在了她头上,挡住了蒙蒙细雨,磁性好听的声音从后面传来。

白茗雪微微一愣,她想心事想得出神,没感觉到有人走过来,现在反应过来,急忙伸手抹了把脸,僵硬地说道:"你怎么来了?"

"给你发消息你不回,我过来看一眼。"叶嘉回来路上恰好看到李云华提着鱼和人在说着什么,被李云华邀请进来的。

换成平时,叶嘉不会去普通农户家里,但李云华说表妹在这边,他就进来看看,谁知竟看到白茗雪好像在抹泪,简直……匪夷所思。

他又上前半步,见白茗雪立刻转身背对着他,带着浓浓的鼻音:"我去下厕所。"

"谁欺负你了?"叶嘉一把拉住她,长腿一转,就挡在了她面前。

"没人欺负我。"白茗雪低着头想挣脱他的手,腹诽除了他敢欺负自己,这方圆百里,哪个能欺负到她头上啊!

"担心你衣可!"叶嘉见她眼圈红红的,脸上不知是雨水还是泪水,湿漉漉的,像河边卷起了花蕊的粉紫色花朵,没了往日的精神气,带着几分罕见的娇弱。他的心脏有些异样地跳动起来,很想抱紧她,可又不想被她推开,有点胸闷地说道:"有我在,有什么好担心的?没钱我帮你付。"

"是有点担心,但……不是担心钱。"白茗雪见他一脸关切的样子,心底有点暖,但不想让他看到自己这么丢脸的样子,晃了晃手腕,"在别人家里,被人看到不好,能松开吗?"

那些七大姑八大姨今天议论了一天她的单身史,还旁侧敲击地问最近有没有遇到喜欢的人。要是给她们亲眼看到自己和叶嘉拉扯不清,传到她妈耳朵里,肯定就是准备私奔了。别的不清楚,但白茗雪对村里流言蜚语的夸张程度很了解,因为她妈没事就和李云华津津有味地说这些八卦。

叶嘉见她居然用商量的口吻和自己说话,而不是像往日一样蛮力挣脱,心里一喜,乖乖松手,说道:"你这样担心别人,我会难过的。"

"我只是想到了我爸走的时候,很多人来吊唁,给我凑学费……"

"你这是怕我伤心,和我解释吗?"叶嘉越发欢喜,觉得她对自己温柔了好多,忍不住伸手去帮她擦头发上细密的雨点。

白茗雪立刻倒退一步,见鬼似的看着他:"不是说别这么碰我吗?别人看到会说闲话的。"而且,她刚才只是单纯解释自己为什么会失态,叶嘉和她完全不在一个频道上。果然他俩不是一个世界的人,连交流都这么费劲!

叶嘉眼里的喜悦凝固住,原本轻轻落下的手,泄愤地重重揉了揉她的头发,语气也恶劣起来,故意拔高声音:"你傻子一样站在这里淋雨,感冒了怎么办?想让我照顾你吗?"叶嘉成功地引得那群趴在窗户后偷看的亲友一阵激动议论。

"叶嘉,注意点形象!"白茗雪感官很敏锐,扭头看见窗户后七大姑八大姨的脸,咬牙切齿地把他的手拽下来,后知后觉地问道,"你是不是故意的?"

"我只是好奇,你什么时候怕过被人说闲话?"叶嘉又伸手继续揉她的头发,冷笑,"你不是说不怕嫁不出去吗?"

"别揉了,你……"白茗雪烦躁地挡开他的手,见李云华走到后门,赶紧冲过去,"云华,我今晚回去吃了啊,明天早上接大姥姥到我家去过几天。"

"哎,你和叶嘉都在我家吃啊,饭都做了,别回去!"李云华话没说完,就见她百米冲刺般地冲进了雨幕里,眨眼就没了人影。

"叶老板,你留下吃吧,这次真的很感谢……"李云华扭头见叶嘉也走了出去,赶紧说道。

"不了,我不习惯在别人家吃饭。"叶嘉轻飘飘地撂下这句话,步态优雅从容地离开。

"这少爷,瞧不起咱们乡下人咧。"七大姑八大姨这会儿都冲出来,叽叽喳喳地说道。

"那不是正常吗?人家从小吃香的喝辣的,连板凳都不坐一下,怎么可能吃饭?"

"你没听说他天天晚上去霞姐家里吃?"

"哎哎哎,这不是看上人家姑娘了吗？刚才你们没见到啊？"

"拉手摸头的,今年估计能吃喜酒了。"

"那倒不一定,可能只是想骗人家的茶山。山窝窝里的女孩子,再好看也比不过外面的花花世界啊！"

"就是,人家大少爷在这里只是无聊。霞姐家姑娘看着厉害,长得也排场,咱村里找不到第二个。少爷这是找点消遣乐子,打发时间呢。"

"长得好看的靠不住,小雪肯定要吃亏……"

"这倒也是,门不当户不对,嫁过去也受气啊！"

李云华听着她们说得越来越不对味,咳嗽了一声："你们别胡说,我姑要是听到,肯定跟你们没完。"

"云华,你自己说说,人家大少爷为啥给你哥找医院？他都没来过你家,也没和你哥说过话,就只是租了你家房子,这么费心,出钱出力的,图啥？"

"图你家妹子啊！"

"也可能是图妹子家的茶山！"

"别在我姑面前乱说,人家年轻人的事,别管。"李云华无语地看着大家兴奋地议论,觉得姑要是回来了,知道她们亲眼看到叶嘉和白茗雪不清不楚的,肯定震怒。

叶嘉比白茗雪还不在乎外界的非议,他在坚持自我上很有毅力和决心。

只是在坚持喜欢上,有点心酸。

因为除了两情相悦,单方面越是喜欢,就越痛苦。

白茗雪回家就关了房门,生怕他会来自己家蹭饭,索性连厨房都不去了,就在卧室泡了热茶,找出去年冬天晒的红薯干就着吃,充当晚饭。她从窗户看到远处的那柄黑色雨伞缓缓往这边移动,立刻把窗户也关严了。

如果有对某些东西的恐惧,从心理学上说,是因为没有应对它的机制,或者……只是焦虑。白茗雪觉得自己对叶嘉"过敏",就是这个原因。

她正焦虑地在房间里转着圈,担心叶嘉会来敲门,手机突然响了起来。

白茗雪害怕是叶嘉打过来的,像盯着炸弹似的慢慢凑过去。一看见上面的来电显示,她松了口气,立刻接听,语气都轻松了几分。是许清友打过来的,他不知道从哪里听说了她家哥哥的事,打电话过来关心一下,顺便将分店的利润提前分给了她,又订了点瓜片。

许清友自己手里有很多瓜片,每次还要照顾她家的生意,白茗雪问过几次,他只是淡笑回答,不是所有的瓜片都有半城茶庄的品质。他也毫不隐瞒地给白茗雪看过,他包装后的半城贡茶,凭高档的包装,就能卖出十倍百倍的价格。所以每次许清友来买瓜片,都一定要给她"小费",用他的话说,这叫品牌租借费。

白茗雪并不是贪利的商人,她卖茶叶,只是想帮妈妈重现辉煌,让更多的人喜欢上她们家的好茶,更注重"品质流传"。相比利益,当年口口相传的口碑才是半城一直追求的目标。

不过许清友润物细无声的关怀,让白茗雪很感动。

他知道白茗雪要强,硬塞给她钱,肯定会被拒绝,又担心她缺钱不肯说,就提前把分店提成分给她,又订了点茶,转了十万元过去,先解燃眉之急。恰好这几天他要回上海,顺路带点礼物去医院探望一下李碧霞,先和未来的丈母娘打好关系。

许清友细细叮嘱白茗雪时,叶嘉就站在院门外。他见房门紧闭,也没去自讨没趣吃闭门羹,挥了挥手,带着一直绕着他转圈的大黄回去了。这连绵不绝的阴雨天,让狗子一身泥浆,看着就难受。

第二天早上一开门,白茗雪就发现大黄香喷喷地趴在门口,浑身的毛就像是电视里洗发水广告似的,飘逸顺滑……

叶嘉这是……爱屋及乌,爱人及狗?

白茗雪闻到大黄身上那股高级香味,打了个喷嚏,整个人都不好了。

那天真的不是幻觉,娇贵的大少爷给她家土狗洗澡……说不准还允许狗子用他的浴缸……不敢想象这份宠爱在土狗身上。

好在叶嘉这几天似乎特别忙,比她起得还早,天没亮就去公司了。听每天串门扶贫、村里什么八卦都知道的李云华说,叶嘉的茶饮要上市了,所以大家都在加班加点。而且也开始修路了,过两天施工队就能到村里头。

白茗雪蹲在大黄面前,揉着它无比顺滑的毛,找不到一个跳蚤,连爪子缝隙的毛都被修剪得干干净净,应该是怕它在雨里走路打滑。

"小雪,你盘狗干吗?"大姥姥的声音蓦然出现在院门口,她竟没等白茗雪下去接,自己主动走上来了,见她对着大黄又揉又摸,说道,"畜生多脏啊,别盘它。"

老一辈的家乡话更加乡土,"盘"指的是玩的意思,现在年轻人很少说这么乡土的字眼了,更喜欢说"搞"。

白茗雪站起来,笑着迎上去:"大姥姥,你怎么自己走上来的? 路上滑,小心点。"

"云华送我过河的。"老太太看着白茗雪的笑颜,突然叹了口气,没头没脑地说了句,"小雪也到了嫁人的年纪了。"

"你可别学我妈,好不容易她不在家,你替她唠叨我。"白茗雪哪里知道昨天李云华家里热闹得很,大家都在说她和叶嘉的八卦,老人家听着担心呢。

"我不唠叨,这姻缘的事,唠叨也没用。"老太太一脸历经沧桑的过来人模样,淡淡摇头,"缘分到了,挡也挡不住;缘分不对,结婚也没用。"

"快先坐着歇歇,我去煮点粥。"白茗雪扶着老太太坐下,就去忙了。

"这狗子洗澡了? 这么干净!"老太太坐在走廊上,看到大黄一身黄亮的毛,尾巴摇动时带着一股清香,不由得也伸手摸了摸。

老太太心里讶异,活了八十多年,还是第一次见到狗比人干净,比人香,果然世道变了,小山村再也不是以前的山村……

到了傍晚,风又大了起来,云层被吹散了,罕见地露出了夕阳。

白茗雪站在院门口看了眼天空,对大姥姥说道:"晚上有暴雨,姥姥别回去了,在我家住着吧。"

"我睡习惯了自己的床,明早再过来。"老太太想趁着难得放晴,溜达回家。

上面也太过清净了,不像李云华家在村庄中心位置,每天坐在门口,看着人来人往,有人聊天,热闹得很。

"大黄,在家看门。"白茗雪也没勉强老太太留下来,低头对脚边想跟出去的大黄说道。难得洗这么干净,下去一趟肯定又成泥狗了。

大黄听得懂,耷拉着尾巴,悻悻转身回到门口的垫子上趴下。

叶嘉在厂里,也看到今天的黄昏很美,南方的天空变薄变淡,一丝余晖从云层中透出,染亮了西边天空。

平时晚归路上没什么人,除了雨声和狗吠,偶尔夹杂着主妇呼唤孩子的声音,村庄安静得很。

今天晚上,村庄中心的几家小店却十分热闹。桥头树下,老人孩子坐着享受着清凉的晚风,叶嘉听到他们用家乡话谈论着水稻和玉米、竹林和茶山。虽然没法完全听懂他们的话,但他能看到那些老人的皱纹和眼睛里对平淡日子的满足。

他不属于这里,只要茶饮起步,也许很快就要离开这里。可大山给了他无法抹去的深刻感受,似乎让生命的纬度变得更加深广厚重。最重要的是,在这里所遇到的一切,都不可取代。

星光在头顶一闪即过,随后天色猛然暗下来,一道灿亮的光芒劈开了黑暗,轰隆隆的雷声响了起来,短暂的放晴后,是暴风雨即将到来的轰鸣声。

两边的竹林被狂风吹得哗哗响,一会儿的工夫,村里就见不到人影了。

叶嘉路过白茗雪家院门口,见她家依旧门窗紧闭,只有灯光透出来。大黄也不在院子里,应该是怕晚上雨太大,狗屋淋湿了,把它关在了房间里。从楼下的窗户能看到里面有人影在走来走去。叶嘉正看着她的影子,一颗黄豆大的雨滴砸下来,随后,暴雨倾盆而下。

就几步路,叶嘉回到家衬衫全湿了。他进屋就脱了衣服,从冰箱最底下拿了瓶红酒,往浴室走去。在暴风雨夜,泡个热水澡,喝杯红酒,如果再能和喜欢的人在一起看个电影，就更完美了。可惜……

叶嘉穿着睡衣，掀开窗帘，看着隔壁家的灯光，拿起手机又放下了。每一次问候都石沉大海，每一次邀约都被冷冰冰地回绝，她一步都不肯往前迈，逼急了还会逃走，让叶嘉很烦恼。

不过，今天白茗雪家里不太一样。平时这个点，她家楼下会关了灯，都回楼上休息了。可今天楼上楼下灯火通明，每个房间都亮着灯，不知道她在做什么。

叶嘉忍了一会儿，心里像是被蚂蚁咬一样难受，明明离得这么近，可看不到她的人，他觉得早晚要憋疯。

又等了一会儿，叶嘉看到她家房门打开了。那个熟悉的身影撞到他眼里，就像撞了一下他的心脏。大雨中看不清她在做什么，似乎往这边张望了一下，然后他的手机响了起来。

"叶嘉，你会接生吗？"脆生生的声音带着一丝焦虑，问道。

"……宠物的话，有点经验。"

叶嘉不会。但白茗雪第一次半夜打电话求助，他不会也得会。

叶嘉经常看到她家的猫咪挺着大肚子懒洋洋地趴在墙头晒太阳，他还买了猫粮喂过。算算时间，他猜到白茗雪说的是那只花猫要生了。

"现在方便吗？"白茗雪看着外面的大雨，小猫已经不怎么叫了，在沙发上精疲力竭。

"那我换个衣服过来。"

"不用，我带猫过来。"这么大的雨，不劳烦他过来了，免得一身泥泞再淋生病。

叶嘉从窗户看到她说完就转身回屋了，立刻给家庭医生打电话。小猫接生这种事，他倒是见过几次。小时候家里那两只波斯猫，还有兽医定时上门检查身体，他只是在旁边好奇地看看，到了生产的时候就跑了，受不了血水模糊的恶心场面。

"小猫好几天没回来了，晚饭时候从窗户翻进来，就见它下面流血了。"白茗雪也没干过接生的事，农村的猫猫狗狗大多自生自灭，没几个人会把家畜当家人一样看待。

"进来,先擦擦头发。"叶嘉见她打着伞还浑身湿透地站在门口,接过装着猫的篮子,说道。

"这么大的雨,开车到镇上也很危险,你看看它到底怎么了?"白茗雪走进去。村医也不管小猫小狗,她没辙了,在门口看到叶嘉屋子里有灯光,抓住救命稻草一样打电话问了一下,没想到他居然会接生。而且这时候会不会已经不是最重要的问题了,她不想一个人面对难产的猫咪,白茗雪感到很无力。

"你先去洗洗,别弄湿了我的地毯。"叶嘉见她头发湿答答地滴着水,衣服湿漉漉地贴在身上,优美的女性线条暴露无遗,催促道。

"你……真够讲究的。猫怎么样?"白茗雪见他这种时候还嫌弃自己,看在求他办事的分儿上,忍了,走到浴室。

"你的衣服在床边,自己去拿。猫交给我,先弄好你自己,别打搅我。"叶嘉铺了一块毯子,把猫咪放上去,手上全是水,他忍住想吐的感觉。

"我的衣服怎么会在你这里?"白茗雪进去一看,看到床头柜上叠得整整齐齐一摞衣服,吃惊地问道。

"那天下雨,淋湿了,我看到后拿进来烘干一下。我不是给你发消息说了吗?还让你过来拿,你根本没看我的消息?"叶嘉拿出医药箱,找到一次性橡胶手套和口罩先戴上。

他偶尔要收拾屋子或者洗东西时,会戴这种手套隔离细菌。加上村里大家都是用厕所肥料浇菜,经常路过一片菜园玉米地,都是粪池味道,所以他家里备了很多口罩和手套。

"呃……我没注意……"白茗雪这几天在医院奔波,完全没注意到屋檐下晒的那些衣服不见了!

她还以为是忙得昏头昏脑,自己早就收回去了。虽说远亲不如近邻,但这也太……亲密了点吧!

"你快去洗洗,一路都是水……一会儿出来帮我擦干净。"叶嘉见她一脸复杂地看看衣服又看看他,生怕她要生气,恶人先告状,冲她凶巴巴地说道,"还有,别在这里打搅我做事,快走开。"

白茗雪见他戴上口罩和手套,看上去挺专业的样子,很听话地拿着衣服默默走进洗手间。

叶嘉看她关了门,听到里面传来水声,立刻打开手机视频,让兽医隔空指点接生。

白茗雪哪里知道外面的情况？抬头看到镜子里自己狼狈的样子,瞬间尴尬起来,白T恤紧紧贴在身上,里面内衣颜色都透出来了——难怪叶嘉这么嫌弃。

脱了衣服,白茗雪直接拿着衣服当毛巾擦洗一下。她可不敢随便用大少爷的毛巾,尽管他帮大黄洗过澡,可不代表他会喜欢别人碰他的东西。

白茗雪洗到一半突然看到他的洗手台上放着个眼熟的东西——她的香皂。留在会场酒店的一块香皂,居然被他带回来了……白茗雪突然想到,她还有内衣也遗忘在酒店里,难不成……叶嘉是个变态吧？他也不像是热心帮邻居收衣服的人……不过叶嘉说喜欢她,难道因为喜欢一个人,连性格都能扭曲？

白茗雪没有喜欢过哪个男孩子,也没法理解陷入爱河的人会有一种朝圣的奉献精神。只是看着烘干的衣服,看着那块和一堆高档洗漱用品格格不入的自制手工桂花皂,心里那片戈壁,开出了一朵小小的花。她想起了爸爸以前说过的话：

人生短暂,要珍惜珍惜你的人,放弃放弃你的人,在意在意你的人,不要害怕付出,感情是最珍贵也最不值钱的东西,所以对你好的人,要加倍对他好。

她想了想,她对叶嘉不算太坏。

第十一章　此情可待

叶嘉对她也挺好的。

白茗雪必须承认这件事。虽然很多时候他金贵娇气,还会故意招惹她,小事上矛盾不断,是个讨厌的麻烦精,但在大事上,他没什么可指摘的。

昨天在李云华家里,她听到那些七大姑八大姨嘴里的叶嘉,那真是国家之光,未来的希望,村里的骄傲,就跟她们养的儿子一样。一群人七嘴八舌,什么帮瓜片做了很多宣传,什么修路种树弄保护基地,恨不得立刻给他发个先进个人奖……

连抠门的舅妈都说他善良有为,当初租她家那么偏的老房子,就是看她家辛苦,给了那么多租金。这些话让白茗雪觉得自己耳朵出问题了。舅妈爱财如命,居然说要把老房子送给叶嘉,看来也是人到老年,看透了很多东西。

客观地站在上帝视角评价了一番叶嘉,白茗雪心里知道他没那么糟糕。相反,他太优秀了。所以除了两人之间差距太大,没缘分之外,他没什么致命缺点,把他当成内心是个小公主的男人就行了。

白茗雪换好衣服,头发都没吹干就出来了。她一推开门,就听到了小奶猫的叫声,风一样地冲到沙发边。

叶嘉扭头看了她一眼,指了指猫,没说话,摘掉口罩就抱着垃圾桶吐酸水。

兽医说,小猫是臀位生产,第一只小奶猫的头卡在产道内,只要尽快帮忙排出产道,不会发生窒息,就能救下来。第一只顺利生下来,后面的一般就会接二连三地生出来。只不过产程很长,猫很辛苦,盯着的人也很辛苦。

叶嘉帮母猫又按又揉,还要查看产道,严重挑战了他的洁癖。

"叶嘉,你太厉害了!"白茗雪扑过去看了看猫咪,看到奶猫闭着眼睛喵喵喵地找奶,她激动地用腿碰了碰旁边干呕的叶嘉,满脸的惊喜,"救命之恩啊叶嘉,你以后就是这群猫咪的再生父母了。"

什么乱七八糟的形容词!叶嘉一点也不想当猫的爹!但他看到白茗雪毫不掩饰的夸赞和开心笑颜,竟然觉得手上这些血和羊水没那么恶心了,猫咪也没那么脏,一切都还能接受。

"村里小动物生宝宝,家人不让孩子看。很多时候,小动物也会挑个安静没人的地方生产。所以,我只是瞄过几次,完全没经验。"白茗雪见那只小奶猫已经会自己找奶吃了,激动地说道,"今天欢欢一定是没法自己生,才回家里求助。幸好有你,它猫生有福啊!太谢谢你了!"

"你要真感谢我,就来点实际行动。"叶嘉脱掉脏兮兮的手套,扔到垃圾桶里,见她头发还湿答答的,将新换的衣服都洇湿了一片,忍不住皱眉,"去把头发吹干。"

"叶嘉,别什么都要立刻回报,你又不缺钱,每次却让人觉得你很小气,这样不好。"白茗雪跪坐在沙发边的地毯上,眼睛一眨不眨地看着猫儿产崽,毫不在乎湿漉漉的头发。

"谁说我不缺钱?"叶嘉现在最缺的就是钱呢,只不过他更需要她爱的回报。

"行,回头给你接生费。"白茗雪心情很好,和他说话时的语气都放松不少。

"第二只可能得一个小时左右才能生出来,也可能要等一晚。"叶嘉见她露出少见的温柔神态,站在一边入神地看着她。

清秀俊逸的线条舒展开来,眼里含笑、唇角上扬的样子,让梅雨季都变得透亮起来,好像谢了的桃花又开上枝头,樱桃红红地挂在树梢,充满了春光。

"那你去休息,我在这盯着,要是有什么事我再喊你。"白茗雪看着欢欢舔着小奶猫,轻轻摸了摸它的头,柔声说道,"做妈妈好辛苦,别担心,这次我们陪着你,以后我们不生了好吗?"

叶嘉看着她趴在沙发上温柔的样子,心都要化了,也想摸摸她的头。为什么她可以这么可爱,这么美好,这么勾着他的心魂?!

于是,他拿着干毛巾和吹风机回来,顺理成章地摸上了她柔软冰凉的发丝,预见性地把她卡在沙发和自己中间,挡住了她的后路。

"叶嘉,你干吗?"白茗雪正在看猫,突然被毛巾盖住了头,还没站起来,就被一双手按住了脑袋,再往后一动,靠到一个结实温热的胸膛里。身后的气息吹过来,她顿时如踩到小猫尾巴似的想跳起来。

"别吵,别动,你把猫惊着了。"叶嘉帮她擦了擦头发,往后退了一点点,主动拉开距离,显示出了正经的诚意。

"我自己来,你把我惊着了。"白茗雪僵硬地绷紧后背,伸手到头顶,想扯毛巾。

她手上采茶的痕迹早就没有了,这几天没怎么做农活,掌心的老茧也消失了,手指软软地按在叶嘉的手背上,然后一把抓紧他的手。

目眩神迷大概就是这样的感觉,时间似乎静止,外面的暴风雨和屋内猫咪喉咙发出的呼噜声也被心跳声压住。

"猫怎么睡着了?不会晕了吧?"白茗雪抢过毛巾,突然惊讶地问道。

生崽这么痛苦的时候会睡着吗?身为黄花大闺女的白茗雪还不懂产程太漫长,母猫会抓紧时间恢复精神,迎接第二只宝宝。

"呼噜打得这么响,怎么可能晕了?"叶嘉松开了手,见好就收,不想真的把她惊跑了,俯身拿起毯子一角轻轻盖在小猫身上。

"欢欢和你很熟呀。"白茗雪见花猫很信任地蹭了蹭毯子,懒得睁眼继续打呼,忍不住说道。

"动物有个好处,只要多喂它吃的,就会跟你亲近。不像人类,要不就是怎么都喂不熟的白眼狼,要么就是贪得无厌的蛇吞象。"

"啧,你干吗又含沙射影的?说自己的吗?"白茗雪觉得他又在阴阳怪气地嘲讽。说起来,这只白眼狼在自己家里吃了不少饭,还人心不足想霸占她家茶山。

"是,我也是这样,贪心不足。"叶嘉把电吹风插上电,调到最小档,没什么噪音,不会惊扰到猫咪。

"能直面自己的缺点并加以改正,就是个伟大的人。你好好努力改正。"白茗雪一本正经地说道。

"改不了。"叶嘉走到她身边,为她吹头发。对她的贪心,恐怕永远都改正不过来。

"别别别,大少爷您歇着吧,不麻烦您,我自己来。"白茗雪被热风吹到,惊悚地抢过吹风机,受不了被他这么伺候。

"你已经麻烦了,还怕更麻烦点?"叶嘉深深看了她一眼。

"所以不敢再麻烦了。"白茗雪对上他含意不清的目光,突然打了个冷噤,默默移开目光,专心致志地吹着头发。

吹风筒里的热浪就像盛夏的风,吹得人有些燥热不安。

白茗雪想到告白之前的那个夜晚,她看到穿着黑色衬衫的叶嘉坐在沙发上,身上像散发着黑暗的光芒,有一种她没见过的诱惑力,是纯粹的男性的荷尔蒙气息,让她觉得自己成了一只母兽。

白茗雪赶紧吹干头发,见叶嘉靠在沙发边的扶手上默默地看着自己,那眼神就像是一只手,真真切切地摸到她脸上。

"你晚上吃过了吗?"白茗雪觉得要找点事做,不然这么默默对视,会疯掉。

"你又没开门等我吃饭,我去哪儿吃?"叶嘉带着一丝委屈反问。

"食堂不是有饭吗?"白茗雪总觉得他在和自己撒娇。叶嘉和她单独在一起说话时,她经常有这样的感觉。

当然也可能是一种"高处现象",因为她不懂男人的心思,摸不透叶嘉的心。就像站在万仞悬崖上,凝视深渊,要被深渊吞没的感觉,让她觉得——往后退一步总是安全的。白茗雪知道,高处现象最危险之处在于——恐高的人更容易冲动地跳下去自杀。在悬崖的边缘所感觉到的眩

第十一章 此情可待 | 285

晕,是人类在自由地沉思着危险时所感觉到的"可能性的眩晕",在眩晕中为坠落而痴迷。

她前几天压力很大,睡觉前总要读点书才能平静。恰好看到考克斯《存在主义者的指南:死亡、宇宙和虚无》,那句"在召唤着我们纵身而下的看似是虚空,实际上却是我们本身的自由;是我们永远有着'像这样快速地了结一切'的选择的这种事实",让她印象很深刻。

她一直觉得自己是自由的,没有被任何一段关系束缚。

白茗雪在厨房给叶嘉煮泡面时,产生了"快速地了结一切"的冲动。

"这次连个鸡蛋都没有。"叶嘉看着她将面端过来,说道。

"我要回家拿鸡蛋,你说不用的。"白茗雪家里菜多,前面一畦菜地郁郁葱葱种着各种蔬菜。

"雨这么大,想了想,鸡蛋还是没有你重要。"好不容易吹干了头发,再淋湿了他会心疼。而且她煮的泡面,好像特别好吃。

"要喝点饮料吗?"白茗雪拉开冰箱的门,看着一柜子的绿茶饮料问道。

"你也拿一瓶。"

白茗雪没想到叶嘉居然开始喝瓜片饮料。她帮他拧开一瓶放餐桌上,自己也打开一瓶,尝了尝。前段时间帮他试饮,喝得要吐了,闻着这味道就想上厕所。现在从冰箱里拿出来喝一口,居然有一种沁心的清爽,带着瓜片特有的高朗,让黏糊糊的雨季变得清澈阳光起来。

"你说得对,茶饮的口感,是没有你们手工瓜片来得热烈纯正。"叶嘉喝了一口饮料,两个人像品酒一样,尝着味道。

白茗雪没说话,坐在餐桌边,默默又喝了一口。她一想到瓜片落选就一肚子闷气,可叶嘉的态度又让她没法全怪在他头上。加上他那张好看的脸,只要诚恳点道歉,没有人能忍心责怪吧?

"那天喝了你参展的茶,让我重新反思,做茶饮的初心。"叶嘉又说道,"中国的绿茶在世界上出口第一,有几千年的历史沉淀。可并没有人想过让这几千年的传统和现在的时代完美地对接起来,用另一种方式,呈现在世人面前。而且现在的各种饮料,大多靠糖分和添加剂撑着口味,喝多了,对身体还是有影响。绿茶本身的味道很容易被接受,可以做到完全健康。这种只有纯牛奶才能媲美的优点,让我觉得这是个商机,所以你认为我是个逐利的商人,也没错。"

白茗雪依然没说话,以前总觉得叶嘉是个商人,接触之后,觉得也不尽然,他身上倒有点民国时期实业救国接受新知识的贵公子风范。而且,他目标清晰,也从不遮掩自己的欲望,比许多伪君子强得多。

"我想让古老的茶叶换个方式,迎合更多年轻人的口味。传统手工茶叶出茶慢,良莠不齐,受到茶叶产地和炒茶师傅等因素的干扰,很难保证统一的口感和质量。你们觉得工厂机器统一生产的弊端,对批量产生来说反而是长处。

"但我还是要向你道歉,我太自大了,相信数据和科学,相信自己对市场的判断和经验,却连一口茶都不肯喝。在你心里,我是不是很叶公好龙?"叶嘉见白茗雪一直不说话,苦笑着问道。

"叶公算不上,但总觉得有点虚假宣传。我看了你们茶饮的广告,说得那么好,老板却喝着咖啡可乐,根本不肯尝一口,要是被消费者知道了,心里会不舒服。"白茗雪见他说得那么真诚,不好意思嘲笑他了,转着饮料瓶淡淡说道,"不过,也可能只有我会这么想,你不用在意。"

"别人怎么想,我不在意。"叶嘉拿起瓜片茶饮喝了一口,俊秀的脸上浮起淡淡的无奈,"我在意的,只是你的想法。"

白茗雪转着瓶子的手停下了,她看着叶嘉,见他装着星辰般的眼眸,那种失衡的高处感觉又来了。深邃的星空和深深的大海,一样让人想要向恐惧的源头屈服,并纵身而下。

白茗雪知道这是大脑中有意识的部分误解了身体的安全系统发出的讯号,大脑在莫名紧张,给前额皮层发警告信号,让它自己理解危险的来临。可是意识的处理速度比恐惧回路要慢,所以它收到那个警告信号,但是反应不过来为什么会被警告——这是白茗雪每次看到叶嘉都会心理过敏,总结出来的结论。

叶嘉和她之间的差距，直接转化为实体距离，就像悬崖和万丈深渊，像浩瀚星空和漆黑山坳，让她开始恐惧这样的距离。

"我从国外的快餐文化里学到了很多东西，但是我并没有看不起你所坚持的古老传承，我只是……讨厌头脑太固执保守的人。这个时代发展得太快，不适应的人，只能被淘汰。"叶嘉见她又默默低头玩饮料瓶，叹了口气，说道，"所以，我对山村的印象刚开始很不好。这里的人保守又封建，愚昧无知，一点点风险都不愿承担，却妄想天上掉馅饼，得到最大的回报……"

"喂，有这么糟吗？"白茗雪忍不住打断他的话，就知道他看不起村里人，但也不用说得这么难听。

"想想你妈妈，算是地主家的女儿，读过书，思想比这里大多数人都先进。可是，还不是天天说女大不中留，盼着你嫁出去？"

"我妈白让你吃那么多顿饭。"果然是白眼狼，吃完饭连主人的坏话都要说。

"听我说完嘛。"叶嘉见她嫌弃的样子，忍不住笑了，继续说道，"但是啊，传统也有传统的好处，你们村跟世外桃源一样，虽然没有什么先进的文明知识，跟时代脱节了，但也保留了不少质朴民风。人情风俗上，也是城市里无法感受到的，很珍贵。"

"我们没有和时代脱节，我们只是……走得慢一点而已。"白茗雪觉得这几年，农村已经发生了翻天覆地的变化，经济变好，有了物质基础，精神文明才能稳步提升。

"没关系，慢慢走，我陪你。"叶嘉眼神流转，轻声说道。

白茗雪又打了个寒战，立刻站起身："我去看看猫。"

叶嘉见她趴在沙发边盯着小猫，头发因为经常盘成丸子，吹风机吹后很蓬松，有着温柔的弧度，衬得那张脸越发小而嫩，微鬈的发梢像瀑布一样盖在肩膀上，专注看着猫咪的眼神很柔软，将她平日里的男孩气全挡住了，怎么看都是可爱迷人的女孩子，怎么看都让他心跳加速，想要她用这样的眼神看着自己。

外面电闪雷鸣,狂风骤雨,叶嘉却希望雨再大一点,再大点,困在这座山里,困在这间房里,困在她的心上。

雨一直下到了第二天早上,白茗雪是被手机的振动声吵醒。

她竟然趴在沙发上睡着了……身上还盖着一块柔软的毯子,上面全是叶嘉的味道。

白茗雪立刻坐起身,看到脚边三只小猫咪,正趴在猫妈妈的肚皮上酣睡。而叶嘉不见了踪影。

她立刻接起电话,是李云华打过来的,没什么要紧事,一般不会早上给她打电话。

虽然这时候对大部分日出而作日落而息的村民来说已经不早了——八点半。

白茗雪搞不懂自己怎么能在沙发上睡得这么熟,她明明是个警惕性很高的人啊!可好像跟叶嘉在一起,困了就直接睡过去,打雷也吵不醒。而且睡得这么香,完全违背了她精准的生物钟……一定是最近太累了。

"小雪,你不在家?搞什么去了?"

电话一接通,就听到李云华喘着气的急促声音。

"怎么了,出什么事了吗?"听她语气焦虑,白茗雪心里咯噔一下。

最近家里太不顺,第一反应是李勋哥哥或者老太太出大事了。

"你在哪儿?急事!"李云华站在白茗雪家门外,话还没说完,就看到隔壁邻居家,也就是她家的老屋子门打开了,一道身影冲了出来。

"快说事!"白茗雪着急地说道。

"呃……你和他……这是同居了?"李云华看着拿着伞,头发没绑,头发瀑布般披散着的少女,怎么看都和平时的帅气不一样。至少披着长发,多了几丝清纯的妩媚,像被爱情滋润灌溉过。

"什么……没有,不是你想的那样!"白茗雪一转头,看到自家门口站着的表姐,立刻关掉电话,对她喊道,"我过来有点事……你快说怎么了?"

"昨晚暴雨太大,枫林坳发生了山体滑坡,好几户被埋了,村里组织急救,人手不够,你快点跟我过去帮忙。"

"人没事吧?"白茗雪立刻动身,关心地问道。

"有两家在山脚的……不好说,判断是昨天晚上雨太大,泥石流冲下来,大家还在熟睡……早上七点多,有人路过,看着那边房子都给泥石流埋住了,这才找人帮忙。可桥头又被淹了,一时半会消防车也过不去,村委组织村民先过去帮忙。"

过了茶春,山村里的青壮年都出去找活做,村里都是留守老人和儿童,像她们这种有力气腿脚好的年轻姑娘也很少见,所以李云华第一个想到的就是表妹。

枫林坳很偏僻,一路都是湿滑的山路,年纪大一点的人别说救援了,就算走过去都很危险。白茗雪和李云华一路小跑,也花了二十分钟才到地方。

远远看去,半座荒山都塌了,黄泥满地,触目惊心。

枫林坳就住了五户人家,其中两户都出去当木匠没回来,还有三户住的是留守老夫妻和一个养牛的黄哑巴。

小马已经带着两个村干部在现场挖房子了。

这是地道的农村土房子,没有砖石结构的强力支撑,纯黄土搭建,上面是木梁瓦块,所以经不起这山泥的冲刷。此刻,房子像一堆烂泥,整个倒塌。

"没找到其他人吗?"小马扭头看到是两个女生,喘着气说道,"你们女孩子别过来了,这里挺危险的,怕还有泥浆往下冲,站远点。"

"是啊,怎么把茗雪喊上了?都是小姑娘……"村主任看到白茗雪,眼睛眨了眨,想到了村里的传言。

他不常见到白茗雪,总感觉她还是小时候的样子,没想到一眨眼就变成亭亭玉立的大姑娘了。瞧这漂亮的身段模样,出水芙蓉似的,难怪叶家大少爷喜欢!

"你说村里还有谁能帮忙?年轻人谁像我们一样还留在山里?"李云华说着,踩着软软的泥巴,往他身边走去,"里面有声音吗?"

"有……只有哑巴屋子没声音。"小马看了眼飞快跑过来的白茗雪,脸微微一红,又看了几眼。她今天可真漂亮,头发没扎起来,像变了一个人似的,特别有女性魅力。

"锄头给我。"白茗雪走过来,伸手拿过小马手里的锄头,绕着这间坍塌的屋子走了一圈,找到窗户口,开始挖。

她动作很快,又有力气,比小马做事利落多了,三下五下就把堵住窗户的那块大石头给撬开了。

"那个……雨衣披上,雨这么大,你快穿上。"小马在一边看得目瞪口呆,赶紧脱了自己的雨衣给她递过去。

虽然李云华常常和小马开玩笑,十个他都打不过表妹,小马也见过白茗雪打球时凶狠厮杀的战神模样,可还是第一次见她挥着锄头也这么凶悍,顿时觉得自己配不上她——从力气上就不太好配对。

"衣服已经湿了,你自己穿好,我穿着还不好干活。"白茗雪拒绝,继续闷头挖。

挖了一会儿,她嫌弃头发碍事,拿手腕上的黑色皮筋往脑后一绕,利落的马尾扎起来,露出整张脸来。她的面部骨相很优异,虽然锋利,但每一个起伏的线条都被胶原蛋白紧紧包裹着,流畅优美,酷中带着甜,有着干净的少年气,所以虽然有些中性化,可并不是纯粹的男性化长相。

这和叶嘉过分精致的五官气质很像,叶嘉的轮廓立体度很高,眼神坚定,举止优雅,就不会太过柔媚,而是一种英挺的男性的俊美。

雨小了一些,被埋在瓦片泥土下的老夫妻终于有声音传出来。这两个老人家半夜被惊醒,想起床看看动静,结果房屋倒塌,他们只能躲在衣柜下,逃过了一劫,但也受伤不轻。

就在大家忙着搬瓦片石块时,李云华的手机响了起来。她出门会带着个防水的包,因为时常要去镇上接送文件,防水包是她的基本配置。而白茗雪这个傻妞,直接把手机放裤兜里,这会儿已经被雨水淋短路了……

大家费了九牛二虎之力,才挖出第一间房,却对腿被横梁压断的老人束手无策,不敢搬动。

"救护车也上不来,怎么办?"小马和大家把横梁搬开,喘着气问道。

"编个担架抬下去。"白茗雪刚才挖到了不少绳子,就算没绳子,对土生土养的大山人来说,扯点藤条或者现劈竹子也能编个简易担架来。

"现在不是救护车的问题,是还有两户得赶紧挖出来。"村主任年过五十,都快累出心脏病了,坐在横梁上哼哼,"昨天接到通知,今天下午水库要泄洪,就要经过这条河,恐怕到时候就走不了了。你们年轻人还有力气的别歇着了,赶紧上。"

白茗雪看了眼不远处的河,一旦水库放水,河水至少要暴涨两米,根本过不去。

"我们还有救兵。"李云华见白茗雪和小马往另一户跑去,赶紧给老人家披好雨衣,说道。

"先救救我吧,速效救心丸忘了带……喘不过气来了。"村主任脸色憋红,看上去确实累坏了。

"主任您别动,歇着,我们年轻人来。"李云华赶紧扶着他找个被砸得破破烂烂的藤椅勉强坐着,不敢劳烦他帮忙。

"你说还有什么救兵?救护车能过桥了?"村主任喘着气问道。

"不是,叶老板知道这事,他要过来。他那厂里都是壮丁,从保安室带几个人,准能把人救出去。"

"啊!叶老板?"村主任累归累,可听到叶嘉的名字,立刻扬声说道,"哎,那个茗雪手都磨破了,给她拿个东西包一下。小马,小马……别让女孩子干活,让人歇歇!老王,你和张毅过去帮忙。"

李云华看着村主任这个样子,看来叶老板对表妹的心思,已经尽人皆知了!

"行了,我没事,救人要紧。"白茗雪被小马强行拦下来,满脸无奈,"你们太慢了,还是换我来。"

"你手都磨出血泡了,先包好再说。"小马难得强硬一次,不知道从哪个被砸坏的衣柜里找到布头,抓着白茗雪的手往上缠,埋怨地说道,"让你戴上手套穿上雨衣,你不听,回头生病了可别找村里报销医药费!"

白茗雪根本没理他在说什么,眼睛一直盯着其他人看,这时候时间就是生命啊,哪能浪费?

只是这次大家都命大,虽然没来得及逃出来,但也保住了性命,隔着泥土梁木,大家还能对话。

只有哑巴那边没动静,李云华正在屋门口扒拉碎瓦块和被冲下的大树根。

"这几年水土流失得厉害,尤其山窝里,没人管,屋后的树都砍了去卖钱,没有环保意识……"小马一边帮她包扎,一边遗憾地说道,"也是我们没有宣传到位的错,都在忙着扶贫,都在喊口号,可根本没有让他们从思想上转变过来。"

"你们也挺辛苦的。"白茗雪见他衣服也都湿透了,黄泥弄得脸上头上都是,好好的一个大学生,能决心来基层历练,也挺不容易的。

"不辛苦,为人民服务嘛。"小马难得开了句玩笑,但神态很认真,分明藏着什么信仰。

"好了,这边手上没事,不用包。"白茗雪看他包扎的时候笨手笨脚的,速度又慢,都想自己动手了。

"别动,让我包好。"小马见她好好的左手也磨出了血泡,只是情况稍微好一点,没破皮,可看着也心疼。

好不容易养嫩的手上,血泡显得触目惊心。

"这点伤真没事。"白茗雪话音刚落,就听到李云华和村干部那边传来激动的喊声。

"叶老板,你来得可真快!哎呀,大家慢点慢点,河边青苔滑,别摔了。"

"这边过来,这边水浅。"

白茗雪转过头,看到河边站着一行西装革履的人,正在过河。叶嘉就在那堆人里,隔那么远,她也能感觉到一股杀气迎面扑来。

小马也觉得他的眼神跟利剑似的,狠狠扎在自己身上,不由得手一抖,绑滑了。

第十一章 此情可待 | 293

"你按着这里,我自己来。"白茗雪也感觉到不善气息,赶紧自己动手,速战速决地缠着布条。

"那个……听说叶嘉……对你挺好的。"小马感受到那眼神,分明是吃醋和占有欲,就像自己碰了他的珍宝,看来外面的传言是真的。

"还行。"白茗雪缠的布条,比拳击手捆的还工整紧实。

"他真的在追你啊?"小马的语气里有藏不住的失落。

"……追?没有,他只是……跟我说了一下。"白茗雪对这个字眼比较陌生,从小到大,敢追她的人没有!

"跟你说了什么?"小马追问。

"跟我说,喜欢之类的。"白茗雪尽量轻描淡写地说道。

"那不就是表白了吗?"小马更加失落,被这么优秀的富家公子告白,而他到现在都不敢表露内心,看来真的没缘分。

"呃……包好了,谢谢你。"白茗雪扎紧布条,抬头对小马笑了笑,"去看看牛棚。"

叶嘉看到她冲小马微笑的样子,觉得胃里被浓浓的醋灼伤了,加快脚步走了过去。村主任跟在他身边介绍情况,发现他根本没理,眼睛一直盯着白茗雪的方向,便讪讪闭嘴,转头对其他跟过来的人说道:"辛苦大家了,跟我来这边,这俩小伙子,来帮我挪一下……"

"我们到的时候,牛就不在……"小马站在牛棚前,这边的山体滑坡最厉害,估计牲口对自然灾害的感应更灵敏,提前跑了。

"你的手怎么了?"

没等白茗雪说话,她和小马之间被硬生生地插进一个人。

叶嘉无视两人的尴尬,拉起白茗雪的手察看。

"你去帮忙……"白茗雪尴尬地想收回手,可被他更用力地扯住。

"我帮什么忙?我是来帮你的!"看到右手有血丝渗了出来,叶嘉狠狠瞪她一眼,"早上怕吵醒你,想让你多睡一会儿,结果倒好,回来就不见人……"

"咳,咳咳……"白茗雪憋红了脸,用力咳嗽,希望大家不要误会,可显然这是做不到的。

小马没想到他俩已经是这种关系了,满脸震惊地默默往后退了几步。

"小马,不是……"白茗雪见小马避嫌要走,赶紧喊道。

叶嘉见她还要跟小马解释,手上一用力,捏得她伤口又渗出血来,声音变冷:"不是什么?!你晚上利用完我就跑到这里和野男人亲热,思想真开放啊!"

"你胡说什么?!"白茗雪被他攥得手疼,再看看周围十米都没人了,尤其小马,跑到最远的那家门口的土堆上扒拉着,背影都透露着"单身狗"的难过。

"这是什么布?脏成这样你还敢包伤口,不怕感染?"叶嘉说着,把那捆好的布条又扯掉了。

"大少爷,你去救人吧,别管我了。"白茗雪被他扯得伤口又裂开,她皱眉忍着疼,"我们这边都这样包,没听过感染生病的。"

"落后!愚昧!"叶嘉攥着她的手,没等她说话就扯着她走到一边草地上,"别干扰他们做事,他们比你专业。"

叶嘉茶厂的保安都是退伍军人,这种救援对他们来说太简单了,他们已经各司其职,帮老人包扎的,去另外两间房子帮忙的,一个个行动快得很。

"少爷,你松手吧,这是让我跳进黄河也洗不清了。"白茗雪终于甩开他的手,晃了晃手腕,满脸怨气地低声说道。

"为什么要洗清?你不是根本不在意这些东西?给我先回去洗洗上药。"叶嘉见她一身黄泥巴,脸上都有,胳膊也被石头蹭得伤痕累累,更是火大。

"我还……"

"表妹,你快先回去吧,别感冒了,这边有叶老板的人在,没问题。"李云华见叶嘉脸色难看得很,看上去气氛紧张,赶紧跑过来,赔着笑,"快回去,有事我再找你。"

"有事找我就行。"叶嘉沉沉地看了眼李云华,"这么大的事,找什么女孩子帮忙。"

"是是是，以后有事我就找叶老板了。"李云华一脸了然的表情，赶紧说道。

"云华……"白茗雪想说话，被李云华也瞪了一眼阻止。

"表妹你就别说话了，赶紧跟叶嘉回去，洗洗弄弄，回头我再看你。"李云华边说边把她拉到旁边，用家乡话小声说道，"求你了啊，快回去吧，别惹叶少爷不高兴，他刚才凶我的眼神你没看到吗？要把我卸了啊！我哥还在他手里，你顺着人家一点，快回去快回去。"硬生生打发走表妹，看着叶嘉和她两个人消失在山林里，李云华才松了口气。

"他俩在一起了？"小马不知道什么时候走过来的，问道。

"差不多。"李云华看出小马眼里的落寞，用胳膊肘撞了撞他，"别想了，咱村里还有好多漂亮的小姑娘，我帮你找。"

"不要。"小马闷闷地转头走到一边，看着保安们救人。

"别这样，回头我帮你问问小雪到底怎么回事。"李云华不忍心见他难过，跟过去安慰，"虽然叶嘉很喜欢她，但这事得你情我愿。叶嘉刚才虽然把她当媳妇护着，但小雪好像没那么想……"

"别说了，去忙吧。"小马不想多说，这种时候越被安慰，心里越难受。

"你等等，你的手也破了，别忙了，一边待着去。"李云华眼尖，见他手背被树根划出一道血痕，把他推到一边去，说道。

小马低头看看自己的手，拔凉拔凉的心里微暖，默默蹲在石头上，看着别人专业救援。

临近中午，雨才变小了一点，淅淅沥沥连绵不绝，洗刷得树叶绿得透亮。

据说黄梅季节是抑郁症高发的时候，因为长时间不见太阳，心情容易阴郁。

白茗雪就很郁闷。因为她一路都被叶嘉攥着手，怎么都抽不开，山路泥泞湿滑，两个人这么一路危险地走回家，感觉都要虚脱了。

"给我去洗干净，衣服全扔出来，别弄脏我的房间。"叶嘉一路都在生气,语气也无比强硬,不顾白茗雪反对,把她带回家,塞到自己的洗手间,说道。

他用过白茗雪家里的淋浴间,很简陋,还是太阳能热水器,到后面根本没热水。这接连的阴雨天,不用想也知道太阳能热水器就是个摆设。

"叶嘉,你……"

"不方便?要我帮你洗吗?"叶嘉见她想出来,堵在门口,眉头微微皱起,眼神压迫性地从她脸上往T恤领口下滑去。

"不用。"白茗雪感觉到了眼神的侵犯,立刻关上门,才说道,"我只是想拿衣服。"

"烘干机里有。"叶嘉昨晚在她睡着时就把衣服扔洗衣机里洗了,早上烘干后才出门。但他九点就回来了,从食堂带了早餐,想送给她吃。可没想到回来后就找不到她了,要不是沙发上还有一窝小奶猫,他都怀疑昨晚的一切是个梦。

"你帮我洗衣服了?"白茗雪尽管知道是洗衣机洗的,可还是觉得很怪异。那种安全距离被一再打破的不适感,让她没法坦然接受。

"内衣手洗的,没混在一起洗,放心。"

叶嘉这句话刚说完,卫生间的门就被拉开了,白茗雪憋红了脸瞪着他:"你是变态吗?!"

"我这么体贴,你说我是变态?"叶嘉从小到大还没帮人洗过衣服呢,心里很委屈。

"我回家去。"白茗雪说着就要走,离他远一点。

"你家又没热水,快给我去洗。"叶嘉把她又推进去,俊脸沉下来,"别闹了,你要是感冒了,我就去找你表姐算账。"

"我感冒和她有什么关系?你太不讲理!"白茗雪陷在被人冒犯了隐私的慌乱中,她长大后连老妈都没帮她洗过内衣裤,没法接受,没法接受!

"怎么没关系?你这伤就是她惹出来的,我没当场翻脸就是给你面子,下次不要再有这样的事情发生……"

"我的事跟你有什么关系?又不是伤在你身上。"

"我倒宁愿伤在我身上。"叶嘉盯着她的灿亮清冽的眼睛,气得想打她一顿。还不明白吗?伤在她身,痛在他心。

白茗雪愣了愣,避开他的视线纠缠,看着自己胳膊上的血痕,沉默几秒,又关上门。

她是个没有恋爱细胞的"直女",好像就没有过青春期,没有那些女孩子心怀浪漫的花季雨季,但是被叶嘉告白之后,她的节奏就全被打乱了。多年来的习惯和性格,让她对男生的甜言蜜语和示好都很难接受,她不喜欢任何一种逾越亲情和友情的感情。但是叶嘉和她遇到的其他所有男生都不一样。他有时候像个成熟的男人,眼色深沉时让人心生畏惧,不敢太过放肆,可大多时候他又轻浮傲慢,像个被宠坏的少爷,还有着任性孩子气的一面,就算拒绝他,还是像个没要到糖的小孩一样,讲不通道理……

白茗雪洗着腿上的黄泥巴,还是想不通啊,这么一个喜怒无常娇生惯养的少爷,到底看上了她什么?莫非……看着洗得白白净净的一条美腿,白茗雪打了个冷噤。

他一个海归少爷,见惯了灯红酒绿纸醉金迷的生活,在什么娱乐都没有的山村里一待几个月,太寂寞了。

她虽然没什么女人味,但这细皮嫩肉又软又滑,风华正茂……反过来想想,人家少爷也不差,窄腰长腿,身材没的说,脸更是生得好看,浑身香喷喷的。如果这一生一定要找个男人,找他,绝对找了不吃亏,找了不上当……

白茗雪又打了个冷噤,发现自己想得太深邃了,"禽兽"的人是她啊。她的脑子一定受到了罪恶的腐蚀,变得这么卑鄙。

等白茗雪整理好心情,提着自己的脏衣服出来,她看到叶嘉正坐在沙发上,温柔地凝视着掌心托着的一只小奶猫,就像看着自己孩子似的。

白茗雪突然想到第一次带他回家,在茶房里,认真打量他时,对他的好感就是从那双眼睛里来的。无论外表多傲慢,可那双眼睛就像头顶星空,纯净灿烂,对这个世界藏着温柔。

"过来。"叶嘉见她今天连头发都吹干了，显然为了避免昨天晚上被他擦头的尴尬。

"我回去了，差不多该做午饭了。"白茗雪不想多留，看了眼他身边的一窝还没睁眼的小奶猫，再看看放在房门口的他那双满是泥泞的鞋子，迟疑了几秒，问道，"你中午回公司吃吗？"

也不知欢欢去哪儿了，留下一窝小奶猫在这里乱蹭，好几次都快掉下沙发，被叶嘉捞住放回去。

"你想邀请我吃午饭？"叶嘉的眼里闪过一丝笑意，见她不说话，又说道，"虽然我昨晚伺候你和猫一夜没睡，早上又帮你们救人……但你也不用放在心上，我对你的付出，是心甘情愿的。"

"谁要请你吃饭？我只是问问。"白茗雪被他说中了心思，脸一红，听不得肉麻的话，立刻要走。

"先过来，把你的伤口处理一下。"叶嘉见她被说得害羞了，起身拽住她。

"我回家自己弄。"白茗雪见他现在动不动就肢体接触，非常不悦地沉下脸。

天气越来越热，穿着短袖被碰到皮肤的感觉，就跟在塘里踩到泥鳅似的，又像被电鳗绕着转了一圈，让人难以忍受。

"我的药好。"叶嘉不管她的脸色，依然紧紧拽着她细细的手腕。

"叶嘉，你很喜欢让别人按照你的方式来，强人所难不是什么好习惯，能别管我吗？"白茗雪看了眼他的手，估计他从小被宠到大，习惯了发号施令。

"不能，因为我管不了你，你也根本不怕我难过伤心，所以，我就想出个办法，要是你让我不开心，我就让你在意的人也不开心。"叶嘉一向是"坦荡小人"，哪怕做坏事也像个王子，"谁让你受伤了，我就让他付出双倍代价。你受伤了还不肯听话处理伤口，那……"

"喂，你这样太无耻了！"白茗雪不知道他是不是在开玩笑，但看他的神情，像是言出必行的样子，"你……别欺负我们这里的人。"

"我这是为你好。"叶嘉说完这句话,心里感慨自己一点也不酷,跟个老妈子似的,像那些成天念叨着"我是为你好"的长辈。但白茗雪吃软不吃硬,他也渐渐摸到她的死穴,那就是她的亲人,她把心里最柔软的地方都给了他们。

"你对我有偏见,哪怕我提出正常的建议,你都觉得我不对。"叶嘉知道长辈的角色对他俩的关系没什么好处,他这步棋叫先"兵"后"礼",兵临城下再温柔谈判,不费劲就能拿下城池,"如果我是你表姐,哪怕是那个帮你包扎的男人,让你洗干净伤口包扎一下,你也不会拒绝吧?"

"我俩的关系没到我和我姐的地步吧?"白茗雪身为理工女,只觉得他在偷换概念,反驳。

"那也比你和那个叫马什么的男人近一点吧?"叶嘉淡淡看着她,连语气都变得不经意起来,但手上的力气更大了。

白茗雪看了看他,倒觉得他这阴阳怪气的样子比生气还可怕,也许是对危险有着天生的敏锐嗅觉,她思忖了几秒,诚实地点点头:"是。"

叶嘉憋着的怒气被她一个字化为乌有,这让他有种大招准备好还没放,敌人却投降了的感觉。

"你说得没错,是我不想麻烦你,"白茗雪看着他捏紧的手指,苦笑,"但还是总麻烦你。我不喜欢欠着人情,心里老有挂念,很难受。"

"都说了,我不用你还。"叶嘉听到她说"挂念",眼底又掠过一丝笑意,把她扯回沙发上,"先上药,下午去医院打针。"

他太容易满足了,一点点小小的胜利果实,就能让他暗喜半天。尤其这几次,拉拉手,白茗雪也没有之前过分的应激对抗,没有让他像要制伏一头大老虎似的用尽全力,也算一种进步了。

"破伤风针?不用吧?我们小时候经常摔破腿,也都健健康康活到现在。"白茗雪一脸的拒绝,完全不想去医院,"没事没事,消个毒就行。"

"你们都太不珍惜自己的身体。"叶嘉见她乖乖坐在沙发上没动,只是口头上的抗议,微鬈的长发柔柔地散在肩头,唇色水嫩,眼眸明亮,斜飞入鬓的眉看着也清丽无双。他喉结一动,移开燥热的视线,努力把注意力集中在她的伤口上。

"是你太讲究。"白茗雪想自己拿酒精球,被他挡住了。

"别乱动,很快就好。"叶嘉坐在她身边,先帮她擦胳膊上的擦伤,都是搬石头和挪树时划伤的,现在洗干净黄泥,就跟雪白的藕被画花了一样。

白茗雪见他"专心致志"地擦着酒精,心里的防御和肢体上的怪异感,被轻一下重一下的痛感取代。

看在他长得赏心悦目的分儿上,她忍着没踹开他,就默默欣赏着他长长的睫毛和奶白的皮肤,又默默想到自己在洗澡时冒出的可怕想法。

不吃亏啊不吃亏!这么好看的男孩子,就算没有未来,也可以积攒点恋爱经验……停!想法太危险了!不以结婚为目的的恋爱就是耍流氓啊!

叶嘉的动作尽量轻柔,可心思总飘到其他地方去,看到她手上的伤,又想到早上她和小马那么亲近,老陈醋又在心里弥漫。

"轻点轻点……让我自己来。"白茗雪终于忍无可忍地开口。

她感受到了,再好看也不能当麻醉药,该疼还是疼。

"我看你上午被别人包扎也没叫疼。"叶嘉用力收紧纱布,抬起头,话里是浓浓的酸味,"人家手轻?"

"好了,我回去做饭,你要是不回公司……来我家吃。"白茗雪知道他是故意找碴儿,不接话,站起身说道。

"你这手还做什么饭?去镇上吃。顺便去打针。"叶嘉还是心疼自家媳妇,虽然她像个没感情的小兽,可他相信,以后这姑娘总归是自己的人。

"少爷,你忘了,这边一下大雨,桥头就被淹了,你想去镇上,那就游过去吧。"白茗雪提醒他,往外走去。

"那……你也歇着,跟我去食堂吃。"叶嘉忘了,这里一天没修好路,一天就出不去。

"我不去。"白茗雪不想再被人看到自己和叶嘉成双入对的。

"那你坐着别动,我做饭去。"叶嘉又把她拽回沙发上,怕她不肯闲着,给她指派了任务,"你负责把这窝小奶猫的毛毯给扔了,去卧室找条新毛毯,给它们弄个窝,别总在沙发上。"

"你家有菜吗?"白茗雪看着他往厨房走去,问道。

"我去你家厨房找点过来。"叶嘉在厨房门口停下脚步,也想到这个问题,脚步一转,熟门熟路地往她家走去。

"真不嫌麻烦……"白茗雪看着他挺拔的背影,喃喃说了一句。但她心里被熨烫得热热的,那些不安的小情绪被熨烫平整,消失不见。她想到当年高考前,老爸也每天给她下厨。家里好久没个男人这么关心她了,竟然有种被人当女儿宠的错觉。

叶嘉没下过厨,在国外学习时,爷爷奶奶宠他,怕他吃不惯西餐,还派了厨子跟过去负责他的一日三餐。但架不住叶嘉聪明,第一次做饭,就在白茗雪的指挥下,展现出了极大的天赋——没有糊掉。

"你能说得精准一点吗?"叶嘉上一道青菜蘑菇放多了水,炒菜变成了汤菜,转身拿了个量杯,"加多少毫升的水?煮几分钟?"

"过去,让我来。"白茗雪做饭和泡茶一样,全靠经验和感觉,谁会这么刻板地配好材料?

叶嘉在做事情上才像实事求是的理工生!

"你过去坐着,别在这儿瞎指挥了。"叶嘉手里拿着刀,不方便把她推出去,侧身把她顶出自己的厨房。

"喵……"

一声猫叫,欢欢出现在门口,在入门垫上抖着脚上的泥水。

"别乱动,等我擦一下。"白茗雪赶紧冲到门口,生怕它弄脏了大少爷的家。

叶嘉在厨房看着她蹲在门口给欢欢擦着毛,再闻着锅里散发出来的烟火气,突然觉得这里就是一个温暖的家。

大山比任何时候都要温柔,就连那阴郁的雨都变得缠绵悱恻,闷热难熬的季节却挡不住万物生长,雨水所到之处,树木疯长,花儿绽放,静悄悄地在某个雨夜结出果实。

白茗雪之后尽量避着叶嘉,甚至走路去了镇上,搭车到市里待了两天。

这几天烦心事太多。她和许清友合开的那家淘宝分店,客服和店铺都是许清友来做,她只提供茶叶,短短时间就冲冠了。可不知是不是被人眼红,老店没什么差评,分店却被投诉茶叶口味不如以前,让她头疼。

许清友回来了,依然住在锦源饭店。

他这次又带了一批人过来宣传,还邀请白茗雪去他的茶厂参观。这是白茗雪第一次去许清友的茶厂。许清友不说的事,她从不问,所以之前许清友收了那么多茶放哪里,她并不清楚。现在看到开发区新建的这座气派的厂房,上面挂着"清茗府"的名号,她才回忆起妈妈曾经说的新冒出几家茶业品牌抢走了大半市场的说法。走进展厅一看,什么瓜片王、清音阁,似乎都上过广告,她在手机推送的广告页面上看到过。再往后走,看到还有款茶,取名叫"茗雪"。

"同烹贡茗雪,一洗瘴茅秋。"许清友见她怔了怔,温柔笑道,"我猜你外婆是从这首诗里给你起的名字。"

"又是我妈和你说的吧?"白茗雪只是看到和自己名字一样的茶,有点被老师点名回答问题的感觉。

"不是,她只说你的名字是外婆赐的。"许清友带着她走到展厅后的茶房,这里有上百个炒茶锅灶,看上去很浩大。

"茶锅真新。"白茗雪走进去摸了摸锅边,笑道,"你建了这么大的厂也没告诉我,怕我觉得你抢了生意?"

"你家的手工茶是无可替代的,我们销售的方向也不一样,没有竞争性。"许清友平静地回答。他只是觉得,除了单纯买卖茶叶之外,应该多让彼此了解,才带她过来看看厂里。

"也没法竞争,这么大的茶厂,我这辈子都赚不到……"白茗雪感慨地绕着锅灶走着,说道。

"你要是喜欢,都可以送给你。"许清友见她脸上有一丝羡慕和向往,又笑起来。

"我可不要。"白茗雪摇摇头。不是自己努力得到的,拥有了也会失去——她妈说的。

听说她初中那年,邻村有个出去打工的汉子,买彩票中了几百万,立刻抛妻弃子,也不去工作了,整天吃喝玩乐沉迷赌博。很快家产败光,凄凉回乡,儿女也不认他,只能又出去孤独漂泊着。

这件事让李碧霞触动很深。因为那汉子曾经暗恋过她,有钱之后还开着车到她家门口,要接她出去玩,被白林知道,把人撵走了……

"你可以要了之后,再当嫁妆送回来给我。"许清友淡淡说道。

等白茗雪回过神,他已经走到门口,冲她微微一笑:"如何?"

"你这是……跟我讨论结婚?"白茗雪见他清雅的脸上有一丝等待和期待,不确定地问道。

"也可以算求婚。"许清友淡笑,"这是送你的求婚礼物。"

"你也会开玩笑了……是开玩笑吧?"白茗雪见他笑容清淡,但眼神认真炽热,她的鸡皮疙瘩都起来了,那种对叶嘉过敏的感觉再次袭来。

这是走了什么桃花运?"母胎单身"的她,居然被两个优质帅哥表白……

许清友摇摇头:"你嫌弃我年纪大?"

"咳……咳咳……不不不……"白茗雪被呛住,她哪有资格嫌弃下凡的仙子啊?只是,根本没往这方面想。而且许清友一直把她当好朋友对待,上次分别时也很正常,最多就是平时问候多了几句,早上发个早安,晚上叮嘱她早点睡。毫无铺垫转折,就来个求婚,她无法接受突然转变的关系。

"不嫌弃的话,就在一起吧。"许清友对她伸出手。

他也就三十出头,才大她七八岁,虽然有吃嫩草的嫌疑,可年纪大有年纪大的好处,能给她一个稳定可靠的家庭,也会包容迁就她刚强的性格。

"不不不……不是,你也被逼婚了吗?"白茗雪内心凌乱,她很喜欢许清友,但不是爱情,只是单纯的友情。

"算是吧,我带你见过了我的家人,玉华老师很喜欢你,也催我早点定下来。"许清友本来计划在厦门和她说这事,可被叶嘉打乱了节奏。现在他觉得白茗雪应该已经冷静下来,他可以提出自己的想法了。

"你不能因为被逼婚,就随便找个人结婚啊!"白茗雪听到这句话,微微松口气,劝他,"你看我妈天天逼我,我还是很坚守自己的底线。结婚,得找到最喜欢的那个人,得愿意付出下半生……"

"我愿意啊。"许清友走到她面前,牵住她的手,低声说道,"我喜欢你啊,小雪。"

白茗雪觉得一个马蜂窝正掉在她头上,浑身被蜇了似的,往后退了几步:"你……你说真的?"

"不然为什么除了买茶,还要和你聊天?"许清友的精力都放在商业上,才没兴趣浪费时间给一个小女生早请示晚道别。

"普通朋友也可以聊天啊!除了客户关系……"

"对我来说,就只有商业关系。"许清友打断她的话,"能用钱解决掉的事,我不会多浪费感情,但是对你不一样,我和你维系感情,是因为喜欢你。"

"小雪,你有喜欢的人吗?"许清友见她震惊地回避,问道。

"没有。"白茗雪说这两个字的时候,脑海中掠过叶嘉的脸。

"那为什么要犹豫?我不够好吗?"许清友靠近她,柔声问道。

"你很好,特别好。"白茗雪顿了顿,惊觉他要贴到自己身上了,赶紧转身就溜,"但……但是婚姻大事,我……我得回去和我妈商量……"

"我上次去上海探病,已经和她说了想法。她很开心,已经答应了,让我直接求婚。"许清友说道。

"什么?她答应了?"白茗雪愣住,突然想到这几天老妈没怎么骂她,她还以为是照顾哥哥很累,没精神数落她,没想到是憋了个秘密。

"你可以给她打电话问问。"许清友点头。

"我先回去,给她打电话,这事……这事你先别急,别冲动!你又不是找不到老婆的人……"白茗雪绕着他跑出去,声音远远地传来,"三思啊三思！"

白茗雪一口气从开发区跑回自己的门市,出了一身汗,刚到茶庄门口,就看见老张头坐在里面又在慢悠悠地品着茶。

"哟,小雪干吗去了？这一身汗,快喝点茶补补水。"张老头说着,给她倒了一杯茶。

"您慢喝,我还有事,要回去一趟。"白茗雪说着,走到里面收拾东西。

"姐,又回去啊？你哥是不是今天出院？"小岚问道。

"明天出院,我回去收拾收拾家里。"白茗雪就一个背包,拎起来就要走。

"小雪啊,你这个茶啊,我得说几句。这天气,容易受潮,现在条件好了,你去买个冰箱专门放茶叶,别用土方法了,我喝着这两天的碎茶末,都没上个月的味了。"老张头慢悠悠地说道。

"您天天蹭茶喝,还嫌茶不好？"小岚翻着白眼,要不是老板娘发过话,她早想赶老头子走了。

"我这是建议啊,小雪不是下个月要去参赛吗？去之前再拉个火,受潮了就没香味了。"老张头一脸的经验之谈,"而且,人要与时俱进啊,该接受的就接受。我都说了多少次了,买个冷藏库放茶叶,你妈就是舍不得花那点钱,放锡筒里面密封保存,每次不还是要打开取茶？一开就跑气了,味道就不够正宗……"

"行,我知道了,回头买一个。"白茗雪背着包说道。

"姐,你听他唠叨,给他喝茶还要挑刺,嫌味道差就别喝啊！"小岚忍不住吐槽。

"我走了,看好店,有事打我电话。"白茗雪没心情和他们多聊,说完就走。

回家后,白茗雪才有心情给老妈打电话,问她怎么把自己给卖了。而且老妈这大嘴巴,居然能忍住不说许清友的求婚,胳膊肘往外拐的人明明是她！

"小许求婚了？"李碧霞一听女儿的责问,先爆出一阵银铃般的笑声,开心之情溢于言表,"妈答应你,想什么时候办酒席都行!"

"妈,你快醒醒,别异想天开了,我没答应他。"白茗雪回到家,看到邻居家关着门。

听说这几天茶饮上市,公司特别忙,有几天都是深夜了,叶嘉给她发小猫照片,问她去哪儿了,快点滚回来照顾她的猫。

想到小猫,白茗雪有点内疚,但叶嘉又不准她把小猫挪到自己家里,只许她去他房间照顾,这很令人窒息啊!

"什么?你这死丫头想干什么?你想嫁总统还是嫁王子?许清友这么好的结婚对象你不要,你要上天啊!"

果然,李碧霞立刻发飙,劈头盖脸地骂了她几分钟。

"你不是说,婚姻不是儿戏,要各方面考虑的……"

"有什么好考虑的?你不趁着小许眼瞎赶紧嫁了,还考虑什么?"李碧霞狠狠打断她的话。

白茗雪听到那边舅舅还是哥哥的声音,似乎让老妈注意点方式,李碧霞的声音才稍微放软:"你好好想想,你俩很般配。他成熟稳重有事业,你也青春漂亮有茶山,而且你俩性格很合啊,我看你俩平时共同语言也挺多的,坐一起喝喝茶能聊上半天。还有,你这性格,跟个男孩似的,又不温柔,也不体贴,也只有他不介意。找男人啊,你听妈的,别只看脸和钱,那些都靠不住,你得找个能把你当女儿宠的。你要知道,这世界上最爱你的男人只有一个,那就是你爸!所以,你得尽量找像你爸对你这么好的人……"

白茗雪听着老妈苦口婆心的劝,思绪却飘到了远方。像爸爸一样关心她,会说"这是为你好"的人,似乎隔壁也有一位。不过他俩太不般配……

老实说,相比叶嘉,许清友确实是更般配的婚姻对象,可白茗雪又有些不甘心——婚姻不是以爱情为基础的吗?她还是想慢慢等,等遇到了爱情,嫁给爱情。

这天晚上白茗雪失眠了,她关着灯,就像家里没人回来一样,坐在楼上窗户边,看着外面的竹林发呆。

雨终于停了,漫天的星星,一颗颗像洗净的小小明珠挂在天空,有许多萤火虫在竹林边的小河上飞翔,像落在了地上的星星。

"一碗分来百越春,玉溪小暑却宜人。"这是许清友晚上给她发的晚安词。

过了十二点,就是小暑了。

小暑烹茶,换作以前,白茗雪会觉得许清友雅致至极,可现在只有烦恼。

她就这么呆呆坐着,直到凌晨两点多,突然看到远处有一人一狗,披着星光,从对岸走回来。

大黄平时在她外出时都去李云华家里蹭饭,可现在天天跟在叶嘉屁股后面转悠。

白茗雪静静看着那道身影越来越近,大黄走到家门口,似乎嗅到她的味道了,对着柴门叫了两声,被叶嘉轻声呵斥。

"乖,别叫,会吵醒小猫。"

虽然离得远,他还说了什么没听清楚,但白茗雪感受到了他内心的温柔。

一个看似挑剔高傲的少爷,对猫猫狗狗都这么好,心里也一定住满了阳光。

这么好的人,一定能找到更好的女孩……

白茗雪突然觉得内心有个缺口,纵然清风入林,星光璀璨,也填不满那缺憾。

梅子在南方的雨中熟透,白茗雪第二天去山里采了不少野杨梅,准备泡酒。

妈妈和舅舅带着哥哥从上海回来,正在路上。昨天舅妈就给她打了电话,让她晚上来家里吃饭。

白茗雪在山林里坐着,身边放着一篮子红红紫紫的野杨梅,每一个都被前段时间的雨水洗得发亮,看上去晶莹剔透,十分可口。

她以前总喜欢爬山,爬到没人的地方,躺着看天上白云的变幻。那种白云苍狗的感觉,和大自然交融在一起,让她觉得,自己是一棵树,是一株小草,是河边努力开花的青苔……她就像是无性繁殖的那些生物,生命都用来感受大自然馈赠的一切,唯独忘了欣赏异性。

现在开窍似乎有点迟了……

舅妈家里从下午就在准备丰盛的晚餐,比过年那天还忙碌。

李云华今天不上班,给妈妈打下手,炸鱼炸圆子,香味从厨房飘出去,引得邻居串门过来恭喜李勋手术成功。

白茗雪算准了老妈他们回来的时间,提前几分钟来到舅妈家。

她怕热闹,看到围在舅妈家门口的那群好事又热情的邻居,就默默从玉米地绕到小河边,从后门进去。

"呀,小雪,你怎么从河边过来的?"李云华正好在河边洗菜、洗抹布,见白茗雪顺着河边小路过来,随后就反应过来了,"门口人太多?"

李云华下午一直在厨房忙碌,听到外面一直咋咋呼呼的有人说话,也没出去看一眼。

"嗯,我帮你。"白茗雪快步走到她身边,蹲在石头边,拿起放在盆里的一条花鲢子和刀,手起刀落,利索地剖开鱼肚子。

"手腥,我来打郎(处理)吧。"李云华的土话特别接地气,不像白茗雪一直在外地上学,回来后又不怎么爱和村里人聊天,说的家乡话大多被普通话同化了。

"没事,你洗你的小菜。"白茗雪扯掉鱼肠,抬头看到天空中盘旋的老鹰,一扬手,扔到河对面的草地上,老鹰和水鸟都爱吃这些东西。

李云华见她熟稔地用刀和粗糙的石头刮去鱼鳞,忍不住笑道:"小雪,看你做活真爽快,能治愈强迫症。"

"因为天下武功,唯快不破。"白茗雪居然和她开了句玩笑。

只要速度快,精准点,做什么都养眼。

"我就在想啊……"李云华还没说,就自己一脸贼笑,"我在想……"

"干吗笑得这么猥琐?"白茗雪见她咻咻笑着,瞥了她一眼,英明地制止,"你想的肯定不是好事,别跟我说了。"

"我在想,你要是结婚了,男人受得了吗?"李云华见她手上刮鱼鳞的速度,憋着笑说道。

"嘿,你能正经点吗?"白茗雪已经处理好了鱼,过个水去扔在旁边的盆里,很无语。

"干吗那么正经?人家闺密之间就是聊男人,聊私密事,跟你只能聊茶叶,多无聊。"李云华坏笑,"现在你也是有男人的人了,跟我说说呗,那天,你和叶老板……"

"我不是说了嘛,他帮欢欢接生!"白茗雪帮她洗着小菜,见李云华已经八卦得不想做事了,更加无语。

"大少爷还会接生……怎么都说不通,要是说帮你造人,我还能理解。"

"姐,你别乱说啊,别辱没人家清誉。"白茗雪一脸严肃,"我家那窝猫还在他房间里呢,不信你去看看。"

"这么激动干吗?一点玩笑都开不得,没意思。"李云华没吃到自己想要的"瓜",悻悻地继续洗菜,"但你俩就没发生点什么吗?"

"没有。"白茗雪根本不敢对李云华说自己初吻没了的事。

"叶嘉不行吗?"李云华不甘心地问道。

"什么不行?"白茗雪没反应过来。

"那方面不行吗?孤男寡女暴风雨之夜共处一室,他什么都没做,不是正常男人啊!"李云华见白茗雪一脸无语的模样,补充一句,"虽然你没啥女人味,但他在村里憋了这么久,也该有点原始冲动吧?"

"李云华,我真受不了你!我才为你未来的老公担心呢,天天脑子里就想着'禽兽'的事情。"白茗雪洗好菜了,端起盆就要走。

"那总比你们'禽兽不如'的好!"李云华咯咯笑了起来,今天哥哥出院回来,她心情特别好,不停逗着表妹,跟在后面追问,"是不是'不如禽兽'啊?我看你俩都有问题……"

"我有什么问题?"白茗雪头也不回地反问。

"叶嘉没动你,可能因为你像个男孩子,他下不去手,可你没碰叶嘉,就是你内心真的是个男人。你说你要是个女人,怎么能对着叶老板的美色不动心?"

"因为我'禽兽不如'。"白茗雪毫无愧色地说道。

"不,因为你是个'变态'啊!"李云华追上她,点着她的脑门,"我跟你说,叶老板这么好的人你都不动心的话,你真的会单身一辈子。"

白茗雪听到"变态"两个字,想到了那天她的衣服被叶嘉拿回去烘干,又想到叶嘉把她丢下的香皂都带回家里……

最后想到了叶嘉帮她洗内衣。

第十二章　问世间情为何物

白茗雪在原地愣了几秒,突然大叫一声把盆塞到李云华手里:"受不了了!"

李云华端着盆,站在院子里,看着白茗雪又冲回河边,掬水冲着脸。

"我也受不了,这么迟钝,我要是能替你谈恋爱,现在娃都怀上了!"李云华耸肩,正在吐槽,突然听到门口传来嘈杂的声音,其中有爸爸和哥哥的说话声,她赶紧对白茗雪扬声喊道,"姑和我哥回来了。"

李碧霞半个月没回来,但似乎医院环境不错,加上病人有护工的照料,不用她操心,看着没什么疲态。她还穿了一套新旗袍,一看就是定制的,面料精良,剪裁合体,衬得她笑靥如花,风韵优雅,和周围粗手粗脚的人格格不入,像大城市的少奶奶。

白茗雪坐在哥哥床边,默默看着站在房门外的那些邻居,他们正众星捧月地围着老妈拉家常。

"都说大难之后必有后福,你家福气马上就来了!"

"就是啊,我看马上就该有喜事了。你看李姐这气色,印堂红润,一看就是好事临近。"

"别说气色了,你看看这身衣服,这精气神,跟咱们黄脸婆可不一样,一看就是大户人家……"

大家七嘴八舌地恭维着李碧霞,心照不宣地交换着眼色。

那天大家都看到了,叶老板对李家女儿情有独钟。又听说了那天泥石流,叶老板百忙之中还派人去帮忙了,村委回来的人说,现场别提多亲热了。连李云华都承认了,叶老板说白茗雪的事就是他的事,有事找他就行。

这段时间大家茶余饭后除了对泥石流砸伤的那几户人家报以同情之外,就是对李碧霞无限羡慕和尊重,叶老板和村里丫头的故事是最好的"下饭菜"。

李碧霞这段时间在医院,哪知道村里这些八卦?她对大家的捧场照收无误。她在门口看了眼白茗雪,意味深长地笑道:"我家小雪要是听话,今年就能喝上喜酒了。"

"真的啊?"

"李姐你行啊,钓到这么个金龟婿……"

"那叫乘龙快婿!"

大家你一言我一语,完全不知道李碧霞说的金龟婿是许清友。

"叶老板人中龙凤,你家这一辈子都不愁了!"

终于,不知是谁满是羡慕的话,让李碧霞的笑容"石化"。

"叶……叶老板?"李碧霞转头又从门口看了眼白茗雪,眼神似乎在询问怎么回事。

"是啊,叶老板对你家小雪可好了,我们都在等着喝喜酒呢。"

李碧霞听到这句话,脸色更僵硬:"你们误会了啊,叶老板……呵呵,叶老板……我去看看小勋吃药了没。"

李碧霞说完,走到李勋的卧室,把门给关上了,堵住了外面的一团喧哗。

"叶老板是怎么回事?你和小清的事还没给我个回复,怎么又牵扯叶大少爷进来?"李碧霞走到白茗雪身边,压低声音问道。

"你问我,我怎么知道?你去问叶嘉。"白茗雪头疼地说道。

"我问叶……我上次就和他说过,你俩不合适,门不当户不对。他很快也要离开这里,以后落在哪里都不知道,你不可能和他在一起的。他当时让我放心,都说得好好的,怎么现在你俩搞出这种事来?"李碧霞着急又上火,完全不顾李勋在一边使眼色。

"你找过他?"白茗雪皱皱眉,一脸和自己没关系的冷漠,"他既然说了让你放心,那你就放心,不放心的话,去找他继续谈。"

"你这丫头!"李碧霞抬手就想敲她的头,被李勋挡住了。

"姑,你生什么气啊!小雪这么好,有人喜欢不是很正常的事吗?"李勋劝道,"我腿受伤那天,女朋友分手,你还劝我,感情的事别强求,缘分来了挡都挡不住……"

"勋啊,你不知道,女孩子和男生不一样,女孩子名声要是坏了,以后都不好找对象了。"

"姑,你以前思想那么开明,让姑父入赘,挡住大家的流言蜚语……那时候,我最崇拜你和姑父,现在怎么能越活越倒退呢?"李勋忍不住说道,"妹妹想和谁在一起,都是她的选择,就像你当初拒绝那么多同乡,选择姑父一样,应该尊重啊。"

李碧霞没想到一直消极低落的侄子居然说了这么长一段话,愣住了。

"而且,叶老板确实挺好的,是做实事的人,连我的病都是他帮忙联系医院,找护工,反正,我心里感激他。"李勋顿了顿,看了眼表妹,又说道,"他喜欢妹妹,是他眼光好。妹妹被优秀的人喜欢上,你也应该感到高兴。"

"你还年轻,你不懂,差距太大,以后没好结果,就算努力在一起,小雪也会委屈吃力。"李碧霞半响才叹了口气,说道,"婚姻和单纯的喜欢不一样,我这也是希望……希望你能幸福。"最后一句话是对白茗雪说的。

"我知道,别担心我。"白茗雪看到妈妈满含舐犊之情的眼神,被触动了,她也知道自己和叶嘉的差距,所以才会主动回避。

"你俩都不知道。"李勋见母女达成和解的眼神,气得捶床,"因为对方太优秀而害怕和对方靠近,这是不思进取,这是比我还颓废消极的想法!小雪你自己说,正常的人是不是都会追逐更好的人?是不是会努力变得更优秀?你怕什么配不上?怕什么辛苦?怕什么失败?又不是没有腿,只要喜欢就去追。"

"哥哥,你能这么想,我真开心。但是……就算没有腿,也能往前走啊。"白茗雪觉得李勋哥哥从医院回来之后,似乎变了个人,不像以前那么沉默寡言了。也许是死神和疾病让他正视自己的生命,看到身边那么多人在努力帮他活下去,又愿意重新面对这个世界。

李碧霞见他们兄妹俩互相打气,翻了个白眼,不想再打击他们,打开门走了出去。

满满一桌饭,两家人围着圆桌坐得满满当当,但主人位的左手边还留着一个空位。

"还有谁?"李碧霞帮着放好碗筷,见到八只空碗,问道。

因为李勋刚出院,身体没恢复没法上桌吃饭,李云华给他单独送了一些清淡的饭菜。

"来了来了,贵客来了。"院门外舅妈热情的声音传过来,迎着一个身材修长、面如冠玉的年轻男子进屋。

"叶老板?"李碧霞现在看到叶嘉,像看着一个板栗——里面果肉虽然香甜,但外壳都是刺,让她不知道该怎么对待。

白茗雪刚从哥哥房间出来,迎头和叶嘉打了个照面,她点点头算是打招呼,然后立刻去后厨帮忙端菜。

叶嘉算是他们的大恩人,给他们找的医院和医生都是全国顶尖的,所以手术这么及时、这么成功,李家很感激,老李亲自去茶饮基地接的人。

"叶老板,多吃点鱼,尝尝。"舅妈殷勤地招待着叶嘉,看他的眼神倒像是看上门女婿。舅妈心里想着,叶嘉以后要是娶了小雪,确实也算老李家的女婿。

"谢谢。"叶嘉嘴上说着,筷子却没动。

舅妈有点尴尬,以为他看不上这一桌土菜,在桌下轻轻踢了踢白茗雪,继续笑道:"小雪说你不爱吃塘里的鱼,这不是塘里的,是从上面水库里捞上来的,没土腥味,尝尝看。"

白茗雪没动,又被舅妈踹了两脚,她不知道舅妈到底想做什么,不解地看着舅妈。

"小雪,给人夹菜啊。"舅妈用家乡话低低提醒。

这又不是在她家,主人都不夹菜,她有什么资格帮人夹菜?

白茗雪正在尴尬,就见叶嘉伸筷子了,语气不轻不重地说道:"小雪真体贴,你多吃点。"说着,他夹了一大块鱼,越过旁边两人,放在白茗雪碗里。

"咳……咳咳!"李碧霞立刻咳嗽起来,拼命瞪着白茗雪,这是什么情况?

"哈哈,喝酒,来喝酒。"舅妈终于发现了气氛有点不对,赶紧端起酒杯说道,"谢谢叶老板帮忙,我家李勋才这么快回来。太感谢了,我先干为敬。"

"我不喝酒,以茶代酒吧。"叶嘉微笑地拒绝。

"那怎么行?今天一定要喝,少喝点行吗?"舅舅也劝道。

这边沿袭了好客灌酒的习惯,觉得客人没喝醉,就是主人宴请不到位。

"喝茶吧。"白茗雪见叶嘉的手指放在酒杯边缘轻轻摩擦,立刻说道,"人家还有工作,喝多了误事。我去泡点茶。"

在城市长大的人,很少碰到劝酒的习俗,大家都是想喝酒喝点,不想喝也不会勉强,不像这里人,把劝酒当作待客之道。

"那……既然小雪这么说……"舅妈话还没说完,就被李碧霞打断。

"你瞎忙什么?人家这是嫌我们的酒不好。"李碧霞说的虽然是家乡话,但知道叶嘉应该听得懂,她又说道,"叶少爷喝的都是成千上万块钱的好酒,偶尔愿意吃点我们这边的土菜,那也是实在没的吃了,尝个新鲜。等他回到大都市,每天都是山珍海味,还会记着这边的菜吗?就算你捧上桌,人家也不会动筷子的!"

"妈。"白茗雪意识到老妈这是在含沙射影,说她是"土菜"呢,脸有点黑,"叶嘉不喝白酒,你又不是不知道。再说,酒里面主要就是乙醇,里面还有杂醇油、醛类、甲醇,没一样对身体好的,大家都少喝点。"

虽然她也说的土话,但叶嘉显然全听懂了,眼里似乎闪过一丝笑意,静静地看着她。

"说得对,少喝点,喝茶好。"李云华感觉到姑今天情绪不对,赶紧打圆场,"小雪,我陪你去倒点茶,大家都喝茶!"

说着,李云华把白茗雪拉到后厨,低声问道:"你和姑怎么了,斗气一样?"

"你没听我妈刚才说话多过分?就算不喜欢叶嘉,人家也是你家请的客人,这么冷嘲热讽算什么?"白茗雪试了试开水,见里面还有油花,就知道是用炒菜锅煮的开水。这水泡茶有异味,挑剔的大少爷肯定不喝。

"姑今天真奇怪,平时对叶老板也挺好的,今天说话确实有点难听。"李云华不知道是因为许清友加入了这段烦人的关系里,"真的到更年期啦?"

"我烧点水,新泡一壶。"白茗雪已经在刷着一个电水壶,准备烧点开水。

"不过你居然'护食',胳膊肘往外拐,姑晚上回去肯定要和你算账。"李云华一脸看热闹不嫌事大的样子。

"我哪里'护食'?"白茗雪皱眉,"我是就事论事。人家不喝酒,逼着喝酒,又说那些风凉话,算什么?"

"行,随便你怎么说,反正我看到你俩眉来眼去的……"

"哪有?"白茗雪不想回饭桌了,觉得那里简直是修罗场。

老妈其实也不是针对叶嘉,只是觉得许清友比叶嘉更合适,才时时刻刻想提醒她。

"叶老板最近很忙,我给他打过几次电话,约他来吃饭,都被拒绝了。这次说你也在,他才过来的。"李云华陪着她等水开,絮絮说道,"看起来他可喜欢你了,刚才吃饭前,眼睛就没离开你身上。"

"别说了,我妈听到又要生气。"白茗雪正说着,见李云华走到门边偷听什么。

"他们喝起来了?"李云华听了一会儿,走回来,"我听到他们在喝酒。"

"不是喝茶吗?"白茗雪想到叶嘉那天喝醉了,自己"扛尸"时的辛苦,赶紧对李云华说道,"你出去劝劝舅舅,少让人家喝酒,喝醉了谁搞他?"

"你搞啊。"李云华露出欠揍的笑容,"这不是给你机会吗?"

"我可不管,醉倒在你家里,你自己想办法对付。"白茗雪拒绝。

"人家要是愿意住我家里,我肯定帮忙伺候洗洗睡睡……"李云华笑容更坏,"可人家不愿意啊!你看他连坐在我家都有点不情愿,其他不指望了。"

白茗雪听得烦躁,偏偏水又烧得慢,慢吞吞将近十分钟才滚开。

她泡好茶,和李云华走出去时,看到自己老妈神态缓和很多,看来是叶嘉跟她喝了几杯酒,她又喝高兴了。

"叶老板啊,你说你这么好的一个小伙子,长得这么俊,怎么就想不开,在山窝窝里找媳妇?"李碧霞喝的急酒,几分钟连喝三四杯,脸色绯红,已有了一点醉意,盯着叶嘉看,"你说你是真想找媳妇,还是想找个姑娘消遣几天?"

"妈,你喝多了。茶!"白茗雪不等叶嘉回答,立刻走上前,把一杯茶塞到老妈面前,附在她耳边说道,"少喝点!少说话!"

"臭丫头还管起我来了!"李碧霞叹气,"女大不中留……我呀,也想早点把小雪嫁出去,好在终于有人要接手了,没什么问题的话,今年请叶老板来我家喝喜酒。"

"有人接手?"叶嘉端着茶杯的手微微一滞,滚烫的茶水透过玻璃杯,烫得指尖发麻。

"就是之前经常来我家的小许,你们都认识,前几天跟小雪求婚了。哎,这人也实在,求婚不送戒指,要送茶厂……"李碧霞掩饰不住地开心,"盼了这么多年,我家小雪这桃花终于开了。"

叶嘉的眼神变得锋利,扫到白茗雪脸上,优美的嘴唇吐出利刃般的字:"向你求婚了?恭喜。"

"我……我还没答应……"白茗雪被他的眼神看得没来由地心里发冷,这会儿真感觉身处修罗场,比被他按着表白时还慌,"妈,这事八字还没一撇……"

"我还有事,失陪了。"叶嘉手机适时响起,他立刻站起身,往外走去。

"哎,叶老板……"舅妈和舅舅赶紧起身出去追。

"许清友求婚?你怎么没告诉我?"李云华惊愕地问道。

"小雪害羞,没说,我替她答应了。"李碧霞喝了手里的酒,狠狠看了眼白茗雪,"你给我拎拎清楚,我这是为你好。叶嘉他父母你见过吗?他家庭什么样你知道吗?……"

"行了,霞子少说几句。"终于,一直没吭声的老太太开口了,"年轻人的事,别管那么多。"

"人走了……小雪你要不要出去看看啊?"舅妈垂头丧气地回来,问道。

"小雪去看看吧,你说他不会喝白酒,这酒烈,喝几杯后劲大,别出事了。"舅舅也赶紧说道。

"不许去看!"李碧霞眼圈发红,"叶嘉只是朋友,你不要想着更进一步的关系……"

"碧霞,你这就不对了!"连舅舅都看不下去了,把她手里的酒杯夺走,"你当年恋爱,搞得整个村都不安宁,还不是小妈和家人都支持你?你说你后悔吗?"

"小雪,出去看看。"老太太发话了。

李云华见白茗雪要是还留在这里,又得吵起来,赶紧把她拉到院子里:"别生姑的气,我不知道那个许大哥跟你求婚了……你说这……换我也为难啊!"

"我没生气,只是我妈……自从我爸走了之后,一天比一天想不开,越来越不可理喻。我的大事小事她都要管,连头发剪多长都得听她的……"

"那不是因为她只有你了吗?"李云华轻轻拍拍她的后背,"她把人生的希望都交给你了,希望你能过得幸福。许大哥确实挺好,叶老板以后要离开这里的,她担心很正常。不管怎样,你去和叶嘉好好说说,别让大家都担心。"

"我知道。"白茗雪还想说什么,但看了看远方的薄暮,"你看着我妈点,别让她喝了。"

她毕业后回村,就是为了陪妈妈,希望妈妈能多出去走走,哪怕去门店和那些客人打交道,也好过在家里看着这些山啊河啊。妈妈其实还年轻,爸爸走的那年,她才四十出头,在大城市,这年龄还可以做很多事情,继续追求自己的人生。

叶嘉刚回到家,就看到门口站着的女孩。

"叶嘉……"白茗雪欲言又止。

叶嘉沉默地看着她,带着无言的压迫,让白茗雪嗓子发干,准备的词又忘了。

"你出去几天,没给我回消息,是和许清友在一起?接受他的求婚?"叶嘉终于说话了,嗓音有些暗哑,一步步走到她的面前,气势凌厉,像明晃晃出鞘的宝剑,顶着她的面门。

白茗雪好不容易控制住自己不要后退,她心里知道和谁在一起都是自己的自由,可就是被叶嘉这红了眼的愤怒弄得好像理亏,仿佛做了对不起他的事,气势上矮了一大截。

"我哪里不如他?"叶嘉见她不说话,更加生气,一把将她扯到门里,眼睛红红的,好像下一秒就要哭了。

明明可以靠气势"杀人",他却能在下一秒转换成个无辜孩子,带着委屈和不解的神态,能"萌杀"任何生物。至少白茗雪没见过哪个男生这么招人心疼,她就像个"钢铁直男",面对撒娇委屈的女孩子,不知道怎么劝慰。

"你……你没有不好……是我不够好,你别念着我了,我……我有男朋友了。我也只是当你是朋友,对你没其他感情,我们之间不可能有什么,你会找到更好的……"白茗雪连安慰都很笨拙且直接。

只是她的话还没说完,就被堵住了嘴。叶嘉像饿狼舔舐羊羔一样,要吃掉她似的亲着她,攥着她肩膀的手,力气大得像要把她捏碎。

白茗雪只觉得浓郁的酒味熏得她醉了,失去了抵抗的能力,大脑再次罢工,她产生了高处现象下对着虚空一跃而下的冲动。

醒醒,被虚空召唤下去,那是自杀行为!

"我不许你这样说,我也不许你有男朋友!除了我,你别想喜欢其他人。"叶嘉尝到了咸涩的味道,不知道是谁流的泪,他只觉得身体里烧着一把火,已经把他的五脏六腑都烧毁了。被火烧成的废墟里,只有一个身影,只有白茗雪孤零零地站在那里,站在一片荒芜里,像一朵绽放的花。

"叶嘉,你喝醉了,冷静点!"白茗雪终于知道什么叫天雷勾动地火,如果第一次是紧张和不知所措,这一次她感觉到了异性的吸引力。

在迷失了片刻之后,终于找回理智的白茗雪一伸手,把叶嘉给推了出去。

叶嘉是有些醉意,这么一亲,自己都有点缺氧,脚步不稳,竟被她推得跌倒在客厅。

"你没事吧?"白茗雪也没想到自己力气这么大,把人给推飞了,赶紧上前扶他。

"有事。"叶嘉天旋地转之后,屁股上的疼痛让他清醒了点。他握住白茗雪伸过来的手,把她狠狠拽到自己身上,不由分说地按住她的后脑勺,又亲了上去。

模模糊糊中,白茗雪似乎听到他说"你惹的事大了"这种话。

"放开……你压住我头发了!"白茗雪没来得及回应,因为忙着挣扎,头发也散开来,被他压得疼。

倒在地上被一个一米八几的男人锁住,真是无力。浑身使不上劲,又不能逮着要害攻击,白茗雪觉得自己像是被藏獒袭击了,喘不过气来。

"叶嘉你真喝醉了,你这是在犯错误!"白茗雪和他在地板上滚了好几圈,气喘吁吁地瞪着他。

"强人所难,你说得对,我就喜欢强人所难。"叶嘉呼出的气息都带着酒味,吹到她脸上,热腾腾地蒸起一道红晕。

"叶嘉!你硌着我了!"白茗雪感觉到他的身体紧紧贴着自己,挣扎着伸手去推。

叶嘉带着几丝醉意的眼眸暗了暗,忽遭雷劈般怔住,几秒后猛然松开她,坐起身:"你乱摸什么!"

白茗雪还在刚才的热吻里没回过神,看到叶嘉突然变得羞赧起来,她立刻爬起来冲到门口,才回身说道:"总之,别来找我了,就当我俩不认识……你……好好照顾自己。"

"白茗雪!"叶嘉见她说完就一溜烟地跑了,想起身追出去,可头晕乎乎的,实在起不来,只能看着她跑远。

白茗雪没回家,一路跑到山顶,披头散发地站在山头,看着落日消融。

那天,她和叶嘉也在山顶看过这样的落日。

四周云霞如画,山林光影静谧,晚风带来一阵阵的花香,那时还是春天。

如今不知不觉地到了盛夏,这是她度过的最可怕的小暑。

也是最难忘的。

  熏风愠解引新凉,小暑神清夏日长。
  断续蝉声传远树,呢喃燕语倚雕梁。

这几句诗,是一早许清友给她发的,白茗雪回了五个字过去:我们不合适。

很没情趣,直截了当得让人觉得她单身是活该。

白茗雪也觉得自己"注孤生",单身让她自由自在、无牵无挂,单身让她快乐!单身不会让她像现在这么烦恼,头脑昏沉沉的,像喝晕了,甚至看着落日都莫名忧伤……

白茗雪很晚才回去。李云华给她发了信息,说李碧霞喝多了,就在她家睡,不回来了,顺便问了叶嘉怎么样。白茗雪看着隔壁黑漆漆的窗口,她也想知道叶嘉现在怎么样,可又没勇气去察看。这种矛盾纠结的心情让她变得不像自己,像有一个陌生的灵魂住进了她的身体里。

叶嘉第二天也没出现,但给她发了消息,恩威并施地要求她等自己回来,不准答应许清友的求婚,否则把她家给掀了。

白茗雪不知道他去哪儿了,但听李云华八卦,似乎第一批茶饮出了什么事。她在网上搜叶嘉的康源瓜片茶饮,只能看到官方的一些报道,最近的新闻就是投放各大超市和零售商,有一千万瓶。

白茗雪不知道自己是紧张瓜片的反响,还是紧张叶嘉,终于忍不住回了他消息。

——你什么时候回来?

发送过去之后,白茗雪又觉得好像这语气有点怪,跟关心他似的,于是又补充一句。

——如果这几天不回来,我去把猫带回来。

那边很久都没有回复。

白茗雪看着他的头像,心情很复杂,陷入担忧中。

因为李云华还说了,第一批饮料投放之后,叶嘉人就没了,村里很多茶农都在担心他是不是携款潜逃……

当初叶嘉签茶山时是和村委签的,按照现金和股份来分成。

那时候他手里资金不多,处处碰壁,只能说服茶农用这种方式签下合同。所以,大家都在期待着后续的大笔收益,也都一直关心茶厂的进度。

现在产品一上市,不知哪来的小道消息,说质量出了问题,销售不动,还有各种猜测。加上叶嘉在这个节骨眼上带着几个技术干部出去了,尽管公司还在正常运营,可大家还是议论纷纷。

白茗雪晚上都没吃几口饭,想着心事。李碧霞看出来了,这次倒没骂她,看上去昨晚也被老太太他们劝了,语气柔和很多:"别想不该想的人。明天跟我去市里,清友这几天还在茶厂,去看看人家。"

"我和他说了,不合适。"白茗雪看着脚边趴着的大黄,淡淡说道,"我对他就跟对哥哥一样,没想着和他结婚。"

"你懂什么?爱情到了最后就是亲人,就像自己的兄弟姐妹,是家庭不可或缺的一分子。"李碧霞叹了口气,"一切的情感都会从绚烂归于平淡,就跟放烟花似的,看着越美,消逝得越快,遗憾就越多。"

"那你和爸爸是兄妹感情吗?二十多年,就没有爱情了?"白茗雪抬头问道。

李碧霞微微一愣,这个家很久都没提过白林了,女儿在很长一段时间里,不敢在她面前提爸爸。时间久了,本来的英雄父亲像被她们刻意藏在阴影里,就算聊到他,也都是小心翼翼的。村里人也尽量不在孤儿寡母面前提白林,倒是李碧霞这两年主动提了几次,尽量表现得释然,免得让女儿担心。

"你那么喜欢叶嘉吗?"李碧霞沉默了片刻,深深看了眼女儿,问道。

"我没有喜欢他。"

"你以前不会这样和我顶嘴。"李碧霞叹了口气,知女莫如母,白茗雪这次对叶嘉的表现,别人或许看不出那点微妙的变化,可李碧霞很清楚,"算了,管不了你,但以后你要是哭了,别跟我诉苦。"

说完,李碧霞转身上楼,一脸养了不孝女的气愤。

白茗雪真的没觉得自己喜欢叶嘉,最多……由于这么久的相处,比较关心他而已。

她又看着手机上叶嘉的头像,那是一杯绿茶,在古朴的背景里,显得很沉静,和他的气质一点也不符合。果然他就是个商人,连头像都透着茶饮老板的感觉。

正看着,手机就自动关机了——自从上次进了水之后,总是这样闪关。她应该趁前两天去市里的时候换个新手机!

叶嘉的房门依然紧闭,但留了一扇窗,欢欢可以出来走动。第二天,白茗雪终于忍不住走到窗边,看里面的一窝小奶猫还好不好。

其实叶嘉就走了一天,四只小奶猫都挺好的。有的眼睛已经睁开了,有的半睁着,像几团毛茸茸的线球挤在一起抢着喝奶,看上去干净极了,滚来滚去,特别可爱。

白茗雪又想到小奶猫刚生出来时,毛都没长好,挺丑的,叶嘉依然把它们托在掌心,也不嫌脏。而且自家的狗经常在泥水里打滚,他也会带回家洗得干干净净。

他对小动物出人意料地温柔,那种温柔使他不像浪荡公子,反而绅士极了,会让人觉得他对爱人也会一直好下去。

欢欢听到了窗台的动静,抬头看了白茗雪一眼,喵了一声,又闭上了眼睛,一脸傍上富豪,不想搭理穷伙伴的模样。

白茗雪见它身上都特别干净,猜想可能叶嘉仔细帮这几只猫咪也洗过澡。

想到叶嘉蹲在浴缸边,温柔地给猫猫狗狗洗澡的样子,白茗雪突然心里砰的一声,炸出了一朵烟花。

妈妈说的那种最绚烂,也最短暂的烟花。

"白茗雪,你在干什么!还不走?"李碧霞收拾完东西,一转头女儿就不见踪影,她出来一看,闺女居然扒着叶嘉的窗户偷看,也太明目张胆了!

"我看看猫。"白茗雪扭头说道,"欢欢在里面。"

"别给我找借口,你已经不要皮不要脸,扒人家男人窗户看,被人看到我丢死人了!"李碧霞气得心脏疼,昨天晚上她还给小许打电话问情况,希望小许不要介意女儿说的话。

结果许清友很善解人意,不但不生气,还反过来安慰她,让她别逼小雪,看看人家这素质多好!所以她越想越生气,觉得女儿不懂事,放着许清友这么好的结婚对象不要,被小白脸勾去了魂。

"我真的看猫。"白茗雪跑回院子,替老妈拎着旁边的各种袋子,扔到面包车上。

虽然和老妈闹得不愉快,可她还是努力在修补,主动提出送老妈去市里。

"你给我先去换身衣服,这天气穿长裤不热吗?去把沙发上的新裙子穿上。"李碧霞今天就准备拉她去市里的,见她穿着随性,嘴上不停地数落,"女孩子就要有女孩子样,你能去烫个头,描个眉毛,穿上裙子,好好拾掇一下自己吗?我让你留头发,就是希望你有点女人味,你倒好,天天扎得跟道姑似的……每次去店里,大家都问我是不是养了个假闺女。你知道他们还说什么吗?"

上次李碧霞没看到叶嘉的"未婚妻"来店里,但听别人说有个特别漂亮的女孩子来找白茗雪,两个人看上去关系很不一般。

"有人说,你真把自己当男人了,喜欢女孩子!"李碧霞将她头发上的发圈扯掉,看着她的长发倾泻而下,"你要是喜欢叶嘉,还真不如喜欢女孩子,至少女孩子不会把你的肚子搞大!"

"妈,适可而止啊!我是那么随便的人吗?"听到老妈越说越过分,白茗雪脱掉上衣,终于开口,"你以前的优雅都去哪儿了?现在动不动就说这么粗俗的话,我就是被你说得嫁不出去。"

"我对外人优雅,那是我虚伪要面子,我用得着在你面前虚伪吗?反正你给我注意点,别闹出丑闻!"李碧霞见她听话地在沙发边换裙子,脱下衣服时露出漂亮的腹部线条,马甲线清晰流畅,隐隐还能看到腹肌。一个女孩子,腹肌比老王儿子的还漂亮有什么用!但再看看这结实健康的美好身体,她又挺欣慰——一般人是没法把她的肚子搞大,这身蕴含着力量的线条,会先把对方打废。

"夏天到了,你给我穿上裙子,不准把头发弄得像道姑一样,听到没?"李碧霞再看她利落地换上白色的连衣裙,眼睛一亮,上前帮着整理了一下裙摆。

李碧霞在上海时,给她买了好几套漂亮的连衣裙。虽然价格贵了点,但大都市的时髦就是不一样。假小子穿上剪裁合身又凸显女性线条美的连衣裙,一下就妩媚动人起来,像塘里亭亭盛开的洁白莲花。

"听到了!但我穿这样,怎么干活啊?"白茗雪低低地咕哝,很不自在地把头发往后撩,"头发这样也太热了!"

"别动,就这样好看。"李碧霞拍掉她的手,像是看着走散二十多年的亲闺女,"穿裙子才像个女孩。你这个腿啊,这个腰,得露出来才能让人流口水。还有这个内衣,别穿运动的,换个海绵厚点的,简直是魔鬼身材……完全继承了我的优点!"

白茗雪无语,青春期时,是谁说她脸长得像爸爸,连身材都像爸爸的?白茗雪借口开车不安全,死活不肯穿上老妈递过来的高跟鞋,踩着一双白球鞋就出发了。一路上她都在忍受老妈的唠叨,直到听李碧霞说中午要和许清友吃饭,白茗雪才知道今天被打扮成这样,是为了见老妈心中的乘龙快婿。

"妈,清友是挺好的,可你了解他吗?"白茗雪被披散的长发弄得脖子后面都是汗,浑身难受地说道,"说实话,我都不了解他,之前一直像关系好的老客户来往,也就今年才见过几次面。"

"那你说说,你身边有了解的、关系好的男人吗?"李碧霞一脸恨铁不成钢的表情,"再说,需要怎么了解? 他的家庭情况你又不是不知道,个人生活作风没问题就行了。我看他对你也挺照顾,至少自己有什么舍得给你,不让你受苦。你和他结了婚,夫唱妇随,想要什么感情没有?"

白茗雪没法和老妈抬杠,她们已经进城了,在第一个红绿灯路口默默等着绿灯。

"叶嘉你又了解他多少? 他现在突然跑了,连个消息都没有,你知道大家都在说什么吗?"

"妈,你别人云亦云,听风就是雨。"白茗雪从李云华那里听到一些村里的谣传,微微皱眉,终于忍不住拿了根皮筋绑住头发,扎了个利落的马尾,"我是不了解叶嘉,可村里又有几个人和他说过话? 跟他们相比,至少你和我跟他接触得更多一点。这种时候,你就算不帮叶嘉说话,也不能落井下石,人家刚帮过我们!"

"那还不是因为他有所图? 谁会无缘无故地帮你? 人家那是想着我家的茶山!"李碧霞说完,似乎也觉得自己在气头上说得太过分,缓了缓,又说道,"叶嘉平时对我们家确实挺好,但现在联系不上他,谁也不知道到底发生了什么事。凡事要往好的方向想,也要做最坏的打算……再说……我也没落井下石,没说他不好,只是说,和许清友比起来,他显然不适合你。"

"去哪儿吃饭?"白茗雪不想再多说,直接问道。

"锦源大饭店。"李碧霞看了下时间,十点多,到饭店差不多十一点,她拿出手机给许清友打了个电话。

等白茗雪在饭店门口停好车,许清友已经来到饭店门口,走过来绅士地帮李碧霞拉开车门,笑着说道:"伯母,慢点。"

他俯身时,看到穿着白色连衣裙的白茗雪,微微一愣,目光在她身上流连片刻:"小雪今天真漂亮,差点没认出来。"

白茗雪再看到他,有些许尴尬。但许清友很自然,事无巨细处理得妥当体贴,和以前一样保持着令人舒适的亲密距离,可又不会太过分到让她感觉难堪。

李碧霞等饭菜上来,刚吃几口,手机就响起来。她看了眼,立刻说道:"你俩吃着,客户来拿茶,我得过去一趟。"

"我送你过去。"白茗雪知道老妈是故意的,从早上让她换裙子开始就是个阴谋。

"不要你送,这么近,我走过去就行。"李碧霞说着,一脸慈母表情地伸手帮她整理头发,然后对许清友笑了笑,"你俩吃完去逛逛。"

"对了,我下午可能没法陪你去看电影了,你和小许去吧。"李碧霞不等他们说话,走到包厢门口,又扭头说道。

电影?什么电影?

"我没想着去看电影,其实,我就是单纯送我妈过来,下午就准备回去了。"白茗雪等她妈一走,立刻坦诚地说道。

"我猜想也是。"许清友淡淡一笑,知道她对刻意安排的相亲会抵触。

"这顿我请,别跟我抢啊。"白茗雪又说道。

"我已经付过了。没有让女生请客的道理。"许清友又笑了笑,想到什么似的问,"你哥哥手术挺成功的,费用都结清了吗?有需要我帮忙的地方,尽管说。"

"结清了,还有新农合的医保报销呢。"白茗雪当然不能总让他帮忙,这笔费用能报销的地方很少,因为大多是进口药,床位是叶嘉安排的 VIP 房,住院半个月,加上护工和各种营养费,花了十多万元。

许清友上次定的十万元茶款,她转给叶嘉了,剩下的钱,李云华在村委的帮助下也筹到了。至于她和李云华之间,和亲姐妹一样,李勋就是她亲哥哥,垫付的钱也没准备问李云华家要。

"小雪,你不用这样……"许清友顿了顿,像是在想着怎么措辞,"不用觉得见我很尴尬,不用觉得因为拒绝我,就不愿意再面对这样的关系。我也反思了这事,提亲对我来说是深思熟虑的,但对你来说有点突然。如果我在去厦门之前就向你表明心意的话,可能你就不会这么惊讶。但是我当时觉得,这趟旅途最重要的是博览会金奖,我在等你的瓜片夺冠,本来想着最后一晚一起庆祝得奖,可当评分出来时,我知道你心情不好,就没有多提私事。"

"之后,你就对我说了叶嘉的事。"许清友语气里有一丝遗憾。

他那时有种要错过的预感,就像一罐极好的茶放在他面前,他舍不得随随便便开喝,想找个风清月明的长夜,沐浴焚香,取未受污染的上好泉水,用松枝煮开,慢慢品尝。

可就在他焚香时,一个毛头小子冲进来,直接连茶带罐抱走了。

等他回过神想找回时,人家已经开喝私藏起来……

"但你说并不喜欢他,我想,虽然表白迟到了,可还是要让你知道,我想和你结婚。"许清友毕竟和她认识的时间久,知道她对感情的态度——明确地奔着结婚去的。

许清友看到了她一直保持平静的表情有些许变化,他适时地停下,给她一点思考时间,才又说道:"虽然你拒绝了我,但也不用觉得和我相处起来尴尬。大家都是成年人,被拒绝是很正常的事。我就在这里等你,不管你的心意有没有改变,我都希望你别躲着我。"

"我没躲着你……"白茗雪终于开口,对许清友的态度很感激。确实,成熟男人有成熟男人的好处,善解人意又绅士,永远不会把事情弄得一团糟。

"都不接电话,也不回消息了,还没躲着?今天要不是伯母带你过来,恐怕我也见不着你。"许清友给她茶杯里添水,话语中满是关心,"你怕我什么?你不喜欢我,我不会强迫你喜欢。"

"不是的,你误会了,我的手机坏了。"白茗雪的手机之前被雨淋湿,经常自动关机,也会收不到消息,尤其这两天,关机的频率越来越高,昨天晚上手机关机之后,就再也没能顺利开机。她今天来市里还想顺便买个新手机,免得和外面失去联系。

"坏了?正好我房间里有一个新手机,代理商送的,我不需要,你拿去用吧。"许清友装作不知道她的手机坏了,淡淡说道。

"那我买你的。"白茗雪哪里知道,因为她一直不回消息,许清友问了李碧霞情况,知道她的手机坏了,早就买好等着送给她。

"送你的,你要买,就换成茶叶吧,我临走前去你家店里拿。"许清友就知道她会给钱。

"也行,你折成茶叶,我回头和小岚说一声。"白茗雪现在和他聊天放松多了,也可以和以前一样,看着他清润的眸子,"那个……你也别等我,这样我压力很大。"

"我等你,也等其他缘分,遇到喜欢的就和你说一声。"许清友又笑了,"你呢,遇到喜欢的,也提前告诉我,为你祝贺。"

"呃……好。"白茗雪听到他这么说,情感上的压力没那么大了,扬了扬唇角,也对他笑了笑。

许清友看着她红艳艳的唇勾起的笑容让她脸上那些干脆果决的线条都染上了温柔,像开在寒风中的茶花,再配上这身白裙,清丽无双。

他一向都能将欲望很好地藏在风轻云淡的外表下,无论内心多么渴望,脸上依然飘然若仙,不留恋半分红尘的出世高人模样。所以,即便心动,即便想要占有,眼里也不会有灼热的情动。

许清友明天要去台湾,过几天回来,所以白茗雪请他吃了一顿晚饭,聊当钱别。

等白茗雪准备回村时,天已经黑了,她一直都在考虑许清友和妈妈说的话。

出了市,往村里的方向还在彻夜修路,推土机来来回回地忙碌,原本不到五米宽的土路被拓宽一倍多,虽然还没有铺上沥青,但已经能感受到未来这条乡道的宽敞便捷。

白茗雪不由得想到叶嘉当初的努力,他曾说,这里没有一条通山大路,再美好也不会被人发现。

虽然至今叶嘉都没回消息,像人间蒸发,可他绝不是别人口中说的那样,也不是她当初想的那种富家公子玩儿票性质地投资茶饮,他是很认真很努力地在坚持自己的事情……

这个人其实有很多可爱之处。

白茗雪回到家已经是深夜,星空疏朗,蝉声混杂在蛙声里,在大山里却并不显得聒噪。

她刚到家里,还没来得及洗澡,手机就响了起来。

白茗雪看到是叶嘉的头像在请求通话,没多加思索就点开了。但她没想到这个是社交软件的视频通话,猛然看到手机里面出现叶嘉的脸,她差点没把手机扔出去。

"这个……怎么是视频?"白茗雪手忙脚乱地点了半天界面,想退回去。

"你今天去相亲了吗?穿得这么好看!"叶嘉捕捉到晃来晃去的镜头扫过她全身,居然穿着裙子!他顿时嫉妒了,从来没见她穿过裙子,趁他不在家穿得这么可爱,想出去勾引谁?

"等等……在哪儿关?"白茗雪终于找到切换的地方,立刻切成了语音通话。看不到他那张帅得"人神共愤"的脸,白茗雪就冷静多了,问道:"你去哪儿了?什么时候回来?"

"谁让你关掉的?看着说!"叶嘉又点了视频过来。

白茗雪觉得两个人视频聊天很奇怪,她很少和朋友视频,哪怕同宿舍的女生群聊天,她都很少和她们视频。

叶嘉见她不接,发了条消息过来:你接视频,我回答问题。

白茗雪服了他,把手机架在桌子上对着书架,接了视频,但她不看叶嘉,自顾自地收拾着书架上的书:"你要是回来得晚,我把猫接过来。"

"你先回答我的问题,今天怎么穿裙子了?你去见谁了?"叶嘉目光如炬,她很少会打扮自己,这条裙子一看就是有猫儿腻。

"男朋友。"白茗雪把书架上的书按照顺序摆放一遍,实在没什么可收拾的了,只得回到桌边,看着视频里叶嘉的脸说道。

叶嘉的屏幕有些晃动，但很快就稳住了，他的表情变得凝重起来："你答应了许清友？"

"你哪天回来？"白茗雪很想说，就算不回来，也要让茶饮公司的人把流言给按下去，不要让大家都担心，可又觉得自己不该和他有什么亲密关系，"我看猫粮留得不多……"

"你和许清友在一起了？"叶嘉再次问道，眼眶似乎有些发红，原本带着笑的眼神充满了戾气。

白茗雪沉默片刻，像是下了决心，点点头："谢谢你照顾……"

"白茗雪，你给我等着！"叶嘉没等她说完，咬牙切齿地直接挂了视频。

隔着手机，白茗雪都能感觉到叶嘉的怒气，这让她觉得现在就躲到山洞里比较安全。但同时她也放心了——叶嘉就像她相信的那样，没逃走，只是临时有事出去一趟。

白茗雪这一晚睡得很不踏实，第二天一早又去叶嘉家从窗户看猫。

其实只要留个窗，农村的猫自己会出去找吃的，饿不死。但她怕那些小奶猫弄得叶嘉家里都是尿臊味，想把它们挪到自家院里，外面通风也凉快，大黄在隔壁看着，也不会有什么野兽老鹰袭击。

白茗雪喊着欢欢的名字，想让它把小奶猫叼出来，可欢欢傍上土豪之后，根本懒得理她，薄凉地扫了她一眼，继续躺着喂奶。

"果然猫都无情！"白茗雪气得想爬窗户进去，一只脚刚踩上窗台，就听身后有人大喊。

"你可别入室盗窃啊！"李云华拎着一个塑料袋，走到她家院门口，急忙说道，"入室盗窃是要判刑的！"

"我……我是想拿猫。"白茗雪这么说着，还是把脚收回来了。

村里大家互相串门，甚至主人不在家，也能直接去人家家里借东西，没这么讲究。但叶嘉是大城市的少爷，对隐私很注重，屋前屋后还装了摄像头防贼……

"猫也是人家的东西，你拿什么拿？"李云华走进院子，看着白茗雪直接单手撑着半人高的院墙跳过来,说道。

"那是我家的猫!欢欢在里面呢。"虽然现在猫完全不想回她家里。

"猫也有猫的选择自由啊,你不是说万物平等,生灵一样?怎么能把猫当奴隶呢?"李云华开着玩笑,心情似乎挺好,"它跟着新主人吃香的喝辣的,猫命也是新主人给的,你就别去管它了。"

"你今天没去村部?"白茗雪不想聊那只负心猫,看着她手里的塑料袋,"这是什么?"

"别人送给我家的桃子和西瓜,太多了,我给你拿过来一点。"李云华今天休息,自从哥哥生病之后,那些扶贫对象就会经常送点农产品过来,搞得她很不好意思。

"我去打桶井水冰一下。"虽然家里有冰箱,但白茗雪还是喜欢用土方法来冰镇西瓜。

山里的井水和山泉水,冬暖夏凉,打一桶上来,把西瓜扔进去,放在葡萄架下,到了中午切开,冰冰凉凉,还不会因为过冷伤胃。

"哥哥回来这两天,身体感觉如何?恢复得好吗?"

"好得很,贵的药虽然不能报销,但也真的管用。我哥的情绪和状态都不错。"李云华在压水井边洗着桃子,"小雪,你帮我垫了多少?我家现在没钱,但我记着账,回头每个月发了工资就还你一点。"

"让你哥还。"白茗雪弯腰从井里提了一桶清冽的水上来,头也不抬地说道,"他没腿了可是还有手,真要让你养一辈子?"

"我哥怎么还?他是不可能出去工作的。"李云华苦笑,"我爸妈也舍不得他出去……"

"要让你养一辈子,哥哥也真成了废人,这辈子都毁在你手里。"白茗雪说话一向直接。

"怎么就毁在我手里?我还被他毁了呢!再说我要是不管,谁管他?"李云华急了,气呼呼地说道。

"你哥总比霍金好吧?你天天养着他,不让他实现自我价值,他就越来越消沉。马斯洛的需求层次理论,人的最高需要就是自我实现,就是以最有效和最完整的方式表现他自己的潜力,得到高峰体验。你要让他在内心中产生这样的价值,不能让他天天躺着玩游戏,觉得自己下半生都废了。"白茗雪认真地说道。

"玩游戏已经不错了,他什么都不玩,什么都不说,天天植物人一样发呆才最可怕。"李云华咬了一口手里的桃子,脆脆的、甜甜的,可她的人生比桃仁还苦。

"我这几天在开分店,让你哥当店长,帮我看店,搞分成模式。他好好经营,以后你家的茶,还有这些农产品,都可以挂上去。我研究了很久,咱们村物产这么多,不借网店的优势推出去太可惜了。"白茗雪冰好西瓜,走到李云华身边,也拿了一个桃子吃了起来,边吃边说,"以后电商的优势会越来越大。我前几天做了个我家网店的流量图,对比了一下前几年,今年突飞猛进地增长,客服不够用了,分店现在挂靠下去,流量也会分过去一点。"

"我哥愿意倒还好,但他性格那么倔,估计不好说服。"

老李家的人都很倔,包括白茗雪都遗传了一半娘家的倔。

"我去说。"白茗雪拿出手机,打开买家后台,给她看最近的流水,"这些进账数据都是真实的。原本今年想拿个奖,预估明年的瓜片还有更好的销量,如果每个月都有几十万的订单,那我们整个村的瓜片都不用愁了。哥哥肯定想赚钱,他就是因为觉得自己没用,牵累疼爱的妹妹,才这么自暴自弃。别忘了,确诊癌症的时候,他想自杀。"

李云华听到"自杀"两个字,神情暗淡下来。她其实挺佩服表妹的冷静,虽然在别人看来有点不近人情不通情理,但表妹总能抓住重点。

"你也不用担心他不会,哥哥学过计算机,游戏也玩得这么好,说明他很聪明。他既然身体恢复得可以,我的分店也差不多弄好了,晚上把店铺美工做好,就去教他怎么开店看店。"白茗雪说着已经吃完了桃子,她把桃核丢到花坛边挖的一个坑里。那些厨余垃圾和落叶落花,都是这么被掩埋当作肥料,第二年翻一下土,花长得更好。

"小雪,要是我哥真做成了,你就是我家的救世主。"李云华学着她将桃核丢进去,说道。

"什么救世主?这是家人应该做的事。"白茗雪拍拍她的肩膀,笑了,"我是你们的亲人啊。"

李云华看着她灿烂的笑容,就像后院那攀爬到二楼的凌霄花一样美丽,她也跟着笑了,眼泪却落了下来。人生虽然有无数的意外和挫折,但身边也有无数伸出手的家人和朋友甚至陌生人。

白茗雪是个行动派,说做分店的时候其实分店已经开张了,只是想做一个更文艺的文案和模板,让顾客点进来就能感受到茶乡独有的宁静和温暖。

她第二天就带着电脑去表姐家里。

舅妈和舅舅昨天就从李云华嘴里知道了这事,都躲在李勋房门外偷听,心里又期盼又担忧,生怕儿子会拒绝。

没想到,里面没有争吵声,他们清晰地听到儿子嗓音温柔地说"好"。

舅妈和舅舅惊喜地对看一眼,舅妈立刻往厨房走去,吩咐男人:"去捉只鸡,晚上炖汤给小雪吃。"

"别吃鸡了,天天吃鸡不烦吗?我去买点酱牛肉和酱鸭,小雪不是爱吃吗?"舅舅笑着说道。

"那是叶老板爱吃……算了,你去吧。"抠门的舅妈难得大方。

酱牛肉对他们家来说是奢侈品,不像散养在河边的小鸡,随便捉一只宰杀不用花钱。

"不过你说叶老板还回来吗?听说厂里人心都乱了。"舅妈拿钱给舅舅,嘀咕着问道。

"小雪都没乱,你们瞎凑什么热闹?"舅舅这点倒是看得挺清楚,"要是叶嘉真走了,她还能有心思工作?那真神了。"

"也许真没喜欢……算了算了,年轻人的事,不说了,快去买肉。"舅妈想了想那天晚饭时白茗雪替叶嘉说话的样子,这个外甥女她也算从小看大的,怎么看都是对叶嘉有感情的。

虽然舅妈、舅舅不在白茗雪面前八卦,可村里其他人对叶嘉的看法越来越妖魔化,尤其他三天都没音信。尽管厂里开过会,说叶总出国谈合同了,想以此稳定这拨村里人的心,然而村里的人宁可相信谣言,也不相信辟谣。

最为致命的是,今天是发工资的日子,但公司延迟开薪。

对村民来说,干了活不给钱,无异于谋财害命,连食堂大妈都不想去上班了,坐在村口骂娘。

白茗雪晚上回家时听到了大家的议论,很想去说点什么,可又觉得自己既不了解情况,也没立场。她走到叶嘉的厂房外,看着里面依然灯火通明,有两辆大卡车停在仓库门口等着上货。

"咦,小白,你怎么来了?"厂房二楼正站着一个打电话的女生,远远看到大铁门外站着的白茗雪,立刻拉开窗户对她挥手。

白茗雪抬头一看,是佟宁宁。

佟宁宁的少女脸看上去有点暴躁,也许是因为最近天气暴热,尽管厂房里开着空调,她脸上依然有汗水,黑框眼镜不停地往下滑。

"要喝茶吗?还是来瓶冰镇茶饮?"佟宁宁在自己的办公室招待白茗雪,问道。

"茶饮吧。"白茗雪很给面子地说道。

"好嘞!"佟宁宁从冰箱里拿出一瓶瓜片纯饮递过去。

白茗雪注意到上面贴的标签是纯饮,拧开后喝了一口,就是瓜片被冷水泡开的感觉,淡淡的、凉凉的,有些苦,不够浓烈,香气不足,但也回味甘甜。

"这段时间公司太忙了,都没空去找你玩,你一直在家吗?"佟宁宁抽了一张面巾纸,垫在鼻子和黑框眼镜的鼻垫之间,看上去有点滑稽和可爱。

"前段时间经常出门,这几天一直在家。"也许是天气太热,白茗雪现在觉得冷茶也不是那么难喝。

"等忙完这段时间去找你玩。"佟宁宁挺忙,虽然和她说着话,可不时拿起手机回消息,"听说叶嘉帮你接生了四只小猫?恭喜啊,你俩的结晶。"

"噗……"

白茗雪一口茶饮喷出来,这算什么结晶?友情的结晶吗?

"你不是私人医生?"白茗雪见她语音回了几个消息,都是茶饮和运营方面的数据,忍不住问道。

"呃,我只是兼职当医生,我在美国时,有行医资格证。"佟宁宁推了推黑框眼镜,一本正经地说道。

"那你现在……"白茗雪见她表情没一点变化,也不知到底是真是假。

"我现在是策划部的总监以及运营部头头儿。能者多劳嘛,我们公司就需要我这样的全能人才。"佟宁宁夸起自己也一本正经,看不出半点水分。

"那……冒昧地问一句,我刚才在路上听到大家抱怨工资的事,你……也管理财务这块吗?"白茗雪终于忍不住问道。

"工资这次是财务那边结算出了点问题,我们下午就开会说过,下周会统一发出去。"佟宁宁叹了口气,也忍不住吐槽,"正式员工都不担心这个问题,这里的村民对钱太敏感了。"

"能理解他们担心,才做了几个月,对公司团队没有建立起感情和信任。"白茗雪为本地人辩解了几句,"现在货一批批拉出去,对他们来说,就像看着当初投资的瓜片被转移出去,可又没拿到工资,心里会不安。"

"你说得对,要不,明天帮我开个稳定人心的会议?只给你们本地人开,给他们说说……"

"你这种专业人士都说不了,我能说什么?我也不是这个公司的人。"白茗雪打断她的话,苦笑,"我只能告诉你,我们本地人的习惯,最好还是早点把工钱的事解决好,拖的时间越长,麻烦就会越大。"

本地人其实很真诚宽容,但也喜欢捕风捉影,尤其对这种外来的企业,不像对邻居亲友,他们会有戒心,更愿意听信最坏的流言。

"你不是我们公司的人,可你是叶嘉的人,这时候还分什么你我?"佟宁宁一本正经地说道。

"咳……我和叶嘉只是……邻居。"白茗雪又被呛到,"我……我也有个准备结婚的对象……"

"你有对象？哪来的对象？"佟宁宁终于露出见鬼的表情,"开什么玩笑？叶嘉走的时候你都没对象,他一走你就有结婚对象了？"

"叶嘉不也有对象吗？"白茗雪苦笑,看来叶嘉没少和佟宁宁说他跟自己的事情。

"他有什么对象？那个盛娇是吧？盛小姐倒是一直在追求他,从大学就开始跟着……但叶嘉不喜欢她啊！"佟宁宁摇头,当年叶嘉的追求者多得能从哈佛排到剑桥,盛娇不过是追求得最凶的一个,要不是叶嘉跑到无人问津的大山里,恐怕他每天出门都会遇到各种追求者,"叶嘉知道你有对象了？"

白茗雪点头,想到自己和叶嘉说完之后就再也联系不到他了,心里也有些担忧。

"叶总太可怜了！"佟宁宁有些戏剧化地跌坐在椅子上,抬手摘下黑框眼镜,用纸巾擦了擦眼角,"他奶奶刚走,又失去了恋人,双重打击,也不知道能不能撑得住。"

"他不是去国外谈合同吗？"白茗雪有些惊讶,随后心里涌起莫名的难过。

"是的,一开始是出去谈合同。本来是件大喜事,我们送去国外和送给哈佛同学的茶饮在美国受到了年轻人的欢迎,KK碳酸饮料公司想与我们合作,推出联名产品。但在合同落地之前,我们不能对外公布。"佟宁宁吸了口气,长长地吐出来,"叶总刚搞定合同,他奶奶被下了病危通知书,昨天晚上八点,与世长辞。"

"他奶奶身体本来就不太好,一直在斐济岛上疗养。这大半年时间叶总都在忙茶饮的事,都没空去看她。本来他还打算年底稳定下来,带员工们去斐济,可没想到……"见白茗雪沉默不语,佟宁宁很惋惜伤心地说道,"这就是最后一面了。"

"……我……这两天也没能联系上他。"白茗雪声音有些波动,像泉水从岩石上跳下,失衡地落入深潭,溅起一圈圈波纹,"让他节哀顺变吧。"

算算时间线,那天视频的时候,他应该飞机刚落地,就和她联系了。之后就是签合同,紧接着听到奶奶健康情况恶化,就转去了斐济,现在应该在办丧事了。

"我也只能给一点言语上的安慰,但是你真的想让他也放弃这段感情?"佟宁宁戴上黑框眼镜,静静地看着白茗雪,"能和我说说你的结婚对象吗?我挺好奇的,一直没听过你有对象,突然冒出来,有点难以置信。"

"是多年的朋友。"白茗雪不打算多加解释,轻描淡写地掠过,"挺好的人。"

"好吧……我以为你特意来茶厂门口,是想找叶总,看来是我错了。"佟宁宁摊摊手,拿起不停振动的手机,起身往外走,"我先接个电话,等我一会儿哈。"

白茗雪点点头,看着她办公室的窗外,窗台爬上了牵牛花,在薄暮下,开着靛蓝的花朵,和天空的颜色相近,又像是深渊的颜色。

白茗雪这一夜又失眠了,她在小院里的桂花树下点了一支香熏虫子,放了张竹椅,坐在树下乘凉。

萤火虫在对面的竹林间、溪水边闪着光,星光散漫。山间的风吹去了白日的燥热,长夜变得清凉起来,可也孤独无比,这让白茗雪想到了立花北枝的那句"流萤断续光,一明一灭一尺间,寂寞何以堪"。

村里召开了村民大会,传达关于今年农耕补贴和扶贫的政策。

村头大喇叭一喊,下午四点,每家每户都派了代表过去。小马主持会议,又看到了白茗雪。

她总是很准时,不早也不晚,三点整,准时出现在村部的会议室里。

村民们都自带板凳,也有的人什么都不带,像她,和几个光着膀子扇着风的农民伯伯站在会议室的后面,显得格格不入。她皮肤白嫩,眼神冷峻清静,像下凡的仙子。

小马心情复杂地看了她一眼，对她点点头，算是打招呼。

听说她不喜欢叶嘉，要和一个大茶商订婚……

反正怎么都轮不到他小马——李云华的原话。

小马把山林补贴政策和修路会占用的农田赔偿说完，李云华上来开扶贫专项会议。

白茗雪不属于被扶贫对象，正准备和一半的人撤走，听到李云华叫住大家："同志们都留一下，扶贫会议开始之前，我想说件事。"

"最近我们村的茶饮基地延迟发工资的事，很多人都还来村部问情况。"这些人把村委当万能的，觉得村委能管人家公司发工资，李云华也是无语，趁大家都在开会，把情况说清楚，"我希望大家要相信自己的公司。当初是咱们的市委书记陪同叶总来镇上，和政府签订的协议，你们怕谁跑了？怕政府跑了？别每天吃饱了就到处散播不实流言，你们家人在公司上班的，你们和茶饮基地签过合同的，都不要担心。人家公司解释得清清楚楚，你们不信，还要闹得人心惶惶，这不是庸人自扰吗？"

白茗雪听到李云华的话，眼神里有几丝感激。她这两天也和李云华透露过担忧，没想到表姐会在开会时帮叶嘉安抚人心。

李云华感觉到了白茗雪投过来的视线，和她对视几秒，交换了一个心照不宣的眼神。她们李家也知道感恩，叶嘉帮过大家这么多，还救过毫不相干的人，他不可能是骗子。

白茗雪没有和李云华说叶嘉的私事，像叶家这样的大家族，既然网上都没有报道叶嘉奶奶去世的消息，一定是叶家不想让太多人知道，希望低调地把丧事办完。

如果要守孝的话，叶嘉恐怕还得十天半个月才能回来。

白茗雪觉得应该把猫弄出来。

小奶猫们都睁开了眼睛，也都在学着爬和走，开始到处搞破坏，抓窗帘捉迷藏，在下面滚来滚去。

这天中午，白茗雪刚吃完饭，准备去电脑上处理退货，突然就听到欢欢突然跳到窗户，对着她喵喵叫。

"没猫粮了吧？没心肝的,饿了才知道来找我。"白茗雪说着,准备去厨房给它找吃的。

但欢欢不跟她去厨房,还是急切地喵喵叫。

"怎么了?"白茗雪再侧耳细听,风吹过来,带着蝉鸣和……小奶猫的叫声。

白茗雪再次跨上邻居家的窗台,修长有力的腿一蹬,就跳进了叶嘉房间里。

有只小奶猫被窗帘绳子缠住了,越挣扎缠得越紧,最后一动也不能动,躺在地上惨叫。白茗雪解开小奶猫身上缠着的绳子,顺手把窗帘拴好,三只小奶猫就在她脚边跌跌撞撞地爬来爬去,很是"软萌"。

白茗雪突然就想到了那天佟宁宁说的话:你们的结晶……

但……怎么就三只猫了?不是生了四只小奶猫吗?

"咪咪?"白茗雪赶紧一边唤着小奶猫,一边到处找。

该不会被黄鼠狼叼走了吧?

昨天李云华还在说,自己家的鸡蛋被黄鼠狼偷了,山上她扶贫的那家鸡舍也遭黄鼠狼偷袭,正在想办法对付这爱偷吃的小兽。

"咪咪?"白茗雪走到叶嘉的卧室,顿时傻了眼。

一定是欢欢打开了床头柜,里面收纳好好的内裤和袜子撒落一地,第四只小奶猫正趴在柜子边的内衣上睡得香甜。

白茗雪赶紧上前收拾,希望叶嘉不会发现这里被猫祸害了。

就在这时,门口传来指纹锁打开的声音。

第十三章　无法企及的美好

白茗雪在这几天里想过好几次叶嘉回来的样子，但绝不是现在这样的场景。

她迅速将地上的内衣、袜子一股脑塞进柜子里，刚关上柜门，就听到身后充满磁性的男低音："抓住贼了。"

"叶嘉，你回来了？"白茗雪虽然有点慌，但看到他安然无恙地站在面前，还是如同吃了一颗安心丸，多日的抑郁都好了，脸上也露出一丝笑容。

"有男朋友的人，还来单身男人家里……偷内衣？"叶嘉是攒着一肚子的怒火回来的，但他真真切切地看到了刚才白茗雪脸上欣喜的笑容，这几天的痛苦顿时消散了大半，语气也染上一丝调侃。

白茗雪顺着他的目光一看，自己屁股后露出半条他的内裤，立刻飞快地塞回柜子，把猫老四举起来："我……我是来找猫的。"

"你觉得我会信吗？"叶嘉慢吞吞地拿出手机，连拍几张照片，说道，"你可以和警察解释一下。"

"你要报警吗？"白茗雪急忙站起来，一把按住他的手，"别这样，我真是来看猫的，不信你可以看监控。"

"谁知道要是我没回来，你会做什么？"叶嘉看了眼她的手，手臂上的擦伤痕迹几乎看不到了，只看见雪白的皮肤和紧绷的肌肉线条。

"我能做什么？"白茗雪苦笑，见他扫了眼自己的手，立刻讪讪松开，"你回来就好，大家都挺关心你的。"

"你也关心？"叶嘉神态里有些许疲惫，将她另一只手里托着的猫接过来，轻轻抚摸着，脸上的表情却没什么变化，将期待藏进眼神深处。

这静默等待的表情，装满了她看不懂却心惊的情绪。那双纯粹璀璨的黑眸，里面像是下满了晶莹的大雪，让白茗雪心底的那块绿洲变得涨涨的、满满的，曾经荒芜的沙丘上不但开着鲜花，还有大树和荆棘，还有春风和冰雹。

"我……关心猫……"白茗雪一向能正视自己的情感和需求，此刻，嗓子却像装了一把锁，锁住了内心的真实语言，无论如何都吐露不出关心他的话来。

"既然你回来了……我就放心了。"白茗雪见他沉沉不语地盯着自己，后背开始冒汗，不自觉地想逃避他的眼神，"那我先走了。"

擦肩而过时，叶嘉突然伸手攥住她的手腕，但不过半秒，他又松开了，仿佛只是不小心碰到，依然什么也没说。

白茗雪手腕被火灼了一样，又想到了他眼里那片雪光和脸上的疲惫，她的心脏就疼了起来，突然觉得，她应该再安慰他几句。可……既然不可能在一起，就算安慰，也只是徒增烦恼。她加快脚步，像逃兵，飞奔回家。

后院的葡萄架上，一串串青碧色的葡萄已经变红，大暑的天气，蒸腾的人心都跟着浮躁起来。但叶嘉回来了，工资也照常发出，终于安抚了动荡的人心。

白茗雪也为两个新的分店耗了不少心血——让李勋哥哥管的那个店倒是挺好，销量在平稳增长，和许清友合作的那个店，每天都在做广告推广，浏览量和下单量都很大，但是随之而来的投诉、差评也变多了。

虽然那边有专业的售后客服来处理，可白茗雪还是想从源头解决这个问题。

她的老店和李勋哥哥的分店，都没有遇到过这么多的差评，几乎全是好评和回头客，同样的茶叶品质，到了许清友那里就不行了。

可能是每天售出的量太大了，才开张三个月，就抵得上她三年的老店，现在都已经是两个皇冠了。

天气越来越热，晚上蚊虫也越来越多，到了夜里，不少村民会在院子里点上一把艾草熏蚊子。

这天晚上,白茗雪正在处理差评,突然闻到了艾草味——她住得高,离其他房屋远,风也往山脚吹,一般不会有烟味传来。

她立刻站在二楼阳台上看去,只见隔壁院子里生了一堆火,佟宁宁正蹲在火边拨弄着干燥的艾草。

佟宁宁和村里人相处时,听到艾草熏虫的传统方法,跃跃欲试。身为叶嘉最得力的伙伴,佟宁宁晚上过来想帮他解决一下蚊虫问题。叶嘉那张帅气的脸,被蚊子咬了好几个包,影响她欣赏美男。可是佟宁宁弄错了,熏虫的奥妙在于"熏"这个字,而不是点火烧山。她看着火势蔓延,虽然有不少飞蛾扑火,可感觉有点不对。

山风从侧面吹来,把火星吹得乱飞。

"叶嘉,你要不要出来看看……"佟宁宁正对着屋里喊,突然一桶水就从隔壁院子浇了过来。

白茗雪从井里提了两桶水,把燃烧的干艾草全浇灭了。

叶嘉将门窗紧闭,他怕进烟味,所以锁死了门窗,正在给猫咪们喂食,听到外面的动静,站起身一看,外面的火光灭了,浓烟滚滚。

没一会儿,一桶水从隔壁又泼过来,烟也散了,彻底没火了。

"你是要放火烧山吗?"白茗雪还不放心,单手撑着院墙翻过来,踢开那堆艾草,皱眉问道。

"不是看你们下面都在点火熏蚊子嘛,叶嘉这边虫子多,我也想试试。"佟宁宁推了推黑框眼镜,说道。

"熏啊,上面要盖上青草的,把新鲜潮湿的薄荷或者香茅草盖在上面,不能燃烧透,才有烟味出来。"白茗雪很无语,"但也没什么用处,人都被熏得张不了口,何况蚊虫?"

那是老方法,很多老人家到了夏天喜欢坐在桥洞下乘凉,桥边树下有水的地方花蚊子特别多,他们就用这个办法,点艾条,拔一把香茅草盖在上面,慢慢熏着烟,蚊子闻到味绕着飞走了。可人被熏久了也受不了。

白茗雪这种对气味敏感的人,夏天都很少点蚊香、打灭蚊剂。她住的地方高,夜里本来就清凉几度,再加上注意卫生,尤其水源地要洁净,就不会滋生花蚊子。

像对环境要求极高的萤火虫在这里都成团成团地飞,可见附近没有什么污染,只要把房前屋后打扫干净,晚上早点关门,又有蚊帐,根本不担心蚊子问题。

"你这样太危险了,最近天气热,又干燥,万一把后山给点着了怎么办?"

叶嘉推开门,听到白茗雪正在教育佟宁宁。

"我让她熏的,怎么了?"叶嘉走出来,心情不好,语气很冷。

佟宁宁知道叶嘉为什么心情不好,她心里期盼着好戏上场,脸上却没什么表情地点点头,添油加醋:"是的,老板说这里虫子太多了。你看,他脸上、胳膊上都是包,快毁容了。"

"你要是不怕熏,就用蚊香,要是怕气味,选电蚊香液,都比这个土方法好用。"白茗雪看到他眉心上真有蚊子包,浅浅的红色痕迹,像被点了胭脂,有点可爱,但摆着臭脸,在暗淡的夜色中,冷冷地看着她。

白茗雪这才后知后觉地发现他语气很冷,心情似乎不佳。她以为是亲人离世带来的打击,想到上次自己离开时他欲言又止的举动,心里不觉有些难受。见他不说话,她又说了句:"或者,挂个蚊帐也可以。反正不能点火,城市里都是钢筋水泥防水墙,还有消防用品,这里什么都没有,风一起,火势蔓延,谁都挡不住。"

他还是不说话,眼神和夜色一样沉,落在她脸上。

白茗雪被他看得压抑起来,觉得自己不该过来多管闲事。可要真是引发山火,太危险了。上次开会小马还说过,秋天要到了,护林防火工作要做好,准备组织防火大队定时巡逻。

说起来,自从小马这种大学生下乡当村干部之后,村部的行动力和效率都提高了很多,尤其是这几年,扶贫开始,安全文明宣传也跟着到家。往年清明节大家上山扫墓烧纸,总会引起几场不大不小的火灾,这两年就好多了。

准确地说,从她爸爸牺牲的那年开始,他们村里提到山火就会唏嘘,也会教育家里不懂事的孩子不要玩火。

没想到村里的孩子不玩火了,城里来的少爷居然玩火。

嘟嘟……佟宁宁的手机振动起来,她拿出来一看,对叶嘉说道:"那边回复了。"

叶嘉终于收回目光,看着佟宁宁递过来的手机,脸色更阴霾,转身回屋:"我打个电话。"

看着叶嘉关上门,佟宁宁看了眼有些尴尬的白茗雪,叹了口气:"最近公司事多,老板家里事也闹得心情不好,别介意。"

"能理解。"白茗雪觉得作为邻居,这么冷漠似乎不好,她看见旁边还放着一捆艾草,走过去,"这边没什么蚊子,但是虫啊蛇啊挺多的,你要分开点。"

佟宁宁见她走到林间拔了点野草回来,盖在艾草上,在房屋周围点着,青烟袅袅,让山中老屋像有仙气在萦绕。

"叶嘉……公司怎么了?"白茗雪虽然没有把茶山租给他入股,但还是忍不住问道,"我刚才是不是说话太直接了?"

"公司的事你去问他呀。"佟宁宁见一向人情冷淡的白茗雪关心叶嘉,心里暗喜,脸上却很沉重,"恐怕他这个危机过不去了。唉,我只是个员工,做不了什么事,也没法给他分忧,只希望散伙的时候能拿回自己的工资。"

"上次不是说去海外签了合同?出了什么问题?"白茗雪不想去问叶嘉,她看到他就觉得心乱。

"海外挺好,国内比较麻烦。"佟宁宁转身看着暮色四合,村庄渐渐亮起灯光,在这里看不到凶残竞争,只有一片宁静。

"国人喝不惯这种口味吗?别去看那些负面消息,其实有争议说明还是有人关注这个饮料,是好事。"

自从茶饮推向市场之后,白茗雪比其他人更加关注,没事就会上网查看一下有没有新闻动态。她甚至还注册了个马甲偷偷关注六安茶饮的微博和贴吧,因为对瓜片了解得多,偶尔去贴吧发发言,还成了小吧主。

所以,她看到不少人进贴吧吐槽茶饮味道奇怪,甜不甜苦不苦的,没法接受。甚至还有人弄了个十大难喝饮料榜,瓜片茶饮很"荣幸"地上榜,她看得她生气,去科普了好久。

"不是不习惯,我觉得那些人是无法接受新鲜事物。有新东西出来,不符合自己的习惯和认知水平,就觉得是异端。"佟宁宁摊手,"我们也不怕争议,每一种新生事物的成长,都不可能一帆风顺,叶嘉烦恼的也不是这个问题。"

"那……"白茗雪还想问,看到房门又打开了,闭上了嘴。

"你去公司处理一下邮件,通知明天早上八点开会。"叶嘉对佟宁宁说道,然后被烟呛了一下。

"好的,那我走了。你赶紧回房间去,小白在帮你熏虫子呢。"佟宁宁说完,立刻撤走。

白茗雪和叶嘉默默对视几秒,也准备转身回家。

她走了几步,又转身回来,看着叶嘉:"欢欢在家里吗？我想带它去做个绝育手术。"

"等小猫断奶了,我带它去。"叶嘉见她返身回来,还以为有什么话要对自己说,结果她关心的还是猫。

"那……你这几天要是忙,可以把猫放我家,我来照顾。"

白茗雪也感觉到叶嘉的心情不好,换成以前她主动搭话,叶嘉不会这么冷淡甚至显得烦躁,阴鸷地盯着她,仿佛她是仇人。

人与人之间的关系真是复杂,李云华之前对她说过,男女之间没有友谊,告白要是被拒绝了,就不可能再做回朋友。

白茗雪拒绝了许清友之后,觉得他处理得挺好,至少没有给她很多压力。可到了叶嘉这边,不知道究竟是谁的问题,让她怎么都不舒服,心里一直想着这件事,放不下。

"我哪里得罪你了？"白茗雪终于忍不住问道,"干吗这样看着我？"

她有点讨厌叶嘉那双漂亮的眼睛了。明明自己什么都没做错,可被他这么静静地盯着,看着他深邃又藏着一丝柔情的目光,就莫名有一种负罪感,好像做了对不起他的事。这让她不由得再次反省自己什么地方做得不好,是态度太冷硬,还是说话真的过于严厉,让少爷不高兴?可是她从小就很难温柔地和男孩子相处,即便和家人在一起,都是默默做事,言语上很少表达自己的关心。

"既然不喜欢我,又何必过来照顾?给人没有希望的念想,是很过分的事。"叶嘉终于说话了,嗓子被烟熏得有点哑,也可能是连日来没有休息好,带着疲惫。

白茗雪愣了愣,她心里觉得喜欢分为很多种,有对朋友的欣赏,有对家人的爱护,甚至看到一个陌生人随手做了件令人感动的事,也会喜欢……但她没法和叶嘉辩论这个问题,因为她觉得,每个人对喜欢的定义都不一样,用自己的标准来要求别人,确实是件过分的事。所以,也不该拿许清友的处理方式来对比叶嘉。

"我只是觉得……猫是我家的……给你添麻烦了。"白茗雪说出这句话就很后悔,她平时就不善于交谈,在叶嘉面前更是经常说错话。

"所以你只是关心你的猫。"叶嘉的语气更加冷,眼里那丝柔情也破碎了,侧过身,给她让开路,"只要它们跟你回去,就带走吧。"

他的表情和语气都让白茗雪觉得,自己要真的带走小猫们,他就彻底变成孤单一人了。

"那……你要是不嫌烦,就放在这里吧。"白茗雪很想说,她也很关心他啊。可是以邻居或者朋友的身份来关心,他似乎不愿意接受。

"要是你有事需要我帮忙,喊一声就行。"白茗雪见他掉头就回房,补充一句。

但回应她的只有门被狠狠关闭的声音。

叶嘉很心烦,看到她就会心浮气躁,尤其她每次就事论事毫无感情的样子,像机器!是的,她一边说着讨厌冷漠的机器,言行却像那个精准无情的机器,一点关心的话语都没有,只知道教育他!他一个海归,用得着被小村姑教训吗?每次对他都是一张臭脸,叶嘉越想越生气,撸了好一会儿小奶猫才平静下来。

大茶商

电视里正在放消防员救火的事,叶嘉突然想到白茗雪的父亲白林因为救火去世……

他还有意无意中听到很多当年的事。白茗雪本来有个好工作,可以离开这个美丽但贫困的小山村,好像为了陪伴孤独的妈妈,和那些放不下的茶山,毅然回村。因为这事,他听过很多村民议论,觉得白林白白培养了她那么多年,希望她能飞出山村,走得更远,她却逆流而上,回到原点。

这么一想,他的心底又软了,有种同是天涯沦落人的感觉,不被理解,仍然坚持自己的想法,这一路走得都很辛苦。

而白茗雪看着那扇关闭的门,感觉心脏被那门给夹住了,让她很想去把门踹开。但她忍住了,转过身,深吸了口气,被烟呛得咳了一声,肺也憋得疼。

夏夜,村庄的桥边坐满了上了年纪的老人,带着孙儿孙女纳凉,说些古远老旧的过往,孩子们跟在流萤后面你追我赶,笑语喁喁,却更显得空山静谧。

李云华推着哥哥在屋后的河边乘凉,远远看到对面竹林边站着两个女孩,身影熟悉得很——只有白茗雪喜欢站得那么笔直,像一株小白杨似的,穿着一条宽松的亚麻长裤和简单的白T恤,可看着特别精神。

她往对面喊了一声:"小雪?"

另外一个女孩子她也认出来了,是佟宁宁,两个人不知道在聊些什么。

白茗雪伸手向她挥了一下,示意自己听到了,一会儿过来。

"那个戴眼镜的是不是叶老板厂里的,和叶老板是同学?"李勋微微眯起眼睛,看了一会儿,问道。

"是的,佟宁宁,这段时间好像一直在厂里。"

"小雪和她是朋友啊?"李勋虽然几乎不出门,但家里七大姑八大姨天天串门说些八卦,他也听到过"眼镜妹"的事。

"没怎么看她们交往。小雪你又不是不知道,天天守着她的茶山,不喜欢和人打交道。"李云华说到这里,眼睛突然一亮,"难道是因为叶

第十三章 无法企及的美好 | 349

少爷?"

"他们现在怎么回事?"李勋很少过问这些八卦,白茗雪是自己妹妹,才会关心。

"姑不同意,小雪也是畏首畏尾的,叶嘉表现得那么明显,她不敢接茬,可能也是担心差距太大……"

"有什么差距?都什么年代了,还不敢自由恋爱?"李勋皱起眉,很维护自家人地说道,"再说,莫欺少年穷。小雪有韧劲,能吃苦,又聪明,她弄的这个网店,说不准以后比叶老板的茶厂赚得还多,到时候谁配不上谁还说不定呢。"

"你说对,三十年河东,三十年河西,现在发展这么快,不用三十年,三年说不准就见分晓了。"李云华点头,挺自己妹妹,"姑现在思想跟不上,总怕小雪吃亏。你看她那力气,能吃亏吗?叶嘉敢欺负她,还不被打死?"

"被她听到,先打你。"李勋听得笑了起来,看到白茗雪和佟宁宁道别,往这边走来。

"我说错了吗?你又不是不知道,从小到大只有男生吃她的亏,谁敢惹她?当年简直就是咱村的一霸!"

小时候的感情太纯真了,包括那些男生女生之间的感情萌芽,男孩子喜欢女生只知道欺负她,揪小辫子,捏脸,拿泥巴扔,捉了小虫子放人家铅笔盒里……李云华想到小时候喜欢白茗雪的男生都被她打哭了,就忍不住大笑起来。

"你又在说我坏话?"白茗雪踩着河面的石头跳过来,听到了最后一句话。

"狗耳朵真尖。"李云华笑骂,也不否认,"我只是在可怜你的追求者们,下场都好惨。"

"别胡说,我没追求者。"白茗雪可不认为小时候那些胡闹欺负人的男孩子是追求者。

"叶少爷也挺可怜的。"李云华说完这句话,看到白茗雪的眼神突然黯淡下去。

表妹是个不擅长隐藏情绪的人,从小就喜怒摆在脸上,李勋看到她的表情,就知道叶嘉在她心里的位置不一样。

"有钱人家的少爷,想要什么有什么,有什么可怜的?"李勋故意说道。

"正是因为从小要什么有什么,现在想要爱情却得不到,才可怜呢。"李云华啧啧叹息,"哥,你说男人的自尊心得多受打击啊。"

"都谈爱了还谈什么自尊?爱着的那个人一开始就把自己放在了卑微的位置上,是没有自尊的。"李勋和妹妹一唱一和,"但……也需要被尊重,希望被爱人珍惜他所牺牲的自尊。"

"哎哟,哥你是不是也恋爱了?感受很深吗?"李云华偷偷观察表妹的神情,夜色中,她那张清冷的脸上有一丝迷茫的痛苦。

"我倒是希望你早点恋爱,找个喜欢的人,别去考虑什么自尊,什么门当户对,只要喜欢,就去把人带回来。以后的事,以后再说,只要现在不后悔,就值得。"李勋是对李云华说的,但也像对白茗雪说的。

"对了,你刚才和佟宁宁说什么呢?"李云华见好就收,免得说得太刻意,让表妹觉得自己被针对了。

"没什么,就是问问茶厂现在情况怎么样。"白茗雪只是忍不住问佟宁宁叶嘉到底为什么不开心,却被佟宁宁反问"难道你不知道是为了谁才不开心吗",现在又被表哥表姐含沙射影吐槽一番,白茗雪的心情很糟糕,觉得自己特别失败。

"哟,居然在关心人家的茶厂。"李云华偷笑,嘴上却说道,"你的茶山又没卖给他,关心他什么时候倒闭吗?"

"虽然我做的是传统手工茶,和他不是一路,可如果他卖得好,表示我们的瓜片以各种形式上市都能受到欢迎,我也会高兴的。"白茗雪一本正经地回答。

她岂止是关心,她还是叶嘉茶饮的小吧主,每天都在关注茶饮的对外宣传,比谁都希望瓜片能扬名全球。

"看不出来你心胸这么宽广,最近我们宣传的那句'拓展思路,多元化发展,求同存异',很适合你嘛。"

"哥哥,夜里有露水,回房间休息吧。"白茗雪不理李云华的打趣,推着轮椅往屋里走。

"没事,我闷极了,也想出来看看萤火虫。"李勋笑着说道,看上去比之前开朗了一点,"不过晚上也该工作了,七点到十点,店铺浏览量最大。这些人都是夜猫子吗?晚上不睡觉,都在逛淘宝。"

"有的人白天要工作,也没时间刷手机,到了晚上休息时,就会东逛西逛,到处看看。今天我把新店的一款茶上了天天特价活动,这几天估计会很忙⋯⋯"

"忙起来的感觉特别好。"李勋打断白茗雪的话,微笑地看着表妹,"有种活着的真实感。"

"哥,又在说傻话,死了能干活吗?"李云华笑道。

兄妹三人在星空下相视而笑,仿佛又回到了小时候,和桥头那群天真无邪的小孩子一样,追着流萤翻着螃蟹,无忧无虑地生活。

但人无再少年,谁也回不到过去。

他们心里都清楚,唯一能做的,就是尽量让自己记得曾经的美好和单纯,也尽量带着这样的心情迎接每一天。

不过最近诸事不顺,和许清友一起开的店信誉很一般,老店本来挺好,连续几天成交了几大笔瓜片,可小芸给她打电话说没货了,不但淘宝店里没货,妈妈店里好几个熟客的单也都没货了。

白茗雪又去了市里一趟,才搞清楚情况——前两天有个客人过来,把库存瓜片都高价买走了,小芸没有及时和她说,而且老妈也不在意,觉得生意爆好,反正自己店里的瓜片卖光了,还可以和周围的茶叶店互惠互利,帮忙拿货。但没想到,周围的店铺也一夜间卖光了所有的瓜片。

简直不可思议⋯⋯

手工瓜片的产量其实并不大,尤其今年被两个大户收走了百分之八十的茶叶。现在又到了盛夏,卖了几个月,大家都期待着货压得越少越好,能一夜间脱销更是大好事。但在小城镇,没有几个人能一次性拿出那么多钱,高价收走所有的瓜片。

现在白茗雪和李碧霞面临着一个可怕的困境——如果不能完成订单,按照合同,客户会索赔。

白茗雪立刻让小芸将店铺里所有的茶下架,回去找了李云华。

村民们爱茶如命,每家每户除了茶春卖茶之外,自己都会留个十斤八斤甚至几十斤慢慢喝。

李云华家里就有二十来斤的手工茶,但和三千斤的茶叶订单相比,杯水车薪。

而李碧霞也去其他村找茶源了,希望在每个村都能收个几百斤。

李碧霞这次很懊恼,没想到自己疏忽大意翻了车。整个村都在为她凑茶叶,凑了两天,也只有四五百斤。

白茗雪也没辙了,看到许清友那个店的茶叶存货,只能给他打电话,看看能不能救急。

"我还在台湾,过几天就回来,你先别急,我这边可以先帮你发货,但你妈妈的老客户……"许清友接到求助电话,有些为难,"需求量太大,这边优质瓜片不多,如果真的要大量出货,时间这么紧,只能考虑机器茶。"

"机器茶?不行,别说我妈妈的客户口碑,就是我的网店也不能发机器茶啊。"白茗雪立刻拒绝。

手工茶太少了,倒是听说别的村有几百上千斤的机器茶,但她和妈妈都没有考虑过。

"等我回来再说吧。"许清友在电话里不好多说,那边似乎有人在催他,他安抚几句,挂了电话。

没一会儿,清茗茶厂的负责人就打电话过来询问关于茶叶的具体事情,约了白茗雪下午在茶厂见面。

可李碧霞这边依然焦头烂额,她的客户月底就要拿茶。许清友那边的茶只能帮白茗雪解决燃眉之急,因为白茗雪下架够快,不像李碧霞的传统客户,预先就订好了货,所以她这边才是最头疼的。

叶嘉看到李碧霞回村奔波,也听说了这事。他站在办公室里沉思,佟宁宁喊他好几次他都没反应。

"叶总,振作点,都走到这一步了,你可别功亏一篑啊!"佟宁宁夸张地拍着桌子,但面无表情地说道。

"什么?"叶嘉回过神,看着佟宁宁夸张的表演,没听清楚她刚才的话。

"我说,你是不是不想告盛娇了?要是觉得有人情压力,我劝你别做老板,赶紧回家找爸爸去。"佟宁宁说话一点也不客气。

"白茗雪家怎么回事?"叶嘉看着她几秒,突然问道。

"中午吃饭还听食堂阿姨说,要给她们家送茶,好像是茶叶没了,完不成合同,村里人都在帮忙想办法,应该没事吧。"佟宁宁没想到他还有闲心操劳小白的家事,"这里不是茶乡吗?还能缺茶不成?"

"你别忘了,今年大部分的鲜茶叶都在我们的冷库里。"叶嘉闭上眼睛,沉思了几秒,吩咐道,"你去打听一下还缺多少,看看这边能不能帮她补上。"

"补?怎么补?她家做的是手工茶,你拿茶饮给她补吗?"佟宁宁很无语,"听说好要几千斤,要是把冷藏里的鲜茶叶送给她,折算下来,得要上万斤库存吧?还得找人炒茶烘茶,我们没这个时间。你要真帮,还不如给钱省事。"

佟宁宁当时也过看他们炒茶,当初明前茶,五斤才能炒出一斤茶来,而且中间的人工成本也很高。

"她不会要的,再说,茶叶对她意义非凡,她一定不想让这块招牌砸了。"叶嘉想了想,拿起手机,给李云华打了个电话。

立秋前的一天,太阳毒辣辣地照射下来,天热得连蝉也不叫了。村子里静悄悄的,大家都在家里扇着风扇打着蒲扇,用井水一遍遍润着门口的地面降温。

白茗雪已经好几天没睡好,店里的事,加上她的心事,感觉这个夏天特别炎热。

往年心静自然凉,今天怎么都凉不下来。好在李云华帮她妈妈找到了茶叶,只是运过来还需要几天时间,在亲戚和朋友们的帮助下,终于渡过难关。

一早李碧霞就去市里见老客户,她现在唯一担心的是外面的茶源质量不稳定,怕砸了招牌,所以需要时间逐一品尝,筛选出来。她得和客户打好招呼。

白茗雪放下了一件心事,索性到半山腰的瀑布下泡水。

这里是她从小就爱来的地方,瀑布下的一潭水清凉干净,她跟着爸爸在这里学会的游泳。

今天实在太热了,连她都套了一件很少女的粉色碎花雪纺裙,也是妈妈买回来塞衣柜里的,裙摆轻薄,穿着很凉爽。

白茗雪看着飞流而下的瀑布,下面那潭清凉的水,因为太过清澈,显得浅浅的,其实水深得能将人淹没。

就像叶嘉的眼睛。

白茗雪好不容易平静的心情又起了涟漪,她烦躁地站起身转了一圈,现在连看山山水水都有他的影子,她这是病了!

她这几天晚上也总会梦到他,梦到他一言不发地看着自己,眼神和那天一样,也像这潭水,把自己淹没……醒过来时,她心里空荡荡的,像失去了什么,很后悔自己像个逃兵撤离。

每天晚上白茗雪都会做两个菜,多煮半碗米,可这几天叶嘉似乎住在了公司,也可能是回来得太晚,走得太早,根本没打过照面。

直到今天,白茗雪才后知后觉地猜测,他是不是在刻意躲着自己?就像小孩子之间吵架后的赌气冷战。反正她感觉到被冷落和回避的不爽了。换位思考一下,她也经常回避和冷落叶嘉,给他的反应都很冰冷。

听说他年底之前,等这边稳定下来,就会离开,以后也没什么机会再见面,更不会再成为邻居,本来觉得大家能保持距离挺好,可现在就像李勋哥哥说的那样,她想要活在当下。

未来会不会后悔,她不知道。她只知道,现在没有顺应自己的内心,一直在后悔。

第十三章 无法企及的美好

白茗雪突然觉得自己想开了,心里一片通透。她决定和叶嘉再好好谈一次,不再逃避,至少把自己想说的都说出来。

日头落山,白茗雪才结束了暑日漫长的思考,起身回家。

手机在上面那片竹林有了信号,拼命振动起来。

是佟宁宁打给她的。

"小白同志,救命啊!"佟宁宁终于打通了电话,一向冷静的语气变得紧张,"出大事了!"

白茗雪一听,立刻飞奔下山。

佟宁宁在她家院子里,见暮色中一道亮眼的粉色裙摆从暗青色的山路冲下来,像一团簇拥盛开的粉色蔷薇。

佟宁宁第一次看到小白穿裙子,又仙又俊,还以为遇到妖精了。又想到第一次在茶山上看到小白的场景,像茶树上生出的精灵,远离尘世,却带着大地母亲的踏实质朴,奇特的矛盾和气质,让她看一眼就忘不掉。

相信叶嘉第一眼也记住了,永远忘不掉。

"报警了吗?他走的时候怎么说的?"白茗雪一阵风似的冲到佟宁宁面前,问道。

"失踪还没到二十四小时,人家也不接啊!"佟宁宁擦着黑框眼镜下的汗水,收起散漫的神情,陷入焦虑,还不忘吐槽某人路痴,"他早上开完会还好好的,说要出去再看看茶山,然后就联系不上了,手机一直没信号!他这个人,其他都很好,就一点不好——路痴。他在学校时就这样,必须靠导航。我们第一次见到你时迷路了,就是他乱指,觉得爬到最高峰就能看到回家的路。"

"你看到他上了哪座山?"白茗雪边问边拿起挂在屋檐下的镰刀桶和手电筒,往腰上一拴,问道。

"就部队老营房后面那座山,我看着他上去的,结果中午没回来,下午打电话不在服务区,我就让保安去后山找,结果等到晚饭也没找到,你说会不会被狼吃了?而且他最近情绪很不好,可能和奶奶去世和失恋都有关系,还有公司一堆事,又挂心你……万一想不开怎么办?"佟宁宁听说过后山有狼,有几个深夜也听过狼嗥,挺吓人的。

只是她差点说漏嘴。好在小白对感情很迟钝,以为她说的挂心,是"失恋"的那种挂心难过。

"我只知道狼除非饿极了,一般不会攻击活人的。今天这天气,倒应该担心会不会中暑。"

白茗雪冷静的回答让佟宁宁彻底崩溃,她再也绷不住扑克脸的表情,哭唧唧地拽着白茗雪的胳膊:"你一定要帮我啊,发动村民去找。叶嘉要是出了什么事,他爸妈会把这里全给掀了,把我也给……"

佟宁宁做了个抹脖子的动作,觉得实在不行就让叶家报警,他家肯定能调动力量去找。

"后山挺阴凉,最多就是迷路,不会出事的。"白茗雪唤上大黄,依然很冷静,"再说他那个脚力,也走不了太远,我去找找,找不到再说。"

"现在天都快黑了,你一个人上山安全吗?我陪你……"

"不用,你速度太慢了,跟不上,回头还得我背你。"白茗雪说的是实话,就是听着有点无情。

"……那我让保安大哥陪着你?"

"他们速度也不行,到时候落下了别又走丢了,我照顾不了。"白茗雪吹了声口哨,大黄率先往后山跑去。

"是在部队老营房后面那座山走丢的……"佟宁宁在她身后喊道。

"保安不是找过后山没找到吗?我从这边过去找找。"白茗雪说着,已经隐没在竹林里。

对她来说,山与山之间是相通的,一条河连着另一条河,一座山靠着另一座山,就像叶片上的脉络。

今晚的月亮半圆,不时隐没在林梢,牵牛星和织女星倒亮得厉害,在深蓝的天幕中离得很近。

白茗雪突然想到,今天是七夕。

女儿节,要是外婆在世,会拿出针线乞巧。随着老人们的离开,很多风俗都在消失,可能有一天,手工茶叶真的会被更人工智能的机器炒的茶代替。

星光下的山路上,一只大黄狗和一个脚步疾快、打着手电筒的粉裙少女在飞奔。手电筒的光亮劈开了幽深的小路,像天上遗落的星星,一闪一闪地照耀着她们前行。

白茗雪忘了换下裙子,裙摆不时挂到旁边的灌木野草,她索性把下摆打了个结,露出两条结实修长的腿,跟着大黄飞奔。

大黄一路都在汪汪叫,她也隔一段路,找个声音能传远的开阔地方喊几声叶嘉。

就这么连续翻了三座小山头,白茗雪心里越来越担忧起来。

虽然安慰佟宁宁时她觉得一个大男人怎么都不可能出事,可随着往大山深处前进,这里早就没有山民居住,耕种的茶山和竹林也变得越来越少,更多的是野生的灌木丛和黝黑的松树林。山林间回荡着狗吠和她的喊声,让她也开始担心叶嘉被狼吃了。

再想想这个"脆弱"的少爷被她拒载,就站在悬崖边寻死觅活地哭,白茗雪心里很慌,该不会真的想不开吧?

大黄倒显得十分兴奋,它是白林在世时养的狗,小时候受过警犬般的训练,和白林上山捉过野兔,很有点当猎犬的梦想。可白林那年冬天上了山之后,长眠山林,再也没能带它去捉过野兔。土狗对走夜路天生有种兴奋感,它灵敏的嗅觉和听觉优势在深夜更加被调动起来,一点点的风吹草动,都能让它警惕地观察半天。

"再走就到水库了。"饶是白茗雪体力好,连爬三四个小时山,也气喘吁吁,小腿发酸,累得冒汗,在各种不知名的动物叫声中,跟大黄说道。

她还很饿!她应该吃饱了再爬山。

大黄突然往前面的山丘上冲,边冲边叫。

白茗雪跟着跌跌撞撞地跑上去,往下一看,是波光粼粼的水面——大水库就在星空下泛着深青色的光芒。

最可怕的是,水面上还浮着一个人。白茗雪眼神好,看得很清楚,是一个四肢修长皮肤超白的人,在深青色的水中一晃一晃。

"叶嘉!"白茗雪几乎是从山丘上滑行下来的,比大黄速度还快,也不管腿和裙子被灌木丛挂到。

叶嘉躺在水面上,正看着星空发呆,突然听到白茗雪的呼唤,在这幽静的深山老林,他还以为出现了幻听。可大黄的吠声又那么真实,越来越近。

叶嘉转个身一看,只见半轮明月下,一道纤细的身影从山坡上冲下来。

手电筒和腰上的绳索、镰刀都扔在岸边,一人一狗扑通扑通两声干脆利落地入水。像是童话里才会发生的故事,一条"美人鱼"和一只狗在深绿的湖水里游动着,往他身边靠近,再靠近。

叶嘉的眼里像落进了整个星空,变得熠熠生辉。她这么紧张,奋不顾身的样子,像极了爱情。

"叶嘉,你有什么想不开的……你……"白茗雪气急败坏地抓住他的肩膀,还没说完,清凉的水下一条温热而有力的手臂将她的腰紧紧圈住,随后炽热的嘴唇堵住了她剩下的话。

"金风玉露一相逢,便胜却人间无数。"

这是有关七夕的诗句中,白茗雪最喜欢的一句。

她在这个水中的热情亲吻中,如银河掉入了脑中,璀璨地发着光,映照着他一个人。

他是金风,他是玉露,他是人间无数。

不知过了多久,白茗雪快憋死了才惊觉自己已经被拽入水里。她急忙推开他,只拽着他的胳膊,往上蹬腿,想把他拽上来。可叶嘉依然把她往下扯,见她肺里没空气了,又凑过去贴上她的唇。

白茗雪这次顾不上了,疯了似的从他嘴里吸氧气。这人太恶劣了,刚才觉得他是金风是玉露,现在只觉得他是流氓是小人。

哗啦,白茗雪终于浮出水面,大口大口地吸着空气。

叶嘉也在她面前冒出头来,短发湿漉漉地贴在额头上,眼睛比雨水洗过的星空还要澄净,一闪一闪地发着光。

"叶嘉……你、你不是想不开?"白茗雪撸了把湿漉漉的头发,喘着气,"是我想不开,还以为你死了。"

"你怕我死了?"叶嘉见她边说边往岸上游,也游上去。

白茗雪没回答,气呼呼地爬上岸,裙子全湿了,夜风一吹,有点冷。

"要不然,为什么翻山越岭地来找我?"叶嘉心情很好地替她回答了,"你还是喜欢我的对吗?"

"咱们村不管走丢了谁,只要说一声,我们都会帮忙寻找,和喜不喜欢没关系。"白茗雪拧着湿掉的长发,想到被他按在水下亲来亲去就生气。

"那你找到别人,也会和别人水下拥吻吗?"叶嘉又问道。

白茗雪脸色顿时冰寒一片,怒冲冲地一脚把刚爬上岸的叶嘉踢翻回水里:"叶嘉,你是逼我找你算账。"

她一屁股坐在草地上,动也不想动,今晚爬了四个小时的山,又累又饿,现在特别怀念自己的床。

"反正你来找我,我特别开心,就当你是因为关心我才来的。"叶嘉再次从水里爬上来,拿过挂在旁边树枝上的衬衫,看她又累又疲的样子,不再惹她,很绅士地把衬衫放在她身边,"别着凉了。"

"自作多情,我不会着凉,火大着呢。"白茗雪冷冷地说完,就很没面子地打了个喷嚏。

她当时太心急,如果观察一下,就会发现没人跳水自杀还把衣裤脱了放在岸边。不过叶嘉的身材真不错,在星光下,像古希腊的雕塑,完美无缺,看得她又连打几个喷嚏。

"赶紧把衣服穿上。"

白茗雪和叶嘉异口同声地说道。

"你穿上。"白茗雪嫌弃地看了眼他的白衬衫,她不怕冷,怕他光着在面前晃来晃去,比数九寒天还让人起鸡皮疙瘩。

"你找了多久?"叶嘉很少见她累瘫的样子,他自己迷路了一下午,后来找到这里,走了一身臭汗,看水又清又亮的,就跳下来洗个澡解乏。

见她还在生气,臭着一张俊俏的小脸,叶嘉心中莫名地泛着幸福感,又说道:"你游泳这么差,还跳湖救我,我真的很开心。"

住在山里的孩子,接受过专业游泳训练的很少,都是自己学野鸭子扑腾,大多是狗刨式,能保证自己不被淹死就行。

"我大学时还拿过校运会游泳比赛的银牌。"白茗雪忍不住回捋一句,她虽然技术不怎么样,但手长腿长,力气足啊。

"刚才差点淹死的人是谁?"叶嘉靠过去,很想替她擦擦头发,反正不管她怎么辩解,刚才她跳水的那一瞬间,他看到的不只是关心。他那濒死的爱情像是被一场春雨滋润得噌噌噌往上疯长,完全抑制不住欢喜。

"那不是因为你……"白茗雪想到他在水里的举动,眼底闪过一丝羞恼和无法言喻的情绪,打住了话头,不然气氛又会变得奇怪起来,她冷着脸使唤叶嘉干活,别在这里晃来晃去,晃得她心里不得安宁,"去找点松树枝来。"

白茗雪准备在这里过夜。

一来体力不支,二来连夜再走回去,中间有一段"野路"太难走。有一段湿滑难爬的青石壳,到了下半夜,露水打湿了石头,光线很差,手电筒也快没电了,又是下坡路,她怕叶嘉在这里摔死。

"我找了一些,但是没火。"叶嘉见她刚才有一丝娇羞的表情,很想趁火打劫,但他只是心底想想,言行举止尽量保持绅士。

深山老林,空无一人,他怕表现得太危险,吓着女孩子,破坏了这来之不易的独处。

"火我来生。"白茗雪很擅长和大山相处。

而叶嘉是个大都市的少爷,野外生存的知识不少,但实战没有过。他本来也打算今晚在这里过夜,生堆火,抓点鱼吃,明天再看看太阳的方向继续走,可他既不会徒手生火,也不会抓鱼……大山对他这个城市孩子太不友好了。

白茗雪找了个背风的地方,后面是一块三米来高的大石头,周围十来米没有易燃的草木大树。她估摸着风向,谨慎地用镰刀在篝火周围挖了个防火沟,双重保险,确保不会发生山火。

叶嘉站在旁边看她做事,简直太治愈了。

行云流水,动作顺畅又有美感,搭的篝火架都是很科学的黄金比例,四面通风,易于燃烧。更治愈的是她的人,只要待在自己身边,他就觉得这个世界都满是阳光。

"别发呆,抓点松针来。"白茗雪见他盯着自己干活,杵着半天不动,皱眉说道。

叶嘉听话地照做。

他看着神仙下凡一样的白茗雪,她刚才在湖边敲敲找找,找了两块乳白色的石头——火石!

"有什么可惊讶的?这边花岗岩很多,我们河边都是这种火石,小时候我们没有电子娱乐,童年时期都是和大自然游戏。"看到叶嘉眼里的诧异,白茗雪敲出火花,点燃松针,吹了几口,看着火渐渐烧起来,说道。

那时候最高级的取火是用放大镜聚焦阳光点燃枯叶。谁家孩子能弄到放大镜,一个村的小孩都会羡慕,每天趁着大太阳,巴巴地过来想玩这么神奇的点火游戏。

"大自然真好,我开始羡慕你了。"叶嘉眼里跳跃着小小的火光,说道。

"羡慕什么?你又吃不了苦。小时候天天吃咸菜饭和野菜,每天打猪食撵麻雀,连电视都是一村人凑一起看,活着好像就和大山里的鸟兽树木……"

"我羡慕的是你在这样的环境下,也依然茁壮成长,懂得和自然相处,是人类最高级的行为。"叶嘉打断她的话。他会心疼她吃不饱穿不暖的童年,但更会被这样坚毅成长的人吸引。苦过的人,会更珍惜每一分甜。

"饿死了,我要找点吃的。"白茗雪又不愿和他交谈下去了,拿镰刀砍了几根竹子,削尖了一头,站起身看着他,"把头转过去,我要脱衣服。"

她身上的雪纺裙很轻薄,风一吹就干得差不多了,可内衣湿得难受,索性脱了,去湖边洗干净,挂在竹竿上晾着。

她对这些事似乎满不在乎,有种乡下人的粗放,根本不管叶嘉在篝火边看得脸红心跳浑身燥热。

叶嘉看着她赤着脚光着一截光洁的小腿站在湖边戳来戳去,也忘了饥饿的感觉,就怔怔地看着——这是他的水边阿狄丽娜。

"湖水太深,没法抓鱼。"过了一会儿,白茗雪垂头丧气地提着竹竿回来,"你会爬树吗?掏点鸟蛋随便填肚子吧。"

她穿着裙子没法爬树,回头破破烂烂地下山,被人看到还以为她和叶嘉在山里做了什么见不得人的事。

"我……不会。"叶嘉看她随手一指的树都十来米高,他虽然要面子,但也从不逞能做自己做不到的事。

白茗雪杵着竹竿,一只手叉着腰,无语地看着他。

叶嘉和她对视几秒,竟默默地移开了眼睛,篝火将他的脸烤得红红的,和往常很不一样。

"是我错了,不该想着大少爷能做什么粗活。"白茗雪见他都不想看自己了,心累地坐下来,拿着镰刀劈竹子。

"我去方便一下。"叶嘉实在受不了了,起身就走。

"带着手电筒,带着狗,别走远了,又迷路了我可找不动。"白茗雪喊了声大黄,让它跟上去。

她很快就把竹子劈成一根根细细的条,等叶嘉平静点走回来,看到她已经编了个口小肚子大的鱼篓,还搓了一条长长的麻绳拴在上面。

这干活的速度……

"总能捞到点鱼吧?"白茗雪拿着鱼篓,在土里挖来挖去,不知道找了什么东西扔进去,站起身又往湖边走。

看来她是饿疯了,和这水库里的鱼杠上了。

叶嘉突然想到,那天李云华哥哥出院回来,邀请他去吃饭时舅妈说的话。白茗雪还叮嘱过他们,他不爱吃塘里的鱼,有土腥味,喜欢吃水库里的鱼,鲜美。

这水库就是个很大的湖,在群山的怀抱中,又抱着几座山,一望无际,在夜空下闪着静谧的光,让人的心特别宁静甜美。

"啊啊啊！叶嘉,你猜我抓到了什么……啊啊!"

叶嘉静静地看着湖边的捉鱼少女,突然见她惊叫起来,像中了百万大奖似的兴奋地提着裙子和篓子跑回来。

"好东西啊好东西！我最爱吃了!"不等叶嘉回答,白茗雪自己兴奋地说道。

叶嘉看着她难得的孩子气表情,心里那份甜美和宁静已经无以言表,全部从身体里溢出来。他此刻甚至不愿开口,舍不得打破这样的美好,只想在这没有人烟的地方,和她永远这么过下去。

"你看看!"白茗雪已经被美食夺去了淡定,伸手去掏篓子里沙沙作响的东西,突然又惨叫一声,"啊！夹住了!"

她那总是受伤的可怜的手,刚才被竹篾拉了几道细小的伤痕,现在又被湖蟹夹住了手。

见血了。

被湖蟹的大钳子夹住可不是一般的疼,比被竹子戳了还疼。她痛得甩手倒吸着气,后悔自己饿得没什么思考能力,被湖蟹反攻。

叶嘉听到她惨叫,赶紧起身过来察看。

"我……"白茗雪捧着受伤的手正要说话,叶嘉就一把攥住,借着篝火看到上面渗出了血珠,情急之下一口含住。

痛感中掺杂着酥酥麻麻的温热舔舐,让白茗雪比被螃蟹夹了还激烈地甩开手,呵斥:"你……你做什么？这样会细菌感染!"

"我帮你包一下。"叶嘉刚才着急,每次看到她这双手受伤都心疼。

山里姑娘和城里姑娘最大的区别,可能就是这双容易受伤的手了。

"不用了,一会儿自己就好了。"白茗雪见他着急的表情,心底微微一暖。小时候翻石头下的小河蟹,经常被夹,对村里的小朋友来说,受伤是家常便饭。

白茗雪现在只想大吃一顿,肚子早就咕咕叫地抗议,感觉要饿得思路不清,头昏眼花。

叶嘉不喜欢吃太麻烦的东西,龙虾之类再美味他也不想吃,除非有人帮他剥好。

可看着白茗雪用竹子穿着螃蟹烤着吃,香味飘过来,他空空的肠胃也抽搐起来。

"吃点高蛋白,补充营养,明天还有好长的山路要走。"白茗雪听到声音,看了他一眼,递给他一只湖蟹,说道。

盛夏的大山里到处都是吃的,怎么都不可能饿死,只是现在天太黑,不好觅食,等熬过今晚,明天就轻松多了。

叶嘉今天反常地安静,一直在默默看她。

白茗雪填饱了肚子,太困了,见他不和自己说话,她也不想熬夜聊天,准备补充好体力,明天还有很长的路要走,走完再和他说说自己的心事。

这么想着,她就在篝火边打起盹。

叶嘉看着她抱着膝盖困意沉沉地闭着眼睛,火光在她的肌肤上跳跃着,在她发丝上闪动着迷人的光芒,他不由得想到了毛姆的那段话:

"我从来都无法得知,人们是究竟为什么会爱上另一个人。我猜也许我们的心上都有一个缺口,它是个空洞,呼呼地往灵魂里灌着刺骨的寒风。所以我们急切地需要一个正好形状的心来填上它,就算你是太阳一样完美的正圆形,可是我心里的缺口,或许却恰恰是个歪歪扭扭的锯齿形……"

只有她完美地契合了自己内心的缺口,严丝合缝地堵住了灵魂的孤单,让他真切地感受到庸常的物质生活之上那迷人的精神世界,像头顶的星空,让他想将这宁静平和而又短暂的夜永远留在心中。

白茗雪第二天被鸟叫声惊醒,她迷迷糊糊地睁开眼睛,看到天空已经发白,湖面被一层薄雾笼罩,恍如仙境。而大黄被她当枕头压着抱着,一动也没敢动。见她醒了,大黄才抬头看了她一眼,懒洋洋地爬起身,抖了抖被压垮的毛,跑去湖边撒尿喝水。

白茗雪没看到叶嘉,猜想他也去解决个人卫生问题了。

没有帐篷的野外过夜让人浑身酸疼,白茗雪伸着懒腰,活动一下筋骨,把昨晚挂在湖边晾干的内衣先穿上。

叶嘉握着一把不知名的野花,从树林里一钻出来就看到湖边正在穿衣服的女生。他停下脚步,静谧的群山怀抱中,薄雾萦绕,水边的"阿狄丽娜"那么美,让叶嘉觉得,再优秀的艺术家,也无法还原这份美好。他就鬼使神差地拿出手机,对准了她。

白茗雪第六感很敏锐,突然转过头,凌厉的眼神被定格。

"叶嘉,你这个变态!"白茗雪拉好裙子,冲了过来,想抢他的手机。

"这个送给你。"叶嘉把花塞进她挥过来的手上,眼里全是笑。

他刚才真没邪念,就是觉得这一幕太美,无论是景色还是人,甚至大黄站着的位置都完美无缺,那意境简直可以送去参加摄影大赛拿金奖了。

伸手不打笑脸人,而且人家一大早居然去采花讨好她,白茗雪迟疑了几秒,看了眼这捧鲜花。

满山遍野的野花山民见惯了,但单独这么一捧花,黄色白色的野菊花,红色的蔷薇和曼珠沙华,还有一些不知名的小野花,充满了浪漫的美感。

今日立秋。这束野花,却让人感觉到春的气息。

"我还以为你去找吃的,结果摘了这么些没用的东西。"白茗雪把花往旁边的鱼篓里一扔,"照片给我删掉。"

"我还没拍呢,就是看……景色构图挺好的,要不你再站过去,我给你拍一张。"叶嘉笑着说道。

"不要,我不喜欢拍照。"白茗雪半信半疑地转头看了眼湖边,对城里少爷来说,这无人无污染的宁静景色确实很美。

"走了,趁着太阳没出来,赶紧下山。"白茗雪也不想找吃的了,昨晚她去捞了三次螃蟹,最后一次还捞到了一条黑鱼,两人一狗吃得挺饱,现在只想赶紧下山。

"这东西我帮你拿吧。"叶嘉见她将镰刀和手电筒都拴在腰间,跟猎户似的,和这身柔美的小女人裙子太不搭了。

白茗雪看了他一眼："刀是防身用的东西,上了山,绝对不能给异性。你不是常说,女孩子要保护好自己吗？"

"你把我当什么人了？"叶嘉觉得有点好笑,"昨晚你睡得那么死,用得着拿刀拿枪？"

"我睡眠很浅。"白茗雪说完这句,突然想到每次跟叶嘉在一起都睡得挺香,气势明显不足。

她用脚把昨晚的篝火用泥土埋了,确保没有火种,检查完喊了声大黄回家,就往前走去。

"昨晚看你那么累,很多话也没来得及和你说。"

"我也有话要对你说。"白茗雪脚步不停地往前走,想到这几天反复思考的事,坦诚说道,"叶嘉,你知道万事万物都有物理定律的吧？我分析过,表白是一件很亏的事,你是高才生,应该知道行为金融学,面对收益,大家厌恶风险。"

"是,不表白,可以百分之百做朋友,表白,只有百分之五十的成功概率,另外百分之五十,是被拒绝,没法做朋友。但我愿意承担这一半失去的风险,因为,我不想错过你,不想孤独终老。"叶嘉当然懂,面对损失,精明的商人是有风险偏好的。但是面对爱情,他只想顺从自己的心,而不是用什么经济学和物理定律去小心翼翼地分析。更何况如果不表白,她永远都不知道自己的心意,他们也许会永远错过,而他可能再也遇不到这么喜欢的女孩。

白茗雪的心又被触动一下,他虽然经常说些戳人的话,嘲讽的时候是真嘲讽,表白的时候也是真表白,哪怕不看着他的眼睛,也能感觉到语气和态度的真诚。

叶嘉跟着她往前走,见她不说话,继续说道："我知道你没和许清友在一起,你不喜欢他。"

"男女朋友就非得天天黏在一起吗？他有事出差了,回来会找我。"白茗雪没想到他突然说到许清友,皱起眉。

"你知道他去哪儿了吗？"叶嘉继续问道。

第十三章　无法企及的美好

"台湾？"白茗雪听许清友说过一嘴，但他平时很忙，随时更改行程也不一定。

"那你知道他去台湾做什么吗？"叶嘉又问道。

"……谈生意，还能做什么？"白茗雪没打探过许清友的私事。

"和谁谈生意？谈什么生意？进展如何了？什么时候回来？"叶嘉一连串问道。

"你怎么这么多问题？你是'十万个为什么'吗？"白茗雪很不高兴地反问。她刚才还觉得应该像叶嘉一样，哪怕承担失去的风险，也应该面对真实的自己，不要畏惧失败，可现在被他一连串的追问打乱了阵脚。

"我问你关于他的十个隐私问题，你能回答出来三个，就算你们是男女朋友。"叶嘉见她加快脚步，也紧紧跟上。

他当然会打探情敌的事，知己知彼方能百战百胜。结果他发现许清友被拒绝了，和她还保持之前的关系，根本不知道自己"被男友"了。

"我干吗要回答你？"白茗雪很苦恼自己的节奏被打断，被迫跟着他的话题走，她本来想聊聊两个人之间的关系，突然把许清友这个外人拖进来，她不知道该怎么聊。

"因为你回答不出来。"叶嘉在山路上没她这么灵活，加上这里根本没路，全靠自己穿梭，她体型娇小点，闪来闪去，一会儿就撇下他一大截。

"你知不知道，他去台湾做什么？"叶嘉喘着气，追上去，"他要和台企做茶饮，乌龙茶饮，三十年前我爸爸搁浅的项目被他捡起来了。"

"不可能，他一直做手工茶……"

"是真的手工茶吗？他走量的最大的瓜片是走大超市的渠道，你买过超市的瓜片吗？"叶嘉冷笑着说道，"全是机器茶，香味寡淡，甚至还不如我们瓶装的原味瓜片。"

"机器茶？"白茗雪停下脚步，她自己就是茶农，平时喝的茶也都是自己炒的茶。

机器茶她见过几次，邻村有人做，炒出来形状特别漂亮，能保持完整的叶片，不像手工茶有炒的时候有很多不可控因素，品相无法那么完美。

可是机器茶没有经过几道烈火的烘烤,香味不够浓烈持久,口感差很多。

"超市供货商拿的茶叶,全是机器茶。哦,我忘了,你好像不逛超市。"叶嘉当然很清楚,许清友当时和他抢着收购鲜叶时,他就怀疑过这么多鲜叶怎么处理。如果按照手工茶的方式,许清友是无法在短短一个月时间里处理那么多鲜叶的。

白茗雪沉默地继续往前走,不知道在想什么。

"他和你不一样。他只是个披着茶文化外套的商人,你根本都不了解他,你甚至都没兴趣去调查一下他在做什么。你对他的生活、世界、兴趣都不好奇,也并没那么大欲望融入进去,你根本就不喜欢他!"

叶嘉不一样,他想融入她的生活,也在融入这里的生活,如果她觉得感情很虚无缥缈,他愿意做更实际的事情来让她安心。

"叶嘉,你没明白,我喜不喜欢他,都跟你没关系。"白茗雪突然转过身,看着他,"我也对你的世界不好奇,不想融入你的生活,我宁愿孤独终老,也不想和你谈恋爱。"

"对不起,我不太会聊天,但我不希望你对我抱有什么希望,别浪费时间和精力在我身上。你这样我也很难受,就算我喜欢上你,我们也不可能在一起。"白茗雪见他受伤地看着自己,有些难过。

"为什么不可能在一起?"叶嘉听到这句话,眼睛又亮了起来,"为什么要觉得对不起?"

"又不可能结婚,恋爱什么的,我一点兴趣都没有。"白茗雪深吸了口气,把一直憋在心里的话说了出来。

"白茗雪!"叶嘉眼里全是惊喜和跳跃的阳光,他抓住她的手,往前小心地凑了半步,满脸的期待,"你不想谈恋爱,我们就直接结婚,只要你点头,我什么都可以。"

"叶嘉,我前段时间想过你的茶饮的口味改进,我觉得是花蜜的味道不对。"白茗雪听到"结婚",有点震惊地看着他真诚的眼神,半响才说道,"但是我无法给你建议,因为最配茶饮的花蜜,采不了。"

"什么花蜜?"

"茶花的花蜜。但蜜蜂是无法采集的,因为太甜太浓,土蜂采了就会死,所以没有茶花蜜。"

村里的孩子都喜欢吃茶花的根部,轻轻一吸就是浓浓的甜甜的蜜香,甜腻的滋味中和茶的清苦,更有余味。

"叶嘉,你就是茶花的花蜜,可能我这一辈子再也遇不到比你还优秀的人,可我没法采你。"白茗雪想过"结婚"这个词,但不敢说出来。

叶嘉听到最后一句话,眼睛一亮,抓紧她的手,热烈地按在自己胸口:"你又不是蜜蜂,我也没有毒,你采一下试试。"

"我怕死,我没那么想不开!"白茗雪往后用力抽了一下手,叶嘉被她拽了一个趔趄,顺势跌倒。

"哎哟!"叶嘉捂着膝盖,连连叫痛,"你想谋杀我!"

大山深处根本没有路,原始森林一样,脚下树根嶙峋,怪石丛生,一个不小心就会跌倒崴脚。他既然从白茗雪的话里知道她不是对自己无情无义,那就拿捏她的软肋了。

小白吃软不吃硬,尤其怕别人哭。

叶嘉哭是哭不出来的,除非眼睛里再进沙子。

但他装可怜让人很难抗拒,精致俊秀的眉眼痛苦地皱到一起,让女人看了心都能化了。

"扭着了吗?"白茗雪见他站不起来的样子,皱眉冷眼观察了一会儿,伸手想扶他。

"疼……走不了路……"叶嘉抽着气,顺势搂住她的肩膀,软软要求,"你背我。"

"能坚持一会儿吗?这路……我怎么背?"白茗雪真以为他摔伤了腿,有些担心地又蹲下来检查,"一点也不能走了?"

叶嘉摇摇头,眼里全是被她害得受伤的无辜和痛苦。

"试试。"白茗雪虽然体力好,但这路太难走了,她背着叶嘉怕摔得更惨。

"你走吧,别管我了。"叶嘉坐在大树根上说道。

"把你一个人丢在这里?"白茗雪可做不到。

"到了有信号的地方帮我报个警就行了。"叶嘉抬起头,阳光从摇动的树叶里筛下,落到他精致的下颌线上,"反正你早晚要和我撇清关系,你早晚要当个逃兵。"

听到最后两个字,白茗雪像是被戳到痛处,冷冷地看着他:"谁是逃兵?"

"谁怕死,谁就是逃兵。"叶嘉盯着她冒火的眼睛,眼神像是湖水,一波波地侵袭着她,将那里面的火苗扑灭。

"你……你在撩我?"白茗雪说的"撩",大概是家乡话的意思。

因为叶嘉在赤裸裸地挑衅她。

她痛恨逃兵,鄙夷不够勇敢的人,但遇到叶嘉之后,她不知不觉地成了自己讨厌的人。

但也可能是"撩拨"的"撩",因为叶嘉的眼神像春水,像秋月,像她无法企及的美好。

那一瞬间,白茗雪知道自己在害怕什么,她只是害怕自己不配拥有这样的美好。

第十四章　你敢结婚吗？

"你……该不是真的想……杀了我吧?"叶嘉被她盯着猎物一样的凶狠眼神看得有点慌。

他第一次见到她这么杀气腾腾,又像是被逼到了绝境的野兽,亮出了锋利的牙齿。这让他想起当初要在这边建厂时,家里人极力反对,妈妈说了一句——大别山民风彪悍,千万别招惹那边的人。尤其这将军镇,走出了数十位将军,血染过山林,可见这里的人民确实敢打敢冲,性格勇猛坚韧。

"你怕吗?"白茗雪看了眼他的脖子,见他的喉结上下滚动了一下,她也跟着吞了口口水,微微凑近,盯着他。

"怕。"叶嘉认真地点点头,"我怕你会被抓走,在监狱里度过余生。所以,真要杀我,别自己动手,你可以把我丢在这里,晚点报警,或者,走到下面那段岩壁,再让我失足坠崖……"

"叶嘉,结婚?你敢娶我吗?"白茗雪伸手摸到他的脖子,忍不住在他的喉结上滑动,这里和女性身体完全不一样,她终于发现男性身体的魅力。

叶嘉被她摸得一瑟缩,看到她凌厉的眼神里有一分犹豫和好奇,就跟刚学会抓老鼠的小猫用爪子拨弄老鼠尾巴一样,拨弄着他的脖子。

"还是你只想不负责任地玩一玩?"白茗雪继续问道。

她反复地想两人之间的事,想过许多种结果。她厌恶当逃兵,厌恶自己不敢直面人生不期而遇的惊喜或者挫折。不断逃避甚至做错误的选择,这根本就不是那个行事果决的她。她昨天还决定面对自己内心的需求,想要什么,就立刻去做,今天不该因为那些未定的东西而退缩。

"你傻不傻?这不是敢不敢的事,这是必须的事。"叶嘉一把按住她摸来摸去的手,脸上蓦然绽出了花,混合着一丝孩童的天真喜悦,一把抱紧她,几乎要跳起来,"你呢?你敢嫁吗?"

"我只是告诉你,我们这边的人血性刚烈,你仔细想好了,要是撩完就跑,会打断你的腿……"

"我还没跑就已经断了!"叶嘉按下她的脑袋就亲上去,"我真的好喜欢你,这辈子都不会跑,只会跟着你跑。"

"行了,别肉麻了,我不吃这一套。"白茗雪一把推开他,硬生生地克制住自己,不要被他的美色迷昏了头,在这荒山野岭,做出不合时宜的事来,"现在想想怎么下山吧。"

"下山我就向你妈妈提亲。"叶嘉掩饰不住喜悦,抓着她的手不放,恨不得现在就娶回家。

"别……"白茗雪想到妈妈说的那些话,觉得还是得想办法慢慢说服她,"别急,我自己说。现在不是我妈妈的问题,是你家父母的问题。你觉得他们会同意?"

两个人的家庭差距,是让妈妈和白茗雪退却的原因之一。她不想让叶嘉和家人的关系越来越疏远。

"我自己的事,和他们没关系,就算他们不同意,我也不会离开你。"叶嘉想到父母,喜悦的表情也微微凝住。

"你的想法不对,那是你的父母,怎么没关系?"

李云华和她说过很多叶嘉的八卦,佟宁宁上次也透露过,叶嘉和家人关系紧张,因为茶厂的事几乎闹翻了脸。现在他不但在这里建了茶厂做茶饮,还要娶当地的茶姑娘当媳妇,父母恐怕会被气死。

这种得不到家长祝福的未来,白茗雪倒是不畏惧,但也挺让人心烦。毕竟这世界上最亲的人就是父母,如果处理不好关系,就失去了一份最珍贵的温情。

叶嘉沉默了片刻,握紧她的手:"我知道了,你不用担心,我会处理好的。"

"真不能走了?"白茗雪看了他一眼,想把他拽起来。

"嗯。"叶嘉点点头,脸上又露出灿烂的笑容来,"不过你亲我一下,可能就好了。"

"起来,自己走。"白茗雪觉得自己受骗了。

"真疼。"叶嘉吃力地站起来,扶着她,突然语气一转,甜滋滋地说道,"但是想到你愿意和我结婚,又觉得不疼了。你说不喜欢恋爱,那我们先领证吧!"

"你先和家人打过招呼再说。"白茗雪心里并不踏实,可能她对人生的想法都太现实了,太过浪漫的感情就像天上的流星,无法握住。

"好的,"叶嘉一脸听话的表情,"都听你的安排。那我能亲你吗?"

"叶嘉,不想摔死的话,老实点下山。"白茗雪转头看着他,没说完,就被他偷了香。

"你说的蜂蜜,是真的吗?"叶嘉亲完,在她变脸之前立刻转移话题,嘴角忍不住一直上扬。虽然事业上很烦心,但没想到老天是公平的,给他开了一扇真爱之门。

"蜂蜜?"白茗雪扶着他慢慢下山,"你说的是茶花蜜?是真的,我没听过土蜂会采茶花蜜,就算养蜂人在茶山放了蜂箱,也收不到茶花蜜。"

"茶花是冬天开?"叶嘉想了想,问道,"今年能雇村里人帮忙采茶花吗?"

"你想手工提取花蜜?"白茗雪惊讶地问道。

"准确地说,手工采花,机器榨取。"叶嘉顿了顿,看着她,"只要有心,什么蜜都能弄到。"

"你说得对,办法总比困难多。"白茗雪没听出他的言外之意,伸手捏住他的下巴,将他深情的眼神摆正,"好好看路。"

崎岖的山路上,两个人肩并肩地往前走着。

阳光耀眼,像每个努力生活的人留下的光芒。

白茗雪想到爸爸曾对她说,这一生,遇到对自己好的人,要加倍对他好,不要吝啬付出,不要害怕失去,勇敢面对自己的内心,这样的人生才不会后悔。

所以,她决定勇敢地面对,无论是爱的甜蜜还是爱的忧伤,无论是笃定的还是疑惑的,无论是期待的还是恐惧的,她都会直面自我最真实的需求。

佟宁宁等得崩溃,准备报警时,接到了叶嘉的电话。她一晚没睡,黑框眼镜下两个黑眼圈像熊猫似的,接到叶嘉的电话,差点就哭了。

"大少爷啊,你还活着!我快死了啊!"佟宁宁擦着眼泪,就算公司破产也没叶嘉失踪可怕,"我还拜托了小白上山去找你,她也没消息,我得报警了……"

"她和我在一起。"叶嘉语气中克制着什么,带着一丝欢喜,重复了一遍,"她跟我在一起了。"

"那就太好了,只要你跟她会和了,我就不担心……"佟宁宁彻底松了口气,突然反应过来老友的语气里藏着春风得意,"你俩在一起?"

"嗯。"

"你俩在一起了?"

"嗯。"

"天啊!叶嘉你追到她了?"佟宁宁激动地绕着办公桌转了一圈又一圈,失控地尖叫,"你俩昨晚发生什么了?睡了?荒山野岭的被你搞定了?"

那边没有任何回答,只是挂断了电话。

"叶嘉,叶嘉,叶老板!"佟宁宁喊了几声,还沉浸在奇怪的想象里不可自拔。

叶嘉终于"脱单"了!佟宁宁立刻将这个消息发在了同窗好友的群里。

叶嘉找到真爱了!为什么比自己找到真爱还激动?

佟宁宁摸了摸湿润的眼眶,大概这就是友情吧,看着亲如一家的兄弟姐妹们一个个找到爱的人,她热泪盈眶地给自家哥哥也发了条消息。

然而哥哥只冷冷地回了句：哦，那你什么时候找到真爱？

佟宁宁觉得自己像小白一样被哥哥"恨嫁"了，回了一条：我不找，我最爱的是哥哥你啊！

然而佟家哥哥已经看穿了一切，毕竟所有的身家都被佟宁宁"骗"去给叶嘉投资什么茶饮了，伤透心地回复：你爱的不过是我的钱，你的真爱是叶大少。

佟宁宁想了想，她对叶嘉的确不错，为了支持他的茶饮，把自己哥哥都"拐"进来，但她还是要更正一下：我爱的是伟大的事业。我们是在做一件伟大的事情，为国人打造最健康的饮料。你要为此感到荣幸，另外我会还你钱的，加倍还。

发完这条消息，佟宁宁立刻打开财务报表，噼里啪啦地算着什么时候才能赢利。

KK公司的合同，能暂解他们的燃眉之急，但是在国内市场，当初因为资金问题，错过了最好的时间。原本准备春末新茶刚采完就能上市，没想到夏天过了一半才上架。今天立秋，之后天气很快一天比一天凉，除了南方比较炎热的城市不受影响，北方大部分地区都会滞销。

佟宁宁越看报表越上火，啪啪啪给叶嘉发了条消息，带着一丝"单身狗"的酸意：虽然很恭喜你，但请别沉迷女色，回来了快点来公司开会！

叶嘉倒是很想沉迷女色，可人家姑娘也不愿意让他沉迷啊。

白茗雪内心深处大概真的住着一个"钢铁直男"，她对浪漫的言辞只感觉到肉麻，也不太喜欢太暧昧的行为，倒是偶尔看着叶嘉"秀色可餐"，心里烧着一把火，想狠狠摸上两把过过瘾。恋爱是什么？一切的情感行为都不能耽误她正常的生活，也不能侵占她太多的自我空间，她该干吗依然干吗，最多晚上给叶嘉留个晚饭。

白茗雪准备休息一天，第二天去市里和妈妈见面，说说这件事。

可没想第二天她刚起床洗完脸，就被院门口的声音和狗叫声吵到。

白茗雪打开楼下大门，看到院门被盛娇推开，盛娇的身后还跟着一个保镖，大黄正绕着他俩狂叫。

"大黄。"白茗雪喊了一声。大黄乖乖闭嘴,站在旁边摇着尾巴,喉咙里低低地发出警告声,警惕地看着盛娇。

大黄见过两次这个女人,来找隔壁"牛肉大户"——它的"金主"叶嘉,但这次它嗅到了这个人杀气腾腾,带着恶意,所以才拦着狂吠提醒主人。

"你要和叶嘉结婚?"盛娇走到她面前,冷冷地问道。

看来是连夜赶过来的,眼圈不知是抹了眼影还是哭过发红,看着很憔悴。

"有问题吗?"白茗雪平静地反问。

叶嘉和佟宁宁都说过盛娇不是叶嘉的未婚妻,甚至都没什么关系。白茗雪倒是挺相信叶嘉干净的生活作风,既然没有什么未婚妻,男未婚女未嫁,两情相悦,不影响社会和谐,她并不担心被盛娇上门质问。

"你知道叶嘉是谁吗?你是什么货色,配得上和他结婚?"盛娇已经气得口不择言,顾不上形象,恨不得骂街。

"配不配得上,要看我喜不喜欢。"白茗雪语气清淡,她从小就见惯了村民们喝醉吵架时的粗野,这种级别的泼妇骂街,和当地小媳妇吵架时的彪悍差远了,轻松回击过去。

"你……你还真不要脸啊!你什么家庭什么文凭什么出身?野丫头敢说这种话?"盛娇震惊了几秒,乡下玩泥巴的丫头果然不知天高地厚,无知者无畏。

"我也很奇怪,像我这种家庭的人,叶嘉怎么都不肯放弃,你应该问问他,为什么喜欢野丫头?"

"你……"盛娇如同心口被扎了一刀,伸手就往她脸上扇去。

白茗雪动作比她快多了,没等她抬起手就攥住她的手腕,往前进了一步,冷冷地看着她:"既然喜欢叶嘉,就凭本事把他抢走,别在我家门口耍横。"

她之前巴不得叶嘉赶紧跟别人结婚去,别来烦自己。现在不一样了。既然她认清了自己内心的矛盾,知道自己想要的是什么,做好了接受叶嘉的准备,就不会半路反悔。

"放手。"旁边的保镖赶紧上前,抓住白茗雪的手腕,想扯开她。

大黄又开始狂叫起来,一口就扑上去咬住保镖的胳膊,被白茗雪嘘了一声,哼了哼闭嘴。

"白茗雪,你想要多少钱?"盛娇这会儿终于冷静了点,瞪了眼保镖,示意他去门口待着。

"你要收买我?"白茗雪松开了手,没想到电视剧里的情节还能发生在自己身上。不过和叶嘉在一起,不就像一场幻觉吗?

"这里有五百万,和叶嘉分手,去喜欢的地方买个房子,别再出现。"盛娇早就做好了准备,拿出一张卡,说道。

"我喜欢的地方,就是这里。"白茗雪淡淡地说道。她是理工生啊,虽然对金钱没那么敏感,可算术和逻辑思维还在,如果真贪图叶嘉的钱,她可看不上这五百万。

"你嫌少?你想要多少?"盛娇咬咬牙,一个村姑,哪来这么大的胃口?

"不是钱的问题。如果你一定觉得我在贪图什么,"白茗雪顿了顿,想到叶嘉的身材和脸蛋,"我贪的是他这个人。"

偶尔会想想他的身体,有点馋。她谈恋爱不怎么拿手,跟个野兽一样,只有情欲的冲动。

"给你一千万。你要知道,你卖一辈子的茶叶,可能都卖不到这么多钱!我只要稍微动动手指,你甚至一分钱的茶叶都卖不出去,也永远别想拿什么茶博会金奖,你连这个资格都没有。"盛娇听她淡定地说出这句话,脸上的表情精彩极了,没想到看上去干干净净的一个女生,居然能这么无耻。

"茶博会?"白茗雪想到之前瓜片落选,叶嘉说是因为他,现在看上去似乎没那么简单。

"你对叶嘉了解多少?你去过他家吗?你知道他奶奶前段时间去世,是谁陪他处理后事的?你知道他奶奶临走前,希望我能嫁给他吗?"盛娇对她的疑惑懒得解释，一连串咄咄逼人的质问，成功让白茗雪沉默了。

"我对他家里确实不了解，我只知道他心中所想所爱。"白茗雪那时候联系不上叶嘉，一直很担心，没想到那时叶嘉身边还有盛娇。

还有茶博会，叶嘉隐瞒了什么？

"你……"盛娇还想说什么，就见大黄往外冲着叫了几声。砰，她的车屁股被撞出了一声巨响，随后是停车的声音。

叶嘉和佟宁宁从车里出来，脸色有些紧张。

说来也巧，佟宁宁今天准备飞台湾，在村口路上遇到了这辆车。

这是辆豪车，就算市里也很少见到有人开，佟宁宁就留意地瞄了眼，看到了盛娇，立刻让司机掉头回公司。

"你来这里干吗？"叶嘉见白茗雪站在门口安然无恙，稍微松了口气，走过去把她挡在身后，握紧了她的手，眼神不善地盯着盛娇。

"没什么，来祝福你们的。"盛娇从他护食的眼神里，看到了自己的悲哀。

谁是珍宝谁是泥土，一眼就能看出来。

"我以为你是来和我解释乌龙茶饮的事。"叶嘉冷笑着说道。

白茗雪不喜欢人前亲密，抽了抽手，想把他们赶出去聊天："你们别站在门口说话，要么去公司，要么进来坐着说。"

白茗雪以为叶嘉肯定会把盛娇带去公司，谁知叶嘉却不肯回去。

叶嘉知道，白茗雪不会跟他一起去公司的，单独和传过绯闻的女人去公司，回来很难解释。

毕竟是千辛万苦才追到的女朋友，感情还没茁壮地成长，叶嘉不想没到二十四小时就被分手。所以，他一直很紧张地观察白茗雪的表情，生怕她把刚萌芽的感情折断了。

盛娇看到他在女朋友面前的求生欲，都不知道自己为什么要在这里吃"狗粮"。大概是吃醋吃晕了头。等反应过来，她转身就往外走。

"话还没说完，你怎么走了？"佟宁宁很喜欢这么诡异的气氛，看到叶嘉小心翼翼地看着女朋友的眼神，她心里已经笑翻了无数次。

"没什么可说的,你不仁,我不义。既然你要娶的人不是我,咱们之间也没什么可合作的地方,我做我的生意,跟你没关系。"盛娇深吸了口气,努力稳住崩溃的心情,她要带着自己的骄傲离开这鬼地方,"你会后悔的,等你求我的那一天……"

"没有那一天,我今天就让律师起诉了。"叶嘉打断她的话。

盛娇盗取商业机密,抄袭品牌方案,叶嘉不顾叶、盛两家的深厚交情,让公司律师团队去处理。虽然他的茶饮才起步,前方困难重重,但他一定要走到底,不会像父亲当年那样,不甘心地放弃。

盛娇恨恨地看了他一眼,咬了咬嘴唇,也不知在对谁说:"你给我等着。"她带着保镖走到车边,看到车屁股被撞坏的痕迹,盛娇狠狠一脚踹在车轮上,眼泪终于吧嗒吧嗒掉下来。

"那我也去火车站了?"佟宁宁见曲终人散,自己也不好再当"电灯泡",说道。

"你要去哪儿?"白茗雪正好今天要去找妈妈的,可以顺路开车送她。

"去市里坐火车回上海。"佟宁宁也挺喜欢这里,唯一的缺憾是交通太不方便了,出差一趟换车换得头疼。

"我正好也要过去,送你。"白茗雪说着,就回屋拿了车钥匙和手机,其他东西都不带,直接要走。

"咳……等一下,你……你这就走?"叶嘉心里很慌,女朋友这是什么意思?不高兴了要把他晾在一边?

完全没点热乎劲,让他很担忧,生怕她去市里找妈妈说不嫁给他了。

"嗯,再晚我妈吃完午饭就要去打牌,我又得等她一下午。"白茗雪很赶时间。

"你在生气吗?"叶嘉丢给佟宁宁一个"快滚开,别在这里看戏"的眼神,一把将白茗雪拽进房间,问道。

"我生什么气?"白茗雪一脸诧异地反问。果然她是"直男",不明白女孩的气都从哪儿来的。

"你觉得我会为盛娇生气吗?"白茗雪思考了一下,突然伸手捏上他的脸,笑了起来,"叶嘉,像你说的,我这么冷酷无情的人,会隔离外界和我不熟的情感,要是生气,我只为你生气。"

叶嘉再次被她的笑容扑倒,就像破晓的清晨,充满了灿烂的生机。

"所以,你给我等着,回来我再和你算账。"白茗雪想到盛娇说的茶博会,准备等有空了再慢慢盘问。

"算什么账?别让我不安心,说清楚再走。"叶嘉生怕盛娇乱说,让她误会自己,拦腰抱住她不松手,"我对你一心一意,没有做过对不起你的事。从第一眼看到你,就觉得你是最特别的女孩,虽然我经常说你脾气坏,嫁不出去,但我心里真的希望你嫁不出去,这样我就能把你带回家……"

"这么心虚干吗?看来以前没少说我坏话。"白茗雪感觉到他的心跳都激烈起来,知道他真的很怕自己生气,心里一暖,伸手拍拍他的后背,"别怕,我不会抛弃你,虽然你藏了很多秘密。"

"我能有什么秘密?你想知道茶饮配方都可以带你去看……"

"我不用看,一尝就知道。"白茗雪想到那段时间被逼着喝茶饮的痛苦,就忍不住掐了掐他的腰。

她以为男生的身体和自己的身体没什么区别,现在仔细摸摸还是有区别的——他们的肌肉块更大,更有力量。

"别摸了,痒。"叶嘉心跳依然很快,呼吸粗重起来。

"叶嘉,我对盛娇说,我不图你的钱,我图你的身子,长得这么漂亮,以前没感觉男女有什么区别,现在看出来了。"白茗雪抬头看着他精致的眉眼,笑了笑,踮起脚,狠狠亲了他一口,男孩子真是太可爱了。

叶嘉被她亲得有点缺氧,紧紧抱住她,恨不得揉进自己血肉里。他虽然平时嘴巴毒,可作风还是很绅士,就算实在忍不住亲了她,事后也会懊悔,担心她不开心或者生气,所以非常克制自己的行为。可白茗雪和他相反,她是个彻头彻尾的行动派,人狠话不多,主动亲他时,如狼似虎,手甚至滑到他衬衫下面用力摸腰,简直要了他的命。

"小白,我到底是跟不跟你的车啊?"靠在门边偷听了很久的佟宁宁

第十四章 你敢结婚吗？

觉得上了一辆通往成人世界的车,她再不敲门,小白要把叶大少给"吃"了。

"跟,就来了。"白茗雪话音一落,人已经冲到门口,打开了房门,满脸春光地走出来。

叶嘉的呼吸还没平息,看着她毫不留恋地走掉,居然产生了遇见"渣男"的错觉。还有佟宁宁那个损友,以后公司扩大了,一定要把她调到离自己最远的地方去。

叶嘉很想跟白茗雪一起去见丈母娘,把自己的真心实意向李碧霞坦承,可是被白茗雪拒绝了。她知道自家老妈的性格,老李家人都很固执,对于反对的事情是很难改变主意。叶嘉去了只会让他难堪。而且叶嘉最近似乎特别忙,白茗雪也不想占用他的时间。

结果在白茗雪意料之中——妈妈和她大吵一架。准确地说,她没有和妈妈吵,只是平静地"告知"自己决定和叶嘉在一起,然而被李碧霞一通教育,撵了出去。

白茗雪开车去了渭河边,这条河的水,就是从他们村那些山上流下来的,前段时间水库又放了水,河水涨得很高,看着浩浩荡荡,很是壮观。

她手机里全是叶嘉的留言,他隔几分钟就发一条消息,问她情况,看上去非常紧张。

除此之外,还有许清友的留言。他每天早晚都会发个消息问候一声,但只有说到茶叶时,白茗雪才会聊几句,和当初两人的客户合作关系一样。

白茗雪给许清友打过去电话,有的事,电话里说比较好。

许清友那边过了好一会儿才接起电话。

"清友,别等我了,我接受了叶嘉。"白茗雪开门见山,直接说道。

许清友那边沉默了片刻,才说道:"恭喜。"

"你什么时候回来?我还有点事想和你当面说。"白茗雪想到叶嘉在山上说的那些话,当时就很想问许清友去台湾到底怎么回事。

今天早上送佟宁宁去火车站,她知道了事情的来龙去脉,佟宁宁什么也没隐瞒,把盛娇找到许清友,想合作新型饮料乌龙茶饮的事说了一遍。

盛娇有资金,许清友是个大茶商,在台湾、福建一带无人不知。

而叶嘉的茶饮虽然刚起步,在国内还没开始形成风潮,但国外碳酸饮料巨头 KK 嗅觉多敏锐啊,他们愿意和这个刚起步的茶饮公司合作,可见未来"钱"途无限。

盛娇参加叶嘉奶奶的葬礼时,发现了叶嘉秘密飞往洛杉矶和 KK 签约的事。佟宁宁推测当时盛娇应该是想掺和一脚但被叶嘉拒绝了,因为叶嘉很少会背后吐槽朋友,她没问出他俩之间到底发生了什么。

佟宁宁推测,盛娇气急败坏,她和许清友合作乌龙茶饮的项目应该早就启动了,在叶嘉第一次拒绝她的时候,她就想让叶嘉一败涂地一无所有再去找她。

白茗雪不太清楚他们之间的商业竞争,但是她知道,叶嘉也是个内心坚定的人,否则他不会在这山上披荆斩棘走到现在。

路已经修好了一大半,宽敞平整的柏油路让人觉得未来会越走越宽敞。

叶嘉又在加班。

外面淅淅沥沥下起秋雨,将秋老虎驱散,大山的夜格外凉爽。

他明天一早要回上海,公司还有很多事需要先安排好。等他从办公室出来时,看到门口站着一个纤细的身影,只觉得心脏用力扑通一跳,惊喜地快步走到她身后。

"你来接我的?"叶嘉下午一有空就给她发消息,她就回了几条,还都是冷淡的表情符号,让他心里七上八下,总觉得不踏实。没想到她真的是只结婚不恋爱的人,老夫老妻一般来接自己下班。

看着她点头,将带过来的伞递给他,那种真实的甜蜜涌上来把他围住。默默无言的关怀和爱意,让语言在行动面前变成了侏儒。

"怎么不进来?以后直接到我办公室等我。"叶嘉又是感动又是心疼,夜雨让山里的温度骤降,凉意袭人,而她依然单衣单裤。

"你要是知道我来会分心。"白茗雪倒是越来越了解这位少爷了,撑起伞往外走去,"晚上没吃?"

"没有!"叶嘉拿着伞,并不撑开,而是亲亲热热地躲到她的伞下,试着揽着她的腰,见她也没回避,就搂得更紧了点,"咱妈生气了吗?是不是骂你了?"

脸皮真厚,现在就"咱妈"了。

不过白茗雪一向不拘小节,她点头:"不是对你有意见,主要是觉得你条件太好,怕我俩差距太大。你也别怪我妈这么反对,她是个特别善良的人,处处体贴别人。她认为你父母那边也会反对,大家闹得不愉快,最终最痛苦的人还是你。"

"你就不痛苦了?"叶嘉在她家吃了这么多顿饭,当然知道丈母娘的性格。他不开心的是白茗雪面儿上表现得这么冷淡,好像是他单恋,她看在他的诚意上勉强同意结婚,但并不爱他似的。

"我的压力没有你大,再说,我知道我妈的弱点。"白茗雪只是客观分析,她只有一个妈妈,嘴上再倔强,她也有办法对付自己老妈。但叶嘉家里有两个长辈,还有爷爷、外公之类的直系亲属,他也不像自己光脚的不怕穿鞋的,没什么资产,只有一腔热血往前冲……

"你妈有什么弱点?"叶嘉好奇地问道。

"要面子啊!"白茗雪扭头看着他,唇角翘了翘,冷俏的脸蛋上在夜雨中有一丝坏坏的笑,眼神在他俊秀精致的脸蛋上转了一圈,伸手捏上去,"大不了生米煮成熟饭。"

生米煮成熟饭?叶嘉不确定是不是自己想的那样,但身体和精神都极度兴奋起来,声音都有一丝颤抖:"你要和我'煮饭'?什么时候'煮'?"

"明天周末,至少要民政局上班吧。"白茗雪觉得他加班加得神志不清了,用怜悯的眼神看着他,"你也该给自己放个假,休息一下。"

生米煮成熟饭,上车之后补票。

白茗雪觉得实在不行,那就先去领证。法律承认的夫妻,李碧霞不承认也没办法。

当然,叶嘉"脑补"的重点戏在领证之后的夫妻生活,想一想就觉得

"金风玉露'要'相逢,便胜却人间无数"。他有点激动地搂紧她,低头蹭着她的头发,像春天里的小动物,抑制不住地激动。

"在厦门的时候,为什么没和我说实话?"白茗雪伸手推开他凑过来的嘴唇,想到盛娇说的话,跟他算账。

"什么实话?我不是说了实话?"叶嘉不依不饶地蹭到她的脸,别看她瘦得仙风道骨,脸上却胶原蛋白满满,"说了我喜欢你啊。"

"不是这件事。"白茗雪想到他的告白,还会起鸡皮疙瘩,"是茶博会,你不是说,瓜片落选是你的原因?"

"怎么说到这事?都过去了,你还在记仇?"叶嘉有点紧张,瓜片是她的命根子,自己的地位还不稳固,可能都不如她家大黄,更不能跟瓜片争雄。

"明明是盛娇的问题,为什么你要包庇她?"白茗雪开门见山,直接问道。

叶嘉听到"包庇"这个词,求生欲极强地从头解释两人的关系:"我家跟她家是世交,两家关系很好,但这不代表我喜欢她,你说的包庇……"

"是我用词不当,我是想说,你为什么不和我说实话,是因为盛娇针对我,而不是你的问题导致落选?"白茗雪见他这么紧张地解释,语气稍微缓和地安抚他。

"那还不是因为我?盛娇针对你,我逃不了干系。那时候你心情又不好,我不想让你更烦恼,所以才没有和你说实话。"叶嘉怕她生气,赔着笑,"以后我都对你坦白,别气啊。"

"我没生气。"白茗雪见他讨好自己的模样,忍不住叹了口气,"你也不用这么小心翼翼,我又不是玻璃心,一碰就碎。"

"但我是玻璃心,你要保存好。"叶嘉知道她不玻璃心,她的心是金刚钻,硬得令人发指。

"叶嘉,别撒娇,我受不了。"白茗雪被他的模样弄得后背发麻,伸手狠狠揉了揉他的脸,然后绕过他的脖子,把他往下一拉——

很霸气地亲上去。

叶嘉的伞差点没拿稳,这一刻,他一直患得患失的心终于放下来了,不再纠结于当下,也不再忧虑未来。

人生没有无用的经历,当他来到这座大山,遇到了白茗雪之后,眼前的风景已经和从前不一样了。

叶嘉现在最重要的事,是要说服白茗雪和他一起去上海。和白茗雪不想让他去李碧霞面前吃闭门羹相反,他希望无论什么时候,都可以让她感受到自己不会放弃她的决心和信念。只是这样的冷雨夜太温柔美好,他不忍破坏。

第二天一早,叶嘉放足了猫粮,就来敲白茗雪的门。

"你起得真早。"白茗雪刚好也起床了,在楼上看到叶嘉,咚咚咚跑下楼。

她的脚步总是很轻快,像林间的小鹿,在清晨的阳光中跳跃,满满的活力。

"昨晚给你发的消息看到了吗?"昨天半夜叶嘉几次想翻墙头过来找她,又怕打搅她休息,让她觉得恋爱是件麻烦的事,忍得一晚上都没睡好。

"没呢,吃完饭就睡了。"白茗雪前两天爬山太累了啊,当然要抓紧时间休息。谁会天天想着确定关系的情人?

白茗雪在对这段关系"认命"之前,天天想着叶嘉,但承认了内心之后,反而松了口气,就像拿下了大合同,双方都签字盖章,心也安定了。

"去换衣服。"叶嘉把她推回屋子,"那天你穿的白裙子呢?"

"干吗要穿裙子?下雨天不小心就会弄脏,麻烦。"白茗雪皱眉反问。

"因为你今天要陪我回上海,穿得好看点嘛。"叶嘉双手亲昵地按在她的肩膀,心里很担心她会拒绝。

白茗雪头皮麻了起来,不是因为他希望自己去上海,而是这么大的男人居然又撒娇。而她完全受不了长得这么好看的男孩子撒娇的语气,比小奶猫打滚还可爱,别说心软,连腿都软了。她忍不住伸手捏捏他的脸:"好好说话,不许'卖萌'。"

每次看到他露出可爱的一面,自己"血槽"都会空。

至于陪他去上海见家长,她"义不容辞",没有半句废话,就去收拾东西。

上一次到了上海,行色匆匆,只和王小帅吃了顿晚饭就走了。这次可能更没时间见老同学们了。

立秋的城市没有一丝秋的气息,这边的秋雨还没下,所以格外闷热。

"紧张吗?"

两个人出了车站,打了一辆车回去,一路上,叶嘉都紧紧牵着她的手,掌心出了汗。

"是你在紧张。"白茗雪镇定地从包里拿出一张纸,"你的手出汗了。"

因为穿裙子,没有口袋,她不得不背个小包。都是妈妈给她买的,柔嫩的茱萸粉色包包,配上白色的连衣裙,让她看着没那么锐利了,变得有些少女的柔和。

"先回家看看爷爷。"叶嘉不是紧张自己,他紧张的是白茗雪会被怎样对待。

他的妈妈这些年跟所谓上流人士来往较多染上了些不良习气,对吃的用的和各种品牌越来越挑剔,更看重交往的人的阶层,讲究所谓的门当户对。所以,自以为是上流社会人士的母亲,看到他要和一个山民的女儿结婚,会无法接受,可能会抛下矜持,说出过分的话来。

这也是觉得自己是大家闺秀出身的李碧霞反对他俩在一起的最重要原因——白茗雪会被婆家看不起,受气甚至被辱没。李碧霞不希望自己的心肝宝贝遭受这样的待遇。

"别担心,我做好准备了。"白茗雪看了眼他,颇有男子汉气概地说道,"做好最坏的准备,不用担心我会承受不了。"

"你要答应我,无论我家人怎么反对,都要和我站在一起,不要再当逃兵。"叶嘉从她的表情里看得出,她既然来到这里,就是准备打一场硬仗,不会再逃走。

"放心,战死沙场也不逃跑。"白茗雪见他这么紧张,笑着捏了捏他的脸。手感可真好,捏得有点上瘾。

"我爷爷思想很开明,他会喜欢你的。"叶嘉攥住她的手,又说道。

"你奶奶……他走出来了吗?"白茗雪想到他奶奶刚去世不久,有点担心老人家情绪不好。

"奶奶很多年前就和爷爷分开了,去世时,爷爷没去看。"叶嘉表情微微低落,很快又打起精神,蹭了蹭她的额头,"别担心,我给爷爷发过你的照片,他很喜欢。"

"什么照片?什么时候拍的?"白茗雪第一个想到的是那天在湖边被他偷拍,伸手就去掏他的手机,"给我看看。"

男式裤子的口袋都很深,白茗雪伸手进去一顿摸,没见到叶嘉脸都红了,眼神怪异地按住她的手:"我拿给你看。"要不是在出租车上,他要叫出来了。

"你偷拍了多少?密码是什么?"白茗雪见他拿出手机,抢过来,发现需要密码解锁。

"5911。"叶嘉大大方方地给密码。

白茗雪微微一愣,她对数字很敏感,尤其这个数字,从小到大边写边数,写了几万遍。

"你名字的笔画。"叶嘉补充一句,一脸甜蜜的表情。

"你真够无聊的。"对这种小孩谈恋爱般的小浪漫,白茗雪渐渐也能接受了,她打开手机相册之前,问道,"里面没不可见人的东西吧?"

"我是那样的人吗?以后你想看就拿去看,在你面前,我没有秘密。"叶嘉可没有奇怪的癖好,相册里除了一些临时拍下的要用的资料,全是她和猫。

"这么磊落?"白茗雪倒是很喜欢他坦荡的态度,她没想过检查叶嘉的手机和其他东西,可他提前表态让她很开心。

但接下来,白茗雪的笑容凝固了,她飞快地翻着相册里的照片——这一千多张照片都是什么时候偷拍的?

除了几张猫的照片和资料照,后面全是她的照片,撵狗喂鸡,种菜浇花,甚至还有蹲在花园下看蚂蚁搬家的傻样……

她翻到最后面,看到的是第一次把他带回家,她在炒茶,被拍下的照片。茶叶被扬在空中,她的眼神温柔而坚定,仿佛茶是她的爱人……

紧接着是她上山采茶的照片,这张她有印象,就是第一次带叶嘉去茶山教他采茶,他没一会儿就躲到竹林的阴凉处玩手机了,没想到在偷拍自己!

"叶嘉,你……"白茗雪扭头瞪着他,这家伙原来从一开始就对自己心怀不轨啊。

但她话没说完,叶嘉就贴脸亲了她一口,在她耳边说道:"没错,遇到你,我就喜欢你了。"

"那你也不能把这么丑的照片留在手机里啊!"白茗雪被他亲得没脾气了,加上他说话这么好听,眼神那么深情,她心里居然有甜丝丝的感觉。但为了不要显得这么快就臣服于他的美色,白茗雪还是挑出几张抓拍得特别丑的,责令他删掉。

终于到了叶嘉爷爷的老宅,从外表看是一栋老旧的洋楼,可走进去别有洞天,一看就知道请了厉害的设计师重新打造。两个年轻人穿过很有后现代感的玻璃长廊,来到艺术感十足的客厅。

叶嘉说,老宅是爷爷和设计师亲自沟通装修的,从装修上看,爷爷确实是个非常前卫,也非常有品位的人。

爷爷刚过了生日,客厅里还摆着别人送的礼物——他根本没拆开看,堆在一个角落,看着像圣诞节时商场一角的摆设。

"叶嘉,我现在有点紧张了。"白茗雪在客厅等着老爷子下楼,开始不安。

"别紧张,我陪着你呢。"

"我本来就不擅长和人聊天,现在更觉得自己有点'社恐'。"白茗雪深呼吸,有种考试前的不安。

"你不用说话,爷爷知道你的很多事。"叶嘉安慰她。

"不,我现在懂了我妈妈的反对意见。"白茗雪看着墙壁上一幅价值不菲的名画,苦笑,"确实差距太大。"

"我爷爷当年在上海滩生意做得很大,这里的很多东西都是朋友送的……"叶嘉顺着她的目光看着那幅名画,想解释。

"你们这些腐朽的资本家,没法接受我这样的无产阶级很正常。"白茗雪打断叶嘉的话,扭头突然对他绽放一个笑容,雪夜清辉似的明亮,难得开了句玩笑,"不过,无产阶级很伟大,因为他们什么都不怕。"

"其实我爷爷早年可帮了不少无产阶级。"叶嘉听到楼上的脚步声,附在她耳边低低说道,"我奶奶就是无产阶级的女儿,虽然后面分开了,可当年爱得死去活来。"

看来老一辈的故事,也都有各自的精彩。

不过白茗雪还没说话,就看见一个威严的白发老爷子,拄着拐杖,穿着英伦风的马甲、衬衫、西裤,从楼梯上走下来。

叶嘉拉着她迎上去,亲热地喊道:"爷爷,我们回来了。"

老爷子微微颔首,浅褐色的眼珠在孙子身边的女生身上走了一圈,像是在审视一件艺术品的真伪。

白茗雪也在打量老爷子,见他虽然头发全白,但精神矍铄,身材也保持得非常好,瘦削笔挺,打着领带,一派老绅士风度。

两个人的目光碰到一起,就像薄薄的刀锋擦过,随后白茗雪礼貌地开口,对他伸出手来:"爷爷好,我是白茗雪。"

"爷爷,这是您孙媳妇。"叶嘉见她这么老派的握手礼,跟爷爷那一代老同志似的,又好笑又觉得很可爱。

白茗雪听到叶嘉直白的介绍,微微僵硬。

"嘉嘉和我说过,你是个好女孩。"倒是老爷子很自然地点点头,握着她修长有力的手轻轻晃了晃,看了眼她手上被箓子和螃蟹弄出的伤痕——劳动人民的手,好久没握过了。

"张伯,泡点茶。"叶嘉把手里提着的茶叶包装盒递给爷爷身边的老管家,笑着对爷爷说道,"爷爷,这就是年初你说特别好喝的茶,小雪家里的。"

"哦,瓜片,你们那边的黄芽我也很喜欢。"老爷子示意年轻人坐下来。

随后白茗雪就陷入了不会聊天的尴尬,乖乖坐在叶嘉身边,尽量弱化自己的存在感,让他们爷儿俩聊天,像个认真听课的好学生。

好在爷爷虽然眼神锋利,但看上去挺温和,主动找了些话题和她聊。

白茗雪在社交上属于慢热被动的人,不问不说,有问必答。

老爷子知道她是大别山区的人,还挺有兴趣地和她聊了一些从大别山走出的将军。

白茗雪发现老爷子不愧是上海滩名流,他的父亲居然和许世友将军是故交,老爷子自己小时候也曾随父亲去过他们村里的部队司令部看过老将军。

当年许世友将军住的地方,就是现在建茶厂的地方。

所以老爷子也挺感慨,觉得应该找个时间再去大别山一次。

白茗雪喝了两杯茶,渐渐放松下来,看着外面天色渐黑,屋里的感应灯自动亮起,依然亮如白昼。

爷爷对叶嘉的瓜片饮料似乎有点兴趣,问了不少茶饮的事。爷孙俩聊得正起劲,管家又轻手轻脚地走进来,在老爷子耳边低语几句。

"哦,你妈妈来了,去门口接一下。"老爷子对叶嘉点了点头,说道。

白茗雪刚放松的心情顿时又有些紧张起来,就像刚考完了语文,又迎来了数学试卷。

难度系数最高的"数学试卷"雍容华贵地走进来……哦不,是叶嘉的母亲容敏雍容华贵地走进来。

容敏穿了一件真丝旗袍,身材和李碧霞差不多,凹凸有致,保持得很好,一头风情大鬈发,妆容精致——现在审美的阶级差距越来越小了,反正白茗雪觉得上流社会的审美和她那一向时髦的妈妈的差不多。

"阿姨好,我是……"白茗雪站起来想打招呼,但被容敏打断了。

"我见过你,那天在嘉儿的房间,我还以为是嘉嘉请的保姆。"容敏带着微笑,一脸温柔地说道。

"妈,我可请不到这么厉害的保姆。"叶嘉不等白茗雪说话,立刻挺身而出。

"安徽保姆是有名的厉害。以前嘉嘉外婆只要安徽的保姆,吃苦耐劳,做事麻利,手脚勤快又干净,绝对不会碰不该碰的东西,在家里啊,一针一线都不用担心丢了。"容敏依然笑道。

白茗雪再迟钝也听出了她话里有话,虽然她语气温柔,拉家常似的闲聊,可神态上的优越感都溢了出来。

"现在的人啊,最缺的品行就是吃苦耐劳。"老爷子端起茶杯,浅浅抿了一口,这味道和他小时候喝的味道一样,清新提神,他淡淡带过话题,"嘉嘉去了那边半年,比读书时候坚韧不少,挺好。"

容敏看了眼公公,见老爷子都这么说了,只能叹气:"也没几个人愿意去那山里锤炼。"

"看到别人身上的优点,愿意学习和改变,不吃亏的。"老爷子举重若轻地看了眼容敏,"一个人天天念着自己的身份和过去,这是思想负担,一无所有才是让人努力往前走的动力。看嘉嘉,从一无所有,到现在茶饮也做出来了,媳妇儿也带回来了,走得挺好。"

听到最后一句话,容敏脸色变了变,勉强笑道:"爸,您说什么呢?嘉嘉哪里一无所有了?他还有我们,那个……媳妇儿不能随便说,只是……年轻人谈恋爱嘛,您这么说,人家姑娘多不好意思。"

"阿姨,我是准备和他结婚的。"一直沉默的白茗雪终于开口。

容敏的表情很精彩,看着眼神坚定表情平静的白茗雪,没想到乡下的姑娘这么粗暴直接。和盛娇说的一样,这个女生看着不争不抢不言不语,其实是个狠人啊。像蛰伏在夜色中的猎豹,精准地咬住猎物就不会松口。可怜自家儿子没正正经经地谈过恋爱,根本不懂女人是怎样可怕的生物,就被这山里的野丫头咬住了喉咙。

容敏瞪着白茗雪几秒,站起身,对叶嘉说道:"嘉儿,过来,有点事要和你聊聊。"

她不便在老爷子面前发火,但可以管教自己儿子。

"冲着结婚来的啊。"老爷子给白茗雪加了点水,神情依然淡淡的,

"我喜欢目标明确的人。"

"我不是冲着叶嘉的家产,只是觉得他……对我很真诚,而且,也很努力,我喜欢努力的人。"白茗雪刚才被容敏的"麻雀飞上枝头想做凤凰"的眼神刺痛,苦笑,"我可以和他签婚前协议,婚后他的钱我一分都不要。"

"我听说的可不是这样。"老爷子突然笑了,威严的脸上,每一根皱纹都很有魅力。

"您……听说了什么?"白茗雪愣了愣,问道。

"我听叶嘉说,你在担心他接近你只是图谋你家的茶山。"老爷子冲她眨了眨眼,"婚前协议得写上,他也不能要你家的茶山。"

"叶嘉对您说的?"几秒后白茗雪哈哈大笑起来,眼里全是灿烂的阳光,"他确实是冲着我家茶山来的。"

大家都怀疑叶嘉对她家的茶山图谋不轨,今天看照片之前,白茗雪还在觉得叶嘉盯上自己是因为茶山。但是看到那么多张照片,她才真切感觉到了藏在深处的喜欢。

"只是没想到,把茶山主人也带回了家。"老爷子看着她灿烂的笑容,不由得感慨年轻真美好,"是他赚到了。"

管家又走过来,对老爷子耳语几句。

"叶嘉的父亲也快到了,晚上就留在这里吃饭和休息。"老爷子对白茗雪说道。

白茗雪有种数学卷还没做完,英语考题又塞进来的感觉。好在爷爷的态度让她觉得"语文"考得还不错,稍微缓解了焦虑。

叶中和从机场赶回来时,正好遇到下班高峰,堵了一路,到老宅时已经七点多了。一桌人在等他吃饭,他一眼就看到叶嘉身边的白裙子女生。和第一次看到她的印象不太一样,可能因为男人对穿着白裙子又干干净净的女孩天生有好感,至少今天能看出她是个白芙蓉般的清丽女孩子。而且意气风发,没有怯场,站在儿子身边,外表和精神气上挺相配的。叶中和再看一眼父亲和妻子,从他们的眼神里,知道了两个人对白茗雪的态度。

"路上堵车,回来晚了,都饿了吧?"叶中和快步走进来,笑着说道。

"爸,这是小雪。"叶嘉牵着白茗雪的手介绍。

"听嘉嘉提过你好几次,上次我们见过吧,在嘉嘉的卧室?"叶中和虽然眼神很凌厉,但态度很和煦,甚至可以说温柔,就是说的事有点暧昧。

"叔叔记性真好,见过一次,打了个照面。"白茗雪想到那天的尴尬场景,脸微微一红,觉得叶中和误会了。她想解释一下那天只是帮喝醉的邻居收拾一下屋子,可又觉得此地无银三百两,反正现在都是男女朋友了,没必要揪着当初的细节不放。

"哦……嘉嘉在那边蒙你照顾了,以后要好好感谢你。"叶中和笑着说道,"快点坐下吧,先吃饭。"

白茗雪不知道叶中和到底是什么想法,和叶嘉对视一眼,乖乖坐下。

这顿饭吃得无比安静。

叶家老宅的规矩——食不言,寝不语。吃饭的时候不许说话,餐厅放了轻柔的钢琴曲,只能听到碗筷偶尔碰触发出的声音。

老爷子先放下筷子,其他人才能跟着放。白茗雪倒是习以为常,小时候外婆就是这个规矩。

大别山区虽然不发达,但也保持了很多古老的传统,尤其在尊老爱幼上非常讲究,长辈不上座,其他人绝不能先坐下,长辈不拿筷子,其他人也不能端碗。

叶老爷子作息很规律,今天为了等叶中和吃得晚了,结束晚餐就要上楼休息。他休息之前,特意嘱咐两个孩子留在这边休息,客房让管家安排好了。

容敏吃饭时就一直在给叶中和递眼色,见老爷子上楼,立刻说道:"嘉儿,你陪爸爸去院子里走走,消化一下。"

"妈,有什么话直接说。"叶嘉知道老妈想说什么,生怕媳妇被欺负,握紧了白茗雪的手。

"有什么话,就在这儿说吧。"叶中和走到客厅,从雪茄盒里拿出一根雪茄,想了想老爷子不喜欢屋里有烟味,又放了回去,坐在那张很有现代艺术造型的沙发上,脸上有一丝长途旅行的疲惫,"对叶嘉的选择不满意,可以直接说出来。"

"白小姐也是挺好的姑娘,但可能不习惯城市的生活,也不习惯我们家的风气,要磨合的东西太多了,我是觉得……"既然这样,容敏就客客气气地开口了,"谈朋友我也不反对,可现在就谈婚论嫁,太远了点,我是建议多相处一段时间看看。"

容敏今天下午和儿子聊了半天,被气得半死。

叶嘉是那种做了决定就很难改变的人,铁了心想和白茗雪在一起,她怎么劝都没用。现在只能拖延时间,夜长梦就多,等热恋期一过,新鲜感没了,儿子也回来了,时间拖得越久,就越不可能在一起。

男女之间,说到底就是一时新鲜,得不到的都很渴望,得到后也就那样了。

只凭长得漂亮是没用的,看看那些富豪和女明星之间的事就知道了。再漂亮,厌烦了也会换个更年轻貌美的,最终相伴一生的,未必是高调示爱的那个人。

"这点我同意你妈妈的话。你现在还在发展事业,等稳定了,想什么时候结婚,我不会反对。"叶中和也赞成多相处,毕竟相爱容易相处难。

要从相处中看出女方的品质,就像大浪淘金一样,慢慢打磨,才能看出是不是金子。只要是发光的金子,叶中和不嫌弃出身。

白茗雪没想到"英语卷"和"数学卷"竟然放水了,本来以为他们会坚决反对,她都做好了被羞辱嘲讽甚至吃闭门羹的准备了。她看了眼叶嘉,心里猜测是不是因为叶嘉下午对妈妈说了什么,才让容敏态度转变。在感情上,白茗雪还是抱着很天真的想法,根本不知道容敏是缓兵之计。

不恋爱就想结婚,让容敏感觉到危险,速战速决的对手果断强大,她很担心白茗雪把儿子直接拐去领证,生米煮成熟饭。

"是啊,妈妈答应过你,只要茶饮成功,你想做什么我都不会拦着你。"容敏又说道,"到时候你们感情也更加稳定,就算结婚,我们也有时间做好准备,给人家女孩子一个完美的婚礼,你说是不是?"容敏一直觉得叶嘉做茶饮是在瞎胡闹,根本没指望他能成功。

叶嘉和白茗雪对视一眼,似乎也觉得父母迁就得有点轻易。

"说到茶饮,我还有点事想和你谈。今天太晚了,你们也坐了一天车,早点休息,明天早上去我公司,到我办公室。"叶中和今天也累了,见老爷子喜欢白茗雪,就让他们留在这里休息,陪陪爷爷。

暑热还没消退,天上没有一颗星星,乌云聚集着,风也越来越大。

管家带着两个年轻人上了楼,打开右侧书房边的一扇门,老爷子给他们安排了一间房。

一间房!亲爷爷!叶嘉心里默默感谢了爷爷一万遍,以后一定多回来孝顺他老人家。

但他脸上表现出和白茗雪一样的尴尬,走到柜子边:"你睡床,我记得柜子里还有一床被子。"

这个房间一直是留给他的,以前他从国外回来,偶尔会回来看爷爷,住上两天。

"没事,都睡床吧。"白茗雪只是在管家面前有点不好意思,现在关了门,她大刺刺地往床上一躺,觉得做了一天"试卷",累坏了。

"你……你确定吗?"叶嘉一时找不到合适的语言,这时候还有理智在分析要不要扑上去。

她毫无防御的样子,让叶嘉每一步都走得很谨慎小心,生怕自己太鲁莽,破坏了她的信任。

还是没有恋爱实战经验啊,叶嘉此刻真想上网问问"女朋友愿意和自己躺一张床上,求问可以做点什么"……哪怕问佟宁宁那个损友,也比现在手足无措要好。

"这床这么大,又不是睡不下。"白茗雪一个鹞子翻身坐了起来,"你要避嫌?那我睡地上,别把你冻着了。"男朋友是城市少爷吃不了苦,白茗雪虽然不会说什么甜言蜜语,可行动力感人,把最舒适的环境留给他享受。反正这地板和自家硬床板差不多,她也睡不惯太软的床。

"不是……我避什么嫌?我是怕你介意。"叶嘉抽了件自己的睡袍,赶紧关上柜门,推着她往浴室走,"没带睡衣吧？穿我的,快去洗漱,泡个澡放松一下。"

"我都准备和你结婚了,有什么好介意的？"白茗雪笑了,看到他脸红,感觉很可爱,"你是不是想多了？"

"是的,我把孩子的名字都想好了。"叶嘉见她还戏弄自己,好不容易克制的火焰立刻吞没了他,呼吸都变得有些急促。

"想得真远。"白茗雪关上洗手间的门,一声惊叹从门缝里传出来,"这是我见过的最漂亮的浴室！你爷爷是艺术家吧？"

每个房间都自带浴室,每个浴室的装修风格都不一样。这是给叶嘉留的房间,所以风格更加后现代,黑色的浴缸在黑色皮质墙壁的映衬下,有一丝神秘感。

难怪叶嘉身上也有种艺术家的浪漫——和她身上的朴实格格不入。

但两个这么格格不入的人,居然能在一起。白茗雪只要想到他在父母面前握紧自己的手,就觉得不可思议,又觉得世界这么大,什么美妙的事都可以发生。

叶嘉贴在洗手间的门边,听着里面放水的声音,给佟宁宁这个"百科全书"打了电话。但他又觉得佟宁宁肯定要笑话自己,没等她接通,就挂断了。

佟宁宁很快打了过来,以为公司出了什么事,这么晚给她打电话。

"没事……我带小白回家了,明天要去我爸公司一趟……"叶嘉觉得自己内心还是挺传统的,羞于说出被邀请一起睡的事,打着马虎眼说道。

"哦,你爸妈怎么说？没反对吧？"佟宁宁觉得叶嘉父母肯定是挑剔的,但叶母宠儿子,他决心要做的事,拦不住,否则茶饮这事根本不会让他做到现在。

"我把人都带回来了,还能怎么说？当我的面赶人吗？"叶嘉也知道妈妈非常反对,可他也是成年人了,对自己的任何选择都能负责任。

毕竟父母不能永远陪伴自己,能陪伴自己最长时间的人,是在亿万人中寻找的伴侣。

"不能赶。你现在终于把茶饮做起来了,也没依靠过他们,你爸现在后悔了吧?所以在其他事上怎么都得给你点面子,弥补一下他去年说的话。"佟宁宁笑道。

她知道这个项目启动有多困难,从一开始叶嘉的父母就反对,没有资金,没有技术支持,什么都没有,全是自己和叶嘉两个人一点点努力出来的。

去年要正式启动之前,叶嘉和叶中和又谈了一次,直接被逐出家门,要断绝父子关系。叶嘉其实是个孝顺孩子,虽然被爸爸这么对待,但还是带女朋友回家看他,这对叶中和来说,是主动缓和父子关系,给他台阶下呢。

"让我明天去公司,估计是准备骂我。"叶嘉苦笑,"律师函发出去之后,我妈给我打了一晚电话,盛娇说不准也在……"

"那不是正好?我现在真想飞回去观战。"佟宁宁看热闹不嫌事大,但她突然想到什么,"等一下,你带小白回家,晚上住一起?"这么重要的八卦差点被她漏掉了。

"呃……是的。"叶嘉尽量用毫不在意的语气回答。

"睡一起?"佟宁宁的声音拔高了。

"嗯……是的。"叶嘉摸了摸鼻子,看了眼那张大床,心脏跳得剧烈起来。

"叶嘉你厉害啊,这么快?!"佟宁宁不敢相信自己的耳朵。叶嘉从小就长得好看,像花花公子似的,但他一直对身边的女生没兴趣,加上那个对他的感情生活控制极强的母亲,让他"恐女"至今。

果然他喜欢男人……一样的女孩子,像白茗雪身上没有非常清晰的性别记号,带着少年的清爽感,就让他沦陷了。

"不说了,她洗完澡了。"叶嘉满心是藏不住的得意开心,嘴上却云淡风轻。

和朋友们分享他脱单的幸福真是双重满足,听到佟宁宁被灌了柠檬汁似的吸气声,他满意地挂断了电话。

和好友打完一通电话,再坐在书桌前翻看从爷爷那儿拿来的《共产党宣言》,叶嘉激动的心情才稍微按捺住。

白茗雪洗好了,头发没吹干就走出来:"叶嘉,你去洗。"

叶嘉正在书桌前翻着《共产党宣言》,一扭头,好不容易平复下来的心情又澎湃起来。白茗雪穿着自己的睡袍,腰系得很紧,纤纤一束,因为太宽松不合身,露出修长的脖子和一小段肩膀,锁骨特别好看,让人想亲上去。

"发什么呆?快去啊。"白茗雪见他直勾勾地盯着自己,皱眉催促。

"好……"

叶嘉怕自己犯错误,立刻走去洗手间,冲了个冷水澡。

他在洗手间待了很久,还在想小白邀请自己上床到底是什么意思,一会儿他要不要主动,要多主动才不会让她觉得冒犯……这么纠结了半个小时,出来后发现,他想多了。

外面的灯差不多都关了,只留下书桌前的阅读灯,白茗雪趴在床上,已经发出轻微的鼾声。

一天的奔波,精神又紧张,前几天也没怎么休息好,白茗雪沾着枕头就睡着了。这一夜睡得无比香甜,无梦到天明。

五点半,她的生物钟启动,在昏黄的灯光中睁开眼睛,赫然发现贴着自己脸颊边的毛茸茸的黑发。白茗雪差点就一巴掌拍过去,如果不是看到黑发下面的脸那么漂亮安静……

未来老公的睡相可真美,眉眼俊秀,皮肤白净,像个瓷娃娃般可爱。

她没动,怕惊扰到他,默默欣赏了好久,越看越觉得这家伙长得可真漂亮,像他妈妈一样精致。虽然容敏对自己不满意,可白茗雪还是要公正地评论,她未来的婆婆气质和五官都没的说,一看当年就是和自己老妈一样,风靡无数村庄的大美女。

叶嘉这牛奶肌嫩滑,大闺女也比不上啊。白茗雪忍不住伸手摸上他的脸,跟看到小奶猫一样,忍不住撸上两把。只是他比小奶猫还招人疼,感觉那长长的睫毛都戳到自己心里去了,让她硬汉般的心变得软软的、痒

第十四章 你敢结婚吗? | 399

痒的。白茗雪不觉又凑近了点,他的鼻息轻柔地缠绕过来,像春天的树林,让她觉得心情特别好,好想做点更愉快的事。

于是,白茗雪摸到了他那血色十足的嘴唇,慢慢凑过去。叶嘉的唇真软,嘴唇边的绒毛像带电流,触电般的感觉让她沉迷。

"你……亲够了吗?"叶嘉憋了好久,从她摸自己脸开始,就被骚扰醒了,一直默默克制。没想到她胆子越来越大,撩得他快失去理智了。

"把你吵醒了吗?"白茗雪舔了舔他的嘴唇,意犹未尽地起身,体贴地说道,"那你继续睡,我起得早,不用管我。"

叶嘉还没来得及说话,就见她利落地翻身下床,往洗手间走去。

不用管谁?他被撩拨成这样……她就不管了?

叶嘉抓起被子蒙上脸,狠狠背了一大段《木兰辞》,把躁动的心情和身体安抚下来。

算了算了,昨晚一夜没睡,打不过那个"怪力女",不然他就……叶嘉这么想着,闻着枕头上残留的发香味,就当一场春梦,又睡过去了。

第十五章　内心的火种

白茗雪睡饱了,精力十足,又闲不住,去屋后面的小花园欣赏花草去了。

这个小花园有园丁固定来打理,造型搭配得很美,花盆上上下下,开满了各种鲜花,生机勃勃。

刮了一夜的风,此刻阴沉的天空偶尔能看到闪电,花园被风刮得狼狈。白茗雪收拾着那些掉落的花瓣,看了眼天空,台风要来了吗?酝酿了一夜,看着有场大雨要下。

她把一些看上去很娇贵的花,连盆抱进了专门养多肉植物的玻璃房,等她搬完这些花,雨滴就像冰雹似的砸了下来。

果然是暴雨。

白茗雪看着这些娇贵的花朵,刚刚松了口气,突然看到墙角还有一盆看上去很名贵的花——因为花朵的颜色是罕见的紫黑色,丝绒一般,在阴沉暗淡的光线中并不显眼。她想也没想,立刻冲进暴雨中,小心翼翼地把那盆花护在怀里,跑进玻璃房。

老爷子站在二楼,看着后花园里忙进忙出的少女。她依然穿着昨天的白裙子,扎着高高的马尾,显得特别精神干练,像一朵百合花,在狂风暴雨中坚韧不屈地挺立着。

老爷子的作息和白茗雪差不多,六点就准时起床了。

他缓缓走下楼,看到白茗雪湿漉漉地从后门走进来。

"爷爷,您醒啦?"白茗雪没想到老爷子也起得这么早,因为自己的裙子湿漉漉的、有些不好意思。

"怎么衣服都湿了？快回屋去换掉。"老爷子点点头，说道。

"没事，我用吹风机吹一下就干了。"白茗雪准备去楼下公用洗手间的，她不想将叶嘉吵醒。

"没带衣服吗？"老爷子很细心，昨天见她根本没带什么行李，跟男人出门旅行似的，一个小背包，估计也就带了一套换洗衣服。

"带了……"

"王嫂，让小陈去给茗雪买几件衣服回来。"老爷子已经直接对厨房喊道。

王嫂端着早餐出来，喜气洋洋地应了一声，看白茗雪的眼神像看少奶奶。

"不用不用，我真的带了，是怕进进出出拿衣服，影响叶嘉休息，所以先吹一下。"白茗雪赶紧解释。

老爷子淡褐色的眼珠在她脸上凝视片刻，笑了："去吧，头发也擦擦干，别着凉了。"

她的言行没有一丝矫揉造作和虚伪，体恤叶嘉时很自然地流露出家人至亲般的宠爱，护着花的时候也是真的只是纯粹的喜欢。这是个简单直接的孩子，身上颇有股瓜片的质朴和守正，带着清和之气，像自然界生长的一棵树、一朵花，即使不言不语，也充满了向上生长的朝气。

老爷子很喜欢这么有朝气的孩子，让人觉得明天是光明的，未来充满了干劲和希望。

叶嘉是被电话吵醒的，他摸到手机放到耳边，女孩清凌凌的声音像外面的大雨，冲散了暑热。

"叶嘉，起床了，你不是今天要去你爸公司吗？"

"九点半……"叶嘉被白茗雪精力十足的声音唤清醒了，看了眼时间，不太关心出行，只关心她的人，"你去哪儿了？"

床边空荡荡的，房间里也很安静，隐约听到外面的风雨声，就像做了一夜旖旎的梦。

"我陪爷爷去博物馆了。"白茗雪语气里充满了开心，"你快点起床啊,回来联系。"说完,她挂断电话,很是无情。或者说,像结婚几十年后的老夫老妻,一点激情都没有。

叶嘉听着那边断线的声音,咬了咬牙,揉了揉头发,他决定在这里多待两天,直到生米煮成熟饭!

外面依然在下雨,只是雨小了很多。天空依然阴沉,乌云笼罩着黄浦江边最高的那座大楼,电闪雷鸣中,颇有些科幻感。

叶中和一早就到了办公室,在看季度报告总结,夏季和过年前后是他们饮料公司盈利最多的时候,但今年明显不如往年。

越来越多的新型饮料,加上国外饮料的冲击,还有层出不穷的广告方式,竞争对手越来越多。而且年轻人的喜好越来越广泛,接受能力也越来越强,不再单一执着于老字号。

看着那些密密麻麻的数据,叶中和有种倦怠感。

他想到了三十年前,站在一望无际的茶山上,前途坎坷,内心却燃着火的自己。那时候的环境比现在差很多很多,那时候他的双手也沾过泥土和嫩叶,触摸过春天的气息。

电话铃声打断了叶中和的回忆,他按下接听键,秘书说叶嘉到了。

他现在感觉到,自己和儿子之间,隔着无数座大山。无论是体力还是精力,都让他对着那些大山望而却步,不敢再爬上去,怕自己再次迷失在山林里。可儿子不一样,他年轻、强壮、聪明,身边还有一群指南针般的朋友,有一个身为大山女儿的恋人⋯⋯

叶中和即使不愿承认自己的错误,也清楚地知道,有的年轻人,即使一无所有,也能创造出奇迹。这个世界的奇迹,大都是由成千上万这样的年轻人创造出来的。他应该放下心结,放下成见,像个开明的父亲,或者像个朋友一样,让三十年前的自己走出来,和儿子对话。

叶中和坐在办公室里的茶桌边,亲自泡茶。很久没有亲手泡茶,从烧水开始,心就渐渐沉静了。等看到绿意冲出,仿佛整个春天都漂浮在里面。

"听说你和KK签了合同?"叶中和泡好茶,给儿子倒了一杯,才开口,

"奶奶葬礼上太忙,没时间和你说句恭喜,现在补上还不晚吧?"

"爸,你让我过来,就是道贺的啊?"叶嘉笑了,"还真不像你的作风。"

"当然不止道贺。"叶中和抿了口茶,长长地舒了口气,"我想……和你的茶饮一起做个秋季活动。"

"爸,你确定?"叶嘉眼里闪过一丝喜悦,随后说道,"如果谈合作,我不会因为我们的关系,牺牲自己的利益。"

"还怕我占你便宜?"叶中和摇头,看了眼儿子,"放心吧,我不会少你一分钱。"

"那就多给点吧,投资一下你觉得发展前景还可以的项目。上次给你看的计划书,要不要再看一遍?"叶嘉笑着帮爸爸添水,顺便再抛个台阶给老爸,让他上来。

"你这小子就想骗钱。"叶中和突然觉得浑身轻松,在儿子身上,他和当年的自己达成了和解。

"不过,你和娇娇那边的事,人家父母都过来了……"叶中和突然想到盛娇,又说道,"是不是把律师那边先撤了?闹大了不好看。"

"盛娇偷了我们的创意和设计方案……"

"别说偷,人家只是觉得这个赛道有前景。不都是这样吗?一款新产品如果受到欢迎,就会有无数类似的产品跟风出现。你只要提高自己的品质,良性竞争对消费者乃至社会都有积极的帮助。"

"爸,你把这定义为良性竞争?"叶嘉表情沉了沉,这已经不是恶性竞争能概括的,反正即便家人不支持,他也要告到底。

"娇娇那边我也说了,你盛叔叔也骂了,她那边是想做奶茶……"

"爸,你看了我的计划书吗?奶茶是我们下一步要做的,如果资金能周转过来,线上的秋季产品开发,就是奶茶,最适合秋冬的饮品。"叶嘉拿出手机,打开软件,找出文件,推到叶中和面前,"我觉得,你应该投资这个项目。提前一步,不要被人抢了先机。"

叶中和微微一愣,他不是没看计划项目书,叶嘉之前给他的,几百页,他没看到最后,只看到现阶段的发展。看过之后,他觉得很详尽很认真,所以,他才默默出资支援政府修路。

他突然想到,当初随手把计划书放在办公室,盛娇想做的奶茶项目要是和儿子的项目细节一样的话,那就意味着公司里有人看到计划书后透露出去了。

"我会考虑的。时间不早了,你回去陪女朋友吃饭,公司的事不急这一天半天的,你带她好好玩两天。这个卡,你先拿着用,照顾好人家,带她吃点好的……"叶中和对儿子的择偶眼光没什么异议,那个女孩虽然出身普通,但眼神清正,也不娇气做作,就不再过多干预他的选择。

他现在只想弄清楚盛娇的奶茶项目到底是怎么回事。

"我还没穷到连饭都吃不起,你忙吧。"叶嘉很有骨气地拒绝了,他可不要这张卡,他要的是老爸数以亿计的投资。

"晚上……回来吃饭吧。"叶中和突然又想到什么,看了眼手表,"今晚没空,约满了。明天晚上,我让秘书安排一下,回家吃。"

"妈妈会欢迎小白吗?"叶嘉虽然看到了爸爸的态度,但不希望以后老妈暗中为难,以白茗雪那直脾气,恐怕会两败俱伤。

"人和人之间都是相处出来的,时间久了,她会喜欢的。"叶中和委婉含蓄地回答。

昨晚他还在安抚老婆,虽然茶山姑娘和奶业巨头差了万水千山,可儿子能自己做好茶饮,也不需要盛家帮扶,说不准也是件好事。对婆婆来说,一个不娇气,能吃苦,生活上能照顾老公,事业上也能稍微帮衬一点的媳妇,比什么门当户对的更重要。

把儿子送出去,叶中和立刻给吴雷打了个电话,让他尽快回总部。

叶嘉知道,爸爸说考虑,就是答应了自己。所以,他的心情特别好,再也不用为资金担心了,确实能放松两天。

命运还是眷顾了他,让他爱情、事业双丰收——至少现在看上去是有个美好的未来。当然也不能掉以轻心,无论何时都要做好万全之策,才能渡过每一次难关,这是叶嘉的企业经营理念,也是对爱情的观念。

他在楼下的商场刷了卡,带着礼物去博物馆找女朋友。

白茗雪正陪爷爷逛得津津有味,她的喜好很传统古老,和老爷子一样。从展览的古剑的成分,到什么将军、上海滩,两人的共同话题还挺多,即便她不擅长和人聊天,也不怕冷场尴尬。

　　老爷子听得开心,没想到一个小姑娘居然对各种材质的化学成分很了解,还给他科普各种材质的稳定性,保养的时候应该注意避开怎样的化学反应……老爷子琢磨着下次带她去科技馆,有这么个有趣的"讲解员"在身边,一点也不枯燥。而且,她不懂的东西,会很自然地虚心请教,也给了他指导晚辈的空间。

　　她就像一座森林,生机盎然,即使经常安安静静地等着他带话题,也挡不住她敏捷的思维和充满活力的语言。老爷子也跟着放松很多,又怀念起当年和父亲爬大别山的少年岁月。

　　"叶嘉一会儿要过来。"白茗雪收到叶嘉的信息,给他发了现在的位置,对爷爷说道,"我们在这里等他吧。"

　　"那就坐下等等他。"今天大雨,博物馆没几个人,白茗雪扶着老爷子坐在电梯旁的休息长椅上,有一搭没一搭地聊着天。

　　"等嘉嘉那边稳定下来,我也想去看看。"老爷子有点感慨地开口,"他做这个事,家里都不支持,但我觉得年轻人就该放手一搏,否则等有了老婆孩子,牵绊一多,年纪再上去,想搏也搏不动了。"

　　白茗雪点点头,如果不是科普,聊起很私人的事,她不善评论,又变得很安静。

　　"那你知道我为什么不帮他?"老爷子主动引导话题,免得自己一个人说话太闷。

　　"既然爷爷希望他放手一搏,当然不会帮他。"白茗雪笑了,"有靠山的人,和白手起家的人,信念不一样。"

　　"说得对。"老爷子赞许地看着她,"人啊,要不怕失败,敢于尝试,要有失去一切也能往前冲的信念。"

　　"刚开始我也误会他了,觉得他是个纨绔少爷。后来,看到了他的茶厂,也看到他天不亮就去公司,凌晨才回来。他一直很辛苦也很认真地对待自己想做的事情,不气馁,也不放弃,挺让人佩服的。"白茗雪想到刚接触到叶嘉,以为他是个有钱的败家子,是拿着家里的钱,不知天高地厚胡乱投资的人。

"所以,不用担心,他也会认真对你的,不会半途而废。"老爷子意味深长地说道。

白茗雪微微一愣,看着老爷子淡褐色的眼睛,半晌才说道:"我也很认真。"

老爷子听到这句话,哈哈大笑起来。

电梯门刚打开,叶嘉就看到爷爷开怀大笑的样子。他很少看到爷爷这么开心——因为自己也很少回家,印象中爷爷一直都是不苟言笑,做事也是高深莫测,别人很难猜透他的心思。这会儿和一个看上去也不苟言笑但很明亮娇艳的少女在一起,负负得正了!

"叶嘉!"白茗雪看到从电梯里走出一个面容出色养眼的漂亮青年,立刻站起身。

真漂亮,到现在白茗雪还愿意用这个词形容叶嘉。村里人说的漂亮,不会特指女孩子,万事万物都可以用漂亮来形容。

叶嘉今天穿得很休闲,是以前上学时的衣服,牛仔裤和米色卫衣,看着像个年轻的大学生,满是朝气。

至少在老爷子眼里,叶嘉自从去了大山里之后,整个人和学生时代都不一样了,成熟了很多,但并不是迟暮沉沉,而是依然带着锐意进取的向上朝气。

这才是青年该有的样子,不会过分深沉,失去活力和激情,也不会莽撞冒失,像个乳臭未干的少年。他们更有理想和抱负,也有责任和担当,不断地奋斗,在社会的锤炼中成长。

老爷子很喜欢和这样的年轻人在一起,可他看到孙子眼睛都黏在未来孙媳妇的身上,把他当成"电灯泡",便善解人意地招呼司机先回去。

"亲爱的,我有个东西要送你……"老爷子一走,叶嘉立刻拉住白茗雪的手,很亲密地唤她。

"喊我名字行吗?"白茗雪对这么亲密的称呼有点接受不来,勒令他改口。

"行,白茗雪同志,我要送你一个礼物,不准嫌弃。"叶嘉对她有时候略显古板的作风习惯了,以后一定要让她习惯亲密无间的关系。

说着,叶嘉从裤兜里掏出一个小巧精致的首饰盒,递给她,期待地看着她的表情。

"干吗送我东西?我做事不方便戴……"白茗雪打开一看,是一枚样式简单的戒指。

"你不喜欢吗?"叶嘉有些失落,随后一把攥住她的手,强制性地给她戴上,"不喜欢也要戴着,这是我的求婚戒指。"

"叶嘉……我又不需要你求。"白茗雪看到戒指大小竟然非常合适,在她的无名指上闪着淡淡的光芒,为了不打击他的心情,还是接受了,"不过款式大小都很适合,我就收着了。但是以后别给我买这些东西,我不需要。"

"居然不要我求婚,你一点仪式感都没有。"叶嘉一把抱住她,笑道,"像个土包子。"

"你喜欢仪式感,那我向你求婚好了。"白茗雪摸到他宽阔的背,闻着他身上清新的味道,心痒痒了起来,抬起头,啃了啃他的下巴。

叶嘉呼吸加快,看着她亮晶晶的眼睛,被她撩拨得恨不得立刻抱起回家做点羞答答的事。白茗雪见他脸有些红了,眼里跳跃着小小的火焰,忍不住扬起唇角,踮起脚尖往他唇上凑。

"别在这里……"叶嘉见她旁若无人地亲自己,即使这里没人,也觉得会被点着。还没说完,手机突然响了起来。

与此同时,白茗雪的手机也响了。她捏了捏叶嘉的脸,转身走到一边接电话。白茗雪的妈妈打过来的,知道她"私奔"去男方家里,怒不可遏。

叶嘉这边是律师打过来的,遇到了一些麻烦,但他一边听律师说话,一边关注着白茗雪。他听到女朋友用家乡话淡定清晰地说了一句"昨晚我跟他睡的"。估计李碧霞和他一样,激动得差点没握紧手机,心里也有种大局已定的感觉。他刚"淘了米",还没"生火"呢……不算生米煮成熟饭。

"妈,这是我自己的人生,我选择走下去,就算头破血流,那也是活该,我不会在你面前抱怨一句。"白茗雪走到旁边的安全通道,站在楼梯边说道。

"你真有种啊你!我管不了你,也懒得管了,但你现在给我回来,店里一堆事,你谈恋爱就不要茶叶店了吗?"

李碧霞听着那边平静却有力量的话语,深知拉不回头了,女儿一向倔强,想做什么,没人能拦得住。气得她骂了一通,最后想到女儿都和人睡了,"私奔"的事全村都知道,她就算一哭二闹三上吊也没用了,只能把女儿喊回来干活。

上次东拼西凑,加上许清友的帮忙,才凑够一千多斤的茶叶,这几天李云华帮她找到了茶,就是不知道质量怎么样,她一个人忙不过来,得让女儿回来盯着。

叶中和本来想正式请儿子的女朋友吃个饭,表示一下欢迎,结果年轻人都有自己的事,白茗雪当天就走了。

叶嘉没能一起回去,他要留在上海处理奶茶的事。

李云华这周末也没闲着,上午去当技术指导员,专项扶贫,教贫困户种灵芝和蘑菇,手把手地教。因为大多数人不识字,也没有电脑和手机,不懂操作,她还想办法借了DVD给人装上,买了光碟指导,到了晚上才回家帮姑看茶。

茶叶都被送到李碧霞家的院子里,几十个茶桶摆得满满的,几个师傅大汗淋漓地下着货。

李云华的父母和奶奶也过来了,几盆炭火烧得旺旺的,等着师傅再拉一次老火——李云华说是有些保存不当,受潮了,最好再拉一次火。村里还有些留守老人,烘茶师傅都过来了,李云华还看到了小马。

她愣了愣,喊道:"小马,你不是这周要回家的吗?怎么也来了?"

"我回去了,今天回来得早,听说这边忙,过来帮一帮。"小马腼腆地笑了笑,低下头继续帮师傅搬茶叶。

前段时间李云华一直在村部愁眉苦脸地说茶叶的事,小马也急在心里,在镇联络群里还发了消息,让几个村的人帮忙凑茶叶。后来李云华突然不愁了,说弄到了茶叶,就是得再拉一次火。

"你看你这文弱书生能做这体力活吗?快回去歇着,让我来。"李云华赶紧阻止小马,掰着他的手让他放下茶篮。

小马被她攥着手,脸都红了:"我能帮点是点,反正今天也是休息。"

"小马不是对你家云华有意思吧?"李碧霞在屋里看了眼外面拉扯的两个年轻人,突然侧身问李云华的母亲。

"不是吧?一起在村委做事,关系好而已。"舅妈苦笑,"我家这情况,了解的都不会娶她。"

"可别这么说,真的想在一起啊,千军万马都拦不住。"李碧霞又想到了自己女儿的事,心情又不好起来。

舅妈听到这句话,若有所思地看着外面和小马亲近聊天的云华,又轻轻叹了口气。

"这丫头还不回来。"李碧霞不时看着时间,虽然嘴上骂着女儿,但在茶的事上,她越来越依赖女儿了。可能是老了,总觉得年轻人做事更爽利靠谱。

"小雪说了回来就会回来,火车要好几个小时呢,别急。"李云华走进来,帮着招呼师傅喝茶。还好下了一场雨,现在天气高爽,方便拉火。

"你这茶到底从哪儿弄来的?"李碧霞看过茶桶里的茶,放下大半的心——正宗的茶叶,只是火候欠缺点,再拉一把老火就完美了。

"到处托人帮忙找的,你就别问了。赶紧过遍老火,拿去交差。"李云华看到茶叶的品相,也放心不少,毕竟收的本地茶,不会差到哪去的。

"这次多亏了你们。"李碧霞心里满是感激。

"姑,你说什么呢?我哥手术的时候,我跟你这么客气过吗?"李云华扑哧一笑,扭头对她爸说道,"小雪帮我们垫了多少医药费,爸,你知道吗?"

"反正不少。"李爸慢悠悠地接了一句,喊着其他叔伯喝完茶洗洗手干活。

"一码归一码,你们是我的亲人……"

"所以,你也是我们的亲人。"李云华牙尖嘴快,打断李碧霞的话,伸手搂住她的肩膀,亲亲热热地说道,"姑,我可不许你单向输出,不给我孝敬的机会。"

"你啊……小雪要是像你这么孝敬就好了。"李碧霞有时候觉得李云华才是自己的亲闺女,自己女儿完全是个"怪胎",随她爹的耿直脾气。

"姑,你胡说什么呢?小雪怎么不孝敬你了?她可是为了你才留在山里,为了让你多出去散散心,每天就打理家里的这些山啊地啊。你这么说,她要伤心了。"

"我要她这样付出了吗?我培养她读书成才,为的是让她走出去,不要和我们一样,过着面朝黄土背朝天的日子!谁要她回来?"说到这里,李碧霞就生气,"什么都不听我的,卖茶能有什么出息?"

"怎么没有出息?年轻人都走出去,谁回来照顾家乡?那不叫回来,那叫回归。姑,现在我们常说什么传统文化回归和继承,看看别的地方,这些手工艺者都可以申请非物质文化遗产,别小看咱们这里,以后啊,从这里出去的人想回来都未必能回来。"李云华身为村里的党员,思想觉悟高,对政策又了解得多,一张嘴噼里啪啦说个不停,"小雪这往大了说,是守护我们精神文化的瑰宝,弘扬手工茶文化。这么健康积极向上的精神面貌,你应该多鼓励,庆幸能有年轻人愿意发挥聪明才智,为家乡做贡献,创造更大的社会价值。再说,你看人家叶嘉,这么有钱的少爷为什么也要来山里,放弃优越的生活来吃苦,搞什么创新?政府好几次开会都夸了咱们村这个项目,做好了那就是带全村人脱贫致富呢!姑啊,你不是常说做人眼光要放远点,你自己对小雪怎么就这么鼠目寸光?"

李碧霞没想到被侄女教育了,而且竟然无法反驳。大概她真的老了,思想也越来越固化,无法理解年经人的冒险行为。

"小雪毕业前和我说过一个秘密,本来不想告诉你的,可如果你老是不能理解她为什么要回来当'农民',那我告诉你好了。"李云华把姑拉到炒茶房里,叹了口气,"姑父牺牲之后,她一直想回来,不仅仅是陪伴你,让你不要一个人守着这令人伤心的老屋,她还想帮你圆梦,或者说……帮姑父圆你的梦。"

李碧霞听到这句话,愣了片刻,突然转过身,背对着侄女,眼眶抑制不住地红了。

她哪有什么梦想?白林走了之后,她都不记得自己的梦了,感觉一切都被他带走了。没想到,女儿还帮她记着。

"小雪说,你经常和姑父唠叨半城茶庄的辉煌,姑父也想着退休之后帮你好好做茶叶生意,可是……"李云华想到那年冬天,白林为了救火,牺牲在山里,眼泪也在眼眶里打着转,声音微微颤抖起来。

小时候,她没少坐过姑父的肩膀。那时,她和哥哥最喜欢找小雪玩,最期待姑父也能带着他们上山,探索神秘又美丽的大自然。所以,当知道姑父牺牲时,她都不敢相信,不敢进姑的家门,不敢去看遗体。她只听到很多人都在哭,乱成一团。表妹没哭,像失去了魂,坐在后院的葡萄架下,不知在想什么。李云华翻到后院,和她一起坐着,陪着她,一直到深夜。之后,大家都尽量不提起白林,回想到那一天,李云华的心还是会疼,失去至亲的疼。

"可是姑父夫走了,你也跟着消沉了,变了……"李云华抑制住悲伤的心情,轻声说道,"以前姑你特别时尚,又漂亮又开明又真诚,一看就过得很幸福,知道自己想要什么,我们都喜欢向你讨教人生经验。可现在,你就像没了翅膀的鸟,也不愿看看外面的世界,每天只盯着女儿,总想让她按部就班地嫁人生孩子。你明知道小雪不想成为那样的人,她回来做茶叶,是真的热爱茶叶,热爱你。她想完成你的梦想,想让你们家几百年的招牌重新闪光……"

"别说了。"李碧霞疲惫地打断她的话,伸手擦了擦眼角,声音哽咽,"我的梦想不值钱,那都是我嘴上说说的唠叨话,不值得她把自己的青春赔进来。"

"值不值得,小雪已经用行动回答你了。"

"她和她爸一样,就是一根筋。我不要她这么辛苦,我只希望她后半生能幸福。"半天,李碧霞才说道,"我也不用她陪,不要梦想,嫁个好人家,我就没什么挂念了,可她……一点也不听话,你是不是已经知道她和叶嘉在一起了?那叶嘉,以后早晚会离开这里,她能够得着人家?你再看看许清友的条件,和她不是更般配?这次她网店上买家们的茶叶,都是小许帮她发的,帮了大忙。她倒好,背着我跑去男方家里,这……这成何体统?太不像话了!"

两姐妹从小就无话不谈,恋爱的事,白茗雪一定也对李云华说了吧。李碧霞不想提自己的梦想,不愿想到去世的丈夫,她现在最烦心的就是女儿的感情。

"我怎么不知道?许清友是帮了她不少。可我更知道叶嘉对她是真心实意的,不然也不会拿出这么多茶叶……"李云华嘴快,一着急,不小心就说漏了。

"什么茶叶?"李碧霞转过身,眼里还有泪花闪动。

"没什么……"李云华打着哈哈就准备溜出去。

"你别走,给我说清楚,这些茶叶哪来的?"李碧霞眼疾手快地拽住侄女的后领,把她拽回来逼问。

李云华对她露出一个无奈的微笑,她这人就只有一个缺点——很难保守秘密!

这些茶叶都是从叶嘉的冷库里拿出来的。

当时叶嘉和白茗雪还没好上,正在冷战期。他怕直接给她茶叶会被拒绝,就让李云华转了一道。一万斤鲜茶叶,拖到金寨县的炒茶大户家,雇了当地炒茶手艺好的师傅,没日没夜地炒制出来。炭火拉了两遍小火和毛火,最后一遍老火留给白茗雪监督,确保最重要的一道火候。

谁知道两个人这么快就在一起了,不过李云华也能理解,她表妹一向速战速决,一旦准备做什么事,就会立刻行动。

天黑透了,李家院子里还灯火通明,火光冲天。

白茗雪也终于到家,看到熟悉的拉老火场景,她愣住了。虽然她一直和李云华保持沟通,说了这批茶最好再拉一次火,但看到两千斤茶叶堆在院子里拉老火,还是有点震撼。

"你回来了啊?"李云华都亲自下场帮着拉火,和小马两个人浑身湿透了,都是烤出的汗水。

"小马你也来帮忙?太感谢了!"白茗雪感激地和他打了招呼。

"没什么,都是乡里乡亲,别这么客气。"小马依然很腼腆地笑了笑,不打搅她们姐妹俩聊天,"我去喝口水,你们先聊着。"

他看到白茗雪还是很害羞,但听说她和叶嘉在一起之后,又好像放下了什么。大概人生就是这样,必须不停地往前走,直到遇到那个对的人,过去的美好终究成为回忆,珍藏在心底。

"这……茶叶不是受潮,是新茶?"白茗雪放下背包,走到茶桶边,捧了一把茶,借着灯光看了看颜色,又放到鼻尖闻了闻,用手指碾碎几片茶叶尝了尝,她在院门口闻到的就是新茶的味道。

是新鲜采摘的那种新茶味。这么捏在手里感受下含水量,往嘴里一放,更加确定。

"可能人家保存得好。"李云华刚被姑问出了真相,不想这么快再失守,打着哈哈。

"不可能,茶春已经过了四个月,即使真空保存,也会分解茶叶的叶绿素和茶多酚,不可能这么青翠嫩绿!而且抗坏血酸会氧化产生茶褐素,泡一杯看看颜色就知道了。"白茗雪可是理工女啊,她回来后研究茶叶,带着科学审视。

"而且这滋味还这么醇厚鲜爽,没有滞涩的味道,你再掂量一下,看看含水率这么低,怎么可能是放了几个月的茶?"白茗雪将手中碾碎的茶叶末给李云华看,"新茶的含水率只有百分之六七,茶叶条索疏松,质硬而脆,轻轻一捏,就成粉末状。陈茶存放时间过长,吸湿,含水量比较高,茶叶会更重一点,更不用说这么清香馥郁的新茶香气。你从哪里采的茶叶?"

想骗一个逻辑思维强的理工生太难了。

李云华只要听到她分析茶叶的什么醇类、酯类、醛类，就头大。

"这肯定是瓜片，还是立夏前的瓜片，你现在不可能采到立夏前的瓜片。"白茗雪见李云华苦笑不答，又抓了一把茶叶看了看，"这肯定是新鲜的茶叶。谁会有这么多保存完好的新鲜茶叶？"

"你说呢？"李云华见她已经猜到了，无奈地摊手，"反正我什么都没说。"

"叶嘉拿给你的。"白茗雪看着师傅们拉着老火，老妈在屋子里忙来忙去，竟没有第一时间冲出来骂她，好像已经放弃她这个女儿了。

茶叶在她掌心安静地躺着，灯光在左手无名指上的戒指上跳跃着，让她的心里充满了被爱的幸福感。

"你自己猜到的，不关我的事。"李云华眼尖，发现了她手指上的戒指，把攥住，凑过来看个仔细，声音都拔高了几分，"订婚戒指？！"

这一喊不要紧，周围的人都投过来好奇的眼神，李碧霞也站在房门口瞪了两眼。

白茗雪以为老妈会发飙，结果她居然只是瞪了一下，又回房忙去了。

"我妈……没事吧？"这么反常，倒让白茗雪不安，她偷偷问表姐，"上午给我打电话，气得不行，怎么到现在还不出来骂我？"

"姑可能想开了，女大不中留，你都去男方家里了，还能怎么骂？"李云华偷笑，在她耳边低低说道，"而且姑不是最要面子嘛，当着这么多人骂你'私奔'？她还要不要过日子啦？我真佩服你，要是我也能找个人私奔，就不会再回来了。"

"你赶紧找人奔去。"白茗雪没理会她的挖苦，和她一起提着茶篮先拉老火，难得开了句玩笑，"我看小马刚才和你站一起挺般配，你可以主动点……"

"小马是我同事，是我上司，我可不想搞什么办公室恋情，工作上都够烦的了。"李云华立刻转移话题，"叶嘉对你真不错，送了一大卡车的茶叶，少说也有万把斤，你确实要以身相许好好报答。"

"明年还他这些茶叶就是。"一码归一码，白茗雪很没情调地回答，"他想了我家茶山好久，大不了租给他几天。"

"人家也想了你好久。快给我说说，你俩都干了些什么！"李云华压制不住八卦的心，以她对表妹直截了当直捣黄龙的作风的了解，说不准早把人家少爷吃光抹净，骨头都不吐。

"叶嘉这些茶，你和我妈说了吗？"白茗雪的关注点还在自己老妈身上，觉得她今晚很反常。

"你可别跟叶嘉说漏嘴了，他不让我告诉你们，到时候会觉得我大嘴巴。"李云华和自家人说话肆无忌惮的，可在外面也要面子，叶嘉以后是她妹夫，她得树立一下好形象，"当时你俩还没好上，他见你们急着找茶叶，就给我打了个电话，让我帮忙把茶叶拉去金寨的有福茶厂先加工。转了几道，就是怕你知道了不收他的茶叶。"

"我妈什么反应？"白茗雪的问题始终很聚焦，不会轻易转移。

"你妈啊，收了人家雪中送炭的几十万茶叶，就跟收了封口费一样，骂不起来了。"李云华又扑哧一笑，压低声音说道，"再说，骂你也改变不了事实。你赶紧给我说说，去人家家里干吗了？"

白茗雪心里微微松了口气，抬头看了眼屋内，老妈还在忙碌，像没看到她似的。她突然感觉到一丝旧时的味道——妈妈和爸爸生气时，会像小孩子一样冷战，从头到脚散发着"我生气了，快来哄我"的暗示信号。

"你先忙，我把东西拿进去。"白茗雪想到这里，立刻反身将放在屋檐下的包拿进房间里。

李云华看到表妹进屋后亲亲热热地喊了一声妈，她又扑哧一笑，看表妹少有的讨好人的样子，真是可爱。

半圆的月亮挂在林梢，白天的暑热退去了大半，山乡被凉风清辉笼罩着。

山里背阴凉快的地方，桂花都开了，幽幽的香味随风飘散。梧桐树的叶子盛极而落，一叶知秋。

立秋过后,山里的节气变化特别明显,昼夜温差越来越大,山风一起,就能感受到秋天的味道。

许清友也回来了,去了半城茶庄。

店里堆满了茶桶和茶叶包装盒,客人来了都下不了脚,天天来蹭茶喝的老张头都没过来。

白茗雪和小芸正忙着打包茶叶,李碧霞送茶去了,不在里面。

许清友屈指叩了叩门,白茗雪抬头一看,立刻放下手里的活招呼:"你回来了?"

"刚回来。"许清友对她微笑。

"稍等一下,我来清理出一条路。"白茗雪挪着茶桶,弄出一条小路来。

"从哪里弄的这么多的茶?"许清友走进来闻着一屋的茶香味,再看一眼茶叶的大小,有些惊叹,"好新鲜的谷雨茶。"

"叶嘉给的茶叶。"白茗雪没隐瞒,带着他走到柜台后的茶室,"我一直在等你回来,想和你聊一聊呢。"

"你和他……订婚了?"许清友一眼看到她手指上的戒指,她是从不戴首饰的人,无名指上的戒指明晃晃地刺着他的眼。

"差不多吧。"白茗雪给他烧水,"准备结婚。"

"你们的速度这么快,一点也不给别人机会。"许清友见她表情平静地回答,藏住心里的遗憾,微笑说道。

"确定的事情就尽快完成,人生还有很多事等着去做呢。"白茗雪也觉得自己有点过于老夫老妻了,她那个喜欢浪漫的城市少爷一定喜欢恋爱的感觉吧。幸好大家都很忙,叶嘉因为诉讼的事滞留上海,两个人也就晚上视频聊两句,要是天天腻在一起,白茗雪也受不了。

"说得对,结婚不过是生活的一部分。"许清友静静地看着她大刀阔斧地泡茶,突然说道,"出去走走吧。"

白茗雪见他有心事,也不推辞,和他穿过闹市,去了老河边。

河边的风很凉爽,几头牛在悠闲地吃着草,看到人走过来也习以为常,不惊不扰地嚼着草。

"京都秋季茶博会要开始了,你确定不去了?"许清友看着清澈的河水,感觉心情被涤荡得好了点,问道。

"不了,你去就行了,反正你现在是瓜片的代理商,谁获奖都一样。"白茗雪看了看他,欲言又止。

她知道许清友最近不太顺意。他去台湾拓展茶饮之后,又去了云南,被他一手捧出来的"青山绿水"——小叶苦丁,被爆出加了猪苦胆,被消费者投诉,如今网上商城全部下架,实体店也被盘查。

"有什么话想对我说,就直接说吧。"许清友看了她一眼,淡淡笑了,她的脸上不会藏匿心事。

"我想中止网店的合作。"白茗雪抿了抿唇,直言不讳地问道,"你卖了机器茶吧?"

许清友看了她几秒,轻轻叹了口气,也不否认:"机器茶能控制人工成本,出货速度快,形状漂亮,价格又比较实惠,很多买茶的人,只想买外形好看的东西。而且,我会在最后拉一次火,尽量锁住香味。它和手工茶并不冲突,因为消费群体不同……"

"是的,手工茶易碎,叶片容易破损,但更多想喝茶的人,包括那些想尝试新品种绿茶的人,他们宁可接受这样的不完美。"白茗雪打断他的话,心里有些难过,又有些遗憾,就像一直信任的朋友做了对不起她的事,"所以,我的老店信誉一直很好,而我们一起做的新店,退货和差评越来越多。你以前常对我说,要做精品茶,要做高档茶,只要货好,哪怕卖得贵一点,也不怕别人挑剔比较。可现在,你背离了自己说的话……我觉得,我们不是朝着一个方向走的人,没法再合作下去。网店我退出了,我不想让我妈的茶庄砸我手里,你把我们家的茶叶也都下架吧。"

"你家茶叶一直都是我们茶庄的精品系列,是我们的招牌,我一直在推广,你不用担心这个。"许清友叹了口气,想到他刚处理完的"青山绿水",也认真反思过,"我是个商人,做任何事都会考虑成本和利益。这些年,一直有个夙愿,成为瓜片的最大代理商,让更多人知道当年的贡茶。

要出精品,也要做平价的瓜片,这样才有更多人能尝到。但可能……走得太急太快……"

迷失了自己,也忘记了初心。

"所以,不要急功近利,我们的产品质量这么好,早晚会走出去。"白茗雪见他表情平静的脸上浮起一丝伤感,想安慰几句,又不太会宽慰别人,"虽然网店终止合作,今年我家也没有多余的茶可以卖,但明年,你想买手工茶,还是欢迎的。"

只是她不会再帮着收鲜茶叶,不希望他收了那么多的茶叶,去做机器茶。而且明年如果叶嘉的茶饮起来了,恐怕也没多余的鲜茶叶。

"我有个要求,希望你能答应我。"许清友沉默片刻,缓缓说道,"网店我先关了,休息一段时间再说。这次去京都,我要带你家的茶叶去评奖,代替你去。无论如何,我也想帮半城茶庄拿到该有的荣誉。"

"行,我明天把评奖的茶叶带给你。"白茗雪很干脆地答应,即使他借用自己的茶去评奖,她也不会推辞。

只要能把瓜片推广出去,分什么你我?

"小雪,你是我见过的最简单的人。有时候挺羡慕你的,想到什么就立刻行动,遵从自己的内心,不会为人生的各种考验而烦恼。"许清友见她这么爽快地答应自己,一点也不担心他会拿着她的茶叶挂自己的广告,忍不住说道。这样简单"粗暴"的人生,真好。他也想放下心里太多的念头,想寻一座山,一杯清茶一盏灯,洗净内心的灰尘。

"你也是我见过的最博学的人,你一定也知道自己想要什么。"白茗雪对他笑了,"推广茶文化,需要你这样的人。别走错路了,也别止步不前。你以前对我说,人生一旦开启,就无法停止,不管愿意还是不愿意,不管快乐还是不快乐,都得往前走。现在我们暂时分别了,但我还是期待峰回路转,下一个路口再相遇。"

"你说的很像分手时说的话。"许清友看了眼她手上的戒指,苦笑,"别担心,我不会给你带来困扰,我已经错过很多东西,不会再错下去。叶嘉挺好的,和你其实很像。结婚的时候,记得通知我。"

"你说的像遗言,振作点。"白茗雪听着心里觉得惨兮兮的,她捡起草地上的一块瓦片,往河里扔去。阳光下,瓦片轻盈地擦着河面跳了七八下,带起一片波光,沉入河底。

"晚上一起吃饭吗?我请你。"许清友看着她坚毅的眼神和清俊的侧脸,觉得此刻被"分手"也没那么糟糕。

"不行,要回去干活,陪我妈吃饭,这几天她心情不好,我得顺着她。"白茗雪冲许清友无奈地耸肩,"下次吧,反正你的茶厂就在这边,也经常回来,有的是机会。"

正说着,她的手机响了起来,白茗雪拿起来一看,是叶嘉的视频。

许清友默默离远两步,站在河边绅士地等待。

叶嘉知道她今天在店里忙茶,没想到一看视频她在外面。

"你没在店里啊?这是在哪儿呢?"叶嘉眼睛像精密扫描仪,看到背景是外面,有树林草地和宽宽的河水,应该在漷河边。

"出来走走,马上就回去。"白茗雪见叶嘉眼底发青,明显没睡好,不想和他多说,"你是不是熬夜了?快去睡觉。"

"我想你了,亲一口。"叶嘉刚回来,一有时间就想见见她。

"行了,休息吧。"白茗雪走远点,免得被许清友听到,觉得肉麻。

"你累了吗?怎么去河边了?咱妈又说你了吗?"叶嘉觉得这不符合白茗雪的性格,莫非又被她妈给骂了?

"没有,知道你给了那么多茶叶,她还能说什么?我只是在店里忙累了,出来走走。"白茗雪不是有意隐瞒和许清友的事,只是见他太累,不想多说。

"等我的事情结束了,回来帮你多雇点人……"

"等你回来,茶叶都卖完了,还要雇什么人?"白茗雪好笑地打断他,"倒是你好好照顾身体,别累坏了。快点休息吧,等你回来再说。"

"那等我回来,你来茶厂帮我。"叶嘉趁机无耻地要求,"就当还茶叶了。"

"你不是说你的就是我的?还要我还?"白茗雪觉得自己被他宠得上

头了,偶尔也会说这些小女孩的话来,装作和他一样任性。

"所以,我的茶厂也是你的茶厂,你得帮我照顾。"叶嘉笑了,特别喜欢她这样子。从一开始他就喜欢她硬邦邦地**撑**自己。

"快睡吧你。"白茗雪见许清友还站在河边,怕让人家等久了不礼貌,说完就挂断了电话。

叶嘉看到她的脸消失,笑容渐渐凝固,以他福尔摩斯般的眼神,看出小白今天不对劲。他立刻给店里打了个电话。

小芸还在称茶叶,忙得焦头烂额,直接按了免提。

"您好,这里是半城茶庄……"

"我想找白茗雪。"那边传来的男人声音很低沉,但异常好听,像播音员一样字正腔圆。

"老板刚才出去了,找她有事吗?"小芸听到这么迷人的声音,停下了手头的活,拿起电话问道。

"她出去有什么事吗?"那边继续问道。

因为声音太迷人了,小芸都舍不得挂电话,热情地回答:"和朋友出去的,可能有点事情要谈。你可以留个电话,她回来了我告诉她。"

"和哪位朋友出去的? 是……许先生吗?"

"对,就是他,一直在这里买茶的老客户。"小芸高高兴兴地接口,"您也认识啊? 还没有问您尊姓大名?"

那边啪地挂断了电话。

小芸看了看电话,翻了一下号码,那边隐藏了号码,她回味了半天那个低沉性感的声线,又开始干活,根本没多想对方是谁。

许清友送白茗雪回来,店里正播放着他第一次坐白茗雪的面包车时听的音乐:"想把我唱给你听,趁现在年少如花……"

再次听到这熟悉的旋律,许清友的心情和歌词一样。

谁能够代替你呢? 趁年轻尽情地爱吧!

最最亲爱的人啊,路途遥远,我们在一起吧!

他没能早点清理出内心的一方净土,将最最亲爱的人放在里面,也没有早点对她说,"路途遥远,我们在一起吧"。所以,最终拥有她纯真无邪的笑容的人,是用炽热的感情感动她的叶嘉。

许清友想到她和叶嘉视频聊天时幸福的模样,也只能在门口最后深深,再深深地看她一眼。未来如何,他不知道,但从此刻起,他会把心里的尘土打扫干净,更加认真地对待自己想要的东西。像白茗雪那样认真,有着工匠之心,专注地对待自己的内心。

第二天一早,白茗雪就回去拿专门用来评奖的茶叶。

白茗雪刚到家,叶嘉就和她联系了,聊了两句,她又去市里。

她准备明年买个专门放茶叶的冷藏仓库,以后就不用这么钻山洞了。

"年轻人要与时俱进啊!"昨天晚上老张头又来蹭茶,说了这句话,让白茗雪很感触。一个只会蹭茶的老头都知道与时俱进,她也得紧跟时代潮流,不能那么佛系地做生意。

今年瓜片销售得太快,下半年没什么茶叶生意了,她正好可以好好规划一下明年的事,结合时下年轻人喜欢的方式,打点软广告。

白茗雪开车到锦源大饭店,知道许清友常住的房间号,就那一间最好的套房被他长期租了下来。她不放心服务生交付茶叶,亲自上楼交给他,聊了两句准备走的时候,手机又响了起来。她看了眼手机,立刻和许清友告别,等进了电梯才接视频。

"你出去了?在哪儿呢?"叶嘉看到她那边的背景,问道。

"给客户送茶叶。"白茗雪其实可以对他说实话,但不知道为什么,涉及许清友,就忍不住避嫌。

她和叶嘉在一起之后,提过一次许清友,叶嘉当时没说什么,但好久都酸溜溜的,那酸味啊……连她对感情这么迟钝的人都"闻"到了,以后再也不提。

"送茶叶需要到酒店?"

白茗雪扭头一看,电梯里后面的镜子上有酒店的标志,失误!

"客户住在酒店,我送过来就走了。"白茗雪从他的表情里看到了酸味。

电梯里的信号不是很好,她不确定这句话叶嘉有没有听到,反正画面卡住,随后视频断了。

电梯也到了一楼,白茗雪刚走出来,就被站在电梯旁等了一会儿的男人长臂一伸,拽了过去。如果不是闻到了熟悉的味道,白茗雪能把他的胳膊打折!

"你回来了?"白茗雪惊喜地抬头,看到一张精致漂亮的脸。

"再不回来,老婆都要和人跑了。"叶嘉把她按在电梯边,一脸哀怨。

他昨天给小芸打电话,知道白茗雪和许清友出去了,就再也没睡着。

虽然知道白茗雪是个"正派人",不可能和许清友有什么暧昧私情,可他还是一肚子老陈醋,清晨五点就坐车回来。

"别乱说,我真的是来送茶的。你怎么会在这里?"白茗雪很惊诧他出现在这里。

早上聊天时她就说了自己回来拿茶叶,要再去市里一趟,并没有多说其他的事。

"我给你装了定位器。"叶嘉唬她的,他本来就准备先过来找许清友再回去,恰好看到女朋友的面包车停在酒店外,在一排豪车中很扎眼。

他就在楼下给白茗雪打了视频。

"真的?"白茗雪惊疑不定,拿出手机检查,"你安装了定位软件?"

现在不是认真讨论这个问题的时候吧?难道不是小别胜新婚,正好在酒店开间房睡觉?

白茗雪的手机被叶嘉抽走,她一抬头,就见那张俊脸在眼前放大,软软温温的嘴唇压到自己额头上。一连串轻柔的吻,像春雪落在面颊,融化在心。

"认真点回答我,你怎么过来的?难道你也过来找许清友?"片刻后,白茗雪凭借钢铁般的意志拽回了被他勾走的心神,百折不挠地回到之前的话题上。

"单独去男人住的酒店房间,说是送茶,你觉得我相信吗?"叶嘉当然相信,只是还在生气,让服务员或者小芸送一下不行吗?而且有必要去房间吗?许清友不能在大堂等着吗?她太不拘小节,让他很担心。

"真的,有监控,你可以看看,我送去两分钟就出来了。"白茗雪一本正经地回答后,继续追问,"你为什么会在这里?快告诉我啊。"

"因为有心电感应,你在哪里我都能感应到。"叶嘉也一本正经地回答。

白茗雪用见鬼的表情看着他,半响才说道:"我要回去了,你今天回厂里吗?"

既然连问了三遍他都不肯说,那她就不问了。

"不回,你也不许回,跟我走一趟。"叶嘉现在懒得找许清友了,揽住她的腰,半强迫地把她带到外面,外面停了一辆他租的车。

"跟你去哪儿?"白茗雪被他推进后排,来不及多问,车就出发了。

有种被掳走的感觉。

"到了你就知道。"叶嘉不肯多说,只是打量她的眼神像一团火,挑剔地扒拉着她的衣领,"上次爷爷让你带回来的衣服呢?为什么不穿?"

"我要干活啊,穿得那么花枝招展招待客户,你会被气死吧?"白茗雪了解他爱吃醋的性格,一语中的,针针见血。

"会的。"叶嘉气消了大半,又觉得她很体贴可爱,伸手摸了摸她的头发,"以后我在的时候,必须花枝招展。"

"别弄乱了我的头发。"某人非常没情调地挡住他的手,偏过头,"到底要去哪儿?"

"很快你就知道了。"叶嘉说着,探手把副驾驶上的 16 寸的小行李箱提过来,让白茗雪打开。

"这是什么?衣服?我的?"白茗雪打开一看,里面放了一件绿色长裙和一双约莫五厘米的高跟鞋,还有一个包,搭配得很齐全。

"你一会儿要穿的。"叶嘉撩了撩她散落在脖子边的马尾,乌黑的发丝安静地覆盖着雪白的脖颈,他心里的爱意又汹涌而出,凑过去亲了亲她的发梢。

"这裙子……也太'直男'审美了。"白茗雪侧过脸,忘了自己内心就是个'直男',喜欢看别人穿着女人味的衣服,可无法接受穿到自己身上。

"我妈买的,让我带给你。"叶嘉很喜欢,她皮肤白,五官干净疏朗,穿着飘逸柔美的衣服,就是现在最流行的甜酷小仙女。

"你妈妈?真给你面子。"白茗雪听到是未来婆婆买的,只能接受。

"我喜欢的,她也会喜欢。时间久了,她就会知道你的好。"叶嘉笑着说道,并不太担心未来的婆媳关系。

"她想等时间久了,你对我腻味了,找其他姑娘呢。"不涉及男女之情,白茗雪对其他事情还是很敏锐的。

"那恐怕要让她失望了。"叶嘉笑着蹭了蹭她严肃的小脸,然后在她耳边不知低语了什么,让一向很迟钝的白茗雪耳根都红了,狠狠掐了掐他的大腿。

她听不惯情话,一直觉得莎翁那句话是真理:"爱情不是花荫下的甜言,不是桃花源中的密语,不是轻绵的眼泪,更不是死硬的强迫,爱情是建立在共同的基础上的。"所以不必言语,只要并肩前行,就足以让人沉醉。可叶嘉的脸实在太好看,就算说肉麻的话,有一些让她抓狂的小缺点,也挺可爱。大概爱上一个人,连同他的不完美也会包容、喜欢。

合肥新世纪展览中心,媒体记者们扛着长枪短炮,等在嘉叶秋季茶饮发布会现场,这是最近在大学生群体中走红的瓜片茶饮新饮料发布会。听说新茶饮得到了饮料巨头叶家的投资,所以这次来了很多媒体,声势浩大,想在现场第一时间证实传言。而且瓜片茶饮的老板也非常引人注目——传言是叶中和的儿子。

叶嘉之前一直在国外上学,很少暴露在国内大众面前,被保护得很好。最近他因为瓜片茶饮上了两次新闻,被八卦的记者们捕捉到堪比明星的颜值,一下火了。他索性听佟宁宁的,自己给瓜片茶饮代了个言,上次去国外,顺便拍了广告,现在投放到各大媒体,居然一直挂在热搜上。

佟宁宁看着瓜片茶饮销售数额直线上升,抱着手机给她哥发喜讯,开心得合不拢嘴。早知道现在的年轻人这么容易被美色迷惑,当初策划的时候就该把叶嘉的脸印在瓜片茶饮上,像老干妈那样,注册成商标,保证带货能力不比那些小鲜肉明星差。

所以多亏佟宁宁的营销手段,原本褒贬不一在国内快滞销的瓜片茶饮,突然翻身爆火。

秋天干燥,容易上火,瓜片茶饮颇有点润肺清心的功效,加上那些被瓜片茶饮代言人迷成粉丝的女同学助攻,瓜片茶饮在贴吧、论坛和微博各个地方都掀起一片狂潮。连好莱坞巨星都被拍到随身带的饮料是瓜片茶饮,俨然成了最新的健康时尚潮流。

佟宁宁知道名人效应,这段时间带着茶饮四处跑,她的朋友多,还有当导演和经纪人的,塞给旗下的艺人,别人街拍看到,都是一股旋风。

下午两点的发布会,早早就来到的媒体等得又焦急又期待,看着工作人员进进出出,希望这段时间爆红的叶家少爷赶紧露面。

然而,叶嘉很准时,两点整,牵着一个女生从侧门走进来。

闪光灯一阵咔咔咔,把白茗雪的眼睛都闪花了,差点踩到裙角绊倒。

车带着他们直接到了地下停车场,然后二人坐直梯到一间休息室换衣服,她还以为叶嘉要带她去什么重要的派对现场,没想到居然是发布会。

叶嘉绅士地扶着她,在她耳边低语着什么,引得下面媒体激动地尖叫,有人迫不及待地就开始提问。

他们看到穿着绿色长裙的女孩。

绿色衬得她肤白如雪,又古典又飘逸,眉目如剑,冷飕飕的,锋芒毕露,让人不敢接近。她举手投足间英姿飒爽,让人想到有风飒然而至,仿佛清风拂面。可再看,她那紧抿的唇角和眉宇中的端正自然,又让人觉得她内心温良,可以亲近。

大家一阵骚动,以为这是叶嘉茶饮发布会上的新代言人,但看他俩紧握的手和交谈时不避讳的亲近模样,又不像是合作关系。

容敏在家里守着电视,看现场直播。

当她看到电视里那个穿着她选的连衣裙的女孩时,眼神不由得闪了闪。她特意选了一条美丽但非常挑人的绿裙子,没想到那个女孩竟然驾驭得了,清灵中正,像位端庄的公主。容敏想到了一句诗:"游清灵之飒戾兮,服云衣之披披。"她看一眼那穿绿裙子的女孩,就觉得心内凉爽,像秋日高空。

白茗雪不是贵族,但她身上有种平稳淡然的气质,仿佛没有受过欺负,被爱呵护着长大。这是她最令人看重的一点——有自己独立的人格,很难被别人支配,简单来说,内心十分强大。

有些漂亮女孩的每一个动作,都会带着目的性。无论是想引起别人的关注和好感,还是想营造自己想要的氛围,她们的眼神和动作都会释放出信号。

而白茗雪的眼神虽然稍显凌厉,却不咄咄逼人。她只是眼睛太亮了,像山岗上空明亮的星星,散发着光芒,但并不会让人觉得这光芒有错,所以,她的凌厉下面是真诚,没有算计和欲望。

隔着屏幕,容敏竟然觉得,白茗雪站在叶嘉身边,相得益彰。她淡然雅致、落落大方,丝毫也没有配不上儿子的怯意,像一棵在山顶生长的茶树,只有攀到最高处的人,才能看到这样美丽的风景。

"今天的茶饮发布会,要特别感谢一个人。当我孤独地走向大山时,面对一个又一个困难,有一个人,始终给我勇气,给我信念……"

看到儿子当众对白茗雪深情表白时,容敏拿起手机,再次拨通李碧霞的电话。她在儿子带女朋友回来之后就给"亲家母"打过两次电话,说话有些强势,希望李碧霞管好女儿,能好好考虑这段不相配的婚姻。

可现在,听到儿子说自己孤独地面对困难时,她突然觉得特别难受。她没能和儿子一起感受创业的艰难,反而不断制止他的梦想。

"我已经说过了,孩子的选择,我管不了,如果你真的不希望他们在一起,你让叶嘉放弃。"那边接通了,不等容敏开口,李碧霞就颇为无奈地说道。

"这是唯一的解决办法,因为小雪想要做的事,是不可能放弃的。你打电话过来也没用,我不会再干涉孩子的事情。还有一句话,一直想对你说,世界上所有的爱都是为了相遇,而只有父母的爱,是为了分离。叶嘉是成年人了,你也该放手……"李碧霞也在看直播,她想到叶嘉刚来村里时,像个什么都不会的大少爷连生火都不会,把她当成长辈,每天来蹭饭吃……

那段时光其实挺美好的。

后来,有洁癖的少爷,还会帮她家的大黄洗澡,会温柔细心地照顾小猫们,会故意给高房租救济经济困难的李云华家,还帮李勋联系医院,又默默送茶给她救急……

叶嘉的好,李碧霞心里都知道,是她不够勇敢,不敢接受这么好的男孩子成为自己的女婿。

"我是向你道歉的,之前说了一些很不礼貌的话,还请海涵。如果你有时间,我想见个面,当面道歉。"容敏客客气气地打断李碧霞的话,她知道,那个女孩信念坚定,不会轻易放弃,所以,她不想和儿子闹僵。李碧霞说得没错,父母的爱,是为了分离。

叶嘉长大了,在他的生命中,她不再是唯一最亲的女性角色,她要接受这样的变化。

电视里,一对养眼的年轻人亲密地拥抱,旁边的工作人员都激动得直鼓掌,比自己被表白了还开心。

佟宁宁也在看直播,看到叶嘉居然带着女朋友去发布会,满脸愁容喃喃自语:"完了完了,万千少女的梦破碎了。叶嘉,你这个白痴,懂不懂偶像规则啊! 别表白啊……千万别表白……不然明天等着你的女粉丝砸瓜片吧!"

可惜,叶嘉根本没想过做什么偶像,他只想做白茗雪的未来伴侣。

他看着白茗雪,紧紧攥着她的手,说道:"我去过很多地方,最美的地方是你的家乡。我度过二十六个春天,最无法忘记的春天,是遇到你的四月。你是我的满山春色,你是我的往后余生。我把每一年四月的清晨都送到你面前,也把我的爱,全部送给你。"

听到这深情的表白,佟宁宁嗷呜一声,把笔记本给合上了,揪着头发毫无形象地大吼:"叶嘉你就等着每年四月的清明节吧!要是茶饮被你的'狗粮'搞砸了,我每年四月给你烧纸!"

虽然骂着叶嘉,可佟宁宁还是给公关部打电话,让他们做好准备,可能他们的官网和贴吧都会被愤怒的失恋女孩醋火攻击。瓜片茶饮因为这么帅气的钻石王老五刚刚刷出的好感和话题,眨眼就被叶嘉求爱的视频刷屏,看到帅哥心有所属,多少瓜片女孩的梦会破碎啊!

佟宁宁感觉自己一下午白了头,直接订了机票飞合肥。虽然赶不及救场了,但她要飞回去善后,给叶嘉这个被恋爱冲昏头脑的人擦屁股。

可没想到,佟宁宁下了飞机,再打开手机看新闻时,果然"健康新茶饮"和"叶嘉女朋友",还有"叶嘉和叶中和合作"这几条霸占了热搜,只是下面评论风向全变了!虽然有很多遗憾"钻石王老五这么年轻就有女朋友了"的声音,但更多的都是祝福和期待零添加的瓜片茶饮上市。

一定是被"带节奏"了!

佟宁宁迫不及待地给叶嘉打电话,他正在陪爸爸、女朋友吃晚饭。

今天叶中和也现身发布会,宣布秋冬低糖奶茶系列茶饮的合作。发布会结束之后有个盛大的晚餐,不过叶中和父子俩只露面说了几句话就走了——他们想要抽出时间陪伴家人。

叶中和很多年没有和叶嘉私下吃饭了,每次他都在外面忙,饭局一场接着一场。近两年倒是尽量推掉不必要的饭局,回家和妻子吃饭,但次数也少得可怜。

这次借这个机会,父子俩终于能单独吃顿饭。也不是单独,还有白茗雪,不过在叶中和眼里,都是一家人。

吃饭时倒是其乐融融。白茗雪在一边冷眼旁观,看到叶中和对茶饮非常有兴趣,问了叶嘉很多技术性问题,还不时问问她关于瓜片的一些专业问题,照顾一下她的情绪。白茗雪还是觉得自己应该回避,让他们父子俩能更好地聊聊天。

幸好佟宁宁赶过来解救了她。

第十六章 嘉木迎春

佟宁宁给叶嘉打电话要求见面,但没想到叶嘉居然在和他爸爸吃饭,加上白茗雪,都是一家人,她一个外人闯入了别人的家庭聚会,有点不好意思。

"爸,你认识的,我的同学和合伙人,佟宁宁,现在主要负责产品的宣传。"叶嘉觉得都是自己人,没那么讲究,正好可以让佟宁宁说说之后的宣传和策划。

"叔叔好,三年前您去我们学校看叶嘉,我见过您,不过您可能不记得了。"佟宁宁有点尴尬,"我不知道你们一家用餐,就不打搅了……"

"没事,不打搅,一起吃吧。"叶中和对她微微一笑,"我记得你,当时叶嘉在准备辩论赛,你是甲方辩手,非常厉害,好像还拿到了'最佳辩手'。"

"叔叔记性真好。"佟宁宁一脸真诚地拍着马屁,"您去了之后,好多女生都打听您呢,根本看不出是叶嘉的父亲,都以为是他哥哥!"

白茗雪听着他们商业"尬吹",揉了揉太阳穴,好想回家去。

"不过看到叔叔在这里我就放心了,原定的发布会是叶嘉和您两人出席,没想到小白也去了……"好在佟宁宁很快转入正题,看了眼叶嘉,觉得他太鲁莽冲动。

"你担心什么?难道你真想让我为了茶饮一直保持单身的宣传形象?"叶嘉很了解佟宁宁,以前在学校搞宣传,她就喜欢剑走偏锋,"出卖色相"!

"不是!但好不容易数据有了反弹,市场利好,你也不用在直播上……"佟宁宁急了,看了眼默默喝水的白茗雪,叹了口气,"你就没想过后果吗?"

"什么后果?"叶嘉拿出手机,爸爸公司的股票今天下午涨停,他们的茶饮承包了前十的热点,果然姜还是老的辣——都被他爸控场了。

"当然……有叔叔在,现在情况还好,但万一……"佟宁宁看到父子俩对视一眼,顿时了然了,是她一个人干着急啊!

这表白怕不是特意策划的吧?

传统饮料和新型茶饮的结合,父子之间的恩怨,名不见经传的茶山未婚妻,当年的贡茶瓜片……

赚足了眼球啊!

不鸣则已,一鸣惊人,现在瓜片茶饮只怕没人不知道。

白茗雪在回家的路上才看到这些新闻。

第一次看到自家的手工茶冲上了热搜,还看到自己的照片,感觉很奇特。

"叶嘉,你今天是故意说那些话吗?"白茗雪看到贴吧的讨论度也很高,但很明显被"控评"了,被几个"大神"带偏了方向,都在夸他们身份悬殊的爱情。

什么真正的爱情,抛弃了地位、身份、财富,只剩下爱。什么又相信真爱了,愿所有的女生未来都嫁给爱情。

"没有,我是认真的。"叶嘉和她一起回厂里,而佟宁宁则是和叶中和回上海办事,吃完晚饭就分别了。

"可佟宁宁说得没错,你带我去发布会很冒险,如果不是提前策划好,现在贴吧不会……"白茗雪晃了晃手机,还没说完就被他抢去了。

"原来是你,不夜侯。"叶嘉眼尖,看到了她的昵称。

"还给我。"白茗雪像被他看穿了秘密,脸微微一红。她没有任何事隐瞒叶嘉,除了当瓜片茶饮贴吧的副版主之外。

版主都是叶嘉公司的人,只有她因为发帖专业,而且很热心真诚,经常给网友们解惑和科普,才成了副版主。她不想让叶嘉知道这事,搞得好像自己一直偷偷关注他的茶饮似的,太没面子了!

"没想到你这么关心我,之前佟宁宁经常和我说有个叫不夜侯的人,帮贴吧做了很多管理工作……"

"谁关心你?我只是怕你们不懂瓜片,到时候贴吧连个专业茶农都没有,怎么建设企业文化?到时候别把我们瓜片名的誉给败坏了,拖累我们手工茶。"白茗雪打断他的话,义正词严地说道。

初衷确实是关心瓜片,经常"潜水"看看他们的帖子,后来忍不住发帖科普瓜片,就一发不可收。

"你还没说,是不是故意带我去发布会做噱头,拿我们的事炒作?"白茗雪听到佟宁宁说的话,知道一开始策划的只是父子俩合作新茶饮的发布会,是叶嘉临时起意把她带去的。但看他准备好的衣裙鞋包,又觉得不像临时起意。

"我又不是许清友,有什么好炒作的?"叶嘉今天太忙了,还没和她算账呢。

白茗雪听到他酸溜溜的语气,还提到许清友,顿时脑中警铃大作,立刻息事宁人地转移话题:"我不是害怕被人议论,但这种事以后要提前告诉我。哪怕想制造话题,只要不违背原则,我也会配合你。"

"我没有想制造话题,相反,宁宁的宣传过火了,让我和茶饮暴露在大众视野里,被迫成了公众人物。正因为这样,我才会坦承自己的感情生活,无论会不会得到祝福,我都必须让大家知道,我心有所属,十分幸福。"

叶嘉很认真地回答,这次即使女朋友没有出现在现场,他也会告诉媒体,自己已经订婚,和心爱的女孩在一起。结果许清友的事打乱了他的节奏,他一早就提前回六安,把她带到现场。

而叶中和之前和他敲定发布会的事,知道叶嘉会坦承已有女友的事,为避免出现任何意外,早就安排好了网络策划。

"你就不怕像佟宁宁说的那样,会有风险?"白茗雪心里有些感动,觉得茶饮走到现在,很不容易,要保住每一个胜利的果实,所以即使叶嘉在公众面前隐婚,她都可以理解。

"任何时候,坦诚地面对问题,总比隐瞒来得好。再说,茶饮和你,对我来说一样重要。"叶嘉笑了,他爸知道他回六安,就让他把妈妈买的裙子给带回去,显然做好了准备。不得不说,有家人在身后支持,省心好多。

"以后不要再做冒险的事情,如果我提前知道,是不会去的。"白茗雪还是很理智的,这次很幸运,下次就未必了。

"你是不是应该和我说说不夜侯和昨天见许清友的事?"叶嘉岔开话题,握住她的手,问道。

"不夜侯……有什么好说的? 茶能提神解乏,所以又称'不夜侯',我随手取的。"白茗雪摸了摸头,转脸看着外面的路灯,"许清友嘛,生意上的事,我和他一起开的那个网店,不做了。昨天出去聊了一下这事,把什么乱七八糟的账,还有他借我的瓜片都清算一下。然后他希望拿我家瓜片去京都茶博会,所以今天早上我送茶过来。就这么简单。"

"那你为什么不先和我说一声?"叶嘉吃味地问道。

"我看你这段时间也挺辛苦,怕你多想,才没说的。"白茗雪觉得他在男女之事上太小心眼了,可能是城市的少爷对自己喜欢的东西占有欲特别强。不像他们山里人,心胸广阔,知道他在上海会和盛娇见面,也不会太生气,最多小小地想象一下他们会聊些什么。叶嘉不主动和她说的事,白茗雪很少过问,除非实在忍不住。

"叶嘉,当时茶叶被买光了,是盛娇做的吗?"比如这件事,白茗雪就忍不住想知道答案。

因为上次在茶博会上被针对,白茗雪家里的茶叶危机过后,她想了很久。买茶叶的时间线和出手阔绰的神秘人物,都像安排好似的出现,从逻辑上来说也太巧了。

"她一时糊涂,你别放心上。"叶嘉不是为盛娇辩解,只是想到这件事就觉得爱情让人盲目。盛娇这么精明的大小姐,居然做赔本生意,高价买回那么多茶叶没法处理,最后竟然全送给客户和员工……

"街上茶叶铺的老板们挺感谢她的,能拿现钱,提前关门回家休息。"只有她家差点被害惨。

"今天我带你去发布会,她看到了,也会死心的。我也和她说清楚了,你是我夫人,她以后不会再为难你,她不敢为难我们家。"叶嘉笑着安慰她,也不想说过多盛娇的事。

尤其是奶茶官司,现在盛家找他私下和解,而盛娇一怒之下也要去开发新奶饮,准备飞去澳大利亚奶源地,估计要在那边安营扎寨。

叶嘉觉得她太冒失了,计划书和市场调查都没有做,就敢随便开发新奶饮,意气用事,再多的资金也不够败。

白茗雪见他甜滋滋地说"你是我夫人",白了他一眼,也不再提盛娇的事:"你养养神吧,看你黑眼圈要出来了。"

"夫人这么体恤我,晚上回去帮我按摩吧。"叶嘉拉着她的手,在她掌心轻轻勾了勾手指,充满暗示和期待地看着她。

他只要看到她,就想把自己的整个灵魂都给她,连同那些怪癖和小脾气。

哦,用诗人的话来说,就是"他真讨厌,只有一点好,爱你"。

他太爱眼前这个女孩了,爱到灵魂都会欢喜发痛。

"我手劲大,你受得了就行。"白茗雪被他划得手心痒,反手狠狠地攥住他不老实的手指,唇角浮起一丝真诚的笑容。

叶嘉看着她秋风扫落叶般的笑,浑身骨头莫名地疼了起来,立刻老实认怂:"回去要半夜了,还是早点休息,养精蓄锐,不能让你熬夜干活,对皮肤不好。"

白茗雪见他一脸乖巧,扑哧笑出声,将靠垫垫在屁股下,坐直了身,调整好身高差后,伸手把他漂亮无瑕的脸蛋掰过来,让他靠着自己的肩膀:"我熬夜没事。你几天没睡了?黑眼圈都出来了,赶紧睡觉。"

叶嘉很想说自己不困,但闻着她身上的清冽又温暖的茶香,就仿佛回到了小时候,在充满奶香味的襁褓中,听着莫扎特的钢琴曲,心情宁静舒适,大脑放空,很快就进入了香甜的睡梦里。

司机将电台的音乐调小,里面正在放着那首熟悉的歌:

我把我唱给你听,
　　用我炙热的感情感动你好吗?
　　岁月是值得怀念的留恋的,
　　害羞的红色脸庞,
　　谁能够代替你呢?
　　趁年轻尽情地爱吧,
　　最最亲爱的人啊,
　　路途遥远,我们在一起吧……

白茗雪握紧了他的手,路途遥远,他们会一起走下去。

……

白露那天,许清友到山里来了,带回了京都茶博会金奖。

他来的时候,正是秋收忙碌的时候,稻田一片金黄,有些人家已经在割稻了,农田里一片忙碌。

白茗雪家没有稻田,正在院子里晒桂花。

前屋的那棵桂花树香气扑鼻,地上落了一圈金色的花朵。

白茗雪又去后山采了些桂花,晒干了酿桂花酒、做桂花糕,冬天嫌茶味寡淡,放点桂花进去,别有风味。

半城茶庄的贡茶瓜片夺得京都国际茶博会金奖。当看到奖杯时,白茗雪反而心情平静,就好像一个品学兼优的好学生拿到了北大清华的录取通知书——这是意料中的事。

倒是李碧霞看到奖杯后,拿去楼上卧室,放在白林的遗像前,看着遗像里眉目刚毅英俊的男人,泪水打湿衣襟。

快到中秋节了,家里少了一个人,永远都无法团圆,可是,梦越来越圆。她的梦想,他的梦,一直没有断掉,像有自己的生命,努力生长,坚持不懈,从黑暗中破土而出。

那一刻,李碧霞感受到了传承的力量。

是血脉的传承,也是信念的传承。

女儿帮他们一步步实现遥不可及的梦想,现在的半城茶庄虽然卖光了自家产的瓜片,但声名鹊起,俨然成为瓜片乃至绿茶界的翘楚。

白茗雪塞了一罐晒好的桂花茶给许清友,让他尝尝不一样的秋天滋味。

李碧霞极力邀请许清友留下吃饭被拒绝了,可能是避嫌,他不想给白茗雪带来麻烦。

许清友知道她和叶嘉感情稳定,不愿多打扰。而且,他还有其他事要做,当初和白茗雪说过的计划:在这里开个竹木厂,专门定做高档的木制和竹制包装盒。

他找到了自己想要静心修行的那座山,就是白茗雪的故乡——大别山。所以,他不会离开太远,用另一种方式留下来,感受她宁静平和的幸福。

霜降那天,山里的路修好了,宽敞平顺的柏油路一直通到山腰。

路修好,山里的资源也开始对外输出。

许清友的竹制品厂房就在离叶嘉茶饮厂不远的山脚,也开始在村里招工培训。村里老弱病残的劳动力此刻有了去处——谁家都有编竹条做木头活的手艺。老头老太们开开心心去上班,赚点买肉钱,日子似乎越来越美好。

在叶嘉和大家的努力下,省里很重视茶饮基地,派了技术人员过来指导和保护这边的生态环境,期待明年的瓜片能畅销海内外。

白茗雪这段时间除了帮叶嘉调试各种口味的茶饮,还要给茶农们开讲座。

平时大家种茶,全是靠累积的经验,而白茗雪身为化学系高才生,从成分到养护,系统科学地给大家讲解怎么才能保持最好的土壤和茶叶质地。

许清友还在竹厂开了个茶馆,他不经常回来,但每次回来,都会带一些外地朋友,来感受这里的茶文化。

叶嘉对许清友意见很大,觉得他是故意把厂开在自己隔壁,还是在觊觊他的未婚妻。可是白茗雪和许清友两个人偏偏都像老干部般正派,行为端正,根本不给他吃醋的机会。

除夕这天,叶嘉回到了山村。

对城里长大的人来说,节日只是给商家促销的机会,只有在商场看到各种节日打折产品,才会有过年过节的感觉。

叶嘉小时候父母很忙,除夕经常不在家,偶尔一家人出国旅游,在豪华的地标性建筑里吃顿年夜饭,也不能真切感受过年的喜乐欢腾。

可在村里,节日的味道从小年开始就浓厚起来。家家户户外出务工的劳动力都回来了,修补房屋,宰猪杀鸡,腌制腊肉,忙完就呼朋唤友打牌喝酒。孩子们也都放假了,一群小调皮拿着小鞭炮,东边炸西边放,热闹无比。

叶嘉的茶厂也给一部分人放了假,他下半年比上半年还要忙,基地扩大规模,又在上海开了分公司,把业务分开,只有研发部留在这里,所以他经常出差。年前他和白茗雪说要去谈合作,可能不会回来,但其实是想给她一个惊喜。

宽敞的柏油路,两边都是绿水青山,大多是松树林和竹林。到了一个三岔路口,只见山上竖着个大大的招牌——六安瓜片基地。

"这里和我夏天来的时候完全不一样了。"保姆车里,坐在后排的容敏很惊讶。

可能她来的时候路没有修好,一路都是灰尘和雨水冲刷出的坑,道路情况太恶劣,颠得她只想吐,根本没心情欣赏外面的风景。到了村里,感觉到了二十世纪六十年代的农村,淳朴得让她怀疑自己穿越了。

但是今天的山村,路很平整,路边也做了一些绿化,大片大片的茶园,家家户户门口打扫得很干净,有些人家还修了花圃,种了点菊花和蜡梅,有点像电视剧里宁静干净的乡村。

叶嘉带着父母和爷爷一起来过年。

爷爷不许他说,要给白茗雪个惊喜。

真的太惊了!

白茗雪刚贴完叶嘉房子的春联,正站在凳子上贴自家春联,大黄突然对着院门外狂吠起来,她一转头,看到一辆保姆车停在院门口。

车门打开,叶嘉先跳了出来,把头发全白的老爷子扶下车。她对联也不贴了,跳下凳子就冲出去。

"你们怎么来了?"白茗雪直接扑到叶嘉怀里,激动得差点没把他抱起来转个圈,扭头对着厨房大喊,"妈,妈妈,快出来!"

李碧霞正在炸酥肉,听到外面的动静,从厨房探出头一看,锅铲都没放就出来了:"亲家?叶嘉你不是说你们……"

"我爷爷想过来感受一下村里的过年气氛,所以,临时过来的。"叶嘉冲爷爷眨了眨眼睛,摸了摸白茗雪的头,亲昵地亲了亲她的额头,"我帮你贴对联。"

司机从后备厢搬出了大大小小的箱子和礼物,李碧霞上午还在和女儿抱怨又要两个人过冷冷清清的年,这会儿就忙得不可开交,要帮贵客安排房间。

"爸妈,你们就住我的房子吧,把行李提到那边去。"叶嘉怕妈妈娇气,受不了简单的环境,主动把自己租的房子给了他们。

当然,他还有个私心——住在白茗雪家,说不准大年夜会过得很难忘……

至于爷爷,就是来体验当年在大别山的感觉,所以李碧霞忙着收拾,把楼下的那间客房给爷爷住。

幸好村里过年前都会大扫除,房屋上上下下里里外外都打扫得干干净净,被褥床套全换新的。叶嘉的房子也被打扫清理过,正好招待亲家全家。

绝育后的欢欢在灶台边趴着打盹,听到叶嘉回来的声音,也只是掀开眼皮,换了个姿势继续守着最暖和的地方不动。

倒是其他四只小猫挺热情的,和大黄一样,围着帮忙贴对联的叶嘉喵喵叫。

"贴得有点歪,左边上去五毫米……你上去多了……算了,你下来,还是我来。"白茗雪指挥叶嘉贴春联,见他做事精细但很慢,着急了,把他拽下来,自己贴。

爷爷站在院里的桂花树下,端着一杯香气扑鼻的桂花茶,像八十年代的老干部,眯着眼睛看着小儿女打打闹闹贴对联。

白家好多年没这么热闹了,李碧霞浑身是劲地做着年夜饭,让白茗雪陪亲家,不许他们进厨房。

容敏认真参观了一圈白家,从屋后的小花园,到楼上的书房,觉得田园生活也挺不错,难怪儿子在这里待得不想回城市。

天空飘起了雪花,老爷子慢悠悠地进了房间,看到一盆炭火烧得旺旺的,放在屋里,很原始也很让人怀念的取暖方式。

"瑞雪兆丰年啊,除夕下雪,明年一定是个丰收年。"李碧霞端着一盆鱼从厨房走到客厅,高兴地说道。

叶嘉看了眼白茗雪:"明年茶山租给我吗?"

"不租,没见我家瓜片拿了京都国际茶博会金奖?明年我得让半城茶庄备足了茶,金字招牌竖起来。"白茗雪没情调地回答。

"上楼谈谈?"叶嘉看父母要陪爷爷去茶厂那边的部队老房子看看,立刻给白茗雪使眼色。两个人快一周没见面,他想得受不了。

"你不陪爷爷去茶厂?"白茗雪掐了掐他的脸,"那我陪他们去走走。"

手感还是那么好,滑嫩嫩的,像白豆腐。

"我想和你单独说说话嘛。"叶嘉撒着娇,在父母和爷爷面前她这么正经,怎么举高高要亲亲啊?

"那也别这么着急,吃完年夜饭,有的是说话时间。"白茗雪看出他的意思了,趁着爷爷和容敏在后院看山洞,捞着他的脖子亲上去,低声说道,"你就是想被我'蹂躏'吧?"

叶嘉差点就没把控住,她平时一本正经,可撩起人来太要命了。

"忘了上次按得腰都青了?"白茗雪见他眼神变得浓厚起来,笑着伸手往他后腰一掐,"还敢让我揉?"

"你……"叶嘉觉得她似乎还是误会了,但看到爸爸走进来,只好忍住下面的话,笑着拍拍她,"你去拿两把伞,我们走去茶厂吧,反正不远。"

"好的。"白茗雪被叶中和看到自己捏叶嘉的腰,也有点不好意思,赶紧去找了几把伞,陪着叶嘉一家人去部队老房子参观。

到了下午四点多,就有人开始放鞭炮。

在大城市禁止燃放烟花,可是在农村,鞭炮连天,就算白茗雪家住得比较偏,也能听到村里各个角落的鞭炮声。

小时候,白茗雪喜欢和爸爸在除夕夜玩一个游戏,就是听鞭炮声的方位,猜猜是谁家开饭了。反正他们家这天开饭时间最晚,六点才出去放鞭炮。

李碧霞张罗了一桌丰盛的年夜饭,颇具皖西特色,浓油赤酱,看着就让人垂涎欲滴。

白茗雪拿出了九月份酿的葡萄酒——从后院的葡萄架上采的葡萄——虽然时间短,但纯正的葡萄味让一向挑剔的容敏都赞不绝口,甚至想尝尝桌上放着的桂花酒和今年梅雨季节酿的梅子酒。

"小雪,你不炒茶了,去酿酒,也能发家。"容敏尝了几款不同口味的酒,有些醉意了,说话也不再端着,啧啧惊叹,"这是我喝过的最好喝的梅子酒。"

"因为原材料好啊。"白茗雪笑着说道,"山里的梅子没有受到污染,土质肥沃,本身口感就很清甜……"

"那还不是酿的人技术更好,我们家小雪有一双神奇的手,做什么都特别完美。"叶嘉打断白茗雪一本正经的科普回答,踢了踢她的脚,不想再陪他们喝酒聊天,想回房和她厮磨一会儿。

"别拍马屁,是真的原材料好,和瓜片茶饮一样,让配方精准一点,控制好水分比例,就能酿出想要的口味。"白茗雪回踢他,示意他别闹,"我妈妈喜欢稍酸一点的口感,太甜她喝着会腻。不知道阿姨喜欢什么样的口味,明年黄梅季,我多酿一点送给您喝。"

"就这个口感已经很好了,我要的啊,记着多酿点。让嘉嘉找几个人帮你采梅子,你别亲自去。"容敏这会儿话也多了,一脸心疼媳妇的模样,被她的手艺折服。这么能干的媳妇,以后就算破产,或者世界末日,也不担心叶嘉饿死啊!她只要挖个防空洞,在山里也能活得有滋有味。

"这桂花酒的味道也挺好,就是门口桂花树上的桂花吧?"叶中和已经和亲家母酒过三巡了,聊得挺开心。

"还有后山的几棵野桂花。山里的果子花草,不管多偏僻,小雪都能找到。"李碧霞笑着说道,"她呀,不像我的女儿,像山里生出来的。"

像大山的精灵。叶嘉又想到第一次看到她,仿佛茶树上生的精灵。

"其实这次来,还有件重要的事情,想和亲家母商量。"叶中和笑了笑,端着酒杯,看了眼儿子,"嘉嘉和茗雪的婚事,差不多就定下吧,不知道亲家母有什么想法,还有什么要求……"

"我能有什么要求?只求她温柔点,做个好妻子,我就满足了。"李碧霞没想到突然说到婚事上,激动得差点把酒打翻,她做梦都想把女儿嫁出去。虽然之前不希望她嫁给叶嘉,可这大半年来看着叶嘉对女儿这么上心,她也就慢慢放心了。

李碧霞也知道叶嘉很优秀。如果不是他这么努力推广瓜片茶饮,吸引了全国的目光,现在这里还是那个寂寂无名的大别山小村。现在只要出去就能听到乡亲们对叶嘉的夸赞,她也跟着开心,有种"自己女婿"的荣耀感。

"我就喜欢小雪的不温柔。"叶嘉立刻接口说道。

"我什么时候不温柔了?"白茗雪皱眉,认真反问,觉得对他的容忍超过了限度。

"那就太好了,我们也准备了聘礼,一会儿先发给亲家母看一看,没什么问题,茶春之前就把事办了吧,不然到了茶春,大家又要忙起来了。"叶中和不理会小年轻之间的玩闹,对李碧霞说道。

他对白茗雪越来越满意。相处了几次,也观察了半年,他觉得儿媳妇颇能代表瓜片给人的感觉——守正清心,存真自然,精行俭德。

容敏也看到半城茶庄在未来儿媳的努力下,一点点崛起。而且白茗雪并不贪图他们家的钱,生存技能又强,在哪儿都不会饿死。长得也越看越合眼缘,出于对优质基因的考虑,她也同意。

"我和叶嘉说过,只要他保证对我女儿好一辈子,我什么都不要。"李碧霞看了眼女儿,心底有点不舍,声音有点颤抖,可能酒喝多了,养了二十多年的女儿要成为别人家的人,孤独的情绪被放大了,她又看了眼叶嘉,"所以,我要的聘礼很贵重,金钱买不来的,那就是你要给她一生的幸福。"

"妈,放心吧,我要是欺负了她,你就带着全村人来打我。"叶嘉以迅雷不及掩耳之势改了称呼,亲亲热热地喊道。

其实不用李碧霞带人揍他,白茗雪的战斗力就够他躺半个月医院。

"那就快点结婚吧,趁着我身体好,说不准还能抱上曾孙。"爷爷看出李碧霞心里的难过,举起酒杯,一起碰个杯。

"以后就是一家人了,我会当女儿疼的。"容敏虽然有点醉意,可心思很细腻,也感觉到李碧霞语气里藏着女儿要出嫁的开心和不舍,凑到她耳边轻声说道。

"每天都盼着她嫁出去,可真到了这一天……"李碧霞摇摇头,喝光了手中的酒。

以后,她就是一个人了。她也要认真过自己的人生。

"你对我说过,所有的爱都是为了相聚,只有父母的爱,指向分离。"容敏还在她耳边柔声低语,"但是别难过,你没有失去女儿,只是多了一个儿子。"

"说得对,我也多一个儿子。"李碧霞眼里似乎有酒在荡漾,她笑了出来,"来,跟亲家母喝一杯。"

酒像是情感的连接线,大年夜,谁家都要喝上几口酒,喝得脸红红的,情热热的,然后出去放烟花。一群孩子守在门口,看着天空,期待着家底厚的邻居多放点烟花。

叶嘉看长辈们都喝嗨了,聊得开心,吃完饭还坐在沙发上继续聊,聊到更开心的时候,居然四个人坐在一起打起了麻将。

叶嘉倒是挺希望他们找个事做做,他帮着白茗雪收拾桌上的餐具,收拾完之后,让她等在门口,要给她一个惊喜。

也是全村孩子们的惊喜。

他们仰望漫天大雪的天空,期待着美丽的烟花出现。

村里最高处的那户人家的上空,突然绽放出一颗五彩斑斓的爱心——这是村里老少爷们从没见过的形状,如梦幻般美丽。

他们平时放的是最普通便宜的烟花,见过的最好看的烟花,是春节联欢晚会里面播放的画面,没想到能亲眼看到。大家都在惊呼,纷纷喊家人亲友出来欣赏。其他准备放烟花的人家也停下来,拿着手机拍着竹林里冲出的美丽烟花。

李云华也推着李勋走到院子里,看着表妹家上空绽放的一朵朵爱心,惊讶地说道:"叶嘉来了?"

昨天表妹下来买菜时,李云华还问了一句要不要买点烟花回去,表妹拒绝了,说不喜欢太吵,会污染环境,只买了两串鞭炮。

"我今天听说茶厂来了好几个人,该不是叶嘉回来了吧?"奶奶也看着美丽的烟花,有点激动。这是她一生中见过的最美的烟花,隔着鹅毛大雪,也感受到爱的温暖浪漫。

"这烟花……是叶嘉求婚吗?"李勋也满脸的憧憬,"什么时候和妹妹结婚啊?"

"快点结婚,咱们把那老宅子送给他们当嫁妆。"李父看着那一颗颗巨大的耀眼的爱心,和老婆一起看着天空,"小雪也是我半个女儿,能风光地嫁出去,也了结了霞子的心事。"

舅母虽然一辈子抠门,但对这件事无比赞同。

在最困难的时候,大家守望相助,从未离开。

所以在幸福的时候,也要将那份埋在心里的爱,大大方方地分享出来。

"那我上去看看情况?"李云华急性子,风风火火,说走就转身要走。

"要是叶嘉回来了,你就别上去打扰他们了,他们会下来拜年的。"奶奶阻止了李云华,笑着说道。

第十六章 嘉木迎春 | 443

"说得也是……我发个消息问问吧。"李云华刚拿出手机,就接到了小马的拜年电话,他们这边习惯了吃完年夜饭给亲朋好友打电话问候。

李云华没接电话,直接打过去视频,在爆竹声中,要让小马也看看难得一见的美丽烟花。

村庄的上空,一颗颗巨大的爱心冲破大雪,发出绚烂的光芒,随后变成烟尘,和大雪一起纷纷落下。

白茗雪抬头看着烟花。

有人说,爱情像烟花,看着极美,可眨眼即逝。

她不喜欢短暂的东西,她喜欢亘古长存,如厚重的大山、长流的溪水、昼夜交替的太阳和星光。

但在此刻,她感受到短暂也有短暂的美好。

那一刻内心的悸动,可能会铭记一生。

她看着烟花,叶嘉看着她。

烟花在她清澈的眼睛里盛开,再盛开,雪花温柔地飘进屋檐,落在她瓷白的脸上,像雪落在了白梅上,暗香浮动。

叶嘉轻轻抱住她,在烟花结束后,吻去她发上的雪花。

大山恢复了静谧,雪沙沙地落下,地面已经一片银白。蹲在门口的大黄和几只猫咪依然抬着头,看着静静拥抱的恋人,似乎嗅到了大雪覆盖下的春天气息。

"叶嘉,今天坐车累吗?还有精力玩点刺激的游戏吗?"白茗雪静静听着他的心跳,在村庄其他家烟花再次绽放时,笑着问道。

"你太小看我了!我一直都在好好锻炼,不信你试试!"叶嘉不确定她说的是什么刺激的事,但本能地兴奋起来。

"行,那我温柔点。"白茗雪眼里似乎还有烟花在绽放,如同明媚的四月天。

她的笑容是叶嘉见过的最美丽动人的笑。

像早春清晨熹微的光,像立夏屋后倾盆的雨,像深秋黄昏高朗的月,像此刻覆盖天地的大雪。

像嘉木迎春，抽出充满希望的嫩绿的芽。

叶嘉激动地抱紧了她，看着里面打着麻将叙着家常的家长们，悄悄对她说道："稍稍粗暴点，我也能忍住不叫。"

白茗雪温柔地摸上他的后脖子，笑道："真的吗？"

叶嘉嗷的一声惊叫，一把攥住她的手："你什么时候捏的雪球？"

白茗雪动作太快了，他根本没发现她攥了一团雪，丢进他的衣领里。

"你反应太慢了，要是打雪仗会输得很惨。"白茗雪哈哈大笑，跑到院里，在漫天的大雪下，揉了个雪团往他身上丢去。

这么大的雪，不打雪仗太浪费了！

叶嘉被她击中，立刻也跑到院子里，往她身上扑去。

大雪漫天洒下，覆盖在山林之上，天地间的黑暗，又带着明洁的色泽。

白茗雪被他压在雪地上，脸上的笑容比大雪覆盖的灯塔还莹亮，伸手抱紧他的腰，一用力，翻身压在他身上，抓起一团雪就往他脖子里塞。

"叶嘉，你输了。"白茗雪往他身上扑着雪，哈哈大笑。

"早就输了。"叶嘉握住她冰冷的手，把它们塞进自己暖和的胸口，"也不准备赢你。"

他喜欢这样的雪夜，喜欢她卸下防备，像个小孩子一样跟他胡闹。这世上，那么多耀眼的人，可闪到他的，只有她。

鞭炮声依然此起彼伏，但他们的心，安静得只能听到彼此的心跳。

雪纷纷而落，一个春天又将破土而出。